अमिताभ कुमार

अमिताभ कुमार का जन्म 17 मार्च, 1963 को आरा, बिहार में हुआ। उनकी प्रारम्भिक शिक्षा पटना में हुई। दिल्ली विश्वविद्यालय, सायराक्यूस विश्वविद्यालय और मिनेसोटा विश्वविद्यालय, अमेरिका से उन्होंने उच्च शिक्षा प्राप्त की।

उनकी प्रमुख कृतियाँ हैं—'हसबैंड ऑफ़ ए फ़ैनेटिक', 'होम प्रोडक्ट्स' 'ए टाइम आउटसाइड दिस टाइम', 'द ब्लू बुक : ए राइटर्स जर्नल'। 'हसबैंड ऑफ़ ए फ़ैनेटिक' न्यूयॉर्क टाइम्स की 'एडिटर्स चॉइस'—सम्पादक की पसन्दीदा—किताब रही है। 'होम प्रोडक्ट्स' उनका पहला उपन्यास है। 'घर बेगाना हुआ किया' उनके इसी उपन्यास का अनुवाद है। उनकी रचनाएँ 'द नेशन', 'हारपर्स', 'द अमेरिकन प्रॉस्पेक्ट' और 'द न्यू स्टेट्समैन' में प्रकाशित होती रही हैं।

फ़िलहाल वे वासर कॉलेज, न्यूयॉर्क में अंग्रेज़ी के प्रोफ़ेसर हैं।

ई-मेल : amkumar@vassar.edu

प्रभात रंजन

प्रभात रंजन ने अंग्रेज़ी से हिन्दी में 25 से अधिक पुस्तकों का अनुवाद किया है। 'बहुवचन', 'आलोचना' और 'जनसत्ता' के साथ सम्पादकीय कार्य किया है। फ़िलहाल दिल्ली विश्वविद्यालय के ज़ाकिर हुसैन कॉलेज, दिल्ली (सांध्य) में अध्यापन करते हैं। साथ ही Jankipul.com नामक प्रसिद्ध वेबसाइट के मॉडरेटर हैं। राजकमल से प्रकाशित *पालतू बोहेमियन : मनोहर श्याम जोशी—एक याद* इनकी बहुचर्चित किताब है।

ई-मेल : prabhatranja@gmail.com

घर बेगाना हुआ किया

अमितABH कुमार

अनुवाद

प्रभात रंजन

राजकमल पेपरबैक्स

मूल कृति 'Home Products' का अनुवाद

राजकमल पेपरबैक्स में
पहला संस्करण : 2023

राजकमल पेपरबैक्स : उत्कृष्ट साहित्य के जनसुलभ संस्करण

राजकमल प्रकाशन प्रा. लि.
1-बी, नेताजी सुभाष मार्ग, दरियागंज
नई दिल्ली-110 002
द्वारा प्रकाशित

शाखाएँ : अशोक राजपथ, साइंस कॉलेज के सामने, पटना-800 006
पहली मंजिल, दरबारी बिल्डिंग, महात्मा गांधी मार्ग, प्रयागराज-211 001
वेबसाइट : www.rajkamalprakashan.com
ई-मेल : info@rajkamalprakashan.com

यश प्रिंटोग्राफिक्स
नोएडा-201 301 (उत्तर प्रदेश)
द्वारा मुद्रित

मूल्य : ₹350

GHAR BEGANA HUA KIYA
Novel by Amitava Kumar
Translated by Prabhat Ranjan

ISBN : 978-93-95737-80-7

इला के लिए

कोई भी बुद्धिमान व्यक्ति अपने आपको कुछ भी हो जाने की इजाज़त नहीं दे सकता; मूर्ख ही अपने आपको जो चाहे बना सकता है।

—**फ़्योदोर दोस्तोयेव्स्की**, *नोट्स फ्रॉम अंडरग्राउंड*

निश्चय ही हम सभी को हत्याओं, सनसनीख़ेज़ घटनाओं, ठगी, डकैती, विस्फोटों और दुर्घटना आदि में तब बहुत अधिक दिलचस्पी होती है जब हम उनसे जुड़े लोगों को जान रहे होते हैं, या वे हमारे पड़ोसी या दोस्त होते हैं। यह सब किसी अजनबी के साथ होता है तो हमें कोई ख़ास आनन्द नहीं मिलता...अन्य लोगों के नरसंहार के बदले मैं अपने किसी भी ख़ास दोस्त की हत्या नहीं होने दूँगा। और, मेरे हिसाब से आपका कोई रिश्तेदार या पड़ोसी अगर किसी कांड का विषय हो जाता है तो वह अपराधियों के सारे इलाक़ों से अधिक दिलचस्प होता है। मुझे हर बार घरेलू उत्पाद ही दिया कीजिए।

—**मार्क ट्वेन**, *इटैलियन विदाउट अ मास्टर*

क्रम

लाल बत्ती वाली कार

एक

माला श्रीवास्तव की माँ बच्चों के एक छोटे से स्कूल के ऊपर रहती थीं जिसका नाम था—हॉर्वर्ड पब्लिक स्कूल। बिनोद को इस बारे में पता नहीं था; वह पहले स्कूल में गया, जहाँ उसको उस सँकरी सीढ़ी की तरफ़ भेज दिया गया जो दूसरे माले पर जाती थी। भय और कौतूहल से भरे भयानक चेहरों की एक कतार उस कमरे से उसको घूरे जा रही थी जहाँ अध्यापक पढ़ाते-पढ़ाते बीच में ही रुक गया था। फ़्लैट का दरवाज़ा खुला हुआ था। दरवाज़े के पास के गन्दे फ़र्श पर स्टील का एक प्लेट पड़ा था जिसमें ताज़ा धोए हुए कुछ आलू रखे हुए थे और पास में एक चाकू था।

पीछे से एक अधेड़ महिला कमरे में आई। बिनोद ठहर गया, और कमरे के नीम अँधेरे में वह महिला भी रुक गई। जब बिनोद अपना परिचय देने लगा तो महिला ने अपने सिर पर अपनी सूती साड़ी का आँचल रख लिया। उसने अख़बार का पन्ना बाहर निकाला जिसमें उसने माला के बारे में सम्पादकीय लिखा था। महिला ने उसके हाथ से वह पन्ना ले तो लिया लेकिन उसने बताया कि वह चश्मे के बिना पढ़ नहीं सकती है। बिनोद अभी भी दरवाज़े पर ही खड़ा था। वह बोला, "मेरे पास आपका नम्बर नहीं था नहीं तो आने के पहले आपको फ़ोन कर लेता। क्या आपसे कुछ मिनट के लिए बातचीत हो सकती है?"

महिला ने जवाब दिया, "मेरी बेटी...मेरी दूसरी बेटी...कॉलेज से लौटकर आती होगी। वही आपके सवालों के जवाब दे पाएगी।"

वह ज़रूर माला की छोटी बहन है। हत्या के बाद उसी ने सबसे पहले माला और सूरजदेव त्रिपाठी के प्रेम-सम्बन्धों के बारे में मीडिया को बताया था। एक दिन बाद ही पता नहीं क्यों उसने अपने आरोप वापस ले लिए थे। उसने बताया कि प्रेस में उसकी बात को ग़लत तरीक़े से रखा गया था। लेकिन

पुलिस ने भ्रूण की जाँच करवाई। जब माला के नौकर ने भाड़े के क़ातिलों की शिनाख़्त कर दी तो उसके कुछ ही दिनों के भीतर सूरजदेव और उसकी पत्नी को गिरफ़्तार कर लिया गया था।

बिनोद ने कहा, "मुझे असल में कुछ पूछना नहीं है। मैं कल ही बम्बई से यहाँ आया। एक स्थानीय पत्रकार से कल रात आपका पता मिला..."

वह महिला न तो अपनी जगह से हिली न ही उसने कुछ कहा। वह बिनोद के पीछे सड़क पर देखने लगी। उसने कहा, "इस समय घर में चाय भी नहीं है। पिछले सोमवार को ही नौकर घर चला गया था, अभी तक नहीं लौटा है। मैं इस समय अकेली हूँ।"

"माताजी," बिनोद ने नाटकीय ढंग से अपने हाथ जोड़ते हुए कहा, "आपको मेरे बारे में चिन्ता करने की कोई ज़रूरत नहीं है। मुझे चाय नहीं चाहिए। मैं घर से आया ही हूँ। मेरे माँ-पापा पटना में ही रहते हैं। मुझे आप अपना कुछ वक़्त दे दीजिए। मुझे बस यही चाहिए। मैं बहुत दूर से आया हूँ।"

वह लकड़ी की उस कुर्सी पर बैठ गया जिसे वह महिला खींचकर दरवाज़े पर ले आई थी। महिला कमरे में कुछ दूरी पर एक स्टूल पर बैठ गई। उसके बाल तो सफ़ेद थे लेकिन चेहरे पर झुर्रियाँ नहीं थीं; उसका चेहरा गोल और भारी था, आँखों के नीचे पड़े काले घेरों के कारण वह थकी हुई लग रही थी। जब बिनोद पढ़कर उसको सुना रहा था तो उसके चेहरे पर किसी तरह का भाव नहीं दिखाई दे रहा था। वह एक-एक लाइन पढ़ रहा था, उन शब्दों को ज़ोर देकर पढ़ रहा था जिनमें उसको लगता था कि उसने माला की ख़्वाहिशों की तारीफ़ की थी, और ठहरकर महिला के चेहरे पर देखता था। जब वह अन्तिम पंक्ति पर पहुँचा जो फ़िल्म स्टारों के बच्चों के बारे में था तो बोलने में कुछ लड़खड़ाया वैसे भी उनका माला से क्या लेना-देना था, लेकिन वह पढ़ते-पढ़ते रुका नहीं। वह महिला से पूछना चाहता था कि क्या सत्ता के गलियारों तक अपनी बेटी के सफ़र को वह भयानक मानती थी, लेकिन उसके चेहरे पर किसी तरह का भाव न देखकर वह पूछने से हिचक रहा था। वह अपने लिखे का औचित्य बताने में लग गया। उसने कहा, "मैं इस कांड के बारे में विस्तार से लिखना नहीं चाहता था। मेरी इसमें कोई दिलचस्पी नहीं थी। मैं तो बस इस बात पर टिप्पणी करना चाहता था कि जब कोई जवान लड़की साहस के साथ राजनीति में आती है तो उसका क्या हश्र होता है।"

लेकिन इससे कोई फ़र्क़ नहीं पड़ा।

माँ ने कहा, "प्रेस में ख़बरें आईं कि वह गर्भवती थी। यह कैसे सम्भव हो सकता है? लोगों के दिमाग़ में कूड़ा भरा होता है...मैंने उसको देखा ही था। उस दिन उसने चूड़ीदार-कुर्ता पहन रखा था। क्या यह सभी लोगों को दिखाई नहीं दे रहा था?"

बिनोद ख़ामोश था। कुछ समय के बाद उसने पूछा, "जब आपकी लड़की बड़ी हुई तो वह क्या बनना चाहती थी? मेरे कहने का मतलब यह है कि जब वह बच्ची थी तो क्या बनना चाहती थी?"

महिला ने कहना शुरू किया, "जब वह बच्ची थी तो खेलती थी, स्कूल जाती थी। बच्चों को इस बात की परवाह कहाँ रहती है कि वे बड़े होकर क्या बनना चाहते हैं?"

यह जवाब बहुत बुद्धिमानी भरा था। बिनोद जिस तरह से सिर हिला रहा था उससे यही लग रहा था। किसी को लग सकता था कि वह निराश होकर अपना सिर हिला रहा है।

महिला ने फिर कहना शुरू कर दिया, "वह जब केवल 14 साल की थी तो उसके पिताजी गुज़र गए थे। मेरा कोई बेटा नहीं था। माला देखते-देखते बड़ी हो गई। वह घर चलाने लगी। वह मेरे लिए बेटा थी। और कौन था।"

बुज़ुर्ग महिला का हाथ अपनी गर्दन तक गया और पल भर के लिए उसके होंठ काँपे। ऐसा लग रहा था जैसे वह ऊब गई हो, लेकिन असल में वह रो रही थी; वह थोड़ी देर साँस लेने के लिए रुकती और फिर धीरे से आह भरती।

बिनोद उससे पूछना चाहता था कि माला को साहित्य का शौक़ कैसे हुआ। लेकिन महिला की रुलाई के बीच उसने कुछ नहीं कहा। बहरहाल तब तक बहुत देर हो चुकी थी। माला की माँ ने चौकन्ना होकर देखा और फिर अपनी आँखें पोंछने लगीं। बिनोद देखने के लिए पीछे मुड़ा तो उसने पाया कि एक लड़की खड़ी थी और उसके पीछे काली क़मीज़ में साँवले रंग का एक आदमी था। लड़की ने चुपचाप बिनोद की कुर्सी का एक चक्कर लगाया और फ़्लैट में घुस गई। उसने बुज़ुर्ग महिला के कन्धे पर अपना हाथ रखा। वह अभी भी बिनोद की तरफ़ नहीं देख रही थी, फिर उसने ज़ोर से पूछा, "इस तरह अजनबी लोगों के सामने रोना चाहिए क्या?"

यह बहन थी। उसकी दिलचस्पी उस सम्पादकीय में बिलकुल नहीं थी

जो बिनोद उसको दिखाना चाहता था। लेकिन उस लम्बे आदमी ने बिनोद के हाथ से वह काग़ज़ ले लिया। जब वह आदमी उसके लिखे सम्पादकीय को पढ़ रहा था तो बिनोद बोला, "यह सम्पादकीय मैंने लिखा है। मैं पत्रकार हूँ और बम्बई में काम करता हूँ। लेकिन मैं रहने वाला पटना का हूँ।"

वह आदमी बोला, "लेकिन आपको यहाँ क्या चाहिए?"

बिनोद को यह बात नहीं सूझी। उस दिन बाद में भी उस बारे में बात करते हुए उसको यह ध्यान नहीं रहा कि वह उनको यह बताए कि वह उस लड़की के बारे में एक फ़िल्म की कहानी लिखना चाहता था जिसका क़त्ल हुआ था। उस काले आदमी की छाती पर सोने का एक भारी-भरकम चेन लटक रहा था। बिनोद ने उसको देखा और फिर उस बुज़ुर्ग महिला को, जिसके चेहरे से दर्द ग़ायब हो चुका था और एक बार फिर उस चेहरे पर किसी तरह का भाव नहीं था। बिनोद को ऐसा लगा कि महिला को इस बारे में कुछ कहना चाहिए कि ज़िन्दगी कितनी कठिन थी, उसको किस तरह ऐसा लगता था कि माला लीक से हटकर चलने वाली लड़की थी। लेकिन उसको लगा कि वह लड़की कुछ कहना चाहती थी। छोटी बहन। उसका नाम भी अख़बार में आया था, लेकिन बिनोद को उस समय याद नहीं आया। वह लड़की की काँपती पतली उँगलियों पर नज़रें टिकाए रहा जो उसने अपनी माँ के कन्धों पर रखा हुआ था।

डरी हुई वह लड़की अचानक अंग्रेज़ी में बोलने लगी, "आई थिंक यू आर ए लॉयर—मुझे लगता है कि आप कोई वकील हैं।"

"वकील," बिनोद ज़ोर से इस तरह बोला कि उस लड़की को लगे कि उसको तकलीफ़ पहुँची थी। लेकिन वह सच में हैरान था। वकील? क्या उनको ऐसा लगता था कि वह वकील था जो वहाँ उन लोगों को फँसाने के लिए आया हो। शायद इसी वजह से वे लोग इतने सन्देह और ग़ुस्से में थे?

लड़की ने आगे बढ़ते हुए कहा, "यू आर ए लॉयर, गेट आउट।—आप वकील हैं। निकल जाइए।"

उसकी पतली उँगलियों के इशारे को समझकर बिनोद जाने के लिए मुड़ गया। जब वह सीढ़ियों से नीचे पहुँचा तब उसको समझ में आया कि वह लड़की उसको अंग्रेज़ी में 'लायर' यानी झूठा कह रही थी।

——

बिनोद उस लड़की के बारे में कुछ नहीं जानता था लेकिन उसकी हत्या के बाद अख़बारों में सब कुछ छपा था। बार-बार वही कहानियाँ छपी थीं, कई जगह बहुत विस्तार से छपी हुई थीं, लेकिन अख़बारों में शीर्षक बहुत अजीब अजीब थे : 'ख़राब कला, बर्बाद जीवन', 'एक उभरती हुई कवयित्री की मौत', 'तबाही की कविता', कुछ में अनुप्रास अलंकार की छटा थी, 'माला, महत्त्वाकांक्षा और मौत।'

उसका नाम माला श्रीवास्तव था। वह पटना के पास के एक क़स्बे की रहने वाली थी। अख़बारों में उसका नाम पहले भी छपता रहा था क्योंकि वह मंचों पर कविता पढ़ती थी। उसकी कविताओं में देश के नेताओं की मर्दानगी को ललकार होती थी, वह भारत के युवाओं से यह आह्वान करती थी कि वे सीमा पार जाएँ और पाकिस्तानियों को काट डालें; वह यह चाहती थी कि बेनजीर भुट्टो के शरीर पर राष्ट्रगान गोद दिया जाए। माला की जब मौत हुई तब उसकी उम्र महज़ इक्कीस साल थी। लोगों का कहना था कि वह बहुत सुन्दर थी। जिन लोगों ने उसको मंच पर कविता पढ़ते हुए देखा था उन लोगों का कहना था कि वह घमंडी थी और अपनी ज़िन्दगी में सब कुछ पाना चाहती थी। उसके मरने के बाद कुछ अख़बारों में छपा था कि जब वह बम्बई गई थी तो इस कारण कुछ देर के लिए गिरफ़्तार हो गई थी कि उसने उस घर से सोने के गहने चुरा लिये थे जहाँ वह ठहरी थी।

माला जब हाई स्कूल में ही पढ़ती थी तभी सड़क दुर्घटना में उसके पिता की मृत्यु हो गई थी और उसके परिवार के बुरे दिन आ गए थे। लेकिन जिस समय उसकी हत्या हुई थी उसके डेढ़ साल पहले से वह बुद्धा कॉलोनी में रहती थी। कहा जाता था कि पटना में उसको घर का किराया नहीं देना पड़ता था। उसके पड़ोसियों का कहना यह था कि जब भी कोई पर्व-त्योहार आता था उसके घर के दरवाज़े पर लाल बत्तियों वाली सफ़ेद कारों से मिठाइयाँ और तोहफ़े आते रहते थे। नेता, अफ़सर दिन-रात उसके घर आते थे। ऑटोप्सी रिपोर्ट से यह पता चला था कि जब उसको गोली लगी थी उस समय वह पेट से थी। उसके उस अजन्मे बच्चे का पिता सूरजदेव त्रिपाठी था जो पहले राज्य में मंत्री रह चुका था और जो कुछ समय के लिए जेल भी जा चुका था। भ्रष्टाचार के अनेक मामले उसके ख़िलाफ़ अदालत में लम्बित पड़े थे। त्रिपाठी शादीशुदा इनसान था। हत्या के छह आरोपियों में से एक उसकी पत्नी

ने पुलिस के सामने आत्मसमर्पण कर दिया था। त्रिपाठी को गिरफ़्तार किया गया, फिर रिहा कर दिया गया और फिर से गिरफ़्तार कर लिया गया।

जिस समय माला श्रीवास्तव की हत्या हुई दुनिया में बड़ी-बड़ी घटनाएँ हो रही थीं। अमेरिका के राष्ट्रपति ने हरे रंग का सूट पहना, जहाज़ में सवार होकर युद्धवाहक जहाज़ के डेक पर उतरे और इराक़ युद्ध के अन्त की घोषणा की। कांगो में रूस में निर्मित एक जहाज़ का पिछला दरवाज़ा हवा में खुल गया था और 129 यात्री खुली हवा में आ गए थे। उन सप्ताहों में इस कारण डर का माहौल बना हुआ था कि चीन से कोई संक्रामक बीमारी आ गई थी। पुणे में, सार्स से संक्रमित एक वर ने इस बात के लिए ज़िद की कि वह चर्च में शादी करेगा और उसको शादी की रस्मों के बीच से ही अस्पताल ले जाना पड़ा। वर-वधू के साथ पंडित भी अस्पताल गया जहाँ शादी के रीति-रिवाजों को ज़बर्दस्ती रुकवाया गया।

दिल्ली में उच्चतम न्यायालय ने यह फ़ैसला सुनाया था कि झरिया नगर के निवासियों का सरकार द्वारा पुनर्वास करवाया जाए। बिनोद के दूर के सात रिश्तेदार वहाँ रहते थे, उनमें रिश्ते की वह बहन मुन्नी भी थी जिसके पति के दाँत इसलिए झड़ रहे थे क्योंकि उन्होंने ग़लत दंतमंजन का प्रयोग किया था। तीन दशक पहले झरिया में कॉलेज में बाबा के पुराने रूममेट पोस्टमास्टर की कुर्सी और मेज़ पर बैठे-बैठे ज़मीन में धँसकर ग़ायब हो गए थे। क़रीब 90 सालों से ज़मीन के नीचे कोयला खदानों में आग लगी हुई थी। इसकी शुरुआत हुई थी डेवी के सेफ़्टी लैम्प से निकली चिनगारी से, जो किसी खदान में निकली थी। वह आग अब सत्रह वर्ग किलोमीटर से अधिक के इलाक़े में फैल गई थी। अक्सर कभी सड़क धँस जाती थी, कभी लोग और मकान उस खोह में ग़ायब हो जाते थे जो अचानक ज़मीन में कहीं खुल पड़ती थी। कुछ साल पहले एक जनहित याचिका दायर की गई थी और अब अदालत ने सरकार को यह निर्देश दिया था कि वह सभी प्रभावित परिवारों को सुरक्षित इलाक़े में ले जाकर बसाए। दुनिया की सबसे विशाल और सबसे पुरानी आग की इस ख़बर के साथ माला श्रीवास्तव के निजी जीवन के क़िस्से से जुड़ी ख़बरों में मुक़ाबला चल रहा था।

——

बम्बइया सिनेमा की दुनिया में, ज़िन्दगी और मौत से भी जुड़े किसी मसले के कारण मजबूर होकर बिनोद को एक असाइनमेंट पर सूरत जाना पड़ा था। वह हाल में ही बम्बई आया था। इससे पहले वह दिल्ली में था। बम्बई में उसको फ़िल्म से जुड़ी ख़बरें करने का काम दिया गया था। हाल में ही शिल्पा शेट्टी नामक अभिनेत्री के माता-पिता के ख़िलाफ़ गिरफ़्तारी का वारंट जारी कर दिया गया था। पुलिस का कहना था कि कि सूरत की साड़ी बनाने वाली एक कम्पनी के पैसे की उगाही के लिए उन लोगों ने अपराध-जगत का साथ लिया था। बिनोद ने एक दिन उसके हॉट डांस नम्बर देखने में बिताया; उसके बाद वह एक ट्रेन पकड़कर उत्तर गुजरात के लिए निकल गया। वह जब तक बम्बई वापस आया तब तक माला श्रीवास्तव का नाम नए-नए नामों और ख़बरों के नीचे दब गया था। बिनोद ने उसकी मौत की पहली बरसी पर उसके बारे में सम्पादकीय लिखा था।

आठ सौ शब्दों के उस सम्पादकीय को उसने छोटे शहर की महत्त्वाकांक्षा की त्रासदी करार दिया था। ओम पुरी ने एक पत्रकार से कहा था कि *हमारे यहाँ इरादों में भी कंगाली है।* ओम पुरी का जन्म अंबाला में हुआ था, जो कहीं और जाने के रास्ते में पड़ता था, और कश्मीर जा रहे सेना के ट्रकों से आती डीज़ल की गन्ध से भरा हुआ था। बात व्यक्तित्व की नहीं जगह की थी। बिनोद जिस मोतिहारी शहर में पैदा हुआ था वहाँ शाम का मनोरंजन यही था कि दोस्तों के साथ टहलते हुए रेलवे स्टेशन जाइए और चाय पीकर आ जाइए। अगर आप कोई लड़की होते और ऐसे घर में रहते जिसमें आँगन होता या छत पर जाने की मनाही नहीं होती तो आपके पास कम-से-कम छत का आसमान होता, चाहे सारे संसार को आपसे छीन क्यों न लिया जाए। इसमें सन्देह ही था कि माला श्रीवास्तव की कविता का कोई स्तर था, लेकिन सत्ता के गलियारों तक का उसका सफ़र ऐसा ही रोमांचक था जैसे उत्तरी ध्रुव की यात्रा हो। बिनोद ने जब यह लिखा था उसे मालूम था कि शायद वह कुछ अधिक बढ़ा-चढ़ाकर लिख रहा था, इसलिए ख़ुद को अधिक संयत दिखाने के ख़याल से उसने समापन बहुत स्थानीय भावनाओं के साथ किया था। बम्बई में यह आम था कि फ़िल्मी सितारों के बच्चे फ़िल्मों में आ जाते और उनको एक के बाद एक फ़िल्में मिलने भी लगती थीं। लेकिन अगर आप कहीं से नहीं होते थे, तो केवल यही नहीं कि आप किसी को जानते नहीं थे बल्कि सच्चाई

यह होती थी कि आप अपने आपको भी नहीं जान रहे होते थे।

सम्पादकीय सोमवार को छपा था। मंगलवार की शाम वह इराक़ की एक स्टोरी डाउनलोड कर रहा था कि उसके लिए फ़ोन आया। फ़ोन पर आती तेज़ आवाज़ उसको पहचानी हुई सी लगी।

उस आदमी की आवाज़ ने कहा, "बिनोद सिंह?"

बिनोद ने धीरे से हाँ कहा और ठहरकर उस आवाज़ को पहचानने में लग गया तो उस आदमी ने कहा, "आपको पता नहीं है?"

उसके बाद फ़ोन करने वाला आदमी अपने इस मज़ाक़ पर ख़ुद ही हँसने लगा। वह विकास धर था। बिनोद उतावला हो रहा था। धर की फ़िल्म 'रोम' उस साल की सबसे बड़ी हिट फ़िल्म थी। इटली के एक प्लाजा में एक झरने के पास फ़िल्म की हँसती हुई नायिका की तस्वीर जगह-जगह टँगी हुई थी। बिनोद ने सुना, धर कह रहा था, "आपने जो लिखा है वह असल में सम्पादकीय नहीं है। वह ज़बर्दस्त स्टेटमेंट है। आपको इसके बारे में एक कहानी लिखनी चाहिए। इस सम्पादकीय के पीछे जो कहानी है उसको लिखिए। मुझे लगता है कि इस कहानी पर एक अच्छी फ़िल्म बन सकती है।"

और वह बोला, "कल पाँच बजे मेरे दफ़्तर में आकर मिलिए।"

बिनोद ने कहा कि वह लिखेगा। वह जाने-न जाने को लेकर अपने आप से लड़ता रहा, लेकिन अगली शाम जब धर से मिलने के लिए उसके दफ़्तर जुहू में गया तो उसका दिमाग़ शान्त था।

दफ़्तर में दीवार से लगा एक सोफ़ा था जिस पर वह फ़िल्मकार काला कुर्ता पहने पसरा हुआ था। उसका दायाँ हाथ पास में रखी मेज़ पर था। वह सहज और दोस्ताना लगा। चाय आई। सोफ़े के ऊपर लगे लैम्प से उसके गंजे सिर पर रौशनी पड़ रही थी। चेहरे से वह अभी भी लड़कों जैसा सुन्दर दिखता था, उसके गलमुच्छे थे। उसके पास की मेज़ के ऊपर जॉर्ज बुश की एक छोटी सी मूर्ति रखी हुई थी। बुश की पैंट खुली हुई थी और उसके पिछवाड़े में पेंसिल फँसी हुई थी। बोलते हुए बीच-बीच में धर पेंसिल को नचा देता और उस मूर्ति के मुँह से आवाज़ निकलने लगती। जो आदमी चाय लेकर आया था उसने वापस आकर बिनोद से पूछा कि क्या उसको वेज़ेटेबल पैटी चाहिए। बिनोद ने मना कर दिया लेकिन उसने महसूस किया कि उसको हल्की सी भूख लग आई थी।

धर अपने ख़यालों में डूबा था। वह बोला, "क्या आप सिर्फ़ अंग्रेज़ी में लिखते हैं? आप गोबर पट्टी से आते हैं आपको ज़रूर..."

सवाल अप्रत्याशित था और बहुत उदार भी था। दफ़्तर के एयरकंडीशनर के आरामदेह माहौल में बिनोद ने पाया कि वह धर को अपने अतीत के बारे में बता रहा था।

जब वह विश्वविद्यालय से निकला था तब वह हिन्दी और अंग्रेज़ी दोनों भाषाओं में लिखता था। वह ख़बर तो अंग्रेज़ी में लिखता था लेकिन इतवार के दिन अधिक चिन्तनपूर्ण लेख हिन्दी अख़बार में ही लिखता था। इन लेखों में पुराने दिनों की यादें होती थीं और विद्रोह भी जो शायद उस अकेलेपन को दर्शाते थे जब वह घर से दूर दिल्ली में रहता था।

एक बार अशोका होटल में उसने पत्रकारिता पर सप्ताह-भर के सेमिनार में हिस्सा लिया था। तब वह दोपहर के समय में नेहरू पार्क में जाकर घास पर लेट जाया करता था। उसको शायद ही कभी बिहार-जैसी ग़रीब जगहों के लोग वहाँ की हरी घास पर चलते हुए दिखाई पड़े—क्या वे सभी ग़ाज़ियाबाद और नोएडा की नई-नई फ़ैक्टरियों में मांस और मज्जा की मशीनों में बदल गए थे? घर की याद के कारण उसका गद्य बहुत गीतिमय हो जाता था। बिनोद सोचता था कि जो लोग अपने-अपने क़स्बों से बाहर निकलते थे वे अजनबी शहरों में आकर पत्थर में तब्दील हो जाते थे और वे शहर की विस्तृत सड़कों पर पत्थरों की तरह बिछ जाते थे।

उसके लेख *आईना* शीर्षक से छपते थे। कुछ महीनों के बाद उसके सम्पादक ने उससे कहा कि उसको यह देखने की ज़रूरत है कि वह हिन्दी का पत्रकार बनना चाहता है या अंग्रेज़ी का। चुनाव आसान था। हिन्दी अख़बार के पाठक तो अधिक थे लेकिन पैसे अंग्रेज़ी में थे।

ख़ैर, पूरी तरह से अंग्रेज़ी में लिखते हुए बिनोद ने यह महसूस किया कि वह गाँवों और क़स्बों के बारे में आसानी से नहीं लिख पाता था। उसके पास वह भाषा नहीं थी जिसमें वह फ़सलों के बारे में लिख सके, या बाढ़ ला देनेवाली भारी वर्षा के बारे में, किसी जातिगत नरसंहार की ख़बर से उपजी उत्तेजना और उसके बाद के मौन के बारे में, खेतों के बीच से गुज़रने वाले जाने-पहचाने रास्तों के बारे में जो चाँदनी रात में चमकते थे, अँधेरे में दूर पोखर से आती स्त्रियों की चूड़ियों की आवाज़ के बारे में। वह लिखना चाहता

था कि होली-दीवाली के मौक़े पर किस तरह लोग श्रमजीवी एक्सप्रेस के अनारक्षित डिब्बे में सफ़र करते थे—लेकिन दिल्ली के अंग्रेज़ी अख़बारों के पाठकों की इस तरह के ख़बरों में रुचि क्यों होती? उसने अपने पाठकों को कई बार इस बात की याद दिलाई थी कि वे तब तक दूध लेकर आनेवाले या अपने कार ड्राइवर के दर्द को नहीं समझ सकते जब तक कि उन्हें हर छह महीने में अपने गाँव में यह देखने के लिए जाना पड़े कि वह बच्चा जिसके मुँह में पिछली बार दूध के चार दाँत थे अब उसकी तस्वीर दिखाने पर उन्हें पहचान पाता है या नहीं।

बिनोद यह सब इसलिए बता रहा था क्योंकि वह धर को यह बताना चाहता था कि वह सब समझता था, लेकिन उस आदमी ने कुछ कहा नहीं। वह सुन रहा था और धीरे-धीरे मुस्कुराए जा रहा था और इस तरह से अपना सिर हिलाए जा रहा था मानो वह टेलिविज़न पर आने वाला कोई आध्यात्मिक गुरु हो।

जब उसको बम्बई जाने के लिए कहा गया तो बिनोद ख़ुश था कि वह अंग्रेज़ी अख़बार में काम कर रहा था। शहर हिन्दी फ़िल्म उद्योग के लिए जाना जाता था, सैकड़ों फ़िल्में हर साल बनाई जाती थीं लेकिन अभिनेता इंटरव्यू अंग्रेज़ी में ही देते थे। देश में 1.2 करोड़ लोग भारतीय भाषाओं की फ़िल्में देखते हैं लेकिन सेट पर सभी अंग्रेज़ी बोलते थे सिवाय तब जब उनको पेड़ पर लाइट लगाने वाले कामगारों को कोई निर्देश देना होता था। यहाँ तक कि पटकथाएँ भी पहले अंग्रेज़ी में लिखी जाती थीं, बाद में उनका अनुवाद हिन्दी में किया जाता था। बिनोद समझ गया था कि अगर वह हिन्दी का पत्रकार होता तो बहुत अपमानजनक होता। फ़िल्म इंडस्ट्री में उसको वैसी इज़्ज़त नहीं मिलती।

एक रात किसी फ़िल्म के प्रीमियर पर पार्टी में पिलाया जा रहा मुफ़्त का जॉनी वाकर पीते हुए *दैनिक भास्कर* के एक फ़िल्मी पत्रकार ने पचास के दशक में *मदर इंडिया* जैसी फ़िल्म बनाने वाले महबूब ख़ान के बारे में बताना शुरू किया। उसने बताया कि जिस समय एक निर्देशक ने सहायक के रूप में महबूब का चुनाव किया उस समय वे चाय के एक ढाबे में काम करते थे। महबूब जाने-माने लेखक थे लेकिन कोई पटकथा पढ़ नहीं पाते थे। वह कुर्सी पर बैठकर पान खाते रहते थे और लेखकों से कहानी पढ़कर सुनाने के लिए कहते थे। एक अनपढ़ आदमी भारत का मशहूर फ़िल्म निर्देशक बन गया।

जो पत्रकार बिनोद से बात कर रहा था वह तम्बाकू खाता था, जिसके

कारण उसके दाँत काले पड़ गए थे। वह बनारस का रहने वाला था। जब बिनोद उसको सुन रहा था तो उसको महसूस हुआ कि लोग महबूब जैसे लोगों के बारे में बार-बार कहानियाँ सुनाया करते थे, जबकि उनको सच के बारे में ख़ास कुछ पता नहीं रहता था। इसका कारण यह था कि ऐसी कहानियों से उनको ऐसा लगता था कि वे भी जो चाहे कर सकते थे। यह भी बम्बई की एक ख़ासियत थी।

इस शहर और फ़िल्मी दुनिया के सम्पर्क में आने के बाद बिनोद को यह समझ में आया था कि वह आपके बाल काटने वाला आदमी भी सपने देखता है। आप संजय दत्त या शाहरुख़ ख़ान जैसे स्टार की तस्वीरों के नीचे आईने के सामने बैठे हैं, आपके बाल आपकी गर्दन से लिपटे गन्दे तौलिए पर गिर रहे हैं, और जो आदमी आपके बाल काट रहा है वह पोलिएस्टर की अपनी क़मीज़ के नीचे अपने कन्धे उचकाकर आपसे कहता है, "इसमें कोई शक नहीं कि आपका भाग्य होना चाहिए, लेकिन आपके पास एक योजना तो होनी ही चाहिए। आपको अपना भाग्य बनाना ही होता है।"

बिनोद ने विकास धर को बताया कि वह जिस अख़बार में काम करता है उसकी प्रसार संख्या भारत में सबसे अधिक है। उसने इस बात को स्वीकार किया कि वह बातचीत में अक्सर अख़बार का नाम लेता था क्योंकि लोग नाम समझ जाते थे।

धर ने पूछा, "आपको शर्म किस बात से आती थी?"

"पत्रकार के रूप में मैं किसी के कोई काम नहीं आ सकता था।"

"क्यों?"

"ऐसे अनेक पेशे हैं जिनमें कोई आदमी अधिक काम का हो सकता है। मुझे कम्प्यूटर का बुनियादी ज्ञान भर है। किसी ऐसे आदमी के साथ दोस्ती बहुत अच्छी हो सकती है जो कम्प्यूटर का जानकार हो। यही बात बैंकर, व्यवसायी, रेलवे के अधिकारी, कोई ट्रैवल एजेंट यहाँ तक कि कराटे इन्स्ट्रक्टर के बारे गें कही जा सकती है।"

धर ने मुस्कुराते हुए अपने तलवे सहलाए। उसने पूछा कि क्या पत्रकार की नौकरी से लिखने की उपलब्धि महसूस नहीं होती है।

बिनोद ने कहा कि उसने अपने लिए सम्मान की ज़रूरत को महसूस किया जब वह लोगों को यह बताने लगा कि ह्रितिक रोशन सुपर स्टार हो सकता

है लेकिन वह बहुत अच्छा इनसान। तब वह इस बात को छिपा लेता था कि ह्रितिक उसको अपने घर में ले गया और व्यायाम करते हुए इंटरव्यू दिया और इस बात की माफ़ी भी माँगी। धर हँसने लगा, और बिनोद बोला, "अगर मुझे बहुत बेचैनी सताने लगती है तो मैं यह जोड़ देता हूँ कि यह बात सही है कि ह्रितिक गधा है लेकिन वह कम-से-कम विनम्र तो है।"

——

नौ बजे धर अपने सोफ़े से उठा और उबासी लेने लगा। बिनोद ने यारी रोड आने के लिए लोकल पकड़ ली। ट्रेन का कम्पार्टमेंट आधा ख़ाली था, ऊपर लटक रहे दस्ते झूल रहे थे, उनको देखते हुए वह उस किताब को याद करने लगा जिसमें विदेश में रहने वाले लेखक ने भारतीय अतिनाटकीयता का मखौल उड़ाया था। उसको याद नहीं आ रहा था कि वह लेखक कौन था, रुश्दी या शायद नायपॉल, लेकिन उसको वह दृश्य अच्छी तरह याद था। उस किताब का एक किरदार ज़्याँ पाल सार्त्र के एक नाटक का भारतीय रूपान्तर देखने के लिए जाता है। सार्त्र के नाटक में एक आदमी घुटनों के बल बैठकर अपने घर के दरवाज़े से अन्दर झाँक कर देखता है क्योंकि उसको अपनी पत्नी के ऊपर शक है कि उसका किसी और से चक्कर है। वह अपनी पत्नी से कहता है कि बिज़नेस के सिलसिले में वह बाहर जा रहा है लेकिन कुछ घंटे में ही जासूसी करने के लिए आ जाता है। उसके बाद उसको महसूस होता है कि पीछे कोई है। जब वह पीछे मुड़कर देखता है तो पाता है कि उसकी पत्नी उसकी तरफ़ दुखी भाव से देख रही है। यह दृश्य शर्मिंदगी के बारे में था।

भारतीय रूपान्तर में, हालाँकि, घुटनों के बल बैठा पति पत्नी को देखकर हैरान हो जाता है, वह उसका सामना करने के लिए उठ खड़ा होता है। फिर तो चीखना-चिल्लाना होता है, रोना-धोना होता है, दोनों गले मिलते हैं और दोनों के बीच समझौता हो जाता है।

सम्भवतः इस तुलना का मक़सद यह बताना रहा हो कि भारतीय लोगों में ट्रेजेडी का भाव नहीं होता। उनके अन्दर कोई एक तरह का भाव इसलिए नहीं होता क्योंकि वे अतिनाटकीय होते हैं। उनको जो ज्ञान मिलता है वह फ़िल्मी कहानी के रूप में होता है जो सात गानों के साथ उनके समने आता है।

लेकिन बिनोद को भारतीय सिनेमा से किसी तरह की शर्म महसूस नहीं होती थी; हालाँकि वह ज़्यादातर नक़ल के रूप में होता था लेकिन उसके अपने क़ायदे होते थे और वह लोगों की उम्मीदों पर खरा भी उतरता था। यह उसको अच्छा लगता था। लेकिन वह इस बात को भी नहीं समझ पा रहा था कि माला श्रीवास्तव क़ी कहानी को बॉलीवुड फ़िल्म में किस तरह ढाला जा सकता था। उसने उस मृत महिला के रहस्य को सुलझाने की कोशिश शुरू की। उसने अपने जैसा एक किरदार गढ़ा, एक नौजवान जो कभी उसका प्रेमी था, जो कभी-कभी उसको फ़ोन किया करता था। उनके रास्ते अब बदल चुके थे; दोनों अलग-अलग दिशाओं में जा चुके थे। हो सकता है कि वह आदमी एक रात, आधी ख़ाली ट्रेन के डिब्बे में बैठा हो कि उसको उस दिन के अख़बार में क़त्ल की ख़बर दिखाई देती है। उसके बाद फ़िल्म फ़्लैशबैक में आगे बढ़ेगी।

धर ने उसे बताया कि वह एक सप्ताह के अन्दर फ़ोन करेगा और बताएगा कि वह फ़िल्म में क्या चाहता था। एक सप्ताह बीत गए लेकिन उसने फ़ोन नहीं किया। एक के बाद दूसरा सप्ताह भी गुज़र गया। बिनोद को अन्दर से चिन्ता होने लगी। एक इतवार वह बिस्तर पर लेटकर अख़बार पढ़ रहा था। उसने राशिफल की तरफ़ ध्यान दिया तो उसकी नज़र उस सप्ताह की भविष्यवाणी के ऊपर गई : "बदलाव के संकेत हैं। लेकिन अपने नज़रिए को बदलने की ज़रूरत है। आपका रुख़ और सकारात्मक होना चाहिए। लगभग पूरे सप्ताह आपका भाग्य आपका साथ देगा। लेकिन जब आपको ऐसा लगे कि आपका भाग्य साथ नहीं दे रहा तो इस बात को याद रखिए कि आपको उसकी तलाश करनी है। बुधवार ख़ास तौर पर अच्छा है।" उसको यह ख़याल तत्काल नहीं आया लेकिन आधे घंटे के अन्दर उसने यह तय कर लिया कि वह माला श्रीवास्तव के परिवार से मिलने के लिए पटना जाएगा।

ट्रेन में अगर उसको बुधवार का रिज़र्वेशन मिल जाता तो यह अच्छा संकेत होता। लेकिन एजेंट ने बताया कि बुधवार को ट्रेन में कोई जगह नहीं थी। लेकिन वह अड़ा हुआ था, और आख़िरकार डेढ़ सौ रुपये अधिक देने के बाद बिनोद को वह मिल गया जो वह चाहता था।

दो

बिनोद पत्रकार इसलिए बन गया क्योंकि स्कूल में उसने जॉर्ज ऑरवेल को पढ़ा था। ऑरवेल की तरफ़ उसका आकर्षण बर्मा में हाथी मारने को लेकर या अंग्रेज़ी भाषा की स्पष्टता को लेकर उसके लेख से अधिक इस बात के कारण हुआ कि उसका जन्म मोतिहारी में हुआ था। ऑरवेल की माँ ने 1903 में उसी अस्पताल में उसको जन्म दिया था जिसमें कई दशक के बाद बिनोद का जन्म हुआ। इस बात की जानकारी से बिनोद ऑरवेल के बारे में ऐसे सोचने लगा मानो वह उसका रिश्तेदार हो, मानो दोनों की एक ही जाति हो।

लेकिन जिस वजह से उसने सम्पादकीय लिखना शुरू किया वह उसके पिता थे।

बाबा को बहुत सी बातों से ग़ुस्सा आता था। अंटार्कटिका से आने वाली हवा के कारण ऑस्ट्रेलिया में बारिश नहीं हो रही। अमेरिका के कनेक्टिकट राज्य में आसमान से मेढक की बारिश हुई। चीन में एक आदमी को इसलिए गिरफ़्तार किया गया क्योंकि वह पीने के पानी के कुंड में ज़हर मिला रहा था ताकि उसके वाटर प्युरिफ़ायर की बिक्री बढ़ सके। आज़मगढ़ में एक आदमी को उसके चाचा ने मृत घोषित कर दिया क्योंकि वह उसकी सम्पत्ति चाहता था। लेकिन उस आदमी ने लड़ाई लड़ी। उसने एक मृतक संघ बनाया और अपनी हर याचिका में मृतक शब्द का उपयोग करता था। यह बात अदालत में साबित करने में उसको अठारह साल लग गए कि वह वास्तव में ज़िन्दा था। बाबा इन बातों पर ध्यान देते थे।

वे रेडियो सुनते थे और नज़र कमज़ोर होने के बावजूद पत्र-पत्रिकाएँ पढ़ते थे। वे इस बात को समझने की कोशिश करते थे कि दुनिया में क्या-क्या ग़लत हो रहा है। फिर उनका अपना शरीर बीमार रहने लगा, उनको इस बात का भाव हुआ कि इस धरती को मौत ख़त्म कर रही थी, एक मारक कैंसर

धरती को दुर्गन्ध के ढेर में बदल रहा था, इसकी नदियों और समुद्रों के जल के रंग को बदल रहा था। तब उन्होंने अपनी खोज को और स्पष्ट किया। अब वे मृत्यु के जनतंत्र के बारे में बात करते थे और ख़ुद को दिलासा देते थे कि किस तरह से इसने छोटे-बड़े किसी को नहीं छोड़ा था।

एक साल पहले जब वे दिल्ली में एम्स में इलाज करवाकर ट्रेन से पटना लौट रहे थे तो उन्होंने बिनोद को महात्मा गांधी की मृत्यु से जुड़ी एक कहानी सुनाई। गांधी जी हर सुबह बकरी का दूध पीते थे। जिस दिन गांधी जी की हत्या हुई देश में किसी के घर चूल्हा नहीं जला। दिल्ली के बिड़ला हाउस में सर्वेंट क्वार्टर से वह बाग़ दिखाई देता था जहाँ नाथूराम गोडसे ने महात्मा गांधी के सीने में तीन गोलियाँ दागी थीं। उससे पहले सुबह में सर्वेंट क्वार्टर में रोटी पकाने के लिए आटा साना जा चुका था लेकिन बाद में उसको किसी ने छुआ भी नहीं। रात में गांधी की बकरी ने रसोई के दरवाज़े से अपना सिर अन्दर घुसाया और साना हुआ आटा खा गई। सुबह बकरी पेट फूलने से मर गई। उसकी आँखें बाहर निकल आई थीं।

उस सफ़र में बाबा ट्रेन के एक खटारा डिब्बे में वह कहानी बिनोद को सुना रहे थे। उनका बीमार शरीर बर्थ पर पसरा हुआ था। ट्रेन के डिब्बे से अधिक शोर कहीं और नहीं होता है लेकिन उनके आसपास के मुसाफ़िर धीरे-धीरे बात कर रहे थे और जब बाबा बोल रहे थे तो उनको सुन रहे थे। बिनोद लोगों की आँखों में जो देख रहा था उससे बहुत चिढ़ गया था और इस कारण वे लोग बाबा से अलग तरह का बर्ताव कर रहे थे। लेकिन बाबा यह बताकर ख़ुश थे। ऐसा लग रहा था मानो वे कहीं दूसरी तरफ़ से इस ख़बर को लेकर आए हों। बिनोद जब पटना लौट रहा था तो उसके दिल में छुपी हुई एक ख़्वाहिश थी। रात की ठंडी हवा और ट्रेन के हिचकोलों में उसको बर्थ पर नींद आ गई। ट्रेन अँधेरे में रुक गई थी। कोई कुछ बेच नहीं रहा था, कोई भी रात के दो या तीन बजे ताजमहल की छोटी सी मूर्ति ख़रीदने के लिए या बेस्वाद कुल्हड़ चाय बेचने के अपने मौलिक अधिकार का उपयोग नहीं कर रहा था, लेकिन एक अजीब-से ख़याल के साथ उसकी नींद खुली कि उन लोगों को इस कारण पकड़ लिया गया था क्योंकि ट्रेन में किसी की मृत्यु हो गई थी।

करने के लिए कुछ नहीं था सिवाय इसके कि डिब्बे में कफ या खर्राटों की आवाज़ सुनते हुए लेटे रहा जाए। वह रात साँसों से भरी रात थी।

घर में बाबा पीठ के बल लेटे हुए थे, उस दिन के अख़बार का पन्ना उनके चेहरे के पास था। उन्होंने दाढ़ी नहीं बनाई थी और उनके चेहरे पर वैसी मुर्दनी पहले नहीं थी। उनका बायाँ हाथ फूल गया था क्योंकि किसी नए इंजेक्शन का ग़लत असर हो गया था। बिनोद दरवाज़े के अन्दर खड़ा था, उसका सूटकेस पीछे रखा था। जब उसने अपने पिता के पास जाते हुए उनके पैर छुए तो बाबा ने तत्काल यह बताना शुरू कर दिया कि वे उन दिनों क्या पढ़ रहे थे। इराक़ में काफ़ी अनिश्चितता व्याप्त थी; युद्ध को लेकर भ्रम फैला हुआ था, हर तरफ़ अफ़वाहों का बाज़ार गर्म था। बिनोद के शरीर से ट्रेन की गन्ध आ रही थी। वह कुर्सी पर बैठकर सुनने लगा।

बाबा ने कहना शुरू किया, "जब हम लोग बच्चे थे तो *अरेबियन नाइट्स* की कहानियों से बग़दाद के बारे में जाना। राजा की क्रूरता के बारे में और वज़ीर की बेटी द्वारा सुनाई गई कहानी। आज इराक़ में क्या सही है क्या ग़लत कौन बता सकता था? लोग कह रहे हैं कि बग़दाद में अमेरिकी इराक़ी नोटों को जला रहे हैं और देश में नगदी नहीं बचेगी, न कोई धन्धा बचेगा न काम। उदय हुसैन ने जिन बाघों को पालतू बनाकर रखा था वे सड़कों पर घूम रहे हैं।"

इस तरह की अफ़वाहें थीं कि इज़रायल के लोग इराक़ में ज़मीन-जायदाद ख़रीद रहे थे जिस तरह से उन्होंने फ़िलिस्तीन में किया था। इस तरह की ख़बरें आई थीं जो निश्चित रूप से सच नहीं थीं। बाबा ने बीबीसी पर सुना था कि इस तरह की ख़बरों के आने के बाद पाकिस्तान में दंगे भड़क गए कि अमेरिकी सिपाही इराक़ में स्कूल जाने वाली लड़कियों को पॉर्न बेच रहे थे।

बिनोद ने खखारकर अपना गला साफ़ किया। लेकिन बाबा ने उसकी तरफ़ नहीं देखा। उनका कहना था कि पत्रकारों को इस बारे में लिखना चाहिए कि लोगों को अफ़वाह फैलाने से बचना चाहिए। वे यह जानना चाहते थे कि अबू गरेब के अत्याचारों के बारे में बिनोद क्या सोचता था—और फिर जवाब सुनने के लिए उन्होंने इन्तज़ार भी नहीं किया। शायद बिनोद की चुप्पी को उन्होंने असहमति समझ लिया और वे ज़ोर-ज़ोर से बोलने लगे।

"दुनिया को पता चलने के पहले ही सड़कों पर बात फैल चुकी होगी। लेकिन जो लोग अफ़वाहों में यक़ीन रखते हैं उन लोगों ने भी लिंडी इंग्लैंड के मुस्कुराते चेहरे के बारे में कल्पना नहीं की होगी। नंगे क़ैदियों के ऊपर फिरते

हुए उसके हाथ, उसके अपने वक्षों के ऊपर उसके हाथ, दुभाषिया इराक़ियों से हस्तमैथुन के लिए कह रही थी।"

बिनोद को ठीक से याद था कि उसके बाबा ने उसके सामने इस शब्द का प्रयोग पहले कभी नहीं किया था। वह यह सोचकर उदास हो गया कि इसी तरह की छोटी-छोटी बातों से किसी वयस्क आदमी को यह पता चलता है कि उसके पिता मर रहे हैं। वह अपने पिता से यह पूछना चाहता था कि उनकी छाती का दर्द बढ़ तो नहीं गया था या वे दवाएँ समय पर ले रहे थे या नहीं। लेकिन उसने नहीं पूछा क्योंकि इसका मतलब इस बात को मान लेना होता कि बाबा की देखभाल की ज़रूरत थी और वह वहाँ देखभाल करने के लिए नहीं था। वह अपने पिता को माला श्रीवास्तव के बारे में अपनी दिलचस्पी की बात बताना चाहता था, लेकिन उसने बताया नहीं। बाबा ने अपने जीवन काल में कुछ सरकारी डॉक्यूमेंट्री फ़िल्में बनाई थीं; नाच-गाने वाली हिन्दी फ़िल्मों में उनकी दिलचस्पी नहीं के बराबर थी। बिनोद उनको विकास धर के बारे में कैसे बताता?

बाबा भी यही चाहते कि बिनोद लेखक बन जाए। उनके दिमाग़ में जो साँचे थे वे भी कपड़ों की तरह पुराने पड़ चुके थे। देश भर में अरुंधति रॉय जैसे युवा लेखकों की धूम मची हुई थी लेकिन बाबा अभी भी मुंशी प्रेमचन्द के प्रशंसक थे जिन्होंने हिन्दी लेखन में यथार्थवाद की शुरुआत की थी—लेकिन बम्बई में पटकथा लेखक के रूप में असफल रहे थे। प्रेमचन्द बाबा के जन्म के एक-दो साल के अन्दर गुज़र गए थे, लेकिन लगता है अपनी मृत्यु के बाद वे और अधिक प्रसिद्ध हो गए। बाबा का ऐसा मानना था कि अगर स्वीडिश एकेडेमी को हिन्दी भाषा के बारे में पता होता तो प्रेमचन्द को नोबेल पुरस्कार मिला होता। लेकिन यह महज़ भाषा की बात नहीं थी; दुनिया में अन्याय की जड़ें गहरी रही हैं। बाबा इस बात को समझ नहीं सकते थे कि साहित्य का नोबेल पुरस्कार विंसटन चर्चिल को क्यों मिला, जवाहरलाल नेहरू को क्यों नहीं। नेहरू की *ऑटोबायोग्राफ़ी* और *डिस्कवरी ऑफ़ इंडिया* पटना वाले घर की किताबों में बिनोद ने बचपन से देखा था। किताबों की एक ही अलमारी थी और वह बैठकख़ाने में थी। कई बार कोई मेहमान पास जाकर किताबों को देखता था। बर्ट्रेंड रसेल, गांधी, नेहरू, मुल्कराज आनन्द, हजारीप्रसाद द्विवेदी, महादेवी वर्मा, पर्ल एस बक, हेमिंग्वे। बाबा मेहमान की तरफ़ मुड़कर कहते

थे कि नेहरू जैसी अंग्रेज़ी आज़ादी के पहले और बाद में किसी की नहीं हुई।

जब बिड़ला हाउस में गांधी का शरीर शोकाकुल लोगों से घिरा हुआ था तो नेहरू ने ऑल इंडिया रेडियो से देश के नाम सम्बोधन दिया था। उन्होंने बिना किसी नोट के अंग्रेज़ी में भाषण दिया था—

> हमारी ज़िन्दगी की रौशनी चली गई और चारों तरफ़ अन्धकार छा गया है। हमारे प्यारे नेता, बापू, जिन्हें हमने राष्ट्रपिता कहा, नहीं रहे। मैंने कहा, रौशनी चली गई। लेकिन मैं ग़लत था, क्योंकि इस देश में जो रौशनी चमकी थी वह कोई आम रौशनी नहीं थी... वह रौशनी आज से बढ़कर आगे के लिए थी; वह ज़िन्दगी का प्रतीक थी, सनातन सत्य का, हमें उचित राह की याद दिलाने वाली, हमें ग़लतियों से बचाने वाली, इस प्राचीन देश को आज़ाद करवाने वाली।

——

बिनोद अगले दिन उस घर की खोज में गया जहाँ माला श्रीवास्तव की माँ रहती थी। लेकिन ज्योतिषी की जिस भविष्यवाणी से उसको उम्मीदें थीं वह सही नहीं निकली। उसको जाने से कोई लाभ नहीं हुआ। माला की छोटी बहन को शक था और बिनोद ऐसी कोई बात नहीं कह पाया जिससे उसका सन्देह दूर हो पाता।

उसी दोपहर बिनोद बुआ के पास गया। वे बाबा की छोटी बहन थीं और जानी-मानी राजनेता थीं। उनका बेटा रबिन्दर हाजीपुर जेल में था और बिनोद यह चाहता था कि बुआ उसकी रबिन्दर से मुलाक़ात का इन्तज़ाम कर दें। उसने बुआ से यह नहीं बताया कि माला के प्रेमी सूरजदेव त्रिपाठी को गिरफ़्तार करके हाजीपुर के उसी जेल में भेज दिया गया था। बिहार सरकार में गृह और जेल मामलों के मंत्री थे किशन मुरारी ठाकुर। जब वे छात्र नेता थे बुआ उनको तभी से जानती थी। उन्होंने किशन मुरारी के सचिव को फ़ोन मिलाया। उनकी आवाज़ सामान्य से कुछ ऊँची थी, जो उस हालत में हो जाती थी जब वे यह जताती थीं कि वे अनुग्रह चाहती हैं, वह भी ऐसे लोगों से जिनको सामाजिक

रुतबे में वे ख़ुद से कमतर समझती थीं। बाद में उन्होंने बताया कि इस मंत्री की उम्र चालीस के आसपास है, बीस साल पहले यह आन्दोलनकारी था। उनकी आवाज़ से लगा कि वे कुछ मज़ाक़िया लहजे में बोल रही थीं, "वह नाई जाति का है," उन्होंने मुस्कुराते हुए बताया। "सीवान में इसका बाप आज भी सैलून चलाता है।"

शाम होने के पहले बिनोद किशन मुरारी के बँगले पर पहुँच गया। उसको अन्दर ले जाया गया और मेहमानखाने में लोहे की एक कुर्सी पर बिठाया गया। बाहर बरामदे में कुछ लोग बैठे हुए थे। उनके चेहरे पर ऐसे भाव थे जैसे किसी शादी में ग़रीब रिश्तेदारों के चेहरे पर रहते हैं। कुछ समय के बाद एक नौकर छोटे से प्याले में चाय लेकर आया। चाय दूध वाली थी, और उसका रंग लाल था। दीवार पर एक फ़ोटो नेताजी की थी और थोड़ी दूर पर एक फ़ोटो उसके नेता लालू प्रसाद यादव की। बुआ अकेली थीं जो सवर्ण जाति से ताल्लुक़ रखती थीं जो थोड़ी अजीब बात थी। लालू के समूह में तथाकथित पिछड़ी जातियों और मुसलमान समुदाय के लोग थे। लेकिन बुआ को लालू से उम्मीदें थीं। लालू ने चुनाव के लिए सोनिया गांधी की कांग्रेस से गठबन्धन किया था और दिल्ली में उनकी भूमिका बड़ी होने वाली थी।

मंत्री के घर में बिनोद के सिर के पीछे एक फ्रेम टँगा हुआ था। उसके अन्दर एक चिट्ठी मढ़ी हुई थी जिसमें अंग्रेज़ी में लिखा हुआ था, "आपकी शादी के मौक़े पर बहुत-बहुत बधाई। आप लोगों के संग-साथ के नए जीवन के लिए हमारी शुभकामनाएँ आपके साथ हैं।" सन्देश के बाद बाईं तरफ़ नीचे बिल क्लिंटन का हस्ताक्षर था और दाईं तरफ़ हिलेरी रॉडम क्लिंटन का। लिफ़ाफ़े के ऊपर मंत्री और उसकी पत्नी का नाम था, लेकिन पता दिल्ली के किसी इलेक्ट्रॉनिक व्यवसाय का था। ऊपर दाएँ कोने में काली स्याही में राष्ट्रपति क्लिंटन का हस्ताक्षर उभरा हुआ था। किसी ने बॉल प्वाइंट पेन से मुहर के लाल निशान के ऊपर निशान लगा रखा था, जिसका मतलब यह था कि डाक खर्च बाक़ी था।

कमरे में दूर कोने में एक मेज़ के ऊपर तीन ट्रॉफ़ियाँ रखी हुई थीं। सभी या तो शीशे के अन्दर रखी हुई थीं या पारदर्शी प्लास्टिक में। कोई अख़बार या पत्रिका नहीं थी। वह सोच रहा था कि कहीं उसका गला तो नहीं बैठ रहा था।

उसके बाद तेज़ी से पर्दा हटाते हुए किशन मुरारी ठाकुर कमरे में आया और उसने बड़े आराम से हथेली बढ़ाकर बिनोद से हाथ मिला लिया। वह काला था। उसके चौड़े जबड़े पर काली घनी दाढ़ी थी, जिसको अच्छी तरह से तराशा गया था और दाढ़ी के पीछे से सफ़ेदी झाँक रही थी। मंत्री बैठा नहीं। उसके पास से बोरोलीन की महक आ रही थी। उस गन्ध से बिनोद को अपना बचपन याद आ जाता था। हरे रंग के ट्यूब के ऊपर काले रंग से अंग्रेज़ी में लिखा रहता था, *कटी-फटी त्वचा के लिए और रूखे निप्पल्स के लिए*। उन दिनों, वह तब तक हाथ में बोरोलीन नहीं लगा सकता था जब तक कि उसको कटे-फटे का कोई निशान नहीं दिखाई देता था। किशन मुरारी ने धीरे से कहा, "आप इन्तज़ार कीजिए। मैं आपको चिट्ठी दे दूँगा। आप कल लेकर जेल चले जाना। कोई मुश्किल नहीं होगी।" थोड़ी देर के बाद चश्मे वाला एक छोटा आदमी आया और उसने बिना कुछ कहे भूरे लिफ़ाफ़े में एक चिट्ठी सौंप दी। इस छोटे से क़दम से बिनोद के अन्दर की चिन्ता और अपमान दूर हो गया जो उसको तभी से हो रही थी जब से उसने हॉवर्ड पब्लिक स्कूल के ऊपर के फ़्लैट से बाहर क़दम रखा था।

——

उस रात बिस्तर में लेटे-लेटे बिनोद ने यह तय किया कि वह उस दिन सुबह सबसे पहले हनुमान मन्दिर जाएगा और अपने भाई के लिए एक डिब्बा मिठाई लेगा।

उस मन्दिर के लड्डू रबिन्दर को बहुत पसन्द थे; वे बहुत मीठे होते थे और मुँह में बड़ी आसानी से घुल जाते। वह हनुमान का भक्त था। यहाँ तक कि उसके साइबर 'इन टच' के अन्दर भी एक फ्रेम में उसके प्रिय देवता की तस्वीरें टँगी हुई थीं। जिसके बारे में उसकी गिरफ़्तारी के बाद से पटना के प्रेस में यह लिखा जा रहा था कि वह अन्दरूनी रूप से एक इंटरनेट रंडीख़ाना था। सामने के दरवाज़े से भीतर घुसते ही पवनसुत भगवान हनुमान का विशाल चित्र दिखाई देता था। फूले हुए गाल, कमानीदार भौंहें और स्वर्णमुकुट तले पतला ललाट, उनकी भूरी आँखें आत्मविश्वास के साथ आगे की तरफ़ देख रही थीं;

गठीला बायाँ हाथ, जिसके ऊपर पीले रोयें थे, पीछे लम्बी घुमावदार पूँछ! उस देवता को रेशमी लँगोट पहनाया गया था जो गुप्तांगों के पास चुस्त था। दाईं हथेली पर हनुमानजी ने हरा-भरा पहाड़ उठा रखा था जिस पर संजीवनी बूटी उगी हुई थी। संजीवनी बूटी पर चाँदी के छोटे-छोटे सितारे लगे हुए थे जो रौशनी में चमकते थे।

रबिन्दर रोज़ सुबह पूजा करता था। और हनुमानजी के ख़ास दिन मंगलवार तथा शनिवार को वह रात में भी पूजा करता था। बिनोद जब रबिन्दर को याद करता था तो उसको यह बात ज़रूर याद आती थी। बचपन में जिन कमरों में वे दोनों साथ-साथ रहते थे उनके किसी कोने से रबिन्दर के हनुमान चालीसा पढ़ने की आवाज़ गूँजती थी। पूजा करते समय रबिन्दर कभी पीछे मुड़कर नहीं देखता था, लेकिन उसकी आँखें सतर्क और चंचल रहती थीं, बिनोद जो कुछ भी करता था सब कुछ देखते हुए। वह आगे-पीछे झूमता रहता था, पूजा के बीच में कभी नहीं रुकता था, जब भी वह कोई पंक्ति भूल जाता था तो उसकी आवाज़ तेज़ हो जाती।

पिछले कई सालों से रबिन्दर ने यह आदत बना ली थी कि वह हर कुछ सप्ताह में किसी नई योजना के साथ सामने आता था और सौभाग्यशाली दिनों के लिए अक्सर ज्योतिषियों से सम्पर्क करता था। जब वह बहुत बेचैन रहता था तो नेताओं और बड़े अधिकारियों के यहाँ बार-बार जाता था, वह आधी रात में बिचौलियों से यह बात करता कि घूस में कितनी रक़म देनी थी। वह रात में तीर्थयात्रा पर बनारस या देवघर जाता रहता था। किसी ख़ास योजना पर काम करने के दौरान उसकी कलाई में लाल और पीले धागे बँधे होते थे जो शहर के उसके सभी प्रिय मन्दिरों के पुजारियों द्वारा बाँधे गए होते थे।

तीन

उसके पिता का ड्राइवर बिनोद को हाजीपुर लेकर जा रहा था।

बाबा ने लगभग पूरी उम्र जीवन के बड़े हिस्से तक के पास कोई कार नहीं ली थी। लेकिन जब उनको कैंसर हो गया और उनको नियमित रूप से अस्पताल जाने की ज़रूरत पड़ने लगी तो उन्होंने नीले रंग की एक मारुति कार ख़रीद ली। बिनोद को अभी भी कार से वैसी ही गन्ध आ रही थी जैसी नई कार से आती है। पटना रेलवे स्टेशन से बाहर आती कारों, ऑटो और साइकिलों की भीड़ के बीच धीरे-धीरे जगह बनाती हुई कार आगे बढ़ रही थी, उसके बाद कृष्णा चौक गोल चक्कर से मुड़कर कार दक्षिण दिशा में कुम्हारटोली की तरफ़ बढ़ गई और फिर राजेन्द्र नगर की नई-नई क्लिनिक और दवा की दुकानें नज़र आईं। बाबा हमेशा कहते थे कि बिहार जैसे पिछड़े इलाक़े में अगर आप दवा की दुकान खोलते हैं तो आपको ख़रीदारों की कमी नहीं होगी।

गंगा के ऊपर बने पुल के मुहाने पर टोल देने के लिए कारों और बसों की लम्बी क़तारें लगी हुई थीं। कुछ दूरी पर, नदी की दूसरी तरफ़ दोनों ओर केले के बाग़ान दिखाई दे रहे थे। सुबह की गर्मी के कारण केले के पत्तों पर ओस की हल्की बूँदें दिखाई दे रही थीं। मारुति की बग़ल में एक बस आकर रुक गई और उससे कुछ लोग हाथ-पैर सीधे करने या सड़क के किनारे पेशाब करने के लिए नीचे उतरे।

बस से तेज़ संगीत की आवाज़ आ रही थी। गाना भोजपुरी का था किसी लोकप्रिय गाने की धुन पर उसके बोल बिठाए गए थे। *काका हमार विधायक हउएँ, नहीं डेराइब हो/एऽ डबल चोटी वाली, तोहके टाँग के ले जाइब हो।* गाना ख़ुशी-ख़ुशी बज रहा था। गायक यानी अपहरण करने की बात करने वाला लड़की से यह कह रहा था कि उसके पास बहुत पैसे हैं और पुलिस भी उसके साथ थी। वह लड़की को अपने साथ रूस लेकर जाएगा।

फिर अचानक जीपों और मोटरसाइकिलों की आवाज़ आई। जीप के सामने झंडे लहरा रहे थे और बग़ल में सोनिया गांधी की तस्वीर लगी हुई थी। मोटरसाइकिल पर सवार कुछ लोगों के हाथों में बन्दूक़ें भी लहरा रही थीं। सत्तारूढ़ भारतीय जनता पार्टी बुरी तरह हार गई थी और कांग्रेस गठबन्धन करने में लगी हुई थी। इस बात की सम्भावना थी कि अगले दिन सोनिया गांधी प्रधानमंत्री बन जाएँ। ये लोग किसी रैली के लिए जा रहे थे। उनको टोल देने की कोई ज़रूरत नहीं थी। बिनोद का ड्राइवर एक नौजवान था जिसकी लहराती हुई जुल्फें माथे पर अच्छी तरह से चिपकी हुई थीं। उसने रियर व्यू मिरर में पीछे बिनोद को देखा और बोला, "वे गाड़ी ऐसे चला रहे हैं मानो किसी मरते हुए आदमी को अस्पताल लेकर जा रहे हों।"

उस नौजवान को शायद अपने बाबा के साथ इस ढंग से बातचीत करने की आदत थी। इस तरह की टिप्पणियाँ उसके पिता परिवार वालों के सामने अक्सर करते रहते थे। यह सम्भव है कि बिनोद की मुलाक़ात उस ड्राइवर से पहले भी हुई हो, लेकिन उसके जैसी पतली मूँछें, उँगलियों में सस्ती अँगूठी, पोलिएस्टर की क़मीज़ कोई भी पहन सकता था।

बिनोद जब जेल के गेट पर पहुँचा तब दस बजे से कुछ अधिक का वक़्त हो चुका था। जेल के अधिकारियों को देने के लिए उसके पास चिट्ठी थी। हेड कांस्टेबल ने बताया कि जेल अधीक्षक मिस्टर प्रसाद मंगलवार की सुबह देर तक पूजा करते थे और उनको आने में देर हो सकती थी।

बाईं तरफ़ एक खिड़की के बाहर क़रीब तीस लोगों की भीड़ खड़ी थी और मुलाक़ाती उन क़ैदियों के नाम ले रहे थे जिनसे उनको मिलना था। लोगों को देखकर लग रहा था मानो कूड़े के ढेर पर कौए। एक आदमी प्लास्टिक का एक बैग लिये गेट के बाहर खड़े सिपाहियों की तरफ़ बढ़ रहा था, और अचानक उनमें से एक ने पहले अपने दाएँ हाथ से एक लाठी घुमाई और फिर बाएँ हाथ से और उस आदमी के पैरों पर लगातार प्रहार करने लगा। वह आदमी लाठियों की मार कभी इस पैर पर कभी उस पैर पर सहते हुए इस उम्मीद में था कि सिपाही शायद उसकी बात सुन लें।

जो हेड कांस्टेबल बिनोद की चिट्ठी लेकर भीतर गया था वह वापस आया और उसको गेट की तरफ़ लेकर गया। उसने लोहे के छोटे दरवाज़े को तीन बार थपथपाया, जैसे किसी पिंजरे का दरवाज़ा हो, और दरवाज़ा

अन्दर से खुल गया। बिनोद को दफ़्तर में इन्तज़ार करने के लिए कहा गया। वहाँ कोई भी नहीं था और ऐसा लग रहा था कि उसको वहाँ आराम करने के लिए बिठाया गया है। अब उसको गर्मी नहीं लग रही थी और आवाज़ें ऐसे आ रही थीं मानो दूर से आ रही हों। वे उन क़ैदियों को आवाज़ देती सिपाहियों की आवाज़ें थीं जिनके मुलाकाती आए हुए थे : 'मंगल गोप, वार्ड नम्बर तीन', 'प्रभात कुमार, वार्ड एक बटा दो।' 'मुनेश्वर सिंह, मुज़फ़्फ़रपुर के बाबू साहब हैं।'

दफ़्तर में एक बड़ी मेज़, दो कुर्सियों और गांधी की एक धुँधली तस्वीर के सिवा कुछ नहीं था। दीवार की नमी तस्वीर में आ गई थी। उस तस्वीर के नीचे काले रंग से पेंट करके लिखा गया था : *मैं महज़ सत्य का क़ैदी हूँ। एम. के. गांधी। राष्ट्रपिता।*

तीस मिनट से भी अधिक समय बीत गया।

बिनोद का मन बार-बार उन लड्डुओं को खाने का हो रहा था जो उसने ख़रीदे थे, लेकिन वह अपने आपको रोकता रहा।

दो-एक बार दरवाज़े पर कोई सिर दिखाई देता और फिर पर्दे के पीछे ग़ायब हो जाता। लोहे के बजने की आवाज़ आती थी। गर्मी बढ़ती जा रही थी, सरदर्द की तरह वह तेज़ होती जा रही थी। सिपाहियों की आवाज़ें अभी भी क़ैदियों को आवाज़ लगा रही थीं। मिस्टर प्रसाद आए। वह अधेड़ थे और उनके गलमुच्छे घने थे। उन्होंने लाल रंग की छापे वाली क़मीज़ पहन रखी थी और नीचे मोहरी वाली पैंट। पहले तो बिनोद को लगा कि अधीक्षक महोदय ने अपने चेहरे और गले पर पाउडर लगा रखा है लेकिन उसको जल्दी ही समझ में आ गया कि उसे कोई बीमारी थी और उसने त्वचा पर उभरे लाल चकत्तों पर सफ़ेद क्रीम लगा रखी है। चिट्ठी पढ़ते हुए उसने कई बार ऐसे गर्दन हिलाई मानो कोई उसके कानों में कुछ कह रहा हो। फिर लम्बी चुप्पी के बाद उसने अपनी मेज़ पर पड़ी घंटी का हरा बटन दबाया और एक सिपाही से कहा कि वह बिनोद को रबिन्दर के सेल में ले जाए।

बिनोद को देखकर रबिन्दर ने मुस्कुराते हुए कहा, "बम्बई से लाइव! हमारा फ़िल्मी रिपोर्टर बिनोद सिंह!"

बिनोद भी हँसने लगा। फिर उसने सिपाही की तरफ़ देखा। रबिन्दर ने उस आदमी से मुस्कुराते हुए पूछा, "ख़ान साहेब, आपने इस अच्छे नागरिक

को किस जुर्म में बन्द किया है?" रबिन्दर के सामने सिपाही बौना लग रहा था। उसने हाथ जोड़े और कमरे से बाहर निकल गया।

वह सेल डोरमेटरी था। कुर्सियाँ और बिस्तर नहीं थे, केवल दीवार से लगाकर रखे हुए कम्बल थे। सम्भवत: रात में वहाँ कम-से-कम दर्जन भर लोग सोते थे; दूसरे कोने में चार लोग पड़े हुए थे, जो बिनोद के वहाँ आते ही उठे और निकल गए। रबिन्दर का बिस्तर खिड़की के पास बड़े कोने में था। उसके बिस्तर के पास फ़िल्मी पत्रिकाएँ और हिन्दी के अख़बार पड़े हुए थे। बिनोद की आँख बिस्तर के पास पड़ी एक किताब पर ठहर गई। उसके चमकीले कवर पर काले रंग पर पीले से लिखा था—*हाउ टू मेक ए हैबिट ऑफ़ सक्सेस*।

रबिन्दर स्वस्थ दिखाई दे रहा था। उसने क़ैदियों के कपड़े नहीं, सफ़ेद कुर्ता पहन रखा था जिसकी शायद उसको छूट मिली हुई थी। रबिन्दर बिनोद से चार साल छोटा था; अपने भाई की नक़ल में वह भी अपनी माँ को बुआ बुलाता था। यह बचपन की आदत थी। वह बिनोद के माँ-बाबा को माँ-बाबा ही बुलाता था। उसने बाबा के स्वास्थ्य के बारे में पूछा। फिर अजीब ढंग से एक से अधिक बार रुकते हुए कहा, "बाबा मुझे झेलने की पूरी कोशिश करते हैं, लेकिन माँ मुझे उसी तरह से प्यार करती हैं जिस तरह आपको।"

रबिन्दर ने एक कहानी सुनानी शुरू की। उसे बेतिया से पटना आए एक या दो साल हुए थे और उसने पटना के स्कूल में पढ़ाई शुरू कर दी थी। वह अंग्रेज़ी और गणित में फेल हो गया। उस समय बाबा बाहर थे। रबिन्दर ने रिपोर्ट कार्ड बाबा को दिखाया तो देखने के बाद उन्होंने चश्मा उतारा और बड़े शान्त भाव से भविष्यवाणी की कि वह सड़क पर भीख माँगेगा। उसी शाम जब माँ स्कूल से लौटीं तो उन्होंने उसको होमवर्क करवाना शुरू किया। कक्षा में वे टैगोर की एक कहानी पढ़ रहे थे। माँ ने उसका ध्यान दिलाया कि उस महान बंगाली लेखक के नाम पर उसका नाम था।

रबिन्दर ने कहा, "मुझे यह बहुत अच्छी तरह याद है क्योंकि किसी ने पहली बार उस दिन नोबेल पुरस्कार के बारे में बताया था।" जब वह बिनोद को यह कहानी सुना रहा था तो इस बात से पूरी तरह से बेख़बर था कि वह उस समय कहाँ था। उसने कहा, "उन्होंने मुझे यह सिखाया था कि मैं जो चाहे कर सकता हूँ।"

बिनोद के हाव-भाव से उसको ऐसा लगा होगा क्योंकि रबिन्दर ने यह कहा कि बिहार की मुश्किल यह थी कि अगर आप जेल चले गए तो लोग यह मान लेते हैं कि आप जीवन में कुछ भी नहीं कर सकते। यह बात ग़लत थी। उसके जीवन के कुछ लक्ष्य थे—उसने अंग्रेज़ी के शब्द 'विज़न' का प्रयोग किया था। इस बार जब वह गिरफ़्तार हुआ तो पुलिस वालों ने उसके राजनीतिक सम्पर्क का मज़ाक़ उड़ाया। वे जानते थे कि वह किसका लड़का है। उन्होंने कहा कि इस बार वह लम्बे समय तक जेल में रहेगा। शायद वे चाहते थे कि वह टूट जाए और गुनाह क़ुबूल कर ले। सबसे बुरा था वह ग़ुस्ताख़ पुलिस अफ़सर, जिसका नाम अनुराग सिन्हा था। वह एक लम्बा और हट्टा-कट्टा आदमी था और पटना साइंस कॉलेज से क्रिकेट खेल चुका था और शायद इसी कारण उसने कपिल देव की तरह मूँछें रखी हुई थीं। सिन्हा ने रबिन्दर से कहा, "गांधी और नेहरू जब जेल में थे तो उन्होंने ख़ूब सारी किताबें लिखीं, शायद पता होगा तुमको। तुम क्या करना चाहते हो?"

रबिन्दर ने जवाब दिया था, "अगर आप महानुभाव मुझे जेल में लम्बे समय तक रख पाए तो शायद मैं बिज़नेस मैनेजमेंट का कोर्स कॉरिस्पांडेंट से कर लूँ।"

रबिन्दर ने बताया कि जब उसने अपनी इस ख़्वाहिश का इज़हार किया तो पुलिस वाले प्रभावित लगे थे। लेकिन जैसे ही पुलिस वाले सँभले, वे फिर उसका मज़ाक़ उड़ाने लगे; जेल जाने से ज़्यादा ग़ुस्सा रबिन्दर को इसी बात पर आया। वह बिहार में विकास की कमी की शिकायत करने लगा।

उसके बाद वह अपनी कहानी पर वापस आया। जब रबिन्दर ने यह बताया कि वह बिज़नेस मैनेजमेंट में डिग्री लेना चाहता है तो वे लोग यह बात करने लगे कि जब सद्दाम हुसैन छिपकर रह रहा था तब वह किताबें पढ़ा करता था। सद्दाम हुसैन तिकरित के बाहर वीरान पड़े खेत में एक गड्ढे में छिपकर रह रहा था। फार्म हाउस के अन्दर एक बिस्तर और कुर्सी पड़ी थी; कुछ चॉकलेट, घर के बने हुए सॉसेज और सूखे अंजीर; दीवार पर काबा की एक तस्वीर लगी हुई थी। वह शान्त, अलग-थलग स्थान था। उस छोटे से कमरे के सामने सूरजमुखी के खेत थे तथा मुर्ग़ी और भेड़ के बाड़े बने हुए थे।

इंस्पेक्टर सिन्हा ने कहा, "मैं इस बात को नहीं समझ पा रहा हूँ कि—सद्दाम उस वीराने में कविता की किताब क्यों पढ़ रहा था?"

रबिन्दर से पूछताछ करने वाले सिपाहियों में एक सुन्दर और युवा दक्षिण भारतीय था। वह शायद भारतीय पुलिस सेवा का प्रोबेशनर था। वह बोला, "असल में उसके किताबों के ढेर में एक किताब स्वप्न की व्याख्या को लेकर थी और दोस्तोयेव्स्की की *क्राइम एंड पनिशमेंट* भी।"

इंस्पेक्टर सिन्हा ने शायद रूसी लेखक को पढ़ा नहीं था लेकिन शीर्षक से उसको यह समझ में आ रहा था कि किताब किस बारे में थी। उसने कहा, "हम लोगों को अपने क़ैदियों को *क्राइम एंड पनिशमेंट* पढ़वानी चाहिए।"

बातें करते समय उन लोगों में से कोई रबिन्दर की तरफ़ देख नहीं रहा था। उसको बिना हाथ बाँधे कमरे के बीच में खड़ा रखा गया था। उसने कहा कि यह बहुत बुरा होता अगर उसको यह पता नहीं होता कि सद्दाम को पकड़ लिया गया है। कारण यह था कि वह अख़बार पढ़ लिया करता था। लेकिन अख़बारों में इस बात का कहीं कोई ज़िक्र नहीं था कि वह तानाशाह कौन-सी किताबें पढ़ रहा था।

"क्या यह सही है," रबिन्दर ने पूछा, "कि सद्दाम ख़ूब किताबें पढ़ता था?"

बिनोद को पता नहीं था और उसको लगा कि यह जानकर उसका भाई निराश हो गया था।

रबिन्दर ने कहा, "अगर आप यहाँ जेल में होते हैं तो लोग आपके दिमाग़ के साथ खेलते हैं। वे आपको फँसाने की कोशिश में रहते हैं। आप यह नहीं कह सकते कि आप नहीं जानते। चाहे अन्दर से हों या बाहर से।"

हाल में ही बिनोद ने यह पढ़ा था कि सद्दाम जब क़ैद में था तो वह एक उपन्यास पढ़ रहा था जिसमें उसने ख़ुद को नायक बनाया था। सद्दाम ने पहले जो उपन्यास लिखे थे वे इराक़ में बेस्टसेलर रहे थे। जब बिनोद यह बता रहा था तो रबिन्दर मुस्कुराने लगा, शायद उसको क़ैदी की जीत के बारे में जानकर अच्छा लग रहा होगा। सद्दाम की नई किताब के नायक का नाम सलीम था। लेखक ने उसके बारे में लिखा था कि वह पवित्र और अच्छे संस्कारों वाला अरब था, जो लम्बा था, देखने में हसीन था, उसकी नाक सीधी थी और मूँछें भी थीं।

बिनोद ने कहा, "बाबा मर रहे हैं और जब से वह गिरफ़्तार हुआ है वे सद्दाम हुसैन की तरह लगने लगे थे।"

बाबा जब बीमार थे तो उस दौरान घर आने वाले नाई को वे नियमित रूप से शेव नहीं करने देते थे। उनके बाल भी बिखरे रहते थे। जब वह पिछले साल दशहरा में आया था तब वे बिनोद के साथ कल्याण क्लिनिक और अस्पताल गए थे, तब डॉक्टर ने उनके मुँह और आँखों में टॉर्च से देखा था तथा और भी अधिक टेस्ट करवाने के लिए कहा। बिनोद रबिन्दर को यह बताना चाहता था कि जब आप प्यार में होते हैं तब आम चीज़ों और आम लोगों को देखकर भी आपको अपने प्रिय की याद आ जाती है। यही होता है जब आपका कोई नज़दीकी मर रहा होता है। जब से बाबा की कीमियोथेरेपी शुरू हुई थी तभी से उसको दुनिया की हर चीज़ में मौत दिखाई देने लगी थी। जब बिनोद ने टीवी पर देखा कि वह पूर्व तानाशाह अमेरिकी सैन्य डॉक्टर को दिखाने के लिए अपना मुँह खोले हुए था तो इसे देखकर बिनोद की आँखों में आँसू आ गए।

रबिन्दर नीचे चादर देखते हुए चुपचाप सुन रहा था। दूर तक पसरी दरी के ऊपर फूलों वाली चादर बिछी हुई थी। बिस्तर पर खिड़की से छन-छन कर धूप आ रही थी। धूप और छाया के खेल के कारण कमरे में अँधेरा नहीं था।

बिनोद यह देखकर हैरान था कि रबिन्दर ने दाएँ हाथ में मोबाइल पकड़ रखा था; वह छोटा सा और रुपहले रंग का था। उसने रबिन्दर से कहा कि उसको पता नहीं था कि जेल के नियमों में मोबाइल फ़ोन रखने का प्रावधान है। रबिन्दर ने कहा, "वे नहीं रखने देते। बस यह समझ लो कि यह फ़ोन बहुत महँगा है। लेकिन रोमिंग का चार्ज इसमें कम है।"

बिनोद ने रबिन्दर से पूछा कि यह फ़ोन कितने का पड़ा।

रबिन्दर ने हँसते हुए बताया, "पाँच मुर्ग़ी।"

उसने पाँच लोगों को खाना खिलाया था। क्या वह यही कहना चाह रहा था? यह सुनकर रबिन्दर ज़ोर से हँसने लगा।

एक मुर्ग़ी का मतलब था एक़ लाख रुपये। आपको अगर कम रक़म के बारे में बात करनी होती, मान लीजिए दस हज़ार तो आप मुर्ग़ी की जगह तोता कहते। जेल में पैसे को गांधी भी कहा जाता है। अगर जेल में किसी आदमी को आपसे पूछना होगा कि क्या आपके पास पैसे हैं तो वह पूछेगा कि क्या गांधी जी आए थे।

रबिन्दर ने अपना मोबाइल उठाया और अपने चेहरे के सामने ले गया। उसने कहा, "इस दुनिया में अधिकतर लोगों ने कभी फ़ोन पर बात नहीं की थी। लेकिन अब दुनिया बदल रही है..."

भारत में फ़ोन का भविष्य उज्ज्वल था, ख़ासकर मोबाइल फ़ोन का क्योंकि सरकार आपको फ़ोन देने में इतना समय लगाती थी। "जब इस बहनचोद जेल से मैं निकलूँगा तो मैं पटना में फ़ोन की एक एजेंसी लूँगा।"

रबिन्दर ने बिनोद से पूछा कि वह बम्बई कब जाने वाला है। उसने कहा, "मुझे आपसे एक ज़रूरी बात करनी है। लेकिन पहले—" उसने लड्डू का डिब्बा निकाला और उसको अपने बिस्तर के पास बनाए गए मन्दिर में रख दिया; वहाँ हनुमान की फ़ोटो थी, दुर्गा एवं शिव की भी। रबिन्दर ने अपनी आँखें बन्द कर लीं और सिर झुका लिया। मिठाई के डिब्बे में जो सिन्दूर लगा हुआ था उसमें से कुछ निकालकर उसने अपने माथे पर लगा लिया। उसने पहले बिनोद को एक लड्डू दिया और फिर दो लड्डू अपने मुँह में रख लिये। वह ख़ुश था और मुस्कुराने लगा। उसने कहा, "जब आप बम्बई जाना तो मैं यह चाहता हूँ कि मेरे एक आइडिया के बारे में सोचना।"

रबिन्दर के पास एक से एक आइडिया रहते थे। उसके ऐसे-ऐसे ख़याल होते थे जिनके पूरा होने को लेकर वह पहले से ही आश्वस्त रहता था। दोनों जब बच्चे थे तब भी रबिन्दर के इस उत्साह से बिनोद को डर लगता था। बिनोद चुपचाप सुन रहा था लेकिन उसको शायद इस बात का अहसास भी नहीं था कि उसका भाई ख़ामोशी से सुन रहा है। रबिन्दर ने कहा, "मेरे पास टीवी विज्ञापन के लिए एक प्रस्ताव है। अगर मैं फ़ोन के धन्धे में पैसा लगाऊँगा तो अपना यह आइडिया किसी बड़ी मोबाइल कम्पनी को बेचना चाहूँगा। मैं आपको बता देता हूँ लेकिन आपको इसे राज़ ही रखना होगा, मैं इस मौक़े का इस्तेमाल इस बात को सीखने के लिए करना चाहता हूँ कि बम्बई में फ़िल्में किस तरह बनाई जाती हैं।"

बिनोद को झटका-सा लगा। यहाँ तो पटकथा ही उलट गई थी। लग रहा था मानो बिनोद को अपनी ही बात सुनाई दे रही हो, कुछ अधिक शक्तिशाली रूप में, और वह थोड़ा पीछे की तरफ़ हटा मानो उसे कोई तकलीफ़ हुई हो। वह रबिन्दर से विकास धर के बारे में बात करने आया था। बिनोद एक फ़िल्म लिखने वाला था। यह उसका राज़ था जिसे वह अपने भाई से साझा

करना चाहता था। लेकिन यहाँ तो रबिन्दर ने ही खुलकर इस बारे में अपनी बात रख दी।

यह विज्ञापन शुरू होगा आकाश के अँधेरे में नीले-हरे ग्रह के शॉट से। उसके बाद तत्काल, कई गुना बढ़ाकर कैमरा उत्तरी गोलार्ध के उस हिस्से को दिखाएगा जो हिन्द महासागर के ऊपर का हिस्सा है, स्क्रीन पर उसके बाद हिमालय की चोटियों का दृश्य दिखाया जाएगा। उसके बाद कैमरा दाईं दिशा में घूमेगा और पाँच सौवें सेकेंड के एक क्षण के बराबर हिस्से में गंगा के मटमैले प्रसार को दिखाएगा, उसके बाद कैमरा छोटे-छोटे रूप में छतों के ऊपर से दिखाएगा, उनका रंग मटमैला रहेगा। बिनोद को अपने दिमाग़ में बहुत स्पष्ट रूप से विकासहीनता का डेल्टा दिखाई दे रहा था, वह न चाहते हुए भी मुस्कुराने लगा।

रबिन्दर अब उत्साहित हो गया था, उसने कहा कि कैमरा अब ज़मीन पर होगा, हाइवे पर चलते अशोक लीलैंड के एक भारी-भरकम ट्रक को दिखाएगा; जब कैमरा ट्रक के पास पहुँचेगा तो ट्रक के पीछे सफ़ेद रंग की एक मारुति ज़ूम आउट करेगी। कैमरा जब नीचे की तरफ़ झुकेगा तो बारिश की कुछ बूँदें उसके लेंस के ऊपर पड़ जाएँगी, जिसके कारण एक पुलिस वाला साइकिल से कीचड़ में चला जाएगा। वह आदमी ख़ाकी वर्दी और लाल टोपी पहने रहेगा। कैमरा अपने आपको साइकिल से बचाएगा, और लगभग उसी पल कैमरे की आँख एक विशाल पीली इमारत को देखेगी। कैमरा पैन करते हुए विशाल दीवार को दिखाएगा और उसके बाद एक कमरे की तरफ़ जाएगा जहाँ एक आदमी एकाकी जीवन जी रहा है।

फ़िल्म में ऊपर के शॉट के बाद उस आदमी का सिर दिखाया जाएगा, उसके बाद दायाँ कान, जिस पर एक मोबाइल फ़ोन है। वह स्थान पटना के पास एक जेल है।

"आपको क्या लगता है?" रबिन्दर ने पूछा।

बिनोद ने कहा कि यह आइडिया अच्छा तो है लेकिन जेल की क्या ज़रूरत थी।

जवाब में रबिन्दर ने सवाल दागा, "ईमानदारी से बताइए कि जेल के अलावा आप और किसी जगह के बारे में सोच सकते हैं जहाँ फ़ोन की बेहद ज़रूरत हो?"

एक पल के बाद रबिन्दर ने बिनोद से कहा कि वह बम्बई के ऐसे फ़िल्म निर्माताओं के बारे में सोचे जिनके साथ वह जेल से निकलते ही विज्ञापन बनाना चाहेगा। लग रहा था कि फ़िल्म बनाने का ख़र्च भी वह ख़ुद ही वहन करेगा। उसके मन में कोई सन्देह नहीं था कि इस विज्ञापन में अभिनय करने के लिए सबसे उपयुक्त उसका दोस्त नीरज दुबे रहेगा। रबिन्दर और दुबे बेतिया के के.आर. स्कूल के ज़माने से ही सहपाठी थे।

बॉलीवुड में रोमांस जिस तरह दिखाया जाता था उसको लेकर भी रबिन्दर बहुत जोश में रहता था। उसने कहा कि विज्ञापन में दूसरे सिरे पर एक स्त्री को भी दिखाया जाएगा। उसका चेहरा शीशे के पार से दिखाई देता है, जिसके ऊपर बारिश की बूँदें इस तरह गिर रही हैं, जैसे चेहरे पर आँसुओं की धार गिरती है। वह कैमरे से अपना चेहरा आधा छिपा लेगी और कुछ कहने के लिए अपने होंठ खोलती है जिसको दर्शक इसलिए नहीं सुन पाएँगे क्योंकि संगीत की आवाज़ इस तरह से आएगी जैसे समुद्र तट पर लहरें टकराती हैं। लड़की वाला रोल मनीषा कोइराला कर सकती—या रवीना टंडन भी, क्योंकि दुबे के साथ उसने काफ़ी काम किया था और दोनों के बीच अच्छी छनती भी थी। साउंडट्रैक में जो गाना होगा उसमें ख़्वाहिश भी होगी और वादा भी, वह ए.आर. रहमान की बनाई धुन होगी, मणिरत्नम की लोकप्रिय फ़िल्म 'बम्बई' से। *तू ही रे, तू ही रे...तेरे बिना मैं कैसे जिऊँ।*

चार

चमकती आँखों वाला एक बच्चा चाय लेकर आया। थोड़ी देर बाद वह खाने की प्लेटें लेकर आया। अभियुक्त के कपड़ों में वह किसी वेटर जैसा लग रहा था। खाना शाकाहारी था जिसे वार्ड के बाहर कोयले के छोटे से चूल्हे पर पकाया गया था। ज़ाहिर है कि यह अवैध था लेकिन इसके लिए जेल के अधिकारियों को ख़ुश कर दिया गया था। अगर ज़िले के अधिकारी औचक निरीक्षण पर आते तो तत्काल चूल्हे को ढहा दिया जाता और जलते हुए कोयलों को जेल परिसर के एक कोने में बने कुएँ में फेंक दिया जाता।

जब वे खाना खा रहे थे तो बिनोद ने यूँ ही पूछ लिया, "क्या सूरजदेव त्रिपाठी यहीं है?"

जवाब देने के पहले रबिन्दर कुछ देर चुप रहा। "वह ब्लॉक चार में है... जन्मजात बिच्छू है। अगर किसी कुत्ते को सिल्क की क़मीज़ पहना दी जाए और उसको दलाली का प्रशिक्षण दे दिया जाए तो समझ लीजिए वह सूरजदेव त्रिपाठी बन जाएगा।"

बिनोद ने कहा, "मैं समझ गया कि वह तुम्हारा दोस्त नहीं है।"

रबिन्दर चेहरे से दुखी दिखाई दे रहा था। बिनोद ने तत्काल कहा कि उसने यह इसलिए पूछा क्योंकि वह एक परेशानी में फँस गया। उसने रबिन्दर को बताया कि माला की बहन के साथ उसका अनुभव क्या रहा। रबिन्दर बोला, "ग़लतफ़हमी हो गई होगी। मैं उससे आपकी मुलाक़ात का इन्तज़ाम करवाता हूँ। इसमें कोई मुश्किल नहीं है।" उसने आगे कहा, "मैं आपको आज ही सूरजदेव के सेल में लेकर जा सकता हूँ। लेकिन वह कुछ बताएगा नहीं। वह कहेगा कि सब षड्यंत्र है, झूठ बोलेगा। झूठे शब्दों के सिवा आपको कुछ भी नहीं मिलेगा।"

रबिन्दर ने जल्दी से खाना ख़त्म कर लिया था। वह अपनी थाली में

पड़े नीबू के अचार को चूस रहा था। बिनोद ने अभी भी उसे विकास धर के फ़ोन कॉल के बारे में नहीं बताया था और न ही वह कारण जिसकी वजह से माला और सूरजदेव की कहानी में उसकी दिलचस्पी थी। वह सोच ही रहा था कि इस बारे में किस तरह से बात करे कि रबिन्दर ने बताया कि जेल में हर मंगलवार और शनिवार को कुश्ती के मुक़ाबले आयोजित किए जाते हैं।

उन दो दिनों का चुनाव इसलिए किया गया था क्योंकि उन दिनों को हनुमान से जोड़कर देखा जाता है, जिनकी पूजा ज़ाहिर है उनके बल के लिए की जाती है। रबिन्दर के सेल की दाईं दिशा में एक छोटा सा अखाड़ा बना था जहाँ कुश्ती का आयोजन किया जाता था। कुश्ती करवाने का विचार उसी का था और उसने अफ़सरों से इसके लिए बात भी की थी। कुश्ती दोपहर में होती थी; दिन के खाने के बाद वे उसी का इन्तज़ार करते थे।

उसके बाद हिचकते हुए बिनोद ने ऐसे कहना शुरू किया मानो उसको इस बात के ऊपर ख़ुद भी यक़ीन न हो, कि वह पटना किस कारण से आया था। रबिन्दर की आँखें चमकने लगीं। अपने पेट को थपथपाते हुए वह खिखियाने लगा। उसने कहा, "भैया, यह समय बहुत अच्छा है, गुरु और शुक्र साथ-साथ आ रहे हैं। आपको इस मौक़े को गँवाना नहीं चाहिए!"

अपना कुर्ता उतारकर वह चटाई के ऊपर बैठ गया, वह क़रीब-क़रीब कमलासन की मुद्रा में बैठा हुआ था। उसने दायाँ हाथ ऐसे उठाया मानो कोई उपदेश दे रहा हो, "सूरजदेव बहुत दोगले क़िस्म का इनसान है। उसने रेलवे में घोटाला करके पैसा बनाया। माला से मैं कई बार मिला था। उसके बारे में बढ़ा-चढ़ा कर बताया जाता था। मुझे दो मिनट में वह बोरिंग लगने लगती थी, भला सुनने वाली जनता उसको तीन घंटे तक क्यों झेलती?"

बिनोद ध्यान से सुन रहा था।

"समझ रहे हो न मैं आपसे क्या कह रहा हूँ? सूरजदेव से मिलने की कोई ज़रूरत नहीं है। अगर आप यह देखना चाहते हैं कि अपराधी दिखते कैसे हैं तो आप पटना की किसी सड़क पर टहल आइए और अपने आसपास के लोगों को देखिए। मैं यह नहीं कह रहा कि सभी अपराधी होते हैं—लेकिन आप यह तो जानते ही हैं कि अपराधी के भी आँख, नाक, कान होते हैं। आपको धर के लिए ज़रूर लिखना चाहिए। लेकिन इसमें रोमांस होना चाहिए। इसके किरदारों

का कुछ वज़न होना चाहिए, लेकिन उनमें वह सहजता भी होनी चाहिए जिसको लोग पसन्द करें। दो गाना गाते हुए दो जवान लोग।"

बिनोद ने सिर हिलाया। रबिन्दर ने सन्तुष्ट होते हुए उसका हाथ पकड़ते हुए कहा, "आइए कुश्ती देखते हैं।"

जब दोनों सीढ़ियों से नीचे उतर रहे थे तो बिनोद का ध्यान पास की ऊँची दीवार की तरफ़ गया जिसके ऊपर लोहे की बाड़ लगी हुई थी। रबिन्दर मुस्कुराने लगा। उसने कहा, "दूसरी तरफ़ महिला क़ैदी हैं। जेल से भागना आसान है, जेल के उस हिस्से में जाने की बजाय जहाँ महिला क़ैदी हैं।"

हालाँकि रबिन्दर कई बार जेल जा चुका था लेकिन लोग बाबा के पास अपनी बेटियों का रिश्ता लेकर आते थे। उन लड़कियों के पिताओं को इस बात का भरोसा होता था कि रबिन्दर के राजनीतिक सम्पर्क जिस तरह के थे उससे रबिन्दर के पास धन की कभी कोई कमी नहीं रहेगी। शायद उनको लगता होगा कि एक बार शादी हो जाने के बाद रबिन्दर सुधर जाएगा।

दिल्ली से लौटकर आने के बाद रबिन्दर ने जब पटना में कॉलेज में दाख़िला लिया तो उसके क्लास में पढ़ने वाली लड़कियों में कई उसको पसन्द करती थीं। बिनोद के लिए असली हैरानी की बात यह थी कि वैसी जगह में भी लड़कियों के साथ रबिन्दर बहुत सहजता के साथ बात कर लेता था। क्लास में पढ़ने वाली 19 साल के आसपास की जिन संकोची लड़कियों ने इससे पहले शायद पुरुषों के नाम पर अपने घर के मर्दों से ही बात की होगी, उसको घर बुलाती थीं और उससे यह जानना चाहती थीं कि उसने गोविन्दा की नई फ़िल्म देखी या नहीं या क्या उसको इस बात का कुछ अन्दाज़ा है कि पॉलिटिकल साइंस की परीक्षा में किस तरह के सवाल पूछे जाएँगे।

सुजाता नन्दा के साथ एक घटना हुई थी। वह पटना के एक प्रमुख ऑर्थोपैडिक सर्जन की बेटी थी। उसने फ्रेज़र रोड के एक रेस्तराँ में दोस्तों के साथ एक छोटी सी पार्टी की और उसमें कुछ घंटे के लिए रबिन्दर भी गया। एक बार बिनोद ने रबिन्दर से पूछा था कि क्या सुजाता कभी उसकी गर्लफ्रेंड थी तो उसने जवाब दिया, "नहीं, नहीं। वह अच्छी लड़की है।" एक दिन रबिन्दर को पता चला कि अमित सूरी नामक एक क्लासमेट कॉलेज में सुजाता की मेज़ पर प्रेम पत्र रखने लगा था। सूरी ख़ूब फ़ैशन करता था, उसके बाल सुनहरे भूरे थे। जगजीवन राम रोड पर उसके परिवार का ब्राइट व्हाइट ड्राई

क्लीनर था। मामला तब और गम्भीर हो गया जब एक दिन सुजाता अपनी कार में बैठने ही वाली थी कि सूरी ने उसकी कलाई पकड़ ली। वह जानना चाहता था कि उसने जवाब क्यों नहीं दिया।

सुजाता को रबिन्दर को कुछ भी बताने में बहुत डर लगता था लेकिन उसको इस बारे में पता चल चुका था। अगले दिन वह अशोक राजपथ पर कॉलेज गेट के अन्दर गोपी के टी स्टॉल पर इन्तज़ार कर रहा था। जब अमित सूरी क्रीम रंग की अपनी इस्टीम कार में आया तो रबिन्दर चलकर कार तक पहुँचा और उससे माचिस माँगी। माचिस की एक तीली जलाने के बजाय रबिन्दर ने सभी तीलियों को जला दिया और उसको सूरी की नाक में घुसा दिया।

बिनोद को याद था कि उसको यह कहानी अर्पणा ने सुनाई थी। उसके चेहरे पर डर को देखकर वह हँस पड़ी थी। अर्पणा और बिनोद की शादी टूटने से कुछ समय पहले ही अर्पणा ने बिनोद से कहा था कि वह रबिन्दर को पसन्द करती थी। जब उसने अर्पणा से कारण पूछा तो वह बोली कि रबिन्दर ने अपनी भावना को कभी छिपाया भी नहीं था।

हाजीपुर जेल में कुश्ती के अखाड़े के किनारे अपने भाई के बग़ल में खड़ा बिनोद ने खुद को अर्पणा की बात पर सोचते हुए पाया। वह इस बात को ध्यान से देख रहा था कि उसके आसपास ऐसे कई लोग थे जो किसी न किसी रूप में अपनी भावनाओं को छिपा नहीं पाते थे।

अखाड़ा काफ़ी छोटा था, क़रीब 12 गुना 15 फ़ीट का। तो भी कम-से-कम चालीस क़ैदी उसके आसपास ज़मीन पर बैठे हुए थे और बाक़ी घेरा बनाकर खड़े थे। क़रीब आधा दर्जन लोग नंग-धड़ंग अखाड़े के किनारे खड़े थे और एक-दूसरे को सरसों का तेल तथा मुट्ठी भर-भर कर मिट्टी लगा रहे थे। कुछ दूर एक ट्रांजिस्टर तेज़ आवाज़ में बज रहा था। बिनोद को जेल के प्रहरी कहीं दिखाई नहीं दे रहे थे। जेल के मुख्य अहाते में एक छोटा-सा हनुमान मन्दिर बन रहा था। उसकी बग़ल में प्रहरी के खड़े होने का स्थान बना हुआ था, जो उस समय ख़ाली था। रबिन्दर ने उस जगह से एक मेज़ और कुर्सी निकाली

और उसको नीम के एक पेड़ के नीचे रख दिया। बिनोद मेज़ के ऊपर खड़ा हो गया जबकि रबिन्दर कुर्सी के ऊपर अपना सन्तुलन बनाने लगा। धूप से बचकर वे खेल शुरू होने का इन्तज़ार कर रहे थे।

एक भारी-भरकम लड़का उनके पीछे से आया जिसका जबड़ा टेढ़ा था और मुँह में सीटी थी। देखकर लग रहा था कि वह रेफ़री था। चेहरे पर टेढ़ेपन के बावजूद वह लड़कों जैसा लगता था। वह आदमी दिल्ली विश्वविद्यालय में इतिहास का विद्यार्थी था लेकिन ग़लत संगत में पड़ गया था। रबिन्दर ऐसे लहजे में बोला मानो जीवन का कोई गहरा रहस्य बता रहा हो। उसने उस लड़के से कहा कि अगर वह कम खाएगा तो अखाड़े पर सही समय पर पहुँच जाएगा। जवाब में उस लड़के ने पूछा, "भैया, क्या आपने ज़िम्बाब्वे के उस बल्लेबाज़ का नाम सुना है जिसका मज़ाक़ एक ऑस्ट्रेलियाई खिलाड़ी ने उड़ाया था? मुझे लगता है कि वह मैकग्रा था। उसने उस बल्लेबाज़ को एक गेंद फेंकी और फिर बल्लेबाज़ से पूछा, "तुम इतने मोटे क्यों हो?" उस खिलाड़ी ने जवाब दिया, "क्योंकि मैं जब भी तुम्हारी बीवी के साथ सम्भोग करता हूँ, वह मुझे बिस्कुट देती है।"

रबिन्दर ज़ोर से हँसा। फिर बोला, "अच्छा चलो अब। खेल शुरू करते हैं।"

अखाड़े में दो लोग आ गए थे। दोनों हट्टे-कट्टे थे, लेकिन एक आदमी दूसरे से एक फ़ुट लम्बा था। दोनों के गहरे रंग के शरीर पर भूरे रंग की मिट्टी पुती हुई थी। यहाँ तक कि उनकी भौंहों और मूँछों पर भी धूल लगी थी। जब रेफ़री ने सीटी बजाई तो दोनों पहलवानों ने कुछ देर तक चक्कर लगाया और फिर बड़े आराम से एक-दूसरे से भिड़ने लगे, एक हाथ सामने वाले पहलवान की गर्दन में और दूसरा हाथ दूसरे के हाथ से मिलाकर।

यह एक तरह से आलस-भरी लड़ाई थी। लेकिन दोनों को ख़ूब पसीना आ रहा था; दोनों के शरीरों के ऊपर काले धब्बे थे, मिट्टी और तेल पसीने के साथ मिलकर चमक रहा था। बिनोद को उनका हाँफना सुनाई दे रहा था।

रबिन्दर ने कहा, "उस छोटे वाले को देखो। वह जेल का प्रहरी है। दूसरा कुर्मी है, उसने एक नक्सलवादी किसान का क़त्ल किया था।" जिस आदमी का क़त्ल हुआ था वह अछूत था; वह केवल अपना क़ानूनी मेहनताना माँग रहा था। बिनोद को उम्मीद थी कि जेल के क़ैदी पहलवान का जोश बढ़ाएँगे,

लेकिन वहाँ किसी तरह का भेदभाव नहीं था। रबिन्दर ने बताया कि वह प्रहरी क़ैदियों के बीच बहुत लोकप्रिय था क्योंकि वह बहुत अच्छा पहलवान था। वह एक बार एशियाई खेलों के ट्रायल तक भी पहुँच गया था। रबिन्दर ने कहा, "वह कुआलालम्पुर जाने की तैयारी कर रहा था कि दिल्ली के अखाड़े से किसी दूसरे पहलवान को भेज दिया गया।"

चक्कर लगाने, हाँफने, हुंकारने के बाद कुश्ती का फ़ैसला बहुत जल्दी हो गया। प्रहरी ने अपने प्रतिद्वंद्वी पहलवान के शरीर के ऊपरी हिस्से को कसकर पकड़ लिया; अब संघर्ष दोनों के शरीरों के निचले हिस्से के बीच था। शोर बढ़ने लगा। लम्बे आदमी की जाँघें लम्बी और ताक़तवर थीं, और मुक़ाबले में उसकी दाईं जाँघ अड़ी हुई थी। बिनोद ने जब यह देखा कि उस आदमी का पैर थोड़ा सा हिला और उसके बाद जब उसने जाँघ की मांसपेशियों में तनाव को देखा तब उसको समझ में आया। एक-दो पल बाद वह आदमी नीचे चित पड़ा हुआ था।

ख़ूब हल्ला होने लगा।

जब मुक़ाबला चल रहा था तो जाने कहाँ से देखने वालों की तादाद दोगुनी हो गई। रबिन्दर अपनी छोटी मचान से नीचे कूदा, बिनोद भी आ गया। रबिन्दर ने कहा, "बहुत अच्छा मुक़ाबला रहा। पिछले सप्ताह हमारे चैम्पियन का कन्धा चोटिल हो गया था, इसलिए मुझे इस बात का सन्देह था कि आपको कुछ निराशा होगी लेकिन उसने अच्छी तरह से मुक़ाबला किया।"

पानी की बाल्टी लिये दो लोग वहाँ से गुज़रे जो पहलवानों के नहाने के लिए थी। नया मुक़ाबला शुरू होने वाला था जिसमें भाग लेने वाले पहलवान कुछ कम अच्छे खिलाड़ी थे।

दोपहर ढल रही थी फिर भी सूरज की गर्मी अभी बाक़ी थी, लेकिन हवाओं से नीम के पत्ते हिल रहे थे। उस मुक़ाबले को देखकर दोनों उत्साहित थे और कुछ जोश में भी लग रहे थे। रबिन्दर मुस्कुरा रहा था। अहाते में कुछ चक्कर लगाने के बाद बिनोद ने कहा कि उसको अब जाना चाहिए। रबिन्दर अहाते के बीचोबीच रुककर अपने भाई को देखने लगा। उसने कहा, "जब हम लोग अखाड़े में खड़े थे तब मैं इस बारे में सोच रहा था कि आपको क्या करना चाहिए। अगर इस बारे में सोचें जो विकास धर चाहता है—कि छोटे शहर के जीवन और उसमें एक महिला की महत्त्वाकांक्षा के बारे में कहानी लिखनी

है—तो क्या आपको अपनी बुआ की कहानी नहीं लिखनी चाहिए? मैं यह बात इसलिए नहीं कह रहा हूँ कि वह मेरी माँ हैं। लेकिन ज़रा सोचकर देखिए...।"

हाँ, हाँ। बिनोद ने अपने आप से कहा। लेकिन हल्की-फुल्की बात? और रोमांस?

वह चुप रहा।

रबिन्दर ने मुस्कुराते हुए कहा, "इस कहानी के साथ मुश्किल बस यही है कि आपको अपनी कल्पना का उपयोग नहीं करना पड़ेगा। पता नहीं कि यह कितना दिलचस्प होगा? ख़ैर, आइए चलते हैं..."

उसने लोहे के छोटे-से दरवाज़े को थपथपाया। खिड़की से एक चेहरा झाँका और दरवाज़ा खुल गया। गुफा जैसे गलियारे में ऊपर छत से बल्ब लटके हुए थे। ख़ाकी हाफ़ पैंट पहने गार्ड ऐसे खड़े थे मानो वे ही क़ैदी रहे हों। रबिन्दर बिनोद के साथ सुपरिंटेंडेंट प्रसाद के कमरे में गया ताकि वह उसको जाने में मदद कर सके। रबिन्दर जिस तरह से मुस्कुराते हुए वहाँ खड़ा था उसी से लग रहा था कि बिनोद के साथ उसका काफ़ी दोस्ताना है, और उसने बिनोद से यह कहा कि जब वह अगली बार हाजीपुर आए तो वह उसके साथ डिनर ज़रूर करे। फिर वह पटना वापसी की राह में आ गया, कार का शीशा नीचे था, बाहर नदी से सड़ी हुई गन्ध आ रही थी।

माँ को हमेशा से लगता था कि बुआ के राजनीति में जाने के कारण ही रबिन्दर ठग बना। बाबा अपनी बहन के बचाव में रहते थे इसलिए उन्होंने इस बात को ख़ारिज कर दिया। बाबा चरित्र में यक़ीन रखते थे, उससे भी बढ़कर परिव्याप्ति में। अपनी बात को साबित करने के लिए वे अक्सर सीवान की छोटी लड़की की कहानी सुनाते थे।

रबिन्दर की उम्र उस समय क़रीब बारह साल की रही होगी, क्योंकि बिनोद को यह अच्छी तरह से याद था कि उस समय बिनोद पटना में स्कूल की अपनी पढ़ाई पूरी करने के क़रीब था। रबिन्दर के पिताजी लालजी अभी ज़िन्दा थे और राँची की मानसिक आरोग्यशाला में थे। लालजी के भतीजे की शादी होने वाली थी और बुआ अपने साथ बिनोद और रबिन्दर को लेकर

मोतिहारी गई थीं। वह वहीं रह गईं जबकि बिनोद और रबिन्दर बाक़ी पुरुषों के साथ बारात में सीवान चले गए।

बारात में जैसा कि होता है, आगे-आगे बैंड बज रहा था और उसके पीछे समूह बनाकर लड़के नाच रहे थे, पटाखे छोड़ रहे थे। कुछ लोगों के हाथों में राइफ़ल और बन्दूक़ें थीं, और उनका काम था थोड़ी-थोड़ी देर में हवा में फ़ायर करना। पीछे दूल्हा सफ़ेद रंग की एम्बेसेडर में चल रहा था जिसको फूलों से सजाया गया था। उनके पीछे एक-दो और गाड़ियाँ थीं, लेकिन दो सौ मेहमानों में से अधिकतर मेहमान पेट्रोमैक्स की रौशनी में सड़क पर लगे कूड़े के ढेर से बचते-बचाते पैदल ही चले जा रहे थे।

बारात को धर्मशाला के निम्न-मध्यवर्गीय माहौल में ठहराया गया था। उस धर्मशाला का निर्माण पचास-साठ साल पहले किसी मारवाड़ी सेठ ने करवाया था। बिहार के छोटे-छोटे शहरों में मारवाड़ियों द्वारा नीरस ढंग से बनवाई गई इस तरह की इमारतें ऐसे बनी हुई थीं मानो स्थापत्य के अनुशासन का मज़ाक़ उड़ा रही हों। मोतिहारी से आने वाले अन्य लोगों के साथ बिनोद और रबिन्दर ने सीवान की उस धर्मशाला में कई घंटे बिताए। कुछ देरी हो गई थी। बारात को जिस बस से जाना था वह समय पर आ गई थी लेकिन रास्ते में एम्बेसेडर के इंजिन में कुछ मुश्किल आ गई थी। बस आख़िरकार सीवान पहुँच गई लेकिन उसको पहले धोया जाना था। रजनीगन्धा और गेंदे के ताज़े फूलों की माला से गाड़ी को सजाया गया था। नतीजा यह हुआ कि बारात रात के नौ बजे से पहले नहीं निकल पाई।

मोतिहारी से सीवान के बीच की बस यात्रा के दौरान रबिन्दर को इस बात की बेहद ख़ुशी थी कि उसने लालजी के एक भाई की बारह बोर की बन्दूक़ को अपने हाथों में पकड़ रखा था। वह बार-बार उस जगह पर अपनी उँगलियाँ फिरा रहा था जहाँ बन्दूक़ के निर्माता का नाम लिखा हुआ था। डब्ल्यू डब्ल्यू ग्रीनर, इंग्लैंड। उसके मालिक श्रवण मोतिहारी में एक डॉक्टर के लैब असिस्टेंट थे, लेकिन उन्होंने बन्दूक़ गाँव में अपने खेत में काम करने वाले मज़दूरों को डराने के लिए ख़रीदी थी।

बारात जब धर्मशाला से निकली तो रबिन्दर को बन्दूक़ छोड़ देनी पड़ी। लेकिन जैसे ही लड़की वालों का घर दिखाई दिया, जिसको चमकदार बल्बों और फ्लोरेसेंट ट्यूब से सजाया गया था, तो रबिन्दर अपने ऊपर क़ाबू नहीं

रख पाया। डांस करने वालों में शामिल होने का उसका कोई इरादा नहीं था; बस वह एक बार बन्दूक़ का इस्तेमाल करना चाहता था। उसने श्रवण से कहा, "चाचाजी, क्या मैं आपकी बन्दूक़ ले सकता हूँ?"

श्रवण बहुत लम्बा था, दुबला-पतला और उसके गले में घेघा दिखाई दे रहा था। जब सब लोग दूल्हे के लिए तैयार की गई एम्बेसेडर कार के आने का इन्तज़ार कर रहे थे तब तक वे पी रहे थे। जब उन्होंने रबिन्दर को देखा तो शायद उनको ऐसा महसूस हुआ जैसे वह एक अनाथ बच्चा हो जिसके पिता बहुत दिनों से मेंटल अस्पताल में हों। उस बच्चे के ऊपर दया करते हुए उन्होंने अपनी बन्दूक़ उसको दे दी। बस इतना कहा, "ध्यान से।"

आसपास पटाखे तेज़ आवाज़ में फूट रहे थे। नारंगी रंग की क़मीज़ पहने रबिन्दर के एक रिश्तेदार ने अपनी दुनाली बन्दूक़ से गोली चलाई। रबिन्दर ने बन्दूक़ को उसी तरह से थाम रखा था जिस तरह से उसने फ़िल्मों में डाकुओं और अपराधियों को बन्दूक़ पकड़े देखा था। लेकिन जब उसने ट्रिगर दबाई तो बन्दूक़ उसके हाथ से छिटक गई। उसने देखा कि उसके ऊपर चिंगारियाँ फूटी थीं, लेकिन उसके कान में ऐसी गूँज भर गई कि उसको कुछ सुनाई नहीं दे रहा था कि श्रवण ने चिल्लाकर क्या कहा।

वह चिंगारी असल में सड़क के किनारे पोल से लगे ट्रान्सफ़ॉर्मर से निकली थी। गोली सात साल की एक बच्ची के गले को चीरती हुई ट्रान्सफ़ॉर्मर से जा टकराई। वह लड़की अपने पिता की गोद में चढ़ी हुई थी क्योंकि उसको पटाखों से डर लगता था। वह बच्ची लालजी के एक और भतीजे की बच्ची थी जो मुज़फ़्फ़रपुर में पंजाब नेशनल बैंक की एक शाखा में क्लर्क थे। लड़की का नाम सुषमा था और अस्पताल पहुँचने के पहले ही उसकी मौत हो गई। जब वे उस लड़की को लेकर जा रहे थे तो बिनोद ने सुना कि उस बच्ची का पिता सुबकते हुए बार-बार एक ही बात कह रहा था, "इसकी माँ को मैं क्या मुँह दिखाऊँगा?"

उनके आगे-पीछे पटाखों की तेज़ आवाज़ वैसे ही आ रही थी। बारात में शामिल बहुत से लोगों को उस दुर्घटना के बारे में पता भी नहीं था, और बारात में आए बड़े-बुज़ुर्गों ने यह तय किया कि इस बात के बारे में सबको बताने की कोई ज़रूरत भी नहीं है। दुल्हन के पिता की तबीयत अच्छी नहीं थी। लड़की के परिवार वालों ने जल्दी-जल्दी में शादी इसलिए की थी ताकि

उनकी तबीयत और बिगड़ने के पहले सब कुछ हो जाए। और लड़की वालों के परिवार वालों ने ही उन लोगों को अस्पताल और क़ानून के पचड़े में फँसने से बचाया। लड़की का बड़ा भाई सड़क का ठेकेदार था। उसके आग्रह पर स्थानीय सांसद रिज़वान अहमद ने पुलिस महानिदेशक को फ़ोन किया ताकि किसी तरह का केस न हो पाए। उसकी इस मदद से सब उसके आभारी थे।

लड़के वालों के परिवार के बहुत से लोग अगली सुबह ट्रेन से अपने शहर के लिए निकल गए, सब बिहार के अलग-अलग इलाक़ों में अपने-अपने घर जा रहे थे। बिनोद और रबिन्दर आधी ख़ाली बस में सवार होकर मोतिहारी निकल गए। वहाँ बुआ के चेहरे पर जो भाव था उससे यह साफ़ था कि उनको पता चल चुका था कि क्या हुआ है। उन्होंने रबिन्दर से कुछ नहीं कहा और इस वजह से उसने सोचा कि वह इस बारे में उनसे बात ना करे। बाद में बिनोद ने उस घटना के बारे में जब भी याद किया, जिस घटना का वह गवाह था, लेकिन कभी रबिन्दर ने उस घटना के बारे में बात नहीं की।

रात में उलन बटोर

पाँच

उस रात डिनर के समय माँ उसके साथ बैठी हुई थीं, और बमुश्किल कुछ खा रही थीं। वह उनको रबिन्दर की योजनाओं के बारे में बता रहा था और वह सुन रही थीं। उन्होंने उबासी लेते हुए कहा, "उसका दिमाग़ इसी तरह से बदलता रहता है। अभी गिरफ़्तार होने के ठीक पहले उसने मुझे कहा था कि वह पटना में एक हेल्थ स्पा शुरू करने जा रहा है।"

बिनोद हँसने लगा। यह शायद रबिन्दर की ग़लती नहीं थी। अगर आप पटना में किसी तरह का धन्धा शुरू करना चाहते थे तो उसके सफल हो पाने की सम्भावना इतनी कम होती थी कि आप शुरू करने के पहले हर तरह की बात सोचने लगते थे। हर सम्भावना आकर्षक लगने लगती है—जिम, हेल्थ स्पा, आइसक्रीम पार्लर, किराए पर वीडियो देने की दुकान, टेलिफ़ोन बूथ, ट्रैवल एजेंसी, किताब की दुकान।

माँ ने बताया, "मैं इसको एक पंडित के पास लेकर गई थी, उसने इसको टोपाज़ पहनने के लिए कहा। उसने सोने की अँगूठी में टोपाज़ पहना, लेकिन मुझे नहीं लगता कि उससे इसको कोई फ़ायदा हुआ हो।"

उसके बाद उन्होंने बताया कि बुआ का फ़ोन आया और उन्होंने कहा कि वह ग्यारह बजे के पहले उनके घर पहुँच जाए। दस बजे बुआ की लालबत्ती वाली सफ़ेद एम्बेसेडर कार बिनोद को उनके घर ले जाने के लिए आ गई। बेली रोड पर ट्रैफ़िक ख़ास नहीं था, और जैसी कि उसकी आदत थी उसने अमूल के विज्ञापन की तरफ़ देखा। उसके नए विज्ञापन में सोनिया गांधी अपनी अन्तरात्मा की आवाज़ सुन रही थी। वहाँ से बुआ का घर महज़ पाँच मिनट की दूरी पर था।

बुआ बाबा से दस साल छोटी थीं। उन दोनों के बीच एक और लड़की

का जन्म हुआ था लेकिन जब वह एक साल की हुई तो डिप्थेरिया से उसकी मौत हो गई। बुआ की उम्र महज़ 22 साल थी जब उनके पति लालजी बीमार पड़े और फिर बुआ रबिन्दर के साथ पटना आ गई। उस समय रबिन्दर बहुत छोटा था। जब राँची में लालजी पागलख़ाने में रह रहे थे तो पहले साल के दौरान परिवार की तरफ़ से बुआ को कुछ पैसे आते रहे लेकिन फिर सब बन्द हो गया। यह ऐसा ही था जब भरी दोपहर में किसी ने कहीं की बत्ती जला दी हो और आपको बहुत धीरज के साथ शाम का इन्तज़ार करना पड़ा हो ताकि अँधेरा हो जाए। लालजी के भतीजे ने अदालत के दस्तावेज़ों के साथ छेड़छाड़ करके एक तरह से सब कुछ अपने ही नाम कर लिया था। बुआ के पास ऐसा कुछ भी नहीं बचा जो उनके पति का हो। बाबा एक से अधिक बार मोतिहारी यह कहने के लिए गए कि उनके हिसाब से बुआ का हक़ क्या बनता था लेकिन उनको कुछ ख़ास सफलता नहीं मिली और उन्होंने जाना बन्द कर दिया।

इस तरह की यात्राओं का बुआ ने भी विरोध करना शुरू कर दिया। कारण यह था कि एक बार इसी तरह की यात्रा में बाबा जिस बस से मोतिहारी जा रहे थे, वह दुर्घटनाग्रस्त हो गई। ड्राइवर को मलेरिया हो गया था और कंडक्टर बस चला रहा था। वह इस ज़िम्मेदारी से घबराया हुआ था और उसने नशा कर लिया। बस सड़क से उतरकर पीपल के एक पेड़ से जा टकराई। वह पेड़ बस में छह फ़ीट अन्दर घुस आया। ग्यारह यात्री मारे गए थे।

बाबा बच गए थे लेकिन उनका हाथ टूट गया और डालडा के टिन के टकरा जाने के कारण उनके सिर में ज़ख़्म आया था। माँ को इस बारे में एक रिश्तेदार से पता चला था जो पटना आते-जाते रहते थे। यह सुनकर वह परेशान हो गई, उन्होंने बुआ को इस बात का दोष दिया। उनका कहना था कि वह उनके लिए दुर्भाग्य लेकर आई थीं। बुआ ने ख़ुद को विधवा जैसा बना लिया था और वह अब उनको भी वही बनाना चाहती थीं। बिनोद बुआ और रबिन्दर के साथ उसी बिस्तर पर सोता था इसलिए देखा कि उस रात बुआ रो रही थीं। वह ऐसे सुबक रही थीं मानो वह अकेली हों। यह उस तरह का रोना नहीं था जिस तरह से वह फ़िल्म देखते हुए रोती थीं। हॉल में वह चश्मा पहनकर बैठती थीं और उनके गालों से आँसू बहते रहते थे। लेकिन उस रात बिस्तर पर उनके मुँह से अलग तरह की आवाज़ निकल रही थी,

जिस तरह की आवाज़ आप पानी में काग़ज़ की नाव को तैराने के लिए मुँह से निकालते हैं।

———

बुआ के घर के बाहर लालबत्ती वाली दो और एम्बेसेडर कारें खड़ी थीं। बाहर खड़े सुरक्षा गार्डों की संख्या बता रही थी कि मेहमानख़ाने में कम-से-कम एक और मंत्री बैठा हुआ था। बुआ के सचिव चौबे दरवाज़े के बाहर खड़े थे, उनके मुँह में पान भरा हुआ था। उसने सर हिलाकर इशारा किया कि बिनोद को अन्दर बुलाया जा रहा था।

उद्योग मंत्री परशुराम सिंह और बुआ सोफ़े पर बैठीं दरवाज़े की तरफ़ देख रही थीं। पूरे बिहार में सिंचाई के लिए नहर बनवाने की ज़िम्मेदारी जिस आदमी को दी गई थी वह बाहर खड़ा था। साथ आए लोगों की तादाद ज़्यादा नहीं थी। एक महाराष्ट्रीय दलित अधिकारी था, जो हथकरघा विभाग का प्रमुख था, और तीन अन्य लोग थे जो पहचाने हुए से लग रहे थे लेकिन बिनोद को यह याद नहीं आ रहा था कि वह उनसे कहाँ मिला था। उसने आगे बढ़कर बुआ के पाँव छुए। उसके बाद उसने झुकते हुए परशुराम की छाती का स्पर्श करते हुए उसके प्रति अपना सम्मान जताया।

बुआ ने उठते हुए कहा, "बिनोद एक मिनट के लिए मेरे साथ आना..."

बेडरूम के बाहर गलियारे में उन्होंने पूछा कि रबिन्दर के साथ मुलाक़ात कैसी रही? वह ठीक था न? बिनोद ने उनसे पूछा कि क्या उसने फ़ोन किया था? उन्होंने बताया, "हाँ। लेकिन उसके फ़ोन आने के पहले जेल सुपरिंटेंडेंट ने मुझे फ़ोन किया था। वह चाहता है कि उसके दामाद का ट्रांसफ़र मुंगेर से पटना हो जाए, और उसको लग रहा था कि इस काम में मैं शायद उसके काम आ सकती हूँ।"

बिनोद मुस्कुराने लगा। उसने बताया कि रबिन्दर अच्छा लग रहा था। बुआ ने चुपचाप सिर हिलाया। उसके चेहरे के पास दीवार पर आदिवासी आपस में हाथ मिलाए और बालों में फूल लगाए नाच रहे थे। यह एक ख़ुशहाल देश की तस्वीर लग रही थी। एक पल के बाद बुआ ने कहा, "ठीक है फिर। मुझे पता है कि कल तुम जा रहे हो, और मैं सारा दिन व्यस्त रहूँगी।

राजनीतिक हालात...तुम जानते ही हो कि हालात किस तरह के हैं। लेकिन कुछ चाहिए तो मेरे मोबाइल पर फ़ोन करना। जाने से पहले कुछ देर हम लोगों के साथ बैठो।"

बाहर मेहमानख़ाने में लौटते हुए बुआ ने परशुराम को बताया कि बम्बई में रिपोर्टर के रूप में बिनोद अच्छा काम कर रहा था।

परशुराम ने सिर हिलाते हुए धीमी और उदासीन आवाज़ में कहा, "यह बहुत अच्छा पेशा है। केवल इसी तरह से हम नेताओं के ऊपर क़ाबू कर सकते हैं।"

परशुराम भूमिहार ज़मींदार परिवार का था, और राबड़ी देवी की सरकार में ऊँची जाति के सांकेतिक प्रतिनिधि के रूप में उनको मंत्री बनाया गया था, लेकिन उनकी शिक्षा-दीक्षा बनारस में हुई थी। जवानी में वे समाजवादी लोहिया के अनुयायी थे। अभी भी उनमें थोड़ा-सा मस्तमौलापन बाक़ी था : वह अपने सफ़ेद लहराते बालों को लम्बा रखते थे, और कन्धे पर रेशम का एक शाल रखते थे। कमरे में मौजूद लोग उनको बहुत सम्मान के साथ सुन रहे थे, और उनकी बात के बाद जो चुप्पी पसरी हुई थी उस दौरान परशुराम उठकर बुआ के पास गए और अपने दाएँ हाथ से उनकी साड़ी का पल्लू पकड़कर अपने चश्मे को पोंछने लगे।

बिनोद दूसरी दिशा में देखने लगा। पिछले चार-पाँच सालों से यह चर्चा थी कि बुआ और परशुराम के बीच किसी तरह का सम्बन्ध है—उनको विधवा हुए क़रीब 20 साल हो गए थे और परशुराम चिर कुँवारे थे लेकिन दोनों में से न तो कोई इस बात के बारे में कुछ कहता था न ही शादी करके उन्होंने इस रिश्ते को स्वीकार ही किया था। बिहारी समाज रूढ़िवादी था; यह भ्रष्ट भी था, अन्दर से खोखला; आप इसकी सतह पर उँगली रखिए कि यह अन्दर से बिखर जाएगा, नीचे से सफ़ेद पिल्लू दिखाई देने लगेंगे। लेकिन बिनोद को कभी इस बात का साहस नहीं हुआ कि वह बुआ से पूछे कि उन्होंने इस तरह की अफ़वाहों को फैलने क्यों दिया। दो साल पहले की एक घटना है जब राज्य के आई.जी. के पोते के मुंडन का समारोह था। वहाँ आमंत्रित सैकड़ों लोगों में बाबा भी थे। उनका सामना लालजी के भतीजे माणिक से हो गया, वही माणिक जो छपवा में बुआ की सम्पत्ति का वारिस बन गया था। माणिक एक व्यवसायी बन गया था, सरकारी ठेके लेता था; बाक़ी ठेकेदारों की तरह

ही वह उन ठेकों में काम कम ही करता था और जो मुनाफ़ा होता था उसको अफ़सरों-नेताओं के साथ साझा कर लेता था।

उस पार्टी में बाबा अचानक माणिक से मिलकर हैरान हुए, उन्होंने उस नौजवान से अपने मन की भावनाओं को प्रकट कर दिया। उन्होंने कहा, "भाई तुम एक विधवा की सम्पत्ति पर हक़ जताने से कब बाज आओगे?"

माणिक की आँखें सख़्त हो गईं। उसने तमतमाते हुए पूछा, "विधवा? मैंने तो सुना है कि उसने हमारे आदरणीय उद्योग मंत्री से शादी कर ली है... या दोनों की शादी अभी हुई नहीं है?"

बाबा को यह सुनकर ज़रूर धक्का लगा होगा। लेकिन वे अपनी बात पर डटे रहे। उन्होंने कहा, "तुम उसके ऊपर कीचड़ उछाल सकते हो। लेकिन यह बात सच है कि उस धन पर उसका हक़ है जिसको देने से तुम इतने सालों से आनाकानी कर रहे हो। इस बात को मत भूलो कि इस देश में क़ानून भी है।"

माणिक ने और कटाक्ष करते हुए कहा, "मैं आपकी इज़्ज़त करता हूँ। लेकिन मुझे धमकी मत दीजिए। मैं आपके भतीजे रबिन्दर की तरह कोई अपराधी नहीं हूँ। मेरे पास जो भी है, सब क़ानूनी है।

"और रबिन्दर की तरह मेरे जीवन पर कोई ख़तरा नहीं है।"

बिनोद इस बारे में सोच सकता था कि यह सुनकर उसके पिता को कितनी शर्म महसूस हुई होगी, या कितने सतर्क वे हुए होंगे। उसको यह बताया गया कि बाबा ने भगवान और न्याय के बारे में कुछ कहा, और माणिक हँसता हुआ वहाँ से चला गया। बाबा ने बिनोद से कभी इस घटना के बारे में बात नहीं की। उसके एक रिश्तेदार ने उसको यह बात बताई थी। उसी आदमी ने बिनोद को यह भी बताया था कि माणिक ने नेपाल के एक डीलर से एके 47 ख़रीदा और उसको अपने एक विधायक दोस्त को दिया था। उस विधायक के ऊपर हत्या का आरोप था और उस आदमी ने माणिक को चंपारण और सीवान में ठेके लेने में मदद की थी।

उसके रिश्तेदार ने बिनोद को बहुत रहस्यमय अन्दाज़ में कहा, "तुम्हारे पिताजी माणिक के ख़िलाफ़ बहुत दिनों से योजना बना रहे थे।" यह सुनकर बिनोद को बहुत रोमांच हुआ। वह जानता था कि उसके पिता लड़ाई लड़ना और योजना बनाना जानते थे। लेकिन उस आदमी ने कहा, "हालाँकि इससे कुछ हाथ नहीं आएगा। बाबा क़ानून की मदद लेना चाहते हैं, और क़ानून

फ़ालतू की चीज़ है। माणिक को केवल रबिन्दर ही जवाब दे सकता है, लेकिन उसका भी इससे कुछ लेना-देना नहीं होगा।"

हार तो पक्की थी, लेकिन उसमें भी राहत की बात थी। इसकी वजह से हारे हुए आदमी का बड़प्पन समझ में आ जाता। रबिन्दर ऐसा आदमी नहीं था जो बदले की भावना से भरा हुआ हो या वह ऐसा आदमी हो जो अपनी माँ का अपमान बर्दाश्त न कर पाता हो।

बिनोद को ऐसा लग रहा था कि वह अपने गाँव रतौली में पहुँच गया है, और पेट्रोमैक्स की रौशनी में बैठकर महाभारत देख रहा है। एक तरफ़ एक विधवा और उसका बहादुर लेकिन दोषी बेटा था; सामने लड़ाई में एक जवान और असभ्य दुश्मन था, जो अपना रिश्तेदार था, जो चालबाज़ था और अन्दर ही अन्दर बहुत ताक़तवर। इसमें अन्य किरदार भी थे। उस विधवा का प्रेमी, एक जाना-माना राजनेता था, उस विधवा का भाई था जो संस्कृति तथा न्याय जैसे शब्दों का प्रयोग करता था। सौभाग्य के इस बड़े खेल में सभी फँसे हुए थे। छाया में खड़े दर्शक भी इसमें फँसे हुए थे, वह लोग जो असल जीवन में मंच पर मौजूद लोगों के दोस्त और रिश्तेदार थे। रात-भर पेट्रोमैक्स की रौशनी की तरह नाटक चलता और ख़त्म हो जाता।

जब बिनोद विदा लेने वाला था तब बाबा ने उससे पूछा कि क्या उसको उन सवालों के जवाब मिल गए जिनके साथ वह पटना आया था। वह हैरान हो गया, फिर बोला, हाँ। उसकी माँ रो रही थी और उसने कहा कि वह जल्दी ही आएगा। उन्होंने उसको चम्मच में रखी हुई दही चटाई, जिसके ऊपर रखी चीनी उसमें घुल गई थी।

छह

एक से भी ज़्यादा बज चुका था लेकिन ट्रेन चलने का नाम ही नहीं ले रही थी। एक छितरी दाढ़ी वाला नौजवान साइड बर्थ पर बैठा हुआ था। उसके हाथ में हथकड़ी थी। कन्धों को झुकाए वह साथ चल रहे दो सिपाहियों के बीच बैठा हुआ था। उस नौजवान ने अपने और अपने साथ चल रहे सिपाहियों के लिए ऑरेंज लॉलीपॉप ख़रीदा। अपने बँधे हाथों से उसने अपनी गन्दी क़मीज़ की ऊपर वाली जेब से एक नोट निकाला और फिर साथ चल रहे सिपाहियों में से एक ने खिड़की से बाहर हाथ निकालकर आइसक्रीम वाले को पैसे दे दिए। बिनोद इस लेन-देन को देख रहा था और इस वजह से उसने उस काले आदमी की तरफ़ ध्यान नहीं दिया था जो अब उसके सामने आ खड़ा हुआ था और झुककर मुस्कुरा रहा था।

बिनोद तत्काल घबरा गया। वह वही आदमी था जो माला श्रीवास्तव के घर में मिला था। अब वह आदर के साथ पेश आ रहा था। अभी भी उसने वही काली क़मीज़ पहन रखी थी। वह इस बारे में कुछ बता रहा था कि रबिन्दर ने उसको फ़ोन किया था। उसने बताया कि उषा भी आती लेकिन जब रबिन्दर का फ़ोन आया तब तक वह कॉलेज जा चुकी थी। यही उसका नाम था, उषा श्रीवास्तव। मुँह में पान भरे वह आदमी कह रहा था, "आज मुझे बरौनी जाना था लेकिन मैंने अपनी योजना बदल दी और आपसे मिलने के लिए आ गया। दो दिन पहले कुछ ग़लतफ़हमी हो गई थी, माफ़ कीजिएगा।"

वह आदमी उसके कुछ पास खिसक आया। हथकड़ी वाला आदमी मुँह में आइसक्रीम चूसते हुए उसको देख रहा था। उस आदमी को इस बात की ज़रा भी परवाह नहीं थी कि दूसरे लोग उसको देख रहे हैं, लेकिन वह इस तरह से फुसफुसाकर बोल रहा था मानो कोई राज़ की बात बता रहा हो। उसने कहा, "पिछले दो-तीन महीने से सूरजदेव घर में तरह-तरह के लोगों को भेज

रहा है, कोई धमकाता है, कोई लोभ देता है। हम आपको जानते नहीं थे। वह तो रबिन्दर भैया का फ़ोन आया।"

"मैं आपकी बात समझ गया। आप चिन्ता मत कीजिए," बिनोद बोला।

उस आदमी ने एक मुड़ा हुआ काग़ज़ निकाला। फिर बोला, "यह नम्बर है। आप फ़ोन करके उनको एक समय बता दीजिए। उषा और उसकी माँ आपके हर सवाल का जवाब देंगी।"

बिनोद ने उस आदमी का शुक्रिया अदा किया। उसको उसका नाम भी नहीं पता था। ट्रेन थोड़ी-सी खिसकी, लेकिन वह सिर्फ़ संकेत था। जो भी हो वह आदमी किसी तरह की जल्दी में नहीं लग रहा था। बिनोद बोला, "ट्रेन चलने वाली है। आपको अब उतर जाना चाहिए।"

"ठीक है," उस आदमी ने कहा और अपने हाथ जोड़ लिये।

एक बार जब ट्रेन चलने लगी तो बिनोद को इस बात की ख़ुशी महसूस हुई कि वह एक बार फिर से अकेला था। उसने मन-ही-मन कहा कि अब वह शायद ही उस नम्बर पर कभी फ़ोन करे। अगर अब वह अपनी बुआ की कहानी लिखनेवाला है, जैसा कि रबिन्दर ने उसको सुझाया था, तो उषा श्रीवास्तव और उसकी माँ तो बिनोद को उसकी अपनी बुआ के बारे में तो कुछ नहीं बता सकती थी।

——

बिनोद याद करने लगा जब उसकी बुआ की शादी लालजी के साथ हुई थी। शादी पटना में हुई थी—उस समय उसकी उम्र आठ साल की थी—उसको यह भी याद था कि दूल्हा घोड़े पर आया था। लालजी ने सूट के ऊपर टाई लगा रखी थी। वह घोड़े पर बैठा था और उसके सिर के ऊपर गुलाबी रंग का मयूर था, जिसकी सुनहरी कमानियों के पीछे उसकी आँखें और उसका चेहरा छिप गया था। उसके बाद उस शाम क्या हुआ था उसको कुछ याद नहीं था। बिनोद की आँखों में घोड़े का सिर, उसकी आँखें और उसके होंठ रह गए थे।

उसको या तो यह बात याद थी या किसी ने उसको कहा था कि बारात रात में बहुत देर से आई थी। वह अगले दिन सुबह बहुत उत्साह के साथ उठा

था क्योंकि वह बुआ के साथ लालजी के घर जा रहा था। उसने सुन रखा था कि उनका घर आम के बग़ीचे के बीच में था।

पटना में उनके घर के बाहर बरामदे में बैठकर एक आदमी शहनाई बजा रहा था। बिनोद उस आदमी को खिड़की से देख रहा था, और उसके पीछे फैले मैदान को भी, तीन आदमी वहाँ शामियाना उतारने में लगे थे जिसके नीचे बुआ का विवाह हुआ था। क़ालीन का बंडल रिक्शे पर लादा जा चुका था। एक पल के लिए तो उसको ऐसा लगा कि कहीं वे लोग उसको भूल तो नहीं गए और बुआ कहीं चली तो नहीं गई, लेकिन तब उसकी नज़र हरे रंग की फ़िएट कार पर पड़ी जो वर पक्ष की थी।

बुआ को लालजी के घर अकेले नहीं जाने दिया जा सकता था। परिवार के किसी बुज़ुर्ग ने उसको इस रिवाज के बारे में बताया कि लड़की को ससुराल अकेले नहीं जाने दिया जाता था, उसके साथ कोई आया या घर का कोई बच्चा जाता था ताकि अपने ससुराल में बहू को अकेलापान महसूस न हो। उसका पति अजनबी होता था और साथ में परिवार के बच्चे के होने के कारण उसके लिए रोना आसान हो जाता था। पिछले साल गर्मियों में वह दो बहनों की शादी के बाद उनके साथ उनके घर गया था। इस काम के लिए वह बिलकुल सही था क्योंकि वह अच्छा व्यवहार करता था और अंग्रेज़ी मीडियम स्कूल में पढ़ता था, जिससे उसके जाने से घर का अच्छा प्रभाव भी पड़ता था।

बुआ के पति, जो घर के सबसे नए दूल्हा थे, औसत क़द के थे, उनके गाल फूले हुए थे और पतली मूँछें थीं। एक महीने पहले वे अपने मामा के साथ जीप में जा रहे थे कि जीप दुर्घटनाग्रस्त हो गई। सड़क पर एक कुत्ता बकरी के बच्चे का पीछा कर रहा था, और एक बच्चा उसके पीछे भागा ताकि वह उसको जीप के नीचे आने से बचा सके। उसको टक्कर न लग जाए इसलिए ड्राइवर ने जीप को दक्षिण दिशा में मोड़ दिया और इससे जीप पलट गई। लालजी के मामा का दायाँ हाथ टूट गया। हालाँकि बारात की रात उन्होंने उस हाथ से ही राइफ़ल को छाती से सटाकर हवा में गोलियाँ चलाई थीं। लालजी को अलग तरह का ज़ख़्म लगा था। उनका बायाँ गाल फूल गया था। और, इसके बावजूद कि वे सुबह-शाम अच्छी तरह से मलहम लगाते थे उनके चेहरे पर हल्का दाग़ दिखाई दे रहा था। लालजी के

चेहरे पर दाग़ से ज़्यादा उनकी भारी-भारी आँखें दिखाई दे रही थीं, क्योंकि उनको ब्लड प्रेशर की बीमारी थी, जिसके कारण उनकी आँखें सदा लाल रहती थीं।

लालजी ने पशु चिकित्सा का प्रशिक्षण हासिल किया था, इस कारण उनके मुँह पर तो लोग उनको डॉक्टर साहब कहते लेकिन पीठ पीछे घोड़ा डॉक्टर बुलाते। सभी जानते थे कि लालजी इस पेशे का काम नहीं करते थे। उनके परिवार का सुगौली के पास एक चीनी मिल था और वे आसपास की ज़मीन पर आलू और गन्ने की खेती भी करते थे।

बिनोद को याद आया कि शादी के बाद सुबह में बुआ को हरे रंग की फ़िएट कार के पास लाया गया था। लाल रंग की सिल्क साड़ी और सोने के भारी गहनों में वह बहुत सुन्दर लग रही थीं। उनकी पलकें झुकी हुई थीं लेकिन यह साफ़ दिखाई दे रहा था कि वह रो रही थीं। लालजी की लाल आँखों को देखकर ऐसा लग रहा था कि सुबह से वह भी रो रहा था।

माँ जब बुआ को कार की तरफ़ ले जा रही थीं तो उनसे धीमी आवाज़ में कुछ कह रही थीं। सँकरे से बरामदे में सभी रिश्तेदार जुटे हुए थे। बिनोद कार में पहले ही बैठ गया था। तीन सीढ़ियाँ उतरकर रास्ता गाड़ी की तरफ़ जाता था। बाबा ने वहीं से माँ को आवाज़ लगाकर सावधान रहने के लिए कहा। उनकी आवाज़ सुनकर बुआ बाबा के पास भागती हुई गईं और उनकी छाती से चिपककर रोने लगीं। बिनोद ने देखा कि उसके पिता की आँखों में पानी था।

बाबा ने बुआ से कहा, "बिनोद तुम्हारे साथ जा रहा है। सब ठीक रहेगा।" उनकी आवाज़ औरत की आवाज़ जैसी लग रही थी।

बुआ को कोई दिलासा नहीं दे रहा था और वह कार में भी रोए जा रही थीं। कार महेन्द्रू घाट की तरफ़ बढ़ रही थी, जहाँ से उनको पानी के जहाज़ से गंगा के उस पार जाना था।

इस इन्तज़ार से बिनोद को निराशा हो रही थी; वह नहीं चाहता था कि इस सफ़र में और देरी हो। बुआ जिस तरह से रो रही थीं वह उसके कारण इस यात्रा के लिए अपने उत्साह को दिखा भी नहीं पा रहा था।

कार में बुआ का चेहरा दिखाई नहीं दे रहा था : लाल जरी वाली साड़ी उनकी आँखों के ऊपर पर्दे की तरह पड़ी हुई थी। उसने अपनी बुआ का चेहरा

इस तरह ढके हुए पहले नहीं देखा था, और अपनी बुआ के लिए उसको बहुत प्यार आ रहा था।

उनकी कार के आगे एक ट्रक था जिसके ऊपर वेस्पा स्कूटर लदे थे। लालजी और ड्राइवर दूर के एक रिश्तेदार के साथ कार के बाहर खड़े बातचीत कर रहे थे। उस रिश्तेदार ने उनको कम दर पर टिकट लेने में मदद की थी। लालजी ने बिनोद से कहा कि वह बुआ से पूछे कि क्या वह चाय लेंगी। बुआ ने सिर हिलाकर न कह दिया। कुछ और नहीं किया जा सकता था। बिनोद कार से उतरकर सामने गंगा का विस्तार देखने लगा। दूर से पानी हरा दिखाई दे रहा था। ऊपर आकाश में सफ़ेद बादल के टुकड़े तैर रहे थे। उसने मन में यह तय कर लिया था कि जब जहाज़ घाट से खुलेगा तो वह लालजी से कहेगा कि वह उसके लिए उबले अंडे और टोस्ट का नाश्ता ले दें जो जहाज़ पर बिकता था।

——

दिन-भर बुआ ने कुछ नहीं कहा। दो घंटे के बाद वे नदी की दूसरी दिशा में थे। कार ने नदी के बलुआ तट को पीछे छोड़ दिया था। लेकिन सड़कें ख़राब थीं और कार बीच-बीच में हिचकोले खा रही थी। कार जब हिचकोले खाती तो बिनोद कभी बुआ तो कभी लालजी से टकरा जाता था। वे छोटे-छोटे खेतों को पार कर रहे थे जिनमें पानी में हरी फसल लगी हुई थी। जब वे छोटे क़स्बों, गाँवों से गुज़र रहे थे तो बिनोद ने देखा कि उसकी उम्र के नंग-धड़ंग बच्चे सड़क के किनारे मिट्टी में लोट रहे थे। उसको इस बात से ईर्ष्या महसूस होने लगी।

उसकी बग़ल में बैठे लालजी खिड़की के बाहर के नज़ारों को देख रहे थे और जब उनको लगता कि बिनोद देख नहीं रहा है तो वे खुलकर साँस लेने लगते। उन्होंने खिड़की के बाहर अपने हाथ फैला दिए। कुछ देर के बाद लालजी को नींद आ गई। बिनोद उस सोए आदमी के चेहरे को इस तरह देखने लगा मानो पहली बार देख रहा हो। वह जब भी साँस लेता था तो उसके होंठ इस तरह हिलते मानो वह नींद में कुछ फुसफुसा रहा हो। उसके गालों पर जो मलहम था वह सूख गया था और माँ ने उसके माथे पर जो टीका लगाया था

वह जम गया था। लालजी के अँगरखे से बड़ी भीनी-सी ख़ुशबू आ रही थी, जिसमें अतर और इलायची की मिली-जुली गन्ध थी।

बिनोद बुआ को देखने के लिए उसकी तरफ़ मुड़ा। उनकी साड़ी में सोने की जो हल्की-सी ज़री थी वह हवा में बज रही थी। उनकी हथेलियों में मेहँदी लगाई गई थी जिन्हें जोड़कर उन्होंने अपने गोद में रखा हुआ था। पटना में जब वह कार में बैठ रही थीं तो उनके ऊपर गुलाब जल का छिड़काव किया गया था। उसकी ख़ुशबू उनके कपड़ों में थी लेकिन वह पसीने की तेज़ गन्ध के साथ मिल गई थी। बिनोद को यह समझ में नहीं आ रहा था कि बुआ सोई हुई है या नहीं, लेकिन उसको नींद आने लगी और वह बुआ के ऊपर सिर टिकाकर सो गया।

लालजी की आवाज़ थी जो कह रही थी कि मोतिहारी आ गया है और इसी आवाज़ से उसकी नींद टूटी। सिनेमा हॉल के बाहर पान की एक दुकान पर ड्राइवर ने कार रोकी। पान लालजी के लिए बनवाया गया। उसके बाद जल्दी ही वे आम के बग़ीचे के पास से गुज़रे। एक मोड़ को पार करती हुई कार एक अहाते में आ लगी जिसमें पीले रंग के कई मकान बने हुए थे। एक घर के बाहर बाँस का तोरण द्वारा बनाया गया था। यह लालजी का घर था।

बाहर कुर्सियों पर लोग बैठे थे, जो कुछ होने का इन्तज़ार कर रहे थे। जब कार रुकी तो एक हल्ला हुआ और औरतें घर के बाहर निकलीं। कार के शीशे के सामने महिलाएँ देशी भाषा में गाने लगीं। एक बूढ़ी औरत जिसके कानों में बड़ा सा छेद था स्टील की एक तश्तरी लेकर आगे बढ़ रही थी, जिसमें लग रहा था कि दही थी जिसके ऊपर सिंदूर का छिड़काव किया गया था। वह लालजी की माँ थी। उन्होंने बुआ से बायाँ हाथ निकालकर दही के नीचे छिपे सिक्के को निकालने के लिए कहा। पीछे से किसी महिला की आवाज़ आई। "गिन लो। पाँच हैं। अगर एक भी नहीं मिला तो सौभाग्य इस द्वार पर नहीं आएगा।"

बिनोद नहीं चाहता था कि बुआ इसमें फेल हो जाएँ।

काँसे का एक घड़ा लाया गया और बुआ को कहा गया कि वह उसके अन्दर हाथ डालें। उनके मुँह पर घूँघट अभी भी था। उनको बताया गया कि उस घड़े में पानी के अन्दर ज़िन्दा मछली थी। बुआ को सौभाग्य के लिए मछली पकड़नी थी।

उन्होंने पहले कभी मछली नहीं पकड़ी थी, और उनके बग़ल में बैठे बिनोद ने देखा कि उन्होंने कितनी जल्दी से अपने हाथ पीछे खींच लिये, गाने की आवाज़ तेज़ हो गई। कुछ महिलाएँ लालजी से मज़ाक़ कर रही थीं; बिनोद को लेकर भी मज़ाक़ किया जा रहा था। एक महिला ने लालजी से कहा कि वह ख़ुश हैं कि लालजी को इतनी जल्दी बच्चा भी हो गया।

———

बाद में शाम के समय जब वह कमरे में बुआ के साथ अकेला था तो बुआ ने उससे पूछा कि क्या उसने खाना खा लिया। बुआ ने कहा कि उसको कुछ भी चाहिए तो वह उनसे आकर कहे। उस दिन बिनोद ने बुआ के मुँह से इतना ही सुना था।

बिनोद ने बुआ के बग़ल में बैठकर खाना खाया और फिर लालजी की माँ बिनोद को दूसरे कमरे में लेकर गईं जहाँ लकड़ी का एक काले रंग का बिस्तर था जिसके ऊपर तीन बच्चे पहले से सोए हुए थे। वह बची हुई जगह में सो गया। दीवार पर चीते की खाल टँगी हुई थी। चीते के सिर को लकड़ी के एक तख़्त से सहारा दिया गया था और उसकी आँखों में चमकते पीले रंग के शीशे लगाए गए थे। उस बूढ़ी औरत ने कहा, “कुछ देर यहीं सो जाओ। बाद में उस कमरे में चले जाना।”

जब बिनोद की नींद खुली तो रात ही थी। उसको याद है कि कोने में एक छोटा-सा टेबल लैम्प जल रहा था, जो उसी तरह का था जैसा उसने शाम को बुआ के कमरे में देखा था। उसके ऊपर लाल रंग का कवर था। उस लैम्प से आ रही रौशनी पर्याप्त थी और उसने देख लिया कि लैम्प के बग़ल में एक आईना पड़ा हुआ था और उसके ऊपर सफ़ेद रंग की मच्छरदानी टँगी हुई थी। कमरे में चीता नहीं था।

बिनोद को अँधेरे में आवाज़ें सुनाई दीं। बुआ किसी से बहुत मद्धिम आवाज़ में बात कर रही थीं। जब उसको लालजी की आवाज़ सुनाई दी तो वह समझ गया कि उसको सोए ही रहना चाहिए। उस समय उठना अच्छा नहीं होता। लेकिन उसको नींद नहीं आ रही थी और उसको हिलने-डुलने तथा करवट बदलने में भी डर लग रहा था।

लालजी बुआ से तेज़ आवाज़ में फुसफुसाकर बात कर रहे थे, "मैं मैट्रिक का आपका मार्क्सशीट देख रहा था। इतिहास और भूगोल में इतने नम्बर किसी को नहीं आते। आपको हिन्दी और इंग्लिश में भी मुझसे अधिक नंबर आए।"

बुआ कह रही थीं, "मुझे जाने दीजिए।"

लालजी ने अपनी मुद्रा बदली और जब वह फिर से बोला तो ऐसा लग रहा था मानो उसकी आवाज़ कहीं पास से आ रही हो। बुआ लालजी और बिनोद के बीच में लेटी हुई थीं और लालजी की आवाज़ से ऐसा लग रहा था मानो वह हँस रहा हो। "लेकिन मुझे यह राज़ बताओ। पढ़ाई में तुम इतनी तेज़ कैसे हो?"

उसके गले से आती हँसी की मद्धिम आवाज़ से बिनोद ऐसे सोचने लगा कि स्कूल में उसकी हथेली में पत्थर रगड़ा गया होगा। ख़ामोशी थी। बिनोद ने अपनी आँखें बन्द कर लीं। बिस्तर से चर्र-मर्र की आवाज़ फिर से आई और एक बार फिर बुआ बोलीं, "मुझे जाने दीजिए।" अँधेरे में उनकी चूड़ियाँ खनक गईं। शायद वह लालजी के मुक़ाबले उसके अधिक क़रीब सोई हुई थीं। बिनोद को यह पता था कि उन्होंने सोने की चूड़ियाँ पहन रखी थीं, साथ में लाल और हरे रंग की काँच की चूड़ियाँ भी।

उसने सुना लालजी मद्धिम आवाज़ में कह रहे थे, ठीक है, ठीक है। उसके बाद कुछ देर ठहरने के बाद वह फिर बोले, "मेरे जैसे लोगों को यह तो पता है कि नेपाल की राजधानी काठमांडू है और बर्मा की रंगून। लेकिन यह बताओ कि मंगोलिया की राजधानी कहाँ है?"

वह हँस पड़ा लेकिन उसकी आवाज़ में याचना का एक भाव था।

बुआ ने ख़ामोशी के साथ कहा, "उलन बटोर।"

"उलन बटोर," लालजी ने मज़े लेते हुए कहा और हँस पड़ा।

बिनोद को इस बात की ख़ुशी महसूस हो रही थी कि बुआ को जवाब पता था, क्योंकि उसको सही में पता नहीं था। उसको सुनाई दिया कि लालजी अँधेरे में ख़ुशी-ख़ुशी दोहरा रहे थे, उलन बटोर...उलन बटोर, लेकिन ऐसा लग रहा था कि वह बिस्तर में उछल-कूद मचा रहे हों। वह साँस थामने की कोशिश कर रहे थे। बुआ बोलीं, "आपने मेरी चूड़ी तोड़ दी।" जवाब में लालजी ने कुछ नहीं कहा। वह अँधेरे में उछल-कूद मचाते रहे। और फिर ऐसा लगा कि

बुआ भी वही करने लगीं। वे अपनी कोशिशों के कारण हाँफ रहे थे और फिर बिनोद को ऐसा लग रहा था कि वे थक गए और बिनोद उनकी थकान को महसूस करने लगा। कुछ देर बाद अँधेरे में जब आवाज़ बन्द हो गई तो वह जंगल में चीतों के बारे में सपना देखने लगा और उन छोटी चिड़ियों के बारे में जिनकी छाती पर चित्र बने हुए थे।

सात

उलन बटोर। बिनोद उस रात को भूल गया और फिर उसको उस रात की याद आई और उसके किशोर जीवन की कल्पनाओं में वह बनी रही। मंगोलिया की राजधानी के नाम के कारण वह भूगोल की कक्षा में बैठता था और जब वह सातवीं कक्षा में था तो इस विषय को लेकर उसके अन्दर भावनाएँ इतनी जाग गईं जिसके बारे में उसने कभी कल्पना में भी नहीं सोचा था। बाद के सालों में बिनोद उस रात हुई बातचीत के बारे में कई बार सोचता था। वह और रबिन्दर बुआ के साथ कमरे में सोते थे जबकि नीलू बाबा और माँ के साथ दूसरे कमरे में। लेकिन वह सब कुछ उसके दिमाग़ में उस तरह से साफ़-साफ़ नहीं बना रहा जिस तरह से उस रात की बात जब उसके सामने यह बात साफ़ हो गई कि लालजी पागल हो गए।

दोपहर में बुआ और लालजी बिना बताए हुए ही आए। माँ स्कूल से लौटकर आई थीं और दरवाज़ा बन्द करके सो रही थीं। बिनोद बैठक के दरवाज़े से बाहर झाँककर देख रहा था कि उसको कहीं पड़ोस में रहने वाले बिजली बोर्ड के इंजीनियर के बेटे दिख जाएँ शायद। वे खेलने के लिए क्रिकेट का बैट लेकर आने वाले थे। उन लड़कों की जगह बिनोद ने देखा कि उनके दरवाज़े पर एक रिक्शा आकर रुका।

रिक्शेवाला उसके घर की दिशा में देख रहा था और बिनोद ने देखा कि एक आदमी रिक्शे में बैठा हुआ था।

उसके बाद बुआ उस आदमी के पीछे से निकलीं और उन्होंने आकर दरवाज़ा खटखटाया। बिनोद बुआ को देखकर हैरान हो गया लेकिन उसने आगे बढ़कर उनके पाँव छू लिये। उन्होंने बिनोद को 'ख़ुश रहो' का आशीर्वाद दिया, लेकिन जब उसने ऊपर देखा तो पाया कि वह मुस्कुरा नहीं रही थीं। बुआ ने पूछा कि क्या बाबा और माँ घर में हैं। जब बिनोद ने उनको बताया

कि माँ सो रही थीं तो बुआ बोलीं, "उनको सोने दो। तुम चप्पल पहनकर मेरे साथ बाहर आओ।"

दोपहर की गर्मी पूरे शबाब पर थी। रिक्शे पर लालजी बैठे थे लेकिन वे आज अलग लग रहे थे। बिनोद जल्दी से उनकी तरफ़ बढ़ा और आगे बढ़कर उसने भूरे चप्पल को छूकर अभिवादन किया। लालजी ने कुछ नहीं कहा, न ही रिक्शे से उतरने की कोई कोशिश की। वह अपने पैर के पास रखे छोटे से सूटकेस की तरफ़ देखे जा रहे थे जिसके ऊपर कैनवास का कवर लगा हुआ था।

बुआ ने अपने पति के दाएँ हाथ को धीरे-से खींचा। उनकी आँखें बड़ी और वैसी लाल लग रही थीं जैसी तालाब से निकलने के बाद किसी भैंस की लगती हैं। बुआ बोलीं, "आइए, आइए।" लेकिन लालजी हिल ही नहीं रहे थे। ऐसा लग रहा था कि वे कई दिन से सोए ही नहीं। इस बात की कल्पना भी सम्भव नहीं लग रही थी कि उनको जो कुछ कहा जा रहा था वे सुन भी पा रहे थे। वह बुआ को ऐसे देख रहे थे मानो पहली बार देख रहे हों।

रिक्शेवाले ने पूछा कि क्या वह लालजी के पीछे जाकर उनको उतारने की कोशिश करे। बुआ ने सिर हिला दिया। वह आदमी लालजी से बात करने लगा।

उस आदमी ने लालजी के कन्धे पर हाथ रखा और कहने लगा, "हुज़ूर, आपका घर आ गया है। मैं आपको आपके घर ले आया हूँ। नीचे उतर जाइए हुज़ूर।"

जवाब में लालजी उस आदमी के चेहरे को ध्यान से देखने लगे। लेकिन वह अपनी जगह से हिले नहीं। कुछ समय के बाद रिक्शेवाला नीचे उतर गया और बुआ को कहे बग़ैर उसने रिक्शा सँकरे गेट के अन्दर घुसा दिया। उसके बाद उसने फिर से विनती शुरू कर दी, "आ जाइए सर। यहाँ छाया में आ जाइए। आप रिक्शे में क्यों बैठे हैं? नीचे उतर जाइए हुज़ूर..."

बिनोद ने ध्यान दिया कि घबराहट के मारे उसके पाँव काँप रहे थे। उसको समझ में नहीं आ रहा था कि लालजी को हुआ क्या था—लेकिन रिक्शेवाले के हाव-भाव से ऐसा लग रहा था कि उसको समझ में आ गया था। वह दुबले-पतले पैर वाला एक नौजवान था, और बिनोद को लग रहा था कि वह मुसलमान था। उसकी सूती पैंट उसके टखनों के ऊपर थी। पैंट की जेब से

रूमाल निकालकर उसने अपना माथा पोंछा। उसके बाद वह फिर से मिन्नत करने लगा। रिक्शेवाला जिस तरह से मिन्नत कर रहा था उससे बिनोद बहुत प्रभावित हुआ। बुआ एक कोने में हाथ में काला पर्स थामे उसको उतारने की कोशिश करते हुए देख रही थीं।

बुआ के पैर में लाल आलता ऐसे लगा हुआ था मानो वह कोई नई बहू हों। बिनोद को इस बात का सन्देह हुआ कि इस तरह आगे बढ़कर कोशिश करके वह रिक्शेवाला बुआ को प्रभावित करने की कोशिश कर रहा है। उस उम्र में भी बिनोद को इस बात का ध्यान था कि बुआ छोटे ब्लाउज़ पहनती थीं जिससे उनके शरीर का बड़ा हिस्सा दिखाई देता था, और उसको बुआ की कमर का हिस्सा बहुत आकर्षक लगता था। वह बीच-बीच में उनको देख रहा था, लेकिन जानकारी और उत्साह बाक़ी था। उस दोपहर वह अपनी बुआ से बात करना चाहता था लेकिन समझ में नहीं आ रहा था कि किस तरह करे। रिक्शेवाला भी यही करना चाहता था। यह समझने के बाद बिनोद यह सोच रहा था कि क्या बुआ को उस तरह से शान्त खड़ी देखकर उसने बुआ को असहाय समझकर ग़लती तो नहीं की थी।

——

"कौन है—किससे बातें कर रहे हो?"

माँ दरवाज़े पर आ गईं। उनकी आँखों में अभी भी नींद थी। जब उनकी नज़र बुआ के ऊपर पड़ी तो उनको लगा कि कहीं कुछ गड़बड़ थी। लालजी रिक्शे से नीचे नहीं उतर रहे थे। बुआ ने माँ के कन्धे के ऊपर अपना सिर रख दिया और रोने लगीं।

रिक्शेवाला अब एक तरफ़ खड़ा हो गया था।

बुआ माँ से कह रही थीं, "कल इन्होंने अनाप-शनाप बकना शुरू कर दिया, और आज ऐसा लग रहा है कि यह कुछ सुनना ही नहीं चाहते हैं। यह बीमार हैं..."

बिनोद की माँ अन्दर गईं और एक गिलास में पानी लेकर आईं। लालजी ने ठंडे पानी का गिलास लिया और पीने के बाद ख़ाली गिलास बुआ की तरफ़ बढ़ा दिया। बिनोद ने देखा कि रिक्शेवाला छोटे से बग़ीचे में लगे नल के पास

गया और अपने हाथों में पानी भर-भर कर हाथ-मुँह धोने लगा। उसके बाद उसने उस तरह से अपना मुँह घुमाया जिस तरह से कभी-कभी कौवा नल से अपनी चोंच में पानी भरता है और पानी पीने लगा। उसके गले की नली ऊपर-नीचे हो रही थी।

लालजी के साथ माँ का बर्ताव हमेशा से औपचारिक रहा था लेकिन वह उनके पास जाते हुए बोलीं, "आपकी तबीयत सही नहीं है। घर के अन्दर आ जाइए। सब ठीक हो जाएगा।"

लालजी ने उनसे कहा, "पटना और धनबाद के बीच एक नई लाइन शुरू हुई है। हम लोग धान के खेतों के बारे में बात करेंगे...वे मुझे पकड़ने के लिए आ रहे हैं।" उन्होंने कुछ सोचते हुए ये शब्द कहे, और उसके बाद, हालाँकि यह देख पाना बहुत मुश्किल था लेकिन वे मुस्कुरा रहे थे।

जब बिनोद ने अपनी माँ को देखा तो उसको समझ में आया कि माँ के चेहरे पर भी वही भाव था जो लालजी के चेहरे पर था; उनको कुछ समझ में नहीं आ रहा था और उनके चेहरे पर डरावनी ख़ामोशी थी। वह पीछे दरवाज़े की तरफ़ जाते हुए बोलीं, "बग़ल के घर में जाकर अपने पापा को फ़ोन करो।"

पिछले एक सप्ताह से उनके घर का फ़ोन काम नहीं कर रहा था। बिनोद मिस्टर गुप्ता के घर गया और जनसम्पर्क विभाग में फ़ोन मिलाया, लेकिन जिस आदमी ने फ़ोन उठाया था उसने बताया कि बाबा दफ़्तर से जा चुके थे। घर लौटने पर बिनोद ने देखा कि उसकी माँ ने रिक्शेवाले को एक प्लेट में कुछ खाने के लिए दिया था; वह दीवार से टिककर मिठाई खा रहा था जो एक रिश्तेदार की शादी से आई थी।

रिक्शा अब घर के दरवाज़े के सामने था। लालजी चुपचाप उसके ऊपर बैठकर बिनोद को अपनी तरफ़ आता देख रहे थे। एक पल के लिए बिनोद को ऐसे लगा कि उनके चेहरे पर उत्सुकता का भाव आया था लेकिन जब वह रुका तो पाया कि उनके चेहरे पर किसी तरह का भाव नहीं था। वह दरवाज़े पर खड़ा इस बात के इन्तज़ार में था कि कुछ बदल जाए।

कुछ समय के बाद माँ और बुआ भी बाहर आ गईं, और जिस समय बाबा आए तब सभी रिक्शे के पास खड़े थे। बुआ ने कुछ नहीं कहा और माँ को ही सारी बात बताने दी। लालजी दोनों को ध्यान से देखे जा रहे थे।

"डॉक्टर साहब," बिनोद के पिता ने लालजी से कहा, "नीचे आ जाइए।"

उसके बाद आगे बोले, "रिक्शे का किराया बढ़ता जा रहा है। जल्दी से नीचे उतर जाइए।"

जब बाबा उनका हाथ पकड़कर नीचे उतारने लगे, तो लालजी सीट पर बैठे रहने की कोशिश करते रहे। वह बोले, "मैं सभी का ध्यान रखूँगा। आप जाकर पहले उनको बता दीजिए। मुझे कुछ नहीं हुआ है।"

बाबा ने कहा, "आपको कुछ नहीं हुआ है।"

यह कहते हुए उन्होंने रिक्शेवाले की तरफ़ इशारा किया। लालजी भारी आदमी थे लेकिन दोनों लोगों ने मिलकर उनको नीचे उतार लिया। उतरने के बाद लालजी एकदम विनम्र हो गए और टहलते हुए घर के अन्दर आ गए और दरवाज़े के पास पड़े सोफ़े पर लुढ़क गए। लेकिन बाबा यह सब देखकर ख़ुश नहीं थे। रिक्शेवाले के साथ मिलकर उन्होंने लालजी को उस बिस्तर पर लिटा दिया जिस पर बिनोद और नीलू सोते थे। बुआ ने आगे बढ़कर अपने पति के पाँवों से चप्पलें निकाल दीं।

लालजी दीवार की तरफ़ मुड़ गए—और बिनोद ने देखा कि वे गंजे हो गए थे, उनके गंजे सिर पर कभी लगी चोट के दो निशान थे—उसके बाद घर के बड़े कमरे में जाकर धीमी आवाज़ में बात करने लगे।

——

तय पाया गया कि लालजी को सुबह डॉक्टर सुशान्त सेन के क्लिनिक ले जाया जाए। उन्होंने कुछ भी खाने से इनकार कर दिया और रात के खाने के समय काफ़ी तनाव हो गया। बाबा ने माहौल को सामान्य बनाने के लिए बुआ से रबिन्दर के बारे में और स्कूल में उसकी पढ़ाई के बारे में पूछना शुरू कर दिया। बुआ ने लालजी को ऐसे देखा मानो यह चाहती हों कि वह जवाब दें और फिर बोलीं कि रबिन्दर को हिन्दी भाषण की प्रतियोगिता में पुरस्कार मिला था। बाबा अपनी अच्छी स्मृति के लिए जाने जाते थे और उन्होंने सुमित्रानन्दन पंत की उस कविता का वाचन शुरू कर दिया जिसका नाम बुआ ने लिया था। लालजी बड़े ध्यान से अपनी प्लेट में देखे जा रहे थे।

जब खाना ख़त्म हुआ तो बिनोद को कहा गया कि वह बैठक में सोफ़े पर सो जाए और नीलू को माँ-पापा के बिस्तर पर सोने के लिए भेज दिया

गया। माँ ने दरवाज़ा बन्द कर लिया था लेकिन बिनोद को अपने अभिभावकों की बातचीत सुनाई दे रही थी। बुआ अभी भी रसोई में बर्तन धो रही थीं। फिर लालजी कुछ गाने लगे। हो सकता है कि बाबा ने पंत की कविता जिस तरह से पढ़ी थी वह उससे प्रभावित हो गए हों, लेकिन एक ही मुश्किल थी कि लालजी अंग्रेज़ी में ज़ोर-ज़ोर से कुछ पंक्तियों को दुहराए जा रहे थे :

फ़ॉर ऑफ़्ट, व्हेन ऑन माई काउच आइ लाई
इन वैकेंट ऑर इन पेंसिव मूड,
दे फ़्लैश अपॉन दैट इनवार्ड आई
विच इज़ द ब्लिस ऑफ़ सॉलिट्यूड

डैफोडिल्स! बिनोद को कुछ समय के बाद पंक्तियाँ समझ में आ गईं, क्योंकि क्लास में उसको वड्र्सवर्थ की कविता पढ़ाई जा रही थी। वह सोच रहा था कि क्या बुआ को भी वह पंक्तियाँ याद थीं। वह कविताएँ लिखती थीं, भूरे रंग की प्लास्टिक के गत्ते वाली डायरी में वह हिन्दी में कविताएँ लिखती थीं।

जब बिनोद बड़ा हुआ और कॉलेज जाने लगा तो कभी-कभी बुआ उसको अपना लिखा पढ़वाती थीं। उनकी कविताओं में चीज़ों को लेकर एक तरह की भावनात्मकता होती थी—कोई फटा जूता यह याद कर रहा होता था कि नदियों-पहाड़ों की उसने कितनी यात्राएँ की थीं—और जिस तरह से देश और मानवता को लेकर उनकी कहानियाँ होती थीं—भीख माँगने वाली औरत जिस बच्चे के साथ बस स्टॉप पर बैठी है, एक दिन वह भी तो देश के चुनाव में मतदान करेगा। लेकिन उस रात बिनोद ने यह देखा कि वह लालजी के बिस्तर के पैताने बैठी हुई थीं और लालजी दीवार से पीठ टिकाए बार-बार उसी कविता को दुहराए जा रहे थे। जब बिनोद दरवाज़े के पास पहुँचा तो बुआ ने उसकी तरफ़ देखते हुए पूछा, "तुम सोए नहीं?"

बिनोद एक पैर के ऊपर खड़ा हो गया, जवाब में उसने कुछ भी नहीं कहा, और फिर सोफ़े पर वापस आ गया।

लालजी की आवाज़ फिर तेज़ हो गई। बिनोद को शायद नींद आ गई थी और वह उसी आवाज़ को सुनकर जगा। उसके माता-पिता का कमरा अभी भी बन्द था। लालजी अब कविता नहीं दुहरा रहे थे। वह ज़ोर-ज़ोर से यह बता रहे थे कि जो आदमी उनको धमकी दे रहा था उसके साथ वे क्या करने वाले

थे। बिनोद के लिए यह सब नई बात थी और क्या हो रहा था, इस बात को समझने में बिनोद को कुछ वक़्त लग गया। वह सोफ़े से नहीं उठा। लालजी कह रहे थे कि वह ब्रांच मैनेजर की पत्नी के गुप्तांग में सरसों का तेल डाल देंगे और सम्माननीय जज से कहेंगे कि वह उनके गुप्तांग को चूस ले।

बिनोद को बहुत पहले की वह रात याद आई जब उसको पहली बार मंगोलिया की राजधानी के बारे में पता चला था। उलन बटोर अब दूर की एक जगह थी। उसको कुछ पता नहीं था कि वह स्थान दिखता कैसा होगा। वह अँधेरे में सोफ़े पर लेटा हुआ था, उसकी कल्पना में एक ऐसी जगह की छवि थी जहाँ ठंड में बर्फ़ जमी हुई थी, सड़कें सुनसान थीं और एक सुनसान दरवाज़े के बाहर एक घोड़ा खड़ा था।

सुबह के समय माँ ने बिनोद को जगाते हुए कहा कि वह जल्दी से तैयार हो जाए। उन्होंने बिनोद को नाश्ते के लिए समोसे ख़रीदने के लिए दो रुपये दिये और यह साफ़ था कि वह चाहती थीं कि नीलू और वह घर से निकल जाएँ। बिनोद अपने जूते खोजने के बहाने उस कमरे में गया जहाँ बुआ ने रात बिताई थी। खिड़कियाँ बन्द थीं और इस वजह से कमरे में अँधेरा था। बुआ वहाँ नहीं थीं। जब बिनोद कमरे में आया तो बाबा कुर्सी पर बैठे हुए थे, बिनोद बिस्तर के नीचे अपने जूतों की तलाश करने लगा।

लालजी बिस्तर पर लेटे हुए थे लेकिन उनके हाथ बिस्तर के पाए से बाँध दिये गए थे। बाँधने के लिए रसोई की दीवार से लगी टूटी खाट की रस्सी का इस्तेमाल किया गया था। जब बिनोद बड़ा हुआ तो वह अपने आप से यह पूछता था कि क्या उसने सच में देखा था या कल्पना की थी कि लालजी के मुँह में सफ़ेद मोज़े ठूँस दिये गए थे। एक और सवाल था जो बिनोद के दिमाग़ में बाद में आया था। जब बिनोद ने दिल्ली में संवाददाता के रूप में काम करना शुरू कर दिया तो वह एक दिन देर रात दफ़्तर में अकेला बैठा हुआ था, कहानी लिख रहा था। वह जिस आदमी की कहानी लिख रहा था वह पागल हो जाता है। वह अपनी पत्नी को अपमानित करने के लिए सम्भोग के दौरान की बातों को बकना शुरू कर देता है। इस कहानी की सेटिंग आधुनिक थी। दोनों शहर के एक अपार्टमेंट में रहते थे। जैसे-जैसे दिन गुज़रा, रात की ख़ामोशी फैली तो आसपास के घरों की खिड़कियाँ बन्द होने लगीं क्योंकि लोग कुछ भी सुनना नहीं चाहते थे। उनको वह औरत अच्छी लगती थी जो

उनके पड़ोस में रहती थी। एक पड़ोसी उस महिला के पास आया और बोला कि वह खिड़की बन्द कर ले, दुःख और परेशानी के मारे वह खिड़की को पहले बन्द करना भूल गई थी। बन्द खिड़की के सामने बैठकर वह आदमी ज़ोर-ज़ोर से चिल्लाने लगा। उसकी बातें सुनकर वह औरत हैरान थी। वह कह रहा था कि जब वह बच्चा था तो वह अक्सर रात में अपनी माँ को अपने चाचा के साथ देखता था। उस औरत को समझ में नहीं आ रहा था कि उसका पति पागलपन में ऐसी बातें कर रहा था या सच बता रहा था जब वह बार-बार कह रहा था कि उसको इस बात का पता था कि उसके पीठ पीछे सब उसको हरामी बुलाते हैं।

आठ

लालजी को जब राँची भेज दिया गया तो बुआ रबिन्दर के साथ पटना आ गईं। वे बारिश के मौसम में आए थे। घर के ऊपर पानी की बौछारें पड़ रही थीं, खिड़की की दरारों से बारिश का पानी अन्दर आ रहा था, जिसके कारण खिड़की के पल्ले फूलकर मटमैले हो गए थे। बाथरूम की छत हरी हो गई थी और चूने लगी थी। अगर शाम के समय सामने का दरवाज़ा खुला होता तो मेढक कूदकर घर के अन्दर आ जाते और सोफ़े के पास ज़मीन पर अपनी जगह ले लेते। देखने में लगता था कि उनका पेट भरा हुआ है और वे किसी असन्तुष्ट मेहमान की तरह लगते थे। होमवर्क के लिए रखे गए नोटबुक के पन्ने चिपक जाते थे और उनका इस्तेमाल किसी तरह बस काग़ज़ की नाव बनाने के लिए ही किया जा सकता था। बिनोद और रबिन्दर जब स्कूल से वापस आते तो उनके बाल गीले होते थे और कपड़ों में कीचड़ लगा रहता था। गीले कपड़ों को सूखने के लिए घर में मौजूद हर तरह के सामान पर टाँगा जाता था। यहाँ तक कि पंखे के ऊपर भी। रसोई में भी कपड़े टाँगने के लिए अलगनी लगाई गई थी। अधिकतर दीवारों पर पुताई बह रही थी और कीड़े टहलते दिखाई देते थे जो कभी बिस्तर या तकिए में घुस जाते थे। उन महीनों में अचानक ऐसा लगने लगता था कि घर में उस घर के वासियों के लिए ही रहने की जगह नहीं रह जाती थी।

बाबा ने बुआ का दाख़िला मगध महिला कॉलेज में करवा दिया। वह हिन्दी साहित्य की विद्यार्थी बन गईं, उसी विषय की जिस विषय की पढ़ाई बिनोद के माता-पिता ने बहुत पहले की थी। बाबा चाहते थे कि पढ़कर बुआ अगर चाहें तो अध्यापिका बन सकती थीं, लेकिन उन्होंने इस बात को मन में ही रखा। वह रोज़ चाय पीकर क्लास जाती थीं और जब दोपहर में लौटकर आतीं तो रसोई तथा साफ़-सफ़ाई के काम में माँ की मदद करती थीं।

विधवाओं को सफ़ेद कपड़े पहनने के लिए कहा जाता है, लेकिन बुआ अर्ध विधवाओं की तरह कपड़े पहनती थीं। वह सादी साड़ी पहनती थीं, जिसमें पतली और गाढ़ी किनारी बनी होती थी। उनकी सादगी उनको सबकी निगाह में ले आती। बिनोद एक बार अपने माँ-पापा के साथ किसी डिनर पार्टी में गया था तो वहाँ मेज़बान ने उनसे पूछा कि वे मदर टेरेसा को अपने साथ लेकर क्यों नहीं आए।

लालजी की बीमारी के बाद बुआ अन्तर्मुखी हो गई थीं; वह कम बोलती थीं लेकिन किसी के बारे में तल्ख़ टिप्पणी करने का माद्दा भी रखती थीं। माँ अक्सर बातचीत में यह बताती थीं ताकि कोई बुआ को बेचारी न समझे। फिर भी अधिकतर लोगों के लिए बुआ एक रहस्य की तरह थीं। किसी को यह पता नहीं था कि वह लालजी के बारे में या अपने इस नज़रबन्दी के जीवन के बारे में क्या सोचती थीं। तभी उनकी एक छोटी सी कविता प्रकाशित हुई। वह दो अनुच्छेदों की एक कविता थी। पहले अनुच्छेद में निराला के बारे में एक कहानी को दोहराया गया था—अपने जीवन के अन्तिम दिनों में इलाहाबाद की सड़क पर लम्बे बालों वाले निराला ने जब यह देखा कि एक घोड़े को कोड़े से मारा जा रहा है तो वे उसकी गर्दन से लिपट गए। बुआ की कविता में कवि अपने गीले गालों को घोड़े की अयाल से रगड़ रहा होता है, दूसरे अनुच्छेद में वह एक अनाम आदमी में बदल जाता है जो वास्तव में लालजी थे। वह भयानक दर्द से अपनी बाँहों को मोड़ लेता है, दर्द के मारे पागल हो जाता है। कोड़े उसके ऊपर पड़े जा रहे थे।

बाबा आने वालों को कविता दिखाते और सभी सहानुभूति में चुप हो जाते। जो लोग लालजी को नहीं जानते थे वे इस कविता से बहुत प्रभावित होते। यह कविता 'विश्वामित्र' के रविवार संस्करण में प्रकाशित हुई। फिर बाद में 'आधी आबादी : बिहार की स्त्रियाँ' में प्रकाशित हुई जिसको चिराग़ सांस्कृतिक समूह ने जारी किया था। उनके द्वारा कविता प्रकाशित करने के कुछ समय के बाद बुआ उस समूह का हिस्सा बन गईं और सबको यह अच्छा ही लगा।

बुआ को उस तरह की फ़िल्में देखने में अब मज़ा नहीं आता था जिस तरह की फ़िल्में मनमोहन देसाई बनाते थे, जो ऐसे भाइयों की कहानी होती थी जो बचपन में आए एक तूफ़ान में बिछड़ जाते थे और अन्त में एक-दूसरे से मिल

जाते थे। अब वह माँ के साथ कला फ़िल्में देखने के लिए जाती थीं। बिनोद की उम्र उस समय 12 साल थी और वह उनके साथ घर के मर्द के रूप में जाता। ऐसी फ़िल्में उसको समझ में भी नहीं आती थीं, लेकिन इन फ़िल्मों को देखकर वह परेशान हो जाता था, और उसको तब बहुत अजीब लगता था जब उदास, सुन्दर स्त्रियाँ पर्दे पर लम्बे समय तक कैमरे को देखती रह जाती थीं।

——

बुआ और रबिन्दर उस कमरे में रहने लगे जिस कमरे में उस समय तक बिनोद और नीलू रहते थे। उसकी छोटी बहन माँ-पापा के साथ उसी बिस्तर पर ख़ुशी-ख़ुशी सोने लगी लेकिन बिनोद उसी कमरे में सोता। शुरुआत में कुछ रात तक जब उसने बुआ से शिकायत की कि रबिन्दर रात में उसको लात मारता था तो उन्होंने रबिन्दर को दूसरी तरफ़ सुलाना शुरू कर दिया। वह ख़ुद बीच में सोने लगीं। कई बार जब वह उठता तो पाता कि बुआ की बाँहें उसके ऊपर होती थीं, और वह चुपचाप पड़े-पड़े सोचता था जैसे वह किसी हिन्दी फ़िल्म में हो।

बिस्तर खुली खिड़की के पास था और दिन में बाहर देखने पर दिखाई देता कि नए आम के पेड़ के पत्ते लोहे की ग्रिल को छूने लगे थे। रात में जब चाँद खिलता तो बिस्तर चाँद की दूधिया रौशनी में नहा जाता। एक बार किसी सपने से बुआ की नींद खुली तो बुआ का चेहरा उसके चेहरे के पास था, इतने पास कि वह उनकी साँसों को महसूस कर सकता था। जब वह दुबारा उठा तो सुबह की रौशनी कमरे में आ रही थी और उसने देखा कि बुआ की आँखें बन्द थीं और वह गहरी नींद में थीं। कुछ देर तक पड़े रहने के बाद बिनोद अपना चेहरा बुआ के चेहरे के पास ले गया और उसने अपने गाल उनके गालों से सटा लिए। उनकी त्वचा ठंडी थी, उसकी त्वचा से अधिक ठंडी, जैसे वह रात में बाहर टहलने के लिए गई हों और उनके चेहरे पर ओस की बूँदें पड़ी हों। वह उसी तरह पड़ा रहा, उसके गाल बुआ के गालों को छू रहे थे, और हालाँकि वह बिना हिले-डुले जगे रहना चाहता था, लेकिन उसको फिर से नींद आ गई।

उसका एक हिस्सा इस बात की कभी परवाह नहीं करता था कि बुआ

जगी थीं या सोई। उसके बाद कई रात वह अपने होंठों को बुआ के होंठों से सटा देता था। जब वह जागता और अपनी साइकिल पर सवार होकर स्कूल जाता तो वह सामने के पहिए की तरफ़ अपना चेहरा झुका लेता और उन पलों के रोमांच को याद करने की कोशिश करता। महीने गुज़रते गए। बिनोद को लगने लगा कि वह अपने आसपास के बच्चों से जल्दी बड़ा हो रहा है, और इस वजह से उसको लगने लगा था कि वह बड़ा हो गया है।

दिन में बुआ उसके लिए माँ की तरह बड़ी बन जाती थीं। वह उसके लिए खाना परोसती थीं और कॉलेज से लौटकर आने के बाद उसके कपड़ों को इस्तरी करती थीं। लेकिन रात में वह उसके लिए हमउम्र बन जाती थीं, एक लड़की जो अँधेरे में उसके बेहद क़रीब हो। एक बार उसने बुआ की छाती पर हाथ रख दिया था, लेकिन वह दूसरी तरफ़ घूम गई थीं। उसके बाद वह रात में जब भी उठता तो इस बात को लेकर सजग रहता कि उसकी पीठ बुआ के शरीर से न छू जाए।

एक शाम बैठक में बिनोद कोई कॉमिक्स पढ़ रहा था, जबकि माँ और बुआ चाय पीते हुए बातचीत कर रही थीं। माँ बुआ को एक हिन्दी कहानी के बारे में बता रही थीं जो उन्होंने 'हंस' में पढ़ी थी, जो एक नवयुवती के बारे में थी, जो सब कुछ छोड़-छाड़ कर पहाड़ पर किसी आश्रम में चली गई थी। बिनोद अपनी किताब में तस्वीर देख रहा था, लेकिन उसका ध्यान पूरी तरह अपनी किताब पर था। उसने अपनी माँ को कभी प्यार के बारे में बात करते हुए नहीं देखा था और इस कहानी में वह बुआ को लेकर अपनी अव्यक्त भावनाओं को रखने का प्रयास कर रहा था।

उस आश्रम में वह औरत रोज़ एक भिक्षु से आस्था, देवता के रहस्य आदि के बारे में बातें करती थी। उस औरत ने उस भिक्षु के चेहरे को कभी नहीं देखा क्योंकि वह अपने आपको आकर्षण से बचाने के लिए एक भगवा कपड़ा टाँगकर रखते थे। उस औरत को भिक्षु की आवाज़ से ऐसा लगता था कि वह जवान होगा; और अपनी कम उम्र के बावजूद वह भिक्षु बुद्धिमान लगता था और उसकी आवाज़ में वैसी शान्ति होती थी कि उससे वह औरत अन्दर तक सन्तुष्ट हो जाती थी। एक सुबह उस नवयुवती का बिस्तर ख़ाली था। आश्रम में साथ रहने वाली महिलाओं ने सभी जगह खोजा लेकिन वह कहीं नहीं मिली।

कहानी के आख़िर में सूत्रधार बताता है कि बस की खिड़की में एक स्त्री का सुन्दर चेहरा दिखाई दे रहा है। बस पहाड़ से नीचे मैदान की दिशा में जा रही थी। उस औरत के दिमाग़ में एक आदमी की आवाज़ गूँज रही थी। वह एक भिक्षु की आवाज़ थी जो संसार की प्रकृति के बारे में बता रहा था।

माँ रुककर मुस्कुराने लगी। उन्होंने कहा, "अपनी बुद्धि के बावजूद भिक्षु ने इस बात की कल्पना नहीं की थी कि प्यार अंगूर की बेल जैसा होता है जो ज़रा-सा सहारा पाते ही बढ़ने लगता है। उस औरत को उस आवाज़ से प्यार हो गया था।"

बुआ धीरे-धीरे सिर हिला रही थीं जबकि माँ इस बात को बताने में लगी हुई थीं कि प्यार को न किसी नाम की ज़रूरत होती है न ही किसी पहचान की। यह किसी भी चीज़ से हो सकता है। इसलिए कई बार प्यार एक छलावा होता है।

बिनोद को ऐसा महसूस हो रहा था कि उसका कलेजा मुँह को आ जाएगा। उसको इस बात का यक़ीन था कि यह कथावाचक नहीं बल्कि उसकी माँ के अल्फ़ाज़ थे—उनको यह पता था कि बिनोद किस तरह से रात में बुआ के होंठों को चूम लेता था। कई बार रात में माँ मच्छरदानी के बाहर किसी छाया की तरह आकर खड़ी हो जाती थीं। अब बिनोद को समझ में आ रहा था कि क्यों।

उसके हाथ में अभी भी कॉमिक्स था जिसमें मोटे पुरुष हेलमेट पहनकर चिल्ला रहे थे, "अचटूँग, इंग्लैंडर!" लेकिन उसकी आँखें दो महिलाओं के ऊपर टिकी हुई थीं। दोनों में जो बड़ी उम्र की औरत थी उसके होंठों पर मुस्कान थी। लेकिन जिसकी उम्र कम थी, शायद उसको अपने गुनाह का अन्दाज़ा था इसलिए उसके चेहरे पर गम्भीरता थी।

बिनोद को ऐसा भी लग रहा था कि शायद उसको ग़लतफ़हमी थी। शायद माँ बुआ को महज़ यह समझाना चाहती हों कि आकर्षण क्या होता है। उसकी माँ यही तो कहना चाह रही थीं कि प्यार के लिए बुआ के पास अपने पति का शरीर नहीं था। इसलिए उनको उसकी आवाज़ से सन्तुष्ट रहना चाहिए।

अचटूँग, इंग्लैंडर! रोने की ख़्वाहिश। चेतावनी देना। वह कॉमिक्स के पन्नों के काले अक्षरों को पढ़ रहा था। यह महज़ संयोग नहीं हो सकता था। उसकी माँ बुआ को चेतावनी दे रही थीं।

लेकिन उसको अपनी बुआ का स्पर्श बहुत अच्छा लगता था, और अपने साहसी दिल की धकधक भी।

हालाँकि उसको पता था कि जो वह सोचता था वह ग़लत था, और इसकी सज़ा उसको इस रूप में मिल सकती थी कि वह परीक्षा में फेल हो जाता और सदा के लिए सातवीं कक्षा में ही रह जाता। वह अपने आकर्षण को नकार सकता था और फिर भी एक युवा महिला के अव्यक्त प्रेम को पा सकता था।

लड़के को अचानक यह ख़्वाहिश हुई कि वह गेरुआ पहन ले।

——

आश्रम की उस महिला की तरह बुआ ने भी घर छोड़ दिया। वह स्नातकोत्तर होस्टल में रहने के लिए चली गईं। यह बात ज़ाहिर थी कि रबिन्दर परिवार के साथ ही रहने वाला था। बुआ के लिए यह मुश्किल होता जा रहा था कि क्लास करने के लिए वह दो घंटे रिक्शा में बैठकर रोज़ राजवंशी नगर जाएँ। बाबा के एक दोस्त सभी को कार में बिठाकर बुआ से मिलवाने के लिए ले गए। तब बुआ को घर से गए एक ही दिन हुआ था। हॉस्टल के अन्दर पुरुषों को जाने की अनुमति नहीं थी इसलिए बाबा बाहर ही खड़े रहे, लेकिन रबिन्दर और बिनोद भीतर गए, और यह अच्छा हुआ क्योंकि उन्होंने देखा कि ब्रेड को टोस्ट करने के लिए बुआ ने इलेक्ट्रिक हीटर का उपयोग किया।

उन्होंने चींटियों से बचाने के लिए स्ट्राबेरी जैम की एक बोतल और मक्खन का टुकड़ा पानी के एक कटोरे में रखा था। नीलू और बिनोद ने जैम और मक्खन के साथ टोस्ट खाई और बाहर से रबिन्दर के लिए आइसक्रीम मँगवाई गई। माँ ने जब बुआ को अपने लिए चाय बनाते देखा तो हिन्दी फ़िल्मों की किसी अधेड़ किरदार की तरह कहा, "तुम जो जीवन जी रही हो बहुत पहले मैं वह जीवन जीना चाहती थी।"

बुआ के कमरे में सफ़ेदी की गई थी लेकिन दीवारों पर सीलन थी और उन्होंने अपने वार्डरोब के पीछे की तरफ़ अख़बार लगाया था। खिड़की के पास एक छोटी-सी मेज़ और कुर्सी लगाई गई थी। मेज़ पर लाइब्रेरी से लाई गई किताबों के ढेर लगे थे और दो ब्लैक एंड व्हाइट तस्वीरें थीं—स्टूडियो में खिंचवाई हुई एक तस्वीर थी जिसमें बुआ, लालजी और छोटा रबिन्दर था। दूसरी एक ग्रुप फ़ोटो थी जिसमें माँ और रबिन्दर के साथ दो बच्चे थे,

जो किसी बड़ी बहन की शादी की तस्वीर थी। जाने से पहले माँ बाथरूम देखना चाहती थीं जिसको बुआ उस फ़्लोर पर रहने वाली अन्य लड़कियों के साथ साझा करती थीं। दोनों गलियारे के एक कोने में स्कूल जाने वाली लड़कियों की तरह सिर से सिर सटाकर कुछ देर तक फुसफुसाकर बातें करती रही।

अब विदा का समय आ गया था। घर वापस जाते हुए रास्ते में बाबा इस बात से सन्तुष्ट हुए कि गेट पर जो गार्ड था वह अपने काम में चौकस था और मर्दों को अन्दर नहीं जाने देता था।

———

बुआ जिस चिराग़ कल्चरल ग्रुप का हिस्सा बनी थीं वह पटना में क्रान्तिकारी विद्यार्थियों का मुखौटा संगठन था। इमरजेंसी के दिन थे। वे जिन लोगों के क़रीब थीं उनमें अधिकतर वे युवा थे जो कांग्रेस सरकार के ख़िलाफ़ जेपी के आन्दोलन में शामिल थे। बुआ इस समूह में लेखक के तौर पर शामिल हुई थीं : उनको अपनी कविता के लिए श्रोता चाहिए थे। लेकिन समय के साथ यह बदल गया। वह शिक्षा और महिला सशक्तिकरण से जुड़ी समितियों से जुड़ गईं। बाद में जो लोग उनके राजनीतिक सरपरस्त बने उनसे वह संघर्ष के इन्हीं दिनों में मिली थीं, जैसे लालू प्रसाद यादव।

परिवार में किसी को उस दुनिया के बारे में पता नहीं था जिस दुनिया में बुआ ने प्रवेश किया था। बिनोद ने बाद में सुना कि केवल इस कारण बुआ जेल नहीं गईं क्योंकि वह सामने आने से बचती रहीं। उनको अपनी कमियों का भी ध्यान था। सालों बाद, वह बड़े आराम से सबको बतातीं, "कॉलेज में काम में शामिल होने के पहले मैंने कभी हो ची मिन का नाम तक नहीं सुना था जबकि मैं बीस साल से अधिक की थी।

वह समर्पित कार्यकर्ता थीं। यहाँ तक कि : अब उसके लिए शिक्षा भी बहुत मायने रखती थी क्योंकि वह अपने आसपास की दुनिया और लोगों के जीवन को लेकर अधिक सजग हो गई थीं। उनके दोस्तों में किसी तरह का भ्रम नहीं था जो अक्सर युवा आन्दोलनों की बुराई होती है। इसका कारण यह था कि उनकी लड़ाई दिल्ली की सर्वसत्तावादी सरकार से थी जिसने संविधान

और बोलने की आज़ादी के ऊपर बन्दिश लगा दी थी। इसकी वजह से बुआ और उनके साथियों के लिए यह कह पाना आसान था कि वे जुल्म से आज़ादी के लिए लड़ रहे थे।

और फिर एक दिन लालजी के परिवार से एक चिट्ठी आई। उसके साथ हिन्दी पत्रिका *धर्मयुग* का एक फटा हुआ पन्ना भी था।

पत्रिका में पटना में गवर्नर के घर के बाहर विरोध-प्रदर्शन की तस्वीर लगी हुई थी। उसमें बुआ के हाथ में एक बैनर था जिसमें 19 गिरफ़्तार विद्यार्थियों की रिहाई की माँग थी। वह चिट्ठी बुआ की सास की तरफ़ से लालजी के एक भतीजे द्वारा लिखी गई थी। बुआ केवल अपनी निजी गरिमा ही नहीं बल्कि अपने पति के परिवार की गरिमा के लिए भी ज़िम्मेदार थीं। पटना में उसके अभिभावकों को इस बात का ध्यान रखना चाहिए कि वह अपने इस सम्मान को न खोए। उस पत्र में बुआ के साथ-साथ बिनोद के माँ-पापा का भी अपमान किया गया था, लेकिन बिनोद को इस फ़ोटो में बुआ किसी फ़िल्मस्टार जैसी लग रही थीं।

बुआ को उस तस्वीर से झटका-सा लगा। माँ को भी। उनको पता नहीं था कि बुआ क्या कर रही थीं। लेकिन उस चिट्ठी से उनको ग़ुस्सा आ गया और उनके लिए यह सवाल ही नहीं उठता था कि वह उसका समर्थन न करें। बाबा ने माँ से कहा कि वह इस चिट्ठी के बारे में बुआ को न बताएँ, लेकिन अगली बार जब बुआ घर आईं तो बिनोद ने सुना कि रसोई में माँ से बात करते हुए वह रो रही थीं।

लालजी के परिवार से बुआ को लम्बे समय से कोई पैसा नहीं मिला था। ऐसा सुनने में आ रहा था कि भतीजा माणिक उनसे सम्बन्ध तोड़ लेने की तैयारी में लगा हुआ था। लालजी की माँ की तरफ़ से उसी ने चिट्ठी लिखी थी। बाबा को यह नहीं पता था कि माँ ने चिट्ठी के बारे में पहले ही बुआ से बात कर ली थी। डिनर के समय उन्होंने पुराने समाजवादी नेता कर्पूरी ठाकुर के बारे में एक टिप्पणी की, बिहार में नेता के रूप में जिनकी वापसी हो रही थी। बुआ ने भी खुलकर बातचीत की। उन्होंने बाबा को बताया कि कर्पूरी ठाकुर से वह कई बार मिल चुकी थीं और उनको उनकी बातें बहुत ज्ञानवर्धक लगती थीं। जिस समिति के लिए वह काम कर रही थीं, ठाकुर जी की तरफ़ से उनको भी मदद की गई थी। सुनकर बाबा प्रभावित हुए। उन्होंने अपने मुँह

में अधिक खाना भर लिया और चबाते रहे ताकि बुआ के पास बातचीत बन्द करने का कोई बहाना न रह जाए।

शायद दूसरे लोग जो बुआ को अच्छी तरह जानते थे और जिन्होंने तीन सालों के दौरान उनको आगे बढ़ते हुए देखा था, उनका यह मानना था कि एक राजनीतिक व्यक्तित्व के रूप में उनका विकास असाधारण था। लेकिन अपने परिवार में अचानक वह हर उस चीज़ का उदाहरण बन गई थीं जो नाटकीय थी। वह बदलाव और उत्साह का प्रतीक थीं।

समय के साथ इस ख़बर को भी उसी तरह स्वीकार कर लिया गया क्योंकि इस बात की उम्मीद तो की ही जा रही थी।

दिल्ली में कांग्रेस पार्टी सत्ता से बाहर हो गई थी और राज्यों में नए सिरे से चुनावों की घोषणा हो गई थी। बुआ को पटना सदर से जनता पार्टी का टिकट दिया गया। बिनोद के लिए एक नई अनजानी दुनिया खुल गई। गार्डिनर रोड पर एक छोटे से फ़्लैट में वह काफ़ी समय बिताता था, जहाँ से चुनाव प्रचार का काम चल रहा था। दिन-रात उस दफ़्तर में ऐसे लोग भरे रहते जिनको उसने कभी नहीं देखा था। वे उसको थकी हुई लाल-लाल आँखों से देखते थे और फिर चुनावी जोड़-घटाव में लग जाते। बिनोद को छोटे-मोटे काम ही सौंपे जाते थे, जैसे बाहर जीप में झंडे-बैनर पहुँचाना। जीप के ऊपर पार्टी का झंडा लगा रहता था। एक दिन वह टेलिफ़ोन के पास बैठा था, लेकिन जो फ़ोन आ रहे थे उनसे उसका कोई लेना-देना नहीं था। एक आदमी फ़ोन पर पूछ रहा था कि एस.डी. गर्ल्स स्कूल के ऑब्जर्वर का नाम क्या है? जब बिनोद ने यह बताया कि उसको नहीं पता तो सामने वाले आदमी ने ग़ुस्से में कहा कि वह फिर कभी फ़ोन न उठाए। एक महिला संगठन की कार्यकर्ता ने फ़ोन करके बताया कि गुंडों ने म्यूज़ियम रोड के सभी पोस्टरों को फाड़ दिया है। एक आदमी ने फ़ोन किया और चिल्लाते हुए बोला, "रेडियो चलाओ! रेडियो चलाओ!"

चुनाव से एक दिन पहले बुआ की आवाज़ बैठ गई। लेकिन उनको इस बात की कोई चिन्ता नहीं थी। चुनाव के दिन बाबा ने शिकायत की कि अवैध

मतदान तथा धाँधली के कारण चुनाव में बुआ की हार हो सकती है। लेकिन वह चुनाव जीत गईं। उनको अपने विरोधी से 65 हज़ार मत अधिक मिले थे। उसके बाद से बहुत दिनों तक बिनोद 65 को अपना शुभ अंक मानता रहा।

वह एक ऐसे समाज में बड़ा हुआ था जिसमें आपके दोस्त और दुश्मन सभी एक ही परिवार से आते हैं। बुआ ने इसको बदल दिया। ऐसा पहली बार हुआ था कि जिन लोगों को बिनोद जानता था उन लोगों में कोई ऐसा भी था जिसके बारे में परिवार के बाहर के लोगों ने फ़ैसला लिया था। चुनाव में बुआ की जीत मायने रखती थी क्योंकि उन्होंने दूसरे लोगों के सामने अपनी अहमियत साबित कर दी थी; इससे बिनोद को सुनने वालों की एक ठोस समझ मिली। सबसे बढ़कर उसकी जीत ने यह बताया कि कोई अपने अतीत से बचकर निकल सकता है। बिनोद के लिए यह सबसे बड़ा सबक़ था जो उसने स्कूल या घर में सीखा था।

उसको इस बात की भी बड़ी हैरानी हुई कि बिहार जैसे राज्य में भी मीडिया में बुआ के बारे में चर्चा में लालजी का नाम कहीं नहीं आया। "शायद इसका कारण यह था कि बुआ अपने बारे में नहीं बोलती थीं बल्कि भारत, रूस, चीन, अमेरिका की महिलाओं के बारे में घरों, अस्पतालों, फ़ैक्टरियों और युद्ध-क्षेत्रों की महिलाओं के बारे में करती थीं। वह यह चाहती थीं कि महिलाओं को गाँवों में भी नगदी भुगतान किया जाए, और उन्होंने इसके लिए अभियान चलाया कि कामकाजी महिलाओं को थोड़ा-बहुत ऋण दिया जाए। बिहार में, बुआ स्वाधीनता का प्रतीक बन गईं, जो आज़ाद भारत में नई बात थी। लेकिन बिनोद ने कोई राय नहीं बनाई, बाद के सालों में भी नहीं कि यह सब एक चाल की तरह थी। उसने उन महिलाओं को जाना जिनके पति अमीर थे, और जिन्होंने दिल्ली और बम्बई जैसे बड़े शहरों में ट्रैवल एजेंसी या बुटीक खोला था; पटना में भी उसके दोस्त थे जिनकी पत्नियों ने स्कूल शुरू किया या फ़ैशनेबल ब्यूटी पार्लर खोले। इस तरह के हर मामले में महिलाओं के पास पैसे थे। बुआ के पास तो कुछ नहीं था। उन्होंने पढ़ाई की और उसके बाद ऐसे दौर में सार्वजनिक जीवन में आईं जब उनके आसपास ऐसी कोई महिला नहीं थीं।

——

जब बुआ को सरकार की तरफ़ से फ़्लैट दिया गया तो उन्होंने माँ और बाबा से कहा कि वे किराए का घर छोड़कर उनके साथ रहने के लिए आ जाएँ। लेकिन बिनोद के माता-पिता इस योजना को लेकर कुछ पक्के तौर पर नहीं सोच पाए। एक कारण तो यह था कि बाबा इस बात को जानते थे कि नेताओं के घर का कुछ पक्का नहीं रहता। जब अगला चुनाव आएगा तो वे पाएँगे कि उनके रहने के लिए ठिकाना ही नहीं रहा। वे वहीं रह गए और बुआ एक अलग भविष्य की तरफ़ बढ़ गईं।

लालजी ने राँची के पागलख़ाने में 12 साल बिताए। शुरू-शुरू में बाबा और बुआ दोनों उनसे मिलने जाते थे। रबिन्दर को भी वहाँ इस उम्मीद में ले जाया गया कि शायद बेटे को देखकर लालजी की तबीयत में कुछ सुधार आए। लेकिन कुछ ऐसा ज़रूर हुआ था जिसके कारण माँ ने भविष्य में जाने से मना कर दिया। बिनोद बचपन में पागलख़ाने गया था जब बाबा अपनी डॉक्यूमेंट्री की शूटिंग कर रहे थे। और फिर, जब वह बड़ा हुआ, और उसने काम करना शुरू कर दिया, जब वह धनबाद या बोकारो काम के सिलसिले में जाता था तो उससे कहा जाता था कि वह लालजी को जाकर देख ले और उनके लिए कपड़े और खाना ले जाए।

अस्पताल में मुर्दनी छाई रहती थी। उसकी पीली दीवार, जो दूर से ही युकलिप्टस के पेड़ों के पीछे दिखाई दे जाती थी, में उसको किसी तरह का बदलाव दिखाई नहीं देता था। हर बार मुलाक़ात के लिए उसको जिन अधिकारियों से जाकर मिलना होता था वे बदलते रहते थे—एक बार उसको पता चला कि अस्पताल के प्रमुख ने अपने आपको गोली मार ली, और एक डॉक्टर पागल हो गया और उसने अपने आपको मरीज़ों के साथ बन्द कर लिया। बाक़ी कर्मचारी वहीं रहते थे, लेकिन इससे कोई फ़र्क़ नहीं पड़ता था। बार-बार जाने के कारण बिनोद को यह समझ में आया कि वहाँ काम करने वाले कर्मचारी भी अपनी नौकरी में फँसे हुए थे और उनके तथा मरीज़ों के बीच अन्तर कर पाना मुश्किल लगता था।

बाद के सालों में लालजी की तबीयत इतनी बिगड़ गई कि वह उन लोगों को भी नहीं पहचान पाते थे जो उनको नहलाते और खाना खिलाते थे। कई बार बिनोद को ऐसा महसूस हुआ कि देखभाल करने वाले कर्मचारी लालजी को तभी नहलाते थे जब वह आने वाला होता था।

वह अस्पताल के प्रमुख के दफ़्तर के बाहर अँधेरे गलियारे में इन्तज़ार करता रहता था, और लालजी को उसके सामने व्हीलचेयर पर बिठाकर लाया जाता, उनका कुपोषित शरीर व्हीलचेयर में धँसा रहता, उनकी लाल-लाल आँखें शून्य में देखती रहतीं। यह देखकर बिनोद कुछ असहज हो जाता था या कहना चाहिए कि डर जाता था क्योंकि उसने ख़ुद से यह कह रखा था कि यह किसी के साथ भी हो सकता है, बाबा और उसके साथ भी। लेकिन उसके दिल में किसी तरह की सहानुभूति नहीं थी। लालजी के बिखरे बालों को देखकर, उनकी उस दशा को देखकर उसको घिन आती थी।

एक दिन उसने लालजी को काग़ज़ का एक बक्सा दिया, जिसमें नमकीन और मिठाइयाँ भरी हुई थीं। कर्मचारी ने अपने सड़े हुए दाँत दिखाकर हँसते हुए हिन्दी में कहा, "इसको बस लॉलीपॉप पसन्द है।"

कई बार तो बिनोद इन्तज़ार भी नहीं करता था। वह मेज़ पर रखे रजिस्टर में अपना नाम लिखता और लालजी के लिए जो कुछ भी लेकर आया होता था, देकर भाग जाता।

बुआ अपनी तरफ़ से कभी लालजी का नाम नहीं लेती थीं। परिवार में उनके बारे में कोई बात नहीं करता था। लेकिन अगर कभी किसी कारण से उनका नाम किसी बातचीत में आ जाता तो बुआ हमेशा उनके बारे में ऐसे बात करतीं जैसे वह स्वस्थ-सानन्द रह रहे हों। वह जब भी रबिन्दर से उसके बारे में बात करती थीं तो हँसकर बात करती थीं। हो सकता है कि इसका कारण यह रहा हो कि वह उनको बहुत प्यार करती थीं, या यह भी हो सकता है। उनको अपने रिश्तेदारों के उदास चेहरों को देखना अच्छा नहीं लगता था। जब बिनोद इतना बड़ा हुआ कि इस बात को समझ सके तब तक बुआ को सत्ता ने किस तरह अकेला कर दिया था। वह अकेली थीं। इस बात की समझ के बाद बिनोद को बहुत सदमा पहुँचा और शायद इसी कारण दो दशक बाद अख़बार में माला श्रीवास्तव की हत्या के बारे में लिखते हुए वह इतना करुण हो गया था। अपने लेख का शीर्षक उसने दिया था 'लालबत्ती वाली कार', तो ऐसा लिखते हुए उसकी आँखों के सामने उन अधिकारियों और नेताओं की कारें नहीं थीं जो क़त्ल की गई उस कवयित्री के घर के सामने रुकती थीं, बल्कि वह बुआ के बारे में सोच रहा था, महत्त्वाकांक्षा के बारे में, और अपनी उपलब्धियों की जो क़ीमत उनको चुकानी पड़ी, उसके बारे में।

बुआ का परिवार उनके ऊपर बस दया ही दिखा सकता था। लेकिन सच बात यह थी कि बुआ के लिए उनके पति का पागल हो जाना बड़ी त्रासदी नहीं थी। बल्कि इसके कारण तो वह आज़ाद हो गईं। हालाँकि, बुआ के परिवार में इस बात को किसी ने समझा नहीं। वह बस एक विधवा थीं। सभी बुआ के एक हिस्से की माँग करते थे और चाहते थे कि बुआ इस बात के लिए उनका आभार जताएँ कि उनका इस्तेमाल किया जा रहा।

जब बिनोद पिछली बार पटना आया था तो उसे पता चला कि घर में बिजली एक बार फिर नहीं थी। उसकी बहन नीलू और उसके पति शत्रुघ्न बम्बई से आए थे। बिनोद ने देखा कि नीलू अँधेरे में लेटी हुई थी। उसने नीलू से पूछा कि उसके पति कहाँ हैं। उसका जवाब था, "उसकी नेताओं के साथ मीटिंग थी।" कहानी यह है कि जब मुख्यमंत्री की बेटी की शादी हुई तो बम्बई से बहुत से फ़िल्मी सितारे नाचने-गाने के लिए आए थे। अनेक नेताओं ने नगद में काफ़ी रक़म देने के बारे में कहा था लेकिन किसी ने अभी तक कुछ दिया नहीं था। शादी को एक साल बीत चुका था। शत्रुघ्न उन फ़िल्मवालों के पैसे इकट्ठा करने के लिए पटना आया था।

बिनोद ने पूछा, "क्या उनमें बुआ भी हैं?"

"नहीं," नीलू ने कहा, और फिर यह कहा, "लेकिन आपको तो यह बात पता होनी चाहिए कि शत्रुघ्न के बुआ के साथ आजकल अच्छे रिश्ते नहीं हैं।"

कुछ माह पहले शत्रुघ्न बुआ से पटना में अपने छोटे भाई के बिज़नेस के बारे में बात करने के लिए गया था लेकिन उसको एक घंटे तक इन्तज़ार करना पड़ा। अन्त में जब बुआ ने उनको मिलने के लिए अन्दर बुलाया तो वहाँ अनेक छोटे नेता बैठे हुए थे और उनके सामने शत्रुघ्न खुलकर बात नहीं कर पा रहा था। घर लौटकर उसने नीलू से कहा, "जब मैं स्टिवन सीगल से मिलने के लिए गया था तो उसने भी मुझे इतना लम्बा इन्तज़ार नहीं करवाया था।"

बिनोद हँसने लगा और नीलू भी हँसने लगी। शत्रुघ्न से उन दिनों जो भी मिलता वह उसको यह बताना नहीं भूलता था कि उस साल जब हॉलीवुड अभिनेता स्टिवन सीगल बम्बई आया था तो उसको एक आलीशान टैक्सी उसी ने दिलवाई थी। "हम लोगों ने काफ़ी बातें कीं," शत्रुघ्न कहता था। "उसको इंडिया की लड़कियाँ बहुत सुन्दर लगीं। योगा करने में भी उसकी दिलचस्पी थी।"

शत्रुघ्न सीगल की इस बात से बहुत प्रभावित हुआ कि एक लम्बा आदमी होने के बावजूद उसने इस बात की शिकायत नहीं की कि भारत में गाड़ियाँ छोटी होती हैं। शत्रुघ्न जिस बात के लिए बुआ को माफ़ नहीं कर सकता था वह यह कि इसके बावजूद कि उनका पति पागल हो गया था और उनका बेटा अपराधी, लेकिन उनको स्टिवन सीगल जैसे लोग आकर्षित नहीं करते थे। बुआ ने शायद ही कभी अंग्रेज़ी बोली हों। उनको न तो परफ़्यूम का शौक़ था ना ही अमेरिका और इंग्लैंड से इलेक्ट्रॉनिक सामान मँगवाने का। उन्होंने यह जानने की भी कभी कोशिश नहीं की कि सुबह के समय टाइम्स ऑफ़ इंडिया पढ़ने के बाद उनके विचार किस तरह के होने चाहिए।

अँधेरे में बहन के साथ बैठे-बैठे बिनोद को एक अवसर की याद आई जब चार या पाँच साल पहले वह बुआ के साथ एक स्कूल के उद्घाटन में वैशाली गया था। बुआ को वहाँ सम्मानित अतिथि के रूप में बुलाया गया था। ज़िला शिक्षा अधिकारी उनकी जाति का था इसलिए बुआ को यह सम्मान दिया गया था। स्कूल बस एक मंज़िल का गुलाबी रंग का बना था, जिसमें एक जैसे तीन कमरे थे। जब उनकी कार स्कूल के सामने आकर रुकी तो उन्होंने देखा कि एक शामियाने के नीचे कुर्सियाँ लगवाई गई थीं और उस नई इमारत के सामने आम के पेड़ को सफ़ेद रंग से पोत दिया गया था।

पहले दिन पढ़ने के लिए क़रीब तीस लड़कियाँ आई थीं। दो पुरुष शिक्षक थे, जो कुपोषित से लग रहे थे, और उन बच्चियों के पीछे खड़े थे। पहले राष्ट्रगान हुआ। बाद में बुआ ने माइक पर खड़े होकर इस बारे में बोलना शुरू किया कि लड़कियों के लिए शिक्षा की कितनी ज़रूरत है। भाषण सामान्य सा था और जिस तरह का भाषण आम तौर पर अख़बारों में प्रकाशित होता है, उसी तरह का था। बिनोद ने उसको केवल इस कारण सुना क्योंकि उसको डर था कि कहीं बुआ बाद में उससे पूछ न लें। जब कार्यक्रम ख़त्म हुआ तो शिक्षा अधिकारी मेहमानों को अपने घर ले गया जहाँ उसकी पत्नी ने खाना पकाया था। कई तरह की सब्ज़ियाँ थीं, जिनमें स्वादिष्ट मटर पनीर था। चिकेन और मछलियाँ भी थीं जिसको बहुत अच्छे झोल में पकाया गया था।

बिनोद ने ख़ूब खाया। जब मेजबान रसगुल्ला और मिश्टी दही लेकर आया तो बिनोद ने उसको लेकर एक चुटकुला सुनाया। उसने बुआ से कहा,

“जनता का नेता होने का यही फ़ायदा है। दूरदराज़ के शहरों में भी अच्छा खाना मिल जाता है।”

बुआ मुस्कुराईं। उन्होंने कहा, “जब हम बच्चे थे तो दोपहर के दो बजे तक कुछ भी नहीं खाते थे। हम सुबह के समय उठते, घर का कुछ काम निपटाते, उसके बाद स्कूल जाते जो हमारे गाँव से 12 मील की दूरी पर था। तुम्हारे बाबा ने जब मैट्रिक की परीक्षा पास की तो उनको एक पुरानी साइकिल मिली, और कई बार वह मुझे साइकिल पर बिठाकर ले जाते थे, लेकिन यह कोई आसान काम नहीं था। आज भी मुझे दोपहर तक खाना न मिले तो काम चल जाता है। बचपन से ही मुझे इसकी आदत है। लेकिन जब देर दोपहर तक भी मुझे खाना नहीं मिलता है तो मुझे बहुत ज़्यादा भूख लग जाती है। इस बात को सब नहीं समझ सकते।”

बन्दिनी या प्रेम का क़ैदी

नौ

"1982 में बम्बई के कपड़ा मिलों में जो हड़ताल हुई उसके कारण अनेक कॉटन मिल बर्बाद हो गए और न जाने कितने मज़दूर और उनके परिवार तबाह हो गए। हो सकता है कि अगर ऐसा न हुआ होता, अगर पैसे और बदमाशी के बल पर बम्बई की मज़दूर संस्कृति के टुकड़े न किए गए होते तो नब्बे के दशक में मुसलमानों के साथ जिस तरह की घटनाएँ बम्बई में हुईं, न हुई होतीं। आज दो दशक के बाद भी आप मध्य बम्बई में उन उजाड़ मिलों को देख सकते हैं, कई मिलों को तोड़कर ऊँची-ऊँची इमारतें बनवाई जा चुकी हैं, जिनमें अमीर लोग रहते हैं और जो इलाक़ा मीलों तक चारों तरफ़ से झुग्गियों से घिरा हुआ है।" हाल ही में उसने अपने एक सम्पादकीय की शुरुआत इस तरह की थी।

बिनोद का एक दोस्त एक ऐसे दफ़्तर में काम करता है जिसके परिसर का निर्माण एक मिल को गिराने के बाद हुआ था। उसका नाम था अजय ब्रह्मात्मज। उसका दफ़्तर लोअर परेल में था, उस जगह के चौथे माले पर जहाँ कभी कमला मिल होती थी।

अजय एक फ़िल्म पत्रकार के रूप में एक हिन्दी अख़बार में काम करता था। बम्बई में उस अख़बार का कोई प्रसार नहीं था। वह अख़बार वैसे तो देश का सबसे अधिक बिकने वाला अख़बार था लेकिन उसको केवल हिन्दी भाषी उत्तर भारत में पढ़ा जाता था। अजय के दफ़्तर में बहुत से लोग केवल इसलिए काम करते थे क्योंकि उनको हिन्दुस्तान लीवर जैसी कम्पनियों के विज्ञापन लेने होते थे जिनको भारत के ग्रामीण इलाक़ों में साबुन बेचना होता था। इस ख़ास तरह की संस्था के कारण अजय वहाँ काम करता था जिसके लिए अजय बम्बई की किसी घटना या व्यक्ति के बारे में पाठकों को बड़ी सामाजिक तस्वीर पेश कर सके। बम्बई के अधिकतर फ़िल्म पत्रकार स्टारों

के रोमांस या किसी तरह की गपशप के बारे में लिखते थे जबकि अजय इस तरह की पंक्ति के साथ अपने लेख की शुरुआत करता "हिन्दी फ़िल्म ही वह मूल साधन है जिनके माध्यम से भारत के अधिकतर लोग किसी फ़ाइव स्टार होटल में क़दम रखते हैं।"

अजय की दिलचस्पी किसी हिन्दी फ़िल्म को अच्छा या बुरा बताने में नहीं रहती थी बल्कि वह पूरी कोशिश करता था कि उसके पाठकों को यह पता चले कि इन फ़िल्मों का उनके जीवन के ऊपर किस तरह का प्रभाव पड़ता है। एक लेख में उसने अपने पाठकों को इस बात की चुनौती दी थी कि वे इस बात का खंडन करें कि उनका कोई प्रिय फ़िल्मी गीत नहीं है, हर आदमी को कोई न कोई गीत पसन्द होता था। उदाहरण के साथ उसने यह बताया था कि सत्तर और अस्सी के दशक में बहुत से मर्द शादी की रात जब पहली बार अपनी पत्नी का घूँघट उठाते थे तो 'कभी-कभी' फ़िल्म के सीन को याद करते थे जिसमें अमिताभ बच्चन घूँघट उठाकर राखी को देखता है। *कभी कभी मेरे दिल में ख़याल आता है...*

एक से अधिक बार अजय ने यह बात कही कि भारत में फ़िल्म अभिनेताओं से अधिक प्रभाव किसी का भी नहीं होता : वह किसी सैलून में मुस्कुराते हुए दीवार पर टँगे रहकर उसको चला सकते हैं, पर्दे से किसी औरत की आँखों में देखते हुए यह बता सकते हैं कि कोई पुरुष क्या चाहता है। उसने पुरुषों को सिखाया कि माँ के मरने पर किस तरह रोया जाए। वह चुनाव जीतकर संसद में अपनी सीट से सरकार चला सकता है। और जैसा कि कपड़ा मिलों की हड़ताल के दौरान जब प्रधानमंत्री इन्दिरा गांधी बम्बई गई थीं तब अमिताभ बच्चन घायल होकर ब्रीच कैंडी अस्पताल में थे तो उन्होंने उनको देखने जाने के लिए समय निकाल लिया था, उन मज़दूरों के लिए नहीं जिनकी नौकरी चली गई थी और बेकारी के कारण जिनके बीवी-बच्चे भूखों मर रहे थे।

जब बिनोद अजय से विकास धर के बारे में बात करने गया तब जुलाई का महीना था। उस दिन हल्की बारिश हो रही थी और चर्चगेट से जब वह लोकल में बैठकर वहाँ उतरा तो बाहर निकलते हुए भीग गया। लोग दफ़्तरों से निकल रहे थे जबकि पाँच बजने में अभी वक़्त था।

——

बिनोद क़रीब डेढ़ महीने के बाद पटना से वापस लौटा था। वापस आने के बाद वह विकास धर के उस फ़ोन का इन्तज़ार करने लगा जिसका कि वादा था। और फिर एक सुबह जब वह दफ़्तर आया तो उसके कीबोर्ड पर एक सन्देश चिपका हुआ था। "विकास धर। कॉल 9821888340।"

उस सन्देश को देखते ही वह जोश से भर गया, और उसको तत्काल अजय की याद आई, क्योंकि वह उसके उत्साह को समझ सकता था। उसकी बहन नीलू भी शहर में थी, लेकिन वह उसको फ़ोन नहीं करना चाहता था क्योंकि अगर इससे कुछ निकलकर नहीं आया तो वह दुखी हो जाएगी।

धर ने फ़ोन ख़ुद ही उठाया। बिनोद ने अपना और अपने अख़बार का नाम बताया तो उसने गाते हुए उसका अभिवादन किया और उससे पूछा कि क्या उसके पास कहानी हो गई। लेकिन उसने सोचा था कि धर पहले उससे मिलना चाहता था। क्या उसको ग़लत याद था? वह एक पल के लिए झिझका लेकिन उत्साहित होने के कारण उसने चालाकी-भरा क़दम उठाया। उसने बताया कि उसने एक ख़ाका तैयार कर लिया है जो वह उसको दिखाना चाहता है।

धर ने कहा कि वह शूटिंग के सिलसिले में गोवा जा रहा है। वह जिस फ़िल्म को प्रोड्यूस कर रहा था उसका नौजवान निर्देशक बीमार पड़ गया था। धर ने ख़ुद कमान सँभाल ली थी और वह फ़िल्म को पूरा करने में व्यस्त था। "दो सप्ताह में मिलते हैं," वह बोला। यह सुनकर बिनोद ने राहत महसूस की। एक पत्रकार के लिए दो सप्ताह का मतलब था दो साला। उसने अपनी बात को सँभालना शुरू किया। "धर साहब, मैंने कहानी में थोड़ा बदलाव कर दिया है। यह कहानी अब अधिक रोमांटिक हो गई है।" बिनोद ने कहा।

दूसरी तरफ़ से उसने जो आवाज़ सुनी उसमें बहुत उत्साह था। उसके बाद धर ने कहा, "यह अच्छी बात है। लोग यही तो चाहते हैं...मैं यह चाहता हूँ कि लोगों को छोटे शहर का अहसास तो हो लेकिन उस कहानी का असर सार्वभौम हो। मानवीय कहानी हो, समझे?"

"हाँ," बिनोद बोला।

धर ने कहा, "इसकी अपनी संवेदना होनी चाहिए, अपनी जगह की ऐसी छाप जो दिखाई दे, लेकिन कुछ ऐसा करो कि मैं हैरान रह जाऊँ।"

"हाँ," वह बोला, कुछ और अनिश्चित होते हुए।

———

असल बात यह है कि महानगर के दर्शक जिस बात से हैरान हो सकते हैं गाँव के लोग उससे नहीं हो सकते। लन्दन में लेखक के साथ बातचीत में नीरज दुबे ने कहा था कि अगर आप सच में हिन्दी फ़िल्मों का मज़ा उठाना चाहते हैं तो आपको बिहार के किसी क़स्बे के सिनेमा हॉल में जाना चाहिए। "छोटे शहर के लोग जब अधिक जोश में आ जाते हैं तो अपनी क़मीज़ फाड़ देते हैं। जब फ़िल्म में कोई हिट गाना पर्दे पर दिखाया जाता है तो वे अमूमन ऐसा करते हैं। जब कोई उत्तेजक डांस चल रहा होता है तो आप देखेंगे कि पर्दे की तरफ़ सिक्के उछाले जाने लगते हैं। यह पागलपन की तरह होता है। वे अपनी भावनाओं को छिपाकर नहीं रखते हैं, वे इस बात की परवाह नहीं करते कि लोग क्या कहेंगे। अगर उनको रोना होता है तो वे वहीं हॉल में रोने लगते हैं। महानगरों में लोग फ़िल्म देखने किसी उम्मीद के साथ जाते हैं। छोटे क़स्बों में लोगों को सिनेमा से कोई उम्मीद नहीं होती है, वे मज़े के लिए आते हैं, और अगर आप उनको रोक पाने में सफल नहीं रहते तो अगले दिन से ही सिनेमा हॉल ख़ाली जाने लगता है। क़स्बों में लोग भावनाओं के चरम तक जाते हैं जबकि महानगरों में लोगों को फ़िल्म का आनन्द उठाना नहीं आता है।"

जब बिनोद ने इन पंक्तियों को पढ़ा तो उसके मन में दुबे के लिए प्यार उमड़ आया। वह उसको ऐसा अभिनेता लगता था जो बहुत साफ़ बात करता था, इसलिए जब वह उसकी सफलता के कारणों के बारे में सोचता है तो यही लगता है कि वह भावनाओं के बीच बहुत अच्छी तरह से सन्तुलन बनाकर रखता है। दो तरह की भावनाओं के बीच द्वंद्व के कारण उसके अभिनय में ख़ास तरह का तनाव आता है।

एक बातचीत में बिनोद ने दुबे से उसके बचपन के बारे में पूछा था। दुबे के मुँह से जो पहली बात निकली वह यह कि "मैं बिस्तर पर सूसू कर देता था।" बिनोद को ऑरवेल की याद आ गई। "जैसे ही मैं क्रॉसगेट्स आया (तत्काल नहीं बल्कि एक या दो सप्ताह के बाद, जब मैं अपने आपको स्कूल

की रूटीन के अनुकूल ढाल रहा था) मैंने बिस्तर गीला करना शुरू कर दिया।" इसमें कोई शक नहीं कि इसमें ईमानदारी थी लेकिन एक तरह की मासूमियत का भाव भी था। यह आत्मविश्वास से भरा क़दम था और दर्शकों को जीत लेने की ख़्वाहिश से भरा।

जब वह दुबे से अगली बार बातचीत करने के लिए गया तो वह अपने साथ पचीस साल पुरानी पेंगुइन पेपरबैक की किताब *न्यू राइटिंग्स इन इंडिया* की प्रति लेकर गया था। उसमें एक कहानी थी जो भालचन्द्र नेमाड़े की लिखी हुई थी और जिसका अनुवाद मराठी से किया गया था। लेकिन वह कहानी मराठी के स्थान पर बिहार की भी हो सकती थी। कहानी का सूत्रधार पूना के एक कॉलेज हॉस्टल में रहने वाला लड़का था और वह पाँच साल की अपनी बहन मणि की मृत्यु के बारे में बता रहा होता है। उसकी मृत्यु चेचक से हो गई थी। गाँव में महामारी आई थी। खेत के रखवाले के बेटे को ऐसा लगा कि उसके शरीर में आग लग गई हो, वह घर से भागता हुआ गया और कुएँ में कूद गया। लेकिन मणि की मौत बिस्तर पर ही हो गई। मणि के शरीर पर नीबू के आकार के दाने हो गए थे और वे फूटने वाले थे। मणि के हाथों को महीन बोरे के अन्दर बाँधकर रखा गया था ताकि वह घावों को फोड़ न ले। लेकिन उसने बोरे के भीतर से ही घाव को नोच लिया।

उसके दोनों हाथों में खून-खून हो गया। उसके बाद उसके हाथों को बिस्तर के पाए से बाँध दिया गया। मणि अपने हाथ छुड़ाने की कोशिश कर रही थी। उसकी माँ ने पूछा कि क्या उसको पानी चाहिए। उसने मणि से कहा, "बोलो मणि बोलो। कल तुम बोलने के लायक़ नहीं रह पाओगी। बोलो मणि बोलो।" लेकिन वह बच्ची अपनी माँ से नहीं बोली।

जब उसकी दादी ने उससे पूछा कि वह क्या चाहती है कि पूना से उसका भाई उसके लिए क्या लेकर आए, तो उसने जवाब दिया, "लाल साड़ी।" कथा का सूत्रधार जितनी बार भी उससे पूछता था कि वह उसके लिए क्या लेकर आए तो वह लाल साड़ी कहती थी। लेकिन वह उसके लिए लाल साड़ी लेकर कभी नहीं गया। मणि उसके बहुत से काम कर देती थी। जब वह उसकी पीठ खुजाने से मना कर देती तो वह कहता, "तुमको लाल साड़ी चाहिए कि नहीं?" और जब वह बिस्तर पर मर रही थी तब भी उसने यही कहा था कि उसको चाहिए।

धीरे-धीरे मणि की आवाज़ चली गई क्योंकि उसकी गर्दन में बहुत से फफोले हो गए। यही उसकी आँखों के साथ भी हुआ। पुतलियाँ सफ़ेद पड़ गई थीं। मणि की माँ ने कहा, "मनुताई, क्या चाहिए तुमको?" "मेरे हाथ खोल दो," मणि ने कहा। "मेरे शरीर में आग लगी हुई है माँ। मैं जल रही हूँ।" लेकिन उसकी माँ ने उसको खोला नहीं। जब उसकी माँ ने उसका नाम पुकारा तो मणि की सफ़ेद पुतलियाँ उस दिशा में मुड़ गईं। दो दिन के बाद उसको गाँव के बाहर दफ़ना दिया गया, वह भी बिना नहलाए। नेमाड़े ने लिखा था, "उसके साथ उन्होंने वह सब जला दिया जो उसके बिस्तर के सम्पर्क में आया था। उसका स्कूल बस्ता, चादर सब कुछ।"

इस कहानी को पढ़कर बिनोद रोने लगा था, और जिस रात वह दुबे से मिलने के लिए जा रहा था उससे पहले उसने इस कहानी को पढ़ लिया था और वह बहुत अधिक भावुक हो गया था। बातचीत के बीच में उसने उस पन्ने को खोला जिसके ऊपर मणि की मृत्यु के बारे में लिखा था, तब उसने अभिनेता दुबे से कहा कि वह उस अंश को ज़ोर-ज़ोर से पढ़ दे। बिनोद ने उससे कहा कि जब उसने इस कहानी को पढ़ा तो उसको गाँव का जीवन याद आ गया, और वह चाहता था कि उस कहानी का एक अंश पढ़कर दुबे बताए कि क्या उसको भी कुछ याद आया था। दुबे आदतन मुस्कुराया और उसने पढ़ना शुरू कर दिया।

कुछ लाइनें पढ़ने के बाद वह ख़ामोश हो गया। उसने कहा कि जब वह बच्चा था तो उसको चेचक हो गया था और तब चाची ने उसका ध्यान रखा था : वह उसके कमरे के बाहर ही सोती थी और जब वह खुजलाने के लिए चिल्लाता तो वह कमरे में जाती थीं और नीम के पत्ते से उसको सहलाने लगती थीं। उस बीमारी को लेकर गाँव में बहुत तरह के अन्धविश्वास थे और यह कहा जाता था कि उसके शरीर में देवी आ गई हैं। लोग खिड़की के बाहर से उसके दर्शन के लिए आते थे और हाथ जोड़कर प्रणाम करते थे। दुबे की आयु उस समय सात साल थी। जब वह उस रोग से मुक्त हुआ तो उसके माथे पर कुछ निशान रह गए थे। वह रोज़ अपने चेहरे पर एक क्रीम लगाता था।

वह कुछ देर के लिए फिर से ख़ामोश रहा। उसके बाद वह बोला कि उसने पहली बार अपने चाचा की मृत्यु देखी थी। वह बूढ़ा आदमी मरने ही वाला था लेकिन उसकी साँस बाक़ी थी कि उन लोगों ने उसके शरीर को ज़मीन

पर उतार दिया और उसके मुँह में गंगाजल डालने लगे ताकि उस आदमी को स्वर्ग की प्राप्ति हो। दुबे ने पहली बार अपने पिता को रोते हुए देखा था। वह ज़मीन पर झुककर ज़ोर-ज़ोर से रो रहे थे।

दुबे जब छह साल का था तो अन्तिम संस्कार के लिए उसका मुंडन किया गया था लेकिन वह अपने सिर में रोज़ सरसों का तेल लगाया करता था क्योंकि उसको यह बताया गया था कि इससे उसके सिर के बाल अच्छे निकलेंगे। बाद में जब वह दिल्ली में थिएटर कर रहा था तब वह हर साल अपने बाल मुँड़वा लेता था इस उम्मीद में कि इससे उसके बाल अधिक घने और चमकदार उगेंगे। यह कहते हुए वह मुस्कुरा रहा था।

——

धर से फ़ोन पर हुई बातचीत के बाद बिनोद बैठकर उसके लिए कहानी लिखने में लग गया। उसने शुरुआत यहाँ से की कि एक पीले रंग के मकान के आगे हनुमान मन्दिर में पुलिसवाले बैठे हुए हैं। वह पीली इमारत पुलिस स्टेशन है। वे लोग धोती पहनकर भजन गा रहे हैं। एक ढोल बजा रहा है तो दूसरा झाल। वहाँ से कुछ दूरी पर एक छोटा-सा बच्चा उन पुलिसवालों के कपड़े साफ़ कर रहा है। उनमें से एक पुलिसवाले का बच्चा मर गया था, लेकिन वह सभी के प्रति क्रूर बर्ताव करता है। ख़ासकर उस लड़के के प्रति जो उसके लिए साफ़-सफ़ाई का काम करता है।

इस शुरुआत के साथ बिनोद कुछ देर तक उलझा रहा लेकिन कहानी इससे आगे नहीं बढ़ पा रही थी। एक-दो दिन के बाद उसने नए सिरे से लिखना शुरू किया।

एक नौजवान सूटेड-बूटेड आदमी एक छोटे-से क़स्बे की चाय की दुकान में है। वह हाथ में चाय का गिलास लिये इसलिए खड़ा है क्योंकि वहाँ ट्रांजिस्टर बज रहा है और उसकी दिलचस्पी क्रिकेट मैच के स्कोर को जानने में है। वह आदमी शायद उस शहर में नौकरी करता है या शायद यूँ ही वहाँ से गुज़र रहा है। चाय की दुकान में खड़े-खड़े, चाय की चुस्कियाँ लेते-लेते वह देखता है कि एक लम्बी-सी आदिवासी महिला वहाँ गोद में बच्चा लिये आती है। वह चाय वाले से बच्चे के लिए दवाई माँगती है। काउंटर पर बैठा आदमी

यह पूछता है कि बच्चे को क्या हुआ है। जवाब में वह औरत उस बच्चे के शरीर के निचले हिस्से का कपड़ा हटा देती है। चाय पीता हुआ वह आदमी भी देखता है कि बच्चे को घाव है जिसमें पीब भरा हुआ है।

चाय वाला टिन के बक्से से कोई दवा निकालता है और उस महिला को बताता है कि कितनी बार वह दवा देनी है। सूत्रधार देखता है कि वह दवा पेंटिड सल्फ़ा है। आदिवासी महिला एक मुड़ा-तुड़ा नोट निकालती है और काउंटर पर रख देती है। वह आदमी उसको दो टैबलेट देता है। गोली लेकर वह महिला वहीं खड़ी रहती है। वह आदमी रुखाई से उस महिला से पूछता है कि अब वह किस बात के लिए खड़ी है तो महिला जवाब देती है कि बच्चे का पेट भी बह रहा है। जवाब में वह आदमी कहता है कि उसके पास उसकी दवा भी है; जिसके लिए वह दो रुपये की माँग करता है। वह औरत सिर हिलाते हुए कहती है कि उसके पास पैसे नहीं हैं। वह आदमी कहता है कि बच्चे के दस्त के लिए भी वह दवा दे सकता है लेकिन उस औरत को यह चुनाव करना होगा कि वह अपने बच्चे के घाव का इलाज करवाना चाहती है या दस्त का।

वह नौजवान चाय वाले को इशारे से कहता है कि वह दवाई का दाम दे देगा। उस आदिवासी महिला के जाने के पहले काउंटर पर बैठा आदमी उससे कहता है कि वह अपने पीछे खड़े उस आदमी का शुक्रिया अदा करे। लेकिन वह चुपचाप दवाई लेकर बिना कुछ कहे अपने बच्चे के साथ चली जाती है।

——

यह सब एक बार बिनोद के सामने घटित हुआ था। इस सीन को लिख लेने के बाद उसने आदिवासी महिला और उसके बच्चे का चित्र बनाया, लेकिन उसको लगा कि इसको कहानी के रूप में विकसित कर पाना मुश्किल काम था, ख़ासकर ऐसी कहानी जिसमें रोमांस हो। इस बार उसने कुछ और दिन बीत जाने दिये और फिर अपने दोस्त अजय से मिलने के लिए उसके दफ़्तर में गया।

जब वह इन्तज़ार कर रहा था तो उसको पीने के लिए ग्रीन टी दी गई। अस्सी के दशक में अजय ने चीन में हिन्दी अनुवाद का काम किया था, और उसके अनुभव से और कुछ मिला हो या नहीं लेकिन ग्रीन टी उसी अतीत

की याद थी। अजय इराक़ पर एक ख़बर लिखने में व्यस्त था। वहाँ तीन भारतीय ट्रक ड्राइवरों को एक इस्लामिक संगठन ने बंधक बना लिया था। इस मामले में एक नया मोड़ तब आया जब समझौते की कोशिश में लगे वहाँ के आदिवासी नेता शेख़ हिशाम अल-डुलाइमि ने यह सुझाव दिया था कि बॉलीवुड अभिनेताओं को बंधकों को छोड़ने की अपील करनी चाहिए तो उनको छोड़ दिया जाएगा।

जिन अभिनेताओं के नाम शेख़ ने लिये थे वे सभी सत्तर के दशक के प्रसिद्ध अभिनेता थे। अजय से बिनोद को यह पता चला कि इस मामले में अपनी स्थिति स्पष्ट करने के लिए अमिताभ बच्चन ने हाल में ही इंटरव्यू दिया है। अभिनेता ने कहा, "अगर मेरे शब्दों से कोई फ़र्क़ पड़ता है तो मेरे लिए यह गौरव की बात होगी। मेरे हस्तक्षेप के लिए प्रधानमंत्री या विदेश मंत्री को आधिकारिक रूप से कहना चाहिए। यह आग्रह आधिकारिक रूप से किया जाना चाहिए।" अजय ने जब यह पढ़ा तो वह हँस पड़ा। अजय ने अपने कम्प्यूटर पर चपत लगाते हुए कहा, "मैं यही तो तुमको कहता रहता हूँ फ़िल्म जगत के बारे में। हमारे महान जनतंत्र में फ़िल्म अभिनेता यह माँग कर सकते हैं कि उनसे प्रधानमंत्री या बेचारे विदेश मंत्री सम्पर्क करें।"

अजय ने बिनोद को एक ब्रिटिश अख़बार में छपी ख़बर के बारे में बताया—उसके लिए उस ख़बर का सार यह था कि सारा का सारा इराक़ किसी ख़राब फ़िल्म की तरह हो गया था, जिसमें ख़राब लोगों को ख़राब लाइनें बोलने की इजाज़त है। 15 साल का एक मोटा और शर्मीला इराक़ी लड़का जो चिड़िया का अपना पिंजरा लिये नदी के किनारे घंटों बैठा रहता था, अमेरिकी सेना द्वारा मार डाला गया। जब उस लड़के की मौत के बारे में पूछा गया तो अमेरिकी डिवीज़न कमांडर ने कहा, "वह आदमी शायद ग़लत जगह पर ग़लत समय में मौजूद था।"

बिनोद धर के साथ हुई अपनी बातचीत को याद करने लगा। अजय उत्साहित था लेकिन बहुत ज़्यादा नहीं। उसका यह मानना था कि वह एक बढ़िया फ़िल्म पत्रकार इसलिए था क्योंकि उसके अन्दर फ़िल्म लेखक बन जाने की कोई ख़्वाहिश नहीं थी। कुछ महीने पहले दोनों उसकी मारुति में थे जब अजय ने कहा था, "अगर आप हमेशा इस कोशिश में रहते हैं कि कुछ और बन जाएँ तो आपको पता ही नहीं चलता कि आप हैं कौन। मैं पत्रकार

के रूप में ही ख़ुश हूँ। मुझे स्क्रीनप्ले लिखने के लिए किसी के पीछे भागने की कोई ज़रूरत नहीं है।" लेकिन जुलाई के महीने में उस दिन उसने बिनोद की महत्त्वाकांक्षा का मज़ाक़ नहीं उड़ाया बल्कि उसने कहा, "विकास धर की ख़ासियत है स्त्री-पुरुष सम्बन्धों की फ़िल्में जिसमें सेक्स को लेकर अँधेरी दुनिया की कहानी होती है। इसलिए उसको उस कवयित्री की कहानी अच्छी लगी होगी क्योंकि उसकी दिलचस्पी इस तरह के विषयों में रहती है।" फिर वह बोला, "अगर उसकी कुछ अच्छी फ़िल्मों को एक तरफ़ कर दो तो धर की फ़िल्में हॉलीवुड फ़िल्मों के आधार पर बनी होती हैं। इस नज़रिए से वह पूरी तरह से बॉलीवुड वाला है। लेकिन तुमको उससे सीखना चाहिए। तुम उसी कहानी को क्यों नहीं लिखते जो तुमको पहले अच्छी लगी थी?"

———

उसके बाद बिनोद अपने दफ़्तर आ गया, बीच में रुककर उसने सस्ता चाइनीज़ खाना खाया। बिल्डिंग के गेट पर रुककर उसने क़ुल्फ़ी वाले भैया से क़ुल्फ़ी ख़रीदकर खाई। दफ़्तर में बिनोद काग़ज़ के तीन टुकड़े लेकर बैठ गया। क्या कुछ ऐसा लिखने के लिए नहीं था, प्रेम की कोई ऐसी कहानी जिसको भारतीय सन्दर्भ में लिखा जा सके? कुछ समय के बाद उसको एक विचार आया। वह रूसी कहानियों के बारे में सोच रहा था। 19वीं शताब्दी के रूसी लेखकों की लिखी कहानियाँ उसको पसन्द आती थीं। उस तरह की कहानियाँ हिन्दी में लिखी जा सकती थीं। कहानियाँ धीरे-धीरे आगे बढ़ती थीं, जिनमें ऐसे-ऐसे किरदार होते थे जो एक के बाद एक कप चाय पीते रहते थे और आग के सामने बैठकर हाथ मलते रहते थे। उनके जीवन में भविष्य की चिन्ता रहती थी। वे लेखक जिस तरह के किरदारों को प्रस्तुत करते थे वे बिहार में उसके अपने परिवार के सदस्य भी हो सकते थे।

लेकिन बिनोद के दिमाग़ में कुछ और ही चल रहा था। वह चेखव की कहानी के बारे में सोच रहा था, 'द लेडी विद द डॉग'। एक शादीशुदा आदमी, लम्पट और नाकारा एक शादीशुदा स्त्री को अपने जाल में फँसा लेता है। वह स्त्री समुद्र तट पर एक शहर में छुट्टी मनाने अकेली गई होती है। लेकिन यह सम्बन्ध उसके घर वापस लौट आने के साथ ख़त्म नहीं होता है। वह आदमी

अपनी उस कामुकता को लेकर ख़ुद हैरान रह जाता है, और उसको लगता है कि वह उस साधारण, क़स्बाई औरत के बिना रह नहीं सकता, जिसको उसने अपने जाल में फँसाया था और वह जिसको भूलने की कोशिश कर रहा था। लेकिन इससे उसको कोई खुशी नहीं होती। "हम लोग दो प्रवासी पक्षियों जैसे हैं। महिला और पुरुष, जिनको पकड़कर अलग-अलग पिंजरों में डाल दिया गया।" कहानी इस उदास अन्त के साथ ख़त्म होती है कि दो प्रेमी अपनी तमाम चाहत के बावजूद यह नहीं देख सकते कि उनके जीवन का अन्त किस तरह होगा।

"एक नवयुवती अपने चार साल के बेटे के साथ हरिद्वार में एक फ़्लैट पन्द्रह दिनों के लिए किराए पर लेती है। वह शहर तीर्थयात्रियों के बीच काफ़ी लोकप्रिय है।" इस तरह से बिनोद ने उस कहानी को लिखना शुरू कर दिया। वह इस कहानी में बुआ को एक विधवा के रूप में देखता है। परशुराम एक स्थानीय मन्दिर में साधू होता है, जिसका सिर घुटा हुआ होता है, सिवाय पीछे लटकती चोटी के। इस प्यार के बारे में जब उनको पता लगता है तो दोनों को रोमांच हो आता है और दोनों परेशान भी हो जाते हैं। इस प्यार की अपनी मुश्किलें भी आती हैं। दोनों मध्यवर्गीय साहित्य के बारे में बात करते हैं, जो उस धार्मिक माहौल में बाहर निकलने का माध्यम था। दोनों इस कारण एक दूसरे के क़रीब आ जाते हैं क्योंकि बढ़ती उम्र के साथ उनको अकेलापन महसूस होने लगा था।

—–

'द लेडी विद द डॉग' कहानी का अन्त होता है सल्यवानस के बाज़ार के एक होटल में जिसमें दिमित्रि दिमित्रिच गुरोव और अन्ना सेर्गेयेव्ना मौजूद हैं। उसने अपनी पसन्दीदा ग्रे ड्रेस पहन रखी है। वह अपने आपको आईने में देखता है और महसूस करता है कि अब वह पहले जैसा नहीं रहा। दोनों एक-दूसरे को ऐसे प्यार करने लगते हैं "जैसे पति-पत्नी हों, दो अच्छे दोस्त हों।" चेखव बड़े दर्द के साथ यह वर्णन करते हैं कि गुरोव में किस तरह के बदलाव आ गए। पहले वह जब भी उदास होता था तो तर्क के साथ अपनी उदासी को दूर करने की कोशिश करता था, लेकिन "अब वह तर्क के बारे

में सोचता भी नहीं था, उसको बहुत करुणा महसूस होती थी, वह ईमानदार और कोमल होना चाहता था।"

कहानी में यह दिखाया गया है कि किस तरह से दो प्रेमी काफ़ी समय इस बारे में बात करने में बिताते हैं कि किस तरह वे दोनों दूरी के असहनीय बन्धन को तोड़ पाएँगे और धोखा देने की ज़रूरत से। गुरोव अपने सिर को थाम कर ख़ुद से पूछता है "किस तरह? किस तरह?" और इसके बाद आता है उदात्त अन्त। "और ऐसा लगा कि थोड़े समय में इसका समाधान मिल जाएगा, और एक नया तथा शानदार जीवन शुरू हो जाएगा, दोनों के लिए यह बात साफ़ थी कि अन्त होने में अभी भी बहुत देर थी, और उनके लिए सबसे जटिल और मुश्किल दिनों की यह शुरुआत थी।" सच में कोई समाधान नहीं है, क्योंकि ज़िन्दगी किसी तरह का समाधान नहीं देती। इसलिए आराम करने का कोई मतलब नहीं है।

लेकिन जो कहानी में कारगर था वह फ़िल्म में कारगर नहीं हो सकता। हिन्दी फ़िल्म की परम्परा यह रही है कि ऐसा अन्त हो जो सबको सन्तुष्ट कर दे। अमृतसर में एंटन चेखव के लिए कोई स्थान नहीं था। बिनोद कई सप्ताह से इस कहानी के ऊपर काम कर रहा था और अभी तक उसे जैसा लिखा था उससे सन्तुष्ट था, लेकिन अभी उसको और काम करने की ज़रूरत थी, और वह इस बारे में सोचने लगा कि हरिद्वार में इस कहानी में दोनों प्रेमियों के लिए वह सुखद अन्त किस प्रकार लाए।

दर्शकों को इतना ही चाहिए होता है। बहुत हद तक यथार्थवादी फ़िल्मों में भी, जैसा कि हाल में आई एक फ़िल्म में हिन्दू पुरुष और मुस्लिम स्त्री की प्रेम कहानी दिखाई गई है। उसमें भी फ़िल्मकार उस जादुई अन्त तक पहुँच गया है। फ़िल्म के अन्त के पहले तक फ़िल्म में सब कुछ बहुत यथार्थ होता है लेकिन फिर जैसे ही क्रेडिट रोल शुरू होता है तो दोनों प्रेमी जिनकी शादी इसलिए नहीं हो पाई थी क्योंकि दोनों अलग-अलग धर्मों के थे, दोनों ख़ूब चमक-दमक वाले कपड़े पहनकर स्वर्ग में एक-दूसरे को गले लगाते हुए दिखाए गए हैं।

विकास धर ने उससे दो सप्ताह रुकने के लिए कहा था और उसको इस बारे में कुछ सुराग चाहिए था कि चेखव की इस कहानी में और क्या कुछ जोड़ा जाना चाहिए। उसने कहानी टाइप की और उसको कुरियर से विकास

धर को भेज दिया। वह जवाब के लिए और अधिक इन्तज़ार नहीं कर सकता था; धर ने उसको उसी शाम फ़ोन किया और कहा कि वह लन्दन के लिए निकल रहा है और वापस आकर उससे बात करेगा।

"अधेड़ लोगों के प्यार को लेकर कोई फ़िल्म नहीं बनी है," धर ने कहा, फिर आगे कहा, "यह फ़िल्म बाज़ार की ज़रूरत को पूरा कर सकती है।"

फिर उसने कहा कि वह यह चाहता था कि इसके अन्त को बदल दिया जाए; इस समय यह कुछ हद तक सहज नहीं लग रहा, इसको और अधिक भावनात्मक बनाए जाने की ज़रूरत है। बिनोद ने कहा, "बिलकुल बिलकुल!"

धर बोला, "मैं चाहता हूँ कि तुम एक बात के बारे में सोचो। नायिका का विधवा होना सही नहीं लग रहा है क्योंकि हम विधवा से इस तरह की आशा नहीं रखते। इससे बेहतर यह होगा कि उसको तुम अपनी शादी से असन्तुष्ट महिला बना दो। मुझे लगता है कि हमारे दर्शकों में भी लाखों ऐसी औरतें होंगी।"

दोनों हँसने लगे।

दस

जब धर लन्दन से लौटकर आया तो वह सभी समाचार चैनलों पर कश्मीर की हिंसा के बारे में बात कर रहा था। लेकिन उसने फ़ोन नहीं किया। बिनोद से फ़ोन पर जो रोज़ बात कर रहा था वह रबिन्दर था। वह जेल से फ़ोन करता था, अक्सर दोपहर में या देर रात यह पता करने के लिए कि कहानी पर काम कैसा चल रहा है। वह विस्तार के बारे में चर्चा करना चाहता था। उसके पास एक से एक आइडिया थे।

बिनोद जानता था कि रबिन्दर अपने आपको अन्दर से कलाकार समझता है।

रबिन्दर जब अपने बारे में बताता तो कहता कि वह थोड़ा संवेदनशील है इस वजह से उसको बड़ी आसानी से चोट पहुँच जाती है। स्कूल में उसने नाटकों में अभिनय किया था और कॉलेज में भी जो थोड़ा समय उसने बिताया था उस दौरान भी अभिनय किया था। बुआ जब लालजी की बीमारी के कारण रहने के लिए पटना आ गईं तो रबिन्दर को भी बिनोद की तरह सेंट माइकेल्स स्कूल में भेज दिया गया। स्कूल में सालाना नाटक पेश करने की परम्परा थी। रबिन्दर जब नौवीं कक्षा में था, स्कूल से निकाले जाने से एक साल पहले, तब उसने स्कूल के नाटक *डेथ ऑफ़ अ सेल्समैन* में काम किया था।

नाटक अंग्रेज़ी में खेला गया था हालाँकि पिछले सालों में मिस्टर सुरेश किंग नाटकों का हिन्दी में अनुवाद कर देते थे। मिस्टर किंग बेतिया के रहने वाले थे और उन्होंने ईसाई धर्म को अपना लिया था। रबिन्दर ने सेल्समैन के छोटे बेटे का रोल किया था, शरीर की ऊर्जा का ख़ूब प्रदर्शन किया था और कुछ हद तक ख़तरनाक भी लग रहा था। उसने लोगों को बताया कि नाटक में उसको सबसे अच्छा यह लगा कि उसने ख़ूब स्टाइलिश हैट पहन रखी थी।

नाटक के अधिकांश हिस्से में उसने पूरी बाँह की क़मीज़ पहन रखी थी और काले रंग का स्लैक्स जिसको कन्धे से लटकाया गया था। यह सब मिशनरियों की तरफ़ से दिया गया था। फ़ादर मैकाले ने नाटक का निर्देशन किया था और उन्होंने रबिन्दर को अमेरिकी लहजे में बोलने की अनुमति दी थी, जिसका मतलब यह हुआ कि रबिन्दर ने पूरे नाटक में नकियाते हुए संवाद बोले। नाटक के एक हिस्से में रबिन्दर शहर के एक बार में दो लड़कियों से बात करता है। दोनों लड़कियाँ पास के स्कूल नोर्टे डेम अकेडेमी से बुलाई गई थीं। स्कर्ट और हाई हील पहने हुई लड़कियाँ बहुत आधुनिक लग रही थीं। दोनों ने लिपस्टिक भी लगा रखी थी। जब वे साथ-साथ पी रहे थे तो उस सीन में रबिन्दर बहुत खुले ढंग से बर्ताव कर रहा था। उसको न तो रोमांस का कोई अनुभव था न सेक्स का, लेकिन उसको देखकर ऐसा नहीं लग रहा था, कम-से-कम बिनोद को तो नहीं लग रहा था। हो सकता है इसका कारण यह रहा हो कि बिनोद तब ख़ुद भी लड़कियों के बारे में कुछ नहीं जानता था—लेकिन सच बात यह है कि बाद में दिल्ली में जब बिनोद लड़कियों से बात करता था तो वह उसी ढंग से करता था जिस ढंग से उस नाटक में रबिन्दर ने की थी। वह अक्सर सोचता था कि रबिन्दर को भी शायद स्टेज का अपना वह अभिनय याद है इसीलिए शायद वह कभी बड़ा नहीं हुआ। वह जानता था कि ऐसा उन पुरुषों के साथ हो जाता है जिनके जीवन का सबसे ख़ुशी भरा समय वह होता है जब वे हाईस्कूल में होते हैं।

एक समय ऐसा भी था जब वे दिल्ली में कॉलेज में पढ़ रहे थे। तब रबिन्दर अभिनेता बनने के बारे में सोच रहा था। यह तब की बात है जब उसने डकैती का प्रयास किया था और बड़ी मुश्किल में फँस गया था। उसको बक्सर के जेल में डाल दिया गया था। बाहर आने के बाद उसने दिल्ली में पढ़ने में दिलचस्पी दिखाई थी, तो किसी ने उसके इस विचार का विरोध नहीं किया। बल्कि इससे एक तरह से परिवार में सभी लोगों ने राहत की साँस ली। उसने बुआ से कहा था कि वह क़ानून की डिग्री लेना चाहता है, लेकिन तब उसको पता चला कि इसके लिए पहले इंटर की डिग्री चाहिए। इसलिए उसने दिल्ली के खालसा कॉलेज में दाख़िला लिया। बिनोद ने कॉलेज के पास में ही एक कमरा ले लिया ताकि रबिन्दर को यूनिवर्सिटी जाने में सुविधा महसूस हो। उनका मकान मालिक नगरपालिका का एक पुराना कर्मचारी था,

आज़मगंज का ब्राह्मण, कमला नगर में उसने अपने घर की छत पर एक कमरा बनवा रखा था।

एक दिन पटना से रबिन्दर के एक दोस्त, जिसका चेहरा घोड़े के सिर की तरह लगता था, ने अपने हॉस्टल में मेस इंचार्ज का चुनाव जीत लिया। उसका नाम विवेक था। इसके लिए उसने रबिन्दर और बिनोद को खैबर रेस्तराँ में डिनर के लिए बुलाया। बग़ल की टेबल पर गुलाबी पगड़ी बाँधे कुछ सरदार लड़के बैठे थे। एक सिख वैष्णो देवी की अपनी यात्रा के बारे में बता रहा था। पहाड़ पर चढ़ना बहुत मुश्किल था, वह बार-बार इस बात को बता रहा था। कुछ अमीर लोग, उसने कहा, टट्टू पर बैठकर पहाड़ चढ़ते हैं। वह बार-बार एक गाली दिये जा रहा था, *बहन दी लंड*। रबिन्दर चुपचाप उस आदमी को सुने जा रहा था। फिर उसने पूछा, "पंजाबी ऐसे क्यों होते हैं?"

बिनोद को झटका-सा लगा क्योंकि रबिन्दर बातचीत में ख़ुद भी बहन की गालियाँ देता रहता था। दिल्ली में इस नई तरह की गाली को सुनकर वह हैरान था। बिनोद ने तो कुछ नहीं कहा, लेकिन उनके मेज़बान विवेक ने अपने मुँह को ऐंठते हुए बिनोद की तरफ़ से जवाब दिया। वह बिहारी था, डुमराँव का रहने वाला और इतिहास पढ़ता था, साथ में सिविल सेवा की परीक्षा भी दे रहा था। विवेक बोला, "मिस्टर रत्नाकर ने हम लोगों को बताया था कि देश के इस भूभाग में बहुत आक्रमण हुए, सभी मुसलमान हरामी इसी रास्ते भारत आए। उनकी भाषा में हिंसा के उस लम्बे इतिहास की छाया है। तुम और हम तो यहाँ पढ़ने के लिए आए हैं, लेकिन दिल्ली में सबसे नए बसने वालों के बारे में सोचो; जो लोग पाकिस्तान से भागकर आ रहे थे। उन लोगों ने दंगा और लूटपाट देखी थी। बलात्कार।"

विवेक जब भी मुँह खोलता उसके बड़े-बड़े दाँत दिखाई देते। अपनी बात कहते समय वह शायद ही कभी ऊपर देखता था। तंदूरी चिकेन खाते हुए वह अतीत के बारे में छोटे-छोटे वाक्य बोले जा रहा था। वह बोला, "जब मंगोलों ने यहाँ के राज्य पर क़ब्ज़ा किया तब उन्होंने यह आदेश दिया कि हिन्दू राजाओं को उन गायों की चमड़ी में लपेट दिया जाए जिनका उसने वध करवाया था। हमारे राजाओं को धूप में छोड़ दिया गया। कीड़े उनको ज़िन्दा ही खा गए।"

रबिन्दर ने मुस्कुराते हुए कहा, "तो हम लोग यहीं हैं। खैबर नामक एक रेस्तराँ में चिकेन और लैम्ब खा रहे हैं। एकदम आक्रमणकारियों की तरह।"

विवेक बोला, "यह हँसने की बात नहीं है। उस लँगड़े माधरचोद तैमूर को ही लो, वह मंगोल नहीं था लेकिन उसने बर्ताव उसी तरह किया। सड़कों पर उसने लाशों के अम्बार लगा दिये थे...दिल्ली के लोग बड़े उजड्ड हैं। उनकी भाषा क्रूर है। लेकिन इसका कारण यह है कि इतिहास की तलवार हमेशा उनके पीछे लगी रही है।"

बिनोद को लगा कि विवेक यह चाहता है कि वे साथ की टेबल पर बैठे लोगों से सहानुभूति भी दिखाएँ और साथ ही उनसे अपने आपको बड़ा भी दिखाएँ। और शायद रबिन्दर वही कहना चाह रहा था जो विवेक ने उस दिन उस रेस्तराँ में बोल दिया। उसने एक महीना पूरा होने के पहले ही बोल दिया कि वह अब खालसा कॉलेज बिलकुल नहीं जाएगा। जब बिनोद ने कारण पूछा तो उसने कन्धे उचकाते हुए जवाब दिया, "बहुत पंजाबी सब हैं।" वह क्लास में ऐसे पंजाबियों के साथ नहीं बैठना चाहता था जो गाली-गलौज करते रहते थे, और बड़ी-बड़ी छातियों वाली उन लड़कियों के साथ जो भद्दे चुटकुलों पर हँसती रहती थीं। वे लोग कभी उसके ऊपर ध्यान भी नहीं देते थे लेकिन ऐसा कुछ नहीं था जो रबिन्दर को उस अपमान के लिए वापस जाने देता।

———

एक दिन सुबह के समय बिनोद सीपी में खादी भंडार में सस्ते कुर्ते ख़रीदने के लिए जा रहा था। बस स्टाप पर इन्तज़ार करते हुए उसने देखा कि कॉलेज के सामने कुछ लोग नुक्कड़ नाटक कर रहे हैं। वह देखने के लिए गया तो उसने नीरज दुबे को तत्काल पहचान लिया। बिनोद ने उसको आख़िरी बार बेतिया में देखा था और वह पहले से अधिक दुबला और लम्बा लग रहा था। उसने हरे रंग की सादी क़मीज़ पहन रखी थी, जिसके ऊपर के बटन खुले हुए थे, और नीचे कॉटन की पैंट, लेकिन उसने सिर पर पुलिस की टोपी पहन रखी थी और दाईं बाँह के नीचे पुलिस वाली छड़ी। वह चक्कर लगा-लगा कर उस गोल घेरे के अन्दर अभिनय दिखा रहा था जो देखने वालों ने बना रखा था। यूनिवर्सिटी के बच्चों को मज़ा आ रहा था। दुबे जब साँवली लम्बी अभिनेत्री से पूछताछ कर रहा था जिसने अपनी बहू को ज़िन्दा जला दिया था तो वे बड़े

ध्यान से देख रहे थे। दुबे जो भी सवाल करता था उससे पता चलता था कि अन्यायी लोगों के हाथों में पड़कर क़ानून कितना बेबस हो जाता है।

"क्या उस लड़की ने आपको बताया था कि वह आत्महत्या क्यों कर रही है?"

"नहीं, उसने मुझसे कभी बात नहीं की थी। वह स्टोव के पास बैठकर अपने लिए चाय बनाती थी।"

"क्या वह किसी का सम्मान नहीं करती थी? क्या वह आधुनिक लड़की थी?"

"मुझे नहीं पता कि वह क्या थी क्या नहीं। उसने मुझसे कभी बात नहीं की। वह सिल्क की साड़ी पहनकर स्टोव के पास बैठकर हर वक्त चाय पीती रहती थी।"

"अगर वह आपसे बात नहीं करती थी इसका मतलब यह था कि वह आधुनिक थी। क्या आपको लगता है कि वह आपको भी मार डालना चाहती थी?"

बिनोद यह सारा ड्रामा देखने के लिए रुक नहीं पाया लेकिन जब वह फ़्लैट में लौटा तो उसने रबिन्दर को बताया कि उसने दुबे को देखा है। रबिन्दर के लिए यह अच्छी ख़बर थी; वह कई दिनों से चिड़चिड़ा था। उसका उत्साह ज़रूर बढ़ गया होगा क्योंकि वह बाथरूम से नीली प्लास्टिक की बाल्टी लेकर आया और ठंडे पानी में बड़े ध्यान से अपने पैरों को साफ़ करने लगा।

उन दोनों को ढाबे में जाना होता था। जहाँ पाँच सौ रुपये प्रति महीना, वे हर रात खाना खा सकते थे। लेकिन रबिन्दर को कोई जल्दी नहीं थी। वह अपने पाँव धोता रहा। उनके कमरे में बेंत की एक कुर्सी थी जिसके ऊपर बिनोद बैठा हुआ था। वह कुछ पढ़ रहा था, शायद स्टाइनबैक का या ड्रेजर का कोई उपन्यास, उस समय इन लेखकों में उसकी दिलचस्पी जगी थी, तभी रबिन्दर ने इस बात की घोषणा की कि वह भी अभिनेता बनना चाहता है।

उस पल की याद बिनोद के दिमाग़ में बहुत दिनों तक बनी रही। उसका भाई बाल्टी के ऊपर झुककर अपने पैरों में लाइफ़बॉय साबुन लगा रहा था, शायद इस बात का इन्तज़ार कर रहा था कि बिनोद जवाब में कुछ उत्साहवर्धक बात कहे। दस मिनट के बाद बिनोद ने अपने तलवों को बाल्टी के तले के पास रख दिया और बोला, "स्कूल में मैंने नाटक में काम किया था। मुझे

उसमें मज़ा आता था। मेरे लिए यह बात साफ़ हो चुकी है कि मुझे वही करना है जिसमें मुझे मज़ा आए।"

बिनोद को ऐसा महसूस हो रहा था कि उसका दिल डूब रहा है। वही ज़िम्मेदार था। उसको ऐसा लग रहा था कि उसने जब यह कहा कि उसने दुबे को सड़क पर अभिनय करते हुए देखा था तभी से रबिन्दर ने यह तय कर लिया था कि उसको भी नाटक में अभिनय करना है। उसने कहा, "इस बात के ऊपर कुछ समय विचार करो। अगर तुमको इसी तरह महसूस होता रहा तो हम पक्का यह देखेंगे कि तुमको नाटक में डिग्री कैसे मिले।"

रबिन्दर ने कहा, "क्या *डेथ ऑफ़ ए सेल्समैन* में मैं आपको अच्छा नहीं लगा था?"

बिनोद ने माना कि उसको अच्छा लगा था, और फिर रबिन्दर ने कहा, "यही समय है जब हम अपने दिमाग़ को बदल सकते हैं। अगर मैंने बीस की उम्र में यह नहीं किया तो कब करूँगा, जब साठ साल का हो जाऊँगा तब?"

अगली रात डिनर के दौरान, रबिन्दर ने इस बात का खुलासा किया कि वह दुबे से मिला था। दोनों ने बातचीत की। दुबे बेतिया के कुछ दोस्तों के साथ मुखर्जी नगर में एक फ़्लैट में रहता था। वह फ़्लैट वहाँ से कुछ मील की दूरी पर ही था। रबिन्दर उस थिएटर ग्रुप के बाक़ी साथियों से भी मिला जिसके लिए दुबे काम करता था। उसने कहा कि वे सभी दाढ़ी वाले कम्युनिस्ट हैं। लेकिन वे उसको न नहीं कह सकते। उन लोगों ने उसको कहा है कि वह लॉ कॉलेज के लॉन में हर रोज़ तीन बजे रिहर्सल के लिए आ सकता है।

वह गया। हर दिन दोपहर में रबिन्दर अंडे का आमलेट अख़बार में लपेटकर लाता था और कमरे में ब्रेड के बीच दबाकर उसका सैंडविच बनाकर खाता था। खाने के बाद वह अपनी काँखों में पाउडर लगाकर लॉ कॉलेज के लॉन के लिए निकल जाता था। नाटक तत्काल रूप से तैयार किए गए थे; सभी नाटक हिन्दी में थे और तत्कालीन सामाजिक समस्याओं को ध्यान में रखकर तैयार किए गए थे। इसके पीछे विचार यह था कि जनता को मनोरंजन के साथ शिक्षा भी दी जाए।

रबिन्दर की दिलचस्पी नाटक करने वालों में अधिक हो गई। उस मंडली में मीरा नाम की एक लड़की थी और रबिन्दर ने बिनोद को बताया कि वह उसको पसन्द करती थी। उसने अभी तक उससे बात नहीं की थी। उसने बताया

कि उस लड़की के माँ-पापा सफ़दरजंग एन्कलेव में रहते थे। जब बिनोद उनके रिहर्सल को देखने के लिए गया तो वह समझ गया कि मीरा वही सुन्दर लड़की थी जिसने बैगनी रंग की क़मीज़ पहन रखी थी। उसके दाँत चमक रहे थे और उसको यह समझने में कुछ समय लग गया कि उसने दाँतों पर ब्रेसेज़ लगा रखे थे। मीरा गोरी थी और वह जिस तरह से हँसती थी उसी से कोई समझ सकता था कि वह अमीर थी। वह केवल अंग्रेज़ी में बात करती थी। वहाँ दुबे भी था, वह रबिन्दर से क़द में नाटा था, दोनों के गालों पर खुरदरी दाढ़ी थी। दोनों इस तरह से फटेहाल लग रहे थे मानो ट्रेन की लम्बी यात्रा से लौटे हों।

कई दिनों तक रबिन्दर नियमित रूप से रिहर्सल में गया और आईआईटी नाटक फ़ेस्टिवल में उसने अभिनय भी किया और यमुना के आसपास के कुछ गाँवों में भी गया। लेकिन फिर उसने जाना बन्द कर दिया। उसने बिनोद को बताया कि मीरा के साथ उसकी बहस हो गई थी और उसको नहीं लगता था कि वे कम्युनिस्ट अब उसको अपने साथ देखना चाहते हैं।

उसी शाम रबिन्दर ने यह स्वीकार किया कि उसने मंडली के एक सुस्त, शिकायती अभिनेता त्रिवेदी से यह कहा कि वह और मीरा साथ-साथ मेसी साहब फ़िल्म देखने जाने वाले थे। ज़ाहिर है ऐसी कोई योजना नहीं थी। तब तक रबिन्दर की मीरा के साथ ख़ास बातचीत भी नहीं हुई थी। वह विनम्र थी लेकिन दोनों दोस्त नहीं थे। बात बस यह थी कि त्रिवेदी मीरा के प्रति आसक्त था, और रबिन्दर ने यह अनुमान लगाया कि अगर वह जल्दी से यह बता दे कि वह मीरा के नज़दीक था तो शायद इस परेशानी से बचा जा सकता था। बेवकूफ़ त्रिवेदी को इस बात का सन्देह हो गया कि रबिन्दर झूठ बोल रहा था। वह मीरा के पास गया और उससे उसने पूछ लिया कि किस दिन मूवी देखने जा रही हो।

अगले दिन मीरा रबिन्दर के पास आई। त्रिवेदी उससे कुछ क़दम की दूरी पर चल रहा था। रबिन्दर ने साफ़ इनकार कर दिया कि उसने किसी से कुछ कहा था। अपनी बात पर ज़ोर देने के लिए वह मीरा से रुखाई से बात करने लगा। वह साफ़ देख पा रहा था कि मीरा को उसकी बात का यक़ीन नहीं हो रहा था। असल बात यह थी कि मीरा अंग्रेज़ी में बात कर रही थी और रबिन्दर के लिए यह मुश्किल था कि वह अपने जवाब सोच-समझकर चतुराई से दे। उसकी बेअदबी से चिढ़ते हुए मीरा ने कहा, "या तो तुम बचपना कर

रहे हो या तुम सच में अजीब हो—और मुझे लगता है कि तुम दोनों ही हो।"

रबिन्दर के पास कहने के लिए कुछ नहीं था। वह अपने फ़्लैट में आया और बिस्तर पर पड़ गया। अँधेरे में चुपचाप लेटे हुए वह तरह-तरह की बातें सोच रहा था। सभी कुछ मीरा से माफ़ी माँगने को लेकर था और यह कि उसने तत्काल उसको माफ़ कर दिया। जब उसने आँखें बन्द करके गहरी साँस ली तो उसकी साँसों में मीरा के परफ़्यूम की ख़ुशबू आई। सब ठीक हो जाएगा। दोनों बात करेंगे। दोनों की ग़लतफ़हमी दूर हो जाएगी और उनको एक-दूसरे से प्यार हो जाएगा। वह उसको इस तरह से थाम लेगा जैसे कोई कोकाकोला की बोतल पकड़कर उसे पीता है।

लेकिन ऐसा कुछ हुआ नहीं। रबिन्दर कभी वापस नहीं गया। लेकिन वह दुबे से अक्सर मिलता रहा और दोनों कई बार साथ-साथ फ़िल्म देखने जाते थे। वे बिनोद को साथ चलने के लिए कहते थे लेकिन न तो हमेशा ऐसा कहते थे न ही ज़ोर देकर कहते थे इसलिए वह दूर ही रहता था। जब बिनोद शाम को कमरे में लौटकर आता था तो दुबे कमरे में बैठा होता था, रबिन्दर से बातें करता हुआ। कई साल बाद जब बिनोद बम्बई में काम करने लगा तो ऐसी ही एक शाम के बारे में उसने एक लेख लिखा था जो *मिड डे* में प्रकाशित हुआ था। दुबे तब तक बहुत प्रसिद्ध हो चुका था और वह लेख उसके बारे में संस्मरण था। बिनोद ने एक शाम का वर्णन किया था जब रबिन्दर ने अख़बार का बंडल रद्दी वाले को बेच दिया था और उस पैसे से चिकेन और रम ख़रीदकर लाया था। कमरे की तरफ़ वापस आते हुए वे दुबे को भी साथ ले आए। बिनोद ने चिकेन पकाया और तीनों रम पीकर मस्त हो गए। वे बाहर छत पर बैठ गए, तारों के नीचे और मुकेश-लता का गाया गीत गाने लगे—-सावन का महीना पवन करे शोर...

दुबे ने उस रात दोनों को बताया कि बेतिया में के.आर. स्कूल के हॉस्टल में सीट मिलने के पहले वह एक लॉज में रहता था। उस समय उसकी आयु दस साल थी। यही वह दौर था जब इन्दिरा गांधी ने इमरजेंसी लगाई थी और देश भर में राजनीतिक असन्तोष फैला हुआ था। लॉज का टॉयलेट सड़क पर खुले में था : फ़र्श में एक छेद था और पास में एक बाल्टी पड़ी रहती थी। उसको रोज़ एक अछूत सफ़ाईकर्मी साफ़ करता था। जाड़ों की रात में जब दुबे उस टॉयलेट सीट पर बैठता था तब नीचे छेद से ठंडी हवा आती थी।

बाहर पुलिस वैन से घोषणा करने में लगी रहती थी। लाउडस्पीकर से आवाज़ आई कि कर्फ़्यू लगा दिया गया है, और अगर कोई बाहर सड़क पर निकला तो उसको गोली मार दी जाएगी।

दुबे ने कहा, "मैं इतना छोटा था कि मुझे राजनीति समझ में नहीं आती थी, लेकिन इतना बड़ा ज़रूर था कि डर का मतलब समझता था। मैं बच्चा था, छेद में पॉटी कर रहा था।" उसके दिमाग़ में इस डर का कारण वह सम्मान था जो अमिताभ बच्चन के लिए उसके मन में था। उन दिनों जब पर्दे पर हीरो आता था तो लोग तालियाँ बजाने लगते थे, क्योंकि उनको पता होता था कि यह आदमी खलनायक का जीना दूभर कर देगा। हीरो से यही उम्मीद की जाती थी। जब हीरो बोलता था तो दर्शक सुनते थे। जब बच्चन फ़िल्मों में आए तो इन्दिरा गांधी के ख़िलाफ़ आन्दोलन शुरू ही हुआ था। क्या टॉयलेट में बैठा एक शक्तिहीन बच्चा यह सोच सकता था कि वह शक्तिशाली बन सकता है। दुबे बोला, "यहाँ तक कि किसी रिक्शेवाले के साथ ग़लत बर्ताव करने पर वह भी टोक देता था, क्योंकि लोगों को अमिताभ बच्चन के ग़ुस्से में अपना ग़ुस्सा दिखाई देने लगा था। उनको एक ऐसा नेता चाहिए था जो किसी को भी ख़त्म कर दे।"

———

फ़ोन पर बातचीत के दौरान बिनोद ने रबिन्दर को यह कभी नहीं बताया कि वह बुआ और परशुराम के बीच के रोमांस की कहानी लिख रहा है। उसकी चुप्पी से रबिन्दर और मुखर हो गया। बिनोद जो भी लिखना चाहता था, उसको रोमांस की चाशनी में डुबोकर लिखना चाहिए। रबिन्दर कहता, "भैया, *ये है अंडा का फंडा,* किसी भी हिट फ़िल्म का सार प्रेम-कहानी होता है।"

जब बिनोद ने अर्पणा से शादी की तो परिवार में रबिन्दर उसका फ़ेवरेट हो गया। वह उसको कॉलेज की कहानियाँ सुनाता जिनमें उसके प्यार में आई बाधाओं की बात होती थी। वह उसके लिए छोटे-छोटे तोहफ़े लाता था, जो आमतौर पर खाने-पीने की चीज़ें होतीं, जो वह पटना की अनजान जगहों से लाता था। रेलवे स्टेशन से वह अख़बार और मैगज़ीन लेकर आता था। अर्पणा उसके साथ बैठकर अख़बार की वर्ग पहेली सुलझाया करती थी जिसमें आपको

क्रिकेटरों और फ़िल्मी सितारों के नामों का अनुमान लगाना होता था। रबिन्दर तलाक़ के ख़िलाफ़ था, लेकिन परिवार के अन्य लोगों की तरह उसने भी बिनोद के फ़ैसले का सम्मान किया और कुछ भी नहीं कहा। बल्कि वही एक था जिसने बिनोद से कभी यह नहीं पूछा कि वह दुबारा शादी कब करेगा।

बम्बई की फ़िल्मों में प्यार भावनात्मक होता है, ज़्यादातर निरर्थक, जो तीन घंटे में ख़त्म भी हो जाता है। अगर बिनोद को कोई ऐसी फ़िल्म मिलती जो बड़ी सफ़ाई से इस ढाँचे से अलग होती थी तो वह बहुत ख़ुश हो जाता था। उसके दफ़्तर में कम्प्यूटर की वाल पर पिछले साल के आरम्भ में रिलीज़ हुई फ़िल्म *मक़बूल* का पोस्टर था। आलोचकों ने इस बारे में बहुत कुछ लिखा था कि किस तरह *मैक्बेथ* की कहानी को बड़ी ख़ूबसूरती के साथ बम्बई के मुस्लिम माफिया की कहानी के साथ मिला दिया गया था, लेकिन उसकी नज़र बस तब्बू पर थी। उसके दफ़्तर की दीवार पर सुन्दर, तब्बू ने इरफ़ान के ऊपर बन्दूक़ तान रखी थी, जो गैंगबाज था और उसका प्रेमी होने वाला था, उस आदमी के ऊपर जिसकी आँखें उनींदी थीं, जो सो नहीं पाता था क्योंकि उसको अपनी महत्त्वाकांक्षा के कारण दुःस्वप्न आते थे।

"मेरी जान कहो," उसने कहा था।

और जब उसने सावधानी से थके हुए अन्दाज़ में कहा—तब तब्बू ने पूछा, उसके दिल पर बन्दूक़ टिकाए-टिकाए। "तुम मेरे ऊपर अहसान कर रहे हो? ऐसे बोलो जैसे महसूस कर रहे हो। बोलो मेरी जान।"

मेरी जान, मेरी ज़िन्दगी। जब उसने वैसे कहा जैसे कि वह चाहती थी तो वह ठठाकर हँस पड़ी। इरफ़ान ने उसके हाथ से बन्दूक़ छीन ली और उसको एक थप्पड़ जड़ दिया।

बन्दूक़ की नली के नीचे सच का बयान बहुत आकर्षक लगता है। कोई सुन्दर लड़की बन्दूक़ थामे हुए है और वह चाहती है कि आप उसको प्यार करें। बहुत अच्छी तरकीब है, फ़िल्म का आइडिया यह है कि जो औरत आपको प्यार करती है वह आपको बर्बाद कर सकती है न कि आप उसको।

तलाक़ के बाद, उसने अर्पणा के साथ जो किया उसके बाद, बिनोद किसी तरह की मासूमियत का दावा नहीं कर सकता था।

वह 1996 की सर्दियों से तब्बू के प्यार में था। उस समय उसकी पहली बड़ी फ़िल्म आई थी, गुलज़ार की फ़िल्म 'माचिस', वह मुख्यधारा की पहली

फ़िल्म थी जिसमें पंजाब के उत्पीड़न और हत्याओं के बारे में बात की गई थी। उसको वह फ़िल्म इस वजह से भी याद थी कि उसमें आतंकवादियों के नेता ने एक डायलॉग बोला था। वह कुछ इस तरह से था : देश आत्मनिर्भर नहीं हो पाया। हाँ, कुछ लोग हो गए। बिजली, पानी, घर, चिकित्सा। आम आदमी के लिए क्या है? साठ प्रतिशत से अधिक लोग अभी भी ग़रीबी रेखा के नीचे रहते हैं। और वे केवल ग़रीब नहीं हैं, वे भाग्यहीन भी हैं। आज़ादी आए चालीस से अधिक साल हो गए। आधी शताब्दी! हम लोगों को और कितना इन्तज़ार करना पड़ेगा? मुझे अपना हिस्सा चाहिए, वह भी अपनी ज़िन्दगी में। मुझे अभी चाहिए।" यह एक तरह से उस तरह के सम्पादकीय जैसा था जो बिनोद नियमित रूप से लिखता था—लेकिन अभिनेता ओम पुरी ने उसको ज़बर्दस्त बना दिया था। उसका चेहरा असन्तोष और ग़ुस्से का ख़ाका लगता था। तब्बू का चेहरा ताज़गी भरे नज़ारे की तरह लगता था, जिसके ऊपर जब फ़िल्म समाप्त हुई तो दर्द ने आँसुओं को सुखा दिया था। उस धरती की सभी पाँच नदियाँ सूख गई थीं। सभी घरों में ख़ून बिखरा हुआ था। आप तब्बू के चेहरे को देखकर वही पुरानी ग़लती दोहराने लगते, अपने भाग्य का लेखा वहाँ पढ़ने लगते। या, असल में अपने देश का लेखा।

रबिन्दर जब नीरज दुबे से मिलने के लिए बम्बई गया तो तब्बू से मिला था। वह एक पार्टी में मिला था। बाद में वह उसके बारे में केवल यही कहता था कि उसने नारंगी रंग का पोंचो पहना हुआ था और उनींदी लग रही थी।

रबिन्दर यह दावा भी करता था कि वह फंड जुटाने के लिए आयोजित एक आयोजन में ऐश्वर्या राय से भी मिला था। और दिल्ली में एक क्रिकेट मैच में वह पैविलियन में अनिल कपूर और प्रिटी जिंटा के पास बैठा था। एक रात जब दुबे *बारूद* फ़िल्म की शूटिंग कर रहा था तो वह अपने साथ रबिन्दर को ले गया था, जहाँ उसने करीना कपूर को देखा था। वह सीन बांद्रा के पास एक हाइवे पर फ़िल्माया गया था। सड़क के उस हिस्से में फ़्लड लाइट लगाई गई थी, जिसको पुलिस ने घेर दिया था। करीना बड़े ध्यान से मरून रंग की पेंसिल से अपने होंठों को रँग रही थी, कैमरे की तरफ़ मुड़ने के पहले आईने में तरह-तरह से मुँह बनाकर देखे जा रही थी। नाश्ते के वक़्त उसने बिनोद को यह सब विस्तार से बताया था। रबिन्दर ने सीन को जिस तरह से बताया था वह कुछ ऐसा था कि एक महिला सार्वजनिक रूप से कपड़े पहचान रही

थी। इससे उसको करीना के आत्मविश्वास का पता चला। शूटिंग के लिए जुटे तकनीकी कलाकार और शूटिंग देखने वाले लोग उसके लिए जैसे थे ही नहीं। रबिन्दर ने अपने होंठों को इस तरह से बनाया मानो किस कर रहा हो। वह बोला, "वह निश्चित रूप से सेक्सी है। जैसे कोई कम उम्र की शेरनी।"

———

बिनोद को लगता था कि रबिन्दर रोमांस, सेक्स आदि से दूर ही रहता है, लेकिन क़रीब दो साल पहले जब बिनोद बम्बई जाने वाला था तब नीलू ने उसको बताया कि रबिन्दर का एक विवाहित महिला के साथ चक्कर था।

पटना में सभी लोग कुछ दिनों की छुट्टी पर थे क्योंकि शत्रुघ्न ने बैंक कॉलोनी में एक ऊँची इमारत के निर्माण का काम शुरू किया था। वह चाहता था कि पूरा परिवार उसके शिलान्यास को देखे। जिस तरह का बैंड शादी में बजाया जाता है उसको भी वहाँ बुलाया गया था। उस दिन भोज का भी आयोजन किया गया था जिसमें क़रीब सौ लोग आए थे।

अगली रात कुछ मेहमान जिनको बिनोद ने उस आयोजन में देखा था बैठक में बाबा से बातचीत कर रहे थे। मेहमान रबिन्दर के लिए शादी का प्रस्ताव लेकर आए थे; वे लोग पहले बुआ के घर गए लेकिन बुआ ने उनको यह कहते हुए बाबा के पास भेज दिया था कि घर के सारे फ़ैसले बाबा ही लेते हैं। लड़की धनबाद की रहने वाली थी और उसके पापा का एक होटल और पेट्रोल पम्प था। वह नगर निगम की राजनीति भी करते थे।

शत्रुघ्न की बहन की शादी जिस परिवार में हुई थी उसका सम्बन्ध इस परिवार से था। बिनोद बैठक में गया तो पाया कि वहाँ सभी लोग टेलिविज़न समाचार के बारे में बात कर रहे थे। उस दिन न्यूयॉर्क में वर्ल्ड ट्रेड सेंटर की इमारत में दो हवाई जहाज़ घुस गए थे। अमेरिका में उस समय सुबह का वक़्त था। आकाश में धुआँ उठ रहा था, कैमरे दिखा रहे थे कि लोग टावर से निकलकर भाग रहे थे, उनके चेहरों और कपड़ों पर राख ही राख थी।

बिनोद और उनके मेहमान समाचार देखने में लगे हुए थे। लेकिन अजीब नज़ारा था। किसी ने उस जलती हुई इमारत के बारे में कुछ कहा, फिर बाबा ने कुछ कहा, उसके बाद शादी के बारे में फिर बातचीत हो जाती, फिर बाबा

उन लोगों से मिठाई खाने के लिए कहते। बिनोद वहाँ से चला गया। वह बाबा को शर्मिंदा नहीं करना चाहता था। उसका तलाक़ उसके माता-पिता के लिए बहुत बड़े सदमे जैसा था, और उस घटना को वैसे तो कई साल बीत चुके थे लेकिन वह जानता था कि मेहमान अगर विनम्रतावश भी उस सम्बन्ध में कोई सवाल पूछ लेते तो अजीब स्थिति पैदा हो सकती थी। वह अन्दर कमरे में गया जहाँ नीलू बैठकर रेडियो पर समाचार सुन रही थी। बिनोद ने शत्रुघ्न के बारे में पूछा तो उसने बताया कि वह माँ के साथ ख़रीदारी के लिए गया था : उसने अभी फ़ोन करके बताया कि एक अपहृत विमान व्हाइट हाउस से टकरा गया है।

रेडियो बता रहा था कि अमेरिकी नागरिकों का मानना था कि उनके ऊपर यह हमला फ़िलिस्तीन के लोगों ने किया है। बिनोद को लगा कि उसको एक्जीबिशन रोड पर किसी अख़बार के दफ़्तर जाना चाहिए। लेकिन बजाय बाहर जाकर रिक्शा खोजने के वह नीलू के बिस्तर पर बैठ गया। वह बोला, "अच्छा होगा अगर रबिन्दर की शादी हो जाए। बुआ ख़ुश हो जाएँगी।"

नीलू ने बहुत ख़ामोशी से कहा, "रबिन्दर लाल्टू चाचाजी के रास्ते पर चल रहा है।"

बिनोद को तत्काल घर की नौकरानी का ख़याल आया। वह चाईबासा की आदिवासी महिला है। क्या रबिन्दर उसके साथ कुछ कर रहा था?

लाल्टू चाचा बाबा के चचेरे भाई थे। मोतिहारी में क़ानून की डिग्री लेने में असफल हो जाने के बाद वे गाँव लौट गए थे। फिर भी वे रतौली में किसी से भी अधिक पढ़े-लिखे थे, और उन्होंने ग्राम पंचायत का चुनाव भी लड़ा था लेकिन सफल नहीं हो पाए। लेकिन निचली समझी जाने वाली जातियों का मतदान उनके ख़िलाफ़ हुआ था। वह बुरी तरह चुनाव हार गए। लाल्टू ने बहुत समय तक एक कुर्मी महिला को रखैल बना लिया था जो उनके खेत में काम करती थी। उस लड़की का नाम गिरिजा था और जब वह सोलह साल की थी तभी से लाल्टू उसके साथ सोने लगे थे। पहले लोगों ने यह सुना कि गिरिजा को लाल्टू के लिए हर शाम खाना पकाने के काम पर रखा गया है, लेकिन जल्दी ही उसने खेत में बाक़ी मज़दूरों के साथ काम करना बन्द कर दिया। शाम होने के पहले उसको लाल्टू के विशाल ईंट वाले मकान की तरफ़ जाते हुए देखा जा सकता था। वह नहा-धोकर जाती। वह चमकदार

साड़ी पहनती थी और माथे पर बड़ी सी चमकउआ बिन्दी लगाती थी।

वहाँ से चौदह मील दूर जो सरकारी अस्पताल था उसका डॉक्टर बिनोद के परिवार की जाति का ही था और वह चुपचाप गिरिजा का गर्भपात करवा देता था। बाद में लाल्टू चाचा जी ने उस लड़की की शादी के लिए दस हज़ार रुपये दहेज में भी दिए। उसकी शादी पास के गाँव के एक लड़के से हुई जो कलकत्ता में सुरक्षा गार्ड का काम करता था।

लेकिन रबिन्दर का मामला ज़रा पेचीदा था।

नीलू ने बताया कि रबिन्दर का जिस महिला के साथ चक्कर था वह एक बंगाली अफ़सर की पत्नी थी जो स्वास्थ्य विभाग में उप निदेशक था। वह उसी इमारत में रहती थी जिसमें बुआ रहती थीं। हाल में ही सरकार ने बुआ को महिला कल्याण बोर्ड तथा शिक्षा सुधार आयोग का प्रधान बना दिया था—जिसके कारण उनको एयरपोर्ट के पास एक बँगला मिल गया था—लेकिन पहले वह एक सरकारी फ़्लैट में रहती थीं जो गार्डिनर रोड पर था। उस भवन में विधायक और मध्यम दर्जे के अधिकारी रहते थे। जिस महिला के साथ रबिन्दर का चक्कर था वह उसी भवन में किसी और मंज़िल पर रहती थी। उस महिला का नाम रानी या रीमा था।

"क्या रबिन्दर ने तुमको यह सब बताया था?"

नीलू ने हँसते हुए जवाब दिया, "पटना में सब इस बात को जानते हैं।"

"उसका पति भी?"

नीलू ने बिनोद को घूरकर देखा। लेकिन इससे यह साफ़ नहीं हुआ कि वह क्या कहना चाहती थी कि उसका पति जानता था या नहीं जानता था।

उसने अपना सवाल फिर से दोहराया।

उसकी बहन ने जवाब दिया, "यह क्यों मायने रखता है?"

——

अगली सुबह हिन्दी के अख़बारों में प्रकाशित हुआ कि न्यूयॉर्क शहर में मरने वालों की तादाद चौदह से पन्द्रह हज़ार थी। बिनोद के अपने अख़बार ने लिखा था कि पाँच हज़ार लोगों के बारे में यह डर था कि वे ग़ायब थे या मारे गए थे। *हिन्दुस्तान टाइम्स* अख़बार में बॉक्स में एक ख़बर थी जिसका स्थानीय

सन्दर्भ था। पटना का एक कम्प्यूटर प्रोग्रामर एक वित्तीय संस्थान के लिए काम करता था जिसका एक दफ़्तर वर्ल्ड ट्रेड सेंटर में था। उस आदमी का नाम था सुजीत राय और उसके माता-पिता मीठापुर में रहते थे। सुजीत राय के दफ़्तर में काम करने वाले 36 लोगों में से केवल सात लोग बचे थे। आठ घंटे बाद सुजीत राय ने अपने घर फ़ोन करके यह बताया था कि वह टावर से निकल गया था और सुरक्षित था। उसके बुज़ुर्ग माता-पिता ने संवाददाता को यह बताया था कि वे अपने बेटे की शादी की योजना बना रहे थे। अख़बार में एक और ख़बर एक सिख आदमी के बारे में थी, जिसकी अरिज़ोना में पिटाई की गई थी। पगड़ी के कारण उसके ऊपर हमला करने वालों को लगा कि वह शायद ओसामा बिन लादेन का अनुयायी है।

नाश्ते के समय, बाबा ने बिनोद से कहा, "तुमको इसके ऊपर एक सम्पादकीय लिखना चाहिए। हमारे देश में जब इन्दिरा गांधी की हत्या हुई थी तो सिखों को घर से निकाल-निकाल कर मारा गया था। अमेरिका के निवासी कम-से-कम मुसलमानों के साथ ऐसा तो नहीं कर रहे। हम लोगों को उनसे सीखना चाहिए।"

बिनोद ने हामी भरी। अफ़ग़ानिस्तान के ऊपर हमला अभी हुआ नहीं था और तब तक दोनों ने इस बात की कल्पना भी नहीं की थी कि इराक़ के ऊपर बम बरसाए जाएँगे। बुआ यह चाहती थीं कि धनबाद वाले लोग जो तस्वीर लेकर आए थे वह उसे लेकर बुआ के पास जाए। बिनोद ने यह तय किया कि वह रबिन्दर से पता करेगा कि वह बंगाली महिला के साथ क्या कर रहा था। वह यह भी जानना चाहता था कि वह देखने में कैसी थी।

बुआ और रबिन्दर दोनों घर पर ही थे, टीवी देख रहे थे। रबिन्दर ने ज़ोर से कहा, "एक स्वतंत्र मीडिया का पत्रकार आया है। यह बताओ कि क्या विश्वयुद्ध तो नहीं होगा?"

बुआ बोलीं, "बाबा ने थोड़ी देर पहले ही फ़ोन किया था। मुझे फ़ोटो दिखाओ?"

उसने उनके हाथ में दो फ़ोटो रख दिए। होने वाली बहू ने सिल्क की साड़ी पहनी हुई थी, स्टूडियो की रौशनी में उसका चेहरा चमक रहा था। उसके चेहरे और उसके हाथ में एक तरह की सख़्ती थी, और बिनोद को पक्का लगता था कि स्टूडियो में खिंचाई तस्वीर देखकर यह कहना मुश्किल होता है

कि लड़की वर्जिन है या नहीं। दूसरी तस्वीर में लड़की का क्लोज़ अप था, जिसमें वह मुस्कुरा नहीं रही थी। दोनों फ़ोटो एक ही दिन लिये गए थे। बुआ उन तस्वीरों को देखकर मुस्कुरा रही थीं, और फिर उन्होंने फ़ोटो रबिन्दर की तरफ़ बढ़ा दिया, जिसने उड़ती निगाहों से तस्वीर को देखा। फिर बिनोद को देखकर वह मुस्कुराने लगा। उसने पूछा, "बाबा ने क्या कहा? क्या उन्होंने लड़की की लिखावट का नमूना माँगा?"

"मुझे उसका होमवर्क दिखाइए!" बुआ ने हँसते हुए कहा।

रबिन्दर ने नौकर को चाय बनाने के लिए आवाज़ दी और वे बैठकर न्यूज़ सुनने में लग गए। *सीएनएन* सैन्य विशेषज्ञों के साथ उस जहाज़ के बारे में चर्चा कर रहा था जो पेंसिलवानिया में गिर गया था। छोटे बालों वाली एक महिला उस मैदान के सामने खड़ी थी जहाँ जहाज़ का मलबा गिरा था। वह कह रही थी कि जहाज़ से कम-से-कम दो लोगों ने अपनी-अपनी पत्नियों को फ़ोन किया था। बुआ मुँह से दुःख वाली आवाज़ निकाल रही थीं। जब सेना के विशेषज्ञ टीवी स्क्रीन पर दुबारा आए तो उन्होंने बिनोद की तरफ़ मुड़ते हुए पूछा, "अच्छा ये बताओ मछली खाओगे?"

ख़ूब सारे प्याज़ में पकाया गया मटन रबिन्दर का पसन्दीदा भोजन था, सरसों वाली मछली का नम्बर उसके काफ़ी बाद आता था। बिनोद खाना खाकर आया था लेकिन उसको अचानक फिर से भूख लग आई। नौकर ट्रे में चाय लिये कमरे में शरमाता हुआ आया। बुआ ने उसको बताया कि दिन के खाने में क्या बनेगा। उस लड़के को पहले मछली को तलना था और फिर रस तैयार करने के पहले उसको बुआ को दिखाना था।

बुआ ने अपना आँचल ठीक करते हुए कहा, "यह देखना दिलचस्प होगा कि नई दिल्ली की सरकार अब पाकिस्तान के साथ किस तरह का रुख़ रखती है।"

कुछ महीने पहले एक सरकारी प्रतिनिधिमंडल का हिस्सा बनकर वह दिल्ली गई थीं और जब परवेज़ मुशर्रफ़ आगरा में प्रधानमंत्री वाजपेयी के साथ बातचीत करने के लिए आए थे तब वह मुशर्रफ़ से मिली भी थीं। मुशर्रफ़ से बुआ बहुत अधिक प्रभावित हुई थीं। बुआ ने उनको मधुबनी सिल्क भेंट किया था और मुशर्रफ़ ने उनको पाकिस्तान आने का न्योता दिया था। उस दिन जब बिनोद बुआ से मिलने के लिए गया था तब वह बहुत ख़ुश लग रही थीं कि

वह जनरल से मिलकर आई थीं। शान्ति समझौते को लेकर ख़ूब चर्चा थी, लेकिन बुआ का ध्यान उस आदमी की तरफ़ ही था। उन्होंने कहा, "मुझे लगता है कि वह बाल के बस ऊपर के हिस्से को डाई करता है।" उनकी मुशर्रफ़ से महज़ दस मिनट की मुलाक़ात हुई थी लेकिन उनको ऐसा लगा कि वह बहुत अच्छे दिल का इनसान था। बाद के महीनों में बुआ ने कई बार कहा, "वह बिल क्लिंटन जैसा है। जब वह आपसे बात करता है तो आपकी आँखों में आँखें डालकर बात करता है।"

फ़ोन की घंटी बज उठी। बुआ ने फ़ोन करने वाले को अमेरिका के ऊपर हमले को लेकर अपनी चिन्ता बताई और कहा कि इससे भारत-पाकिस्तान के बीच रिश्तों के ऊपर प्रभाव पड़ेगा। टीवी पर काले जैकेट में एक श्वेत आदमी अमेरिका में कहीं कह रहा था कि "यह दुनिया अब ध्रुवों में बँट चुकी है।" बिनोद ने मौक़े का लाभ उठाकर रबिन्दर से पूछा कि क्या उसको फ़ोटो वाली लड़की अच्छी लगी।

रबिन्दर ने कन्धे उचकाते हुए कहा, "न्यूयॉर्क की घटनाओं के कारण सब कुछ बदल गया।" वह अपने मज़ाक़ के ऊपर ख़ुद हँसने लगा और बुआ जो अभी भी फ़ोन पर बात कर रही थीं, ने उसको चुप रहने का इशारा किया।

लंच के बाद, रबिन्दर बिनोद को अपने कमरे में ले गया ताकि वह शान्ति से सिगरेट पी सके। बिहार का एक बड़ा-सा नक़्शा दीवार के ऊपर टँगा हुआ था और दरवाज़े के पास रामकृष्ण की एक तस्वीर लटकी हुई थी। कमरे में दो कुर्सियाँ और क़ानून की किताबों का एक बंडल एक मेज़ पर रखा हुआ था। नीले डायल वाली अलार्म क्लॉक के साथ हनुमानजी की एक प्रतिमा उसके बिस्तर के पास की मेज़ पर रखी हुई थी।

रबिन्दर एक कुर्सी पर बैठकर सिगरेट पीने लगा। बिनोद बिस्तर पर लेट गया जिसके ऊपर बाटिक प्रिंट की चादर बिछी हुई थी। उसके बाद वह बोला, "मुझे पता चला है कि तुम्हारा किसी के साथ चक्कर चल रहा है।"

रबिन्दर के चेहरे पर कुछ देर तक हैरानी का भाव बना रहा। उसके बाद वह खिखियाने लगा। अपने हाथ जोड़ते हुए वह बोला, "आप सच्चे पत्रकार हैं।"

बिनोद ने जवाब में कहा, "लेकिन बहुत अच्छा पत्रकार नहीं हूँ। मुझे उसके बारे में ज़्यादा कुछ पता नहीं है।"

उसको जो पहली बात पता चली वह यह कि उसका नाम न तो रानी था न रीमा, जैसा कि नीलू ने बताया था, बल्कि रोमा था, रमोला का संक्षिप्त रूप। हाँ, वह बंगाली थी। वह छोटी थी, गोरी थी और उसकी आँखें बहुत सुन्दर थीं। रबिन्दर को लगता था कि वह कुछ-कुछ वैसी लगती थी जैसी शर्मिला टैगोर 'एन इवनिंग इन पेरिस' में लग रही थी, जिसको देखकर शम्मी कपूर पगला गया था। रोमा गायिका थी और महिला समूहों द्वारा आयोजित कुछ आयोजनों में गा भी चुकी थी। ऐसे आयोजनों में बुआ को बुलाया जाता था और इसी कारण रबिन्दर रोमा के सम्पर्क में आया।

हाँ, उसकी शादी हो चुकी थी, लेकिन उसको कोई बच्चा नहीं था, रबिन्दर यह बताना नहीं भूला।

रबिन्दर को लगता था कि उसका पति नपुंसक था। लेकिन पक्के तौर पर बता नहीं सकता था।

हाँ, उसके पति को इस बारे में पता था। रबिन्दर के बारे में? पता ही होगा, उसने बिनोद की तरफ़ इस तरह देखा मानो वह उसकी पुष्टि चाहता हो। उसने बताया कि ऐसा लगता था कि जब भी उसकी पत्नी अपने प्रेमी के साथ रहना चाहती थी तो उसका पति जान-बूझकर बाहर चला जाता था। बिनोद यह तो नहीं कह सकता था कि उस दोपहर रबिन्दर की आँखों से उसने प्यार को टपकते हुए देखा था, लेकिन वह ख़ुश था इतना तो साफ़ था।

——

शाम में और भी कुछ पता चला। शत्रुघ्न बिनोद के सम्मान में उस शाम स्कॉच की एक बोतल लेकर आया। रबिन्दर से उसने फ़ोन पर पहले ही बात कर ली थी और उसके आने तक दोनों ने इन्तज़ार किया। वह अपने दोनों हाथों में तंदूरी चिकेन के पैकेट लेकर आया। रबिन्दर को जॉनी वाकर ब्लैक लेबल बहुत पसन्द था। कुछ महीने के बाद जब अफ़ग़ानिस्तान का युद्ध हुआ तो उसने फ़ोन पर उस अमेरिकी लड़के के लिए अफ़सोस जताया था, जो मज़ारे-शरीफ़ के पास तालिबान की तरफ़ से लड़ते हुए पकड़ा गया था। उस लड़के का नाम था जॉनी वाकर लिंध। युद्ध के मैदान से जब उसको स्ट्रेचर में लादकर ले जाया जा रहा था, उसने अरब लहजे में अंग्रेज़ी में बताया था कि

वहाँ उसके होने के पीछे क्या कारण था, "मेरा दिल इनसे जुड़ा हुआ है।" वह एक भावुक आदमी ज़रूर था लेकिन वह पक्का मुसलमान था और इस वजह से उसको यह कभी पसन्द नहीं आया होता कि कोई अजनबी उसके नाम को इसलिए पसन्द करे कि वह उसकी प्रिय व्हिस्की के नाम पर है।

वह आदमी स्कॉच पीते हुए बात कर रहा था। दीवार की दूसरी तरफ़ से आती टेलिविज़न की आवाज़ उनको सुनाई दे रही थी। माँ और बाबा अमेरिका के समाचार सुन रहे थे। शत्रुघ्न इस बात पर अड़ा हुआ था कि उसको अच्छे से वक़्त बिताना है। इसलिए वह कुछ अधिक चिढ़ा हुआ लग रहा था। वह संगीत की आवाज़ तेज़ कर देता था, फिर रसोई से नीलू कमरे में आ जाती और आवाज़ कम कर जाती। जब उसने ज़ोर से बन्द करने के लिए कहा तो जवाब में शत्रुघ्न बोला कि न्यूयॉर्क में जो हुआ उससे यह बात साबित होती है कि ज़िन्दगी का कोई एतबार नहीं है। इसलिए अधिक से अधिक काल में आपको ख़ुश रहने की कोशिश करनी चाहिए।

बिनोद ने बात बदल दी। उसने रबिन्दर की तरफ़ देखा फिर धीरे से कहा, "मैं आज उस बात के बारे में सोच रहा था जो आज दिन में हमारे बीच हुई थी। मुझे नहीं लगता है कि उसको पता है। मुझे लगता है कि उसको इस बारे में कुछ पता नहीं है कि जब वह घर में नहीं रहता है तो तुम उसके घर जाते हो।" रबिन्दर ने कुछ कहा नहीं। उसने अपनी आँखों को झुका लिया।

ख़ामोशी को शत्रुघ्न ने तोड़ा। उसने बिनोद से कहा, "आपको ही कुछ नहीं पता है। रोमा के पति को सब कुछ पता है। रबिन्दर ने उसको खुद यह बताया था।"

बिनोद ने रबिन्दर की दिशा में देखा, उसकी आँखें अभी भी झुकी हुई थीं, लेकिन उसके चेहरे पर हल्की-सी मुस्कान थी।

कहानी शुरू हुई थी जब रबिन्दर उस औरत के घर उस समय गया जब वह घर में अकेली थी। उसका नौकर घर में नहीं था क्योंकि रबिन्दर का दोस्त विष्णु उसको रूपक सिनेमा में *लगान* फ़िल्म दिखाने ले गया था। लड़के से कहा गया कि वह जहाँ चाहे बैठ जाए। वह जाकर पर्दे के पास सामने बैठ गया। फ़िल्म चार घंटे की थी, इसलिए विष्णु ने उसको खाने-पीने के लिए और बाद में रिक्शा पकड़कर घर जाने के लिए पैसे दे दिये थे।

रबिन्दर हँसने लगा।

शत्रुघ्न बोला, "रबिन्दर ने पहली बार में ही सब कुछ कर दिया था।"

इस बार बिनोद ने रबिन्दर की तरफ़ देखा ही नहीं। उसको समझ में आ गया था कि शत्रुघ्न के कहने का क्या मतलब था। रबिन्दर ने उसका बलात्कार किया था। रबिन्दर चादर पर अपने अँगूठे को रगड़ रहा था। क्या उसने बंगाली औरत को इतना डरा दिया था कि उसने किसी से शिकायत तक नहीं की।

शत्रुघ्न धीरे-धीरे बोल रहा था। उसने कुछ तेज़ आवाज़ में कहा, "मज़े की बात यह है कि वह इसको इतना पसन्द करती है कि अगर यह कुछ दिन न जाए तो वह परेशान हो जाती है।"

उसके बाद वह बोला, "आपको उससे मिलना चाहिए। अच्छी औरत है। वह आधुनिक है।"

पटना में अगर किसी और को आधुनिक कहा जाता है तो उसका मतलब यह होता है कि वह स्लीवलेस ब्लाउज़ पहनती है और कार चलाती है। रबिन्दर ने कुछ नहीं कहा। शत्रुघ्न ने बताया कि रोमा रबिन्दर के लिए कई बार खाना पकाती थी। वह एक फ़ैशनेबल महिला थी और पटना में डाक बँगला चौराहे पर एक बुटीक खोलना चाहती थी। रबिन्दर और रोमा अक्सर भविष्य के लिए योजनाएँ बनाते थे। रबिन्दर कुम्भ मेला जाना चाहता था लेकिन वह माउंट आबू जाना चाहती थी।

"क्या माउंट आबू गुजरात में है?" शत्रुघ्न ने पूछा।

इस बीच रबिन्दर ने बस एक बार सिर उठाकर देखा था, थोड़ा सा मुस्कुराया था। जब उसने देखा कि बिनोद के चेहरे पर किसी तरह का भाव नहीं था तो रबिन्दर गम्भीर हो गया।

कुछ देर वहाँ चुप्पी का माहौल बना रहा। उसके बाद शत्रुघ्न ने बताया कि रबिन्दर ने रोमा के पति बनर्जी को अपने घर की सीढ़ियों पर रोका और साथ खाना खाने के लिए कहा। बनर्जी ने कहा कि वह अगली शाम को आना चाहते हैं, लेकिन रबिन्दर ने उसी समय चलने के लिए कहा। इसका नाता बनर्जी की नौकरी से था। दोनों ने जाकर न्यू सलूजा रेस्तराँ में खाना खाया। रबिन्दर ने स्कॉच पिया और बनर्जी ने किसी तरह बियर पी। डिनर के दौरान रबिन्दर ने कहा कि उस आदमी का बॉस, स्वास्थ्य मंत्री, बुआ का मित्र था, और वे उनसे उनके पड़ोसी बनर्जी के बारे में पूछ रहे थे। वह आदमी हैरान हो गया लेकिन उसने कुछ कहा नहीं।

वापसी में जब वे कार में थे तब रबिन्दर ने बनर्जी को बताया कि उसका उसकी पत्नी के साथ चक्कर था। शत्रुघ्न ने अंग्रेज़ी के शब्द 'इन्वाल्व्ड' का प्रयोग किया था। रबिन्दर ने उस आदमी को बताया कि अगर उसने इस बारे में अपनी पत्नी से कुछ पूछा तो वह उसकी हड्डियाँ तोड़ देगा। और अगर वह पुलिस में गया तो वह तब भी उसकी हड्डियाँ तोड़ देगा लेकिन साथ इस बात को पक्का करेगा कि लोगों में इस बात का प्रचार हो कि उसकी पत्नी स्वयं सेक्स के लिए उसके पास आई थी।

यह बातचीत तब की है जब रबिन्दर का चक्कर शुरू हुआ था। लेकिन अब रबिन्दर बनर्जी को ब्लैकमेल किया करता था। रबिन्दर उसके पास अपने सारे ऐसे चेलों को भेज देता था जो दवाई का काम करते थे या अस्पताल के साथ काम करना चाहते थे। उनको सदा मदद मिलती थी। शत्रुघ्न ने बात ख़त्म होने के बाद रबिन्दर को एक धौल जमाया। वह कुछ ऐसे ही था जैसे किसी पहलवान का कोच अपने चेले को दंगल जीतने पर शाबाशी देता है।

बिनोद ने कहा, "रोमा को तुम्हारे बारे में क्या अच्छा लगता है?"

रबिन्दर ठिठियाने लगा। वह बोला, "वह मुझे पसन्द नहीं करती है। वह तो मुझे जानवर कहती है। वह मुझे जंगली कहती है।"

"लेकिन शत्रुघ्न तो कह रहा है कि वह तुम्हारे लिए परेशान हो जाती है..."

वह बोला, "हाँ, यह सही है। जब मैं दिल्ली गया था तो वह मुझे रोज़ फ़ोन करती थी।"

"क्यों?"

कुछ देर सोचने के बाद रबिन्दर ने जवाब दिया, "मुझे लगता है कि उसको अपने पति के अलावा किसी और के प्यार में रहना अच्छा लगता है...नहीं तो मैंने उससे शादी कर ली होती। ईमानदारी से कह रहा हूँ।"

रोमा के बारे में बिना अधिक जाने भी बिनोद को नफ़रत भी हुई और प्यार भी आया।

——

रोमा से न मिलना ही सही था क्योंकि वह उसको पसन्द नहीं आई। लेकिन पटना की उस यात्रा के दौरान उसने अलग-अलग तरह की बातें सुनीं : रबिन्दर

और रोमा के बीच का प्यार थम गया था; उनके बीच प्यार फिर से शुरू हो गया था और दोनों साथ-साथ बुद्ध की मूर्ति देखने के लिए गया गए थे जहाँ जापानियों ने बुद्ध की मूर्ति लगाई थी; रोमा को बुआ के साथ शॉपिंग करते देखा गया था; रोमा का पति चाहता था कि उसका तबादला हो जाए, बुआ ने किसी से कहा था कि बनर्जी को राँची के पागलख़ाने भेज दिया जाना चाहिए।

रोमा की हत्या के बहुत पहले, हत्या तब हुई थी जब रबिन्दर जेल में था, बिनोद को इस बात की हैरानी हो रही थी कि यह पूरी कहानी चर्चा का विषय बन गई थी। किसी ने सच्चाई जानने की कोशिश नहीं की। जब उसको यह पता चला कि रबिन्दर गिरफ़्तार हो गया था तो उसे ऐसा लगा कि रोमा या उसके पति ने शायद पुलिस को बता दिया हो। लेकिन वह ग़लत था। रबिन्दर की गिरफ़्तारी का कारण इससे एकदम अलग था। उसके बाद के दिनों में सबका ध्यान रबिन्दर के जेल जाने और उसके मुक़दमे के ऊपर था, किसी को बनर्जी का ध्यान नहीं था कि अख़बारों में यह ख़बर आई कि रोमा मर चुकी थी।

ग्यारह

अस्सी के दशक के मध्य में एक ऐसा वक़्त भी आया था जब रबिन्दर और उसके दोस्त अपनी नसों में हेरोइन की सुई लगाकर राजिन्दर नगर में रेलवे ट्रैक के पास खड़े हो जाते थे और ट्रेन के गुज़र जाने का इन्तज़ार करते थे।

एक छोटा-सा दुमंज़िला ढाँचा जो रेलवे का था, रेलवे क्रॉसिंग से सौ गज की दूरी पर था, जब ट्रेन पास आती थी तब एक आदमी डिब्बे से अपने शरीर का ऊपरी हिस्सा बाहर निकालकर हरे रंग की पताका लहराता था। वे हवा के उस झोंके को महसूस करना चाहते थे जो ट्रेन के उनके चेहरे से कुछ इंच की दूरी से गुज़रते समय उन्हें महसूस होता था।

अगर सुई लगाने के कारण आपकी बाँहों में हल्की-सी सरसराहट हो रही हो तो ठंडी हवा उससे आकर टकराती है तो उसका अलग सा ही नशा छा जाता है। सारे लड़के 18-19 साल के थे। रबिन्दर अपनी क़मीज़ उतारकर अपनी बाँहें उठाए खड़ा रहता था। ट्रेन सीटी बजाती आती, और फिर अचानक तेज़ हवा का ऐसा झोंका आता था कि उसके ऊपर नशा छा जाता था।

एक दिन दुर्घटना हो गई। जब ट्रेन गुज़र रही थी तो उसके डिब्बे के बाहर की तरफ़ एक दूध वाला बैठा हुआ था। उसके बग़ल में अल्युमिनियम का दूध का डिब्बा था और डिब्बों के बीच में बाँस की पटरी पड़ी थी, जो डिब्बे से कुछ बाहर की तरफ़ निकली हुई थी। ट्रेन इतनी जल्दी आ गई और वैसे भी इन लड़कों ने आँखें बन्द कर रखी थीं। रबिन्दर का दोस्त परितोष उसकी बाईं तरफ़ था और उसकी पसलियों से बाँस की वह पटरी आकर टकराई।

उस धक्के से वह अपने दोस्तों के ऊपर गिर गया। उसकी आँतों को तो कुछ नहीं हुआ लेकिन उसकी कई पसलियाँ टूट गईं। उसके बाएँ हाथ में कई माह तक प्लास्टर चढ़ा रहा। कई साल बाद, दिल्ली में एक थिएटर में

बिनोद अंग्रेज़ी की एक फ़िल्म देख रहा था *ट्रेनस्टॉपिंग,* जिसमें स्कॉटलैंड में लड़के इसी तरह ट्रेन की पटरियों के किनारे खड़े रहते हैं। उसके लिए यह समझ पाना मुश्किल था कि वे क्या कह रहे थे। लेकिन दर्शकों में से कई हँसे जा रहे थे, उनको बिहार की ट्रेनों की याद आ गई थी, जिनकी छतों पर लोग यात्रा करते थे, कई बार मज़े-मज़े के लिए, लेकिन अधिकतर इस कारण कि अन्दर जगह नहीं होती थी, और वह सोच रहा था कि अगर इंग्लैंड या जर्मनी में लोग इस तरह की फ़िल्म देखेंगे जिसमें यह सब दिखाया जाए तो क्या वे भी हँसेंगे। और तब उसको याद आया कि रबिन्दर नशे की हालत में ट्रेन की पटरी के किनारे खड़ा रहता था। क्या पता यह किसी फ़िल्म में बहुत अच्छा सीन बन जाए जब कोई यह दिखाए कि फ़िल्म का हीरो नशे की हालत में पटरी के किनारे खड़ा है और राजधानी एक्सप्रेस गुज़र रही है।

जब यह सब हो रहा था उस समय बिनोद दिल्ली में कॉलेज में पढ़ रहा था। जिन दिनों वह हिन्दू कॉलेज में पढ़ाई कर रहा था उन दिनों अख़बार में रोज़ पंजाब की हिंसा की ख़बरें छपती रहती थीं। स्टूडेंट्स के मेस में क़तार से अख़बार होते थे, सब में एक ही ख़बर होती थी, सुबह-सुबह नरसंहार की ख़बरें। वह नाश्ते के लिए बैठता तो अख़बार पढ़ता था। टमाटर के साथ स्क्रम्बल्ड एग खाते हुए उसको हमेशा ख़ालिस्तान की माँग की याद आती है।

जिस दिल्ली की सड़कों पर उसने पहली बार किसी महानगर को महसूस किया था वह पुलिस चेक पॉइंट्स और सेना के बंकरों की भूलभुलैया बन गया था। बसों को रोककर सामान की जाँच की जाती थी। रात में सिपाही कारों में झाँक-झाँक कर देखते थे, एक हाथ में लाइट मशीन गन और दूसरे हाथ में टॉर्च थामे। फिर एक सुबह इन्दिरा गांधी की हत्या उनके घर के सामने कर दी गई। अक्टूबर का अन्तिम दिन था। बिनोद का रूम मेट गोयल मुखर्जी नगर से भागता हुआ हॉस्टल के कमरे में आया, जिसको दो सिख लड़कों ने पीटा था जो सड़कों पर मिठाई बाँट रहे थे। गोयल दिल्ली यूनिवर्सिटी का ओपनिंग बल्लेबाज़ था। इस पिटाई के कारण उसके हाथ में चोट आई थी, और वह इस बात से दुखी था कि उसका लंच मिस हो गया था।

उस दोपहर क्लास चल रही थी और बिनोद ने लॉक के ऊपर एक कक्षा में पढ़ाई भी की थी। शाम तक शहर के अलग-अलग हिस्सों से हिंसा की

ख़बरें आने लगीं और रात होते-होते घरों में लगाई गई आग का धुआँ आसमान में उठने लगा। गोयल सुबह के समय हॉस्टल की छत पर चढ़ गया। उसका कहना था कि यूनिवर्सिटी के चारों तरफ़ काला धुआँ उठ रहा है। यह देखने के लिए सभी भागे।

तीन दिन बाद बिनोद एक ग्रुप में शामिल हुआ जो रिलीफ़ कैम्प में काम करने के लिए जा रहा था। इतिहास का एक युवा प्रोफ़ेसर उन लोगों को लेकर कल्याणपुरी गया, जहाँ सिखों के मकान ख़ाली पड़े थे। आसपास मलबा बिखरा हुआ था। वे बहुत सावधानी से चल रहे थे ताकि उनके पैर बालों पर न पड़ जाएँ, सिखों को मारने के पहले उनके बाल काट दिये गए थे। बिनोद एक खुले दरवाज़े के सामने से गुज़रा। दरवाज़े के बाहर आग से झुलसा लॉन था।

अन्दर एक हिन्दू परिवार मेज़ के इर्द-गिर्द बैठा था। कोई खा नहीं रहा था। क्या इन लोगों ने यह देखा था कि एक सिख को उसके घर के सामने लॉन में जला दिया गया था? बिनोद में यह साहस नहीं था कि वह पूछे। राहत कैम्प में वापस जाने पर उसने सुना, एक दाढ़ी वाले सरदार एक महिला रिपोर्टर को बता रहे थे कि किस तरह उनके बेटों को आग के हवाले करने के पहले उनको किरोसिन पीने के लिए मजबूर किया गया था। इससे समझ में आया कि कल्याणपुरी में इतनी गन्ध किस चीज़ की थी।

वह कैम्प में एक दिन और गया। इस बात को लेकर साफ़ नहीं हो पा रहा था कि वे किस तरह से टीम बनाएँ, और उसको न जाने का बहाना मिल गया। यह तब के दिन थे जब उसने ऑरवेल को नहीं पढ़ा था : उस समय परोपकार और पश्चात्ताप का भाव था, और उनको दबाए रखना उसके बाद पैदा होने वाली उत्सुकता को दबाने से बेहतर था।

उसके हॉस्टल में एक लड़का रज्जी था; दंगे शुरू होने के दो दिन बाद उसने अपने बाल काट लिए और दाढ़ी साफ़ कर ली। रज्जी बिहार के हज़ारीबाग़ का रहने वाला सिख था। जब गोयल इन्दिरा गांधी की अन्तिम यात्रा से लौटा था तो उसने कहा था कि वह उदास था। उसके बाद उसने यह मान लिया कि पहले वह ग़ुस्सा महसूस कर रहा था। वह रज्जी के बारे में बात कर रहा था। पहले दिन, जब गोयल छत पर गया और उसने धुआँ देखा तो बाथरूम साफ़ करने वाले लड़के ने उसको बताया था कि दिल्ली के

कुछ हिस्से में सिखों ने पानी में ज़हर मिला दिया था। गोयल को पता था कि यह महज़ अफ़वाह हो सकती थी। लेकिन उसने फ़ैसला किया कि अगर यह बात सच हुई तो वह रज्जी को मार डालेगा। दो साल बाद रज्जी और गोयल दोनों सिविल सेवा में आ गए। कुछ साल के बाद बिनोद पुरानी दिल्ली रेलवे स्टेशन पर गोयल से एक बार टकरा गया। वह त्रिपुरा में डिप्टी कमिश्नर था और उसकी दो प्यारी बेटियाँ थीं।

नवम्बर के उत्तरार्ध में क्लास शुरू हो गई लेकिन बिनोद बीमार पड़ गया। उसको ब्रोंकाइटिस हो गया था और गोयल उसको रोज़ सुबह-शाम एक-एक चम्मच गरम सरसों का तेल पिलाता था। पन्द्रह दिन में जब उसको अच्छा महसूस होने लगा तो उसने पटना जाने के बारे में सोचा। वह तिनसुकिया मेल से जा रहा था, जो आसाम जाती थी, और जैसे-जैसे पूरब की दिशा में जा रही थी वह ट्रेन लेट होती जा रही थी; वह पटना में प्लेटफ़ॉर्म पर उतर गया, कम्बल में लिपटा हुआ, सुबह तीन बजे।

रात में बन्द खिड़कियों के बीच उस अँधेरे में वह एक रिक्शा पर बैठकर घर आया। बाबा ने उठकर दरवाज़ा खोला। बिनोद ने कई दिनों से दाढ़ी नहीं बनाई थी। माँ बाहर आई, उनके चेहरे पर उसको डर का भाव दिखा। उन्होंने उससे पूछा था कि वह वापस क्यों आ गया।

कई घंटे के बाद जब वह एक डॉक्टर के यहाँ से लौट रहा था तब उसको समझ में आया कि इस डर का कारण क्या था। रबिन्दर जेल में था। वह पहली बार जेल गया था। तब उसकी उम्र 19 साल थी।

——

चार लड़कों ने फ़ैसला किया कि जौहरी की दुकान में डाका डाला जाए—एस.पी. वर्मा रोड पर नवलखा डायमंड्स में। वे दो मोटरसाइकिलों पर सवार होकर दुकान में आए। उन लड़कों के पास तीन कट्टे थे।

नवलखा की दुकान में सबसे पहले रबिन्दर गया, उसने देखा कि अन्दर एक ही ग्राहक था। बाहर आकर उसने अपने साथियों को संकेत दे दिया। फिर वह बाहर मोटरसाइकिल पर बैठकर इन्तज़ार करने लगा। जब उसके दोस्त दुकान में चले गए तो सादी वर्दी में एक आदमी सामने के सैलून से उठकर

आया और रबिन्दर के सीने पर रिवॉल्वर तान दी। रबिन्दर ने साहस के साथ अपनी बाइक को रफ़्तार दी कि उसके चेहरे पर घूँसा पड़ा। उसने इंजन बन्द किया कि उसको गोली की आवाज़ सुनाई दी।

राजिन्दर नगर का एक आदमी उसके और परितोष के लिए हेरोइन लेकर आता था। वह एक प्रोफ़ेसर का बेटा था। उसने वादा किया था कि सारे क़र्ज़े उतार देगा। डीलर बेचैन हो रहा था। जब वह बन्दूक़ के साथ परितोष के घर आया तो उस लड़के ने इस बात का भरोसा दिलाने की कोशिश की कि उसको भुगतान पक्का होने वाला था। परितोष ने डीलर को बताया कि वह अपने दोस्तों के साथ जौहरी की दुकान में डाका डालने वाला था। इस समाचार को सुनकर वह आदमी ख़ुश हुआ, और एक कश लगाने के लिए बैठ गया, लेकिन जाने के पहले उसने परितोष को इस बात के लिए मजबूर किया कि वह उसको अपने प्लान के बारे में कुछ और बताए।

उसी शाम जौहरी और ड्रग डीलर के बीच सौदा पक्का हुआ। एक घंटे के बाद पुलिस ने डीलर को उसके एक ठिकाने से उठा लिया; उसके ऊपर कोई केस नहीं किया गया ताकि मामला गुप्त रह सके; इसी कारण जब रबिन्दर और उसके साथी नवलखा पहुँचे तो वहाँ पुलिस वाले मौजूद थे।

मुफ़्ती लगाए एक शार्पशूटर भी दुकान में सेल्समैन के रूप में मौजूद था। उनका प्रमुख अधिकारी केरल का एक युवा अधिकारी था जिसके बारे में अख़बार में छपा था कि वह मार्शल आर्ट का विशेषज्ञ था और कथकली डांस भी करता था। वह दुकान में ईयरिंग के दाम को लेकर मोल-भाव करता हुआ मौजूद था। वह रोमांचक आदमी था और उसने चश्मा पहन रखा था और सिर पर गांधी टोपी। अन्दर कोई और नहीं था।

परितोष ने बैंक के कर्मचारी से कहा कि वह सेफ़ खोले और फिर अपनी बन्दूक़ को तानने की कोशिश की। सेल्समैन के रूप में जो सिपाही खड़ा था उसने समझ लिया कि यह एक सस्ता कट्टा था और यह किसी भी समय चल जा सकता था और उसने कोई मौक़ा लेने की कोशिश नहीं की। उसने परितोष के माथे पर गोली मार दी, उसके परिवार वालों ने लाश के ऊपर दावा भी नहीं किया।

लेकिन बुआ वैसी नहीं थी। उन्होंने बाबा से कहा कि यह जेल में पागल हो जाएगा।

उसने कई मंत्रियों और अधिकारियों से बात की। बाबा को दूसरी तरह की ख़बरें भी सुनने को मिलीं। उन्होंने बिनोद को बताया कि बुआ ने थाना इंस्पेक्टर को पैसे दिये थे और कहा कि वह अपनी रिपोर्ट में कुछ बदलाव कर दे, लेकिन उन्होंने कहा कि यह असम्भव था क्योंकि बुआ उतने पैसे नहीं दे रही थीं। बुआ को यह सलाह दी गई कि वह रबिन्दर का एक झूठा जन्म प्रमाण पत्र ले आएँ जिससे वह अदालत में यह साबित कर पाएगा कि उसकी आयु सत्रह साल से कम थी। उन्होंने वह सब किया जो किया जाना चाहिए था। रबिन्दर को जेल से दो महीने में छोड़ दिया गया, जिस दिन न्यायिक मजिस्ट्रेट की अदालत में केस आने वाला था, उसके एक दिन पहले।

——

बिनोद ने बक्सर के लिए ट्रेन पकड़ी और रबिन्दर से जेल में मिलने के लिए गया। दिल्ली से जिस कफ़ के साथ वह आया था वह ठीक नहीं हुआ था, और ट्रेन का धुआँ उसके ऊपर असर छोड़ गया था। उसकी साँस उखड़ जा रही थी; इस कारण वह अधिक बात कर नहीं पा रहा था। उसको जिस ट्रेन से पटना वापस आना था वह दो घंटे में बक्सर आने वाली थी और वह रबिन्दर के साथ एक घंटे के आसपास समय ही बिता सकता था। लेकिन यह उसकी पहली जेलयात्रा थी और वह इस यात्रा को लेकर उत्साहित था।

शुरू में रबिन्दर ने कुछ अधिक कहा नहीं और फिर जब वे नारंगी खाने में लगे हुए थे तब उसने बताया कि वह जेल में ख़ूब सो रहा था। वह दोपहर में भी सो जाता था जबकि सर्दियों के दिन थे और दिन जल्दी ढल जाता था। जेल के बाहर बाज़ार में मछली तले जाने की गन्ध से शाम में उसकी नींद खुल जाती थी।

कुछ समय बाद उसने बताया कि उसको नींद में अजीब-अजीब तरह के सपने आते थे। पिछली रात रबिन्दर ने सपने में अपने नाना को देखा था— बाबा और बुआ के पिताजी को, जिनको गुज़रे दस साल से अधिक समय हो गया था। सपने में रबिन्दर फ़र्श पर पालथी मारकर बैठा हुआ था जबकि उसके नाना, जो बूढ़े थे और जिनके माथे पर विष्णु का निशान था, कुर्सी पर बैठे उसको बड़े ध्यान से देख रहे थे।

उसने हल्के से मुस्कुराते हुए पूछा, "इसका मतलब क्या हुआ?"

बिनोद ने कन्धे उचका दिये।

रबिन्दर हँस पड़ा, "जब आप जेल में होते हैं तो आपके पास ऊलजलूल सोचने के लिए काफ़ी समय होता है।"

उन्हीं दिनों की बात है जब रबिन्दर ने अपनी माँ से कहा कि वह दिल्ली जाकर लॉ की पढ़ाई करना चाहता था।

रबिन्दर के इस फ़ैसले से बिनोद हैरान रह गया, इस कारण से भी क्योंकि बिनोद को ख़ुद समझ नहीं आ रहा था कि वह क्या करेगा। मई में उसकी परीक्षा होने वाली थी और उसके बाद उसको यह तय करना था कि वह सिविल सेवा की परीक्षा देगा या नहीं। उसको पता नहीं था कि दिल्ली में रहेगा या पटना चला जाएगा। उन दिनों अक्सर बिनोद को लगता था कि वह दिशा भटक रहा था।

जब बुआ ने उसको यह बताया कि रबिन्दर से उसकी क्या बात हुई थी, सुनकर उसको चिढ़ महसूस हुई। बुआ इस बात को भूल गई थी कि पिछली बार जब रबिन्दर दिल्ली गया था तब क्या हुआ था; उसकी अपने ही दोस्त से लड़ाई हो गई थी, वह भी बेतिया का रहने वाला था। उसने उसको चाकू मारने की कोशिश की थी। लेकिन बिनोद का असल ग़ुस्सा शायद अपने आप पर ही था, कि उसके जीवन का कोई मक़सद नहीं लग रहा था और न यह साहस कि वह दिल्ली जाकर काम करे।

एक सप्ताह के बाद बाबा ने घोषणा की कि वह बक्सर के पास एक स्थान पर जा रहे थे। उनके साथ एक छोटा सा क्रू था जो आरा और जगदीशपुर में शूटिंग करने वाले थे। उन्होंने बिनोद से कहा कि उनको बस पकड़कर बक्सर जाना चाहिए और रबिन्दर के साथ कुछ घंटे बिताने चाहिए।

इस बार बिनोद को इस बात का डर लग रहा था कि रबिन्दर कहीं सोया हुआ न हो क्योंकि ऐन दोपहर का समय था, लेकिन उसका भाई तत्काल असिस्टेंट सुपरिंटेंडेंट के दफ़्तर के बाहर जालीदार खिड़की के बाहर आ गया। जेल गए उसको एक महीने से अधिक समय हो गया था और वह सहज लग रहा था। वह मुस्कुरा रहा था। उसने बताया कि वह जिस कुत्ते को बचा-खुचा खाना खिलाता था उसने उसके सेल के बाहर ही बच्चों को जन्म दिया था।

वह संकर प्रजाति का कुत्ता था जो वार्ड के बाहर टहलता रहता था—कुछ

दिन पहले वह नाली में कूद गया था जब उसकी सफ़ाई हो रही थी। रबिन्दर ने कहा, "वह दिन-भर सुस्त थी। लेकिन मुझे पता नहीं था..." उसने उसको अहाते में केले के झुरमुट के आसपास चक्कर काटते हुए देखा था। उसके बाद उसने उल्टी कर दी।

वह बता रहा था, "कुछ समय पहले मैंने उसको कुछ चाटते हुए देखा जो हड्डी जैसा लग रहा था। फिर मैंने ध्यान दिया कि वह पिल्ला था। मुझे लगा कि अभी और होने वाले हैं..."

वह मुस्कुराया तो बिनोद भी मुस्कुराने लगा।

रबिन्दर की राय में बाबा को बक्सर आकर जेल के क़ैदियों के ऊपर फ़िल्म बनानी चाहिए थी। रबिन्दर ने जेल की सलाख़ों को पकड़ते हुए कहा, "जेल की ज़िन्दगी।"

उन लोगों ने कुछ देर तक बातचीत की फिर रबिन्दर ने एक गार्ड को इशारा किया जिसने ख़ाकी ड्रेस और नारंगी स्निकर पहन रखा था। उसने उस आदमी की जेब में बीस रुपये रख दिए। वह बोला, "मेरे मेहमान आए हैं। समोसे ला दोगे। बाक़ी पैसे रख लेना।"

वह यह भी चाहता था कि वह उस कुतिया के लिए दूध और ब्रेड भी ला दे जिसको अभी बच्चा हुआ था। उसने हँसते हुए अंग्रेज़ी में कहा, "डॉग इज़ मेन्स बेस्ट फ्रेंड," फिर उसने हिन्दी में उस गार्ड से कहा, "प्लीज़ इतना तो कर दो। यह भी तो मादरे हिन्द की बेटी है।"

———

जब रबिन्दर और बिनोद चाय पी रहे थे तब बाबा बक्सर जेल से कुछ मील की दूरी पर थे और उस जगह की फ़िल्म बना रहे थे जहाँ एक शताब्दी से भी पहले युद्ध हुआ था। वह वृत्तचित्र बिहार सरकार के आर्काइव खंड के लिए बनाया जा रहा था। यह वीर कुँवर सिंह की याद में था, 1857 में अंग्रेज़ों के ख़िलाफ़ जिन्होंने विद्रोह का बिगुल फूँका था। कुँवर सिंह आरा के पास जगदीशपुर के ज़मींदार थे, और जब ब्रिटिश सेना के सिपाहियों ने विद्रोह कर दिया तब लोग उनके आसपास जुट गए और उन्होंने कुँवर सिंह को महाराजा घोषित कर दिया।

दो महीने पहले विद्रोह की पहली गोली मंगल पांडेय ने चलाई थी, जो कलकत्ता के पास बैरकपुर में 34वीं रेजिमेंट के सिपाही थे। वह इस कारतूस के उपयोग का विरोध कर रहे थे जिसके बारे में अफ़वाह यह थी कि उसमें सुअर और गाय की चर्बी मिलाई गई थी। रेज़िमेंट को भंग कर दिया गया और मंगल पांडेय को अंग्रेज़ों ने फाँसी दे दी। लेकिन असन्तोष सेना में सभी जगह पर भड़कता गया। कानपुर, मेरठ, दिल्ली, लखनऊ सभी स्थानों पर विद्रोह हुए। सिपाही और उनके साथ किसानों ने मिलकर मेरठ और कानपुर में अंग्रेज़ों के ऊपर कुख्यात हमला किया जिसमें महिलाओं और बच्चों तक को मार डाला। बदले में अंग्रेज़ों की सेना ने सार्वजनिक रूप से फाँसी दी, विद्रोहियों को तोप के मुँह में बाँधकर उड़ा दिया। एक ब्रिटिश अधिकारी ने यह माँग की कि खाल उतारने या औरतों और बच्चों को जलाए जाने को क़ानूनी रूप दिया जाए। बक्सर से मेजर विंसेंट आयरे के नेतृत्व में अंग्रेज़ी सेना वीर कुँवर सिंह के आसपास जुटी सेना का मुक़ाबला करने के लिए आगे बढ़ी।

इससे पहले की रात कुँवर सिंह ने सोन नदी के पास अंग्रेज़ी सेना पर हमला कर दिया था। और उससे दो दिन पहले सिपाहियों ने आरा में ख़ज़ाने पर हमला कर दिया था और जेल को तोड़कर सिपाहियों को आज़ाद कर दिया था। दस यूरोपियों ने कुछ अन्य लोगों तथा वफ़ादार सिख सिपाहियों के साथ एक बड़े मकान में शरण ली थी। यह आरा में रेलवे के एक इंजीनियर का मकान था, जिनका नाम था बोयले। उन्होंने इमारत को बिलियर्ड की टेबल और बालू के बोरों से घेर लिया था। घर के अन्दर उन्होंने राशन भी जुटा रखा था, अनाज, बिस्किट, थोड़ी-सी ब्रांडी और बियर भी।

जब आयरे की सेना ने बक्सर से कूच किया तो उनका पहला मक़सद था उन लोगों को आज़ाद करवाना जो बोयले के यहाँ क़ैद में थे। महाराजा कॉलेज के परिसर में वह इमारत आज भी है; वहाँ संगमरमर की एक प्लेट लगी हुई है जिससे पता चलता है कि वहाँ लॉर्ड कर्ज़न और सम्राट जॉर्ज पंचम भी आए थे, क्योंकि उस जगह का उनके लिए यह महत्त्व था कि उस जगह से साम्राज्य का बहादुरी के साथ बचाव किया गया था।

मेजर आयरे की सेना के पास तोपख़ाना बहुत उत्तम कोटि का था और उसके दम पर उसने कुँवर सिंह की सेना को बीबीगंज के पास हरा दिया। लेकिन वृद्ध योद्धा कुँवर सिंह बच निकले। आयरे ने बोयले के साथ बन्द

अंग्रेज़ों को मुक्त करवाया और शहर में जो भी घायल सिपाही मिले उन लोगों ने सबका क़त्लेआम कर दिया। बहुत से लोगों को सार्वजनिक रूप से फाँसी दे दी गई। आयरे ने आदेश दिया कि आसपास के गाँवों में भी आग लगा दी जाए।

11 अगस्त को कुँवर सिंह की तलाश में ब्रिटिश सेना जगदीशपुर पहुँच गई। लेकिन वह वहाँ नहीं थे। उनके महल को नष्ट कर दिया गया और उस महल को भी जो उन्होंने बनवाया था। आयरे की सेना द्वारा हिन्दू देवी-देवताओं की मूर्तियों को तोड़ दिया गया।

बाबा ने यह योजना बनाई थी कि कैमरा को पैन करके इन वस्तुओं और आरा के आसपास के इलाक़ों को भी शूट किया जाए ताकि पीछे से सूत्रधार द्वारा इसके इतिहास को बताया जा सके। उन्होंने डिनर के समय बिनोद को यह बताया था, "महाराजा कॉलेज के छात्रों को शिक्षा दी जाती है ताकि वे सरकारी दफ़्तरों में जूनियर क्लर्क बन जाएँ। मैं यह चाहता हूँ कि उन लोगों को इस बारे में पता हो कि भारत के इतिहास का निर्धारण उसी स्थान पर हुआ था जिस स्थान पर बैठकर वे मूँगफली खा रहे हैं।" वह बाबा की बनाई डॉक्यूमेंट्री थी, हालाँकि बाबा को उस वक़्त यह पता नहीं था।

एक या दो साल के बाद बाबा ने पूर्णकालिक रूप से एक ऐसे समूह के साथ काम करना शुरू कर दिया जो पेंशनयाफ़्ता लोगों के हितों के लिए काम करता था। हालाँकि उनके रिटायर होने में अभी सात से आठ साल बाक़ी थे लेकिन उनको ऐसा नहीं लगता था कि उनके डॉक्यूमेंट्री के काम से धन आएगा। बिहार में लालू के नेतृत्व में निचली कही जाने वाली जातियों का राज आ गया था जो बाबा को अधिक सहयोग नहीं कर रहा था। कुँवर सिंह राजपूत जाति के नेता थे इसलिए उनके ऊपर बनाई गई फ़िल्म तत्कालीन सरकार को पसन्द नहीं आई। बहुत बाद में जब उसने बाबा का लिखा हुआ कुछ देखा तब उसको यह समझ में आया कि बाबा का असल मक़सद था 1857 की क्रान्ति के ऊपर फ़िल्म बनाना। कुँवर सिंह की आयु 80 साल की थी जब उन्होंने क्रान्ति में हिस्सा लिया था। इस एक बात से बाबा बहुत प्रेरित हुए थे। वह जानते थे कि उस बूढ़े आदमी के साहस और ताक़त की पहचान हो और उसकी तारीफ़ की जाए।

सितम्बर 1857 में दिल्ली के शासक बहादुर शाह ज़फ़र, जो 82 साल के थे, को अंग्रेज़ों ने बन्दी बना लिया और उनको निर्वासित करके रंगून भेज

दिया गया। वह कभी नहीं लौटे लेकिन वीर कुँवर सिंह ने लड़ाई जारी रखी। चार सौ मील की कठिन यात्रा करते हुए वे कानपुर गए, वहाँ युद्ध में हिस्सा लिया, यहाँ तक कि मॉनसून के महीनों में भी छापामार लड़ाई में हिस्सा लिया। पश्चिम की दिशा में लम्बी यात्रा करते हुए वे रीवा, कालपी और फिर कानपुर पहुँचे। कुँवर सिंह अंग्रेज़ों को अगले साल तक परेशान करते रहे। अप्रैल 1858 में कुँवर सिंह ने आज़मगढ़ में अंग्रेज़ी सेना को हरा दिया।

जब दुश्मनों ने फिर से आक्रमण किया तो वे बहुत चतुराई से क़रीब डेढ़ सौ मील पीछे चले गए। अंग्रेजों की सेना के पास आधुनिक तोपें थीं, कुशल नेतृत्व था जो क्रीमिया के युद्ध में आज़माया जा चुका था, फिर भी अंग्रेज़ सेना कुँवर सिंह को क़ब्ज़े में नहीं ले सकी। अपनी सेना के साथ उन्होंने गंगा नदी पार की, और अपने घर जगदीशपुर में उनका देहान्त हुआ। जब वे मरे तो उनके महल की छत पर उनका अपना सुनहरा ध्वज फहरा रहा था।

बाबा की फ़िल्म जहाँ समाप्त हुई वहाँ कैमरा कुँवर सिंह की पेंटिंग पर ठहरा हुआ था जो शिवपुर घाट से उनके गंगा पार करने की थी। 21 अप्रैल, 1858 को सिपाही ब्रिटिश पैदल सेना और गंगा में तैनात तीन बन्दूक़ों वाली नावों को गच्चा देने में कामयाब हो गए। जब तक ब्रिटिश सेना घाट पर पहुँची तब तक विद्रोही सेना के अधिकतर जवान सुरक्षित दूसरे किनारे पर पहुँच गए थे। कुँवर सिंह नदी में नाव में सवार थे और जब दुश्मन आगे बढ़ रहे थे तब अपनी सेना को निर्देश दे रहे थे। पीछे हटती सेना के ऊपर ब्रिटिश सेना ने गोलियाँ चलानी शुरू कर दीं। एक नाव को उन लोगों ने क़ब्ज़े में ले लिया और दूसरी नाव जिसके ऊपर कुँवर सिंह सवार थे उसको गोली लग गई। तोप का एक गोला उनकी बाईं बाँह में आकर लगा। बिनोद को याद आया कि इतिहास की किताब में उसने पढ़ा था कि उन दिनों एक ज़हर से बचने का एक ही इलाज था, बाँह को काट देना। बाबा ने फ़िल्म में जिस पेंटिंग का इस्तेमाल किया था उसमें यह दिखाया गया था कि अस्सी साल के बूढ़े राजा ने अपने दाएँ हाथ में तलवार थामकर बाएँ हाथ पर चला दिया था और उसको पवित्र नदी गंगा को चढ़ा दिया था।

बारह

एक साल पहले बम्बई में वह कैफ़े समोवर में बैठकर लेमोनेड की चुस्की ले रहा था, जिससे प्याज़ की हल्की गन्ध आ रही थी, और एक दिन पुराना द *हिन्दू* अख़बार पढ़ रहा था। आसपास पुस्तकालय और दफ़्तर थे जिनको एक शताब्दी पहले मलाड पत्थर से बनवाया गया था। हरे पत्तों से बारिश की बूँदें चू रही थीं और उस बहुत बड़े व्यवसायी की गन्दी पड़ी मूर्ति को साफ़ कर रही थीं जिसके पूर्वज बग़दाद से आए थे। बिनोद वैदिक मिथकों पर किसी सुकुमारी भट्टाचार्जी का लेख पढ़ रहा था। भट्टचार्जी ने लिखा था—

> इस दौर में आध्यात्मिक जीवन ने उतार-चढ़ाव दोनों देखे। कुछ ऋचाओं में काफ़ी महत्त्वपूर्ण दार्शनिक बातें की गई थीं। लेकिन साथ ही, अनेक प्रार्थनाओं में दुश्मनों, उप पत्नियों और प्रतिद्वंद्वियों के अन्त की बात की गई थी, और इसको लेकर भी प्रार्थना थी कि अँधेरी रात में लड़की को सुरक्षित भगा लिया जाए, उसके भाई गहरी नींद में सोए हों और उस रात कुत्ते भी न भौंके।

बिनोद ने इस अनुच्छेद को फाड़कर अपनी डायरी में लगा लिया। वह लेख उसको इसलिए अच्छा लगा क्योंकि उसमें प्राचीन और पवित्र वैदिक संस्कृति को लेकर अधिक ज़मीनी नज़रिया था। बिनोद ने पहले सोचा कि बाबा को दिखाया जाए लेकिन वह जानता था कि वह दिखा नहीं पाएगा और उसने नहीं दिखाया।

धर्म को लेकर उसके पिता का रवैया काफ़ी उच्च था। वैसे तो अपने आसपास को लेकर बाबा का रुख़ काफ़ी तीखा और भावनात्मक नहीं था, लेकिन उनका विश्वास उस ईश्वरीय सत्ता में भी था जो मानव समाज के अपवित्र क्षेत्र से परे थी। दुर्भाग्य से अपने काम में भी वे इसी आदर्शवाद का

सन्देश देने का प्रयास करते थे और इसकी वजह से उनके वृत्तचित्रों में जीवन नहीं होता था।

बिनोद के जन्म के कुछ समय बाद तक बाबा मोतिहारी के एक कॉलेज में प्राध्यापक थे, और फिर उसके बाद उन्होंने बेतिया में राज्य सरकार के एक विभाग में कम वेतन पर काम करना शुरू कर दिया। कुछ साल के बाद, उन्होंने जनसम्पर्क विभाग में काम शुरू किया और पटना स्थानान्तरण करवा लिया। कॉलेज के ज़माने का उनका एक दोस्त ऑल इंडिया रेडियो में उद्घोषक बन गया, और उन्होंने बाबा से नेताओं के भाषण लिखवाने शुरू कर दिए। जनसम्पर्क में काम करते हुए बाबा ने छोटे-छोटे वृत्तचित्रों की पटकथाएँ भी लिखनी शुरू कर दीं। वह ब्लैक एंड व्हाइट लघु फ़िल्में होती थीं, जिनको सिनेमा हॉल में फ़ीचर फ़िल्म शुरू होने के पहले दिखाया जाता था। आप एक ऐसी कहानी वाली फ़िल्म देखने के लिए आए हैं जिसमें एक आदमी को लन्दन क़ानून की पढ़ाई के लिए भेजा जाता है, लेकिन वह लौटकर एक गाँव की बाला से शादी कर लेता है, लेकिन उससे पहले आपको पाँच मिनट का एक वृत्तचित्र देखना होगा जो इस बारे में होता था कि आसनसोल के पास चित्तरंजन में किस तरह से लोकोमोटिव इंजन का निर्माण हो रहा है।

इन फ़िल्मों में सभी ख़ुशी-ख़ुशी काम करते थे, देश के विकास में अपना योगदान देते हुए, उसी तरह जिस तरह आर्केस्ट्रा में अलग-अलग साजों को मिलाया जाता है जिससे ज़ोरदार बैकग्राउंड संगीत तैयार होता है।

बाबा के परिवार को भी अपनी भूमिका निभाने के लिए लगाया गया था। खेती और सिंचाई के लिए एक फ़िल्म का निर्माण किया जाना था। बाबा ने उस फ़िल्म की शूटिंग के लिए अपने गाँव में इन्तज़ाम किया। सरकारी जीप उनको लेकर पहले बेतिया गई और फिर वहाँ से एक घंटे की दूरी पर रतौली। फ़िल्म की शुरुआत हुई सिंचाई के लिए बनवाई गई उस नहर से जहाँ बिनोद अक्सर शाम के वक़्त खड़ा होकर नहर में थूक फेंकता और यह देखता था कि काले रंग की मछली किस तरह उसके थूक को लपक लेती थी। जब कैमरा दो बैलों के साथ हल जोतते किसान के ऊपर पैन कर रहा था तब बाबा ने बिनोद से कहा कि वह नई जोती गई लकीर में आड़े-तिरछे दौड़ लगाए। इस वृत्तचित्र में दस साल का बिनोद सूरज को आँखें दिखाता हुआ तबले और

मजीरे की आवाज़ के बीच फ्रेम की तरफ़ दौड़ रहा था।

दो साल बाद बाबा को यह काम सौंपा गया कि वे उन सिपाहियों के पुनर्वास के ऊपर एक वृत्तचित्र का निर्माण करें जो बांग्लादेश युद्ध में घायल हो गए थे। भारत-भर के दर्शकों ने उस वृत्तचित्र को देखा था जिसमें एक बच्चा बहुत ध्यान से एक भारी मशीन के सामने बैठे आदमी के कामकाज को देख रहा था। वह आदमी घुमाता हुआ कपड़े के एक बड़े से टुकड़े की सिलाई कर रहा था (कैमरा ज़ूम करके कटे हुए पैर को दिखाता है और पीछे से आती आवाज़ उसकी पहचान सुदामा मंडल के रूप में करती है, एक बहादुर सिपाही के रूप में जो पिछले युद्ध में घायल हुआ था)।

जब लालजी पागल हो गए और उनको राँची भेज दिया गया तो बाबा को उनके आला अधिकारियों की तरफ़ से यह प्रस्ताव दिया गया कि वे इस विषय को लेकर एक वृत्तचित्र बनाएँ कि किस तरह से सरकारी अस्पतालों में आधुनिक तरीक़े से मानसिक बीमारियों का इलाज किया जा रहा है। लम्बी यात्रा के लिए एक कार दी गई। इस फ़िल्म में भी बिनोद की झलक दिखाई दी थी। अस्पताल में आने वाले आगन्तुकों को विशाल युकलिप्टस के पेड़ के नीचे इन्तज़ार करते हुए दिखाया गया था, उनके बीच बिनोद बैठकर कुछ खा रहा था। शूटिंग के बीच-बीच में कैमरामैन भी उसके साथ खाने लगता था।

बाबा का यह कहना था कि इस वृत्तचित्र से लोगों को प्रोत्साहन मिलेगा कि वे अपने घर के मानसिक रूप से बीमार लोगों का इलाज करवाएँ। गाँवों और क़स्बों में यह आम बात थी कि लोग अपने रिश्तेदारों को कमरों में बन्द कर देते थे। बिनोद को इस बात का सन्देह था कि शायद यह फ़िल्म कभी रिलीज़ नहीं हो पाई। दिल्ली में सूचना एवं प्रसारण मंत्रालय को यह फ़िल्म कुछ अधिक ख़ुशनुमा लगी। कारण यह था कि राँची के अस्पताल की इस मामले में कुख्याति थी कि यहाँ लोग सम्पत्ति के लोभ में अपने असहाय लोगों को लाकर डाल देते थे। एक और समाचार अख़बार में प्रकाशित हुआ था कि 1962 में चीन युद्ध के दौरान पकड़े गए दो चीनियों को यहाँ डाल दिया गया था क्योंकि उनकी बात को कोई समझ नहीं पा रहा था। उन लोगों ने अब तक कुछ शब्द हिन्दी के सीख लिए थे। वे चाय और बिस्कुट माँग सकते थे। उनमें से एक आदमी धीरे-धीरे पागल हो रहा था। कोई सरकारी अधिकारी

यह नहीं सोचता था कि मानसिक चिकित्सालयों के बारे में जनता का ध्यान आकर्षित किया जाना चाहिए।

——

बचपन से ही बिनोद ने सीख लिया था कि बाबा जनता के लिए सन्देश देने का काम करते थे। ये सन्देश विकास की दिशा में बढ़ते भारत के क़दमों को लेकर होते थे। बाबा यह चाहते थे कि वह स्कूल की पढ़ाई में अच्छा करे लेकिन उसके होमवर्क के छोटे से काम को लेकर चिन्तित नहीं होते थे। जब कभी-कभार किसी इतवार को बाबा ख़ाली होते थे तब वह इस बात को जानना चाहते थे कि वह स्कूल में क्या पढ़ाई कर रहा है। हालाँकि बाबा जब भी उसको पढ़ाने की कोशिश करते थे उनको ग़ुस्सा आ जाता था। उनके ग़ुस्से के बारे में सोचकर बिनोद घबरा जाता था और ग़लती कर ही बैठता था। एक बार जब वह पटना में स्कूल में पढ़ रहा था तब बिनोद बैठक में सिनेमा देख रहा था। यह दोपहर की बात थी जब टीवी पर कला फ़िल्म या दूसरी क्षेत्रीय भाषा की फ़िल्म दिखाई जाती थी। उस दिन बिनोद जो फ़िल्म देख रहा था उसमें नसीरुद्दीन शाह ने अल्बर्ट पिंटो का किरदार निभाया था। उसने सुना कि उसके पिता उसको बुला रहे थे।

बाबा हाथ में *संडे टाइम्स ऑफ़ इंडिया* लिये हुए बिस्तर पर लेटे थे।

"क्या कर रहे थे?"

"कुछ नहीं।"

"कुछ क्यों नहीं? क्या इतवार समय नष्ट करने के लिए होता है?"

वह ख़ामोश खड़ा रहा।

बाबा ने अख़बार की तरफ़ इशारा करते हुए कहा, "यह पढ़ो।"

बिनोद अख़बार लेकर कमरे से बाहर जाने लगा, टीवी के पास जहाँ सिनेमा अब भी चल रहा था। बाबा ने अपने बिस्तर से ही चिल्लाकर कहा, "कहाँ जा रहे हो? मैंने तुमको अख़बार में कुछ पढ़ने के लिए कहा है।"

बिनोद ने इस तरह से जीभ बाहर निकाली कि उसको इस बात का अहसास हो गया था कि उससे ग़लती हो गई थी।

वह बिस्तर के कोने पर बैठकर अख़बार को देखने लगा। सीलिंग फ़ैन

से बार-बार आवाज़ आ रही थी। बाबा जिस तरह से बिस्तर पर लेटे थे वैसे में अगर पंखा गिरता तो सीधे उनके ऊपर गिरता। बिनोद को यह विचार आया कि अगर किसी आदमी के ऊपर पंखा गिरे तो उसकी मौत हो जा सकती थी। और अगर पंखे का ब्लेड चलता रहे, जो ज़ाहिर है कि चलता ही रहता तो वह किसी आदमी को टुकड़ों में काट सकता था। उसको यह भी सूझा कि पंखा हेलिकॉप्टर की तरह काम कर सकता था, और इसलिए गिरते हुए वह कुछ दूर तक जा सकता था। ऐसे में वह भी उसका शिकार बन सकता था।

अख़बार के लेख की शुरुआत गांधी के जीवन के ऊपर लुई फ़िशर की लिखी किताब के उद्धरण से हुई थी।

> राजघाट पर नदी से कुछ फ़ीट की दूरी पर पत्थर, ईंट और मिट्टी की एक ताज़ा चिता बनाई गई थी। वह आठ फ़ीट चौड़ी थी और क़रीब दो फ़ीट ऊँची। लम्बे, पतले चन्दन की लकड़ियों की सुगन्धित लकड़ियाँ उसके ऊपर बिछाई गई थीं। महात्मा गांधी का शरीर चिता पर लिटाया गया था और उनका सिर उत्तर की दिशा में था। उसी अवस्था में जिस अवस्था में बुद्ध के जीवन का अन्त हुआ था।

बिनोद उसको पढ़कर कुछ समझा नहीं। बाबा ने उससे कहा कि वह शुरू की पंक्तियों को दुबारा पढ़े।

बाबा आमतौर पर अपनी आँखों की रौशनी के कमज़ोर होने की शिकायत करते रहते थे और इसके कारण यह बात समझ में आ रही थी कि बाबा बिनोद से अपने लिए पढ़वाने का काम कर रहे थे। उसने उन पंक्तियों को दुबारा पढ़ा, और शब्दों के ऊपर ज़्यादा ध्यान नहीं दिया। उसने अपनी आवाज़ को और अधिक मधुर बनाते हुए पढ़ना शुरू किया, जैसे कोई अभिनेता पढ़ रहा हो, तथा उस अनुच्छेद को सही तरह से नाटकीय बनाते हुए पढ़ने लगा।

बाबा ने पूछा, "राजघाट किसका स्मारक है?"

बिनोद सवाल सुनकर हैरान रह गया और अपने सामने के अनुच्छेद को ध्यान से पढ़ने लगा। यह साफ़ था कि वहाँ महात्मा गांधी का अन्तिम संस्कार किया गया था। अन्तिम पंक्ति में गौतम बुद्ध का नाम लिखा हुआ था। शायद

यही छिपी हुई वह बात थी जिसकी तरफ़ बाबा उसका ध्यान दिलाना चाहते थे।

"गौतम बुद्ध," उसने तत्काल जवाब दिया।

उसके पिता की आवाज़ बदल गई, मानो वह अपना गला साफ़ करना चाह रहे हों। उन्होंने धीरे से पूछा, "भगवान बुद्ध का जन्म कहाँ हुआ था?" बिनोद को अब लगा कि शायद उसने सही जवाब दिया था। वह नए सवाल का जवाब भी जानता था। यह उसके स्कूल में चलने वाला एक चुटकुला था। इतिहास के अध्यापक मिस्टर लाल ने एक बार अपने लेक्चर के दौरान कहा था, "जब कपिलवस्तु में बुद्ध गर्भ में थे, तब उनकी माँ ने एक सपना देखा था जिसमें सफ़ेद हाथी आया था..."

बिनोद ने जवाब दिया, "कपिलवस्तु।"

बाबा ने हामी भरी और फिर सहज आवाज़ में बोले, "और उनकी मृत्यु कहाँ हुई थी?"

"राजघाट।"

बाबा का दायाँ पैर बहुत तेज़ी से उसकी दिशा में आया, लेकिन वह बहुत तेज़ गति से नहीं था, क्योंकि इतना समय उसके पास था कि छत में लगा एक कैमरा बन जाए। अब वह जैसे ऊपर से सब कुछ देख रहा था। उसने देखा कि उसके नितम्बों को पैर में फँसाकर बिस्तर की तरफ़ खींचा जा रहा था और उसका शेष शरीर भी पीछे-पीछे उस दिशा में चला गया।

उसको इस बात का डर था कि बाबा उसको चेहरे पर थप्पड़ से मारेंगे लेकिन बाबा बिस्तर पर उठकर बैठ गए और बार-बार वही सवाल दोहराने लगे जो उन्होंने पहले पूछा था।

"गौतम बुद्ध की मृत्यु कहाँ हुई थी?"

पहली बार बिनोद के दिमाग़ में शंका हुई। शायद उसने अनुच्छेद को ठीक से पढ़ा नहीं था। उसने एक बार फिर उसके ऊपर नज़र दौड़ाई लेकिन उसको पढ़ने में मुश्किल हो रही थी क्योंकि शायद उसकी आँखों में आँसू आ गए थे। शुक्र की बात यह थी कि वह अपने आपके लिए ही पढ़ रहा था, नहीं तो उसकी आवाज़ टूट जाती और वह अपने आप पर शर्मिंदा हो जाता। उसने सुना कि बाबा बहुत आराम से उससे पूछ रहे थे, "उस जगह का नाम बताओ जहाँ गौतम बुद्ध ने अपनी आख़िरी साँस ली थी।"

बिनोद उस अनुच्छेद के बीच में था कि बाबा की आवाज़ आई।

समय लेने के लिए वह उस अनुच्छेद के शेष हिस्से को ज़ोर-ज़ोर से पढ़ने लगा। लेकिन उस पन्ने में जवाब नहीं था। उसके सामने जो शब्द थे उनमें उसका जवाब नहीं था और शायद अपने पिता की सहानुभूति पाने के लिए वह सुबकने लगा।

लेकिन बाबा के ऊपर कोई असर नहीं पड़ा और उन्होंने बग़ल से उसके बाल पकड़ लिये। लेकिन शायद वह उनके कान पकड़ना चाहते थे, और दूसरे प्रयास में उन्होंने उसके कान पकड़कर उनको उमेठ दिया।

वह बोले, "जब तक तुम रोना बन्द नहीं करोगे तो सीखोगे कैसे?"

इस सवाल में कुछ बात थी। बाबा की आवाज़ में प्यार भी था। बिनोद ने इसका फ़ायदा उठाते हुए अपने आँसू पोंछे और अपनी क़मीज़ की छोटी बाँह से अपनी बहती नाक को भी। उसने अख़बार के ऊपर ध्यान लगाया तो उसने पाया कि उसके हाथ काँप रहे थे।

"तुमने सारनाथ के बारे में सुना है?" बाबा ने पूछा।

नाम दूर से सुनाई दिया लेकिन यह नाम जाना-पहचाना लग रहा था। असल में, उसको तत्काल समझ में आ गया कि इसी स्थान पर बुद्ध का देहान्त हुआ था। फिर भी वह ग़लत जवाब देने का ख़तरा नहीं उठाना चाहता था; वह ख़ामोश रहा। बाबा ने कहा कि वह गधा था।

एक बार फिर जब बिनोद ने कुछ नहीं कहा तो बाबा ने जवाब दिया, "बुद्ध को बनारस के पास सारनाथ भें निर्वाण की प्राप्ति हुई।"

बिनोद अभी इस बात को लेकर निश्चिन्त नहीं था कि उसकी आज़माइश ख़त्म हुई थी या नहीं। बाबा ने उसको अख़बार उठाने के लिए कहा। जब उसने उन पढ़ी हुई पंक्तियों को दुबारा पढ़ना शुरू किया तो बाबा ने उसको रोक दिया। उन्होंने कहा, "जाओ अपनी कॉपी लेकर आओ।" बिनोद बैठक से तेज़ी से बाहर निकलकर वहाँ गया जहाँ उसका स्कूल बैग पड़ा हुआ था। टीवी पर उसने एक झलक देखी जिसमें नसीरुद्दीन शाह समुद्र के किनारे बाइक चला रहा था, जो बम्बई का समुद्र तट लग रहा था।

उसकी हिन्दी की कॉपी ही ऐसी थी जिसमें अधिक पन्ने ख़ाली थे। वह उसको लेकर अपने पिता के पास गया। बाबा ने पूछा, "तुम्हारी क़लम कहाँ है?" बिनोद एक बार फिर से बाहर गया।

"लिखो," बाबा ने लौटने के बाद कहा। "राष्ट्रपिता की समाधि दिल्ली

में राजघाट में है।" बिनोद को यह लाइन पाँच सौ बार लिखनी थी। उसका सबक़ पूरा हो गया।

———

उसकी माँ जो सबक़ देती थी वह बहुत सांकेतिक होता था लेकिन समझ में आ जाता था इसलिए उनके सबक़ों से वैसी परेशानी नहीं होती थी। माँ जब शाम को स्कूल से लौटकर आती थीं तो बैठकर उनमें से किसी से पढ़ाई के बारे में पूछतीं। उनको पाठ्यपुस्तकों से कहानियाँ पढ़ना अच्छा लगता था और उन कहानियों को वह अपने अतीत की कहानियों से मिलाकर देखती थीं। बिनोद का बचपन और कुछ हद तक उसका पूरा जीवन उन्हीं कहानियों ने बनाया था जो उसकी माँ उसको सुनाती थीं। कम उम्र में ही वह समझ गया था कि वे कहानियाँ काल्पनिक होती थीं। वे कहानियाँ प्रेम और मृत्यु को लेकर होती थीं और जीवन को निर्धारित करती थीं। इन सभी कहानियों में त्रासदी मनुष्य के जीवन के सार के रूप में बताई जाती थी। माँ के लिए केवल एक चीज़ थी जिसमें इस तरह की त्रासदी सहनीय होती थी, हिन्दी फ़िल्मों में। सुन्दर नूतन ने उन फ़िल्मों में त्रासद नायिका का किरदार निभाया था, जैसे *सुजाता* (1960), *बन्दिनी* (1963) और *सरस्वतीचन्द्र* (1969)।

बिनोद ने जब पहली बार *सरस्वतीचन्द्र* जैसी घटिया फ़िल्म देखी तब तक उसकी उम्र बीस के पार हो चुकी थी। फ़िल्म जब रिलीज़ हुई थी तब बहुत बड़ी हिट थी लेकिन फ़िल्म में 19वीं शताब्दी के निर्माण की सारी विशेषताएँ थीं। फ़िल्म के सेट देखकर ऐसा लग रहा था जैसे उनको किसी ख़राब स्कूल से उधार मँगवाया गया हो और फ़िल्म के अभिनेता नशाखोर एक्स्ट्रा जैसे लग रहे थे। यहाँ तक कि फ़िल्म का जो सन्देश था वह भी एक शताब्दी पहले जैसा लग रहा था। फ़िल्म में उसको बस वह गाना अच्छा लगा जिसको वह बचपन से सुनता आया था। 'फूल तुम्हें भेजा है ख़त में।' जिस सिनेमा हॉल में बिनोद ने फ़िल्म देखी थी वह हज़ारीबाग़ में था; उस शहर से वह उस रात गुज़र रहा था; हॉल में बीड़ी की गन्ध भरी हुई थी लेकिन उसने परवाह नहीं की क्योंकि उस फ़िल्म से उसकी माँ का अतीत जुड़ा हुआ था। नूतन ने एक ऐसी महिला का किरदार निभाया था जिसको अपनी ईर्ष्यालु चालबाज़ भाभी के

दबाव में आकर अपनी सगाई तोड़ लेनी पड़ती है। उसकी शादी एक शराबी औरतबाज़ इनसान से हो जाती है और वह आत्महत्या करना चाहती है लेकिन उसको एक साध्वी द्वारा बचाया जाता है। उसका पुराना प्रेमी आ जाता है, नूतन के परिवार द्वारा उसको फिर से शादी के लिए कहा भी जाता है, लेकिन वह अपना जीवन दान-पुण्य में लगा देती है।

हॉल में बैठे-बैठे बिनोद यह सोच रहा था कि किस तरह इस कहानी ने उसकी माँ को प्रभावित किया होगा। उस काल में उच्च जातियों की महिलाएँ राष्ट्रवाद तथा अपने माँ-पिता के सात्त्विक विचारों के प्रभाव में बड़ी होती थीं। वे आत्म-त्याग को बहुत बड़ा मूल्य समझती थीं। हालाँकि फ़िल्म के गाने बहुत अच्छे थे लेकिन इसमें जितनी गन्दगी थी अगर उतनी चमक भी होती तो इस फ़िल्म ने बहुत से दर्शकों को अच्छा महसूस करवाया होता।

बन्दिनी बेहतर फ़िल्म थी। इस फ़िल्म का निर्माण बिमल रॉय ने किया था। फ़िल्म का पहला हिस्सा जेल में था। नूतन ने एक युवा बन्दिनी कल्याणी की भूमिका निभाई थी जिसने हत्या की थी। जेल का डॉक्टर संकोची कल्याणी के प्यार में पड़ जाता है। फ़िल्म के दूसरे हिस्से में जब जेल का वार्डन कल्याणी से अपनी कहानी लिखने के लिए कहता है तब जाकर दर्शकों को उसके अतीत के बारे में पता चलता है। वह एक राष्ट्रवादी क्रान्तिकारी से प्यार करती थी और उसके साथ उसकी शादी होने वाली थी। लेकिन वह उसको छोड़कर किसी अन्य महिला से विवाह कर लेता है। कल्याणी अपने माँ-पिता के घर को छोड़कर एक नर्सिंग होम में नौकरी करने लगती है। वहाँ वह एक महिला मरीज़ को ज़हर दे देती है क्योंकि उसको यह पता चलता है कि वही वह महिला थी जिससे उसके प्रेमी ने विवाह किया था। फ़िल्म में गंगा के पास के कुछ दृश्य थे जिनकी शूटिंग बिहार के साहबगंज में हुई थी। फ़िल्म के अन्तिम दृश्य की शूटिंग मनिहारी घाट पर हुई थी, दो दुर्भाग्यशाली प्रेमी गंगा को पार कर रही एक नाव पर एक हो जाते हैं। इस दृश्य के साथ एस.डी. बर्मन का वह गीत बजता हुआ दिखाई दे रहा है *ओ रे माँझी।* पुरुष गायक की आवाज़ गाँव की सड़कों पर गाने वाले गायक जैसी है, जो उस औरत के लिए गाता है जो अपनी झोंपड़ी की दीवार के पीछे से उसका गाना सुनती है। लोगों की आवाज़ उस महिला के दुःख को बढ़ा देने वाली है जो नाविक से कह रही है। *ले चल पार मेरे साजन हैं उस पार।* कल्याणी अपराध और परम्परा दोनों

से दूर हो चुकी है, और फ़िल्म के अन्त में क़ैदी को केवल प्रेम के क़ैदी के रूप में दिखाया जाता है।

बन्दिनी की कहानी स्त्री के पश्चात्ताप को लेकर थी लेकिन यह स्त्रियों को हर उस चीज़ से मुक्त करने वाला भी साबित हुआ जिसे पाप कहा जाता था। यह अपने आप में दिलचस्प था। लेकिन माँ ने एक ज़्यादा बड़ा सबक़ इस फ़िल्म से सीखा था। माँ को जेल ऐसी जगह लगी जहाँ मासूमियत का चरम हो और इसलिए माँ के लिए यह सम्भव हो गया कि वह रबिन्दर को हर चीज़ के लिए माफ़ कर दें। (फ़िल्म को लेकर इस बात को मान लेना आसान होता है कि पर्दे पर आपकी कहानी दिखाई जा रही है, और अगर कुछ भी उसके पक्ष या विपक्ष में होता है तो आपकी आँखों में आँसू आ जाते हैं)।

जब बिनोद पाँच साल का था तो माँ बेतिया में लड़कियों के स्कूल सेंट टेरेसा स्कूल में पढ़ाने लगी थीं। वह वहाँ हिन्दी पढ़ाती थीं। जब वे पटना आए तो उन्होंने बड़ी कक्षा की लड़कियों को पढ़ाना शुरू कर दिया। अधिकतर यह होता था कि लड़कियाँ शादी के बाद के सुखी या दुखी जीवन के लिए तैयारी कर रही होती थीं, और माँ की शिक्षा उसको और अच्छी तरह से परिभाषित कर देती थी। माँ यह चाहती थीं कि सभी लड़कियों को *ममता* के बारे में पता हो। उनका यह कहना था कि यह एक ऐसा सबक़ था जिसको कुछ खोने के बाद ही सीखा जा सकता था। बिनोद ने बार-बार दोहराने के बाद इस सबक़ को सीखा।

जब वह कुछ बड़ा हुआ तब जाकर उसने यह सब अपने आप सीखना शुरू कर दिया। वह अपनी माँ की किताबें पढ़ता था। 15 साल की उम्र तक उसने अंग्रेज़ी की एक ही किताब पढ़ी थी, अर्नेस्ट हेमिंग्वे का उपन्यास द *ओल्ड मैन एंड द सी*। यह किताब माँ को उनकी शादी पर उनके दूर के रिश्ते के भाई विजय ने दी थी, जो बाद में कम्युनिस्ट पार्टी के बड़े नेता हुए और जिनको इस बात का गर्व था कि उन्होंने आधुनिक अंग्रेज़ी और अमेरिकी साहित्य का सब कुछ पढ़ रखा था। हेमिंग्वे की कहानी बहुत साधारण होती थी और बिनोद के लिए उसको समझ पाना बहुत आसान होता था।

पता नहीं कैसे उस समय तक उसको ऐसा लगता था कि अंग्रेज़ी में लिखी गई हर किताब में सेक्स की बात होती है, इसी वजह से अंग्रेज़ी की किताबों को बड़े लोग ही पढ़ते हैं। लेकिन *ओल्ड मैन एंड द सी* में सेक्स की बात तो बिलकुल ही नहीं थी।

किस ऑफ़ द स्पाइडर वुमेन

तेरह

रबिन्दर और बिनोद तब दोनों पटना में ही थे। कॉलेज से घर आए हुए थे। एक शाम वे बैठकर आम खा रहे थे कि लालजी की मौत की ख़बर आई।

राँची का सफ़र ट्रेन से हुआ। बिनोद और रबिन्दर लाश लाने के लिए गए। बुआ ने बिहार विधान सभा के अध्यक्ष से बात की थी और उन्होंने मुर्दाघर में सब कुछ आसान करवा दिया था। उसके अगले दिन पन्द्रह अगस्त यानी स्वाधीनता दिवस था इसलिए अध्यक्ष महोदय ने इस बात के लिए अफ़सोस जताया था कि वह लड़कों को जाने के लिए अपनी कार नहीं दे सकता। ट्रेन में बिनोद ने पाया कि रबिन्दर *इंडिया टुडे* का नया अंक पढ़ रहा है, जिसमें इन्दिरा गांधी के क़ातिलों के ऊपर चलाए जा रहे मुक़दमे को लेकर कवर स्टोरी प्रकाशित हुई थी। दोनों ने लालजी के बारे में कोई बात नहीं की। जब सोने का वक़्त हुआ तो बिनोद ने अपने भाई से पूछा कि क्या उसको कुछ चाहिए, तब रबिन्दर ने कहा कि वह सिगरेट पीने जा रहा है, और वह बाथरूम की दिशा में बढ़ गया। दस मिनट के बाद बिनोद भी उठ गया। रबिन्दर कोच का दरवाज़ा खोलकर एक दिशा में झुका हुआ था और उसके हाथ में एक सिगरेट था। बाहर घुप्प अँधेरे में रेलवे इंजन से उठती चिंगारी आती थी और बुझ जाती थी।

अगले दिन सुबह सात बजे उन लोगों ने एक टैक्सी भाड़े पर ली। मुर्दाघर में जो आदमी था उसने बिनोद को एक फ़ॉर्म की तीन प्रतियाँ दस्तख़त के लिए दीं। बिनोद ने रबिन्दर को क़लम दी लेकिन उसने ना में सर हिला दिया। बिनोद जब पीले काग़ज़ों पर दस्तख़त कर रहा था तो उसने देखा कि कबूतर बाहर की दिशा में आ रहे थे। उसको लगा था कि कमरा बहुत ठंडा होगा लेकिन उसको निराशा हुई कि उसकी बगलों का पसीना भी नहीं सूख पाया था।

अटेंडेंट ने गांधी टोपी पहन रखी थी और वह नंगे पैर था। उसने धीमी आवाज़ में कहना शुरू किया। "आज 15 अगस्त है सर और आज मेरी छुट्टी

थी..." लालजी की नाक में रुई का जो टुकड़ा था उसको छूने के लिए वह रुक गया—वह किसी रेस्तराँ के वेटर की तरह लग रहा था जो सफ़ेद कपड़े पर रखे काँटे-छुरियों को ठीक कर रहा हो। उसके बाद उसने फिर कहना शुरू किया, "लेकिन पटना से मुझे फ़ोन आया और मुझे आपके लिए यहाँ रुकना पड़ा—।"

रबिन्दर ने उसको बीच में ही रोक दिया, "मैं यहाँ लाश लाने के लिए आया हूँ, लेकिन मैं इन्तज़ार कर लूँगा। आप क्यों नहीं लाश को चीरकर जी भरकर खा लेते हैं?"

टैक्सी के ड्राइवर के साथ वे सामने की तरफ़ बैठे। लाश लकड़ी के एक बक्से में थी, जिसमें बर्फ़ के कुछ टुकड़े रखे हुए थे और लकड़ी का बुरादा जूट के एक बोरे में रखा हुआ था। लाश के बक्से को पिछली सीट पर रखा गया था। बिनोद को बर्फ़ के कारण अपने कन्धों पर ठंडक महसूस हो रही थी, लेकिन एम्बेसेडर कार पुरानी थी और उसका फ़र्श घिस चुका था, और उसके तलवों में इंजन की गर्म हवा लग रही थी। बीच-बीच में वह अपने सैंडल ठीक कर लेता था, वह अपने पैरों से गाड़ी के फ़र्श के छेद को ढकने की पूरी कोशिश करता था। उसके हाथ में लाइब्रेरी की किताब थी *द रोड टू वीगन पियर*। वह कुछ पंक्तियाँ पढ़ता था कि फिर से गर्म हवा लगने लगती और वह उसाँसें भरता हुआ अपना सिर उठा लेता।

रबिन्दर कुछ कह नहीं रहा था। वह खिड़की की बग़ल में बैठकर बाहर के नज़ारे ले रहा था। सपाट लाल धरती पर अबरख के कण बिखरे हुए थे, जो सूरज की रौशनी में चमक रहे थे। मवेशी कीकर के पेड़ से पत्ते तोड़कर खा रहे थे। थोड़ी-थोड़ी देर में कार आदिवासी स्त्री-पुरुषों के सामने से गुज़रती थी जो चट्टानों और पेड़ों की छाया में बैठे हुए मिलते। हाइवे के सामने जो छोटे-छोटे घर थे उनके ऊपर लड़कियों में शिक्षा को बढ़ावा देने वाले सरकारी नारे लिखे हुए थे। इस बात से बिनोद का ध्यान हट नहीं पा रहा था कि लाश से गन्ध आने लगी थी। वे इसी तरह छह घंटे तक चलते रहे।

जब राँची से आने का बुलावा आया तब बिनोद पटना में था और उसके पटना में होने का कारण यह था कि वह दिल्ली में परीक्षा देकर आया था और रिज़ल्ट का इन्तज़ार कर रहा था। उसने जॉर्ज ऑरवेल को पढ़ना शुरू कर दिया था और उसने स्वयं से यह कहा था कि वह कोशिश करेगा कि लिखे;

हालाँकि उसने लिखा भी लेकिन कुछ ख़ास नहीं हो पाया।

स्कूल में उन लोगों ने जॉर्ज ऑरवेल का लेख पढ़ा था 'पोलिटिक्स एंड द इंग्लिश लैंग्विज' और शुरू-शुरू में बिनोद के ऊपर उस लेख का कोई ख़ास प्रभाव नहीं पड़ा था। लेकिन संयोग से उसने उसको फिर पढ़ा, स्कूल की उसी पुरानी पाठ्य-पुस्तक में। उसके बाद उसने दर्जन-भर ऐसे शब्दों का इस्तेमाल करना छोड़ दिया जो तब तक उसको अपनी क्लास के बाक़ी विद्यार्थियों से अलग करते थे (मुझे ख़ुशी हुई कि आपकी तबीयत बेहतर है, गहरा *नीला आकाश*; अगर हम दोपहर में मिलते हैं तो हल्का-फुल्का भोजन करेंगे; बरौनी के आसपास बहुत हरियाली है; उस इलाक़े में बहुत सुन्दर दर्शनीय स्थल हैं; ऊटपटाँग बातों से भरपूर; सच में, मेरे गाँव रतौली की हवा बहुत सुहानी है, उदास बात, हमारे *नीच* नेता, आदि) ज़ाहिर है यह कहने के लिए वह अंग्रेज़ी के एक से एक कठिन शब्दों का प्रयोग करता।

रिज़ल्ट जुलाई में आया। बिनोद को अच्छे नम्बर नहीं मिले थे लेकिन इस बात से वह परेशान नहीं था। वह अपने माता-पिता और सभी लोगों से यह कहने लगा था कि वह दिल्ली में किसी अख़बार में काम करने लगेगा। उसने *होमेज टु कातालोनिया* पढ़ा। दिल्ली में परीक्षा के बाद एक सप्ताह तक उसने एक के बाद एक श्याम बेनेगल की छह फ़िल्में देखीं। बिनोद इसको लेकर एक रिपोर्ट लिखना चाहता था जो सामाजिक यथार्थ श्याम बेनेगल की फ़िल्मों में दिखाया गया था। लेकिन इसके लिए उसको पटना जाने की ज़रूरत थी। बेनेगल की फ़िल्मों में जो भयानक चीज़ें दिखाई दे रही थीं ज़ाहिर है पटना में भी उनको देखा जा सकता था, लेकिन वह उन बातों से पहले से ही परिचित था और वह उनको कहीं और तलाश करना चाहता था।

उसके पटना जाने का एक कारण यह भी था कि वह हर समय मौजूद रहने वाले तनाव से मुक्त होना चाहता था। वह दर्द को लेकर बहुत चौकन्ना रहता था और वह बहुत अधिक चाहता था कि दर्द के कारण को समझे, उसने शायद यह समझा कि वह इस काम को करने लायक़ तभी बन सकता था जब वह वाक्यों को व्यवस्थित अनुच्छेद का हिस्सा बना लेता। अपने अतीत से मुक्त होने की जल्दबाज़ी में बिनोद ने इस बात का ध्यान नहीं रखा कि उसने अपने आसपास के जीवन की जगह फ़िल्मों और किताबों की दुनिया को अपना लिया था। वह सौन्दर्यवादी हो गया था।

जब वह पटना में रहता था तो उसके आसपास लोग मरते रहते थे। जब वह स्कूल जाता था तो रास्ते में श्मशान घाट आता था जहाँ लाशें जलती रहती थीं; उसको यह देखने की आदत हो गई थी कि पिता अपने बच्चे को सफ़ेद कपड़ों में लपेटे नदी के तट पर रखने आते थे। मृत्यु का सामना कला में करना कम तकलीफ़देह होता था : दिल्ली में एक गैलरी में उसने एक लड़की का इंस्टालेशन देखा जिसकी आँखों को बेच दिया गया था। कलाकार ने उस छोटी नेत्रहीन लड़की की तस्वीर लेकर उसको बड़ा कर दिया था और उसके ऊपर पेंट किया था। बिनोद को यह अच्छा लगा था और वह शब्दों के साथ यही करना चाहता था। वह समाज के बारे में कुछ कहना चाहता था; वह केवल उन चीज़ों को अनुभव करते चले नहीं जाना चाहता था। उसने यह फ़ैसला ले लिया था कि वह गद्य में लिखेगा। उसको कुछ समय तक यह सोचना अच्छा लगा था कि कविता लिखे लेकिन उसको यह अस्वाभाविक लगता था, जैसे कोई बटनहोल में फूल टाँककर चले।

ऑरवेल ने गद्य लिखने की "चार महान प्रेरणाओं के बारे में लिखा है" : महज़ अहंभाव, कला सम्बन्धी उत्साह, ऐतिहासिक उद्वेलन तथा राजनीतिक मक़सद। ऑरवेल ने जो सूची गिनाई थी बिनोद ने उसको सूत्र के रूप में ले लिया, तथा सफलता को पक्का करने के लिए उसने अपने आप से कहा कि कुछ भी लिखते हुए वह इनमें से किसी कारण को नज़रअन्दाज़ नहीं कर सकता है।

लालजी की मौत के बाद बाबा ने सुझाव दिया कि अगर बिनोद दिल्ली जाने वाला है तो वह रबिन्दर को भी अपने साथ ले जा सकता है ताकि वह वहाँ लॉ की पढ़ाई कर सके। लेकिन दिल्ली में कुछ महीने रहने के बाद रबिन्दर पटना लौट गया और वहाँ से वह डिब्रूगढ़ चला गया जहाँ उसको लकड़ी काटने का ठेका मिल गया। बिनोद एक छोटी सी समाचार एजेंसी के लिए जो छिटपुट काम करता था उससे उसको बहुत कम आय होती थी। तेलशोधक कारख़ाने के प्रदूषण से ताजमहल को क्या नुक़सान हो रहा है; एक छोटी-सी ऐसी रिपोर्ट जिससे कोई प्रेरणा मिले, ऐसे दर्जनों लेख प्रकाशित होते रहते थे, नेशनल स्कूल ऑफ़ ड्रामा द्वारा आयोजित तुग़लक़ नाटक के प्रदर्शन के बारे में; एक लेख सुप्रीम कोर्ट के बाहर आयोजित धरने के बारे में जो भोपाल के गैस पीड़ितों द्वारा आयोजित किया गया था। उसने कुछ प्रकाशनों को कुछ

कविताएँ और एक कहानी भेजी थी—लेखक ख़ुशवन्त सिंह से उसको एक पोस्टकार्ड मिला था जिसमें उत्साहित करते हुए लिखा हुआ था कि ख़ूब लिखो, अच्छा लिखो, इसके अलावा कुछ ऐसा नहीं हुआ था जिससे वह अपनी इस महत्त्वाकांक्षा को उचित ठहरा सके। इसको छोड़कर कॉलेज जाना आसान था। उसने भाषाविज्ञान में एम.ए. में दाख़िला लिया; उसको इस विषय का सुझाव दिया गया था क्योंकि इसमें बहुत लोग दाख़िला नहीं लेते थे और इस बात की अच्छी सम्भावना रहती थी कि उसको हॉस्टल में जगह मिल जाए।

बिनोद पढ़ाई की सुरक्षित दुनिया में लौट आया, जिस तरह जब रबिन्दर दिल्ली से गया था तो उसने कोशिश छोड़ दी थी और घर चला गया था, लेकिन वह नहीं गया। वह एक डिग्री हासिल करने के विचार के साथ टिका रहा। वह दो साल के लिए सुरक्षित हो गया था, दुनिया की उम्मीदों का जवाब देने से बचा रहने वाला था। वह कुछ हद तक इस बात को समझता था, और वैसे तो उसकी उम्र कम थी लेकिन उसको यह महसूस होने लगा था कि ज़िन्दगी यूँ ही गुज़री जा रही है। हर सुबह कॉलेज के कैंटीन में वह ब्रेड और पतला उसे तेल में डूबा आमलेट खाते हुए वह यह सोचता रहता था कि क्लास में जाना चाहिए या नहीं। कई बार वह धूल-भरे गलियारों को पार करता हुआ, जिसकी दीवारों पर फटे पोस्टर चिपके रहते थे, क्लास में जाकर बैठ जाता था। क्लास में कई बार अध्यापकों के साथ-साथ विद्यार्थी भी उसको अजनबी के रूप में देखते थे। क्लास से लौटने पर वह बुरी तरह से थक जाता था जबकि उसने कुछ भी नहीं किया होता था।

रबिन्दर दिल्ली कई बार आया, हमेशा ऊर्जा से भरपूर। केवल रबिन्दर ही नहीं, ऐसा लगता था कि सभी लोगों ने अपनी महत्त्वाकांक्षा का मार्ग चुन लिया था और दुनिया में अपना मुक़ाम बनाने में लग गए थे। बिनोद ने अख़बारों में एक आदमी के बारे में पढ़ा था कि अरविन्द पांड्या नाम का एक आदमी भारत से अमेरिका गया और 107 दिनों में लौटकर आ गया, लॉस एंजेल्स से न्यूयॉर्क सिटी। पांड्या का नाम *गिनीज़ बुक ऑफ़ वर्ल्ड रेकॉर्ड्स* में आया था। जिस ख़बर में उसकी सफलता के बारे में लिखा गया था उसी में यह भी लिखा था कि दिल्ली की जेल में एक आदमी था जिसकी मूँछ आठ फ़ीट लम्बी थी। वह क़ैदी अपनी मूँछ में रोज़ मक्खन लगाता था ताकि उसके बाल और लम्बे हो जाएँ और उनमें चमक आ जाए। तमिलनाडु में एक और आदमी था जिसने

चावल के एक दाने पर रामायण के एक पेज की सामग्री लिख दी थी और उसको प्रधानमंत्री को भेंट किया था। अख़बारों में यह लिखा था कि *गिनीज़ बुक* के मुख्यालय में आने वाले पत्रों का दसवाँ हिस्सा भारत से आता था।

——

दिल्ली में एक साल बीत गया था।

वह जंतर-मंतर के पास खड़े होकर उन लोगों को देख रहा था जो एक दाढ़ी वाले आदमी के सामने खड़े थे जिसके एक हाथ में एक छोटी-सी बोतल थी और दूसरे हाथ में ऐसा लग रहा था कि गिरगिट बन्द हो। उसके कन्धे पर एक हाथ आया। वह नीरज दुबे का हाथ था, वह मुस्कुरा रहा था, बिनोद को कुछ झेंप महसूस हुई। उसने मुस्कुराते हुए कहा, "अगर मुझे कभी विदेश जाने का मौक़ा मिला तो मैं यह ज़रूर पता लगाने की कोशिश करूँगा कि क्या दुनिया के दूसरे देशों में भी लोग इस तरह से खड़े होकर किसी बेवक़ूफ़ की बातें सुनते हैं जो गिरगिट के पाखाने को कामोत्तेजक दवाई के रूप में बेच रहा हो।"

दुबे ने बताया कि वह एक टीवी सीरियल में काम कर रहा है। उसको किसी से मिलना था और उसको देर हो गई थी। दोनों ने जल्दी मिलने का फ़ैसला किया। लेकिन अगली बार वे कई साल बाद मिले। रबिन्दर ने पटना से फ़ोन किया और बताया कि दुबे शादी कर रहा है; बिनोद को पालिका बाज़ार से म्यूज़िक कैसेट ख़रीदकर गिफ़्ट के रूप में ले जाना था। यह शादी महज़ एक साल टिकी लेकिन बिनोद को तलाक़ के बारे में बहुत बाद में पता चला जब उसकी अपनी शादी का भी अन्त होने वाला था।

बिनोद अपने परिवार में बल्कि अपने दोस्तों में भी पहला था जिसका तलाक़ होने वाला था। उसने इसी साल *टाइम* में एक लेख पढ़ा था जिसमें लेखक ने विवाह दुर्घटना के बारे में लिखा था। सिंगापुर में तलाक़ की दर 1990 के मुक़ाबले तीन गुना हो गई थी, और थाईलैंड में यह क़रीब-क़रीब दोगुनी हो गई थी। चीन में पिछले बीस साल में यह दोगुनी हो गई थी। ताइवान में यह तीन गुना हो गई थी। और दक्षिण कोरिया में तलाक़ की दर यूरोप के कई देशों से भी अधिक हो गई थी। लेख में लिखा गया था, "भारत में पहले

विवाह का बन्धन इतना पक्का माना जाता था कि अगर किसी महिला का पति उससे पहले मर जाता था तब स्त्री को भी उसके साथ चिता में जला दिया जाता था, लेकिन अब वहाँ भी समाजशास्त्रियों के आकलन के अनुसार तलाक़ की दर प्रति हज़ार 11 हो गई है, जो 1991 में प्रति एक हज़ार 7.41 थी।"

वह ज़रूर 0.741 का हिस्सा था, जो शायद ही पूरी तस्वीर थी। भारत जैसी आबादी वाले देश में वह उन लाखों लोगों में से एक था जिन्होंने उस साल शादी के बन्धन से मुक्ति पाई थी। लेकिन तब यह संख्या बहुत नहीं दिखती थी। उसको ऐसा महसूस होता था कि वही एक था जो इस तरह की ग़लती कर रहा था, और पता नहीं यह भी सम्भव था कि वह ग़लत रही हो।

अर्पणा उसकी माँ की छात्रा थी और वह माँ से अकसर उसको लेकर मज़ाक़ किया करता था, केवल यह नहीं कि वह सुन्दर थी, बल्कि उसकी जाति भी अलग थी। बिनोद अपनी माँ को चिढ़ाता रहता था, इस बात के लिए जो वह उसके लिए कहती थी, "खुले दिमाग़ वाली।" अर्पणा का स्वभाव गम्भीर था जिससे वह प्रभावित हुआ था, जिसका मतलब उसका बुद्धिमान होना था, और उसके साथ उसकी जो थोड़ी-बहुत बातचीत हुई थी उस दौरान उसकी ख़ामोशी से वह उसको लेकर प्यार और देखभाल की कल्पनाएँ किया करता था। क्या अर्पणा को यह पता था कि वह उसके बारे में कैसा महसूस करता था?

एक बार नीलू ने उसको बताया था कि उसकी एक क्लासमेट को एक ऐसी लड़की से प्यार हो गया था जो उसकी पड़ोसन थी। उस लड़के ने कभी उस लड़की से बात नहीं की थी लेकिन वह रोज़ छत पर उसको कपड़े पसारते हुए देखता था। वह शाम को मुँडेर पर अपनी सहेलियों के साथ खड़ी रहती थी। पटना में लड़कियों के लिए यह आसान नहीं होता था कि वे बाहर निकलें। एक चमकदार दोपहर में वह लड़की गीली साड़ी को पसारने के पहले झाड़-झाड़ कर सुखा रही थी, और उस लड़के ने देखा कि वह लड़की उसी को देख रही थी। उसको लगा कि उससे उसको प्यार हो गया। आने वाले वीकेंड में उसने अपनी बहन को कहा कि वह उसके घर जाकर उस लड़की से उसके बारे में बात करे। वह लड़की हँसने लगी और बोली कि उसने उस लड़के पर ध्यान ही नहीं दिया था जो वहाँ नीचे से उसको देखता रहता था। जब उस लड़के की बहन ने वापस आकर अपने भाई को ये बताया उससे उस लड़के को ग़ुस्सा आ गया।

क्या उस निराश प्रेमी ने लड़की के चेहरे पर बल्ब में तेज़ाब भरकर फेंक दिया? नीलू ने बिनोद के इस सवाल का जवाब न में दिया। उस लड़के को इतनी निराशा हुई कि उसने रस्सी से लटककर जान दे दी। इसके लिए उसने लड़की की छत से ही रस्सी ले ली थी। कितना कम कहा गया था और कितना ज़्यादा समझ लिया गया। ग़लत जगह पर ग़लत भावना का प्रदर्शन हर भारतीय का जन्मसिद्ध अधिकार होता है। उदास तरीक़े से नाटकबाज़ी बातचीत में प्रभाव ज़माने के लिए होती है—हालाँकि आख़िर में वह विनती से ज़्यादा अपमान जैसा लगता है। बिनोद यह सब समझता था और ज़ाहिर है कि वह पटना के बाक़ी लोगों से कोई अलग नहीं था। अर्पणा से बातचीत करने के पहले उसने अपने आपको उसके बारे में कहानियाँ सुनाई थीं, और जब वह उपन्यास पढ़ता था और जिसमें आदमी और औरत सामाजिक रिवाजों से हटकर कुछ कर रहे होते थे तो वह पाता था कि वह उसी के बारे में सोच रहा होता था।

———

जून 1990 में बिनोद विद्यार्थियों के दंगे के ऊपर रपट लिखने के लिए पटना गया था। माँ ने उसको बताया था कि सिने सोसाइटी में फ़िल्म स्क्रीनिंग में जाने के लिए उसने अर्पणा को हाँ कह दिया था। वह यह जानना चाहती थीं कि क्या बिनोद उनके स्थान पर जा सकता था। माँ की तबीयत नासाज़ थी और वह नहीं चाहती थी कि अर्पणा अकेले फ़िल्म देखे। उसका दिल तेज़ तेज़ धड़कने लगा लेकिन उसने जताया नहीं और माँ से फ़िल्म का नाम पूछ लिया। उन्होंने बताया कि विदेशी फ़िल्म थी और यह सुनकर वह माँ के ऊपर मुस्कुराने लगा। उसके दिमाग़ में यह विचार आया कि अगर यह कोई हिन्दी फ़िल्म नहीं है तो शायद इसमें सेक्स होगा, और यह सोचकर वह ख़ुश हो गया। नहाने के बाद उसने हल्के नीले रंग की क़मीज़ पहनी। बाथरूम से बाहर निकलने के पहले उसने आईने में अपने आपको ध्यान से देखा।

इमारत के प्रवेश द्वार पर *किस ऑफ़ द स्पाइडर वुमेन* का पोस्टर लगा हुआ था। अन्दर अर्पणा खड़ी थी।

बिनोद ने कहा, "मैं यहाँ आपको यह बताने के लिए आया हूँ कि माँ की तबीयत ख़राब है।"

उसके चेहरे से लगा कि वह चिन्तित हो गई और उसने पूछा कि क्या हुआ। उसने कहा कि कुछ ख़ास नहीं, और इन्तज़ार करने लगा। उसके बाद उसने कुछ नहीं कहा। उसका मुँह सूख रहा था। उसने जल्दी-जल्दी कहा, "अगर आप तब भी फ़िल्म देखना चाहती हैं तो मुझे आपके साथ फ़िल्म देखकर अच्छा महसूस होगा।"

"हाँ, मेरे पास दो पास हैं," उसने अपने हाथ में दो पास निकालकर दिखाए।

उसने मन-ही-मन कहा कि उसकी उम्र क़रीब तीस साल हो चुकी थी; उसको किसी महिला के साथ सहज रूप से पेश आना असम्भव नहीं होना चाहिए। उस भवन के प्रांगण में उसको अर्पणा के साथ खड़े होकर अच्छा लग रहा था, वहाँ इन्तज़ार करते हुए उसकी आँखें गांधी मैदान की तरफ़ चली गईं। वहाँ बहुत-सी टीमें अलग-अलग बनाई गई पिचों पर क्रिकेट खेल रही थीं। बीस से भी कम लोग वहाँ गलियारे में खड़े थे। उसको ऐसा लगा कि उनमें से ज़्यादातर लोग पटना यूनिवर्सिटी के थे। वहाँ खाने-पीने का कोई सामान नहीं ख़रीदा जा सकता था लेकिन बिनोद की इच्छा कॉफ़ी पीने की हुई और फिर अचानक उम्मीद से भरकर उसने अपने आप से कहा कि बाद में कभी।

यह फ़िल्म लैटिन अमेरिका की पृष्ठभूमि में थी और यह दो लोगों की कहानी थी जो जेल में थे। एक इसलिए जेल में था क्योंकि वह कम्युनिस्ट विद्रोही था और दूसरा इसलिए क्योंकि वह समलैंगिक था। पुलिस ने दोनों लोगों को इसलिए एक साथ जेल में बन्द कर रखा था कि शायद वह समलैंगिक आदमी कम्युनिस्ट से कुछ सूचना निकाल सके। विलियम हर्ट ने समलैंगिक आदमी की भूमिका निभाई थी और फ़िल्म के आरम्भ में ही दर्शकों को यह बताया गया था कि इस फ़िल्म में अभिनय के लिए उनको कान फ़िल्म फ़ेस्टिवल में सर्वश्रेष्ठ अभिनेता का पुरस्कार मिला था। लेकिन बिनोद को क्रान्तिकारी किरदार पसन्द आया था, जिसकी दाढ़ी थी और जो अपनी प्रतिबद्धता में उन वामपंथियों की तरह लगता था जिनको वह कॉलेज के दिनों में जानता था। उस अभिनेता का नाम राउल जूलिया था और वह सोनिया ब्रागा नामक एक महिला से प्यार करता था, एक ऐसी महिला से जिसकी नज़ाकत अप्रैल की सुबह जैसी थी। फ़िल्म में काम करने वालों के नाम पीले रंग के

काग़ज़ पर लिखकर दिये गए थे, और बिनोद ने इस बात की कल्पना भी नहीं की थी कि आने वाले महीनों में वह इन लोगों को अपने दोस्त के रूप में देखेगा जिनके सामने वह अर्पणा के साथ प्यार में पड़ गया था।

विलियम हर्ट का किरदार मोलिना बहुत संवेदनशील इनसान था लेकिन वह बिलकुल राजनीतिक नहीं था। उसको सुन्दर चीज़ों और फ़िल्म स्टार्स से लगाव था। लेकिन कम्युनिस्ट वेलेंटीन अपने साथ सेल में रहने वाले इस क़ैदी की कल्पनाओं से ग़ुस्से में आ जाता था। दोनों लोगों की दुनियाएँ अलग-अलग थीं लेकिन दोनों क़रीब आने लगे क्योंकि मोलिना को क्रान्तिकारी से प्यार होने लगा था। पुलिस ने जो योजना बनाई थी वह कारगर नहीं रही।

जब पुलिस को वह जानकारी नहीं मिली जो उसको चाहिए थी तो पुलिस ने समलैंगिक आदमी को रिहा कर दिया। उन्होंने एक और जुआ खेला और वे जीतने वाले थे।

जब मोलिना ने वेलेंटीन को अलविदा कहा तो दोनों ने एक-दूसरे के होंठों का चुम्बन लिया। दर्शकों में से कोई यह देखकर धीरे से हँसा और बिनोद को कुछ खुसफुसाहट सुनाई दी। फ़िल्म के दौरान उसने अर्पणा से कोई बात नहीं की जबकि उसका मन था बात करने का। फ़िल्म का अन्त वहाँ होता है जब मोलिना की गोली मारकर हत्या कर दी जाती है क्योंकि वह क्रान्तिकारी से सम्पर्क करना चाह रहा था। वेलेंटीन को जेल में यातना दी गई थी। जब वह अस्पताल के बिस्तर पर पड़ा हुआ था तो एक सहानुभूति रखने वाले कर्मचारी ने उसको मोरफ़ीन दे दिया। इससे पहले कि वह चालीस तक की गिनती गिन पाता, वह समुद्र तट के बालू को पार करता हुआ पानी में चला जाता है, उसके साथ वह सुन्दर महिला है जिसको वह प्यार करता था।

जब वे फ़िल्म देख रहे थे, बिनोद ने यह तय किया कि वह अर्पणा से शादी करने के लिए कहेगा। लेकिन उसने नहीं कहा। उसने अपनी माँ को इस बारे में बताया तो वह मुस्कुराने लगीं मानो जो योजना उन्होंने बनाई थी वह सफल रही। अर्पणा के पिता डॉक्टर थे—पचास साल के भी होने के पहले कैंसर से उनकी मृत्यु हो गई, और वह अपने छोटे भाई और माँ के साथ राजेन्द्र नगर के अपने विशाल घर के एक हिस्से में रहती थी। घर के शेष हिस्से में किरायेदार रहते थे और उनसे जो किराया आता था उससे घर का ख़र्च चलता था और दोनों की पढ़ाई भी होती थी। रात में खाने से ठीक पहले बिनोद ने

सुना कि माँ फ़ोन पर किसी से बात कर रही थीं। वह अर्पणा की माँ से यह पूछ रही थीं कि क्या वह अगले दिन राजेन्द्र नगर आ सकती हैं।

अगली सुबह माँ ने पंजाब स्वीट्स हाउस से एक किलो सबसे महँगी मिठाई ख़रीदी। अपने पर्स में उन्होंने सोने का एक नेकलेस रख लिया जिसमें नक़ली पन्ने का लॉकेट लगा हुआ था, जो वह अर्पणा को उस हाल में देतीं अगर उसकी माँ शादी के लिए तैयार हो जाती। अर्पणा की माँ के बारे में माँ ने बाद में अंग्रेज़ी में एक शब्द कहा था जिसका मतलब दुनियादार था। शादी के प्रस्ताव का स्वागत किया गया जबकि दोनों की जातियाँ अलग-अलग थीं लेकिन कुछ हिचकिचाहट भी थी। चाय पर जब दोनों की बातचीत आगे बढ़ी तो माँ ने सुना कि अर्पणा की माँ ने कहा कि यह बहुत ज़रूरी था कि दोनों की कुंडली किसी ज्योतिषी से दिखाई जाए। इसके अलावा दो या तीन अन्य परिवारों से भी रिश्ता आया हुआ था। किसी को भी न कहना इतना आसान नहीं होता, और वह इस मामले को लेकर घर के बड़े-बुज़ुर्गों से चर्चा करने वाली थी। उन्होंने कहा, "पिता के न होने के कारण हम लोगों को उन सभी लोगों को इज़्ज़त देनी पड़ती है जो बड़े-बुज़ुर्ग हैं।"

सोने का वह हार बैग में ही पड़ा रह गया।

लेकिन माँ के इस क़दम से बिनोद का उत्साह बढ़ा और उसने अर्पणा को एक नए रेस्तराँ आम्रपाली में मिलने के लिए बुलाया। उसके अपने संकल्प के कारण वह निडर हो गया था। वह मोहन पैलेस में एक जौहरी के पास वह नेकलेस लेकर गया जो उसकी माँ ने चुना था। सोने में जड़ाए गए कुछ नक़ली रूबी के गहने देखने के बाद जौहरी ने उसको कुन्दन के आधे दर्जन गहने दिखाए। बिनोद को एक गहना पसन्द आया, छोटा लेकिन सुन्दर, सोने और लाख में जड़ा हुआ एक पत्थर; वह बहुत सुन्दर गहना था जो गहरे लाल रंग का था जिसके ऊपर चमकदार काम था।

दुकानदार ने मोल-भाव करने से इनकार कर दिया। क्रीम रंग के सिल्क के कुर्ते में वह नौजवान था। उसके लम्बे बाल कन्धों तक आ रहे थे। बिनोद अपनी हैसियत से ज़्यादा ख़र्च कर रहा था और मोलभाव के लिए तैयार था ताकि उसको यह सोचकर अच्छा लगे कि उसने इतने अधिक पैसे ख़र्च कर दिये थे। जब उसने एक बार और पूछा कि क्या उसको कुछ और कम में मिल सकता था तो दुकानदार ने कान के पीछे अपने बालों को ठीक करते हुए

कहा, “मुझे इसकी क़ीमत बढ़ा-चढ़ा कर बतानी चाहिए थी, फिर आप जितनी बार कम करने के लिए कहते तो मैं कम कर देता और आप ख़ुश हो जाते।”

इस अपमान के बाद बिनोद को लगा कि उसको अब जाना चाहिए, लेकिन उस छोटे से गहने के ऊपर उसका दिल आ गया था। तीन हज़ार तीन सौ रुपये। उसके पास इस तरह ख़र्च करने के लिए इतने रुपये थे भी नहीं। आधे घंटे के बाद वह स्टेट बैंक के ऑफ़िस से पैसे लेकर आ गया। दुकान से निकलने के पहले सोने की चेन में माँ ने जो लॉकेट लगाया हुआ था उसको हटाकर कुन्दन वाला लॉकेट लगा लिया। जौहरी ने उस गहने को लाल काग़ज़ में लपेटते हुए कहा, “आपने अच्छा सामान ख़रीदा है।” बिनोद को बहुत अच्छा महसूस हो रहा था। वह अपने आप से कह रहा था कि यह गहना अर्पणा के गले में अच्छा लगेगा। उसको यह तोहफ़ा देने से उसको ख़ुशी होगी, और इस बात से कोई फ़र्क़ नहीं पड़ता है कि वह हाँ कहती है या न।

फिर वह आम्रपाली रेस्तराँ के लिए चल पड़ा।

——

उन दिनों रबिन्दर ने किसी की जीप ले ली थी, जिसके बारे में उसका दावा था कि वाल्मीकि नगर के आसपास के जंगलों में शिकार के लिए वह अच्छी थी। बिनोद ने रेस्तराँ जाने के लिए उससे जीप उधार ली थी। वह रेस्तराँ अँधेरा जैसा लग रहा था लेकिन वहाँ कोई और नहीं था और मैनेजर ख़ुद ऑर्डर लेने के लिए आया। रबिन्दर ने बिनोद से कहा था, “भैया, तीर कमान से निकल चुका है। इसको अपना निशाना मिल जाने दीजिए।” लेकिन सीधे-सीधे कह पाना आसान नहीं था। बिनोद ने अर्पणा की आँखों में एक पल के लिए देखा और कहा, “शहर में चर्चे हैं कि आपकी शादी के लिए कई रिश्ते आए हैं।”

उसने हल्के से मुस्कुराते हुए कहा, “मेरे ख़याल से उनमें से मैंने पसन्द केवल आपको ही किया है।”

उसको तो जैसे लगा कि कोई झोंका आया हो कहीं से। उस समय उसने अपने आपको जिस तरह से परिपूर्ण पाया, उस तरह से कभी महसूस नहीं किया था। वह फ़ीरोज़ी रंग के चिकन के कुर्ते वाली एक लड़की के सामने बैठा था जो बहुत ही अधिक सुन्दर लग रही थी।

उसने जवाब दिया, "मुझे तो लगा कि आपकी माँ चाहती हैं कि आपकी शादी किसी डॉक्टर से हो।"

इस बार वह हँसने लगी। फिर बोली, "मैं तो जब बीमार पड़ जाती हूँ तब भी मुझे डॉक्टर के पास जाना पसन्द नहीं।"

कॉफ़ी इंस्टैंट प्रकार की लग रही थी और ख़ास गरम भी नहीं थी। बिनोद ने चाय के लिए ऑर्डर दिया। उसके बाद उसने वेटर को अपनी तरफ़ बुलाया और एक चिकेन कटलेट लाने के लिए कहा। बिनोद के इसरार करने पर अर्पणा ने कहा कि वह आइसक्रीम खाएगी। वेटर तत्काल ही वनीला आइसक्रीम का एक टुकड़ा लेकर आ गया और अर्पणा की तरफ़ देखने लगा कि वह हामी भरे। कटलेट आने में अभी वक़्त था।

बिनोद उस फ़िल्म के बारे में बात करने लगा जो दोनों ने साथ-साथ देखी थी। अर्पणा ने मुँह बनाते हुए उससे पूछा कि क्या कम्युनिस्ट भी समलैंगिक था, उसको इस सवाल से निराशा हुई लेकिन कुछ देर के लिए ही। उसने कहा कि सोनिया ब्रागा उसको बहुत सुन्दर लगी। वह चाहता था कि उसको इस रूप में देखा जाए कि वह औरतों की सुन्दरता का पुजारी था।

जब चाय आई, उसने ऐसे घूँट भरी मानो व्हिस्की हो और इस तरह निश्चिन्त होकर उसने अजीब तरह से अपनी जेब से वह चीज़ निकाल ली जो वह उसके लिए तोहफ़े में लेकर आया था। जब उसने दिल के आकार के कुन्दन को मेज़ के नीचे खोलना शुरू किया तो काग़ज़ के खड़खड़ाने की आवाज़ आने लगी। अर्पणा को पहले ऐसा लगा होगा कि वह शायद चुइंग ग़म निकाल रहा हो या शायद वॉलेट खोज रहा हो। वैसे एक पल के लिए उसके मन में यह ख़याल आया था कि वह अंग्रेज़ी में उससे कहे, "विल यू मैरी मी?" लेकिन अंग्रेज़ी उपन्यासों में पुरुष यह सवाल तभी पूछते हैं जब उनकी जेब में हीरे की अँगूठी होती है। बिनोद ने कहा, "सिद्धान्त रूप में आप शादी के ख़िलाफ़ नहीं हैं?" अर्पणा ने सिर हिलाया। उसको ऐसा लगा कि इस मामले का फ़ैसला अभी नहीं हुआ था। इसमें कोई शक की बात नहीं थी। उसने चाय के कुछ घूँट लिये, उसको एक बार फिर स्वाद कुछ अजीब लगा लेकिन अच्छा और सन्तोषजनक लगा। उसने सोचा कि अर्पणा से पूछा जाए कि वह अगले कुछ सालों में क्या करना चाहती है। माँ ने बिनोद को कुछ समय पहले यह बताया था कि वह एडवरटाइजिंग के क्षेत्र में जाना चाहती है।

लेकिन यह इस तरह की चर्चा थी जिसमें वह फ़िलहाल पड़ना नहीं चाहता है। वह अपनी भावी पत्नी को पटना के उस हल्की रौशनी वाले लगभग ख़ाली पड़े रेस्तराँ में आइसक्रीम खाते देख रहा था, उसने अपने आपसे कहा कि यह मिठास सदा-सदा क़ायम रहे...

बिनोद बोला, "अर्पणा कुछ अपने बारे में बताइए। आपको क्या पसन्द है?"

उसका जवाब था, "मुझे आइसक्रीम पसन्द है।"

उसकी हँसी से उत्साहित होते हुए वह ऐसे बोला कि उसका दम फूलने लगा। "क्या आपको गुलमोहर के फूल पसन्द हैं? मुझे गुलमोहर पसन्द हैं। बरसों के बाद पेड़ पर लाल गुलमोहर देखना मुझे अच्छा लगता है।"

उसको शायद हैरानी हुई हो लेकिन वह बोली, "यह अच्छी बात है। मुझे पता नहीं था कि आप कवि हैं।"

बिनोद सन्तोष के भाव से मुस्कुरा रहा था। उसके बाद बिनोद ने हाथ बढ़ाकर गहना सामने कर दिया जो लाल रंग के तुड़े-मुड़े टिश्यू पेपर के छोटे से घोंसले में दोनों के बीच मेज़ पर रखा था। वह सफ़ेद रंग के टेबल क्लॉथ पर दोनों से समान दूरी पर रखा हुआ था। बिनोद ने कहा, "यह छोटा सा तोहफ़ा है...स्पाइडर वुमेन के लिए।"

सप्ताह समाप्त होने के पहले यह तय पाया गया कि शादी एक महीने बाद होगी। माँ ने कहा, "शायद जुलाई में कुछ कम गर्मी हो, अगर मानसून समय पर आ गया तो।"

बिनोद ने मंडल कमीशन पर कुछ नहीं लिखा, जिसके बारे में पड़ताल करने के लिए वह पटना आया था। इसके बदले, अपने सम्पादक को ख़ुश करने के लिए तियानमेन चौक नरसंहार की पहली बरसी पर लेख लिख दिया। रात में अपनी माँ की मेज़ पर बैठकर टेबल लैम्प जलाकर हाथ से लिखते समय उसको ऐसा लगा कि चीन के विद्यार्थियों की नायकीय लेकिन बेतरतीब कार्रवाई बहुत रोमांटिक और सार्थक काम था जो इनसानों के बीच प्यार को बनाए रखने के लिए था।

चौदह

तैयारी के गरम और लम्बे समय के दौरान बिनोद दिल्ली में अकेला था। काम से छुट्टी पाने की कोशिश करने का भी कोई फ़ायदा नहीं था—अख़बार में साल में केवल सात दिन का अर्न लीव मिलता था और वह चाहता था कि पूरी छुट्टी को शादी के लिए बचाकर रखे। उस महीने जब वह पटना से दूर था, बल्कि कहना चाहिए कि छब्बीस दिन, उसको कभी यह नहीं सूझा कि वह अर्पणा के बारे में तो कुछ जानता ही नहीं।

जब रात में फ़ोन के रेट कम हो जाते थे तब दोनों क़रीब-क़रीब रोज़ ही बात करते थे। वह लाजपत नगर की जिस बरसाती में रहता था उसके पास के एक एस.टी.डी. बूथ में जाता था और अपनी बारी के इन्तज़ार में खड़ा रहता था। आम तौर पर बिनोद को इन्तज़ार अच्छा नहीं लगता था, रेलवे स्टेशन पर, दफ़्तर में, लोगों के घरों के बाहर छोटे-छोटे पार्लरों में, ऐसे लोगों के लिए इन्तज़ार करना जो मिलने का वादा करके भूल जाते हैं, या डाकघर में जहाँ लोग अक्सर लाइन तोड़ देते हैं, या मदर डेयरी के बूथ के बाहर भी, जहाँ कम-से-कम लाइन छोटी तो होती है और तेज़ी से आगे सरकती रहती है। लेकिन उसको अर्पणा को फ़ोन करने के लिए इन्तज़ार करना अच्छा लगता था। वह बिहारी चाचियों, तमिल पतियों, अफ़ग़ान शरणार्थियों, असम के विद्यार्थियों या किसी फ्रेंच महिला के पीछे खड़ा रहता था जो शायद यह शिकायत करने के लिए फ़ोन करने वाली होतीं कि ट्रेनों के सफ़र में उसको बाथरूम गन्दे मिले, लेकिन उसकी आवाज़ से उसको टूटे हुए दिल या कुछ खो जाने का भाव सुनाई देता था।

वह जब फ़ोन करता था तब अर्पणा हमेशा फ़ोन उठाती थी, वह उससे विस्तार से पूछता था कि क्या कुछ चल रहा था, उनकी माँओं ने क्या कहा या क्या ख़रीदा, या मेहमानों की सूची किस तरह से बनाई जा रही थी। बिनोद को

नया चस्का सुधारवादी शादी का चढ़ गया था। उसको इस बात का अन्दाज़ा था कि अर्पणा की माँ विधवा थीं और उनके पास अधिक पैसे नहीं थे। अपनी इस जागरूकता के कारण उसने मानवता और संवेदना का भी परिचय दिया, और उसकी इस जागरूकता का अर्पणा ने ज़ोरदार समर्थन किया। कई दिनों तक दोनों अपनी-अपनी माँ से लड़ते रहे। उन लोगों ने तय किया कि पटना साहिब गुरुद्वारा में सामान्य समारोह आयोजित किया जाए क्योंकि बिनोद ने अपने एक दोस्त से सुन रखा था जिसकी बहन मैथ के टीचर के साथ भाग गई थी, कि वहाँ बिना किसी परेशानी के शादी भी की जा सकती थी और एक सामान्य रिसेप्शन भी दिया जा सकता था।

अर्पणा ने फ़ोन पर पूछा, क्या हम यह कह सकते हैं कि दोनों तरफ़ से एक दर्जन से अधिक मेहमान नहीं हों?

बिनोद ने जवाब दिया, “हाँ बिलकुल। और किसी तरह का दहेज नहीं।”

वह उत्साह से चहकने लगी और बिनोद को महसूस हुआ कि वह एक नई ज़िन्दगी में प्रवेश कर रहा है।

उनकी योजना सफल नहीं हो पाई। माँ ने बताया कि बुआ ने न्यू पटना क्लब में रिसेप्शन का आयोजन किया था और अब माँ के हाथ में कुछ नहीं था। बिनोद ने माँ से कहा कि मेहमानों को कहा जाना चाहिए कि तोहफ़े लेकर न आएँ। माँ का जवाब था कि उन्होंने पूरे जीवन दूसरों को तोहफ़े दिए, और बिनोद ने कुछ समय के बाद अपनी योजना की इस असफलता को स्वीकार कर लिया। लेकिन अर्पणा ने नहीं।

ऐसा लग रहा था कि वह बिनोद को यह समझाना चाहती थी कि उनका मक़सद एक था और इस बात के लिए वह लड़ाई लड़ना चाहती थी। अपने आसपास उसने ऐसी तैयारियाँ देखीं कि वह उन तैयारियों से चकित थी, और अन्त में उसने भी हथियार डाल दिए। इसलिए कई रातों तक बिनोद को उसका सामना करना पड़ा, उसके ग़ुस्से तथा हताशा का सामना करना पड़ा। यह कोई ख़ुशी भरी और असावधान बातचीत नहीं थी बल्कि उसके लिए वास्तविकता थी। प्यार, या उनके बीच जो भी रिश्ता था, वह अब कोई भ्रम नहीं लग रहा था।

जून में जिस दिन उन लोगों ने *किस ऑफ़ द स्पाइडर वुमेन* देखी थी एक पल ऐसा आया था, जब वे हॉल से बाहर आ रहे थे, उसका दायाँ हाथ अर्पणा की खुली बाँह को छू गया था। कैसी तो राहत थी उस छुअन में! बिनोद

के लिए इन बातों के ऊपर बात में विश्वास कर पाना मुश्किल लग रहा था लेकिन जब वह शादी का इन्तज़ार कर रहा था तब उसको अक्सर उस स्पर्श की याद आती रही। उसको इस बात का अहसास था। फ़ोन पर उसने माँ से कहा, "मैंने उसके साथ कुछ ही समय बिताया। और मैं अब इसके साथ शादी करने जा रहा हूँ।" माँ ने जवाब दिया, "मेरी तो बाबा से शादी हो गई तब भी कई घंटे तक मेरी उनसे कोई बात नहीं हुई थी। बल्कि मैंने कोई बात ही नहीं की थी। उन्होंने ही बातचीत की।"

जब उसकी ट्रेन पटना जंक्शन पर लगी, माँ और अर्पणा दोनों प्लेटफ़ॉर्म पर मौजूद थे। उसको ट्रेन के बाथरूम की गन्ध से बहुत चिढ़ थी। लम्बे सफ़र के बाद वह उसके शरीर से चिपक-सी जाती थी। जब वह ट्रेन से उतरा तो वह उस गन्ध को लेकर सजग था, और जब उसने अर्पणा को देखा और पाया कि वह कितनी सुन्दर लग रही है तो सब कुछ भूल गया। उसको आया देखकर वह ख़ुश थी लेकिन वह उन लोगों के साथ घर नहीं आई। शादी बहुत क़रीब थी और ऐसे में होने वाली बहू को अपने सास-ससुर के घर जाने का रिवाज नहीं था।

बिनोद ने अर्पणा से कहा कि वह शाम को उसके घर आएगा। लेकिन उसके घर पहुँचने के बाद करने को इतना कुछ था। उसके लिए जो सूट सिलवाया गया था उसके आने में देरी हो गई थी। टेलर चाहता था कि वह आख़िरी बार माप करवाने के लिए उसकी दुकान में आ जाए। यह योजना भी थी कि शादी सिविल कोर्ट में हो, ताकि वे अपने तरीक़े से भी आयोजन कर सकें और माता-पिता अपने हिसाब से भारी-भरकम भोज दे सकें। लेकिन बिनोद को इसके लिए एक मैजिस्ट्रेट के पास जाकर बात करनी थी, जिससे रबिन्दर ने बात कर रखी थी। वह आदमी अगले दिन तक शहर से बाहर था—बिनोद को इस बात का पता तब चला जब श्रीकृष्णपुरी डेढ़ घंटे में जाकर उसको उस आदमी का घर मिला। बाबा के एक पूर्व सहकर्मी भी उस रात उससे मिलने आने वाले थे—दूल्हे को अपना आशीर्वाद देने। कारण यह था कि वे व्यवसाय के सिलसिले में कलकत्ता जा रहे थे और शादी के समय नहीं रहने वाले थे।

अन्त में बिनोद को फ़ोन करके अर्पणा को यह बताना पड़ा कि वह उससे मिलने अगले दिन सुबह के समय आएगा, और इस बात के लिए उसने तत्काल माफ़ी माँग ली। उसने कहा, "मुझे लगता है कि मेरी माँ को दुःख होगा क्योंकि आपके लिए उन्होंने *गाजर का हलवा* बनाया था।" उसने एक बार फिर से माफ़ी माँगी और फ़ोन रखा, तभी पीछे से माँ ने आकर उसको याद दिलाया कि उसको बुआ को भी फ़ोन करना था। वह पहले ही दो बार फ़ोन कर चुकी थीं। माँ ने कहा, "अब जाकर बुआ इस बारे में तुम्हारी राय चाहती हैं कि अर्पणा के लिए किस तरह के गहने लिये जाएँ।"

वह रात में एक बजे से पहले सोने के लिए नहीं जा पाया।

——

अगले दिन गर्मी बहुत थी और जब वह उठा तो उसके गले में ख़राश आ गई थी। बाबा ने कहा कि शायद वह सफ़र से थक गया था। उसने हल्का-फुल्का कुछ खाया और शादी के लिए दूर-दराज के जो रिश्तेदार आए थे वे उसको देखकर मुस्कुरा रहे थे। उसके बाद वह अर्पणा के घर के लिए निकल पड़ा। आधे घंटे के बाद वह उसके घर पहुँचा, उसकी तबीयत ठीक नहीं थी। उसके पैरों में फुर्ती बाक़ी नहीं बची थी। जब वह आँखों को बन्द करता था तो उसको जलन महसूस होती थी। उसकी तबीयत ठीक नहीं थी लेकिन सबसे बढ़कर उसको निराशा महसूस हो रही थी।

राजेन्द्र नगर के घर में बहुत-सी युवतियाँ थीं। अर्पणा के साथ पढ़ने वाली सहेलियाँ उसके साथ मेहमानख़ाने में बैठी थीं। सभी मुस्कुरा रही थीं। कमरा बड़ा था और आयताकार था, आधे हिस्से में डाइनिंग टेबल लगा हुआ था। किनारे की तरफ़ खिड़कियाँ थीं और लकड़ी के फ़र्नीचर पर धूप पड़ रही थी। एक मेज़ जिसके ऊपर खाने-पीने का सामान था, कुर्सी और सोफ़ा। दरवाज़े के ठीक बग़ल में लकड़ी का एक बिस्तर था जिसके ऊपर एक पुरानी चादर पड़ी हुई थी। बिनोद बिस्तर पर बैठ गया।

एक लड़की के हाथ में प्लास्टिक कैमरा था। जब बिनोद ने अर्पणा से बताया कि उसकी तबीयत ठीक नहीं थी तो कैमरे वाली लड़की हँसने लगी। वह बोली, "ओह, अभी से इतनी घबराहट।" सुनकर सभी हँसने लगे। उसके

पीछे से एक दूसरी लड़की ने उसके बालों को ज़ोर से खींचते हुए कहा, "यही हालत रही तो दोनों की शादी पंडित नहीं बल्कि डॉक्टर को करवानी पड़ेगी।" सब और हँसने लगे। उसने अपने आपसे कहा कि उसको घर में आराम ही करना चाहिए था।

अर्पणा को हल्दी लगाई गई थी जिसके कारण उसकी त्वचा पीली पड़ गई थी। उसकी हथेलियों में भी ताज़ा मेहँदी लगी हुई थी, और वह अपने हाथों को फैलाकर बैठी हुई थी, अपने घुटनों पर कुहनी को टिकाए हुए। बिनोद ने जो दवाई खाई थी उसने असर दिखाना शुरू कर दिया था और उसको नींद आने लगी थी। वह अर्पणा से बहुत कम बात कर रहा था लेकिन उसकी एक-एक बात चमकते-मुस्कुराते चेहरे बड़े ध्यान से सुन रहे थे।

कुछ समय के बाद अर्पणा ने कहा कि उसको कल रात में ही आना चाहिए था। उसके पुरुष सहकर्मी डिनर के लिए आए थे, वे बिनोद से मिलने की आशा में आए थे, उन लोगों ने यह कहकर चिढ़ाना शुरू कर दिया कि उसने शायद उन लोगों को दूर रखने के लिए उस आदमी की कल्पना की थी। उसने एक-दो नाम लिये तो बाक़ी महिलाएँ फिर हँसने लगीं।

अर्पणा के मुँह से निकलती आवाज़ से उसको ऐसा महसूस हो रहा था मानो हवा में बुलबुले फूट रहे हों। वह बिनोद को यह बता रही थी कि उसकी एक सहेली प्रीति की शादी स्टेशन रोड पर बने नए सिनेमा हॉल के मालिक के बेटे से हुई थी और सभी वहाँ फ़िल्म *तेज़ाब* देखने के लिए जा रहे थे। फिर सब हँसने लगे। जब उसने कहा कि वह जा रहा है क्योंकि उसको नींद आ रही है तब कैमरे वाली लड़की ने कहा कि वह उसकी एक तस्वीर लेना चाह रही थी जिसमें वह अर्पणा के पीछे बैठा हो। कुछ दिनों के बाद उसको वह तस्वीर दिखाई गई, दोनों ऐसे लग रहे थे मानो पटना में नर्सिंग होम में फ़र्श पर बैठे दो देहाती हों। वे इलाज करवाने का इन्तज़ार कर रहे थे लेकिन यह कह पाना कठिन लग रहा था कि दोनों में किसका स्वास्थ्य बेहतर था।

बिनोद ने अर्पणा से कहा कि वह बाथरूम जाना चाह रहा है। अर्पणा ने उसको अपने कमरे के अटैच्ड बाथरूम में जाने के लिए कहा। घर के उस हिस्से में वह पहले कभी नहीं आया था। वह एक साधारण-सा कमरा था, बिस्तर पर एक पतली दरी बिछी हुई थी और कमरे में बिस्तर बहुत भरा-भरा

लग रहा था, दो लोहे के वार्डरोब थे जिनके ऊपर नई पेंटिंग झलक रही थी, मेज़ और कुर्सी पर भी नई पेंटिंग दिखाई दे रही थी। दीवार पर एक पोस्टर लगा हुआ था जो *पथेर पांचाली* फ़िल्म के अपू का था। जब पटना सिने सोसाइटी ने सत्यजित राय की फ़िल्मों का प्रदर्शन किया था तब वह पोस्टर जारी किया गया था। बाथरूम के अन्दर नए चमकते हुए रंग की बाल्टी और मग रखे हुए थे। बिनोद ने पेशाब करने के पहले ही इस बात पर ध्यान दिया था। हुक से टँगे हरे रंग के तौलिए से उसने अपने हाथ पोंछे। तौलिए के नीचे अर्पणा की नाइटी थी, सूती ट्यूनिक जिसके ऊपर नीले रंग के फूल थे और पीले रंग से दिल बना हुआ था, और वह नाक लगाकर उसकी गन्ध लेने लगा। कपड़े से पुराने गन्दे कपड़ों की गन्ध आ रही थी। उसने तेज़ी से अपना चेहरा हटाया और बाहर निकल गया।

——

शाम तक उसकी हालत और ख़राब हो गई। उसको तेज़ बुख़ार था और गले में दर्द हो रहा था। माँ तुलसी के पत्तों की चाय बनाती जा रही थी। और वह पीता जा रहा था। नीलू उसके पास ही बैठी हुई थी। एक डॉक्टर उसको देखने के लिए आया और उसने सुई लगा दी। उसको ज़रूर अच्छा महसूस हो रहा होगा क्योंकि रात में डिनर से कुछ देर पहले उसने नीलू की तरफ़ देखते हुए कहा कि उसको समझ नहीं आ रहा है कि उसका शादी करने का फ़ैसला उचित था या नहीं।

“आपकी तबीयत सही नहीं है। सो जाइए,” इसने जवाब में कहा। वह सही कह रही थी। अगले दिन शादी का दिन था और उसकी तबीयत कुछ सही लग रही थी और उसने सारे विधि-व्यवहार अच्छी तरह से किए। देर दोपहर तक उसने दूसरी बार कपड़े बदले और दाढ़ी बनाई। वह अपने पुराने बाथरूम में खड़ा था और उसको लग रहा था मानो वह किसी नई जगह पर हो। उसको महसूस हुआ कि वह सदा के लिए बदलने वाला था।

उसका मिज़ाज बेहतर हो गया था और वह शादी की तैयारी में लगा हुआ था। परिवार के सामने उसकी और अर्पणा की शादी होने वाली थी, और उसके तत्काल बाद उनको रिसेप्शन के लिए जाना था। कोर्ट में शादी का

विचार त्याग दिया गया था, शादी और रिसेप्शन दोनों न्यू पटना क्लब के लॉन में होने वाले थे। अपनी शादी के बारे में बिनोद को कुछ ख़ास याद नहीं था। अपनी शादी के कुछ महीने के बाद वह किसी को कह रहा था कि उसकी शादी का पंडाल स्विमिंग पूल के ठीक बग़ल में बनवाया गया था, लेकिन कमरे में मौजूद नीलू ने उसकी तरफ़ हैरानी से देखते हुए कहा, "क्लब में क़ोई स्विमिंग पूल है ही नहीं।"

उसको याद था कि वह अर्पणा के साथ अग्नि के फेरे ले रहा था लेकिन उसको यह याद नहीं था कि उसने कितनी बार फेरे लिये थे। वह आगे-आगे चल रही थी और उसको पीछे से अपनी बाँहें बढ़ाकर उसकी हथेलियों को पकड़ना था। पंडित ने पान के पत्ते पर चावल के दाने रखकर अर्पणा की हथेली में रख दिये थे, और हर बार एक चक्कर पूरा हो जाने के बाद उसको वह पान और चावल सिर के पीछे फेंकना पड़ता था। एक बार बिनोद ने अपने हाथ को ज़ोर का झटका दे दिया जो ग़लती से अर्पणा के मुँह पर लग गया। उसने कुछ नहीं कहा लेकिन लोगों का ध्यान इस बात पर गया और बिनोद को अपने आप पर बहुत ग़ुस्सा आ रहा था। वह चाहता था कि विधि-व्यवहार पूरे हो जाएँ, लेकिन वह सब आधे घंटे और चला। जब उसने अर्पणा के माथे पर सिंदूर लगाया तो कुछ लोगों ने तालियाँ बजाईं और मुँह में दवाई के स्वाद के बावजूद उसको अच्छा महसूस हो रहा था।

शादी के बाद उनको एक बार फिर कपड़े बदलने पड़े और उनको एक मंज़िला इमारत के अलग-अलग हिस्सों में ले जाया गया। बिनोद को एक बड़े से हॉल में बन्द कर दिया गया था जिससे लगा हुआ अटैच्ड बाथरूम था। हॉल बहुत बड़ा था और ख़ाली था—वहाँ छोटे-छोटे टेबल लगे हुए थे जिनके ऊपर ब्रिज का खेल खेला जाता था। वह जल्दी-जल्दी अपने कपड़े बदलने लगा। उसने सिल्क का जो कुर्ता उतारा था उसमें जगह-जगह पसीने के दाग लगे हुए थे। उसके नए सूट और टाई के पास पाउडर और गुलाबी रंग का एक तौलिया रखा हुआ था। उसने अपना चेहरा पोंछा लेकिन उस तौलिये का पहले उपयोग नहीं किया गया था और इस वजह से उसने चेहरे की नमी को ज़रा भी नहीं सोखा। उसको अपना मुँह सूखता हुआ महसूस हो रहा था। बाथरूम में नल से गर्म पानी आ रहा था, उसने कुछ देर तक उसको चलाया और फिर केवल अपने होंठों को पानी से धो लिया। कुछ भी करने को नहीं

रह गया था, बस थ्री पीस सूट को पहनना था—ज़िन्दगी में उसने पहली और आख़िरी बार सूट पहना था—सूट पहनते हुए वह खिड़की की झिर्रियों से बाहर देख रहा था कि लॉन में लोग जुट रहे थे।

——

बाहर हल्की हवा चल रही थी, और गर्मी के बावजूद उसको अच्छा महसूस हो रहा था। बिनोद लकड़ी के एक तख़्त पर खड़ा था, जिसके ऊपर अल्यूमिनियम की दो बड़ी कुर्सियाँ रखी हुई थीं। उन कुर्सियों को शाही अन्दाज़ में बनवाया गया था लेकिन जंग लग जाने के कारण वे घटिया लग रहे थे। तख़्त पर एक क़ालीन बिछाई गई थी और किनारे पर गेंदे के फूलों की लड़ी लगाई गई थी। दोनों सिंहासनों के पीछे बाँस का एक ढाँचा लगाया गया था जिसके ऊपर सफ़ेद कपड़ों पर फूलों की चादर बनाई गई थी। फूलों के बीच में लाल गुलाब से दिल बनाया गया था।

अर्पणा अपनी दो बुआओं के साथ लॉन में आई। नीलू ने आगे बढ़कर उसका हाथ पकड़ लिया। मेहमान मुड़कर दुल्हन को देखने लगे जो भारी मेकअप के बावजूद सुन्दर लग रही थी। जब अर्पणा मुस्कुराई तब जाकर बिनोद को अपनी जानी-पहचानी अर्पणा दिखाई दी। बिनोद अपने चेहरे और बगलों में आए पसीने से परेशान था, लेकिन उसको लग रहा था कि अर्पणा के ऊपर गर्मी का कोई प्रभाव नहीं पड़ रहा है। उसने कुर्सी पर उसकी तरफ़ झुकते हुए कहा कि उनके सामने बैठे लोगों में से आधे ऐसे थे जो बिन बुलाए मेहमान थे। उसने अपनी आँखें नहीं उठाईं। वह जहाँ बैठे हुए थे वहाँ से बिनोद को दिखाई दे रहा था कि कैटेरिंग कम्पनी के कर्मचारी सड़क से आने वाले लड़कों को भगा रहे थे जो आइसक्रीम वाली मेज़ के पास आ गए थे।

मुस्कुराती हुई एक अधेड़ महिला मंच पर आई। उनके हाथों में गुलाबी रंग का एक लिफ़ाफ़ा था, और उनके पीछे चश्मा लगाए एक रूखे से दिखाई देने वाले आदमी थे। बिनोद ने हाथ जोड़कर लिफ़ाफ़ा स्वीकार कर लिया। उस महिला ने कहा, "मैं संजय की माँ हूँ। वह हमेशा तुम्हारे बारे में पूछता रहता है।" बिनोद को समझ नहीं आ रहा था कि वह किस संजय के बारे में बात कर रही थीं। वह मुस्कुराने लगा। उसके बाद एक-एक करके लोग नव

विवाहित जोड़े के पास आने लगे। सब उनके हाथ में उपहार दे रहे थे। शत्रुघ्न उसके बग़ल में आया और लाल प्लास्टिक के बैग में एक-एक करके लिफ़ाफ़े रखने लगा, उस बैग के ऊपर चाँदी के अक्षरों में लिखा हुआ था राजभोग साड़ी। उसके पीछे मंच पर उपहारों का ढेर लग गया था।

काफ़ी समय के बाद जब भीड़ साफ़ हुई तो शत्रुघ्न ने रबिन्दर को खोजा। वह युवाओं के एक हुजूम से कुछ दूरी पर खड़ा था। रबिन्दर ने नारंगी रंग का सिल्क का कुर्ता पहन रखा था और अपनी बाईं हथेली में चमेली के फूलों की लड़ी बाँध रखी थी, जो उसने सजावट से निकाली थी। उसके आसपास जितने लोग थे लगभग सभी लोगों ने सफ़ेद या क्रीम कलर के कुर्ते पहन रखे थे और कुछ लोगों ने गर्म सूट भी पहन रखे थे और पसीने-पसीने हुए जा रहे थे। मेहमानों के बीच खड़े होकर रबिन्दर अधिक फ़ैशनेबल और अधिक आधुनिक भी लग रहा था।

बिनोद ने अर्पणा से कहा, "अपने देवर को देखो।"

अर्पणा बोली, "उस आदमी को देखिए जिससे वह बात कर रहे हैं।"

एक नाटा और दाढ़ी वाला आदमी रबिन्दर के सामने खड़ा था, उसके माथे पर और कान पर दाईं दिशा में बैंडेज लगा हुआ था। जब रबिन्दर ने देखा कि वे लोग उसकी तरफ़ देख रहे थे तो उसने हाथ हिलाकर उनका अभिवादन किया और अपने दोस्तों को कुछ कहने के बाद मुस्कुराते हुए उनकी तरफ़ बढ़ा।

बिनोद ने बताया, "मैं इसको अपने रिश्तेदारों से सावधान कर रहा था।"

रबिन्दर हँसने लगा।

अर्पणा ने पूछा, "आपके दोस्त को क्या हो गया?"

"अरे कोई उसके पैसे ठग रहा था, उसी से उसकी लड़ाई हो गई थी।"

उसने उस दिशा में देखा जिस दिशा से वह आया था। उसने कहा, "अगर आपको कभी कोई फ़िल्म पहले दिन पहले शो में देखनी हो तो इसके लिए विष्णु सबसे सही आदमी है।" विष्णु वह आदमी था जिसके माथे पर बैंडेज लगा हुआ था। पता चला कि पटना-भर में सिनेमा के टिकट ब्लैक में बिकते थे और उनमें बड़ा हिस्सा उस आदमी का था, लेकिन कई बार टिकट बेचने वाले लोग उससे मुनाफ़ा छिपाने की कोशिश करते थे। रबिन्दर को विष्णु की ज़्यादा चिन्ता नहीं थी, वह दूल्हा-दुल्हन के बग़ल में खड़ा उन लोगों का अभिवादन

कर रहा था जो सामने खड़े थे—बड़े-छोटे नेता, रिश्तेदार, अमीर-गरीब दोनों, अपने-अपने पतियों के साथ आई महिलाएँ और कुछ महिलाएँ अपनी-अपनी बहुओं के साथ आई थीं, जिनके चेहरे पर तनाव दिखाई दे रहा था।

क्लब के द्वार को अशोक के पत्तों तथा अलग-अलग रंगों में चमकने वाली बिजली की लड़ियों से सजाया गया था। बाबा वहाँ बुआ और उच्च जाति के कुछ नेताओं के साथ खड़े थे। वह अन्दर आने वाले मेहमानों का स्वागत कर रहे थे। एक बुज़ुर्ग दम्पती मंच पर आए तो रबिन्दर ने जाकर बिनोद के कान में कहा कि वे अर्पणा के नाना-नानी थे। बिनोद ने आगे बढ़कर उनके पाँव छू लिये।

——

दो साल बाद वह देवघर में अपने घर में बैठा हुआ था जहाँ उसने कुछ समय पहले अर्पणा से कहा था कि वह उसको तलाक़ दे दे।

उस दिन दोनों को देवघर में अकेले छोड़ दिया गया था, ऊपर के एक कमरे में। वह एक छोटा-सा कमरा था, जिसकी दीवार मोटी थी और उस पर हाल में ही सफ़ेदी हुई थी, उसकी खिड़की में लोहे की छड़ लगी हुई थी। 19वीं शताब्दी के अन्त में ब्रिटिश फ़ौजी ने उस घर को बनवाया था ताकि रिटायर होने के बाद वहाँ रहे। उस कमरे से खिड़की के बाहर दिखाई देता था। खिड़की के बाहर एक पहाड़ी थी। काजू का छोटा-सा पेड़ लगा हुआ था जिसकी शाखाएँ घुमावदार थीं और उसमें हरे रंग के फल लगे हुए थे। वह बहुत सुन्दर था।

हालाँकि उसके बाद के सालों में अर्पणा के बूढ़े चाचा-चाची के चेहरे पर चिन्ता की लकीरें थीं, उस ढहते विशाल घर की यादें बिनोद को अक्सर सताती थीं, वह जब भी अपने तलाक़ को याद करता था, और उस हिंसा को, और किस तरह जीवन के सारे अनुभव टूट-बिखर गए थे या पीछे रह गए थे।

पन्द्रह

शादी के बाद दोनों साथ-साथ राँची गए। पहले योजना यह थी कि बिनोद चार दिन पटना में रहेगा और फिर अकेला दिल्ली लौट जाएगा। अर्पणा एक या दो सप्ताह तक अपनी माँ के साथ रहने वाली थी और फिर पन्द्रह दिनों के लिए दिल्ली जाने वाली थी। एक वीकेंड वे साथ-साथ आगरा जाने वाले थे। शादी के तीसरे दिन दिल्ली से उसके सम्पादक का फ़ोन आया। राँची के पास दंगा हो गया था। एक गाँव के ऊपर हमला हुआ था; गाँव के सभी मुसलमानों का क़त्ल हो गया था। उसके सम्पादक ने कहा कि अगर वह तत्काल राँची के लिए निकल गया तो वह बिहार में कुछ दिन और रुक सकता है क्योंकि राँची में वह जो समय बिताएगा उसको छुट्टी में नहीं माना जाएगा।

बिनोद को हैरानी हुई कि जब उसने यह घोषणा की कि वह उस दोपहर अर्पणा के साथ राँची के लिए निकल रहा है तो किसी ने मना नहीं किया। वे ऐसी जगह जा रहे थे जहाँ कर्फ़्यू लगा हुआ था लेकिन फिर भी कोई नव विवाहित जोड़े को अलग करना नहीं चाह रहा था। जब वह बाटा की दुकान से कपड़े के नए जूते लेकर लौटा तो उसने देखा कि अर्पणा ने एक बड़े सूटकेस में दोनों के कपड़े पैक कर लिये हैं, यह देखकर बिनोद को हैरानी भी हुई और ख़ुशी भी।

दोपहर के समय ट्रेन बारिश से धुली धरती को पार कर रही थी। उन्होंने मूँगफली ख़रीदी और बातें करने लगे, जबकि ट्रेन में भीड़ बहुत थी। यह सब हनीमून जैसा लग रहा था।

कुछ समय के बाद उसको नींद आ गई। उसको अर्पणा ने नींद से जगाया। आसमान में सूरज ढल रहा था और सुनहरी रौशनी आ रही थी। वह जिस दिशा में इशारा कर रही थी उसने उस दिशा में देखा। लगभग एक मील की दूरी पर गुलमोहर के लाल फूल दिखाई दे रहे थे। वह ख़ुश लग रही थी। उसने बिनोद

की तरफ़ मुस्कुराते हुए देखा, वह उसको चूमना चाह रहा था। लेकिन जब उसने आसपास देखा तो पाया कि एक दाढ़ी वाला यात्री जिसकी कलाई में सुनहरी घड़ी चमक रही थी, दोनों को देखकर मुस्कुरा रहा था, शायद उनकी ख़ुशी देखकर प्रभावित लग रहा था। वह बाहर फूल देखने लगा, लाल धरती पर लाल फूल।

दोनों ने राँची में तीन दिन बिताए। पहले दो दिनों में अर्पणा के साथ वह सुबह-सुबह शहर के पास के गाँवों को देखने के लिए जाता और देर दोपहर लौटकर आता। शाम में वे शहर के लोगों के घर जाते—पत्रकार, दंगा पीड़ित, राजनेता, कार्यकर्ता, यहाँ तक कि आश्रम में रहने वाले संन्यासी से भी। दूसरे दिन वे खूँटी गए जहाँ मुसलमानों को एक चर्च में शरण दी गई थी। हथियारों से लैस भीड़ ने पहले तो चर्च के गेट पर पादरी को मार दिया और फिर पीछे चर्च में छिपे सभी लोगों को। वह क़त्लेआम बांग्लादेश में हुए दंगों में हिन्दुओं की मौत का बदला लेने के लिए किया गया था।

दोनों एक हिंसाग्रस्त स्थान से दूसरे हिंसाग्रस्त स्थान की दिशा में भाग रहे थे। उनके पास आराम करने का ज़रा भी समय नहीं था, न ही अपने लिए चैन से बैठने का पल। जब वे सोने के लिए जाते थे तब ही कुछ वक़्त दोनों को एकान्त मिल पाता था। उस रात खूँटी से लौटने के बाद वह उसी मेज़ पर बैठकर चर्च में हुए नरसंहार के बारे में अपनी राय लिख रहा था। अर्पणा बिस्तर में लेटकर पढ़ रही थी। वह यह देखने के लिए उसकी तरफ़ मुड़ा कि उसके हाथ में क्या था, तो वह किताब थी *थ्री मेन इन ए बोट*। किसी वयस्क इनसान के पढ़ने के लिहाज़ से यह किस तरह की किताब थी? जब वह बच्चा था और स्कूल में पढ़ता था तब अंग्रेज़ी की किताब में इस किताब के कुछ पन्ने पढ़ने थे। अब तो उसको उसका कुछ भी याद नहीं है। उसकी पत्नी बच्चों की किताब क्यों पढ़ रही थी?

शादी के उन शुरुआती दिनों में हर बात बहुत मायने रखती थी। उसने पाया कि वह अपने आपको यह समझा रहा था कि दोनों की रुचियाँ और दोनों के मक़सद बहुत अलग थे। उसने जो आख़िरी किताब पढ़ी थी वह सौल बेलो का उपन्यास था...तभी बिजली चली गई। अर्पणा ने तत्काल कहा कि अगर होटलवाले उसको एक मोमबत्ती दिलवा दें तो वह अपना लेखन जारी रख सकता है। जब उसने यह कहा तो बिनोद को एक झटका-सा लगा। वह

उसको एक ऐसी जगह लेकर क्यों आ गया जहाँ उसके लिए कोई सुख नहीं था? अँधेरे का फ़ायदा उठाकर वह बिस्तर पर गया और बिना कुछ बोले उसने अर्पणा का कुर्ता उठा दिया, उसने ब्रा पहन रखी थी। उसके हुक खोलने के लिए थोड़ी रौशनी की ज़रूरत थी। उसने धीरे से सॉरी बोला और हुक खोलने में उसकी मदद करने के लिए अपने हाथ बढ़ा दिए, लेकिन उसने उसको गिरा दिया और अपने मुँह से उसका ब्रा ऊपर उठा दिया। उसके निप्पल्स के आसपास हल्के बाल थे और इस बात से वह हैरान रह गया। उसने उसको चूम लिया और उसको चाटने लगा, जो उसने बुआ के साथ नहीं किया था। जवाब में अर्पणा ने भी वही किया और दोनों के हाथ आपस में बँध गए। बिनोद ने जब अर्पणा की गरदन को चूमा तो उसको ऐसा महसूस हुआ जैसे पहली बारिश के बाद धरती से ऐसी ही गन्ध आती होगी। उन्होंने इससे पहले सम्भोग नहीं किया था। उसका चूड़ीदार उसके पैरों से आसानी से निकल गया और जब वह उसके शरीर के साथ खेल रहा था तब अर्पणा ने उसके शिश्न को अपने हाथ में ऐसे ले लिया मानो उसको पता ही न हो कि उसके साथ क्या किया जाता है? और फिर उसने धीरे-से अंग्रेज़ी में पूछा, "क्या मुँह से करूँ?"

इस अजीब से सवाल के बारे में उसने कई महीने बाद फिर से सोचा जब गीता रंगराजन और उसने पहली बार एक-दूसरे का चुम्बन किया। गीता दिल्ली में उसके साथ उसी अख़बार में काम करती थी। दोनों दरियागंज में किताब की एक दुकान से निकलकर आ रहे थे। वह एक खम्भे के पीछे मुँह में सिगरेट लगाए माचिस खोज रहा था। गीता ने हाथ बढ़ाकर उसके मुँह से सिगरेट निकाली और धीरे से चूम लिया। उसको यही चाहिए था लेकिन वह कुछ हद तक सन्न रह गया। उसने मुस्कुराते हुए कहा, "सिगरेट को कसकर पकड़ना चाहिए।"

लेकिन उसको राँची में अर्पणा के साथ अच्छा महसूस हो रहा था।

वे पटना लौट आए और उसके तुरन्त बाद वह दिल्ली वापस चला गया। एक बार फिर माँ और अर्पणा स्टेशन पर उसको छोड़ने के लिए आए, बिनोद ने सभी लोगों के खाने के लिए ब्रिटेनिया केक ख़रीदा लेकिन उसके अलावा कोई खा नहीं रहा था। जब वह काम पर लौटा तो उसको महसूस हुआ कि वह एक अलग इनसान के रूप में आया था, और उसका कुछ पटना में ही रह गया था। दोनों एक-दूसरे को चिट्ठियाँ लिखते थे लेकिन उससे ज़्यादा

दोनों फ़ोन पर एक-दूसरे से बात करते थे। बजाय बिनोद के माता-पिता के साथ रहने के अर्पणा ने अपनी माँ के साथ रहने का फ़ैसला किया क्योंकि वह अकेली थीं। वह रात में एस.टी.डी. फ़ोन करता था और हर बार अर्पणा ही फ़ोन उठाती थी। फ़ोन मेहमानख़ाने में था और टीवी भी वहीं था, इस वजह से जब उसकी माँ और छोटा भाई वहाँ रहते थे तो वह ज़्यादा बात नहीं करती थी। ऐसे में वही बात करता रहता था। इसके लिए वह तैयारी करके आता था और काग़ज़ पर लिखकर लाता था कि वह किन चार या पाँच बातों को लेकर उससे बात करना चाहता। जब वह ऐसा नहीं करता था तब फ़ोन बूथ पर बात करते समय यह देखकर वह कुछ भूल जाता था कि उसके पीछे लोगों की लाइन लगी रहती थी।

——

जब बिनोद गीता के साथ अधिक समय बिताने लगा, हालाँकि यह रिश्ता महज़ कुछ महीने ही चला, तब वह नियमित रूप से अर्पणा को फ़ोन नहीं करता था। लेकिन वह और अर्पणा तब भी फ़ोन पर बात करते रहे जब बिनोद ने तलाक़ की बात उठाई थी, और वैसे तो उसको ऐसा करते हुए अच्छा नहीं लगता था लेकिन उसको जब भी अकेलापन महसूस होता था वह अर्पणा को फ़ोन कर देता था। रात में खाना खाने के बाद उसको ऐसा लगता था कि उसने कोई ज़रूरी काम नहीं निपटाया हो और वह अर्पणा को फ़ोन कर लेता था। जब यह अफ़ेयर शुरू हुआ तब गर्मी का मौसम था, और वह रात में फ़्लैट से बाहर निकल जाता था क्योंकि बाहर मौसम सुहाना महसूस होता था, तब उसका अर्पणा से बात करने का मन करता था और वह फ़ोन बूथ में घुस जाता था। अब वह जगह जानी-पहचानी बन गई थी, उसकी दीवारों के दाग उसी तरह पहचाने लगने लगे थे जिस तरह भूगोल की किताब में देश का नक़्शा, और दाईं तरफ़ दीवार पर फ़ोन सेट के ऊपर लाल बॉल पेन से लिखा हुआ था "44 डीएन रिज़र्वेशन 1/20 कमला देवी 36।"

पिछली बार जब उसने अर्पणा से बात की थी तब उसने अपने घर के पास के इस बूथ से फ़ोन नहीं किया था बल्कि हरियाणा के एक छोटे से शहर से किया था, जहाँ वह एक सैनिक की आत्महत्या के बारे में स्टोरी करने गया

था, जो कारगिल युद्ध में अपंग हो गया था। वह उसकी विधवा पत्नी से मिला था और उसके पिता से भी। उस आदमी के भाई ने कहा कि अच्छा ही हुआ वह आदमी मर गया। वह बहुत दर्द में था और अस्पताल से आने के बाद बहुत निराश रहता था और अपनी पत्नी के साथ दुर्व्यवहार करता था। बिनोद ने उसकी विधवा की तरफ़ देखा जो चुपचाप रोए जा रही थी।

उसने अपनी स्टोरी पूरी कर ली थी, बस उसको सेना के अधिकारियों के कुछ बयान चाहिए थे, और अगर सम्पादक ने ज़ोर दिया तो एक टिप्पणी किसी विद्वान या मनोवैज्ञानिक से। लेकिन यह सब दिल्ली में किया जा सकता था। उस रात ढाबे में खाना खाने के बाद वह शराब की एक दुकान के सामने से गुज़रा जिसका शटर आधा गिरा हुआ था और अन्दर एक मोमबत्ती जल रही थी, उसका मालिक ऐसे जता रहा था मानो दुकान बन्द हो क्योंकि क़ानूनी रूप से दुकान बन्द होने का समय हो चुका था। उसने ज़िन का एक पौआ ख़रीदा और एक पान की दुकान के पीछे जाकर उसमें लिम्का मिलाया। ज़िन पीते ही उसको जोश आ गया और वह बोतल लेकर अपने कमरे में चला गया। जब उसने कुछ और पी ली, तब उसने अपनी पीठ से तकिया टिका लिया और उसका दिमाग़ हर तरह की चिन्ता से मुक्त हो गया, तब उसका मन हुआ अर्पणा को फ़ोन करने का।

कमरे से फ़ोन करना अधिक ख़र्चीला था लेकिन फिर भी उसने कॉल किया। फ़ोन अर्पणा ने उठाया। वह समझ गया कि वह कमरे में अकेली थी क्योंकि उसने यह पूछकर उसको चौंका दिया कि क्या उसको दवाई खाते रहना चाहिए। वह स्पष्ट रूप से कुछ सोच नहीं पा रहा था। जब उसने उसको फ़ोन किया था तब उसको प्यार उमड़ रहा था लेकिन वह अब रक्षात्मक बनकर लड़ रहा था। उसने कहा, "यह फ़ैसला करना तुम्हारा काम है।"

वह बोली, "मैंने सुना है कि इस दवा का साइड इफ़ेक्ट भी होता है। मुझे यह समझ में नहीं आ रहा है कि मुझे यह गोली क्यों खाते रहना चाहिए जबकि इसका कोई कारण भी नहीं है।"

शर्म की बात थी। अर्पणा ने फ़ोन पर रोना शुरू कर दिया।

——

प्रेम में पड़ने के छह महीने बाद गीता और उसका ब्रेकअप हो गया। उसको शक था कि वह दफ़्तर के एक सहकर्मी के बहुत क़रीब आ गई थी। गीता के साथ बातचीत में उसने इस मुद्दे को उठाया था। एक बार दफ़्तर की सीढ़ी पर उसने उसको झिड़क दिया था, "तुम्हारे जैसे मर्दों को यह सीखने की ज़रूरत है कि तुम जिस औरत के साथ सम्भोग करते हो उसको अपना नहीं समझते।" हालाँकि उसका बर्ताव बुरा रहता था लेकिन वह अपने आपको यह कहते हुए माफ़ कर देता था कि गीता को उसमें जो अनगढ़ता थी वही अच्छी लगती थी। जब दोनों ने एक-दूसरे से मिलना-जुलना बन्द कर दिया तो बिनोद उसको मिस करने लगा। अर्पणा को परिवार वाले बहुत पसन्द करते थे और वह गीता को अपने परिवार वालों से मिलवाने के बारे में सोच भी नहीं सकता था। जब गीता से उसका ब्रेकअप हो गया तो रबिन्दर एक बार अपने धन्धे के सिलसिले में दिल्ली आया हुआ था। उसने देखा कि बिनोद ख़ुश नहीं था, लेकिन उसने सोचा कि इसका कारण यह था कि उसका अर्पणा के साथ अलगाव हो गया था। एक या दो बार बिनोद का मन हुआ कि वह उसको गीता से मिलवा दे, लेकिन अन्त में उसने रबिन्दर को उसके बारे में बताया भी नहीं। पटना में कोई उसको समझ नहीं पाता। सबसे पहली बात यह कि उसके बाल छोटे थे, वह हिन्दी बोल भी नहीं पाती थी, और वह सिगरेट पीती थी। उसकी चाल मदमाती थी जो बहुत सेक्सी लगती थी। बिनोद अक्सर सोचता था कि जब वह और गीता पटना की सड़कों पर चलेंगे तो उसकी माँ क्या कहेगी।

सोलह

बाक़ी लोगों की तरह बिनोद को भी सेक्स के बारे में फ़िल्मों से पता चला।

अगर फ़िल्में न होतीं तो कौन सोच सकता था कि आँसू भी सेक्सी होते हैं? जब वह धार में एक स्टोरी के लिए गया था तब उसको यह याद आया था। कॉलेज में पढ़ाई शुरू करने के बाद ही उसने महेश भट्ट की फ़िल्म *अर्थ* देखी थी। उस फ़िल्म में पूजा मल्होत्रा नामक एक स्त्री का विवाह एक फ़िल्म निर्देशक के साथ हो जाता है। उसका नाम इन्दर होता है और एक अभिनेत्री के साथ उसका सम्बन्ध होता है। इन्दर और पूजा की सात साल पुरानी शादी टूट जाती है। फ़िल्म के अन्त में पति अपनी पत्नी के पास लौटकर जाता है लेकिन वह उसको वापस अपनाने से मना कर देती है। पत्नी की भूमिका बेहद संवेदनशीलता के साथ शबाना आज़मी ने निभाई थी। अधिक फ़ॉर्मूलाबद्ध तरीक़े से, नैतिकता के ढाँचे में दूसरी औरत, अभिनेत्री का किरदार न्यूरोटिक के रूप में दिखाया गया था। कुलभूषण खरबन्दा ने द्वंद्वग्रस्त, बहुत पसन्द न आने वाले पति का किरदार निभाया था। प्रेस में यह आया था कि खरबन्दा का किरदार महेश भट्ट के अपने जीवन पर आधारित था।

जब बिनोद ने इस फ़िल्म को देखा था तब उसकी उम्र बहुत कम थी, वह वर्जिन था, और फ़िल्म में जो भावनात्मकता थी वह उससे बहुत प्रभावित हुआ था। उसके आसपास कोई ऐसा नहीं था जो उस तरह से बोलता या बर्ताव करता हो। जब वह लड़का था तो उसने अपने होंठ बुआ के होंठों पर रख दिये थे। लेकिन यह ऐसी बात थी जिसके बारे में कोई बात नहीं करता। उसने असल जीवन में किसी को इन बातों के बारे में बात करते नहीं सुना था। *अर्थ* फ़िल्म में एक सीन था जिसमें दोनों प्रेमी एक घर की बालकनी में हैं और पीछे से सुबह का उजाला हो रहा है। दोनों बात कर रहे थे। भट्ट ने उस अतिसंवेदनशील अभिनेत्री की भूमिका में स्मिता पाटिल को चुना था। वह

सीन बिनोद को कभी नहीं भूलता जिसमें स्मिता ने एक गोलाकार खुले मुँह वाली बोतल में मोमबत्ती पकड़ रखी है। उसका प्रेमी रोने लगता है, और प्रेम में संवेदनशील स्मिता अपनी उँगलियों से उसके आँसू पोंछकर उसको चखती है और हँसने लगती है।

बिनोद को बुआ के आँसुओं की याद आ गई जब वह सिनेमाघर के अँधेरे में फ़िल्म देखते हुए रोने लगती थीं। उस समय लालजी पागलख़ाने में थे, अभी ज़िन्दा थे और परशुराम के साथ बुआ का सम्बन्ध होने में अभी कई साल बाक़ी थे। सिनेमा हॉल की अँधेरी सार्वजनिक दुनिया में बुआ ख़ामोशी से रोती रहती थीं बल्कि इस तरह से रोती थीं मानो वह वहाँ अकेली हों। *अर्थ* देखने के बाद बिनोद ने कोई नई बात सोची। एक आधुनिक फ़ैशनेबल शहर में, जहाँ लोग प्यार करते थे, धोखा देते थे और एक-दूसरे से इसके बारे में बातें करते थे, वह किसी महिला से मिलेगा जो उसकी पत्नी बन जाएगी। उसको उस लड़की के आँसू बहुत सेक्सी लगेंगे। उसको रुलाने के लिए वह क्या कहेगा?

भट्ट की वह फ़िल्म उसके लिए एक ख़ुलासा थी क्योंकि बिनोद इतना बड़ा हो गया था कि वह सेक्स की सम्भावना को वास्तविकता समझ सकता था। वह अपने घर से भी दूर था, अपने माता-पिता के शहर से बहुत दूरी पर। लेकिन अगर वह ऐसा सोचता कि यह पहली बार था जब वह किसी को इस तरह खुले ढंग से सब कुछ करते देखकर हैरान हुआ था तो वह ग़लत होता।

जब वह बारह साल का था तब पटना में एक दोपहर वह किताबों के रैक की धूल झाड़ रहा था और बैठक में लगी तस्वीरों की भी। नीचे की टेबल पर उसके माँ-पापा की एक फ्रेम की हुई तस्वीर थी जो उन्होंने त्रिवेदी स्टूडियो से शादी के एक सप्ताह बाद ही खिंचवाई थी। उसका ध्यान गया कि शीशे के अन्दर तस्वीर पर धब्बे उभर आए थे, इसलिए उसने फ्रेम हटाकर गीले कपड़े से उन धब्बों को पोंछना शुरू किया। ब्लैक एंड वाइट तस्वीर उसके हाथ में साफ़ होकर चमक रही थी। उस समय बाबा की पतली और नुकीली मूँछें थीं और उन्होंने सूट-टाई पहन रखी थी। माँ चश्मे के बिना बहुत जवान लग रही थीं, कैमरे में देखते हुए मुस्कुरा रही थीं। दोनों साथ-साथ बहुत सुन्दर लग रहे थे। तस्वीर के पीछे की तरफ़ बिनोद ने देखा कि काग़ज़ के तीन टुकड़े मौजूद

थे। वह एक चिट्ठी थी जो बदरंग हरे रंग के काग़ज़ पर लिखी गई थी; वह चिट्ठी तब लिखी गई थी जब बिनोद एक साल से भी कम उम्र का था। वह चिट्ठी बाबा की लिखावट में थी और माँ के नाम थी।

पहले पन्ने पर उसके पापा ने यह लिखा था कि उनकी पत्नी के रूप में माँ ने उनको कितनी ख़ुशी और सुख दिया था। लिखा हुआ था कि वह कितनी संवेदनशील थीं और अपने आसपास को लेकर कितनी जागरूक थीं। जब बिनोद ने तीन और अनुच्छेद पढ़े तो उसका चेहरा गर्म होने लगा। चिट्ठी में माँ के शरीर के अंगों का वर्णन था। दो लाइन की हिन्दी कविता के बाद अंग्रेज़ी में यह मुहावरा लिखा था "तुम फ़व्वारा हो रात्रिकालीन प्रेम का"। बिनोद को रसोई से नौकर के काम की आवाज़ आई। वह इस बात को पक्का करने के लिए उठा कि सामने का दरवाज़ा बन्द था या नहीं। उत्तेजना और पशेमानी के कारण उसका दिल धड़क रहा था। कुछ समय ख़ुद को शान्त करने के बाद उसने अपने माता-पिता की शादी की तस्वीर को अच्छी तरह से फिर पोंछा। वह फिर से चिट्ठी की दिशा में मुड़ा। बाबा ने माँ के स्तनों के बारे में लिखा था कि वे बहुत बड़े थे। इसका क्या मतलब था? उसके नीचे के पैराग्राफ़ में यह लिखा था कि कमर पर चुम्बन लेने और फिर पीठ पर चुम्बन लेने का क्या प्रभाव पड़ता था। बिनोद आगे नहीं पढ़ पाया और उसने चिट्ठी को तह लगाना शुरू कर दिया। वह बहुत दिनों तक इस बात को समझ नहीं पाया था कि उसके माँ-पापा भी सम्भोग करते थे। जब वह फ्रेम की हुई उस तस्वीर और उसमें तह लगाकर रखी गई चिट्ठी को वापस रख रहा था तब उसके दिमाग़ में लालजी और बुआ की आवाज़ें आ रही थीं, सालों पहले मोतिहारी में शादी वाली रात दोनों ऐसे हाँफ रहे थे मानो बिस्तर पर दौड़ लगा रहे हों।

——

अर्थ देखने के कुछ साल बाद बिनोद ने अशोक थिएटर में माँ और बुआ के साथ श्याम बेनेगल की फ़िल्म *भूमिका* देखी। फ़िल्म में पर्दे पर कोई सेक्स नहीं दिखाया गया था लेकिन उसको लगा कि इस फ़िल्म से उसको काम भावना के बारे में जानकारी मिली है। फ़िल्म की हीरोइन उषा की शादी बड़ी उम्र के एक पुरुष के साथ हुई थी। वह उस शादी से ख़ुश नहीं थी और उसके कई

दूसरे लोगों के साथ सम्बन्ध बनते हैं। यह विचार कि शादी के बन्धन से बाहर निकलकर एक से अधिक लोगों के साथ सम्बन्ध बनाना काम के संसार को लेकर बिनोद का पहला अन्तरंग परिचय था।

उसे उस हीरोइन से भी प्यार हो गया था। बेनेगल की उषा बम्बई में फ़िल्म स्टार थी—वह बिनोद के बम्बई से परिचित होने के पहले की बम्बई थी। स्मिता पाटिल ने युवा अभिनेत्री का अभिनय किया था और इस फ़िल्म के लिए उनको राष्ट्रीय पुरस्कार भी मिला था। उषा के शराबी पिता की अकाल मृत्यु हो गई थी और उसने बहुत कम उम्र में फिल्मों में गाना शुरू कर दिया; जिस आदमी से उसकी शादी हुई थी वह इतना बड़ा था कि वह उसकी माँ के ऊपर बुरी नज़र रखता था। वह सशंकित और असुरक्षित रहता था और इस कारण मारपीट भी करता था। उसके पति की भूमिका अमोल पालेकर ने निभाई थी। बिनोद के लिए उस आदमी का चेहरा हमेशा अमोल पालेकर का चेहरा होता था जिसको उसकी पत्नी प्यार नहीं करती थी; उसकी शंकालु, सतर्क निगाहों का अँधेरा, पतली मूँछ, तेल लगाकर पीछे की तरफ़ काढ़े गए बाल, ग़ुस्से की ख़ामोशी में सिगरेट के ऊपर थपथपाती उसकी उँगलियाँ।

उषा कुछ समय के लिए बम्बई जाती है और एक सामन्त की रखैल बन जाती है जो सख़्त और काबू में रखने वाला इनसान है। उसको पुलिस की सहायता से वहाँ से निकलना पड़ता है। फ़िल्म के अन्त में जब उसकी नवविवाहिता बेटी उससे अपने साथ आकर रहने के लिए कहती है तो उषा का जवाब होता है, "मुझे अपने अकेलेपन से ख़ुद ही निपटना होगा।"

एक आदमी जिसके साथ उषा ने सम्बन्ध बनाया था वह युवा फ़िल्मकार सुनील था। वह भूमिका निभाई थी नसीरुद्दीन शाह ने। एक सीन में वह लोगों से कहे जाने वाले एक झूठ के बारे में बताते हुए उषा से कहता है, "और क्या? इस देश में कोई दिमाग़ नहीं लगाता है, सब दिल लगाते हैं। वे ऐसी किसी चीज़ को स्वीकार नहीं करते हैं जो भावनात्मक न हो।" बेनेगल ने इन पंक्तियों के माध्यम से दर्शकों को यथार्थवाद को लेकर एक नज़रिया देने का प्रयास किया था और यह बताने का भी कि हिन्दी में मुख्यधारा का सिनेमा बनाने वालों से उनका नज़रिया कितना अलग था। या शायद यह एक ऐसी पंक्ति थी जो सुनील के वास्तविक किरदार को दिखाती है, बातूनी और निराशावादी, एक ऐसा किरदार जिससे उषा को प्यार हो जाता है। लेकिन बिनोद के लिए

वह किरदार आकर्षक था क्योंकि वह यह बताता है कि अगर आप तार्किक बने रहें तो आपको साथ सोने के लिए सुन्दर लड़की मिल सकती है।

माँ और बुआ को *भूमिका* फ़िल्म बहुत पसन्द आई थी। जिस साल बिनोद ने वह फ़िल्म देखी थी उसी साल उसने पटना में बदचलनी का एक मामला सुना था। बाबा के एक दोस्त थे जो वास्तुकार थे, हमेशा सफ़ेद जूतों के ऊपर सफ़ेद कपड़े पहनते थे, उनका एक विवाहित स्त्री के साथ सम्बन्ध था जो वकील थी। वास्तुकार शादीशुदा थे और उनके दो बेटे थे; हो सकता है कि उस महिला के भी बच्चे रहे हों। दोनों लड़के बिनोद से कुछ ही साल छोटे थे और दोनों में जो छोटा लड़का था वह रबिन्दर का दोस्त भी था। जब बिनोद ने अपने माँ-पापा को इस बारे में बात करते हुए सुना तो सुनकर बहुत रोमांचित हुआ कि उसके शहर में भी रोमांस हो सकता है। वह यह देखने के लिए बेचैन था कि प्रेम को जगह देने के लिए ज़िन्दगी में किस तरह के बदलाव लाने होते हैं। तभी रबिन्दर ने उसको एक बुरी ख़बर सुनाई। वास्तुकार के बेटों ने उस महिला को उस समय घेर लिया जब वह आई.टी.ओ. पर सब्ज़ी ख़रीद रही थी। उसने उस महिला से कहा कि वह उसको एक सन्देश देने के लिए अपने नौकर को भेजेगा। यह कहने के बाद बड़े वाले लड़के ने ईंट उठाई और उस महिला की फ़िएट कार का शीशा तोड़ दिया। कार की सामने की सीट पर काँच के छोटे-छोटे टुकड़े बिखर गए। सड़क के किनारे उस छोटे से बाज़ार में सभी लोग देखते रह गए। उस महिला ने कुछ नहीं कहा और उसको घर जाने के लिए रिक्शा पकड़ना पड़ा।

———

जब बिनोद बच्चा था तो पटना में 'लव मैरेज' शब्द सनसनी का पर्याय था। एक नौकरशाह युगल थे जिनकी शादी पारम्परिक तरीक़े से रिश्तेदारों ने मिलकर नहीं करवाई थी। दोनों कॉलेज में मिले और उन्होंने शादी कर ली—उनको 'मॉडर्न' कहा जाता था। यह शब्द भी सनसनी के लिए प्रयोग किया जाता था। लेकिन फिर सब कुछ बदल गया। जब बिनोद ने स्कूल की पढ़ाई पूरी की और पटना छोड़ने की तैयारी कर रहा था, तब तक प्रेम विवाह नहीं बल्कि अवैध सम्बन्ध सनसनी का पर्याय बन गए थे। वह कई बार सोचता था कि क्या आजकल

अवैध सम्बन्ध बनाने के कारण किसी स्त्री और पुरुष को मॉडर्न कहा जाता होगा। दिल्ली में आजकल लोग वाइफ़ स्वैपिंग की बात करते हैं लेकिन पटना में किसी ने भी उन पुराने दिनों को पीछे नहीं छोड़ा था।

जब माला श्रीवास्तव सूरजदेव त्रिपाठी की रखैल हो गई थी तो क्या उसने ख़ुद से कहा था कि वह किसी नए दौर में प्रवेश कर रही थी?

धर ने बिनोद से यह कहा था कि इस कहानी में जो विधवा थी उसको एक ऐसी स्त्री में बदल दिया जाए जो अपनी शादी से ख़ुश नहीं थी। और आने वाले सप्ताहों में बिनोद ने इस विचार के ऊपर काम किया। फ़िल्म में वह महिला तीर्थयात्रा पर हरिद्वार जाती है, मन्दिरों में बजती घंटी की आवाज़ सुनने। उसको उम्मीद थी कि वहाँ शान्ति मिलेगी—लेकिन वहाँ उसको प्यार मिल जाता है।

दुबारा लिखी गई कहानी में बिनोद ने एक सीन लिखा जिसमें साधू शकुन्तला के प्यार के बारे में बता रहा होता है कि शकुन्तला आकाश में बादलों को देख रही होती है जो प्रेम के दूत थे। कालिदास की पंक्तियाँ थीं कि बारिश के बादल इतने गहरे रंग के थे जैसे किसी गर्भवती स्त्री के चूचुक। पहली रात जब वह साधू अपनी प्रेमिका को छूता है जब वह हर की पौड़ी से लौट रहा था जहाँ उस औरत ने शुद्ध पानी पर रौशनी की लहरों को नृत्य करते देखा था। उनके बीच सम्भोग का दृश्य इस तरह से हुआ जैसे धीरे-धीरे कोई धार्मिक कृत्य हो रहा हो, तेल वाली लालटेन और जुड़े हुए हाथों के साथ। और जिस तरह से बिनोद ने उनके प्यार को दिखाया था, उसमें युवाओं वाला जोश एकदम नहीं था। इसका कारण यह है कि जब भी बिनोद बुआ और परशुराम के बारे में सोचता था तो यही कि उन दोनों का प्यार उस सहजता में था जिसके साथ वे एक दूसरे के साथ प्यार करते थे। जब वे बातें करते थे तो ऐसा कभी नहीं लगता था कि वे ऐसे युगल थे जिनको अपने रिश्ते को मजबूर होकर इस रूप में परिभाषित करना पड़े कि दुनिया के प्रकोप के कारण वे गुप्त रूप से एकान्त साझा कर रहे थे।

जब दोनों युगल के रूप में दिखाई देने लगे तो उनको लेकर बातें तो बहुत हुईं लेकिन किसी तरह का विरोध नहीं हुआ क्योंकि दोनों में से कोई किसी को धोखा नहीं दे रहा था, और सब बुज़ुर्ग हो चुके थे। यह सब इसके बावजूद था जिस तरह से पटना में व्यापक स्तर पर लोगों को इस बारे में पता

चला था। बुआ ने घर पर एक नौकर रखा जो उस गाँव के पास का रहने वाला था जहाँ लालजी का परिवार रहता था। कुछ समय के बाद उनको यह समझ में आया कि घर से छोटी-छोटी चीज़ें चोरी जा रही थीं। एक दिन उनको अपनी घड़ी नहीं मिल रही थी। बजाय पुलिस को बुलाने के उन्होंने अपने नौकर को मोतिहारी वापस जाने के लिए बस टिकट का किराया दे दिया। वह लड़का सोलह या सत्रह साल का था; उसको माणिक के कोल्ड स्टोरेज में नौकरी मिल गई। वह लड़का नीची जाति का था। अगले सप्ताह *दैनिक ख़बर* में पहले पन्ने पर एक ख़बर प्रकाशित हुई। उसमें लिखा गया था कि एक दलित को बिना वेतन दिये एक राजनेता द्वारा निकाल दिया गया जबकि वह नेता ख़ुद को जनता का हिमायती बताते हैं। लेख में लिखा गया था कि वह लड़का कम उम्र का था, और उसको नौकरी देने वालों ने उस लड़के के भविष्य की भी चोरी कर ली। उस लेख के अन्त में उस लड़के को उद्धृत किया गया था जिसमें उसने कहा था कि उसने बुआ की बड़ी निष्ठा के साथ सेवा की, उनके घर में भी और उद्योग मंत्री परशुराम सिंह के घर में भी, जहाँ वह अक्सर रात में जाया करती थीं।

इस तरह बदनाम करने के पीछे माणिक का हाथ था लेकिन शत्रुघ्न का कहना था कि इसके पीछे और भी मामला था। अब यह बुआ के आदेश से हुआ था या नहीं लेकिन स्थानीय एस.पी. और राजस्व अधिकारियों ने पिछले महीने बुआ के व्यावसायिक ठिकानों पर छापा मारा था। इसकी सम्भावना नहीं लग रही थी कि बुआ माणिक के ऊपर दबाव बनाना चाहती थीं कि वह उनको उनकी सम्पत्ति वापस दे दे। वह केवल माणिक को धमकाने के लिए हो सकता है अपनी ताक़त का उपयोग कर रही हों। शायद उन्होंने वह सब सुन रखा था जो माणिक उनके बारे में सार्वजनिक रूप से कहता रहता था, और बुआ उसको यह सन्देश देना चाहती थीं कि वह उसका जीना मुश्किल कर सकती थीं। माणिक को झटका लगा और अब उसने बदला ले लिया था।

लेकिन बुआ के ऊपर कोई फ़र्क़ नहीं पड़ा। सार्वजनिक जीवन में उनका व्यवहार पहले जैसा ही रहा। अधिकतर सरकारी कार्यक्रमों तथा सांस्कृतिक संध्याओं में दोनों साथ-साथ जाते थे। परशुराम के बाल लम्बे थे लेकिन उड़ रहे थे। उनकी आँखें निद्रारहित लगती थीं, और वे हमेशा धोती और कुर्ता पहनते थे। उनके पीछे बुआ मुस्कुराती हुई खड़ी रहती थीं। कई मौक़ों पर वह महँगी

साड़ियाँ पहनती थीं, गले और कलाइयों में सुन्दर गहने भी। परिवार में कोई भी, माँ और बाबा भी, इस बात की परवाह नहीं करते थे कि दोनों ने शादी की थी या नहीं, और जहाँ तक बिनोद जानता था इस बारे में किसी ने बुआ से बात भी नहीं की थी। उनके लिए बात यह थी कि परशुराम के प्रति उनका जो प्यार था उसके बारे में उन्होंने न तो छिपाया न ही बताया।

बिनोद के जीवनकाल में ही कितना कुछ बदल गया था। और कितना कुछ वैसे का वैसा रह गया था।

अपहरण की ख़बर

सत्रह

फ़िल्म सिटी, *मंटो* के सेट पर।

पिछली रात बिनोद ने कूरियर वाले के हाथ में एक काग़ज़ पर दस्तख़त किए और उसके हाथ से लेकर लिफ़ाफ़ा खोला तो उसमें पचीस हज़ार रुपये का चेक था। धर ने भेजा था। धर के भाई की एक चिट्ठी थी जिसमें लिखा हुआ था कि सम्पूर्ण स्क्रीनप्ले देने के बाद पचीस हज़ार रुपये और मिलने वाले थे। फ़िल्म के रिलीज़ होने के बाद उसको एक लाख रुपये और मिलने वाले थे। अपनी ख़ुशी, बल्कि आश्चर्य के कारण अपने आपको वह रोक नहीं पाया और उसने धर को फ़ोन कर दिया।

"अरे भाई, कहाँ हो तुम?" उसने पूछा।

"सर, मैं काम कर रहा हूँ, और आपके फ़ोन का इन्तज़ार।"

धर ने कहा, "मैं शूटिंग कर रहा हूँ। कल चार बजे दोपहर में फ़िल्म सिटी आ जाओ। मैं चाहता हूँ कि तुम अपनी कहानी की औरत के बारे में यह बताओ कि उसका पति क्या करता है?"

बिनोद धर के पास जवाब के साथ आया था। जब वह इन्तज़ार कर रहा था तब उसके पेट में जोश के मारे खलबली मची हुई थी। लेकिन उसको इन्तज़ार करते हुए तीन घंटे से अधिक हो गया था, लोहे की कुर्सी से बँधे एक मोंग्रेयल कुत्ते की बग़ल में वह खड़ा था। फ़िल्म में उस कुत्ते का इस्तेमाल किया जाने वाला था। वह गहरे भूरे रंग का था, और उसकी पीठ पर हल्की काली धारियाँ थीं। उसको सड़क से पकड़कर कुर्सी से बाँध दिया गया था। केवल उसकी गर्दन की चेन नई और चमकीली थी।

पहले हल्की बारिश शुरू हो गई थी और बिनोद कंक्रीट के पोर्च के नीचे खड़ा था। वह कुत्ता बेचैन था, शायद इस कारण क्योंकि उसको चेन की आदत

नहीं थी। हर कुछ मिनट में वह भूँकने लगता था, और फिर ऐसा लगता था जैसे अपने ही पंजों को काट रहा हो।

सामने का मैदान बम्बई की फ़िल्म सिटी में आउटडोर शूटिंग का हिस्सा था। दाईं तरफ़ एक छोटा-सा घेरा बनाया गया था और उसके पीछे गीली ज़मीन में शाखाओं और खम्भों को लगाया गया था। कई महीने बाद मलाड के एक थिएटर में बिनोद यह देखकर हैरान रह गया कि वे सूखी हुई शाखाएँ ऐसे पेड़ों की तरह लग रही थीं जिनमें पत्ते नहीं हों।

धर के आने का कोई निशान नहीं था, लेकिन कुछ समय के बाद पोनी टेल वाला एक असिस्टेंट बाहर आकर आदेश देने लगा। तीन लाइटें जल उठीं और बाहर के खुले में पीली रौशनी फैल गई। कुछ देर में, एक लड़का ट्रे लेकर आया जिसमें चाय की छोटी-छोटी गिलासें थीं। एक गीले अख़बार से उन गिलासों को ढक दिया गया।

एक घंटे के बाद कुत्ता अभी भी कुर्सी से चेन से बँधा हुआ था। वह एक कटोरी में बचा-खुचा दूध पी रहा था जो उसको पीने के लिए दिया गया था। कुर्सी के पास खड़े एक सुरक्षा गार्ड ने कहा, "हर कुत्ते का एक दिन आता है। यह आज ऐक्टर हो जाएगा।"

उस आदमी ने अपने बूट से कुत्ते की दुम को सहलाया, और कुत्ते को जब यह समझ में आ गया कि उसको कहा जा रहा था तो वह धीरे-धीरे अपनी पूँछ को पटकने लगा।

वह गार्ड कुत्ते से बात करने लगा जो बिनोद देख रहा था। "हीरो, आज अगर तुम ऐक्टिंग करोगे तो अगले जन्म में तुम आदमी बनोगे।" वह आदमी बीस साल से अधिक उम्र का नहीं रहा होगा। वह दरभंगा या जौनपुर का कोई भैया था, जिसको शायद किसी सुरक्षा एजेंसी ने काम पर रखा था, जिसने उसको ग्रे रंग की वर्दी, हैट और सूती टाई दी थी।

जब बिनोद उसको देखकर मुस्कुराने लगा, तो वह गार्ड मज़ाक़िया अन्दाज़ में बात करता ही रहा, वह कुत्ते को ही सम्बोधित करके बोल रहा था, "लेकिन अगर तुम फ़िल्म में काम नहीं कर पाए, या फ़िल्म फ़्लॉप हो गई तो अगले जन्म में सिक्योरिटी गार्ड बनोगे।"

कुछ देर के बाद लाइट फिर से जल उठी और वह लड़का सभी लोगों के लिए चाय लेकर आया।

उसके बाद क्रीम रंग की वैन का दरवाज़ा खुला और उससे धर निकला। अपने हाथ में मोबाइल लिये वह सेट के बीच में आकर खड़ा हुआ और बोला कि एक-एक करके लाइटों को बुझा दिया जाए। पेड़ के नीचे एक एक्स्ट्रा को खड़ा किया गया। कोई चिल्लाया, "बेबी ऑन करो।" और उसके बाद, "फ़ोर पार, फ़ोर पार।"

कुत्ते को एक ख़ाली अस्त-व्यस्त सड़क पर भागना था, जो वैसे तो ख़ाली थी लेकिन उस पर आदमी की आँतें बिखरी हुई थीं और औरतों के कपड़ों के टुकड़े।

घेरा सेट की तरफ़ ही बनाया गया था और एक टेक्नीशियन ने नायलॉन का धागा निकाला और पहले उस घेरे को बाँधा तथा फिर दौड़-दौड़ कर एक आयताकार घेरा बना दिया। यह तय किया गया कि कुत्ते के गले से चेन को खोल दिया जाए। फिर, दो लोग बारी-बारी से उसका पीछा करने लगे।

कुत्ता उस घेरे में भाग रहा था, उसकी जीभ बाहर निकली हुई थी।

कैमरे को एक बड़ी-सी ट्रॉली में लगाया गया था। कुत्ता किसी के ऊपर हमला नहीं कर रहा था—वह या तो जीभ बाहर निकालकर खड़ा रहता था और जब भी वह आदमी छड़ी उठाता था तो या तो वह दौड़ने लगता था या बैठ जाता था। वह ट्रॉली के सामने आ गया और उसके सामने के टायरों में से एक को सूँघने लगा।

बग़ल में एक छोटा-सा वीडियो मॉनिटर लगाया गया था जिससे निर्देशक देख सकता था कि किस तरह से सीन शूट हुआ था। कई टेक हुए। बिनोद के लिए यह समझ पाना मुश्किल था कि इस तरह से ड्रामा पैदा किया जाता था, और वह अपने लिखने के संघर्ष के बारे में सोचने लगा, और उस दिन उसने जितने घंटे नष्ट किए थे सब जाता रहा।

धर ने एक आदमी से कहा कि जब कुत्ता सड़क से दौड़े तो वह धीरे-धीरे चले। क्रू में इस बात को लेकर कुछ नाख़ुशी थी कि कुत्ता आदमी के सामने से बहुत तेज़ नहीं चल रहा था। काले चश्मे वाले एक सहायक ने बताया कि कुत्ते को खिलाकर उन लोगों ने ग़लती कर दी थी। एक मेकअप मैन ने यह सुझाव दिया कि कुत्ते की पूँछ में स्पिरिट या अल्कोहल लगा दिया जाए और जब वह वाष्प बनने लगेगा तो कुत्ता पागलों की तरह भागेगा।

धर इसके लिए तैयार नहीं हुआ लेकिन सुझाव में दम था।

कैमरे के पास खड़े एक सहायक ने एक सवाल किया। अगर इस सीक्वेंस को दंगों के माहौल को दिखाने के लिए शूट किया जा रहा था तो क्यों न इसकी पूँछ में कपड़ा बाँध दिया जाए और उसमें आग लगा दी जाए?

धर ने बिनोद और दो अन्य पत्रकारों की तरफ़ इशारा करते हुए मुस्कुराकर कहा, "यहाँ मीडिया मौजूद है। इसलिए सोच-समझ कर बोलो।"

यह तय किया गया कि सड़क के किनारे थोड़ी आग जला दी जाए। रबर की एक टायर को आग में फेंक दिया गया। दो लोग छोटे-छोटे चूल्हे लेकर आए जिनमें गरम कोयला था; जब सफ़ेद रंग का पाउडर अंगारों के ऊपर छिड़का जाता था तब गहरा सुगन्धित धुआँ आसमान में उठता था। ऐक्टर और कुत्ता दूर नज़र आए। कुत्ते की जीभ बाहर की तरफ़ निकली हुई थी; कार्बन लाइट, शोर-शराबे और धुएँ के कारण उसको कुछ समझ में नहीं आ रहा था। आग के पास कुत्ते के कई टेक लिये गए, उसके जबड़ों से लार टपक रही थी।

यह अन्तिम हिस्सा क़रीब एक घंटे तक चला और इस बीच बिनोद, सिक्योरिटी गार्ड तथा अन्य दर्शक खड़े होकर देख रहे थे, और रौशनी उनकी आँखों में चमक रही थी। जब शूटिंग ख़त्म हुई तो रात के आठ बज चुके थे। बिनोद धर के साथ कार में पीछे की सीट पर बैठा था और धर बोतल से पानी पी रहा था, उसने किसी ऐसे ऐक्टर की तरह कहा जिसको अपनी लाइनें याद हो गई हों, "उस औरत का पति पोर्नोग्राफ़ी के धन्धे में है। वह उस औरत को प्यार नहीं करता है।"

धर एक बार फिर हँसा। "सुनने में अच्छा लग रहा है। वह एक पोर्नोग्राफ़र है। लेकिन तुमको यह कहना है। दर्शकों को यह दिखना भी चाहिए।" जब उसने धर को यह जवाब दिया तब वह रबिन्दर के बारे में सोच रहा था जो जेल में था।

जब से उसके भाई ने यह कहा था कि वह कहानी में बुआ की ज़िन्दगी के बारे में लिखे तब से रबिन्दर की ज़िन्दगी भी उसकी कहानी में टुकड़ों-टुकड़ों में आने लगी थी। जब धर ने उसका उत्साह बढ़ाया तब से उसको लग रहा था कि उसने आज के हिसाब से एक बी ग्रेड फ़िल्म के निर्माण की दिशा में क़दम बढ़ा दिया था। वह अपने आप से निराश था, क्योंकि उसको ऐसा लग रहा था कि वह इस बात को लेकर बहुत बेचैन हो रहा था कि धर कहीं उसमें रुचि लेना बन्द न कर दे।

उससे भी बुरी बात यह थी कि उसको यह यक़ीन नहीं था कि वह सफल भी हो सकता है। सच बात यह थी कि वह अपने बारे में यह नहीं कह सकता था कि वह पॉर्न पसन्द करता था। अगर कोई मैगज़ीन या किताब घटिया काग़ज़ पर छपी होती थी तो वह उसको पढ़ने से भी बचता था; यह एक लेखक और पाठक के रूप में उसकी अपनी गरिमा थी। जो पत्रिकाएँ पीले रंग की पन्नी में लिपटी रहती थीं जो पटना की सड़कों पर बिकती रहती थीं जिनमें नीली और हरी पट्टियाँ इस वजह से बन गई थीं क्योंकि प्रिंटिंग के वक़्त ज़्यादा रंग बिखर गया था। उसने वैसी एक पत्रिका के पन्ने पलटे थे, गया के एक होटल में कोई छोड़कर चला गया था। रंग ठीक तरह से चढ़ा नहीं था। इसके कारण कवर पर महिला का चेहरा इस तरह से लाल हो गया था कि ऐसा लग रहा था जैसे वह जल गई हो।

स्कूल में उसने एक बार *प्लेबॉय* पत्रिका देखी थी और उसको बड़ा मज़ा आया था। पेज ग्लॉसी था और उस औरत के सभी सुन्दर अंग वैसे ही थे। जिस लड़के से लेकर उसने पत्रिका देखी थी उसका एक भाई मलेशिया में रहता था और वह मैगज़ीन लेकर पटना आया था। कई दिनों तक क़रीब पैंतीस लड़कों ने अमेरिकी सुन्दर लड़कियों के बदन को छू-छू कर देखा था। वे इस बात को लेकर चर्चा कर रहे थे कि जिन तस्वीरों में लड़कियों को दिखाया गया था उनमें उनकी योनि के बाल दिखाए गए थे और उनके बाल भूरे या हल्के भूरे रंग के थे। क्या यह सम्भव था, वे एक-दूसरे से पूछ रहे थे, कि वहाँ का बाल काला नहीं होता है?

उसके कुछ साल बाद वह पंजाब के एक गाँव में बिहारी प्रवासी मज़दूरों के बारे में एक स्टोरी करने के लिए गया था। पुरुष पत्थर तोड़कर क्रशर में डालने का काम करते थे। मशीन से पत्थर के जो टुकड़े बाहर निकलते थे उनको भवन निर्माण कम्पनियों को दे दिया जाता था ताकि वे कंक्रीट बनवा सकें। उसने एक दोपहर उन लोगों के साथ बिताई और जब उनका काम ख़त्म हुआ तब उसने सभी मज़दूरों को ज़ोर देकर कहा कि वह रुक जाएँ और उनके साथ भोजन करके जाएँ, वे सभी भोजपुरी बोल रहे थे। डिनर के बाद फ़ोरमैन पास के एक गाँव में गया और अपने ट्रैक्टर पर टीवी और वी.सी.आर. लेकर आ गया। बिनोद को यह बताया गया कि वे लोग फ़िल्म देखने वाले थे।

अवैधानिक टेप चलने लगा, जिसमें एक जवान श्वेत लड़की शॉर्ट्स और

टी शर्ट पहने कार चला रही थी। वह एक ऐसी इमारत के सामने रुक जाती है जो ख़ाली दिखाई दे रही थी। वह सीढ़ियाँ चढ़ने लगती है और कैमरा उसका पीछा करता जाता है। उस इमारत के ऊपर उसको एक आदमी मिलता है जिसने सूट पहन रखा था। उसकी कड़क मूँछें थीं और साँवला रंग। दोनों में क्या बात हो रही थी इसको समझ पाना मुश्किल था। फ़िल्म अचानक आगे बढ़ गई और वही महिला बिस्तर पर दिखाई दी। उसने अपनी पैंट खोल दी थी लेकिन टी शर्ट अभी भी उसके बदन पर थी। वह आदमी सोफ़े पर बैठकर उस महिला को देख रहा था, उसके हाथ में कोई चीज़ थी जो टीवी के रिमोट की तरह लग रही थी। उसके बाद दोनों बिस्तर पर सेक्स करने लगे, इस शॉट को सम्भवतः टर्किश या मध्य पूर्व के लोगों के साथ मिला दिया गया, जहाँ लोग बैठकर शायद बॉक्सिंग का कोई मैच देख रहे थे। शायद दर्शकों के लिए ऐसी कल्पना की गई थी कि उनको देखते हुए ऐसा लगे कि दोनों इतने सारे दर्शकों के सामने सेक्स कर रहे थे। वह महिला एक बार फिर से कार में बैठ गई, लेकिन इस बार वह साँवला आदमी भी उसके साथ था। दोनों बारी-बारी से कपड़े पहन और उतार रहे थे। एक सीन में वह लड़की उस आदमी के उत्तेजित शिश्न को पकड़ लेती है, अगले ही सीन में दोनों बाहर के नज़ारे देखते हुए दिखाई देते हैं तो फिर अगले ही सीन में एक-दूसरे के शरीर के भूगोल में उलझ जाते हैं, जबकि उन्होंने पूरी तरह से कपड़े पहन रखे हैं। उधार के उस टीवी के सामने बिहारी मज़दूर यह सब देखकर मस्त हो रहे थे, सब कुछ खुले आसमान के नीचे हो रहा था। बारी-बारी से प्रेम लीला और सम्भोग के दृश्यों को मिला दिया गया था और मज़दूर इसका आनन्द उठा रहे थे कि अब क्या होने वाला था।

——

बिनोद ने अपने जीवन में एक ही बार पॉर्न ख़रीदा था जो स्टार रिपोर्ट का सस्ता और पाइरेटेड संस्करण था। वह दिल्ली में काम करता था और उसने स्टार रिपोर्ट के अंश *मिड डे* में पढ़े थे। उसके एक दिन पहले ही वह अमेरिका में रिलीज़ हुई थी। सर्दियों के दिन थे और शाम जल्दी हो गई थी, लेकिन जब बस तिलक मार्ग से गुज़र रही थी तो दो नौजवान बस में चढ़े और स्टार रिपोर्ट की

पाइरेटेड कॉपी बेचने के लिए आवाज़ें लगाने लगे। वह किताब अंग्रेज़ी में थी और उसकी क़ीमत सौ रुपये थी। लेकिन यमुना पुल के पार करते ही आनन्द विहार के पास कुछ और लोग बस में चढ़े; वह उसका हिन्दी संस्करण केवल दस रुपये में बेच रहे थे और उसने जल्दी से उसकी एक प्रति ख़रीद ली। वह क़रीब साठ पेज की किताब थी और खुरदरे भूरे रंग के काग़ज़ पर छपी थी। *अमेरिका के राष्ट्रपति-मोनिका सेक्स सम्बन्ध*—उसका शीर्षक यह था। कवर पर दोनों की तस्वीरें थीं, लेकिन उनके ऊपर एक छेद था जिससे एक हट्टे-कट्टे श्वेत आदमी की तस्वीर दिखाई दे रही थी, उसके शरीर का ऊपरी हिस्सा नग्न था, वह एक महिला के स्तनों को चूम रहा था जिसने थोड़े-बहुत कपड़े पहन रखे थे। उस किताब की दो पेज की भूमिका थी जिसकी पहली लाइन थी, "अमेरिका के दो सौ से अधिक साल के इतिहास में कई राष्ट्रपति ऐसे हुए जिनको मौज-मस्ती पसन्द थी।"

9 पेज तक सेक्स के बारे में कोई चर्चा नहीं थी। रिपोर्ट में कहा गया था कि मोनिका और बिल ने दस बार सेक्स सम्बन्ध बनाए थे। बिनोद ने ध्यान दिया कि 'ओरल सेक्स' को हिन्दी में अनुवाद नहीं किया गया था। दोनों प्रेमियों ने एक-दूसरे को किस-किस तरह के तोहफ़े दिये थे इस बारे में विस्तार से लिखा गया था। किताब के अन्त में किसी किताब का विज्ञापन था जो लम्बाई बढ़ाने से सम्बन्धित था।

आगे के पन्नों में उस बुकलेट में मोनिका के पहले प्रेम के बारे में लिखा गया था, जो एक स्कूल टीचर के साथ था, जिसको तीन साल का बेटा भी था। उसके बाद एक रहस्यमय कहानी थी सेना के वरिष्ठ अधिकारी के साथ उसके सेक्स सम्बन्धों को लेकर तथा यू.सी.एल.ए. के एक स्टूडेंट के साथ भी उसके सम्बन्ध के बारे में लिखा गया था। दो अध्याय मोनिका के पारिवारिक जीवन और उसकी महत्त्वाकांक्षाओं को लेकर थे। क्या यह सब आधिकारिक स्टार रिपोर्ट का हिस्सा था या तिमारपुर में बैठे किसी लड़के का काम था?

भारत के नेताओं के सेक्स जीवन को लेकर नहीं लिखा जाता है क्योंकि उसमें क़ानूनी अड़चनें होती हैं और इस वजह से किसी को यह ग़लतफ़हमी हो सकती है कि उनका सेक्स जीवन होता ही नहीं है। देश को कभी अपने नेताओं के बेडरूम के जीवन के बारे में चर्चा करने का मौक़ा कभी नहीं मिला। गांधी अपनी भतीजियों के साथ नग्न होकर सोते थे, लेकिन यह ब्रह्मचर्य के

उनके प्रयोग का हिस्सा था। क्लिंटन में लोगों की रुचि बहुत अलग तरह की थी। स्टार रिपोर्ट ने उस आदमी को जिसके लिए पद से हटाए जाने का ख़तरा हो गया था, भारत के आम आदमियों के बहुत क़रीब ला दिया था, और इसी कारण अपने राष्ट्रपति कार्यकाल के बाद क्लिंटन ने भारत का दौरा किया था, और भारत के गण्यमान्य सांसद गण भी संसद के वेल में कूद-कूद कर क्लिंटन से हाथ मिलाने में लगे हुए थे।

पेज 34 पर मोनिका का बयान था, और पेज 44 पर क्लिंटन का बयान। उस घटना के बारे में सभी जाने-माने तथ्य दिये गए थे, सिगार और नेवी ब्लू रंग की ड्रेस जो पारदर्शी थी, लेकिन बिनोद यह सोचने लगा कि शरीर के अंगों के लिए हिन्दी में क्या शब्द हो सकते थे। वे शब्द आम नहीं थे। बल्कि वे उसके मायने बतलाने वाले शब्द थे। 29 मार्च, 1997 की रात लेविंस्की वाइट हाउस में क्लिंटन से मिली। उस समय राष्ट्रपति लाठी के सहारे चल रहे थे क्योंकि उनके घुटनों में चोट लग गई थी। उस मुलाक़ात के बारे में जिस प्रकार की भाषा का प्रयोग किया गया था बिनोद को यह समझ में नहीं आ रहा था कि क्लिंटन ने मोनिका की जाँघ पर अपनी छड़ी या लाठी रखी थी या अपना शिश्न। उसने जल्दी-जल्दी पन्ने पलटे और आख़िरी हिस्से में आ गया जिसमें क्लिंटन की सभी प्रेमिकाओं के नाम और उनके बारे में संक्षिप्त जानकारी दी गई थी। उसके बाद आठ पन्नों का विज्ञापन था। रोमांटिक प्रेम कहानियों के विज्ञापन, स्वास्थ्य से जुड़ी जड़ी-बूटियों के विज्ञापन, वक्ष को बड़ा करने सम्बन्धी विज्ञापन, बेहतर सेक्स जीवन को लेकर गाइड बुक, ऐसे पत्थर वाली अँगूठी जिसका असर चमत्कारिक था, सेक्स से जुड़ी बीमारियों का इलाज करने वाले क्लिनिक के विज्ञापन, महिलाओं के लिए चिकित्सा की किताब, एक खिलौना रिवॉल्वर जिसके साथ घड़ी मुफ़्त दी जा रही थी।

जब रबिन्दर ने पटना में इन-टच साइबर कैफ़े खोला तो पटना के मध्यवर्ग के कुछ युवाओं के लिए पॉर्न की एक नई ग्लैमरस दुनिया खुल गई। प्रत्येक कम्प्यूटर को निजी बूथ जैसा बनाया गया था, जिसको अन्दर से बन्द भी

किया जा सकता था। हर कम्प्यूटर के सामने दो गद्देदार कुर्सियाँ लगी हुई थीं, और कीबोर्ड रखने के लिए, शेल्फ़ रखने के लिए पर्याप्त जगह बनाई गई थी जिसको आसानी से बाहर की तरफ़ खींचा जा सकता था। अक्सर छोटे-छोटे बूथों में युवाओं की भीड़ लगी रहती थी। युवा जोड़ों की भीड़ भी रहती थी जो किसी एक बूथ में एक घंटे या उससे अधिक समय के लिए ख़ुद को बन्द कर लेते थे और जब बाहर निकलते थे तो लगता था जैसे किसी बहुत निजी संसार से बाहर आ रहे हों। शत्रुघ्न ने बिनोद को बताया कि पटना की सादा दिखने वाली लड़कियाँ हाथ में नोटबुक लिये ऐसे आती थीं मानो उनको नेट से कोई रिसर्च करनी हो लेकिन वे कैफ़े में घंटों बैठकर दोस्तों और अजनबियों को गुमनाम सन्देशे भेजती रहती थीं।

बुरी ख़बर यह थी कि यह धन्धा चला नहीं। महँगे साजो-सामान के बावजूद बिजली की सप्लाई सही नहीं रहती थी और रबिन्दर को दो जापानी जेनरेटरों पर निर्भर रहना पड़ता था जिनको अक्सर घंटों चलाते रहना पड़ता था। शुरुआत के महीनों के बाद बहुत कम नए चेहरे आते थे; उसके उपभोक्ता बहुत सीमित लेकिन पक्के थे। रबिन्दर के लिए यह साफ़ होता जा रहा था कि उसको अपने व्यवसाय की योजना में बदलाव लाने की ज़रूरत थी।

उन्हीं दिनों तहलका का खुलासा हुआ। आठ महीनों तक एक इंटरनेट न्यूज़ साइट के दो पत्रकारों ने ख़ुद को हथियारों का सौदागर बताते हुए वेस्ट एंड इंटरनेशनल नामक एक नकली कम्पनी खोली। उन लोगों ने गुप्त कैमरे से नेताओं और सेना से जुड़े अधिकारियों के वीडियो बना लिए जो हथियारों के बदले घूस की माँग कर रहे थे। इन टेपों का प्रसारण राष्ट्रीय मीडिया पर हुआ और इसके कारण सरकार बुरी तरह हिल गई। मीडिया में इस बात को लेकर बहुत चर्चा थी कि यह व्यवस्था कितनी सड़ चुकी है। बिनोद ने एक सम्पादकीय सत्य में कथा-कहानी के महत्त्व के ऊपर लिखा। उन संवाददाताओं ने भारतीय सेना को हाथ में पकड़ने वाली थर्मल इमेजिंग दूरबीन बेची थी—हालाँकि उस तरह की कोई दूरबीन नहीं थी, लेकिन उन लोगों ने उस दूरबीन का नाम जोसेफ हेलर के उपन्यास *कैच 22* से लिया था। उपन्यास में शराब के नशे में एक यसारियन कर्नल कॉर्न को मज़ाक़ में एक नए लिपाज गन के बारे में बताता है जिसका इस्तेमाल जर्मन सेना द्वारा किया जा रहा था। "लिपाज गन क्या?" कर्नल ने पूछा। "नया तीन सौ चालीस

मिलीमीटर लिपाज ग्लू गन," यसारियन ने कहा। "यह हवा में जहाज़ की आकृति को जोड़ देता है।" *कैच 22* उपन्यास के प्रति सम्मान प्रदर्शित करते हुए तहलका ने उस उपकरण का नाम दिया था 'लिपाज 90', जो असल में कोई उपकरण था ही नहीं।

बिनोद उस रिपोर्टर से कई महीने के बाद मिला था—उसका नाम था अनिरुद्ध बहल, और वैसे उसने बिनोद के सम्पादकीय को नहीं पढ़ा था लेकिन वह उसके साथ बहुत दोस्ताना बर्ताव कर रहा था और उसने बताया कि वह एक अपराध कथा पर उपन्यास लिख रहा था। जब बिनोद ने उससे पूछा कि उसको इस तरह का स्टिंग ऑपरेशन करने का साहस कैसे हुआ, बहल का जवाब था, "मैं एक छोटे शहर का रहने वाला हूँ। इलाहाबाद का। और हम इस बात को अच्छी तरह से समझते हैं कि बड़े से बड़े आदमी को भी पेशाब करने के लिए अपनी पैंट की ज़िप खोलनी पड़ती है।"

तहलका के खुलासे पर रबिन्दर का अपना ही नज़रिया था। उसका पहला खुलासा यह था कि अचानक से वेबसाइट की प्रसिद्धि से यह बात साबित हुई कि उसकी इन-टच की स्थापना करके सही धन्धे में निवेश किया था। अब से भारत जैसे पिछड़े देश में भी हर चीज़ का फ़ैसला इस बात से होना था कि इंटरनेट पर उसके बारे में क्या जानकारी है। लेकिन इस पूरे नाटक से इसमें छिपा एक सबक़ भी रबिन्दर ने सीख लिया। दोनों रिपोर्टरों ने जो घूस दी थी वह राशि बहुत अधिक नहीं थी। सत्ताधारी पार्टी के अध्यक्ष को एक लाख रुपये की घूस लेते हुए दिखाया गया था। सेना में आयुध की आपूर्ति से जुड़े मेजर जनरल ने उन दोनों से कहा था कि उसके घर वे बिना जॉनी वाकर ब्लू लेबल लिये न आएँ। उन संवाददाताओं का कहना था कि अगर उनके पास और पैसे हुए होते तो अपनी जाँच को वे और आगे तक ले जा सकते थे। रबिन्दर यह सोचने लगा कि अगर तकनीक का इस्तेमाल करे तो सत्ता के गलियारों में वह भी अपनी धाक जमा सकता था।

उसने अपनी दुकान में कम्प्यूटर मॉनिटर में छोटे-छोटे कैमरे लगा दिए। दो कैमरे ऊपर से नीचे देख रहे थे। उनके लेंस लकड़ी की नक़ली सीलिंग के पीछे छिपे हुए थे। इन-टच ने युवा जोड़ों और अकेले आने वाले युवाओं की फ़िल्म बनानी शुरू कर दी जो कैफ़े के बूथ में इंटरनेट से पॉर्न डाउनलोड करने के लिए आते थे। कई बार कैफ़े में ऐसे लड़के-लड़कियाँ भी आते थे

जो इंटरनेट का उपयोग करने के लिए नहीं बल्कि एकान्त में बाँहों में बाँहें डालकर एक-दूसरे को चूमने के लिए आते थे। रबिन्दर ने तय किया कि वह उन लड़के-लड़कियों से पैसे नहीं माँगेगा। अगर वह उनको इस बात की धमकी भी देता कि वह उन टेपों को सार्वजनिक कर देगा तो उन बेचारों के पास देने के लिए कुछ नहीं था। ज़ाहिर है, उसने एक-दो लोगों के साथ ऐसी कोशिश की भी लेकिन वे लोग रोने लगे और कुछ ने तो आत्महत्या कर लेने की धमकी भी दी। फुटेज जुटाना ही मुख्य मक़सद था। पाटलिपुत्र कॉलोनी में एक लड़के ने उनको एडिट किया और पॉर्न फ़िल्म बना दी। रबिन्दर को ऐसी आशा थी कि वह इस फ़िल्म को बेचकर लाखों रुपये कमा सकता था, लेकिन शत्रुघ्न के अनुसार उसे जालंधर के एक वितरक से महज़ 15 हज़ार रुपये मिले और उसके पास जो प्रतियाँ थीं उनमें से अधिकतर उसने अपने दोस्तों को मुफ़्त में ही दे दीं।

इस टेप तथा इन-टच में अवैध तरीक़े से फ़िल्म बनाने से जुड़े सबूतों को आधार बनाकर पुलिस ने रबिन्दर को गिरफ़्तार कर लिया। लेकिन जैसा कि रबिन्दर के साथ अक्सर होता था इसके पीछे की वजह कुछ और थी। पॉर्न फ़िल्म बनाने का आरोप तो पुलिस का बस एक बहाना था।

रबिन्दर की गिरफ़्तारी के बारे में बिनोद को नीलू के मैसेज से पता चला। उसने उसको फ़ोन किया लेकिन उसने उठाया नहीं। जब वह नीलू के फ़ोन का इन्तज़ार कर रहा था तभी संयोग से यू.एन.आई. के समाचार में उसने उसके बारे में पढ़ा। अपनी ज़िन्दगी में पहली बार 'इंटरनेट चकलाघर' शब्द से उसका वास्ता पड़ा। इस ख़बर से यह बात साफ़ नहीं थी कि रबिन्दर पॉर्न में शामिल था या उसके कैफ़े में आने वाले ग्राहक। बिनोद ने दफ़्तर से घर फ़ोन किया, उसके कम्प्यूटर पर वह समाचार खुला ही हुआ था, फ़ोन बाबा ने उठाया। बाबा ने बताया कि रबिन्दर गिरफ़्तार हो गया है लेकिन यह सब किसी ग़लतफ़हमी के कारण हुआ है। बिनोद ने बताने के लिए कहा तो बाबा कुछ गोलमोल-सा जवाब दे रहे थे। क्या रबिन्दर जल्दी छूटने वाला था? बाबा ने बताया कि उनको पता नहीं था। वे जवाब देने में टालमटोल कर रहे

थे और बिनोद को लगा कि वह चाहते थे कि बिनोद फ़ोन रख दे। बिनोद ने हिचकते हुए फ़ोन रख दिया।

दस मिनट बाद फ़ोन बजा। बाबा फ़ोन पर थे। उन्होंने बताया कि वे पास के एक बूथ से फ़ोन कर रहे हैं। उनको डर था कि पुलिस उनका फ़ोन टेप कर रही थी और वह रबिन्दर के बारे में बात नहीं कर सकते थे। अचानक हुए इस ख़ुलासे से बिनोद का सर चकराने लगा।

उसने पूछा कि रबिन्दर ने किया क्या था। रमोला मुखर्जी का नाम उसके मुँह में आया लेकिन उसने बाबा से उसका नाम नहीं लिया। उसके पापा का जवाब इतना संक्षिप्त था कि उससे बिनोद को कुछ मदद नहीं मिल पाई। उन्होंने बताया, "कल आइपीसी की धारा सेक्शन 292 और 294 के अन्तर्गत तथा आइटी ऐक्ट के खंड 67 के अन्तर्गत पुलिस ने रबिन्दर के ऊपर केस किया था।"

बिनोद ने पूछा कि इन आरोपों का क्या मतलब था।

"इनका कुछ मतलब नहीं है," बाबा ने कहा। उसके बाद वे बोले, "इसका मतलब यह है कि उसके ऊपर अश्लील सामग्री बेचने और कम्प्यूटर के लिए बने नए क़ानूनों के दुरुपयोग का आरोप है। लेकिन यह सब ऊपरी बातें हैं। महज़ बहाना।"

इसका मतलब यह था कि यह रमोला बनर्जी ही थी।

कुछ देर की चुप्पी रही और बिनोद को लग रहा था कि बाबा यह कहने में हिचकिचा रहे थे कि उनको इस बारे में पता चल गया था कि रबिन्दर के सम्बन्ध एक विवाहित महिला के साथ थे। वह इन्तज़ार कर रहा था, फिर उसके पापा ने कहना शुरू किया, "पुलिस को ऐसा लगता है कि उनके पास इसके सबूत हैं कि रबिन्दर पटना में हुए कई अपहरणों में शामिल था। उन लोगों ने उसकी माँ को किए गए फ़ोन कॉल्स का पता लगा लिया था। इसी वजह से हम डरे हुए हैं कि हमारे फ़ोन टेप किए जा रहे थे।"

और बाबा का कहना सही था। रबिन्दर की गिरफ़्तारी का असली कारण था फिरौती के मामले में उसकी हिस्सेदारी। वह एक गिरोह चला रहा था जो अपहृत व्यवसायियों और अफ़सरों के परिजनों से फिरौती माँगा करता था। किसी को यह पता नहीं था कि बुआ को इस बारे में कितना पता था। शत्रुघ्न को अपने किसी राजनीतिक आका से पता चला कि रबिन्दर की गतिविधियाँ

पार्टी में बुआ के किसी प्रतिद्वंद्वी के क्षेत्र में घुसपैठ कर रही थीं। वह एक विधायक था जो फिरौती लेकर अपना गिरोह चलाता था। यह गिरफ़्तारी उसी सिलसिले में हुई थी।

गिरफ़्तारी का तात्कालिक कारण रहस्य ही था, लेकिन शत्रुघ्न ने एक कहानी बताई, जिसमें ज़ाहिर है कि उसने नमक-मिर्च भी लगाया था। एक दिन पहले रबिन्दर के इन-टच के एक कर्मचारी क़रीम ने बन्दूक़ की नोक पर इनकम टैक्स के एक इंस्पेक्टर को उठा लिया था। वह इंस्पेक्टर अपने भ्रष्टाचार के लिए जाना जाता था। क़रीम के साथ दो लोग और भी थे। वे लोग इंस्पेक्टर को एक कार में बिठाकर हथुआ ले गए। वैसे वह आदमी किसी तरह का प्रतिरोध नहीं दिखा रहा था लेकिन फिर भी सावधानी के लिए क़रीम ने अपने हाथ में देशी कट्टा निकाल लिया था। हथुआ के उस ख़ाली घर की सीढ़ियों पर छीना-झपटी हुई और क़रीम का पैर फिसल गया, जब वह गिरा तो बन्दूक़ चल गई। गोली उसके बाएँ पैर में लगी और उसकी ठुड्डी को चीरकर उसके दाँत से निकल गई। इसके बावजूद कि उस अपहृत आदमी की आँखों पर पट्टी बँधी हुई थी वह आदमी सीढ़ियों पर पीछे की तरफ़ मुड़ा और दरवाज़े से बाहर निकल गया।

रात होने के कारण उस अँधेरी गली में कोई नहीं था। वह आदमी ज़रूर कुछ अजीब-सा लग रहा होगा, एक थुलथुल आदमी सफ़ारी सूट पहने गली में लड़खड़ाता हुआ चल रहा था। वह गिर गया और उसको लगा कि किसी ने उसको पकड़ लिया था, लेकिन उस आदमी के अन्दर न जाने कहाँ से बहुत ताक़त आ गई थी। उसने अपने आपको छुड़ाया। गली के किनारे के एक घर की दीवार से उसका कन्धा टकराया लेकिन वह सीधा हो गया। वह ज़ोर-ज़ोर से साँस ले रहा था और शायद अपने वज़न के कारण वह आगे की तरफ़ लड़खड़ा गया। उसको इस बात का पता नहीं था लेकिन वह गली सड़क से केवल 15 फ़ीट की दूरी पर थी। उस आदमी ने सामने से आते एक ट्रक की आवाज़ सुनी और वह उस दिशा में भागा।

वह सड़क पर भागता हुआ आ गया था, आँखों पर पट्टी थी, वह अपने

हाथ हिला रहा था, तभी उस ट्रक ने उसको टक्कर मार दी। इसका उसके ऊपर प्रभाव यह पड़ा कि वह चक्कर खा गया और जब ट्रक उसके पास से गुज़रा तो उसका एक हिस्सा उस आदमी के सिर से आकर लगा। ट्रक बिना रुके चलता चला गया।

उस रात ज़िलाधिकारी पटना में देर रात बैठक के बाद लौट रहे थे, वहाँ रेल मंत्री दिल्ली से मुख्य अतिथि के रूप में आ रहे थे। लाश अभी भी सड़क पर पड़ी हुई थी; दुर्घटना कुछ देर पहले ही हुई थी। ज़िलाधिकारी की गाड़ी और उनकी गाड़ी के पीछे आती पुलिस की इस्कॉर्ट कार सड़क के किनारे रुक गई।

एम्बेसेडर के ड्राइवर ने गली में किसी आदमी को भागते हुए देखा। वे उस आदमी को तो नहीं पकड़ सके लेकिन उनको क़रीम मिल गया, जो ख़ाली घर में सीढ़ी के नीचे पड़ा कराह रहा था।

सुबह होने के पहले ही रबिन्दर के नाम ग़ैरज़मानती वारंट जारी हो गया। पुलिस ने वारंट में अपहरण का कोई ज़िक्र नहीं किया था क्योंकि पूरे बिहार में उस समय फिरौती के कम-से-कम दर्जन-भर मामलों में समझौते की प्रक्रिया जारी थी, और वे इस बात को पक्का करना चाहते थे कि इसके कारण कहीं भी कोई मामला उलझे नहीं।

जब पुलिस रबिन्दर के पास पहुँची तो वह पुलिस का इन्तज़ार ही कर रहा था। वह एक क्लिनिक में चला गया था जो उसके एक पुराने दोस्त का था। जब पुलिस वहाँ पहुँची तो क्लिनिक के रेकॉर्ड में यह दर्ज था कि रबिन्दर क्लिनिक में तीन दिन से भर्ती था। उसको छाती में दर्द की शिकायत हो रही थी। नौजवान अफ़सर ने उनको इस बात का भरोसा दिलाया कि पुलिस स्टेशन जाते ही उनका दर्द ठीक हो जाएगा।

रबिन्दर के डॉक्टर दोस्त ने विरोध जताया। उस समय उसने सफ़ेद लैब कोट पहन रखा था। अफ़सर ने अंग्रेज़ी में कहा, "एक मिनट," और कमरे से बाहर निकला। डॉक्टर के दफ़्तर में पुलिस वाला हिन्दी पर उतर आया। वह बोला, "हम एक बात जानते हैं। जब गोली लगने का इलाज करवाने कोई यहाँ आता है तो आप उसके काग़ज़ ठीक से तैयार नहीं कर रहे हैं। हमारे पास सबूत हैं। अगर आप हमें परेशान करेंगे तो हम आपका क्लिनिक बन्द करवा देंगे।" डॉक्टर को यह बात मज़ाक़ की बात लग रही थी। वह मुस्कुराने लगा। उसको नेताओं का समर्थन हासिल था। वह उनके लोगों का इलाज करता था,

जब कोई चुनाव के दौरान बीमार पड़ जाता या दंगों या अपहरण के कारण पड़े छापे में घायल हो जाता था। उसको किसी बात का डर नहीं था और उसने पुलिस वाले से कहा, "क्या आप अपने ब्लड प्रेशर की जाँच करवाना चाहते हैं? क्योंकि मैं आपको जो बताने जा रहा हूँ उसे सुनकर आप बल्लियों उछलने लगेंगे।" लेकिन अफ़सर बातचीत पूरी करने के लिए नहीं रुका। वह कमरे से निकला, रबिन्दर का हाथ पकड़कर जीप की तरफ़ खींचना शुरू कर दिया। रबिन्दर उसी तरह उसके साथ चलता रहा। वह तब जाकर ठिठका जब उस अफ़सर ने उसको जीप में आगे बिठाने के बजाय बड़ी रुखाई से पीछे की सीट की तरफ़ ठेल दिया।

अठारह

पिछले साल गर्मी में बिनोद एक डॉक्टर के अपहरण की खबर कवर करने के लिए पटना गया था। डॉक्टर का नाम था रमेश चन्द्र। वह जाने-माने न्यूरोसर्जन थे और इस अपहरण के कारण राज्य के डॉक्टरों ने धमकी दी थी कि वे हड़ताल पर चले जाएँगे। अगर ऐसा होता तो बिहार के सारे अस्पताल बन्द हो जाते। डॉक्टर चन्द्र डिनर करने के बाद ड्राइव करके वापस घर जा रहे थे कि लाल रंग की एक मारुति कार उनकी कार के आगे आकर रुक गई और गाड़ी से चार आदमी कूदे। डॉक्टर का ड्राइवर छुट्टी पर था। डॉक्टर जिस इंडिका कार को चला रहे थे वह नई थी; और उनको कार के सारे फ़ंक्शन अच्छी तरह नहीं आते थे, और जब एक आदमी उनकी कार के दरवाज़े के पास आया तो वह अपनी कार को लॉक नहीं कर पाए। उन लोगों के पास पिस्टल थी। वे कार के अन्दर आ गए और उनमें से एक कार चलाने लगा। डॉक्टर चन्द्र के बग़ल में बैठे लड़के ने कहा कि उसने अपने साथियों के साथ अभी एक घटना की थी और वे भागने के लिए उसकी कार का उपयोग करना चाहते थे। उसने डॉक्टर से चुपचाप बैठने के लिए कहा। कार पटना हवाई अड्डे को पार कर गई और फिर फुलवारी की दिशा में बढ़ी। उन लोगों ने डॉक्टर का मोबाइल फ़ोन ले लिया था। एक आदमी ने उनके फ़ोन से कॉल किया। डॉक्टर चन्द्र का दिल बैठने लगा जब उसने सुना कि वह आदमी कह रहा था, "हाँ। हम लोगों ने उसको पकड़ लिया है।"

हाईवे पर जब अँधेरा हिस्सा आया तो कार धीमी होने लगी। वही वाली लाल मारुति कार सामने आकर रुकी। उन लोगों ने डॉक्टर की आँखों पर पट्टी बाँध दी। अजीब बात यह थी कि उनमें से किसी ने डॉक्टर से अपना नाम और पेशा बताने के लिए कहा। जिस लड़के ने पहले उनसे बात की थी उसने बड़े शान्त स्वर में बताया कि उनका अपहरण किया गया था। उसने

उन्हें बताया कि वे उनको किसी तरह का नुक़सान नहीं पहुँचाएँगे और यह कि वे उनके एवज़ में पाँच करोड़ रुपये फिरौती माँगने वाले थे।

जिस घर में डॉक्टर चन्द्र को रखा गया था वह एक गाँव में था। उसकी छत छप्पर की थी और उसके ऊपर टाइल लगे थे। अँधेरे गलियारे में काठ की एक खटिया पड़ी थी। अपहरण करने वालों में से एक ने उस खाट पर एक चादर बिछा दी और डॉक्टर से कहा कि वे उसके ऊपर आराम करें। दो घंटे गुज़र गए थे। डॉक्टर चन्द्र को गाँव के किनारे की जंगली झाड़ियों में चलते हुए पाँव में खरोंचें आ गई थीं। कुछ समय बाद वे भौचक रह गए जब उनको एक कमरे में ले जाया गया जिसमें काले रंग से पुताई की गई थी। खिड़कियाँ बन्द थीं और उनको भी अन्दर से काले रंग से पोता गया था। बीच गर्मियों के दिन थे और कमरे की हवा गरम थी। बाथरूम नहीं था, कोने में दो ईंट जोड़कर बना दिया गया था।

अपहरण करने वाले सभी युवा थे, 20 साल के आसपास के बदमाश। हालाँकि वे विनम्र थे। उन लोगों ने डॉक्टर से पूछा कि क्या उनको कुछ चाहिए तो डॉक्टर ने कहा कि इंसुलिन चाहिए क्योंकि उनको डायबिटीज़ था। उन लोगों ने कहा कि वे सुबह के समय दवा लाने की कोशिश करेंगे। जब वे लोग उनकी कार में चढ़ रहे थे तो उस समय जो धक्कामुक्की हुई थी उसमें उनका चश्मा टूट गया था, और इस कारण अँधेरे में उनको कुछ ख़ास दिखाई नहीं दे रहा था। उनको थकान महसूस हो रही थी और रात में किसी वक़्त उनको नींद आ गई।

——

सुबह किसी औरत की बातचीत से उनकी नींद खुली। डॉक्टर ने अनुमान लगाया कि वह औरत घर से कुछ दूरी पर किसी घर में रहने वाली थी। वह बातचीत किसी कुएँ के आसपास हो रही थी क्योंकि डॉक्टर को पानी भरने की आवाज़ भी सुनाई दे रही थी। एक लड़का डॉक्टर चन्द्र के कमरे में ही सोया हुआ था। वैसे तो वह डॉक्टर चन्द्र की निगरानी कर रहा था लेकिन वह दोस्ताना होने की कोशिश भी कर रहा था। उस लड़के ने डॉक्टर से कहा, "मैं सदा से ऐसा ही नहीं था। इस दुनिया में मुझे अपनी ख़राब स्थिति के कारण

आना पड़ गया।" बिनोद को बताते हुए डॉक्टर मुस्कुरा रहा था। उस लड़के ने डॉक्टर से कहा कि वह चाहता था कि उनके अपहरण में उसकी भूमिका के लिए डॉक्टर उसको माफ़ कर दें और उसको लग रहा था कि एक दिन डॉक्टर उसको कोई नौकरी दिलवा देंगे। वह लड़का बोला, "आपकी क्लिनिक में मैं अच्छा चौकीदार हो सकता हूँ।"

उस रात उस घर के बग़ल के किसी घर में शादी थी जिस घर में डॉक्टर चन्द्र को रखा गया था। उनको बैंड की आवाज़ और गीत गाती महिलाओं की आवाज़ आ रही थी—औरतें दूल्हे के स्वागत में गाली गा रही थीं, शायद पर्दे के पीछे से औरतें माइक्रोफ़ोन पर गा रही थीं। गीत से डॉक्टर को उस गाँव का नाम समझ में आ गया जिस गाँव में उनको रखा गया था : चिरोरा। इस बीच पुलिस को एक बड़ा सुराग हाथ लगा। अपहरणकर्ताओं ने डॉक्टर के फ़ोन का उपयोग किया था जिसके कारण पुलिस को यह पता चल गया था कि फ़ोन किसको किया गया था। उनमें से एक ऑटो मैकेनिक था जो चोरी की कारों का धन्धा करता था। एक नेता था, विधायक, जिसका लम्बा आपराधिक इतिहास था। पुलिस ने गिरफ़्तारी शुरू कर दी और अपहरणकर्ताओं को घेरना शुरू कर दिया। डॉक्टर चन्द्र ने बिनोद को बताया कि पुलिस के ऊपर बहुत अधिक सार्वजनिक और राजनीतिक दबाव था। एक तो डॉक्टरों की हड़ताल की चेतावनी थी, लेकिन लालू प्रसाद यादव ने भी इस बात को प्रमुखता से उठाया था। लालू को इस बात का निश्चित रूप से पता था कि अपहरण में उनकी पार्टी का कोई शामिल नहीं था। यही बात साबित भी हुई, जिस पहले आदमी की गिरफ़्तारी हुई उसने जो नाम बताया वह विपक्षी दल के विधायक का था।

अगली रात पुलिस का एक जत्था उस अँधेरे कमरे तक पहुँच गया जिस कमरे में डॉक्टर चन्द्र थे। लेकिन वहाँ कोई नहीं था। उस कमरे से यह तो पता चल रहा था कि किसी को वहाँ बंधक बनाया गया था लेकिन इससे अधिक कुछ नहीं। कुछ घंटे पहले ही अपहरणकर्ताओं ने डॉक्टर को उसी गाँव में किसी और घर में छिपा दिया था। वह एक बड़ा घर था, और डॉक्टर का अनुमान था कि किसी ऐसे आदमी का था जो विदेश में रहता था। उसी रात देर से पुलिस को एक सुराग मिला जब उसने एक बूढ़े आदमी को पकड़ा जो शायद उस घर की देखभाल करने वाला था जिस घर में पहले डॉक्टर

चन्द्र को रखा गया था। कुछ ही मिनटों में पुलिस ने दूसरे घर का दरवाजा तोड़ दिया। जब पुलिस अन्दर आई तो डॉक्टर चन्द्र घबरा गए। पुलिस वाले वर्दी में नहीं थे। उनको पहले लगा कि कोई नया गिरोह उनका अपहरण करने आ गया—अख़बार में इस तरह की बातें प्रकाशित हुई थीं। कोई दूसरा गिरोह बंधक को ले जाता और उससे भी अधिक फिरौती की माँग करता। लेकिन जिस आदमी ने उनको हथियार दिखाते हुए पकड़ा उसने बताया कि वह वहाँ का पुलिस प्रमुख था। एक घंटे या उसके कुछ समय के बाद वह वापस लौट गए।

———

जब बाबा ने बिनोद से कहा था कि शायद रबिन्दर अपहरण और फिरौती के काम में शामिल था तभी से बिनोद डॉक्टर चन्द्र के बारे में सोच रहा था। जब उसकी नीलू से आख़िरकार बात हुई तब उसने उससे पूछा कि क्या उसको कुछ पता चल पाया था। उसने कहा कि उसको कुछ पता नहीं चला था। "हो सकता है कि उनका हाथ रहा हो।" उसके बाद उसने कहा, "रबिन्दर कुछ भी कर सकता था।" कुछ घंटे के बाद शत्रुघ्न ने उसको फ़ोन पर कुछ बातें बताईं, जो उसको अपने राजनीतिक मित्रों से पता चली थीं। यह कि इसके बावजूद कि रबिन्दर के ख़िलाफ़ आरोप लगाए गए थे उम्मीद इस बात की थी कि वह जल्दी छूट जा सकता था। लेकिन यह उम्मीद जाती रही, दिन सप्ताहों में गुज़रने लगे। जब बिनोद ने बुआ को फ़ोन किया तो ऐसा नहीं लगा कि उनको किसी तरह की उम्मीद थी। उन्होंने साँस छोड़ते हुए कहा, "सब राजनीतिक है।"

———

महीनों बाद रबिन्दर जेल में ही था कि रमोला बनर्जी का क़त्ल हो गया। नीलू उन लोगों में थी जिसको ऐसा लगता था कि रोमा के क़त्ल का रबिन्दर से कुछ लेना-देना था। बिनोद ने शत्रुघ्न से यह खबर बस सुनी ही थी और उसको अपनी बातचीत में सुसंगत हो पाने में बहुत मुश्किल हो रही थी, इसलिए उसका

कहना था कि पटना में क़त्ल करने के कोई कारण नहीं थे। लम्बी सूची में रबिन्दर एक नाम भर था। नीलू के ऊपर कोई प्रभाव नहीं पड़ा। उसके लिए इसको अपने भाई को दोषी मानना अपने शहर को दोषी मानने से आसान था। इस मसले में उसका कहना था कि पटना को नर्क से अलगाने वाली एक पतली सी रेखा थी। लोग भले एक-दूसरे के प्रति बहुत बुरी हिंसा कर रहे थे लेकिन हर हत्या के पीछे कोई न कोई कारण होता था। उसका मानना था कि तमाम बुराई के बीच एक तरह का न्याय था। उसके दिमाग़ में जो मुक़दमा चल रहा था उसमें रबिन्दर हार गया और पटना जीत गया।

रोमा की मौत में कुछ भी उचित नहीं था।

हत्यारों ने उसकी लाश को बोरे में रखकर पटना हवाई अड्डे के पास रेलवे पटरी के पास फेंक दिया था। ऐसा लगता था कि रात में आवारा कुत्तों ने बोरे को फाड़ दिया था। उस दिन सुबह नौ बजे कलकत्ता से अमृतसर जाने वाली ट्रेन गुज़री थी। उसके बहुत पहले ही गिद्ध वहाँ आ गए थे। बोरा तब तक फाड़ा जा चुका था और लाश के ऊपर चिड़ियाँ बैठकर खा रही थीं। उन्होंने अच्छी तरह खा लिया था क्योंकि कुछ ख़ास मिला नहीं था। धड़ से ऊपर का शरीर बचा हुआ था। आँखें शायद कौवे ने निकाल ली थीं और चेहरे का बायाँ हिस्सा शायद कुत्तों ने काट खाया था। पुलिस सामान्य रूप से साड़ी को तलाश रही थी जिसको वह मिसिंग के केस से जुड़ी साड़ी के रंग से मिला पाती, लेकिन इस मामले में पहचाने जाने लायक़ सबूत आया रोमा के दाएँ हाथ से। हाथ अभी भी पूरा था, लेकिन सोने की अँगूठी और चूड़ियों के आसपास का हिस्सा पचास फ़ीट की दूरी पर कंक्रीट की दीवार के पास मिला था, जिसको रेलवे ने बनवाया था और अधूरा छोड़ दिया था।

सड़क की दूसरी दिशा में कुछ ही दूरी पर झोंपड़ी में रहने वाले लोगों ने बताया कि उन लोगों ने गिद्धों को देखा था लेकिन उनको लग रहा था कि ट्रेन से कटकर किसी जानवर की मौत हो गई थी। ऐसा पहले भी होता रहता था। कुछ महीने पहले एक गाय का खुर बग़ल से कट गया था। इस बार अलग-अलग समय में कुछ लोगों ने देखने की कोशिश की थी लेकिन उनको कुछ दिखाई नहीं दे रहा था। हत्यारों ने लाश को छोटे-छोटे टुकड़ों में काट दिया था ताकि बोरे में उसको आसानी से रखा जा सके। कुत्तों और बाद में चिड़ियों ने लाश के टुकड़ों को इधर-उधर बिखरा दिया था और किसी के लिए भी यह

असम्भव था कि उस दिशा में देखकर यह अनुमान लगा पाए कि वे जो देख रहे थे वह कभी किसी इनसान का शरीर था।

गिद्धों ने ख़ूब खाया और उनमें से कई उस समय रेल की पटरी पर बैठे थे जब कलकत्ता वाली ट्रेन आई। ट्रेन के ड्राइवर ने उनको देखा था लेकिन उसको लग रहा था कि ट्रेन के पास आने पर वे उड़ जाएँगे।

गिद्धों ने ख़ूब खा लिया था और उनका शरीर भारी हो गया था। कुछ ने भागने की कोशिश की लेकिन हल जैसे लोहे के ट्रेन के नीचे कई गिद्ध आ गए, और उन गिद्धों के शरीर के टुकड़े चीखते हुए हवा में उड़ने लगे। पहले एक, फिर एक और, आसपास के घर में बड़े-बड़े सिरविहीन गिद्ध जाकर गिरने लगे।

वह घर बिहार के फाइनेंस कमिश्नर का था। वह अधिकारियों के बँगलों में से एक था। गिद्ध पाँच फ़ीट ऊँची दीवार के ऊपर से बँगले के बगीचे में जाकर गिरे। उनमें अभी भी इतनी जान बाक़ी थी कि मरने से पहले चकरघिन्नी काटने लगें। सुबह के नौ बजे अपने बगीचे में बिना सिर वाले गिद्धों को चकरघिन्नी काटते देखकर फाइनेंस कमिश्नर रणजीत दुआ ने पुलिस के डीआईजी को फ़ोन मिलाया, जो वीकेंड में साईं सत्संग में उनके साथ जाता था। दोपहर के चार बजे तक उसकी पहचान नहीं हो पाई। उसके पति ने कहा कि उसको इस बात का सन्देह था कि उसकी पत्नी का अपहरण कर लिया गया था : वह फिरौती के लिए फ़ोन का इन्तज़ार कर रहा था कि पुलिस आ गई।

———

बिनोद का मोबाइल उस समय नया था और रात में वह बजा तो वह सो चुका था। उसने फ़ोन नहीं उठाया। यह शत्रुघ्न का फ़ोन था। बिनोद ने फ़ोन में टाइम देखा। शत्रुघ्न ने बताया कि वह शाम में हाजीपुर जेल गया था रबिन्दर को यह ख़बर देने। आधी रात के बाद शत्रुघ्न ने उसको फ़ोन किया। बिनोद को लगा कि उसका बहनोई शराब पी रहा था। शत्रुघ्न ने बताया कि रबिन्दर ने उसको देखकर कहा, "मेरे लिए स्पेशल खाना लाए कि नहीं?" उसके बाद उसने शत्रुघ्न का चेहरा देखा और उसको बैठ ज़ाने के लिए कहा और वह सुनने का इन्तज़ार करने लगा जो सामने वाला आदमी बताना नहीं चाहता था।

रबिन्दर का मानना था कि इस बात की सम्भावना बहुत कम थी कि रोमा के पति ने यह हत्या करवाई हो। बनर्जी ऐसा कर नहीं सकता था। उसको पक्का ऐसा लग रहा था कि जो लोग उसको जेल भिजवाने के पीछे थे उन्हीं लोगों ने रोमा का क़त्ल करवाया था। शत्रुघ्न से बात करते हुए रबिन्दर ने उसको हैरान कर दिया जब उसने बुआ के राजनीतिक प्रतिद्वंद्वियों के नाम के साथ-साथ शत्रुघ्न को वित्त मुहैया करवाने वाले माणिक का भी नाम लिया।

रबिन्दर ने कहा कि एक बार जेल से निकलने के बाद उसको अपने भाई माणिक का कुछ करना होगा।

शत्रुघ्न के पास माणिक और रबिन्दर के बीच के सम्बन्धों को लेकर अपनी व्याख्या तैयार थी। उसने कहा, "एक म्यान दो तलवार।" दोनों दो तलवारों की तरह थे, और म्यान एक ही थी। क्या माणिक को भी रोमा से प्यार था? शत्रुघ्न हँसने लगा। वह बोला, "नहीं, नहीं। वह अलग बात है। आप बेचारी लड़की को इसमें कहाँ से ला रहे हैं? यह बड़ा गेम है।"

रोमा का क़त्ल रबिन्दर के लिए चेतावनी थी। जिसका अपहरण होता था उसको आइटम कहा जाता है, और माणिक का काम था आइटम को सुरक्षित रखने के लिए गुंडे उपलब्ध करवाना। जिस राजनेता को उसने एक बार एके 47 दिया था वह माणिक को राज्य की राजनीति में आगे बढ़ाना चाहता था। शत्रुघ्न को लगता था कि माणिक ने बुआ की सम्पत्ति पर पहले ही क़ब्ज़ा कर लिया था। वह इस बात को पक्का करना चाहता था कि बुआ की राजनीतिक विरासत रबिन्दर को नहीं मिले। उसके अपने चुनाव क्षेत्र से टिकट माणिक को ही मिले, वह बुआ के बेटे को न जाए। शत्रुघ्न ने कहा, "रोमा को मारकर वे रबिन्दर को यह सन्देश दे रहे हैं कि वह जेल में ही सुरक्षित है। जेल से बाहर आओ, हम तुम्हारे शरीर के सौ टुकड़े कर देंगे।"

——

उस रात बिनोद को नींद नहीं आई। अगली सुबह, दफ़्तर में आधा घंटा बिताने के बाद वह बाहर टहलने के लिए गया। पास में एक छोटा-सा तालाब था और वह एक दीवार के साये में बैठ गया। दिन में अलग-अलग समय तालाब का

रंग हरे से काला होता जाता था। वह तालाब में घूरता हुआ बैठा रहा। तालाब के पानी में ऊपर उड़ते हवाई जहाज़ की छाया पड़ रही थी।

अख़बार में पटना की रमोला बनर्जी के बारे में कुछ लिखा हुआ था। यह बता पाना मुश्किल था कि आने वाले समय में कुछ और भी छपने वाला था या नहीं। निश्चित रूप से और भी सामने आता क्योंकि पुलिस ने विवाहेतर सम्बन्धों की सम्भावना जताई थी; लेकिन उन लोगों ने कमान थाम रखी थी। जिसका नतीजा यह हुआ कि हत्या को लेकर जो उत्सुकता थी वह एक या दो दिन में जाती रही। अगर रोमा किसी अफ़सर की पत्नी न रही होती तो उसकी हत्या को लेकर मानवाधिकार और महिला समूह के लोग हाय-तौबा मचाते जिसका मतलब होता कि एक दिन और अख़बार में ख़बर बनती, लेकिन यह ख़बर हमेशा के लिए दब भी जाती।

कुछ महीने पहले ही पटना के पास बिक्रम में सड़क के किनारे चौदह साल की एक लड़की मर गई थी। वह सड़क पर ही रहती थी और दुकानदारों, भिखारियों, और पुलिस का भी कहना था कि वह मानसिक रूप से विक्षिप्त थी। हालाँकि, लड़की लोगों को अपना नाम बता पाती थी, कुसुम। उसको कुछ ट्रक ड्राइवर बिक्रम ले आए थे। उन लोगों ने उसको उसके घर से उठाया, उसका बलात्कार किया, और फिर सड़क किनारे छोड़ दिया। स्थानीय अफ़सर अंजार मियाँ को उसके ऊपर दया आ गई और उसको शरण दे दी, लेकिन वे अपने छोटे से घर में उसको लम्बे समय तक नहीं रख पाए।

कुसुम वापस सड़क पर आ गई। हो सकता है कि उसका सामूहिक बलात्कार दुबारा हुआ हो। कुछ मज़दूर उस लड़की को अस्पताल लेकर गए, उसके कपड़े ख़ून में डूबे हुए थे। लेकिन उसको भर्ती नहीं किया गया और कुसुम को नदी के किनारे छोड़ दिया गया, जहाँ दो दिन के बाद उसकी मृत्यु हो गई।

पटना दफ़्तर में बिनोद का एक सहकर्मी जिसका नाम वर्गीज़ था बिक्रम गया था लोगों से बात करने के लिए। वह चन्द्रभूषण नामक स्कूल अध्यापक से मिला जिसने बताया कि कुसुम 'डी.के. सिंह, फ़िरोज़ और किशन गिरोह का नाम ले रही थी।' उसने अपनी माँ के बारे में पूछा। वर्गीज़ को उस स्कूल अध्यापक ने कहा, "जब मैंने उससे पूछा कि उसको क्या परेशानी थी, वह बार-बार अपने पेट की तरफ़ इशारा कर रही थी।"

बाद में जब वह माला श्रीवास्तव के बारे में लिख रहा था तब वह केवल बुआ के बारे में सोच रहा था। उसने रोमा का नाम अपने दिल में कहीं छुपा लिया था और उसको भूल जाने की कोशिश कर रहा था। लेकिन जिस रात बिनोद को रोमा की हत्या की ख़बर मिली थी, उसके अगली सुबह जब वह तालाब के पास बैठा हुआ था तो वह सोच रहा था कि काश वह रोमा की मौत के पहले उससे मिला होता। जब वह पटना में जीवित थी और ख़ुश थी तब वह उससे मिला होता और पूछता कि वह कौन थी और जीवन में क्या चाहती थी। लेकिन अगर वह उससे मरते वक़्त मिला होता तो उसकी दिली ख़्वाहिश थी कि वह उसके मुँह के पास अपने कान लगाकर सुनने की कोशिश करता कि वह किनके नाम फुसफुसाकर बताती, और वह सन्तुष्ट हो जाता कि वे सभी नाम उसके लिए उसी तरह निरर्थक थे जिस तरह कुसुम के होंठों से निकले नाम।

उन्नीस

फ़ोन पर रबिन्दर हमेशा फ़िल्म बनाने के बारे में योजनाएँ बनाता था और एक रात जब उसने माँ को फ़ोन किया तो उन्होंने अच्छी ख़बर सुनाई। एक नया पुलिस अफ़सर उस पुलिस स्टेशन में नियुक्त हुआ था जिसके अन्तर्गत बुआ का घर पड़ता था। उसका नाम क़मर या क़ैसर था, वह मददगार आदमी था और एक ऊँची इमारत में फ़्लैट के एवज़ में वह अपने दफ़्तर के रेकॉर्ड में कुछ बदलाव करने के लिए तैयार हो गया था। अब रबिन्दर की रिहाई अक्टूबर में किसी समय होने वाली थी।

बिनोद दशहरा की छुट्टियों के लिए पटना जा रहा था और उसको उम्मीद थी कि तब तक रबिन्दर शायद जेल से छूट जाए। बाबा के बारे में डॉक्टर ने अच्छी रिपोर्ट दी थी। ऐसा लग रहा था कि उन्होंने कैंसर को पछाड़ दिया था। फ़ोन पर बात करने में वे अच्छे लग रहे थे। अमेरिकी सरकार की रिपोर्ट अभी जारी हुई थी। सद्दाम हुसैन के पास कोई विनाशकारी हथियार नहीं था। बाबा ने यह बताना ज़रूरी समझा कि उन्होंने बीबीसी पर इस जाँच के बारे में अभी ही सुना था। "हमारे पास लगभग सारी ग़लत जानकारियाँ थीं," बुश द्वारा नियुक्त जाँच अधिकारी ने कहा था।

बिनोद ने उसी बातचीत के दौरान बताया कि वह विकास धर के लिए स्क्रीनप्ले लिख रहा था।

बाबा ने पूछा, "फ़िल्म में संघर्ष का बिन्दु क्या है?"

इस सवाल के जवाब में सही शब्द की तलाश में उसको मुश्किल होने लगी। वह कहना चाहता था ख़्वाहिश—ख़्वाहिशों का संघर्ष—किस चीज़ के ख़िलाफ़, यह कह पाना मुश्किल लग रहा था—फिर उसने जल्दी से कहा, "यह बुढ़ापे के बारे में है। लोगों की उम्र तो हो जाती है लेकिन उनको अपनी ज़िन्दगी से और भी बहुत कुछ चाहिए होता है।"

उसको दूसरी तरफ़ से कुछ आवाज़ सुनाई दी। बाबा को इस बात का यक़ीन नहीं था कि बिनोद को बुढ़ापे के बारे में कुछ और पता था, इस बात को लेकर वह पक्का था, लेकिन उसको अपने पापा की हँसी अच्छी लगी। इसलिए उसके लिए यह सदमे जैसा था जब फ़ोन आया कि उनको निमोनिया हो गया था और उनको अस्पताल ले जाया गया था।

दशहरे की छुट्टियाँ अभी पन्द्रह दिन दूर थीं। बिनोद ने बुआ को बताया कि वह कल फ़ोन करके यह बताएगा कि वह कितनी जल्दी आ सकता था। लेकिन उसी रात फ़ोन पर नीलू ने बताया कि डॉक्टरों ने कहा था कि हालात उससे कहीं अधिक गम्भीर थे जितना कि उन्होंने समझा था।

सुबह उसने सहारा की फ़्लाइट पकड़ ली और दिल्ली पहुँच गया। फिर पालम पर फ़्लाइट का इन्तज़ार करने लगा जो उसको पटना लेकर जाने वाली थी। देश के हर शहर के लिए जहाज़ उड़ रहा था लेकिन कोई उस शहर को नहीं जा रहा था जहाँ उसको जाना था। तीन घंटे के बाद उन्होंने यह घोषणा की कि फ़्लाइट एक घंटे और देर से जाने वाली थी। उसके बाद रबिन्दर ने बिनोद के मोबाइल पर फ़ोन करके बताया कि पटना में अस्पताल में बहुत गड़बड़ी थी। एक सर्जन का अपहरण के बाद क़त्ल हो गया था और इस कारण डॉक्टर हड़ताल पर थे।

हताशा या शायद अलग तरह का दुःख था, वह बग़ल की सीट पर बैठ गया। लेकिन एयरपोर्ट के बाक़ी लोग उसी उत्साह से अपने काम में लगे हुए थे। एयरलाइन स्टाफ़ नीले रंग की ड्रेस पहले वाकी-टाकी पर ज़ोर-ज़ोर से शहरों के नाम ले रहे थे। *गुवाहाटी, बैंगलोर, चेन्नई, जम्मू, जम्मू के कोई यात्री...*पटना जाने वाले यात्रियों के लिए यह कहा जा रहा था कि वे कैफ़े में खाने का वाउचर ले लें। उससे थोड़ी दूर बच्चे प्लास्टिक का मोबाइल फ़ोन लिये खेल रहे थे, दूर हॉल के आख़िरी सिरे पर बड़े से स्क्रीन पर हॉलीवुड की किसी फ़िल्म का दृश्य दिखाया जा रहा था जिसमें क्रिस्टोफ़र रीव थे। न्यूयॉर्क सिटी में कोमा में पड़े-पड़े रीव की मौत हो गई थी। कम-से-कम सुपरमैन को डॉक्टरों के न होने की परेशानी तो नहीं झेलनी पड़ी। बिनोद ने अजीब तरह से अपने पिता के बारे में सोचा, फेफड़े में बर्फ़ हो गया है। और फिर बाहर शोर-शराबे भरे लाउंज में वह बच्चों की तरह यह दुआ करने लगा कि अभी बाबा की मृत्यु न हो, वे उस

फ़िल्म को देखकर जाएँ जिसकी कहानी वह विकास धर के लिए लिख रहा था।

——

बाबा सफ़ेद रंग की एक चादर पर लेटे थे जिसके कोने में स्याही का एक बड़ा-सा धब्बा था। छोटी-सी मेज़ पर *फ्रंटलाइन* का नया अंक पड़ा हुआ था, अमर्त्य सेन का लेख था, जिसमें उन्होंने सूट और लाल टाई लगा रखी थी। बाबा एक बेरंग कुर्ता पहने हुए थे जिसकी कलफ़ इतनी पक्की थी कि ऐसा लग रहा था कि कुछ छिपाने के लिए हो। उसके पिता की त्वचा गहरे रंग की हो गई थी लेकिन उनके सिर में खिचड़ी बाल उग रहे थे। बाल बहुत कम थे। बिनोद बिस्तर का पाया पकड़कर खड़ा हो गया और कुछ नहीं कह रहा था।

"वह सो रहे हैं," शत्रुघ्न ने कहा। "आप यहीं रहिए। मैं नीचे से आपके लिए चाय लेकर आता हूँ।"

अचानक पिता के साथ अकेले होने पर बिनोद पास गया और बिस्तर पर बैठ गया। बिस्तर की दूसरी तरफ़ एक खिड़की थी। दूर गंगा दिखाई दे रही थी। एक नाव धीरे-धीरे बही जा रही थी।

बीमार पड़ने के पहले बिनोद जब भी दिल्ली या बम्बई से आता था तो बाबा की आदत थी कि वही रेलवे स्टेशन पर आते थे। पापा उसको घर के सभी लोगों के देखने या मिलने के आधे घंटे पहले उसको देखना चाहते थे। बिनोद ट्रेन से उतरता और बाबा खड़े मिलते, अपनी पतली बाँहों को हिलाते हुए, उसके बाद पीछे मुड़ते हुए वे उसको हनुमान मन्दिर की तरफ़ ले जाते। उनके प्यार में किसी तरह की बनावट नहीं थी, न ही किसी तरह की कोई माँग।

माँ और नीलू घर का बना कुछ खाना लेकर आई थीं और उन्होंने बाबा को धीरे-धीरे जगाया। बिनोद ने उनके पाँव छुए और उसके पापा ने कुछ कहा लेकिन बोलने में लटपटा गए। माँ ने टिफ़िन खोला और बिनोद से खाने के लिए कहा, लेकिन बिनोद बोला कि वह नीचे जाकर चाय पी लेगा।

दरवाज़े के पास पीले रंग की इमारत थी, जिसके ऊपर लिखा हुआ था त्वचा एवं रतिज रोग शोध संस्थान। उस इमारत के बरामदे में एक फेरीवाले

ने दुकान लगा ली थी। एक छोटा-सा स्टोव, कुछ शीशियाँ, और कुछ उलटे पड़े गिलास, कोने में ईंटों के ढेर पर रखे हुए थे।

"इसके लिए मैं भी कुछ पैसे दे देता," शत्रुघ्न ने कहा। और फिर बोला, "आपको अपने साथ बम्बई से डॉक्टर लेकर आना चाहिए था।"

———

बाद में दोपहर में एक इंटर्न अपने हाथ में क्लिपबोर्ड लिये हुए आई। उसने बाबा की कलाई पर अपनी उँगलियाँ लगाईं, उसके बाद उनकी छाती पर स्टेथोस्कोप लगाकर उनकी साँस सुनी। जाने से पहले उसने शत्रुघ्न की तरफ़ मुड़ते हुए कहा, "आपको चौकन्ना रहना होगा।"

अगले दिन वही महिला उसी समय पर आई, वह इस बार अलग लग रही थी क्योंकि उसने चूड़ीदार कुर्ता-पाजामे के स्थान पर पैंट पहन रखी थी। उसने कहा कि बाबा को और अधिक दवाएँ चाहिए, और फिर उसने सहज भाव से कहा कि इनको आईसीयू में शिफ़्ट किया जा रहा है, इनके फेफड़े को लगातार देखभाल की ज़रूरत है।

नया विंग शान्त था। वहाँ एयरकंडीशनर भी था और यह राहत की बात थी। लेकिन खिड़की के शीशों को सफ़ेद रंग से पेंट किया गया था और आप बाहर नहीं देख सकते थे। उस रात बिनोद बाबा के बग़ल में रखी एक खाट पर ही सो गया। उसके पापा को चैन की नींद आई, साँस धीरे-धीरे ले रहे थे लेकिन आराम से सो रहे थे। एक से अधिक बार बिनोद की नींद खुली क्योंकि उसको दीवार के दूसरी तरफ़ से ठहाकों की आवाज़ सुनाई दे रही थी। उसने सपना देखा कि वह ज़मीन पर खाने के लिए बैठा था, लेकिन वह जैसे ही भोजन करने को हुआ, उसकी प्लेट में एक गिरगिट गिर गया। वह खाना नहीं खा पाया और नीलू रोते हुए कमरे से भागी।

फिर देर रात उसकी नींद खुली क्योंकि उसको अपना गला सूखता सा महसूस हुआ। जब वह बाहर निकला तो बिनोद ने देखा कि उसके बग़ल के कमरे का दरवाज़ा खुला हुआ था। उसमें एक नौजवान, ख़ूब सूटेड-बूटेड आदमी कुर्सी पर बैठकर टीवी देख रहा था। टीवी बिस्तर पर रखा हुआ था। सुबह के समय उसको ऐसा महसूस हुआ कि बाबा कुछ बुदबुदा रहे थे

लेकिन यह भी सम्भव था कि वह बग़ल के कमरे से आ रही आवाज़ हो।

आठ बजे के ठीक पहले वह एक कप चाय और अख़बार लेकर आ गया। वह 'जनसत्ता' पढ़ रहा था कि उसने देखा कि बाबा नींद में लग रहे थे लेकिन वे कफ़ फेंकने की कोशिश कर रहे थे। वह चौकन्ना हो गया। बाबा ने अपने गले से बलगम साफ़ करने की कोशिश कई बार की और जब वे सफल नहीं हुए तो वे ऐसे जागे जैसे उनका दम घुट रहा हो। बिनोद गलियारे के दूसरे कोने में मौजूद नर्स को बुलाने के लिए भागा। वह नर्स कम उम्र की महिला थी जो कोच्चि या कोट्टायम या दक्षिण भारत के ऐसे ही किसी शहर की लग रही थी। दुबली, साँवली और उसके होंठ गुलाबी थे। उसने अंग्रेज़ी लहजे में हिन्दी बोलते हुए कहा, "अब बहुत टाइम नहीं है।"

सब ख़त्म हो गया।

——

बाबा की मौत के बारे में जो बात बिनोद को सबसे अधिक परेशान कर रही थी वह इस बात की चिन्ता थी कि जब बाबा कफ़ साफ़ कर रहे थे तब वह उससे कुछ कहना चाह रहे थे। जब बिनोद ने उनको देखा तो ऐसा लगा कि उनकी आँखों में एक रौशनी-सी आई थी। लेकिन बिनोद घबरा गया और वह कुछ नहीं बोला, बल्कि वह नर्स को बुलाने के लिए भागा। उसको अपने बाबा से बात करनी चाहिए थी, उसको कुछ कहकर उनको दिलासा दिलाना चाहिए था। अंग्रेज़ी फ़िल्मों में लोग कहते, "आई लव यू।" लेकिन उसके बाबा उसके और नीलू के साथ बहुत औपचारिक थे। जब वह बिनोद को फ़ोन भी करते थे तो वे उसके कामकाज के बारे में बात करते और फिर अपने स्वास्थ्य के बारे में बताते।

बाद में, जीप में जब उनकी लाश को श्मशान घाट ले जाया जा रहा था तब बिनोद इस बात के बारे में कई तरह से सोच रहा था, 'बाबा मैं यहाँ हूँ,' 'हिम्मत मत हारिए बाबा,' 'बाबा आपको पानी चाहिए?'

बुआ अपनी सफ़ेद एम्बेसेडर में माँ को अस्पताल लेकर आईं। माँ वार्ड में आईं और एक पल के लिए खड़ी रहीं, असहाय-सी इधर-उधर देखती हुई, उस पक्षी की तरह जिसके पंख काट दिये गए हों। वह रोईं नहीं, बिनोद को

ऐसा लगा था कि वह फूट पड़ेंगी। जब उन्होंने बिनोद को देखा तो ऐसे बात करने लगीं मानो कोई ऐसी बातचीत फिर से शुरू कर रही हों जो कहीं बीच में रह गई हो। वह बोलीं, "तुमको बाबा के शरीर को लेकर बनारस जाना है।" इस बात को लेकर पहले चर्चा नहीं हुई थी, लेकिन फिर, उन लोगों ने मौत को लेकर कोई बात नहीं की। बिनोद ने कहा कि अन्तिम संस्कार में देर नहीं करनी चाहिए। माँ ने कहा, "ठीक है, फूल ले जाना, फूल ले जाना। उनको बनारस में जल में प्रवाहित कर देना।"

वह बाबा के बग़ल में बैठी थीं। लेकिन जब बाबा के शरीर को ले जाने के लिए एम्बुलेंस आई तो माँ ने बहुत धीरे से कहा कि हम इस गन्दे नीले अस्पताल के वैन में लेकर नहीं जाएँगे। बाबा को इस तरह घर लेकर नहीं जाया जा सकता था। उनकी आवाज़ किसी लड़की जैसी लग रही थी। "बिनोद, बिनोद! हम ऐसा नहीं कर सकते। एम्बुलेंस में शरीर को रखना शरीर को ताबूत में रखने जैसा है। हम लोगों को ईसाइयों की तरह नहीं करना चाहिए।"

बिनोद ने अपनी माँ को इस तरह से बोलते पहले नहीं सुना था। वह बुआ की तरफ़ मुड़ा तो उन्होंने कहा कि वह जीप का इन्तज़ाम करती हैं।

आधे घंटे के बाद जब जीप आई, तो माँ और बुआ एम्बेसेडर में बैठ गईं जबकि बिनोद और शत्रुघ्न जीप में बाबा के शरीर के साथ। जब वे अस्पताल से बाहर निकले तो शत्रुघ्न ने कहा कि उनको फूल ख़रीद लेने चाहिए और ड्राइवर को पटना म्यूज़ियम वाली सड़क से चलने के लिए कहा। बिनोद चुपचाप बैठा रहा जबकि बाहर शत्रुघ्न गेंदे के फूलों की क़ीमत को लेकर मोल-भाव कर रहा था। उसने ध्यान दिया कि बाबा ने जो सफ़ेद कुर्ता पहना हुआ था उसकी जेब में कोई काग़ज़ पड़ा हुआ था। क्या उसके पिता मरते वक़्त उसको यही बताना चाहते थे। उसके दिमाग़ में वह बात ऐसे बैठ गई जैसे डूबता हुआ आदमी हवा को पकड़ता है। वह काग़ज़ का एक टुकड़ा था, तह किया हुआ और बिनोद अभी भी उसको देख रहा था, वह उसको पढ़ नहीं पा रहा था, तभी शत्रुघ्न गेंदे के फूल लेकर आ गया, और उसने उठाकर फूलों का ढेर बाबा के पैरों पर रख दिया।

बिनोद चुप रहा। उसने महसूस किया कि उसका दिल तेज़ी से धड़क रहा है, शायद इस वजह से क्योंकि उसने कोई राज शत्रुघ्न से छुपा रखा था। उसको ऐसा महसूस हो रहा था जिस तरह से बदमाशी करने के बाद स्कूल के

किसी लड़के को लगता है। जब वे घर के पास पहुँचने वाले थे तब बिनोद ने काग़ज़ निकाल लिया। उसने देखा कि लिखावट बाबा की थी, वह पहले से अधिक टूटी-फूटी थी, शायद इस कारण क्योंकि उन्होंने लेटकर वह लिखा था।

> *डिक्शनरी*
> *मैंने इसको कई बार पढ़ा लेकिन मैं इसके प्लॉट का पता नहीं लगा पाया।"*
> *मार्क ट्वेन*

उन्होंने यह किसी अख़बार या पत्रिका से उतारा था? बिनोद ने उस काग़ज़ को पहले की तरह ही मोड़ लिया और अपनी जेब में रख लिया।

———

माँ ने पूछा, "क्या रबिन्दर आ पाएगा?"

जब माँ के सवाल का जवाब किसी ने नहीं दिया तो उन्होंने पहले की तरह ही दुबारा इस वाक्य को कहा। एक घंटे से अधिक समय तक कमरे में जो भी जाता माँ उससे यही सवाल करतीं। उनके सवाल से सभी के चेहरे उतर जा रहे थे लेकिन किसी को समझ में नहीं आ रहा था कि जवाब में कहा क्या जाए।

बिनोद ने देखा कि जब सभी लोग अन्तिम संस्कार की तैयारी के लिए भाग-दौड़ कर रहे थे तो माँ निर्विकार भाव से देखे जा रही थीं। उनके बाल बिखरे हुए थे, उन्होंने माथे का सिंदूर पोंछ लिया था और हाथों की चूड़ियाँ तोड़ ली थीं। जिस आवाज़ में वह रबिन्दर के बारे में पूछ रही थीं वह स्वाभाविक नहीं थी। बिनोद को समझ में आया कि उसकी माँ बड़ी कोशिश से अपनी आवाज़ को सामान्य बनाए रखने की कोशिश कर रही हैं। वह कोशिश कर रही थीं कि अपना आपा न खोएँ और इसलिए उनको जो समझ में आ रहा था, बोले जा रही थीं।

शत्रुघ्न ने *टाइम्स ऑफ़ इंडिया* के एक विज्ञापन के माध्यम से एक पंडित को खोज लिया था। उसका नाम रतन राज था, और उसको जल्दी ही पता चल गया कि उसका जन्म गुयाना में हुआ था। वह पटना में इस कारण था क्योंकि वह इस बात को लेकर शोध कर रहा था कि कौन-कौन सी परम्पराएँ बिहार

और कैरेबियन देशों में आज भी एक समान थीं। रतन राज अभी जवान था। उसने सफ़ेद कुर्ता पहना हुआ था और गले में माला थी। जब वे श्मशान घाट जाने के लिए तैयार हो गए तो शत्रुघ्न ने रतन राज से पूछा, "पंडित जी तैयार?"

पूरी गम्भीरता और गहरी आवाज़ में रतन राज ने संस्कृत श्लोक पढ़ने शुरू किए, जिनसे शायद परिवार के लोग परिचित थे, क्योंकि सुनते ही घर की महिलाएँ रोने लगीं।

——

बाबा के शरीर को नहलाकर लकड़ी की चिता पर लिटा दिया गया था, जिसके ऊपर सफ़ेद चादर बिछी थी। एक चमकदार पीले रंग के कपड़े से बाबा को लपेटा गया था जिसके ऊपर 'राम नाम' लिखा हुआ था। बिनोद का दिल भर आया क्योंकि नौकर ने किसी चीज़ का तकिया भी बनाया था और बाबा के सिर के नीचे रख दिया था। वह माँ और नीलू को नहीं देख रहे थे, और उनको यह भी नहीं पता था कि जब उनको जीप में रखा जा रहा था तब वह उनको देख रही थीं। बाहर उमस थी। उसको एक गिलास ठंडा पानी पीने की इच्छा हुई और इसी बहाने एक मिनट के लिए अँधेरे कोने में अकेले बैठने की।

जब उन लोगों ने चलना शुरू किया तो आवाज़ें होने लगीं, शत्रुघ्न ने सिक्के इकट्ठे किए थे जो गेट के बाहर निकलने के बाद उनके ऊपर फेंके जाने थे। छोटे-छोटे भिखारी उनके पीछे धूल में भागे आ रहे थे। उसने हाथ उठाकर ड्राइवर को गाड़ी रोकने के लिए कहा। वह खिड़की के बाहर इस बात की तस्दीक़ करने के लिए देखना चाहता था कि उसके निर्देशों का पालन हो रहा था या नहीं।

माँ का कहना था कि बाबा की आत्मा को शान्ति नहीं मिलेगी अगर उनको लकड़ी की चिता पर लिटाकर उनके एकमात्र बेटे द्वारा मुखाग्नि नहीं दी जाएगी। लेकिन वे लोग उनको विद्युत शवदाहगृह लेकर गए, जो अग्नि वाले घाट के एक तरफ़ था। बिनोद को अपने दिल में यही लग रहा था कि उसके बाबा भी यही चाहते—उसने शायद अपने पिता को आँकड़ों के आधार पर यह कहते सुना था कि लकड़ी की चिताओं पर जलाई गई लाशों में से पचीस प्रतिशत लाश अधजली रह जाती है और उसको जिस नदी में प्रवाहित

किया जाता है उस नदी को वे प्रदूषित कर देती हैं। वह जानता था कि सही तरीक़ा यही था।

जब वे घाट के क़रीब पहुँचे तो जीप का ड्राइवर पहली बार बोला। उसने बताया कि श्मशान घाट वालों ने विद्युत शवदाहगृह का बिल नहीं चुकाया था इसलिए सरकार ने वहाँ की बिजली काट दी थी, जबकि वह शवदाहगृह सरकार का ही था। यह सूचना परेशान करने वाली थी। और उस दिन पहली बार बिनोद ने महसूस किया कि उसके अन्दर भावनाएँ जाग रही थीं। दुःख के कारण नहीं बल्कि ग़ुस्से या चिढ़ के कारण भी ऐसा हो सकता था। शत्रुघ्न ने कहा कि घाट पर लकड़ियों की कोई कमी नहीं थी, और पंडित ने दुःख के साथ कहा, "सही बात है। अन्तर केवल क़ीमत में था, इसमें बस हज़ार रुपये अधिक लगेंगे। और ज़ाहिर है समय...दो घंटे के बजाय चार घंटे लग जाएँगे।"

बिनोद को नहीं पता था कि इतना समय लगता था, विद्युत शवदाहगृह में भी दो घंटे। लेकिन बाबा के शरीर को सफ़ेद राख का ढेर बनने में इतना ही समय लगा था।

जब वे घाट पर पहुँचे तो उन्होंने पाया कि फ़ौरन किए गए एक इन्तज़ाम के कारण अन्तिम संस्कार का काम शुरू था। किसी तरह की कोई काग़ज़ी कार्रवाई नहीं की गई। उनको पन्द्रह मिनट इन्तज़ार करने के लिए कहा गया; पन्द्रह मिनट चालीस मिनट की तरह लग रहे थे।

——

रतन राज ने हाथ जोड़कर कोई प्रार्थना पढ़नी शुरू कर दी। स्टील की एक प्लेट में उसने पूजा के लिए बहुत सारा सामान रखा। बिनोद को अपने पिता के सिर के पास गंगाजल रखना था और फिर पैरों में उड़हल के सफ़ेद फूल ताकि किसी मृत आदमी के पैरों जैसा लगे। काले कपड़े में लिपटी छोटी-सी वस्तु यमराज थे, और बिनोद ने मूर्ति के सामने चावल और पैसे रख दिये थे। रतन राज श्मशान घाट के कर्मचारी से गीली मिट्टी माँग रहा था। उसने मिट्टी के लोंदे का गोला बनाया और उसमें अगरबत्ती खोंस दी जो बहुत सुगन्धित थी। मिट्टी आग में तपकर चमक रही थी। लेकिन वह कई घंटे बाद की बात थी। मिट्टी का लोंदा अवन में गर्म हो गया था। उसके पहले बाबा

के शरीर को ट्रे में रखकर आगे बढ़ाया जाने वाला था। बाबा का सिर, उनके छोटे सफ़ेद बाल पीले और गीले लग रहे थे, बिनोद ने सबसे अन्त में उनको ही अन्दर जाते हुए देखा था।

उनको अहाते में रुकने की सलाह दी गई थी। लोहे की चिमनी से काला धुआँ उठता था जो बीस मिनट के बाद हल्का हो जाता था। बिनोद को बताया गया था कि एक मारवाड़ी व्यवसायी जो पास में तेल बेचता था, ने अवैध रूप से श्मशान घाट वालों से सम्बन्ध विकसित कर लिये थे। वह बिजली देने लगा था। वह हर लाश के चार सौ रुपये लेता था। वह भारी-भरकम आदमी था और उसकी गरदन पर तिल था। जब वे लोग उसको भुगतान कर रहे थे तो शत्रुघ्न ने उस आदमी से कहा, "अगर आप सफल रहे तो इस घटिया सरकार की कोई ज़रूरत नहीं रह जाएगी।"

उस आदमी ने लकड़ी के उस बक्से की तरफ़ देखा जिसमें पैसे रखे हुए थे। उसने कहा, "यह मृत लोगों की सेवा के लिए है।"

जब वे वापस जीप में लौटे तो शत्रुघ्न बोला, "अटेंडेंट को भी शायद हिस्सा मिलता है।"

ड्राइवर ने सिर हिलाया। वह बोला, "प्रत्येक लाश के अस्सी रुपये।"

बीस

ट्रेन जब बनारस पहुँची तो बिनोद कुछ देर रुककर स्टेशन पर बनाई गई गुम्बद को देखता रहा।

श्राद्ध के लिए तेरह दिन बीतना ज़रूरी होता था; मृतात्मा की शान्ति के लिए फिर से पूजा का आयोजन तथा ब्राह्मण और आस-पड़ोस के ग़रीबों को खिलाया जाना था। लेकिन बिनोद पटना में उतने लम्बे समय तक इन्तज़ार नहीं कर सकता था। अगर यह सब दिल्ली में हुआ होता तो वह जाकर लौट आया होता। बस इस योजना को स्वीकार किया गया कि वह पहले बनारस जाए और फिर दिल्ली होते हुए बम्बई चला जाए।

ट्रेन का बाथरूम बहुत गन्दा था और वह चलकर स्टेशन के बाहर की दीवार तक गया। उसके ऊपर पोस्टर था जिसके ऊपर अमिताभ बच्चन यह अपील कर रहे थे कि छोटे बच्चों को पोलियो का वैक्सीन दिया जाए। दाईं तरफ़ अलग तरह का पोस्टर लगा हुआ था, जिसके ऊपर स्त्री के वक्ष को दिखाया गया था, जो फ़िल्म *कोरियन काम सूत्र* का पोस्टर था। और कुछ दूरी पर रेलवे स्टेशन की गुलाबी दीवारों पर नक़ली गुम्बद बने हुए थे।

कुछ मिनट के बाद, बिनोद ने एक तिपहिया पकड़ा और ड्राइवर से मणिकर्णिका ले चलने को कहा। रिक्शा के रियर व्यू के नीचे दो लाइनें लिखी हुई थीं। *मिट्टी भी जहाँ की पारस है। उस शहर का नाम बनारस है।*

घाट की तरफ़ जाने वाली सीढ़ियाँ उन दुकानों की हल्की रौशनी में बड़ी मुश्किल से दिखाई दे रही थीं। बाबा की अस्थियों से भरा झोला उसके कन्धे से लटका हुआ था। उसके हाथ में एक सूटकेस था। एक छोटे रौशनी से चमक रहे मन्दिर के रास्ते में एक पुजारी खड़ा था जो बिनोद की तरफ़ देख रहा था। उसने पुजारी से पूछा कि क्या वह अस्थियों को पानी में बहा सकता है। दीवार पर लिखा हुआ था श्री हरिश्चन्द्र मन्दिर। पुजारी ने कानों पर चमकदार पीले

फूल लगा रखे थे। इस लिबास के अलावा वह ऐसा था कि उसको देखकर लगता था कि कोई इलेक्ट्रिशियन बिजली की गड़बड़ी को ठीक करने आया हो। उसने कहा, "आप पहले इस जगह पर प्रार्थना कीजिए। आप यहाँ कुछ अस्थियाँ रख सकते हैं, और अपनी श्रद्धा के अनुसार पैसे भी। आप जो भी दे सकते हैं। बाद के काम हम बाद में करेंगे।"

जब वह जाने लगा तो पंडित ने ज़ोर से कहा, "आप बहुत दूर से आए हैं। सब कुछ ठीक से कीजिए।" लेकिन बिनोद मोल-भाव नहीं करना चाहता था। वह शान्ति चाहता था और वह नीचे पानी की दिशा में चला गया।

शाम के अँधेरे में पाँच चिताएँ जल रही थीं। वह रुककर देखने लगा कि उसको क्या करना चाहिए। मृतकों के थोड़े से रिश्तेदार वहाँ आसपास दिखाई दे रहे थे। रिक्शा के ड्राइवर ने बताया कि विद्युत शवदाहगृह को बने दस साल हो चुके थे लेकिन उसका ठीक से इस्तेमाल हुआ ही नहीं था। उसका ईंटों का ढाँचा और लोहे की चिमनी उसके पीछे थे, शहर की रौशनी में सब कुछ चमक रहा था। एक या दो बार जलती हुई चिता से चिंगारियाँ उठती थीं, जब किसी की खोपड़ी फट जाती थी।

पटना में जब वह बाबा की लाश को लेकर श्मशान घाट गया था तब उसके साथ और लोग भी थे। यहाँ वह निपट अकेला था। वह जानता था कि यहाँ अपने पिता के साथ वह बिलकुल अकेला है, और वह उनको अँधेरे में खोना नहीं चाहता था। जलती हुई लाशों से उठती हुई लपटें उसके चेहरे पर पड़ रही थीं और वह आग तथा बेवजह उमड़ आई भावनाओं से दूर हो गया। उसने अपने आप से कहा कि वह सुबह फिर लौटकर आएगा।

———

पार्वती गेस्ट हाउस में उसको जो कमरा दिया गया था वह छोटा लेकिन आरामदेह था। उसका फ़र्श उपयोग के कारण काला पड़ चुका था और खिड़की की तरफ़ कुछ झुका हुआ था। कमरा दूसरी मंज़िल पर था और जब बिनोद ने बाहर देखा तो नीचे उसको एक दवा की दुकान दिखाई दी जिसमें रौशनी थी। दुकान का नाम बड़े-बड़े अक्षरों में लिखा था और उसकी बग़ल में एक आदमी की तस्वीर लगी हुई थी; लाल रंग का तरल पदार्थ, शायद कफ़

सिरप, उसके मुँह में भरा हुआ था और नीचे गुलाबी रंग की नाली में बहा जा रहा था। फेफड़ों को काले रंग में दिखाया गया था और उसको ख़ाली छोड़ दिया गया था। बिनोद सोच रहा था कि बाबा मरने से पहले कफ़ फेंकने की कोशिश कर रहे थे।

बिस्तर पर गिरते ही उसको नींद आ गई होगी। रात में उसकी नींद मंत्रों की आवाज़ से खुली जो पास आती जा रही थी। *श्री राम...नाम सत्य है*। आधी रात में शोक मनाने वाले घाट की तरफ़ आ रहे थे। कमरे में कोने में लकड़ी की एक तिपाई थी जिसके ऊपर बिनोद ने अस्थि कलश रख दिया था। वह सोच रहा था कि क्या बाबा ने अपने अन्तिम दिनों में यह सोचा होगा कि बिनोद बनारस में आकर उनका क्रियाकर्म करेगा।

वह सो नहीं पाया। गेस्ट हाउस के अँधेरे कमरे में बिनोद अपने बचपन के बारे में सोच रहा था। वह माँ के बारे में सोच रहा था वो जब लड़की थीं तो छुट्टियों में बनारस आया करती थीं। इसका मतलब यह हुआ कि बचपन से ही यह जगह माँ के ख़यालों में महत्त्वपूर्ण बनी रही। इसी वजह से दुनिया को लेकर माँ का रुख़ दिखाई देता था। वह जब तक जीवित रहेंगी उनके आचरण में कोई बदलाव नहीं होनेवाला था। बिनोद यही बात रबिन्दर के लिए नहीं कह सकता था। इससे कई बार ऐसा लगता था कि उसने ग़लती की थी और एक ग़लती के बाद दूसरी ग़लती हुई और उसका जीवन उसकी बर्बादी की दास्तान बन गया था।

हालाँकि, मुश्किल बात यह थी कि रबिन्दर भविष्य को लेकर उम्मीदवार था। बिनोद के विपरीत, जिसको हमेशा यह लगता था कि पटना में जो बदलाव हुए थे वह उनको जानता-समझता नहीं था। रबिन्दर का बर्ताव ऐसा होता था जैसे वह उन बदलावों के केन्द्र में था। उसके कारण शहर में उसका मुक़ाम बना। इसने उसको यह मानने का कारण दिया कि वह बम्बई को छू सकता था।

जब बिनोद अपने जीवन के बारे में सोच रहा था तब खिड़की से भोर की किरण फूटने लगी थी। उसको ऐसा लग रहा था कि उसने अतीत में ग़लत मोड़ ले लिये थे, लेकिन भविष्य में सब कुछ बेहतर किया जा सकता था। उसको इसी बात की उम्मीद थी। वह पटना छोड़ चुका था, बम्बई में नौकरी करता था। उसके पास ऐसे विचार थे जिनको वह काग़ज़ पर लिखना चाहता था।

गेस्ट हाउस में कोई ज़ोर-ज़ोर से गला साफ़ कर रहा था। बिनोद बिस्तर में पड़ा शान्ति की उम्मीद कर रहा था लेकिन फिर और तरह की आवाज़ें आने लगीं। कफ़ की आवाज़ें और दूसरे लोगों और बच्चों को पुकारते पुरुषों की आवाज़ें।

——

बिनोद ने खादी के बैग में एक नया कुर्ता रख लिया और बाबा की अस्थि का लाल कलश भी। जिस जगह पर उसने रात बिताई थी उससे पश्चिम की दिशा में अस्सी घाट था, जहाँ कबीर और तुलसी ने सदियों पहले ऐसी पंक्तियाँ लिखी थीं जिनका पाठ वहाँ के घाटों और आसपास के मन्दिरों में किया जाता था, जिसके पास से बिनोद का रिक्शा सब्ज़ी बाज़ार से होकर गुज़र रहा था। घाट पर पहुँचने पर उसने देखा कि एक लम्बा आदमी घाट के पास ध्यान की अवस्था में बैठा हुआ था; उस आदमी ने नीले रंग का कुर्ता पहना हुआ था और उसके बिखरे बाल सिर के ऊपर किसी साधू की तरह बँधे हुए थे। अस्सी घाट अब अपने आप में एक पर्यटन स्थल बन चुका था जहाँ आसपास नदी के किनारे होटल थे और विज्ञापन टँगे हुए थे उन अध्यापकों के जो भारतीय शास्त्रीय संगीत का ज्ञान देते थे। वहाँ किताबों की एक छोटी सी दुकान भी थी और बिनोद एक पल के लिए खड़ा होकर उसके बाहर लगे *नेशनल ज्योग्राफ़िक* के पोस्टर देखने लगा।

पानी कुछ पल के लिए ही ठंडा लगा। बिनोद ने कुछ डुबकियाँ लगाईं और उगते सूरज को देखते हुए गायत्री मंत्र का जाप करने लगा। वह अपनी हथेलियों में पानी भरकर गिरा रहा था मानो उसको गन्दगी से मुक्त कर रहा हो। इनसान के शरीर के कुछ हिस्से, पुरुष के शरीर का निचला हिस्सा या स्त्री शरीर का निचला हिस्सा जो अक्सर जलने से रह जाता था पानी में राख के साथ फेंक दिया जाता था। वहाँ नहाने के बाद बिनोद ऊपर अस्सी घाट की तरफ़ आया क्योंकि मणिकर्णिका उसके नीचे था। वहाँ नहाकर उसको उम्मीद थी कि उसने अपने कर्तव्यों को पूरा कर लिया है बल्कि पानी से वह साफ़ होकर भी निकला था।

जब वह कमर में तौलिया लपेटे अपने कपड़े बदल रहा था तो एक

नवयुवक उसके पास आया। उसने कहा कि उसके पास नाव है और वह 100 रुपये में उसको नीचे नदी में ले जा सकता है। बिनोद ने साठ रुपये कहे। वह आदमी बोला कि वह उसके लिए सुबह की बोहनी थी और वह बोहनी अच्छी तरह से करना चाहता था। बिनोद ने पाँच रुपये और बढ़ा दिए। नाव को नीले और सफ़ेद रंग से रँगा गया था। उसमें एक तरफ़ हिन्दी अख़बार 'जनसत्ता' का विज्ञापन लगाया गया था। सन्तुलन बनाते हुए उस लड़के ने बल्ली के सहारे नाव को धारा में खोल दिया, और सुबह की ठंडी हवा में लहरों की तरह आवाज़ करती हुई नाव नदी में चल पड़ी।

नदी से गन्ध आ रही थी लेकिन ऐसा भी लग रहा था कि उसकी नाक में जो भर रहा था वह रात की गन्ध थी। यह गन्ध सूरज की रौशनी के साथ उड़ जाएगी और दूर धुंध की एक हल्की-सी परत नदी से उठ रही थी। दक्षिण की तरफ़ हल्का सा छिपा हुआ बालू का टीला दिखाई दे रहा था। बाईं दिशा में घाट थे, छोटी-छोटी सीढ़ियाँ आँखों को पानी से दूर लिये जा रही थीं। उन सीढ़ियों के ऊपर ऊँची-ऊँची इमारतें थीं, जिनमें से ज़्यादातर पुरानी थीं और ढह रही थीं, लेकिन सुन्दर छज्जों और अलंकृत जँगलों के कारण देखने में भव्य लग रही थीं।

मौत के निशान केवल नीचे चिता से उठते धुएँ से ही नहीं दिखाई दे रहे थे बल्कि दुबले-पतले लोग नदी के घाट पर रगड़-रगड़ कर ख़ुद को साफ़ कर रहे थे वह उनमें भी दिखाई दे रहे थे और उनकी ढहती दीवारों में भी वह दिखाई देते थे।

मैले-कुचैले फूले हुए पोलिथिन के पैकेट जिनके अन्दर फूल और अन्य तरह के चढ़ावे होते थे, पानी की सतह पर बह रहे थे। बिनोद दूर बालकनी के दो सिरों पर पत्थर पर उकेरे गए बाघों को देख रहा था कि तभी नाविक ने कहा, "यह गाय है।" और उनके पास ही उसी दिशा में जिस दिशा में वह देख रहा था पानी में काली छाया की तरह तैरती गाय के शरीर का ढाँचा दिखाई दे रहा था। उस जानवर के शरीर का जो हिस्सा बाहर दिखाई दे रहा था उसके ऊपर मक्खियाँ भिनभिना रही थीं।

आकाश में सूरज अभी भी बहुत नीचे था लेकिन वह चमक रहा था। नदी के घाट के मन्दिरों से घंटियों की आवाज़ें आने लगी थीं। नाविक ने बालों में तेल लगाया हुआ था, उसके छोटे शरीर पर उसका सिर बहुत बड़ा लग

रहा था और उसकी चिपटी गर्दन के ऊपर लगता था जैसे रख दिया गया हो। शायद उसको पता था कि बिनोद बनारस क्यों आया था। उसने कहा, "अगर तुम राख को पानी में डालना चाहते हो, तो यह एक अच्छी जगह है।" बिनोद ने लाल कपड़े की गाँठें खोलीं जिसने उस मिट्टी के बर्तन को ढका हुआ था और दुखी होने लगा कि वह फूल नहीं लाया था, विशेष रूप से गेंदा का फूल, जिसे पानी में यहाँ बहाना उसे अच्छा लगता। उसने कई हिन्दी फ़िल्मों में अन्तिम संस्कार के बाद नदी के पानी में फूलों को प्रवाहित होते देखा था।

नाव की एक तरफ़ झुककर, स्वयं में थोड़ा-सा कम आश्वस्त होते हुए उसने उस मिट्टी के बर्तन को उलटा कर दिया। राख काली थी लेकिन वह पानी में चाँदी के रंग के बुलबुलों के साथ डूब गई। उसके बाद उसने अपनी अंजुली में पानी लिया और अपने माथे के पीछे फेंका। जब राख ग़ायब हो रही थी और वह पानी में ध्यान से देख रहा था, उस समय उसने अपने दिमाग़ में 'बाबा' कहने की कोशिश की थी।

मणिकर्णिका की चिताएँ वहाँ से दिखाई पड़ रही थीं। नाविक पानी में चप्पू चला रहा था लेकिन बिनोद ने उससे कहा कि वह वापस तट पर लौटना चाहता है। वह इस बात को लेकर भी सचेत था कि उसे जल्द ही पैसे देने होंगे और इसलिए वह जल्द ही पर्यटक परिदर्शक की भूमिका में आ जाएगा। उसने कहा कि हम जहाँ से गुज़र रहे हैं अक्सर उस घाट पर संगीत के कार्यक्रम होते हैं; बिनोद ने देखा कि वहाँ पानी के ऊपर कंक्रीट से बनी सीढ़ियाँ और गलियारे थे। दर्शक उन सीढ़ियों पर बैठते थे और वहीं संगीतकार सुबह तक गाना गाता था। पिछले सप्ताह पंडित भीमसेन जोशी ने वहाँ अपना कार्यक्रम प्रस्तुत किया था। लेकिन आज सुबह वहाँ शायद ही कोई आदमी आसपास दिखाई दे रहा था, दुबले लड़कों का एक समूह सीढ़ियों पर दौड़ रहा था, और उनमें से एक ने अपने हाथ में बैगनी रंग की एक पतंग पकड़ी हुई थी।

मणिकर्णिका पर एक छोटा-सा मन्दिर फिर से खुल गया था और वह पंडित जिसे बिनोद ने पिछली रात देखा था, अभी भी वहीं था। बिनोद ने मूर्ति के सामने हाथ जोड़े। उसके बाद, नीचे नदी के तट के नज़दीक चिताओं वाले घाट के भगवान के मन्दिर को देखा। एक छोटी-सी लोहे की सीढ़ी मन्दिर तक जाती थी; इसके ऊपर टीन की छत थी और वह हर तरफ़ से खुली हुई थी। नदी से एक हल्की हवा का झोंका आया और उसके चेहरे को छू गया।

बिनोद काँसे के शिवलिंग के सामने खड़ा था। वह अपने पिता की उस आवाज़ को याद करने लगा जिसमें वह दशहरा के दौरान सुबह की प्रार्थना में संस्कृत के श्लोक पढ़ते थे। छत की परिधि में टँगी हुई छोटी-छोटी घंटियाँ हवा के झोंकों से बज रही थीं।

पटना में बिनोद ने इन्तज़ार किया था कि जब तक वह बनारस नहीं जाएगा तब तक अपना सिर नहीं मुँड़वाएगा। मणिकर्णिका में उसने जिस नाई की तरफ़ इशारा किया था वह बहुत ही काहिली के साथ दतुवन से अपने दाँतों की घिसाई कर रहा था। उसने बिनोद से सीढ़ियों पर इन्तज़ार करने के लिए कहा। थोड़ी देर बाद वह आदमी लोटे में पानी भरकर उसकी तरफ़ आया। एक घिसे हुए सूती के तौलिए को खोलकर वह उसमें छुपे हुए तीन उस्तरों में से एक को चुनने लगा।

वह उस्तरा ठंडा था और उसने सिर को खुरच दिया। नाई एक आधी टूटी हुई ईंट पर बैठा था और बिनोद उसके नीचे एक सीढ़ी पर बैठा हुआ था, और उसकी आँखें उस फटे हुए अख़बार के छोटे से टुकड़े पर टिकी हुई थीं जिस पर उसके छोटे, चिपचिपे और गीले बालों के टुकड़े गिर रहे थे।

जब उसने पैसे दे दिये तब उसने वहाँ मौजूद अन्य लोगों की तरफ़ देखा जो जल रही चिताओं के आसपास खड़े थे। कोई भी न तो हँस रहा था और न ही रो रहा था; लोग बड़ी ही सादगी से वह काम कर रहे थे जिसे वहाँ करने की ज़रूरत थी। उसने महसूस किया कि बनारस में उसका काम पूरा हो गया है। उसे हल्का और शुद्ध महसूस हो रहा था।

———

बनारस वाली ट्रेन से वह दिल्ली पहुँचा जहाँ से उसे एक और ट्रेन पकड़ने की ज़रूरत थी जो उसे दक्षिण में बम्बई पहुँचाती। उसने दिल्ली के लिए कोई भी योजना नहीं बनाई थी क्योंकि वह इस बात को लेकर आश्वस्त नहीं था कि ट्रेन दिल्ली समय पर पहुँचेगी भी या नहीं। ऐसा हुआ कि उसे पाँच घंटे तक इन्तज़ार करना पड़ा और उस दौरान वह चुपचाप नई दिल्ली रेलवे स्टेशन के प्लेटफ़ॉर्म संख्या तीन पर एक पंखे के नीचे बैठकर ट्रेनों और यात्रियों के प्रस्थान और आगमन को देखता रहा। यह कुछ-कुछ बनारस में नदी के किनारे बैठने

जैसा था। मानव शरीरों की भीड़ उतरती और चलने लगती; ट्रेन की गतिविधि सार्वकालिक महसूस हो रही थी। एक आदमी जल्दी से किसी यात्री को देखकर मुस्कुराता और हँसता है, और पन्द्रह मिनट बाद आप सोचने लगते हैं कि यह वही आदमी है जो अपनी आँखों में आँसू लिये अलविदा कह रहा था।

बाद में, किताब की दुकान पर उसने सआदत हसन मंटो की किताब पेपरबैक में ढूँढ़ ली। उसने उसे ख़रीद लिया। लेकिन उसका ध्यान नहीं लग रहा था और उसने शाम होने तक किताब को पढ़ना शुरू नहीं किया था और अब वह उस ट्रेन में बैठा था जो उसके नए घर की तरफ़ बढ़ रही थी। मंटो ने विभाजन के पहले के दिनों की बम्बई में फ़िल्म-जगत के बारे में विस्तार से बताया है; यह वही दुनिया थी जिसे आज पहचान पाना असम्भव है। उनके लगभग घरेलू निबन्ध जिसका शीर्षक 'नरगिस द नार्सिसस' है, उसमें उन्होंने उस दोस्ती का ज़िक्र किया है जो युवा कलाकार नरगिस और मंटो के घर में रहने वाली औरत के बीच विकसित होती है। मंटो की पत्नी की दो छोटी बहनें थीं जिन्हें नरगिस ने अपने घर पर आमंत्रित किया था लेकिन वे दोनों ही वहाँ नहीं जाने की ज़िद पर अड़ी हुई थीं। जब एक बार वे दोनों वहाँ गईं तो उन्हें डर था कि मंटो चिढ़ जाएँगे क्योंकि एक अभिनेत्री बनना हमेशा से अनैतिक होना होता था। मंटो ने लिखा था, "आज तक मैं इस बात को नहीं समझ सका हूँ कि क्यों उन्हें ऐसा लगता था कि उन्होंने कुछ ग़लत किया था। नर्गिस से मिलने उनके घर जाने में क्या बुराई थी? अभिनय को क्यों एक ग़लत पेशे के रूप में देखा जाता है? क्या हमारे अपने परिवार में ऐसे लोग नहीं होते हैं जिन्होंने अपना पूरा जीवन झूठ बोलने और ढोंग करने में बिता दिया है? नर्गिस एक पेशेवर अभिनेत्री थीं। उन्होंने जो भी किया, वह खुलेआम किया। उन्होंने नहीं बल्कि दूसरों ने ढकोसले किए थे।" बिनोद ने कुछ और पन्ने पढ़े, अशोक कुमार और नूरजहाँ और कुछ ऐसे भी लोगों के बारे में जिनके बारे में उसने पहले नहीं सुना था, और उसने एक खोई हुई दुनिया की झलक देखी जिसकी कल्पना केवल ब्लैक एंड वाइट में ही की जा सकती है।

हालाँकि, बाहर अब भी रौशनी थी लेकिन एक पीला चाँद निकल आया था और ट्रेन की खिड़कियों की छड़ों के बीच टँग गया था। उसके सामने वाली बर्थ पर एक तमिल आदमी बैठा हुआ था; उसने दिल्ली रेलवे स्टेशन पर अख़बार ख़रीदा था और थोड़े ग़लत उच्चारण के साथ हिन्दी बोल रहा था।

दोनों ने एक दूसरे से बात नहीं की थी। लेकिन एक घंटे तक साथ में यात्रा करने के बाद, जब बिनोद ने अपनी किताब से नज़रें उठाईं तब उस आदमी ने गम्भीर चेहरे के साथ उससे पूछा, "माफ़ करिएगा, आपका शुभ नाम क्या है?" बिनोद ने जवाब दिया और उस आदमी ने पहली बार मुस्कुराते हुए अपने लम्बे, सुन्दर दाँतों को दिखाया जो अब पीले रंग के हो चुके थे। उसने कहा, "मैंने देखा कि आप मंटो की यह किताब पढ़ रहे थे और मैंने सोचा कि शायद आप एक मुसलमान हैं।"

पासी नाम का एक छोटा सा स्टेशन गुज़रा था और बिनोद ने कुछ मसालेदार पकौड़े ख़रीदे। जो चाय वह लेकर आया था उसमें किरासिन तेल की गन्ध थी और उसे गरम किया जाता था। जैसे ही ट्रेन खुली उसने उस मिट्टी के कप को खिड़की से बाहर फेंक दिया। उसने उसे प्लेटफ़ॉर्म पर टूटते हुए देखा था और वह वापस बनारस पहुँच गया था जहाँ उसने मातम मनाने वालों को घाट तक शव ले जाने के दौरान सड़क पर मिट्टी के छोटे-छोटे बर्तनों को तोड़ते हुए देखा था। हज़ारों-लाखों अनगिनत लोगों के शहर बम्बई में उसने शायद ही कभी देखा होगा कि लोग शव को लेकर जा रहे हों।

शायद वे एम्बुलेंस या टैक्सी का इस्तेमाल करते हैं। निश्चित रूप से उसने कभी किसी को सड़क पर गिट्टी के बर्तन तोड़ते हुए तो बिलकुल नहीं देखा था। वह अपने धर्म के बारे में सिर्फ़ इतना जानता था कि एक प्रार्थना तब की जाती है जब बच्चा जन्म लेता था और एक प्रार्थना तब की जाती है जब कोई बुज़ुर्ग आदमी मरता है। ट्रेन में उसके साथ बैठे हुए तमिल आदमी की सोच उनके साझा विश्वास और आस्था के प्रति अपेक्षाकृत अधिक आधुनिक थी। उसके काले ब्रीफ़केस पर तिरुपति के भगवान वेंकटेश्वर का स्टिकर चिपका हुआ था और उसने अपनी मुस्लिम वाली आशंका को बिलकुल भी नहीं छुपाया था। उन दोनों के बीच सच्चा हिन्दू कौन था? बिनोद ने अपने सहयात्री से आगे कोई भी बात नहीं की थी; तब भी नहीं जब वह मंटो का वह संस्मरण पढ़ रहा था जो उनके क़रीबी हिन्दू दोस्त श्याम को लेकर था। मंटो ने लिखा था, "जब मैं उस दूधवाले से दूध लेता हूँ जिसके दूध में एक-चौथाई पानी होता है तो मुझे श्याम की याद आती है। मुझे बहुत अधिक राहत महसूस होती है कि हालाँकि श्याम एक हिन्दू था लेकिन वह पानी मिला हुआ हिन्दू नहीं था।" आह, शुद्धता की अपील!

एक कहानी उन दो लोगों के बारे में थी जो रावलपिंडी के सिख शरणार्थि के परिवार की कहानी सुना रहे थे। ये सभी दर्दनाक कहानियाँ इस बारे में थ कि किस तरह उनके लोगों को मारा गया था। जब वे चले गए तब मंटो ने अपने दोस्त से कहा, "मैं मुस्लिम हूँ, क्या तुम्हारा मन मेरी हत्या करने का नहीं होता है?" श्याम ने जवाब दिया, "अभी नहीं, लेकिन जब मैं मुसलमानों द्वारा किए गए अत्याचार के बारे में सुन रहा था...तब शायद मैं तुम्हारी हत्या कर सकता था।"

"अभी नहीं...लेकिन उस समय, हाँ..." इस जवाब ने मंटो को चौंका दिया लेकिन उसने यह भी सोचा कि उन्हें दंगे की उस अमानवीयता की उस पहेली का स्पष्टीकरण इस पंक्ति में मिल गया था। लोग पल-भर में पागलपन के आवेश में आ जाते हैं और हत्यारे बन जाते हैं।

मंटो अपने दोस्त को बम्बई में छोड़कर भारत से पाकिस्तान चले गए। जब मंटो जा रहे थे, श्याम ने अपनी बाँहें उनके ऊपर डाल दीं और कहा, "सुअर।" मंटो ने कहा, "पाकिस्तानी सुअर।"

श्याम ने ज़ोर से चिल्लाते हुए कहा, "ज़िन्दाबाद पाकिस्तान", और मंटो ने चिल्लाते हुए कहा, "ज़िन्दाबाद हिन्दुस्तान।"

बिनोद मंटो की कहानी के इस हिस्से में एक तसल्ली की खोज कर रहा था। एक-दूसरे के प्रति मन में नफ़रत रखने वाले लोग आपस में दोस्त बन सकते हैं। वह मंटो की क्षणिक पागलपन वाली बात से सहमत नहीं हो सकता था क्योंकि नफ़रत सबसे साधारण परिस्थितियों भी बनी रहती है। तमिल आदमी जो उसके साथ यात्रा कर रहा था इस बात का सबूत था।

बिनोद उन बुरी चीज़ों के बारे में भी चिन्तित था जो राजनीतिक नहीं होतीं। बल्कि उनसे कहीं ज़्यादा मौलिक और आधारभूत होती हैं, जैसे लालच। इसलिए लोग क्रान्ति की ज़रूरत में विश्वास करते हैं। बिनोद ने बिहार में रिपोर्टिंग के दौरान बहुत समय क्रान्तिकारियों के साथ बिताया था। उनमें से कुछ ऐसे थे जो बहुत ही पढ़े-लिखे और नैतिक थे। वे ग़रीब थे और अक्सर अपने समाज में सताए गए थे; वे एक अवास्तविक कल्पना की दुनिया के अन्दर जीते थे, कल्पना जो जवानी के दिनों से उनके अन्दर विकसित हुई और जो आँखों के नीचे शिथिल होने लगी थी और माथे के नज़दीक सफ़ेद। लेकिन सभी लड़ाके ऐसे नहीं थे। उनमें से कुछ खुले रूप से ठग थे। वे बहुत

हद तक उस संस्कृति का हिस्सा थे जो हिंसा और लालच को बढ़ावा देती है। वे ग्रामीण इलाक़ों में छोटी-छोटी जगहों पर शासन करते थे, व्यापारियों और यहाँ तक कि आम नागरिकों से भी वसूली करते थे ताकि वे उस काम के लिए पैसा जुटा सकें जिसे वे अपना संघर्ष कहते थे लेकिन वास्तव में वह उनकी लम्बी बेरोज़गारी का ही एक दूसरा नाम था।

रात के अँधेरे में चाँद भी ट्रेन के साथ यात्रा कर रहा था। बिनोद साथियों और हत्यारों की सोच के साथ सोने चला गया था और सुबह उस समय जगा जब ट्रेन बम्बई सेंट्रल से लगभग एक घंटे की दूरी पर थी। एक साथ जुड़े हुए टिन के चदरे से बने घर और उनकी छतों पर चिपकी हुई नीली प्लास्टिक की चादरें बोरिवली और मलाड की इन्तज़ार करती हुई भीड़ को रास्ता दे रही थीं। सहारा लेक सिटी के विशाल बिलबोर्ड के ठीक नीचे चार आदमी अपने नितम्बों को लगभग ज़मीन पर सटाकर अपने पैरों पर बैठे हुए थे। एक जवान आदमी अपने पास पेप्सी की एक बोतल के साथ बैठा था जिसमें पानी भरा हुआ था और बाक़ियों के बग़ल में छोटे टिन रखे हुए थे। उनमें से एक मोबाइल पर बात कर रहा था। यह बम्बई था।

सही काम कोई नहीं करता

इक्कीस

भारतीय रेल के डिब्बे ऐसी जगह होते हैं जहाँ हमारे जीवन के नाटकीय पहलू खुलते हैं। बहुत सारी लोकप्रिय फ़िल्मों में मुख्य पात्र की क़िस्मत तब बदलती है जब कहानी में किसी महत्त्वपूर्ण बिन्दु पर आकर वे पात्र ट्रेन में चढ़ते हैं।

जब बिनोद स्कूल में था, उसने रिचर्ड एटनबरो की *गांधी* देखी थी। जब गांधी दक्षिण अफ़्रीका से भारत लौटे थे—यह उनके महात्मा बनने से पहले की बात थी—उन्होंने देश के बारे में रेलगाड़ी से यात्रा करके ही पता लगाया था। एक दृश्य था जिसमें यह दिखाया गया था कि गांधी रेलगाड़ी की खिड़की से बाहर भारत के अन्तहीन मैदानों को देख रहे हैं। एक बार रेलगाड़ी एक नदी पर बने पुल को पार करने के बाद रुकी थी। एक महिला उस कपड़े को धो रही थी जिसे उसने पहन रखा था और अचानक उस कपड़े पर से उसके हाथ की पकड़ छूट गई। गांधी ने यह देखा था और उन्होंने उस औरत को वह चादर दे दी थी जिससे उनके अपने कन्धे ढके हुए थे। यह घटना कोईलवर के नज़दीक सोन नदी पर बने पुल के पास घटित हुई थी, एक पुल जिसे माँ हर दिन रेलगाड़ी से पटना जाते हुए पार करती थीं, जब वह कॉलेज में पढ़ती थीं।

महान फ़िल्म-निर्माता जैसे सत्यजित रे की फ़िल्मों, जैसे अपू ट्रिलॉजी में रेलगाड़ी आधुनिकता के पहुँचने का संकेत है। सिग्नल के पास से रेलगाड़ी के गुज़रने की आवाज़ गाँव के क्षेत्र में शहर की घुसपैठ को इंगित करती है। जब रेलगाड़ी छूटती है तो शहर गाँव के निवासियों की मासूमियत पर अपना दावा ठोंकता है।

रेलगाड़ियाँ आम जनजीवन के दुःस्वप्न का संकेत भी हैं। बिनोद अब यह याद नहीं कर सकता है कि एटनबरो ने 1947 के हिन्दू-मुसलमान के दंगे में रेलगाड़ियों में होने वाली हिंसा को दिखाया था या नहीं। अमृतसर और लाहौर जैसी जगहों में रेलगाड़ियाँ मृत शरीरों से भरी हुई और बन्द दरवाज़ों

से पटरियों पर ख़ून टपकाती हुई पहुँचती थीं। हत्यारे ड्राइवर को ज़िन्दा छोड़ देते थे ताकि वह बदले के इस ख़ूनी सबूत को नई बनी सरहद के उस पार लेकर जा सके। ये रेलगाड़ियाँ अक्सर रात में बिना किसी रौशनी के चला करती थीं। गाँव के लोग सोचते थे कि उन्होंने जो कुछ भी देखा वे सभी भूतों वाली रेलगाड़ियाँ थीं।

दशकों बाद, बिनोद उस समय दिल्ली में कॉलेज में था जब इन्दिरा गांधी को उनके सिख अंगरक्षकों ने मार डाला था। उस दिन और बाद में भी दिल्ली और अन्य शहरों में सिख मर्दों और लड़कों को उनके घरों से खींचकर बाहर लाया जाता था और उनकी निर्मम हत्या कर दी जाती थी। ऐसा कहा जाता था कि दिल्ली पहुँचने वाली रेलगाड़ियाँ उन हिन्दुओं की लाशों से भरी होती थीं जिनकी हत्या सिख लोग अपना बदला लेने के लिए करते थे। लेकिन ये अफ़वाह थी।

और गुजरात 2002। हत्याएँ, बलात्कार, घरों और लोगों को ज़िन्दा जलाने की सभी घटनाएँ गोधरा की घटना के साथ शुरू हुई थीं जहाँ साबरमती एक्सप्रेस रेलगाड़ी के डिब्बा संख्या एस-6 में आग लग गई थी। उनसठ हिन्दू यात्री जिनमें ज़्यादातर औरतें और बच्चे थे ज़िन्दा जल गए थे; इस डिब्बे में बैठकर यात्रा करने वाले ज़्यादातर यात्री वे लोग थे जो मन्दिर निर्माण के आन्दोलन में हिस्सा लेकर अयोध्या से वापस लौट रहे थे। एक विवादित ज़मीन पर राम मन्दिर का निर्माण, जहाँ एक सोलहवीं सदी की मुस्लिम मस्जिद तब तक खड़ी थी जब तक हिन्दू अतिवादियों की भीड़ ने इसे तोड़ने की योजना को अंजाम नहीं दे दिया। अब एक जाँच आयोग ने अपनी रिपोर्ट में यह कहा है कि गोधरा की उस रेलगाड़ी में आग का पकड़ना शायद एक दुर्घटना थी, सम्भवत: रेलगाड़ी के अन्दर खाना पकाने के कारण आग लग गई थी और यह भी कि यह घटना बाहर से किसी के द्वारा रसायन पदार्थ फेंकने के कारण नहीं हुई थी। लेकिन आग लगने के बाद यह अफ़वाह तेज़ी से फैल गई थी कि इस हत्याकांड के ज़िम्मेदार मुसलमान हैं। उसके बाद एक भयानक हत्याकांड हुआ और वह शायद सरकार द्वारा निर्देशित भीड़ द्वारा किया गया था।

और अब भी कई अफ़वाहें थीं। 'सन्देश' नाम के एक गुजराती अख़बार ने यह रिपोर्ट प्रकाशित की थी कि दस से पन्द्रह हिन्दू औरतों को अगवा करके उनकी छातियाँ काट डाली गई थीं।

दिन और रात के हर घंटे एक जगह से दूसरी जगह जाने वाली ये रेलगाड़ियाँ अफ़वाह की तरह पहुँच रही थीं। बाबा हमेशा से इराक में हो रही घटनाओं की कहानियाँ लिखना चाहते थे। लेकिन अपने ही घर के बारे में लिखने के लिए भी हमेशा बहुत कुछ रहता है।

कुछ महीने पहले ही, जब सरकार ने पोलियो से बचाव के लिए बच्चों को टीका लगाने की मुहिम को शुरू किया था तब मुसलमानों के बीच एक अफ़वाह फैल गई थी कि सरकार भारत में उनकी जनसंख्या को घटाना चाहती है। मुस्लिम मोहल्लों में लोगों ने इस बात पर भरोसा करना शुरू कर दिया था कि पोलियो का यह टीका उनके बेटे को नपुंसक बना देगा। जब सूरत शहर प्लेग की चपेट में था, तब मुसलमान यह सोचते थे कि यह अल्लाह द्वारा उन लोगों को सज़ा देने का एक तरीक़ा है जिन्होंने 1992 में दंगे के दौरान हत्याएँ और बलात्कार जैसी घटनाओं को अंजाम दिया था। कई मुसलमानों ने यह सुना था कि जिन लोगों ने बाबरी मस्जिद के विध्वंस में हिस्सा लिया था उन सभी को आँखों में परेशानियाँ हो गई थीं।

——

बम्बई में पहली रात जब वह अपने फ़्लैट पर वापस आया, बिनोद को नींद आ गई और उसने पाया कि वह बाबा के साथ है। दोनों बनारस घूमने के बाद पटना जाने वाली रेलगाड़ी में थे—ऐसा लग रहा था कि वे वहाँ गंगा में किसी की अस्थियाँ बहाने के लिए गए थे। मुग़लसराय स्टेशन पर कुछ जवान लड़के रेलगाड़ी में आ गए और उन्होंने सभी यात्रियों पर लाल रंग फेंकना शुरू कर दिया। अब भी सुबह का ही समय था लेकिन रेलगाड़ी के अन्दर काफ़ी गर्मी थी और रंगीन पानी त्वचा पर पड़ने पर अच्छा महसूस हो रहा था। वे लोग चिल्ला और हँस रहे थे, और उनके आसपास के लोग भी यही कर रहे थे। बिनोद के दिमाग़ से यह बात निकल चुकी थी कि होली का समय था। उसे यह भूलना नहीं चाहिए था। इस त्योहार के कारण ही रेलगाड़ी में बहुत कम यात्री थे और इसीलिए उसके और बाबा के लिए जगह ढूँढ़ पाना सम्भव हो पाया था।

शायद उन लोगों ने बहुत अधिक भाँग पी ली थी। जब उन लोगों ने बिनोद और उसके पिता को उनके ताज़े मुंडन किए सिर के साथ देखा तो वे

रुक गए, सिर्फ़ यही दो यात्री थे जो उस रंगोल्लास का आनन्द नहीं उठा रहे थे। लेकिन उनमें से एक दाढ़ी वाला आदमी जिसकी उम्र लगभग बीस साल होगी, उन लोगों के नज़दीक आ गया और पूरे समय हँसते हुए बिनोद के सिर पर काला रंग मलने लगा जो सम्भवत: ग्रीज था।

बिनोद ने कुछ नहीं कहा क्योंकि वह अपने पिता को दुखी नहीं करना चाहता था। वह जवान आदमी अब भी हँस रहा था जब उसने बाबा को छुआ। आश्चर्य था कि उस जवान आदमी को यह बात पता थी कि बाबा की आँखें कमज़ोर हैं। उसने बहुत ही आराम से बाबा के चेहरे को छुआ। पहले बाबा ने किसी भी तरह की कोई प्रतिक्रिया नहीं दी। उसके बाद वह उठे और अपनी बाईं बाँह को उस लड़के के कन्धे पर धीरे से रखा और फिर अपने दाहिने हाथ से उसे कसकर एक झापड़ मारा।

वह जवान आदमी नीचे बिनोद की गोद में गिर गया। लगभग उसी समय उसका एक साथी आगे बढ़ा और उसने अपनी हथेली से बाबा की नाक पर मारा। उसके पिता की क़मीज़ पर ख़ून का दाग़ उन पर पड़े उस रंग के दाग़ से ज़्यादा गहरा दिखाई दे रहा था। बिनोद कुछ कहने का प्रयास कर रहा था लेकिन वह जवान आदमी उसके ऊपर गिर गया था और इसके कारण उसे साँस लेने में तकलीफ़ हो रही थी। बाबा दर्द से चिल्ला रहे थे या शायद ग़ुस्से से। उन्होंने उन लोगों को कुत्ता कहा और यह भी कहा कि उन लोगों ने उस आदमी की यादों को कलंकित किया है जिसका वह अन्तिम संस्कार करके लौट रहे थे। उन्होंने कहा, "तुम सभी उन कीड़ों से बेहतर नहीं हो जो सड़ी हुई लाशों में पैदा होते हैं।"

मौत के ज़िक्र ने सभी को शान्त कर दिया था। बिनोद बाबा का हाथ पकड़कर उन्हें बैठाना चाहता था लेकिन वह हिल भी नहीं पा रहा था। उसने देखा कि उसके पिता अन्धे थे। वह भूल गया था कि बाबा हमेशा से अन्धे थे।

फिर बिनोद को यह एहसास हुआ कि बाबा अब जीवित नहीं हैं और रेलगाड़ी का डिब्बा आश्चर्यजनक रूप से ख़ाली हो गया है। उसने यह सोचना शुरू कर दिया कि वह कौन आदमी था जिसका अन्तिम संस्कार इन लोगों ने किया और किसकी मृत्यु का मातम ये लोग मना रहे थे। तभी एक मासूम दिखने वाला जवान आदमी गलियारे में एक बड़ा सा मोर पकड़े हुए आया, चिड़िया सुन्दर थी और उसके लम्बे पंख फ़र्श पर लहरा रहे थे। रेलगाड़ी

के डिब्बे में हल्की भीनी ख़ुशबू आई। बिनोद ने देखा था कि मोर का पंख बड़ी-बड़ी उदास आँखों से भरा हुआ था और वह दर्द से दोहरा होता जा रहा था और उसने कभी न ख़त्म होने वाले दुःख के एहसास के साथ रोना शुरू कर दिया था।

——

एक बार गर्मियों में बिनोद पटना से अपने कॉलेज लौट रहा था। रेलगाड़ी तीन घंटे देरी से चल रही थी जो अलीगढ़ में रुक गई। बिनोद ने पढ़ते हुए अपनी आँखें उठाईं और ऊपर देखने लगा कि तभी एक बुज़ुर्ग आदमी ने ज़ोर-ज़ोर से यह घोषणा करनी शुरू कर दी कि वह जवाहरलाल नेहरू हैं। बाहर बहुत गर्मी थी। रेलगाड़ी चलने लगी। अब डिब्बे में बहुत सारे नए यात्री थे, रोज़ के यात्री अपने झोलों और सामानों से लदे हुए बैठे थे। प्लास्टिक, लोहे के सामान, चप्पलें, पॉलिथिन में बँधी हुई साड़ियाँ। अलीगढ़ के यात्री बिनोद के बग़ल में बैठे हुए थे—सभी मर्द—नीचे पत्ते खेलने के लिए ढंग से बैठ चुके थे। उन्होंने उस बुज़ुर्ग आदमी से एक या दो सवाल पूछे और उसके बाद उसे चिढ़ाने लगे। डिब्बे में बैठे अन्य लोगों की तरह बिनोद भी उन लोगों के उस बुज़ुर्ग आदमी को चिढ़ाने से हतप्रभ था। उस बुज़ुर्ग आदमी को एहसास हो गया था कि उसका मज़ाक़ बनाया जा रहा है, उसके बाद उसने और ज़्यादा ज़ोर से चिल्लाना शुरू कर दिया और तब तक चिल्लाता रहा जब तक ऊपर की सीट पर बैठे हुए आदमी ने झुककर उसे एक थप्पड़ नहीं मार दिया।

उस बुज़ुर्ग आदमी ने सफ़ेद सूती की टोपी पहनी हुई थी जैसी तस्वीरों में नेहरू पहने हुए दिखते हैं। एक समय के बाद एक हाथ ने उस बुज़ुर्ग आदमी के सिर से टोपी को गिरा दिया। उसने उसे उठा लिया और पीछे मुड़कर उस आदमी को बहुत सारी भद्दी गालियाँ दीं। उन लोगों को इसी उकसावे की ज़रूरत थी। दोनों सीटों के बीच के उस पतले गलियारे में उस बुज़ुर्ग आदमी की पिटाई होने लगी। उसने क़सम खाई और अपने सबसे पास वाले आदमी के ऊपर थूका। एक आदमी ने अपनी रबड़ की चप्पल उस बुज़ुर्ग को देते हुए कहा कि वह इससे फ़र्श पर झाड़ू लगा दे। उसने कहा, "यह काम करो जवाहरलाल।" जब उस बुज़ुर्ग आदमी ने उस आदमी को वापस मारने के

लिए चप्पल को खींचने की कोशिश की तो उसने उस बुज़ुर्ग आदमी की धोती खींच दी और उसे कमर से नीचे बिलकुल नंगा कर दिया।

बिनोद के सहयात्री, जिनमें से अधिकतर अभी तक चुपचाप बैठे हुए थे, उठकर उस बुज़ुर्ग आदमी के आसपास इकट्ठा हो गए और उसे घेरकर उसकी क़मीज़ फाड़ने लगे। उन्होंने उसके गुप्तांग पर मारा। नज़दीक के बर्थ पर बैठे हुए किसी आदमी ने कहा कि यह सब बन्द होना चाहिए लेकिन इस अपील का कोई असर नहीं हुआ। उस कोने से दुर्गन्ध आ रही थी जहाँ उस बुज़ुर्ग आदमी को धकेल दिया गया था। बाहर का परिदृश्य गर्मी में जल रहा था और यहाँ तक कि रेलगाड़ी के अन्दर भी बहुत अधिक गर्मी और उमस थी। बिनोद अपनी जगह से हिलना नहीं चाहता था। जब वह हॉस्टल पहुँचा तो वह उस बुज़ुर्ग आदमी के बारे में सोच रहा था और सोने की तैयारी कर रहा था। हालाँकि उसने फिर से बहुत लम्बे समय तक उसके बारे में दोबारा नहीं सोचा था, उसे ऐसा लगता है कि बनारस से वापस लौटते समय रेलगाड़ी में उसके पिता के साथ हुई बेइज़्ज़ती वाले सपने का उस पुरानी याद से कुछ ज़्यादा ही गहरा सम्बन्ध है।

अव्यवस्था और हिंसा की वह याद सम्भवत: बाबा की मृत्यु और बिनोद के बम्बई पहुँचने के लिए की गई लम्बी रेलयात्रा से उत्पन्न हुई थी, लेकिन इस बात का अनुमान कौन लगा सकता है। बन्द मध्यवर्गीय जीवन के क्लौस्ट्रोफ़ोबिया को कौन-सी चीज़ अवचेतन में जाग्रत कर दे। या मुँह में किसी खट्टे स्वाद को और गालियों से बजती सामूहिक नग्नता की शर्म को याद दिला दे।

बाईस

बुआ ने बाबा की मृत्यु का इस्तेमाल रबिन्दर की रिहाई की तारीख़ को एक सप्ताह पीछे करने के लिए किया था।

दशहरा वाले दिन बिनोद ने अभी थोड़ी देर पहले ही पवई में ऐडलैब्स के अधिकारी का इंटरव्यू ख़त्म किया था कि तभी उसका फ़ोन बजा। बुआ ने कहा, "बिनोद मेरे बग़ल में कोई है जो तुमसे बात करना चाहता है।" वह रबिन्दर था। उसने कहा कि वह बम्बई आना चाहता था लेकिन पहले उसे पटना में अपने व्यापार से निबटना है। बिनोद ने सोचा कि रबिन्दर अपने साइबर कैफ़े के बारे में बात कर रहा था। एक सप्ताह पहले शत्रुघ्न ने बिनोद को बताया था कि रबिन्दर ने ग़लत तरीक़े से बंधक बनाने और शारीरिक प्रताड़ना के आधार पर सरकार के ख़िलाफ़ एक याचिका दायर की है। लेकिन उस पहली बातचीत के अन्त में, बुआ ने रबिन्दर से फ़ोन ले लिया और इस बार उनकी आवाज़ और अधिक उदासीन थी। उन्होंने कहा कि "वह अब बाहर आ गया है और अब श्राद्ध का सारा काम सँभाल लेगा। अब तुम्हें किसी और चीज़ की चिन्ता करने की ज़रूरत नहीं है।"

उसके पीछे एक शंख बजने की आवाज़ आ रही थी। बिनोद पीछे मुड़ा और उसने देखा कि एक पंडाल के नीचे शेर की सवारी करती हुई दुर्गा की एक मूर्ति फूलों से लदी हुई थी; उस जानवर के पंजे में ख़ून लगा हुआ था और वह उस दुष्ट इनसान के ऊपर बैठा हुआ था जिसकी छवि ओसामा बिन लादेन की तरह थी। सड़क के दोनों किनारों पर पचास गज़ तक मिठाई और फल बेचने वाले ठेले लगे हुए थे। सड़क पर कई परिवार चल रहे थे जिनकी औरतों ने नई साड़ियाँ पहनी थीं और बच्चों ने नए कपड़े जिनकी कलफ़ अभी तक ताज़ा थी। उसके पास से एक छोटा-सा ट्रक गुज़रा जिसमें बकरे भरे थे और उन बकरों की चमड़ी लाल धारियों से रँगी हुई थी।

"बुआ," बिनोद ने कहा, "माँ को शायद पैसों की ज़रूरत होगी।"

"तुम किसी चीज़ की चिन्ता मत करो," बुआ ने कहा और उसके बाद अपनी बात में कुछ जोड़ते हुए बोली कि "रबिन्दर चाहता है कि तुम उसकी फ़िल्म के लिए पटकथा लिखो। जैसे कि तुम विकास धर के लिए कर रहे हो। वह एक फ़िल्म बनाएगा। नीरज दुबे ने इसमें काम करने का वादा किया है।"

कई महीने पहले रबिन्दर ने बिनोद को सलाह देते हुए कहा था कि वह माला श्रीवास्तव की ज़िन्दगी को एक प्रेम कहानी में बदल दे। अब बड़ी सावधानी से उसने यह मान लिया है कि विकास धर एक हत्या की गई लड़की की कहानी चाहता था और उसने फ़ैसला किया कि हाल की एक और घटना पर फ़िल्म बनाने का विचार बुरा नहीं है। यह भी मीडिया में बड़ी ख़बर की तरह है। सत्येन्द्र दुबे नाम के एक जवान इंजीनियर की पिछले साल के अन्त में गया में हत्या कर दी गई थी। रबिन्दर उस जवान आदमी की विचारधारा को और उसे बर्बाद करने वाले विवादों को अपनी फ़िल्म के माध्यम से दर्शाना चाहता था।

अख़बार वालों का कहना था कि सत्येन्द्र दुबे ने प्रधानमंत्री को एक गुप्त चिट्ठी लिखी थी। उसमें उसने उन लोगों का नाम लिखा था जो पूरे भारत में हाईवे निर्माण की परियोजना के लिए मिलने वाले पैसों का ग़बन कर रहे थे। उसने इस परियोजना को जनता के पैसों की लूट कहा था। हालाँकि उसने गोपनीयता की अपील की थी लेकिन प्रधानमंत्री का दफ़्तर निर्दयी बन गया, उसके ऊपर से पर्दे को हटा दिया गया और अब वह जवान आदमी मर चुका था। विचारधारा महत्त्वाकांक्षा की तरह ही असाधारण थी; यह बंजर ज़मीन पर खिलती है और फिर कोई दूसरा जल्द ही इसे तोड़ने के लिए आ जाता है।

बिनोद ने चेखव की कहानी से इसे उठाया था और अब ऐसा लग रहा था कि रबिन्दर ने इसे उसके सम्पादकीय से उठा लिया था। बिनोद ने उसे दोष नहीं दिया। सभी लेने के ही व्यापार में थे। विकास धर ने भी ऐसा ही किया था और बड़े गर्व से इसे स्वीकार भी कर रहा था। उसने हाल ही में कहा था कि सभी प्रतिभाशाली लोगों में सिर्फ़ डिग्री-भर का अन्तर होता है न कि उनके प्रकार में, यहाँ तक कि सबसे सफल फ़िल्म-निर्माण के लिए भी यही बात सच है। उसने कहा था कि हॉलीवुड के बिना बॉलीवुड नहीं होगा।

बिनोद जिस बात से परेशान था वह यह कि चेक लेने के बाद धर ने उसे फ़ोन भी नहीं किया था। इस परेशानी में बिनोद ने नीरज दुबे से मिलने का समय ले लिया ताकि वह कुछ सलाह ले सके। अभिनेता के फ़्लैट पर उसने अपनी चिन्ता के बारे में बताना शुरू किया लेकिन दुबे टेलिविज़न पर क्रिकेट देख रहा था। शायद वह बिनोद की बात नहीं सुन रहा था क्योंकि कुछ देर बाद उसने माफ़ी माँगी कि "मैं खेल में बहुत ज़्यादा घुस गया हूँ। मैं अभी बहुत ज़्यादा जोश में हूँ। लेकिन मेरी चिन्ता मत करो। तुम अपनी बात कहो।"

चेपक में भारत ऑस्ट्रेलिया के साथ खेल रहा था। वीरेन्द्र सहवाग बल्लेबाज़ी कर रहा था। उसका नाम भर लेने से ख़ून में लहर उठ जाती थी। पिछले साल सहवाग मेलबोर्न में 195 रन बनाकर खेल रहा था और उसने दोहरा शतक बनाने के लिए छक्का लगाने की हिम्मत दिखाई थी। हालाँकि उसकी गेंद पकड़ ली गई थी लेकिन इससे किसी तरह का फ़र्क़ पड़ता नहीं दिखा था। उसके प्रशंसकों को उसका यह जोश पसन्द था। दुबे सिर्फ़ लुंगी पहनकर बैठा हुआ था; उसके चेहरे पर एक मास्क लगा हुआ था क्योंकि उस शाम उसे किसी शूटिंग के लिए जाना था। वह परेशानी में सिगरेट पी रहा था। सहवाग 92 रन पर खेल रहा था और उसने मैकग्रैथ को मिड-ऑफ़ में उछाल दी थी और एक खिलाड़ी ने लगभग उसकी गेंद पकड़ ही ली थी। तभी अम्पायर ने पानी पीने के अवकाश की घोषणा कर दी।

दुबे एशियन हीरो के बारे में टाइम मैगजीन के आलेख की बात कर रहा था जिसे बिनोद ने भी देखा था : "भारत के साधनहीन नौजवानों के लिए सहवाग मिट्टी से बना वह आदमी है जो भगवान के बनाए पहाड़ों को भी पार कर सकता है।" दुबे ने मुस्कुराते हुए कहा, "उसके माता-पिता के घर के पिछवाड़े में अब भी भैंसें हैं।"

जब पानी का अवकाश ख़त्म हो गया तो वे वापस टेलिविज़न पर आ गए। सहवाग ने ऑस्ट्रेलिया के ख़िलाफ़ चौका लगाकर अपना शतक पूरा किया। दुबे और बिनोद ने हाथ मिलाए। नई सिगरेट जलाई जा चुकी थी।

दुबे के गालों पर लगा लेप सूख चुका था और उसकी परत में छोटी-छोटी दरारें आ गई थीं। उसने अपनी मांसपेशियों को दिखाने के लिए अपने हाथ को अपने सिर के पीछे किया और सहवाग को शुक्रिया कहा, "उसकी अंग्रेज़ी

अब अच्छी हो गई है। वह किसी से भी बात कर सकता है। लेकिन उस प्रेस कॉन्फ्रेन्स में उसने हिन्दी में बात करने पर ज़ोर दिया था, ताकि वहाँ नजफ़गढ़ में उसके सारे दोस्त उसकी बात समझ सकें।"

सहवाग का शरीर गठीला था और पैड और हेल्मेट की वजह से उसका शरीर और अधिक बँधा हुआ दिखता था, बिलकुल बमों से भरी छोटी-सी बोरी की तरह। उन्होंने उसकी भूख और उसके कौशल से उत्साहित होकर उसे और आधे घंटे तक देखा। वह गेंद को यूँ ही मार रहा था। उसकी सफलता ने बिनोद को आशावादी बना दिया था। जब दुबे ने अपने नौकर से और चाय लाने के लिए कहा और उसने एक घूँट भरी, तो मौक़े का फ़ायदा उठाते हुए बिनोद ने कहा कि विकास धर ने उसे साइनिंग अमाउंट के रूप में कुछ पैसे देने का प्रस्ताव किया था लेकिन उसके बाद उसने उससे किसी तरह का भी सम्पर्क नहीं किया। अब कई सप्ताह बीत चुके हैं। दुबे एक छोटी-सी हँसी हँसा और अंग्रेज़ी में बोला, "बम्बई फ़िल्म जगत में तुम्हारा स्वागत है।"

——

हर दिन रबिन्दर के पास फ़िल्म के लिए एक नया विचार होता था।

एक दिन उसने बिनोद को बताया कि जेल में उन लम्बे दिनों का अनुभव ऐसा था कि वह अपने दुश्मनों के लिए भी ऐसी सज़ा की प्रार्थना नहीं करता है : वह रोमा के हत्यारों के बारे में सोच रहा था। रबिन्दर ने कहा, "हम मोबाइल फ़ोन पर बात कर रहे हैं। चलो किसी और मुद्दे पर बात करते हैं।" लेकिन बिनोद के पास कहने के लिए कुछ नहीं था। कुछ देर बाद रबिन्दर ने साहस दिखाते हुए कहा कि "आप जानते हैं भैया, धीरूभाई अम्बानी कहा करते थे कि जब उन्हें दुश्मनों से निबटना होता था तो उनके साथ उलझने में समय बर्बाद करने के बजाय वह अपनी जगह बदल लेते थे। तुम सूरज के पूर्व का रास्ता ले लो, मैं पश्चिम की तरफ़ मुड़ जाऊँगा...मैं भी उन लोगों को ऐसी ही प्रतिक्रिया देने वाला हूँ जिसे आप मेरे दुश्मन कहकर पुकार रहे थे।"

बिनोद ने कहा, "यह अच्छी बात है। सत्येन्द्र दुबे को भूल जाओ, धीरूभाई अम्बानी पर फ़िल्म बनाओ।"

उसने दूसरी तरफ़ रबिन्दर के दाँतों की कड़कड़ाहट को सुना था।

दो साल पहले, उनकी मृत्यु के पहले तक धीरूभाई अम्बानी ने इतना बड़ा व्यापार खड़ा कर लिया था जिसका मूल्य अमेरिकी डॉलर में 12.5 बिलियन था। उनकी कम्पनी, रिलायंस शून्य से शुरू हुई थी।

इसने ही धीरूभाई को एक विख्यात हस्ती बनाया था। उन्होंने अपना जीवन अदन में एक गैस-स्टेशन के सहायक के रूप में शुरू किया था। उस काम से उन्होंने लगभग तीन सौ रुपये के बराबर कमाए थे। जब उन्होंने बम्बई में काम करना शुरू किया उस समय वह अपने परिवार के साथ एक टूटी-फूटी चाल में रहते थे। धीरूभाई का पहला बड़ा मुनाफ़ा पॉलिएस्टर की बिक्री से आया था; उन्होंने इस कपड़े की बढ़ती माँग की पूर्ति के लिए कपड़े की फ़ैक्टरी लगा ली। उसी समय में अम्बानी को कई अन्य अवसर भी मिले। उन्होंने अरब के शेखों को धूल बेचना शुरू कर दिया था जो रेगिस्तान में गुलाब उगाना चाहते थे।

बिनोद ने रबिन्दर से कहा, "लोग फ़िल्मों में लोगों को पैसा कमाते हुए देखना चाहते हैं।"

रबिन्दर ने कहा, "हाँ।"

बिनोद ने कहा, "लेकिन मैं धीरूभाई के बारे में बहुत नहीं जानता हूँ। जीवन में उन्होंने किस तरह का जोखिम उठाया था? वह अपने नुक़सान से कैसे निबटते थे?"

रबिन्दर ने कुछ गुनगुनाने वाली आवाज़ निकाली जिसका अर्थ था कि वह नहीं जानता।

बिनोद ने कहा, "यहीं तुम्हारे लिए एक सवाल है : क्या धीरूभाई ने कभी भी सत्येन्द्र दुबे जैसे किसी आदमी को ख़रीदने की कोशिश की थी?"

रबिन्दर ने पूछा, "क्या प्रेस में इस सब के बारे में रिपोर्ट उपलब्ध नहीं हैं?"

"शायद हो। मैं उनके बारे में नहीं जानता हूँ। और साथ ही मैंने यह सीखा है कि आप अख़बार की रिपोर्ट से किसी कहानी को तैयार नहीं कर सकते हैं। आपको एक पात्र को खड़ा करना होता है...यहाँ तुम किसे मुख्य पात्र की तरह दिखाओगे? धीरूभाई अम्बानी को? फिर तुम अपनी फ़िल्म को आत्मकथा की तरफ़ मोड़ दोगे। इस तरह की फ़िल्म कौन देखना चाहता है?"

रबिन्दर रुका। उसने कहा, "तुम्हारे जैसे किसी पत्रकार जैसा पात्र कैसा

रहेगा? कोई ऐसा जो किसी ऐसे मामले की खोज कर रहा है जिसमें उसकी रुचि है। क्योंकि यह उसका काम है। या फिर इसलिए क्योंकि वह एक लेखक है। वह सत्येन्द्र दुबे के बारे में पता कर रहा है, या धीरूभाई के बारे में, या फिर किसी ऐसे आदमी के बारे में जो कुछ भी नहीं है।"

इस बार बिनोद की बारी थी कि वह गुनगुनाने की आवाज़ निकाले ताकि यह बता सके कि वह इस विषय पर सोच रहा है।

इसी बिन्दु पर उन लोगों की बातचीत ख़त्म हो गई। बिनोद गोवा में फ़िल्म-समारोह में शामिल होने की तैयारी कर रहा था। जब उसके पास समय था, उसने दफ़्तर में फ़ाइलों को देखा और सत्येन्द्र दुबे के बारे में पढ़ा और एक-दो बार धीरूभाई के बारे में भी। जब वह दिल्ली में छात्र था तब वामपंथी विचारधारा वाले लोगों के बीच में कोस्टा गाव्रस की *ज़ेड* एक लोकप्रिय फ़िल्म थी। लेकिन हिन्दी सिनेमा की दुनिया में राजनीतिक उत्तेजना वाली फ़िल्म शायद ही लोकप्रिय होती थी। उसका ख़ुद का दिल उन फ़िल्मों की तरफ़ झुक जाता था जिनमें सामान्य मानवीय द्वंद्व होता था। किसी ने भी पिछले दो दशक में *दो बीघा ज़मीन* और *गरम हवा* जैसी फ़िल्में नहीं बनाई हैं। पहली फ़िल्म एक किसान के बारे में है जो कलकत्ता में एक रिक्शा-चालक बन गया था और घोड़ों के साथ दौड़ लगाता था और दूसरी फ़िल्म विभाजन के तुरन्त बाद आगरा के एक मुस्लिम परिवार की कहानी है। उसने सोचा कि उसने चेखव की कहानी के साथ क्या किया था। क्या विकास धर ने उसकी कहानी को ध्यान से पढ़ा था और यह फ़ैसला कर लिया था कि इसके साथ कुछ नहीं किया जा सकता?

——

धर के बजाय, एक बार फिर से रबिन्दर ने फ़िल्म की कहानी पर बात करने के लिए उसे फ़ोन किया था। एक दिन दोपहर में जब बिनोद बिल्डर के दफ़्तर में इन्तज़ार कर रहा था, तभी उसका फ़ोन बजा। उसने फ़ोन उठाया तो उसे पीछे क्रिकेट की कमेंटरी सुनाई देने लगी। ईडेन गार्डन में खेल का दूसरा या तीसरा दिन था। भारत बनाम दक्षिण अफ्रीका। दूसरी तरफ़, रबिन्दर ने कहा, "क्या तुमने पत्रकार के पात्र के मेरे विचार के बारे में आगे कुछ सोचा?"

बिनोद ने कहा, "खेल में क्या हो रहा है?"

दक्षिण अफ्रीका ने 300 से अधिक रन बनाए और भारत एक विकेट के नुक़सान पर 86 रन पर खेल रहा है। रबिन्दर ने एक सेकेंड के लिए बोलना बन्द कर दिया। सहवाग ने पहले चौका लगाया और फिर छक्का। बिनोद ने अपने जूते उतार लिये और अपने भाई को फ़ोन टीवी के नज़दीक ले जाने के लिए कहा।

रबिन्दर ने कुछ कहा और उसके बाद बिनोद ने चिल्लाने की आवाज़ सुनी। एक और चौका। बिनोद रबिन्दर के लिए चिल्ला रहा था और वह वहाँ पीछे कह रहा था कि "उसने एक और चौका लगाया।" रबिन्दर ने फिर से हँसना शुरू कर दिया, लेकिन यह इसलिए क्योंकि उस ओवर का अन्तिम गेंद था, सहवाग ने एक और चौका लगाया। पूरा स्टेडियम पागल हो गया था।

बिनोद दफ़्तर से निकला और उन सीढ़ियों पर खड़ा हो गया जो गली की तरफ़ जाती थीं। उसने रबिन्दर को कहते सुना था कि "मैंने फ़ोन किया क्योंकि मैं क्रिकेट के इस पागलपन के बारे में सोच रहा था। कैसे एक पत्रकार ने कुछ साल पहले खेल के फ़िक्स होने की ख़बर पर काम किया था—उसने यह सब कैसे खोज निकाला था?"

बिनोद इस बात को लेकर आश्वस्त नहीं था। उसने सोचा कि वह एक भूतपूर्व भारतीय खिलाड़ी था जिसने इस तरह के आरोप लगाए थे। पत्रकारों ने बहुत ज़्यादा काम नहीं किया था। उसके बाद ही उन लोगों ने खिलाड़ी मनोज प्रभाकर पर दबाव डाला था और उनके सहयोगियों का साक्षात्कार किया था। लोग नामों का ज़िक्र करते थे, अक्सर वही नाम बार-बार, और एक जाँच समिति का गठन किया गया था। पहले एक सेवानिवृत्त मुख्य न्यायाधीश ने क्रिकेट बोर्ड को एक रिपोर्ट दी थी जिसमें उन्होंने प्रभाकर को एक असफल खिलाड़ी और एक निराश राजनेता बताया था। उसमें एक कहानी थी कि शायद कम आय वाले परिवार का एक युवक राष्ट्रीय टीम में पहुँच गया था लेकिन वह और चाहता था और नहीं मिलने पर वह थोड़ा पागल-सा हो गया और ग़ुस्से में आ गया था। लेकिन तुम एक कड़ी मेहनत करने वाले और जिसे कोई पसन्द नहीं करता है वैसे किसी लड़के के अन्त पर फ़िल्म नहीं बना सकते हो।

लेकिन रबिन्दर के साथ इन सब बातों पर बहस करने का क्या उपयोग

था? बिनोद अपनी स्थिति से चिड़चिड़ा महसूस कर रहा था। उसे विकास धर चाहिए था लेकिन उसको रबिन्दर मिल गया था।

वह अपने भाई के प्रति निर्दयी हो गया था। उसने कहा, "मैं जो समझ सकता हूँ, उसके हिसाब से सभी प्रमुख दल कहानी बताने में रुचि रखते हैं, कहानियाँ जो सच थीं या झूठ, ताकि वे अमीर बन सकें। इस तरह के मामलों में, जैसे कि प्रभाकर के मामले में, और एक या दो पत्रकारों के मामलों में भी, ये लोग पहले से भी ज़्यादा ख़तरनाक रूप में सामने आए थे। यह एक ख़तरा है जिसके बारे में तुम्हें भी गम्भीरता से सोचना चाहिए।"

रबिन्दर शान्त था। उसने मासूमियत से पूछा, "तुम कहानी के अन्दर पात्र की प्रेरणा के बारे में बात कर रहे थे?"

बिनोद को हँसी आ गई। उसके पास फ़िल्म स्टूडियो की यह शब्दावली दरअसल उस आदमी के माध्यम से आ रही थी जो हाल तक बिहार की जेल में बन्द था। उसने कहा, "हाँ। मैं यही कह रहा हूँ। तुम कहानी क्यों बता रहे हो? सच बताने के लिए? किसी बकवास के कारण तुम गन्दगी को सामने लाने की बात में भरोसा करते हो?"

रबिन्दर ने उस सवाल को नज़रअन्दाज़ कर दिया। उसने कहा, "इसे इस तरह से सोचो। तुम एक सफल क्रिकेट खिलाड़ी हो। अपनी कल्पनाओं से भी ज़्यादा सफल। तुम्हारे खेलने के तरीक़े के कारण और तुम्हारे विचार के कारण लोग तुमसे प्यार करते हैं। लेकिन तुम लालची हो। तुमने बहुत जल्द बहुत सारा पैसा कमा लिया है और तुम सोचते हो कि तुम कुछ भी कर सकते हो। मैच को फ़िक्स करने के लिए तुम्हारी क्या प्रेरणा है?"

"हाँ," बिनोद ने उसके आधा ख़िलाफ़ होते हुए कहा।

रबिन्दर बोलता रहा, "तुम एक अच्छे आदमी हो। तुम्हारे माता-पिता अच्छे लोग हैं। वे अब भी साधारण से छोटे शहर में रहते हैं लेकिन तुमने उसी गली के अन्तिम छोर पर उनके लिए एक बँगला बनवा दिया है जिस गली में वह हमेशा से रहते आए थे। बेशक तुम बदल चुके हो। तुम कैसे नहीं बदलोगे? पार्टियों में जब तुम खेल नहीं रहे होते हो, तुम ऐसे लोगों से मिलते हो जिन्हें लगता है सब कुछ उनके इशारों पर ही चलता है। वे ही लोग हैं जो देश को चला रहे हैं। तुम उन लोगों की तरह बनना चाहते हो; तुम उनके जैसा आत्मविश्वास चाहते हो। उनकी गर्लफ्रेंड चाहते हो। तुम आयातित गाड़ियाँ

और बम्बई और दिल्ली में कई घर चाहते हो, और तुम महँगी घड़ियाँ और कपड़े चाहते हो। तुम्हें जुए से डर नहीं लगता है। दरअसल तुम इसलिए जुआ खेलते हो क्योंकि तुम अच्छे हो।"

"ठीक है..." जो विचार रबिन्दर ख़ुद को बता रहा था वही सोच बिनोद के दिमाग़ में भी आई। लेकिन वह अलग था। शायद रबिन्दर को इसे लिखना चाहिए, बिनोद ने मन में सोचा, और उसके बाद उसने पूछा, "इसके बाद क्या होता है? एक गिरावट है...क्या वह दुखी है?"

रबिन्दर ने कहा, "तुम लेखक हो। तुम मुझे बताओ।"

बिनोद ने कुछ नहीं कहा।

एक लम्बी चुप्पी के बाद रबिन्दर ने फ़िर से बोलना शुरू किया। "वह असफल हुआ और उसकी सफलता की तरह ही उसकी असफलता भी तेज़ी से आई। क्या वह दुखी है? शायद वह है लेकिन वह इसे दिखाना नहीं चाहता है क्योंकि वह जानता है कि उसके आसपास के लोग, ऐसे लोग जो उससे कमतर हैं, वे सभी उसे नंगा देखना चाहते हैं। उन्हें यह सुख भला क्यों देना?"

बिनोद ने कहा, "हाँ।"

रबिन्दर ने कहा, "शायद वह बिलकुल भी दुखी नहीं है। वह सोचता है कि उसके जीवन की सबसे बड़ी ग़लती वह थी जो उसने अन्तिम बार की थी, वह ग़लती जिसके कारण वह पकड़ा गया था। वह सोचता है कि यह शायद एक सपने जैसा है कि इससे पहले कि यह घटित होता, सभी लोग ग़लत सोच रहे थे कि अतीत में उसने जो कुछ भी किया था उसका रास्ता उसे इस बड़ी ग़लती तक ही पहुँचाने वाला था।"

तेईस

क्रिसमस वाली रात रबिन्दर देर से पहुँचा था। इतनी देर से कि वह उस दिन बम्बई की चमक को देख भी नहीं पाया, लेकिन ऐसा लग रहा था कि उसे इसकी कोई चिन्ता नहीं थी। बिनोद हवाई अड्डे पर उसका इन्तज़ार कर रहा था और वे लोग नीलू के घर जा रहे थे जहाँ वे रात का खाना खाने वाले थे। शत्रुघ्न चाहता था कि वे पहले शराब पीएँ। रबिन्दर ने जॉनी वॉकर चखी और कहा, "मैं बता नहीं सकता हूँ कि यह कितनी मीठी है। जय भोलेनाथ!"

शत्रुघ्न ने एक घंटे के बाद कहा, "ठीक है, हम लोग सिर्फ़ आधी रात तक पिएँगे।"

लेकिन वह लगातार पीते रहे और लगभग दो बजे खाना खाया। एक समय के बाद, शत्रुघ्न ने जेल में अपना समय बिताने और नई योजनाओं के साथ बाहर आने के लिए रबिन्दर की तारीफ़ की। उसने कहा, "मैं आपकी तारीफ़ करता हूँ। हमारे परिवार में या हमारे दोस्तों में कोई ऐसा नहीं है जिसकी तुलना आपसे की जा सके। आप किसी भी बुरी चीज़ को अच्छा बनाने में सक्षम हैं। काश मैं आपकी तरह होता।"

रबिन्दर का चेहरा भावनाओं के कारण चमक रहा था। उसने अपनी व्हिस्की का घूँट पिया और एक कलाकार की तरह उस चुप्पी को लम्बे समय तक बने रहने दिया। उसके बाद उसने कहा, "जेल एक अँधेरी जगह है।"

बिनोद उन लोगों को सुन रहा था और बाबा के बारे में सोच रहा था।

——

बाबा की मृत्यु के पाँच-छह साल पहले *हिन्दुस्तान टाइम्स* के एक दिल्ली के पत्रकार ने सरकारी डॉक्यूमेंटरी पर एक यादगार ख़बर तैयार की थी जिसे

कभी सिनेमा हॉल में मुख्य फ़िल्मों से पहले दिखाया जाता था। उस आलेख में भागलपुर के कारीगरों के बारे में 'द वीवर्स ऑफ़ सिल्क' नाम से दो अनुच्छेद लिखे थे; यह एक छोटी-सी डॉक्यूमेंटरी थी जिसे बाबा ने सत्तर के दशक के मध्य में बनाया था। उन लोगों ने बाबा की वह तस्वीर भी छापी थी जिसमें वह अब भी जवान दिखते थे और उनकी आँखें व्यग्र नहीं बल्कि एकाग्र दिखाई देती थीं, लेकिन मुख्य शीर्षक ने उन्हें करतार सिंह के नाम से परिचित करवाया था जो सिख डॉक्यूमेंटरी फ़िल्मों के निर्माता थे जिन्होंने 1965 की लड़ाई की विधवा औरतों पर फ़िल्म बनाई थी। बाबा ने राष्ट्रीय समाचार-पत्र में नाम प्रकाशित होने की इस घटना को बहुत ही सम्मानजनक माना था और बिनोद को भी ऐसा ही महसूस हुआ था, लेकिन शायद वह शहर को घोर गुमनामी वाली जगह के रूप में सोचता था इसलिए वह इस तथ्य के प्रति बहुत सचेत था कि उसके पिता को कोई और इनसान समझा गया था। ग़लत नाम इस बात की याद दिलाता था कि बाबा जैसे लोग ख़बरों में आने के लिए नहीं होते हैं।

उनके अपने हिस्से के लिए, बाबा मोहभंग की सहज भावना के इन तिरस्कारों से सुरक्षित थे। उनकी उम्मीद थी कि बुरे से सिर्फ़ बुरा ही आता है। उनकी यह बेतुकी अनिवार्यता वाली भावना उनकी बीमारी के अन्तिम दिनों में और गहरी हो गई थी। एक सुबह बिनोद ने सुना कि वह किसी फ़ोटो और ग़लत शीर्षक वाली किसी बहुत पुरानी घटना का ज़िक्र कर रहे थे।

बाबा एक स्थानीय हिन्दी अख़बार में एक खाने में छपी उस ख़बर को अपनी कमज़ोर आवाज़ में पढ़ रहे थे। रिपोर्ट में लिखा था कि वर्ल्ड ट्रेड सेंटर के आक्रमण के बाद न्यूयॉर्क शहर में ग्राउंड ज़ीरो में चूहों का ख़तरनाक संक्रमण पैदा हो गया था। उन दो इमारतों के बचे हुए खँडहर को ज़हर के साथ सील करने की ज़रूरत थी। बाबा की कुटिल मुस्कान उनके थूक के झाग के साथ आती और गुम हो जाती। उन्होंने आह भरते हुए कहा, "उन्हें कम-से-कम यहाँ चूहों की तस्वीर देनी चाहिए थी। उसके बिना यह शीर्षक चूहों को इराक़ी बच्चों की तरह दर्शाता है जिन्हें उन्हें अपने ही घर के मलबों के साथ वहाँ छोड़ दिया गया है।"

——

उस रात बम्बई में जब बाक़ी के दूसरे लोग सो चुके थे, रबिन्दर और बिनोद बैठकर टीवी के चैनल बदल रहे थे। किसी एक केबल नेटवर्क पर हॉलीवुड की कोई फ़िल्म दिखाई जा रही थी। हीरो गुप्तचर सेवा का एजेंट था जिसकी याददाश्त चली गई थी। शायद वह अपनी एजेंसी के लिए अब अनुपयोगी हो गया था या कम-से-कम ख़तरनाक, और अब वे उसे मारने की कोशिश कर रहे थे। लेकिन वह बहुत ही फ़ुर्तीला और चालाक था। वह उस औरत के साथ भागने की कोशिश कर रहा था जिससे वह संयोगवश मिला था। उसके पास एक छोटी-सी टूटी हुई कार थी। हालाँकि वह मासूम थी लेकिन उसे अब दूसरे के नाटक में खींचा जा चुका था। ज़िन्दगी यही है। लेकिन वह भी उसे छोड़ना नहीं चाहती थी; वह उस अजनबी से प्यार करने लगी थी।

जब पुलिस खड़ी हुई गाड़ी तक पहुँचने लगी तो उसने उस औरत से कहा, "मैं सही काम करने की कोशिश कर रहा हूँ।"

उसने कहा, "कोई भी सही काम नहीं करता है।"

रबिन्दर ज़ोर से हँसा, एक खोखली हँसी। उसके बाद उसने अपनी जाँघों को रगड़ा और कहा, "मैं उससे शादी करना चाहता हूँ।"

वह अब भी टीवी देख रहा था और बिनोद सोफ़े पर ही सो गया था। नीलू ने अपने मेहमान वाले कमरे में रबिन्दर के लिए बिस्तर तैयार किया था लेकिन जब बिनोद सुबह सोकर जगा तो वह उसी जगह पर बैठा हुआ था। उसकी आँखें टीवी के स्क्रीन पर थीं। उसके बाद बिनोद ने ध्यान दिया कि रबिन्दर ने दाढ़ी बना ली है और नहा भी चुका। उसके बाल चमक रहे थे।

रबिन्दर ने कहा, "गुड मॉर्निंग।"

"तुम इतनी जल्दी कैसे जग गए? अभी तो दस भी नहीं बजे हैं।"

रबिन्दर ने गाने वाली आवाज़ में बोला, "क़ैदी नंबर सी-10954 सभी नियम और क़ानून का पालन करता है। वह हमेशा ही समय का पाबन्द रहता है और उसका व्यवहार..."

रबिन्दर अपनी कलाई से रिमोट को इस तरह चला रहा था कि आपको देखकर शायद ऐसा लगे कि वह तालाब में बतख़ों को दाना डाल रहा है। एक योग वाले चैनल पर दाढ़ी वाला एक आदमी अपने आसपास के दर्शकों को साँस सम्बन्धी व्यायामों के फ़ायदे समझा रहा था। "अगर आप हर दिन आधे घंटे तक इसे करेंगे तो आप कभी भी बीमार नहीं होंगे," उसने कहा।

"और कभी भी पेप्सी या कोका-कोला मत पीजिए। इसके बदले उनका प्रयोग अपना बाथरूम साफ़ करने के लिए कीजिए। शुद्ध रहिए। शाकाहारी खाना खाइए और आप हमेशा जवान रहेंगे।" रबिन्दर को उसका मटन पसन्द है। उसने चैनल बदल दिया।

बिनोद को चाय चाहिए थी और उसने नीलू के कमरे की दिशा में देखा लेकिन कोई भी नहीं जगा था। रबिन्दर वापस समाचार वाले चैनल पर आ गया। अब टीवी का स्क्रीन मृत शरीरों से भरा हुआ था। मद्रास के आसपास बाढ़ आ गई थी। वे इसे सुनामी कह रहे थे। यह इंडोनेशिया के आसपास भूकम्प आने के कारण शुरू हुआ था और कुछ समय बाद ही इसने भारत पर हमला बोल दिया था। उस समाचार में आगे बताया गया कि श्रीलंका में पानी तेज़ी से घुसा और उसके बाद भीगे हुए बालू पर मछलियों को तड़पता छोड़कर वहाँ से निकल गया। बच्चे और बूढ़े मर्द और औरत दौड़कर देखने गए कि क्या हुआ। लोग मछलियों को चुनकर उठा रहे थे कि तभी अचानक पानी का एक दूसरा झोंका आया और बहुत सारे लोगों को अपने साथ समुन्दर में बहा ले गया।

मद्रास के दक्षिण के समुन्दर में नावें टूट चुकी थीं और तट के किनारे बने हुए घर ढह चुके थे। कई लाख लोगों के मरने का अनुमान लगाया जा रहा था। जब तक नीलू और शत्रुघ्न सोकर जगे, तब तक समाचार वाले स्टेशन थाईलैंड और इंडोनेशिया के फ़ुटेज दिखा रहे थे। थाईलैंड की एक जगह के हिस्से में दिखाया गया था कि एक आदमी और उसके बच्चे तब भी एम्बुलेंस का दरवाज़ा कसकर पकड़े हुए थे जब वह तेज़ प्रवाह के साथ समुन्दर में तेज़ी से बहती हुई जा रही थी।

एक पर्यटक ने थाईलैंड के थाई तट पर अपने ऊँचे होटल की खिड़की से नीचे पानी के भँवर को अपने कैमरे में क़ैद किया था। मृत शरीर पानी के कम होते हुए बहाव के साथ लम्बे ताड़ के पेड़ों की शाखाओं में उलझ गए थे। उस ख़बर को देखना मुश्किल था लेकिन बिनोद के पास बैठे लोगों में से कोई नहीं हिला।

तूफ़ान ने सबसे ज़्यादा नुक़सान बच्चों को पहुँचाया था क्योंकि वे खम्भों या पेड़ों को कसकर पकड़े रखने लायक़ मज़बूत नहीं थे। चैनल ने उन बच्चों के चेहरे दिखाने शुरू कर दिये जो दीवारों से टकराने के कारण बीभत्स हो

गए थे, उनका छोटा शरीर मुड़ गया था, उनकी आँखें बालू के कारण फूल गई थीं और उनके नाक बन्द हो चुके थे।

उस दिन बिनोद अपने फ़्लैट पर वापस नहीं गया। दोपहर में वह बेडरूम में अन्दर गया और सो गया, लेकिन टेलिविज़न से आवाज़ लगातार आ रही थी, और वह आवाज़ बहुत हद तक लहरों के पछाड़ खाने की आवाज़ जैसी लग रही थी। जब वह अपनी नींद लेने और उन सभी चीज़ों के बारे में, जिसमें एक बूढ़ा आदमी चीन में रोड के किनारे बैठकर चिकेन खा रहा था, के बारे में सपना देखने के बाद बेडरूम से बाहर निकला तो रबिन्दर अपने दोस्त नीरज दुबे से फ़ोन पर बात कर रहा था। वह अभिनेता किसी शूट के लिए जयपुर जाने वाला था लेकिन इस आपदा ने उसके कार्यक्रम को बदल दिया था। रबिन्दर ने कहा, “लेकिन राजस्थान में पानी नहीं है...वहाँ क्या समस्या हो सकती है?”

नीलू ने बिनोद को रसोई के लिए सब्ज़ी पकाने वाला तेल और कुछ मिठाइयाँ लाने के लिए भेजा। बहुत लम्बे समय तक टीवी के सामने बैठने और घरों के गत्ते की तरह उड़ने, लोगों को उनके रिश्तेदारों के लिए मलबे के नए और पुराने वीडियो देखने के बाद उस सड़क पर चलना अजीब लग रहा था जहाँ व्यापार करने के लिए दुकानें खुली हुई थीं। लेकिन रबिन्दर एक साल से अधिक समय के बाद जेल से बाहर निकला था और वे सभी उस दिन अच्छा खाना खाने वाले थे।

और फिर जब अगले दिन बिनोद और रबिन्दर दुबे के घर दोपहर का खाना खाने पहुँचे, तब टीवी तबाही के नए दृश्य दिखा रहा था। अब यह स्पष्ट हो चुका था कि तबाही कितनी विस्तृत और गहरी थी। एक बिन्दु पर आकर दुबे ने कहा, “इस कमरे में तीन बिहारी हैं। हमें कुछ भूलना नहीं चाहिए। जैसा कि आज सुबह ही समाचार के माध्यम से हमें याद दिलाया गया है, आज चासनाला खदान आपदा की बरसी है।”

उस समय बिनोद किशोर था और उसे सर्चलाइट में प्रकाशित ख़ून से लथपथ तस्वीरें याद थीं। 27 दिसम्बर, 1975 को दीवार के टूटने से चासनाला की भूगर्भीय खदान में कई टन पानी घुस गया था। सुरंग में कोयले की खुदाई

काफ़ी अन्दर तक हो गई थी। खुदाई वाले खदान के बग़ल में ग़ैर-उपयोगी खदान था जिसमें पानी एकत्रित किया गया था, दोनों खदानों को अलग करने के लिए जो दीवार बनाई गई थी वह इतनी पतली थी कि दबाव नहीं झेल पाई और टूट गई। खदान के मालिकों द्वारा सुरक्षा के सभी नियमों की अवहेलना की गई थी। लगभग 400 कर्मचारियों की मौत हो गई थी। यह न सिर्फ़ बिहार की बल्कि पूरे भारत की सबसे बड़ी खदान आपदा थी।

जब यह त्रासदी हुई तो रबिन्दर बहुत छोटा था। चासनाला आपदा की उसकी जितनी भी यादें हैं वे यश चोपड़ा की फ़िल्म *काला पत्थर* के आधार पर बनी हैं जिसमें अमिताभ बच्चन हीरो थे। यह फ़िल्म वास्तविक घटना के चार साल बाद बनी थी। इसमें केवल एक या दो घटनाओं को ईमानदारी से दिखाया गया था; जहाँ काम चल रहा था उस सुरंग में पानी की बहुत अधिक मात्रा जमा हो गई थी और वहाँ उस खदान में चार सौ खदान मज़दूर फँस गए थे। लेकिन फ़िल्म में हीरो और उनके सहायक पात्रों द्वारा दिखाई गई बहादुरी से ज़्यादातर मज़दूरों को बचा लिया गया था।

नीरज दुबे के पास घर में *काला पत्थर* की डीवीडी थी, वे अपनी-अपनी बीयर और सिगरेट के साथ बैठ गए और फ़िल्म देखने लगे। अमिताभ बच्चन की यह एकमात्र और बेशक उस पूरे दौर में बिहार पर बनी इकलौती फ़िल्म थी। दुबे को फ़िल्म के कई संवाद याद थे और वह कलाकारों के साथ बोल रहा था। जल्द ही पर्दे की त्रासदी और हाल की त्रासदी दोनों ही भूली जा चुकी थीं, तीनों लोग फ़िल्म का आनन्द उस रूप में ले रहे थे जिसमें फ़िल्म उन्हें उनके अतीत में वापस ले गई थी।

अमिताभ बच्चन ने बिहारी व्यक्ति की भूमिका नहीं निभाई थी। वह एक कलंकित जहाज़ के कप्तान थे जिसका अपने डूबते जहाज़ और यात्रियों को अकेला छोड़कर भाग जाने के कारण कोर्ट-मार्शल किया गया था। उसने अपने अतीत से भागने के लिए खदान में काम करना शुरू कर दिया था। उस फ़िल्म में एकमात्र बिहारी शत्रुघ्न सिन्हा थे। उन्होंने जेल के क़ैदी की भूमिका निभाई थी और उस आदिवासी की भूमिका भी जिसने खदान में बहुत अधिक मेहनत की थी और जो पूरी तरह से ग़ायब था।

फ़िल्म में एक समान रूप से अविकसित पात्र एक बंजारन लड़की थी जो उस इलाक़े में चूड़ियाँ बेचती थी जहाँ खदान के मज़दूर रहते थे।

शुरुआती दृश्य में एक अपंग आदमी है जो बैसाखी का उपयोग करता है उसे खदान के पास चाय की दुकान चलाते हुए दिखाया गया है। वह विजय, जो कि अमिताभ बच्चन हैं, से कहता है कि यहाँ की औरतें चूड़ियाँ पहनने की बहुत शौक़ीन हैं। पर्दे के हीरो के साथ ही बिनोद की बग़ल से भी एक आवाज़ आनी शुरू हो गई। "काका, इन कोयले के खानों में आए दिन मरने वालों की औरतें चूड़ियाँ पहनने के लिए नहीं तोड़ने के लिए ख़रीदती हैं।"

सब बहुत ख़ुश थे। जब शत्रुघ्न सिन्हा पर्दे पर आए तो रबिन्दर ने ज़ोर-ज़ोर से चिल्लाना शुरू कर दिया। लेकिन दुबे अपनी मनोस्थिति में बना रहा। वह लगातार बच्चन के संवाद ही बोल रहा था। एक दूसरे दृश्य में खान में एक आदर्शवादी नई डॉक्टर, जिसकी भूमिका राखी ने निभाई थी, विजय को उसके पैर में लगी चोट के उपचार के लिए बेहोश करने की कोशिश कर रही थी। लेकिन विजय अडिग था; वह सुई नहीं लगवाना चाहता था। डॉक्टर ने अंग्रेज़ी में कहा, "कृपया समझने की कोशिश करो।" और विजय ने भी अंग्रेज़ी में कहा और डॉक्टर चौंक गई, "आप समझने की कोशिश क्यों नहीं कर रही हैं? दर्द मेरी क़िस्मत में है। मैं इससे बच नहीं सकता हूँ।"

रबिन्दर ने अपने दोस्त की पीठ पर ताली मारी जब दुबे ने इन पंक्तियों को विजय के आरोह-अवरोह के साथ तारतम्य बैठाते हुए बोला। लेकिन फ़िल्म बहुत कमज़ोर थी। कहानी कई अन्य कहानियों में बँटी हुई थी—और हर सितारे को उनका दर्द बयान करने और उनके प्रेम की खोज करने के लिए अवसर देने की ज़रूरत थी। तीन घंटे की फ़िल्म के लिए भी समय कम पड़ रहा था। सिर्फ़ एक ही ऐसा पल था जब फ़िल्म ने उदासी की मोटी चादर को भेदने का काम किया जिसे बिनोद ने अपने ऊपर लपेटा हुआ था और उसके अतीत के किसी हिस्से को छू गया। ऐसा तब हुआ जब शशि कपूर द्वारा निभाई गई भूमिका वाला पात्र एक पत्रकार से बात कर रहा था। कपूर वाला पात्र खान में काम करने वाला एक अच्छे दिल वाला इंजीनियर था। उसने कहा कि विजय ने उसे धनबाद के आसपास की खानों की याद दिलाई है जहाँ ज़मीन

के नीचे कोयला जल रहा है। "इसके अन्दर भी लाखों टन कोयला ना जाने कब से, ना जाने क्यों, सुलगता रहा है।"

कॉलेज में बाबा के रूममेट रहे उनके दोस्त की नियुक्ति झरिया के पास थी, और आग उन्हें निगल गई थी जब एक दोपहर उस डाकखाने की ज़मीन खिसक गई थी जहाँ वह काम करते थे। वह एक पतले, ऊँचे दाँतों वाले इनसान थे जिन्होंने एक बार घर आने पर बिनोद को आग के नज़दीक रहने के रोमांच के बारे में बताया था। उन्होंने कहा था कि रात में जब वह टहलने निकलते हैं तो उन्हें टॉर्च की ज़रूरत नहीं पड़ती है। पूरा मैदान रौशनी से चमकता है। धरती में कई दरारें हैं जहाँ से गैस निकलती रहती है लेकिन अगर कोई सावधानी से रहे तो जलने से बच सकता है। वास्तव में लोग मर रहे थे, अगर जलने से नहीं तो उनके फेफड़ों में धीरे-धीरे ज़हर के भरने से मर रहे थे। बिनोद यह नहीं जानता था, और बाबा के दोस्त ने भी इसे नज़रअन्दाज़ कर दिया था। उन्होंने कहा था कि सर्दियों में तुम ज़मीन की उन दरारों के पास जा सकते हो। ऐसा महसूस होगा जैसे कि तुम किसी अलाव के आसपास टहल रहे हो और यह कई मीलों तक फैला हुआ है।

काला पत्थर में हर बार विस्फोट होता है और खान के ऊपर की लाल रौशनी जलनी शुरू हो जाती है, लोग आसपास के इलाक़ों से इस ओर दौड़कर जाते हैं। यह दृश्य एक कल्पना है जिसे स्टूडियो में तैयार किया गया था। वास्तविक जगहों पर जहाँ खनन होता है लोग बहुत दूर-दराज़ की जगहों में रहते हैं। मज़दूर बस में बैठकर और रिक्शा में बैठकर काम करने वाली जगह पर पहुँचते हैं। उनके मालिक घने उपनगरों में बने सुरक्षित बँगलों में रहते हैं। मज़दूरों के लिए उनके मालिकों से मिलना असम्भव होता है। धनबाद खान के मामले में, मालिक एक दुष्ट पूँजीपति नहीं है बल्कि सरकार है; अधिकारियों के बीच फैला भ्रष्टाचार कोयले के ठेकेदारों और उनके गुंडे माफ़िया के लालच जैसा ही होता है।

ऐसा कुछ भी फ़िल्म गें नहीं था।

तीन घंटे लम्बी फ़िल्म के अन्त में खान की दीवार से पानी फूटकर निकल जाता है। मज़दूर ज़मीन के अन्दर फँस जाते हैं। लेकिन उन्हें बचाने वाले इनसान विजय को पहले खान के मालिक के घर में जाकर उसे मारने का समय मिल जाता है। उसके बाद दिखाया गया है कि वह अपने मज़दूर दोस्तों को बचाने

के लिए खान में अन्दर जाता है जहाँ पानी जमा हो रहा है। तब तक बिनोद ने फ़िल्म का मज़ा लेना बन्द कर दिया था। परिचित सुख अब इतना अधिक परिचित हो चुका था कि अब उसमें सुख जैसा कुछ नहीं था। वह पेशाब करने के लिए और अपने चेहरे पर पानी मारने के लिए बाथरूम में चला गया।

फ़िल्म को ख़त्म होने में लगभग और आधे घंटे का समय लगा। गुलाबी आसमान में सूरज निकला और पर्दे पर ये शब्द दिखाई देने लगे : "नए दौर और नई शुरुआत की सुबह।" वह मक्कारी के साथ हँसा और ज़ोर से बोला, "भाड़ में जाओ।" लेकिन रबिन्दर गम्भीर बना रहा, और दुबे भी। वह उन्हें बताना चाहता था कि सिर्फ़ दो साल पहले ही धनबाद के पास बागडिग्गी में तीस से ज़्यादा खान मज़दूर डूबकर मर गए थे। इस तरह की मौतें आम घटना हैं; कोई नई शुरुआत नहीं हुई थी, कम-से-कम ग़रीब मज़दूरों के लिए तो बिलकुल भी नहीं।

दुबे का नौकर कॉफ़ी लेकर आया और बिनोद ने उसे एक ही घूँट में पीकर ख़त्म कर दिया। बिनोद ने कहा, "सुनामी वाली आपदा को दिखाने वाली एक हिन्दी फ़िल्म इस दृश्य से शुरू होगी कि जानवरों को आने वाली आपदा का एहसास हो जाएगा और वे ऊँची ज़मीन पर जाने लगेंगे। हालाँकि यह मध्य रात्रि का समय होगा लेकिन फिर भी हमारे हीरो का ध्यान इस ओर चला जाएगा। वह वापस तट की तरफ़ टहलना शुरू कर देगा और हवा के बारे में कोई गीत गाने लगेगा। लोग उस संगीत को सुनकर उठ जाएँगे और नाचने में उसका साथ देने लगेंगे। और इस तरह उन्हें बचा लिया जाएगा। लेकिन बग़ल वाले गाँव के लोग उतने भाग्यशाली नहीं होंगे। आगे हीरो को वहाँ जाना पड़ेगा..."

दुबे ने बिना किसी निराशा के कहा, "तुम एक लेखक की तरह बोल रहे हो। तुम इसे अलग ढंग से कैसे करोगे?"

बिनोद ने कहा, "मैं कम भावुक होऊँगा। ज़्यादा ईमानदार।"

लेकिन दुबे ने उसे ग़लत समझ लिया था। उसे लगा कि बिनोद यह कह रहा है कि हॉलीवुड इसे ज़्यादा बेहतर बनाएगा। यह कि भारत को हमेशा ही पश्चिम से सीखने की ज़रूरत है। उसने कहा, "*टायटैनिक* की तरह?"

"*टायटैनिक* क्यों?" बिनोद ने पूछा। "क्योंकि उसमें पानी है?"

दुबे ने कहा, "क्योंकि उस फ़िल्म में हीरो डूब जाता है।"

बिनोद ने बाबा के बारे में सोचा। बाबा की फ़िल्मों ने कभी भी पर्याप्त रूप से सच्चाई के साहस का सामना नहीं किया। हालाँकि दुनिया के बारे में उनका नज़रिया, उनके द्वारा अनुभव की गई चीज़ों का विस्तार, सब कुछ बेशक सटीक होते थे। बाबा *काला पत्थर* के निर्माता की तुलना में नौकरशाही और लालफ़ीताशाही में विभिन्न स्तरों पर दी गई रिश्वत की मात्रा और सूची में अपना नाम डलवाने के लिए बुरे सुरक्षा के मानकों वाली स्थिति में भी दर्दनाक चुनाव करने वाले श्रमिकों की स्थिति को बेहतर तरीक़े से दिखा पाते। दुबे ने जो पूछा था उसकी प्रतिक्रिया में उसने थोड़ी-सी कटुता के साथ कहा, "जब आज सुबह टीवी पर वे चासनाला के बारे में बात कर रहे थे...किसी भी डॉक्यूमेंटरी फ़िल्म का दृश्य दिखाने के बदले क्या उन्होंने *काला पत्थर* का दृश्य नहीं दिखाया था?"

दुबे और रबिन्दर ने एक-दूसरे को देखा और मुस्कुराए।

सभी ने अच्छा समय बिताया था और यह समय बहस करने का नहीं था। रबिन्दर ने कहा, "मुझे भूख लगी है। मुझे कुछ तीखा खाने का मन हो रहा है।"

उस दिन के बाद से कई दिनों तक सुनामी से जुड़ी ख़बरें आती रहीं, बिनोद के पास बाबा के बारे में सोचने के लिए कई कारण थे। उसने एक रिपोर्ट पढ़ी थी जिसमें एक श्रीलंकाई अधिकारी ने उन लोगों के ख़िलाफ़ क़ानूनी कार्रवाई करने की धमकी दी थी जो उन बच्चों को अपने साथ लेकर जा रहे हैं जिनके माता-पिता उस आपदा में मारे गए थे। उस अधिकारी ने कहा था कि यह ग़ैर-क़ानूनी था और उसने यह भी जोड़ा था कि बाहरी लोग इन उठाए गए बच्चों का इस्तेमाल नौकर के रूप में कर रहे हैं। बाबा भी बिलकुल इसी तरह अनुमान लगाते।

चौबीस

बम्बई हवाई अड्डे के पास ऑर्किड होटल में एक संवाददाता सम्मेलन था। सुनामी को आए दस दिन हो चुके थे और फ़िल्म जगत के कुछ लोगों का समूह अंडमान और निकोबार महाद्वीप की यात्रा के लिए जा रहा था। वे सभी एक सरकारी हवाई जहाज़ में यात्रा करने वाले थे ताकि वे राहत कोष के लिए धनराशि इकट्ठा करने के अपने अनुभव का इस्तेमाल कर सकें। बिनोद उस संवाददाता सम्मेलन में गया और अपने साथ रबिन्दर को भी ले गया। उसने वहाँ जिस पहले आदमी को देखा वह युवा निर्देशक करण जौहर थे। उन्होंने आपदा वाले क्षेत्र की यात्रा के लिए आरामदेह कपड़े पहने हुए थे; वह एक वृद्ध अभिनेत्री जिनका चेहरा अच्छा दिख रहा था और जो एक उपन्यास पढ़ रही थीं, उनसे थोड़ी दूरी पर बैठी हुई थीं। संवाददाता सम्मेलन शुरू होने में अभी समय था। तभी बिनोद ने विकास धर को देखा।

धर उसे देखकर हाथ हिला रहा था। उसने सफ़ेद कुर्ता पहना हुआ था। इतने दिनों तक सम्पर्क में नहीं रहने के लिए बिना किसी खेद के आया और सहजता से पूछने लगा, “क्या हाल है भाई? तुम कैसे हो?”

बिनोद ने उसका परिचय रबिन्दर से करवाया, और उसे बताया कि वह उसका भाई है। उसने कहा, “रबिन्दर नीरज दुबे का दोस्त है।” वह स्कूल के दिनों में इसके साथ नाटकों में काम किया करता था। वे वाद-विवाद की प्रतियोगिता में एक-दूसरे के साथ भाग लेते थे।”

धर ने रबिन्दर को देखकर सिर हिलाया। उसने कहा, “अब तुम क्या करते हो, क्या तुम बम्बई में रहते हो?”

रबिन्दर ने कहा, “नहीं। मैं बिहार में रहता हूँ। मैं हाल ही में जेल से बाहर निकला हूँ।”

धर हँसने लगा जैसे कि रबिन्दर ने कोई मज़ाक़ किया हो। बिनोद का

चेहरा अजीब मुस्कुराहट के साथ स्थिर हो गया था। धर ने रबिन्दर से पूछा, "क्या कोई मज़ेदार कहानी है?"

रबिन्दर मुस्कुराया और कहा, "उन चारदीवारों के अन्दर हर क़ैदी के पास एक मज़ेदार कहानी होती है।"

धर फिर से हँसा लेकिन इस बार वह गम्भीर था। वह बिनोद की तरफ़ मुड़ा। "अपने भाई को कभी दफ़्तर लेकर आओ। मैं कल रात बम्बई लौट रहा हूँ।"

बिनोद ने सिर हिलाया। धर ने उन पत्रकारों को देखा जो सम्मेलन शुरू होने का इन्तज़ार कर रहे थे। उसने रबिन्दर से पूछा, "क्या लालू का दल बिहार चुनाव में जीतने जा रहा है?"

रबिन्दर ने कहा, "मेरी माँ लालू के दल में एक वरिष्ठ सदस्य हैं—इस मामले में हमारा कुछ कहना पक्षपात होगा।"

धर ज़ोर से हँसा। उसने कहा, "मैंने पहले तुमसे ग़लत सवाल पूछा था। मैं अब आश्वस्त हूँ कि तुम्हारे पास एक मज़ेदार कहानी ज़रूर होगी। तुम्हें कल रात मैं फ़ोन करूँगा।"

उसने फ़ोन किया था। उन्होंने जुहू जाने के लिए एक टैक्सी ली और पूरे रास्ते बिनोद यह फ़ैसला नहीं कर पा रहा था कि क्या उसे रबिन्दर का शुक्रिया अदा करना चाहिए कि उसकी वजह से धर फिर से सम्पर्क में है। टैक्सी में रबिन्दर ने दुबे से फ़ोन पर बात की और उसे बताया कि वे लोग धर के घर की तरफ़ बढ़ रहे हैं। जब बातचीत ख़त्म हो गई तो रबिन्दर धीरे से हँसा। दुबे ने कहा था कि "तुम और धर दोनों ही बहुत बातूनी हो।"

—–

वे जिस अपार्टमेंट को ढूँढ़ रहे थे वह ए.बी. नायर रोड पर था। एक बूढ़ा नौकर उन्हें एक बड़े से पार्लर में ले गया जहाँ उन्हें इन्तज़ार करने के लिए कहा गया। रात के दस बजकर दस मिनट हो गए थे। बिनोद ने धर की पत्नी पिया को देखा जब वह सामने की सीढ़ियों से गुज़र रही थी। वह लगभग बीस साल पहले फ़िल्मों में आई थी, और आज भी वैसी ही दिख रही थी, दुबली और सेक्सी। कुछ देर बाद धर कमरे में आया। वह अभी तुरन्त नहाकर

निकला था और उसने सिल्क की लुंगी और नीले सिल्क का कुर्ता पहना हुआ था। उसने तेज़ आवाज़ में घोषणा की, "महाद्वीप की इस यात्रा ने मेरे जीवन को बदल दिया। यह एक सहज सच्चाई है। इसका स्वरूप कुछ और नहीं हो सकता है।"

वह लगातार बोलता रहा, "जो भी हुआ वह बहुत ही भयानक है...मैं बिहार के लोगों से भी मिला जो वहाँ उस अन्दरूनी इलाक़े में बसे हुए हैं। ये सहज लोग, बहुत ही अच्छे लोग हैं। एक महिला ने मुझे बताया कि उसे लगा जैसे भगवान समुन्दर को मरोड़ रहा है। वह नहीं जानती थी कि दुनिया शुरू होने वाली है या ख़त्म।"

बिहार जैसी जगहों के किसान जो अंडमान में आकर बस गए थे, उन लोगों ने केवल अपना घर नहीं खोया है बल्कि उनके सभी काग़ज़ात, सभी प्रकार के दस्तावेज़—यहाँ तक कि उनकी ज़मीन भी अब नमक वाला पानी सूखने के कारण बर्बाद हो चुकी है।

जब धर रुका, रबिन्दर ने बेचैन होते हुए पूछा, "क्या लोगों को राहत मिल रही है?"

धर ने कहा, "सब की स्थिति दयनीय है। मैंने देखा कि राहत शिविर में कुछ आदिवासी टूटे चर्च में रह रहे थे। कार निकोबार के नज़दीक। उनमें से एक आदमी ने कहा कि जहाँ उसका परिवार रहता था वहाँ पानी लहर की तरह नहीं आया था बल्कि ज़मीन ने पानी सोख लिया और फिर धरती फ़ट गई। धरती की दरारों से समुन्दर का पानी निकलने लगा।"

रबिन्दर टूटने की आवाज़ निकाल रहा था और अपने सिर को हिला रहा था। धर ने तेज़ आवाज़ में बोलना शुरू करते हुए पहले अपनी पीठ को पीछे की तरफ़ किया और उसके बाद ऊपर छत की तरफ़ देखने के बाद फिर से रबिन्दर की तरफ़ मुख़ातिब होकर बोलने लगा। "क्या तुम कल्पना कर सकते हो? तुमने भूकम्प का अनुभव किया है। और उसके बाद तुम्हारे नीचे की ज़मीन से चूने के रंग का नमकीन पानी बाहर निकलना शुरू हो जाए। और फिर कीचड़। और उसके बाद समुन्दर से आने वाला सैलाब सब कुछ बहाकर ले जाए..."

रबिन्दर ने धर से पूछा कि क्या वह सुनामी पर कोई फ़िल्म बनाएगा। फ़िल्म-निर्माता ने अपना सिर हिलाया। उसने कहा, "मैं सिर्फ़ वहाँ यह देखने

गया था कि क्या हुआ है। प्रधानमंत्री के दफ़्तर से किसी ने मुझे फ़ोन किया था और वहाँ जाने के लिए कहा था।"

रबिन्दर ने कहा, "क्या पुराने क़ैदी अब भी वहाँ हैं?"

धर नहीं जानता था। यह सम्भव है कि रबिन्दर धर को अपनी याद दिलाना चाहता हो या फिर उसे यह याद दिलाना चाहता हो कि वे यहाँ क्यों आए थे। लेकिन बिनोद को उसका यह सवाल बेकार लगा और वह सचेत हो गया कि उसकी त्योरियाँ चढ़ने लगी थीं। नौकर चाय लेकर आया।

रबिन्दर फिर से बात कर रहा था। उसने कहा, "मैंने आपसे राहत के बारे में पूछा क्योंकि बिहार में अन्तिम बार आई बाढ़ में मदद देने को लेकर बहुत अधिक तमाशा हुआ था। सरकार काग़ज़ पर करोड़ों रुपये दे रही थी, लेकिन ग़रीबों तक कुछ नहीं पहुँचा। मेरी माँ ने पटना में ज़िला अधिकारी के बारे में बहुत सारी शिकायतें सुनी थीं। उन्हें 'टाइम मैगज़ीन' में एक हीरो और नेता के रूप में दर्शाया गया था, लेकिन वह आदमी जादूगर था। उसने पतली हवा की परत के साथ करोड़ों रुपयों को ग़ायब कर दिया।"

बिनोद उस अधिकारी से मिला था जिसकी बातें रबिन्दर कर रहा था लेकिन वह इस विवाद से अनभिज्ञ था। बाढ़ बाबा की मृत्यु के कुछ ही सप्ताह पहले आई थी; वह बम्बई में अपने काम में व्यस्त था। धर बिना कुछ कहे सिर्फ़ सुन रहा था और रबिन्दर लगातार अपनी बातें कह रहा था। उसने कहा, "बेशक ज़िला अधिकारी एक चालाक आदमी था। दरअसल उसके पास डॉक्टर की डिग्री थी। वह ज़रूर बहुत प्रतिभाशाली होगा। लेकिन उसने उन लोगों के नाम पर पैसे कमाए जो ग़रीब थे और बाढ़ की वजह से बेघर हो गए थे। क्या आपको लगता है उस तरह के इनसान के ऊपर बनी फ़िल्म के लिए कोई बाज़ार उपलब्ध है?"

"ज़रूर है।" धर ने धीरे से कहा और अपनी बात आगे बढ़ाई, "अगर तुम अच्छी फ़िल्म बनाते हो तो लोग इसे देखने के लिए अपना पैसा ख़र्च करते हैं।"

रबिन्दर मुस्कुराया। उसने कहा, "मैं एक दिन सोच रहा था कि सत्येन्द्र दुबे पर एक फ़िल्म का निर्माण होना चाहिए। एक युवा अधिकारी जिसकी हत्या बिहार में की गई थी जब उसने प्रधानमंत्री को वहाँ हो रहे भ्रष्टाचार को लेकर चिट्ठी लिखी थी। मैंने यह आइडिया बिनोद को बताया था क्योंकि वह

एक लेखक है, लेकिन उसने कहा कि दर्शक फ़िल्मों में सिर्फ़ लोगों को पैसे कमाते हुए देखना चाहते हैं।"

"पैसे कमाना या सेक्स करना, दोनों एक ही चीज़ हैं," धर हँसा। "बिनोद सही कह रहा है। लोग थोड़ी-बहुत सच्चाई की सराहना करते हैं लेकिन अगर यह किसी चमकीली आकर्षक कहानी के साथ नहीं आती है तो उसे नकार देते हैं।"

रबिन्दर अपना सिर हिला रहा था। उसने अपने सामने रखी चाय को नहीं छुआ था। उसने कहा, "धर साहब, किसी ने भी मैच-फ़िक्सिंग को लेकर फ़िल्म नहीं बनाई। एक ऐसी प्रेरणा जिसने अज़हरुद्दीन जैसे महत्त्वाकांक्षी खिलाड़ी को भी बाहर कर दिया। जो उसके ख़त्म होने का कारण बनी। यह सिर्फ़ क्रिकेट के बारे में नहीं है। फ़िल्म-निर्माता राजनीति या हमारी नौकरशाही के बारे में बात कर सकते हैं। पटना के ज़िला अधिकारी की बात पर वापस चलते हैं। यहाँ एक अधिकारी है जो प्रशिक्षित हृदयरोग विशेषज्ञ है और वह राहत के पैसे से कमाई कर रहा है। वह झूठे चेक पर हस्ताक्षर कर रहा है। यहाँ तक कि बाढ़ से पहले वह हर आवेदन के लिए तीस हज़ार रुपये लेकर बन्दूक़ों के लाइसेंस पर हस्ताक्षर करता था..."

धर ने कहा, "इन विषयों पर फ़िल्में बनी हैं।" उसकी आवाज़ में एक तरह की थकावट आ गई थी। रबिन्दर कुछ और कहना चाहता था लेकिन वह अपने मुँह को अधखुला छोड़कर ही रुक गया। बिनोद को अचानक ही उस शाम की याद आ गई जब वह धर से मिला था, और वह रबिन्दर के अपने दिल की हर बात को बाहर निकाल देने के लिए संवेदनशील हो गया था।

रबिन्दर की तरफ़ मुड़ने से पहले धर ने एक पल के लिये बिनोद को देखा। उसने कहा, "मैं तुमसे एक निजी सवाल पूछ रहा हूँ। तुम जेल में क्यों थे?"

रबिन्दर ने कहा, "बिहार बहुत ही भ्रष्ट जगह है। वहाँ सफल होने के लिए आपको भ्रष्टाचार के साथ दोस्ती करनी पड़ती है। पिछले कुछ सालों में मैंने अच्छे पैसे कमाए, लेकिन मैंने कुछ दोस्त भी बना लिये। वे मेरे पीछे पड़ गए थे।"

"लेकिन किस अभियोग में?"

"पटना में मेरा एक साइबर कैफ़े है। मुझ पर अश्लील वीडियो की अवैध

बिक्री का आरोप लगाया गया था क्योंकि मेरे बिना जाने ही मेरे ग्राहक इंटरनेट से ऐसी चीज़ें डाउनलोड करते थे।"

"अरे भाई, अगर लोग अश्लील वीडियो डाउनलोड करते हैं तो उन्हें करने दो," धर ने कहा और फिर बोला, "हम लोकतंत्र में रहते हैं। कम-से-कम ऐसा दावा करते हैं कि यह लोकतंत्र है। हम लोग, अल्लाह रहम करे, सऊदी अरब में नहीं रहते हैं।"

धर ने जो भी कहा रबिन्दर को उसमें बहुत गहरा भाव दिखाई दिया था। उसने कहा, "जब हम इन चीज़ों को लेकर खुले दिमाग़ वाले नहीं होते हैं तो हम ब्लैकमेलर के लिए दरवाज़े खोल देते हैं।"

धर ने कहा, "बिलकुल सही।"

रबिन्दर ने कहा, "मैं पटना में एक मामले के बारे में जानता हूँ। एक नया शादीशुदा जोड़ा अपने हनीमून के दौरान एक होटल में रह रहा था और वहाँ उनके वीडियो बनाए जा रहे थे।"

धर ने ज़ोर से हँसना शुरू कर दिया। उसने कहा, "कोई अपना हनीमून पटना में क्यों मनाएगा?"

रबिन्दर ने कहा कि "लोग होटल में ठहरते हैं ताकि वे अपने परिवार से दूर रह सकें। बस इतना ही...होटल का मालिक बुरे चरित्र वाला था। उसने उस फ़िल्म को अपने कुछ मेहमानों को पोर्नोग्राफ़ी के रूप में दिखाना शुरू कर दिया था। जोड़े को ग़लत स्थिति में रखा गया था। यह बहुत ही घातक था।"

धर ने पूछा कि "मामला कैसे ख़त्म हुआ?"

वह जोड़ा दरभंगा के प्रतिष्ठित परिवार से था। उनका पुलिस में सम्पर्क था और आदमी के चाचा एक सेवानिवृत्त सम्पादक थे। उन्होंने होटल के मालिक को जेल की सलाखों के पीछे पहुँचा दिया।"

धर ने रबिन्दर से कहा, "ये सभी ऐसी कहानियाँ हैं जो केवल बिहार में ही सच नहीं होती हैं। लोग सिर्फ़ यही सोचते हैं कि यह सब सिर्फ़ बिहार में ही होता है, लेकिन ये सभी कहानियाँ शेष भारत में भी सुनने को मिलती हैं।"

रबिन्दर अपना सिर हिला रहा था।

धर ने कहा, "तुम सत्येन्द्र दुबे के बारे में बात कर रहे थे। बेशक वह एक बहुत अच्छा इनसान था। लेकिन तुम जेल में और कई मज़ेदार पात्रों से

मिले होगे। कोई ऐसा जिसकी कहानी सत्येन्द्र दुबे की कहानी की तुलना में अधिक दर्शकों को अपनी ओर आकर्षित करे। नहीं?"

रबिन्दर कुछ देर शान्त रहा। फिर उसने कहा, "एक आदमी था जिससे मैं जेल में मिला था। वह आजीवन कारावास का सज़ायाफ़्ता था; उसने तीस साल पहले अपने मकान मालिक को मार दिया था। उसका भाई स्टैन्फ़र्ड विश्वविद्यालय में प्रोफ़ेसर है। यह आदमी भी बहुत प्रतिभाशाली था। लेकिन उसने माओवादी बनने और किसानों के हक़ की लड़ाई लड़ने के लिए पटना साइंस कॉलेज में अपनी पढ़ाई छोड़ दी थी। यह सत्तर के दशक के शुरुआत की बात थी। वह तीन दशकों से जेल में था। जब मैं उससे जेल में मिला था तो वह ख़ुद को टमाटर के पौधे उगाने और अख़बार पढ़ने में व्यस्त रखता था। मैंने उससे पूछा कि क्या वह अपने साथियों को याद करता है; उसने कहा कि नहीं करता है। उनमें से कुछ ज़रूर ही दादा-दादी बन गए होंगे। उसने जिन लोगों से नफ़रत की थी उनमें से लगभग सब मर चुके थे—यह तथ्य अपने आप में उसे अकेला महसूस करवाता था। इस आदमी ने एक नेवले को पाला हुआ था और उसे दूध पिलाता था। वह नेवला साँप से बचाव के लिए वहाँ रहता था। सभी क़ैदी ज़मीन पर सोते थे और उसे साँप से डर लगता था। वह एक ऐसा आदमी था जिसने दुनिया के लिए अपना घर त्याग दिया था लेकिन अब वह इतने लम्बे समय से जेल में था यही उसका घर, यही जगह उसकी दुनिया बन चुकी थी।"

धर ने इस कहानी को बहुत ही ध्यान से सुना था। उसने कहा, "हाँ, यही जीवन है। लेकिन तुम इसे एक फ़िल्म में नहीं बदल सकते। इसमें वह कहानी कहाँ है जिससे लोग इसे देखने के लिए सिनेमा हॉल तक आएँगे?"

रबिन्दर इन्तज़ार कर रहा था कि धर और विस्तार से अपनी बात कहेगा। जब उसने आगे कुछ नहीं कहा तो रबिन्दर ने बहादुरी के साथ बताया, "बिहार में बहुत सारी कहानियाँ हैं।"

धर ने कहा, "मैं कब से तुम्हारे भाई को कह रहा हूँ कि हमें एक अच्छी कहानी की ज़रूरत है। तुम लोग आपस में बात करो और इस मूल्यांकन के साथ वापस आओ कि तुम्हारे साइबर कैफ़े में पोर्नोग्राफ़ी के माध्यम से लोग क्या हासिल करना चाहते थे। यह भारत के छोटे शहरों की आज की बदलती वास्तविकता है।"

रबिन्दर ने उसका साथ दिया। उसने कहा, "आपका बहुत शुक्रिया, सर। बिहार की समस्या यह है कि हमें प्रोत्साहन नहीं मिलता है। हमारे पास काम के नाम पर या तो बस चलाने या पेट्रोल पम्प का मालिक बनने का काम ही होता है। मेरे पास थोड़ी पूँजी है जिसका मैं निवेश करना चाहता हूँ, लेकिन..."

धर उसे देखकर ख़ुश होते हुए मुस्कुराया और अपने गंजे माथे पर हाथ फेरा। उसने कहा, "हम साथ में एक फ़िल्म बनाएँगे।"

जब वे वापस जाने के लिए टैक्सी में बैठे थे, तब रबिन्दर ने फिर से दुबे को फ़ोन किया। उसने कहा कि धर जाल में फँस गया है। बिनोद ने उसे कहते सुना कि "नहीं, सत्येन्द्र दुबे के बारे में नहीं, लेकिन एक आम सी सबको पसन्द आने वाली कहानी।" दुबे ने ज़रूर उसे और स्पष्ट रूप से बताने के लिए कहा होगा क्योंकि रबिन्दर कह रहा था कि "यार, हम जल्दी ही बात करेंगे। मैं तुम्हें विस्तार से बताऊँगा। हमें एक बार फिर से बैठकर मटन और रम का सेवन करना चाहिए।"

बिनोद जानता था कि चेखव का उसका रूपान्तरण कचरे में डाला जा चुका है। उसे अब ज़रूर पोर्नोग्राफ़र के रूप में रबिन्दर के करियर की बारीकियों को जानने और उसे एक मनोरंजक कहानी के रूप में पेश करने के लिए कहा जाएगा जो मज़ेदार तो होगी लेकिन उसका अन्त एक शिक्षाप्रद सन्देश के साथ होगा। यह बात उसे दुखी कर रही थी लेकिन वह यह भी महसूस कर रहा था कि उसके लिए एक दरवाज़ा खुला है। एक सप्ताह बाद अख़बार में धर की ख़बर छपी थी। जब उससे उसकी भावी परियोजनाओं के बारे में पूछा गया तो उसने कहा कि "वह बिहार में कुछ करने की योजना बना रहा है।" जब बिनोद ने रबिन्दर को वह अख़बार दिखाया तो वह मुस्कुराया और उसने अपनी सिगरेट जलाई। वह बहुत ख़ुश था और हिन्दी फ़िल्मों के गैंगस्टर की तरह सिगरेट पीने लगा।

बिनोद के दोस्त अजय ने भी अख़बार में उस रिपोर्ट को देखा था। उसने फ़ोन पर कहा कि "यह फ़िल्म शायद वैसी नहीं होगी जैसी तुम चाहते हो लेकिन लोग इसे देखने के लिए आएँगे।"

बिनोद ने उसे बताया कि रबिन्दर ने धर के साथ अच्छी घनिष्ठता बना ली है, और अजय ने कहा, "यह अच्छा है। धर दुनियादारी में बहुत होशियार है। वह दिखावट करने वाला इनसान भी नहीं है। तुम इससे यह सीख सकते हो कि तुम इस धन्धे में रहकर हमेशा सफ़ेद कपड़े ही नहीं पहन सकते हो। अगर तुम सड़क पर चलोगे तो तुम गन्दे होने के लिए बाध्य हो।"

धर लगभग हर दिन रबिन्दर को फ़ोन करता था। वे कहानी के रूप को लेकर विचार करते थे और उसके बाद अन्य सम्भावनाओं के बारे में भी सोचते थे। बातचीत के दौरान रबिन्दर अक्सर धर की दूसरी फ़िल्मों के दृश्यों को याद करता था; उसने अपने दिमाग़ में दोहराव और परिवर्तन के गणित पर काम किया था। धर को भी यह पसन्द था। हर बार धर से बात करके जब रबिन्दर फ़ोन रखता था वह भरा हुआ होता था और उसकी ऊर्जा पूरे कमरे में महसूस होती थी।

न तो रबिन्दर और न ही धर यह जानते थे कि पूरी कहानी किस तरह की होने वाली थी। कई बार ऐसा होता था कि बिनोद को किसी सीन के बारे में बताकर उससे आगे की पटकथा की कल्पना करने के लिए कहा जाता था। ये सभी बड़े मूल्यांकन के आधार पर बिना किसी सन्दर्भ के काल्पनिक दृश्य मात्र होते थे। जब बिनोद को इन वार्ताओं में खींचकर लाया जाता था तो उसका दिल इसमें नहीं होता था। वह जानता था कि रबिन्दर अपनी कहानी नहीं बता रहा है। अगर आप वह कहानी कहते हैं जिसे आप कहना चाहते हैं तो आपकी ईमानदारी पर किसी भी तरह की बात करने की कोई आवश्यकता नहीं होती।

अगर रबिन्दर इस बात पर ग़ौर करता था कि बिनोद बहुत अधिक उत्साही नहीं है तो वह शायद ही किसी तरह का व्यवहार दर्शाता था। उसने फ़ैसला कर लिया था कि जब तक यह परियोजना कोई तय आकार नहीं ले लेती है वह बम्बई में ही रहेगा। एक शाम बिनोद घर आया और उसने अपने भाई को आईने के सामने देखा : उसने नई क़मीज़ पहनी थी और बालों में जेल लगा रहा था। धर उसे लेने आने वाला था और वे दोनों भविष्य की योजना के लिए अजय देवगन से मिलने जा रहे थे। पिछले कई दिनों तक लगातार अपनी अनिच्छा दर्शाने के बावजूद, बिनोद के ऊपर एक गहरी निराशा छा गई थी। उसने देखा कि उसे ईर्ष्या हो रही है। लेकिन वह मुस्कुराता रहा। कुछ देर

बाद घंटी बजी। वह धर का ड्राइवर था जो रबिन्दर के बारे में पूछ रहा था। बिनोद भी नीचे गया। धर बहुत अधिक आत्मीय था और उसने पूछा कि क्या वह फ़िल्मी सितारों से मिलने में रुचि रखता है। बिनोद ने माफ़ी माँगी। उसने कहा कि वह थोड़ी देर पहले ही काम से वापस घर आया है और सम्पादक का बहुत अधिक दबाव भी है। बिहार में आने वाले राज्य स्तर के चुनाव का अर्थ यह था कि उसे जल्द ही पटना के लिए निकलना होगा।

रबिन्दर की फ़िल्म परियोजना उसके बिना ही आगे बढ़ रही थी। बिनोद ने सोचा कि बुआ ज़रूर बहुत ख़ुश होंगी, और उसके बाद उसे बिहार जाने के और कई अन्य कारण दिखाई देने लगे। वह वहाँ बहुत अधिक व्यस्त रहेगा लेकिन उसे बम्बई से दूर रहने का अवसर भी मिलेगा। जब कार आगे चली गई तब बिनोद वापस ऊपर अपने अपार्टमेंट में आ गया और उसने चाय बनानी शुरू कर दी।

इससे पहले कि पानी में उबाल आता उसे अपने बचपन की एक घटना याद आ गई।

जब रबिन्दर घर में उनके साथ अकेला रह गया था तब माँ रबिन्दर के लिए एक तोता ले आई थीं। उस समय उसकी उम्र दस साल थी। बिनोद और नीलू एक शादी में शामिल होने के लिए बाबा के साथ रतौली गए थे। बुआ अपने हॉस्टल में थीं। चिड़ियाँ ख़रीदना रबिन्दर को ख़ुश करने का माँ का अपना एक तरीक़ा था जो उस तोते को एक छोटा सा टमाटर खिलाने के बाद सोने चला गया था। उस रात वह लड़का एक तेज़ चीख़ की आवाज़ के साथ जाग गया था। वह आवाज़ अपरिचित थी और पहले वह वापस सोने चला गया। लेकिन चीख़ की आवाज़ फिर से आने लगी और उसने कमरे की बत्ती जलाई। उसके बाद उसे उस तोते की याद आई लेकिन उसका पिंजड़ा खिड़की पर नहीं था जहाँ उसे उसने रखा था।

रबिन्दर झुककर बिस्तर के नीचे देखने लगा और उसे ज़मीन पर हरे पंख दिखाई दिए।

वह चिड़िया अब भी ज़िन्दा थी लेकिन चूहे बाँस के माध्यम से उस तक पहुँच गए थे और उसके एक पंख को चबा गए थे। उसके बाद घर में इस बारे में बहुत सारी बातें हुई थीं कि कैसे चूहों ने बाथरूम में नाली के पाइप को बर्बाद कर दिया था जो नीचे की नाली से ऊपर घर तक चढ़कर आ गए

थे। रबिन्दर ने तोते को नहीं छुआ था। उसने बत्ती बुझा दी थी और अँधेरे में इन्तज़ार कर रहा था। जब आधे घंटे बाद फिर से चीख़ने की आवाज़ शुरू हुई तो उसने बाथरूम का दरवाज़ा बन्द कर दिया।

जब माँ ने रबिन्दर के सोने वाले कमरे से आती हुई आवाज़ सुनी तो वह जाग गईं। उनका कलेजा मुँह को आ गया था, उन्होंने दरवाज़ा खोला। उन्होंने चूहे को देखा, उसकी हड्डी टूटी हुई थी, वह रेंगने की कोशिश कर रहा था। रबिन्दर, अपने हाथ में हॉकी स्टिक लिये हुए उसे मौत के घाट उतारने जा रहा था। बाद में माँ ने बताया था कि "फ़र्श पर ख़ून था। बिस्तर के दूसरी तरफ़ दो और चूहे थे और वे मरे हुए पड़े थे। वे एक खाते-पीते ख़रगोश की तरह दिख रहे थे।"

शीशे का पिंजरा

पचीस

बिहार से बिनोद ने जो पहली रिपोर्ट भेजी थी वह शायद मोतिहारी से एक घंटे की दूरी पर स्थित पीपरा कोठी पर एक 'लाइन-होटल' के बारे में थी। वह ढाबे पर बैठकर अपने खाने का इन्तज़ार कर रहा था जब चुनाव प्रचार के हरे झंडे वाली एक जीप वहाँ आकर रुकी। अभियान में शामिल सभी लोग युवा थे और बड़ी मुश्किल से बीस-पचीस के लग रहे थे; उन्होंने धूप वाले सस्ते चश्मे पहन रखे थे और पसीने को सोखने के लिए अपनी गर्दन पर रूमाल बाँध रखे थे। उन्होंने चिली चिकेन और रोटी लाने के लिए कहा—लेकिन पहले वे बीयर की बोतल लाने की बात कह रहे थे, लेकिन लाइट नहीं होने के कारण बीयर गरम था।

इसमें किसी तरह का शक नहीं है कि ये उनके लिए ख़ुशी के दिन थे जब सभी की जेबों में काला धन भर रहा था। वे युवा चुनाव की रणनीति के बारे में बात कर रहे थे। कुछ ही देर में उसने उनमें से एक को कहते सुना कि "भाई रंजन, क़ब्ज़ा कर लेते हैं।" बूथ पर क़ब्ज़ा करना बिहारी उपज थी, एक ऐसी शब्दावली जो मिलिटरी कहावत से निकली थी, इस स्थिति में किसी एक उम्मीदवार के गुंडे मतदान पेटी पर अपना क़ब्ज़ा जमा लेते हैं। उस दिन ढाबे में, रंजन नाम का एक आदमी जिसकी दाढ़ी थी और जिसकी छाती चौड़ी थी, उसने कहा, "वह इस तरह का काम नहीं करता है।"

लेकिन पहला आदमी मानने को तैयार नहीं था। उसने कहा, "क्यों, वह साल-भर लड़कियों का अपहरण करता है।"

जब यह लेख छपा तो रबिन्दर ने उसे बम्बई से फ़ोन करके कहा कि उसने उसे घर की याद दिला दी। वह पहले बुआ के लिए एक बहुत प्रभावी प्रचारक था लेकिन इस बार बुआ ने चुनाव से बाहर ही रहने का फ़ैसला किया

था। वह अपने दल में ही ऊँचे पद पर जाने वाली थीं। वह महिला शिक्षा और सेवा के लिए बनी सरकारी आयोग की प्रमुख भी थीं। उसके बाद अपनी बात पर वापस आते हुए रबिन्दर ने बिनोद को बताया कि उसने और धर ने बहुत तरक़्क़ी कर ली है। पटकथा को बस लिखने की आवश्यकता थी, उसका ख़ाका तैयार था। रबिन्दर ने कहा, "जब तुम वापस आओगे तो तुम्हें हमारी मदद करनी होगी।"

उनकी कहानी एक अकेले आदमी की कहानी थी जिसकी भूमिका देवगन निभाने वाले थे और जो पटना में साइबर कैफ़े चलाता है जिसमें अक्सर लोग पोर्न डाउनलोड करने आते हैं। देवगन का पात्र नया, रूमानियत से भरा हुआ और जवान औरतों के प्रति आसक्त, पोर्न फ़िल्म का सितारा है जिसे उसने उन छोटे-छोटे वीडियो क्लिप्स में देखा था जिसे उसके ग्राहकों ने देखने के लिए डाउनलोड किया था। पर्दे पर दिखाया जाने वाला एक नृत्य पूरी तरह से डाउनलोड किया जा सकने वाला क्लिप होगा और वही पहला गाना भी। एक रात वह आदमी एक आकस्मिक खोज करता है। उसके एक कम्प्यूटर पर लगे हुए छोटे से वीडियोकैम ने उसकी दुकान में एक कक्ष में बैठे हुए अजीब दिखने वाले ग्राहक की गतिविधियों को दर्ज किया था। हमारे हीरो को यह आशंका है कि आतंक की योजना ईमेल के माध्यम से ही हुई है। वह पुलिस के पास जाता है लेकिन सब कुछ ग़लत दिशा में चला जाता है। पुलिस अधिकारी भ्रष्ट हैं। उस आदमी को पोर्न की तस्करी के लिए जेल भेज दिया जाता है। इस बिन्दु पर कहानी में नया मोड़ आता है। जेल में वह आदमी एक बातचीत सुनता है जो आतंकवादियों के बारे में उस पहेली को सुलझाने का काम करती है। वह जेल में तस्करी के माध्यम से हासिल अपने मोबाइल फ़ोन से पोर्नस्टार अभिनेत्री से सम्पर्क करता है। लड़की उस सूची में एक बरगलाने वाली महिला के रूप में शामिल थी और इस बार पुलिस बुरे आदमियों तक पहुँच गई थी। हमारा हीरो अब जेल से बाहर निकल चुका है और उस महिला को ईमेल भेजता है जिसमें वह लिखता है कि वह अब विश्वास वाले उस खेल को और आगे नहीं खेलना चाहता है।

दर्शक यह खोजेंगे कि रूमानी छुट्टियों के दौरान प्रेमियों ने पहाड़ों पर अपने लिए एक कामोत्तेजक वीडियो बनाया था। उसे देखते हुए उन लोगों ने क्या किया। विज्ञापन की तरह फ़िल्म भी कम्प्यूटर के पर्दे पर आभार वाले

नामों के साथ ख़त्म होगी और वहीं वह जोड़ा मैसेज के माध्यम से एक-दूसरे से प्यार जता रहा होता है। समाप्त।

———

चुनाव के क़रीब आने के दौरान लगभग हर दिन एक बॉलीवुड कलाकार किसी न किसी मुख्य राजनीतिक दल का सदस्य बन रहा था। ऐसी अफ़वाहें थीं कि नीरज दुबे अपना समर्थन कांग्रेस को देगा। उसको बेतिया के भावी उम्मीदवार के रूप में देखा जाने लगा था। बिनोद ने उसे फ़ोन किया था लेकिन दुबे ने इस बात को हँसी में उड़ा दिया था।

जब वह बेतिया गया तो उसने देखा कि वहाँ के लोग अपना उम्मीदवार चुनने के बजाय रोज़ाना पानी और बिजली की आपूर्ति में ज़्यादा रुचि ले रहे थे। उस शहर से उसने एक छोटी-सी रिपोर्ट भेजी थी जिसे उसने 'अँधेरे का इलाक़ा' नाम दिया था क्योंकि वह वहाँ शाम के समय पहुँचा था और वहाँ बिजली नहीं थी। बाद में उसे सिर्फ़ इतना याद रहा कि कुछ घृणित चेहरे वाले लोग उससे बातें कर रहे थे। उन चेहरों पर धुएँ वाली रौशनी पड़ रही थी। या कभी-कभी बहुत तेज़ टॉर्च की रौशनी। तेज़ रौशनी उससे दूसरी तरफ़ मुड़ रही थी, जैसे कि इसे पकड़ने वाला आदमी अँधेरे में पेशाब कर रहा हो। लोगों ने उसे बताया कि वे ख़ुश थे, ख़ासकर गर्मी के मौसम में अगर उन्हें हर तीन दिन पर कुछ घंटों के लिए बिजली मिल जाती है तो वे ज़्यादा ख़ुश हो जाते हैं।

उसकी यह रिपोर्ट उन लोगों के साक्षात्कार से मिलकर तैयार हुई थी जो दुबे के बचपन के पुराने दोस्त थे। भद्र, अधेड़ उम्र वाले सुधांशु नाम के आदमी ने बिनोद को बताया कि सत्तर के दशक के मध्य में स्कूल में दुबे हिन्दी फ़िल्म *कच्चे धागे* का एक संवाद दोहराता रहता था। अभिनेता कबीर बेदी ने चम्बल घाटी के डाकू की भूमिका निभाई थी। विनोद खन्ना उसके दुश्मन बने थे। एक दृश्य में, बेदी ने अपने दुश्मन की माँ से कहा कि "ऐ बुढ़िया, देख इन आँखों में। तुम्हें लाखों की मौत नज़र आएगी।" लेकिन बिनोद उसकी आँखों में नहीं देख पाया था। उस समय अँधेरा हो चुका था। उसने सिर्फ़ आवाज़ सुनी थी और मच्छरों की भनभनाहट।

किराए की उस जीप, जिसमें वह यात्रा कर रहा था, की रौशनी उछल-

उछल कर दुकानों के शटर पर पड़ रही थी। बेतिया अपहरण की समस्या से जूझ रहा था। डकैत पास के जंगलों में छुप गए थे और वहाँ से उनके मोबाइल फ़ोन पर फ़ोन करते थे। यही कारण था कि अँधेरा होने के साथ ही व्यापार वाली जगहें बन्द हो जाती थीं।

लेकिन वैष्णवी ज्वेलर्स नाम की एक दुकान अब भी खुली हुई थी। पेट्रोमैक्स के कारण इसके अन्दर के हिस्से में रौशनी फैली हुई थी। इस दुकान का मालिक उमेश था जो दुबे का ही एक पुराना दोस्त था। वह बिनोद का इन्तज़ार कर रहा था। उमेश ने तुरन्त अपनी दुकान बन्द की और वे दोनों पास की गली में स्थित उसके घर की तरफ़ चल दिए। उसके बेटे ने ज़ंजीर का ताला खोला जो उनके बाहरी दरवाज़े पर लगा हुआ था। चाय परोसी गई। उमेश ने बताया कि दुबे के साथ उसने पहली फ़िल्म 1975 में देखी थी जिसका नाम *गोरा और काला* था। यह स्थानीय प्रिया सिनेमा के उद्घाटन का समय था। उमेश को वह फ़िल्म याद थी। अँधेरे के कारण उसकी आँखें ख़ाली दिख रही थीं लेकिन बिनोद को उनमें एक चमक भी दिखाई दे रही थी। उसने कहा, "राजेन्द्र कुमार दोहरी भूमिका में थे। हेमा मालिनी हीरोइन थी।"

उमेश ने सोचा कि दुबे की लोकप्रियता के बावजूद यहाँ चुनाव जीतना आसान नहीं होगा। उसने कहा कि राजनीति बहुत गन्दा खेल है और दुबे सिर्फ़ पर्दे पर ही गुंडा बन सकता है यहाँ वास्तविक जीवन में नहीं।

बिनोद को प्रिया सिनेमा ले जाया गया। उमेश के टॉर्च ने उनके रास्ते में आने वाले गोबर से उनका बचाव किया। सिनेमा हॉल में एक तेज़ आवाज़ वाला जेनरेटर बिजली दे रहा था। उस रात वहाँ दिखाई जाने वाली फ़िल्म पिछले साल की कोई बी-ग्रेड फ़िल्म थी। प्रोजेक्टर वाला कमरा बहुत गरम था और उससे आने वाली रौशनी हॉल में बीड़ी की गन्ध को अपने साथ फैला रही थी।

उमेश ने मिठाई की दुकान से कुछ मिठाइयाँ ख़रीदीं और उसने कहा कि ये यहाँ की स्थानीय ख़ासियत है। उसके मेज़बान को उच्च रक्तचाप की बीमारी थी लेकिन इसने बिनोद को उस रसमलाई को खाने से नहीं रोका जो उसकी प्लेट में परोसी गई थी। कुछ देर बाद, उमेश ने उससे पूछा, "आपका रबिन्दर से कोई सम्बन्ध नहीं है?"

बिनोद ने हाँ कहा और पूछा कि क्या उमेश रबिन्दर को जानता था।

उमेश ने कहा, "ओह, मैं बेशक उन्हें जानता हूँ।" वह एक छोटी-सी हँसी हँसा। और कहा, "वह दुबे का अच्छा दोस्त था। मुझे याद है कि स्कूल में वे एक फ़िल्म देखने गए थे, दोनों। बैठने की सीट के विवाद के कारण रबिन्दर ने चाक़ू निकाल लिया था।"

दोनों जीप में वापस आ गए और पवन से मिलने चले गए, जो एक मकान का ठेकेदार है और दुबे का बचपन का बहुत अच्छा दोस्त भी! लेकिन पवन घर पर नहीं था और उन्हें इन्तज़ार करने के लिये कहा गया। पवन के आगे एक अहाते में दो नौकर अपने हाथों में लालटेन लिए व्यस्त थे। एक काली गाय बच्चे को जन्म देने वाली थी। उन युवाओं ने बताया कि पिछली रात को भी एक गाय देर रात प्रसव में चली गई थी। नए बाछे की देखभाल करने के लिए कोई भी नहीं था, और भीड़-भाड़ वाली जगह पर अचानक उसकी माँ की मृत्यु हो गई थी।

पन्द्रह मिनट के अन्दर ही बाछा आ गया, उसकी टाँगें पतली थीं और वह एक बच्चे की तरह ही था। माँ ने अपने छोटे से बच्चे को चाटा और ज़मीन के नज़दीक अपनी गर्दन को ले जाने के लिए रुकते हुए झुकी।

जब एक घंटे तक पवन नहीं आया तो उमेश ने कहा कि वे किसी दूसरे दोस्त से मिलने जा सकते हैं। जीप की रौशनी उस पतली गली की गन्दी दीवारों पर पड़ रही थी। रात के स्पष्ट अँधेरे में उनका वहाँ होना एक प्रकार का दख़ल था। अँधेरे के कार्यक्रम के अनुसार आदतवश जीवन का अपना एक तरीक़ा विकसित हो चुका था। जिन घरों से होकर वह गुज़र रहे थे उनमें पूरा परिवार या तो खटिया पर बैठा था या फिर लोग घर की आगे वाली सीढ़ियों पर बैठे हुए थे। बार-बार वे दोनों ही उन लोगों को चौंका दे रहे थे जो या तो खाना खा रहे थे या फिर आराम कर रहे थे। जब भी जीप किसी कोने पर मुड़ती और उसकी हेडलाइट तेज़ चमकती तो औरतें अपना चेहरा घुमा ले रही थीं और मर्द अपनी आँखें मींच ले रहे थे।

उमेश ने एक जर्जर दरवाज़े पर दस्तक दी। एक औरत ऊपर छत पर आई। जब तक आवाज़ नहीं सुनाई दी तब तक बिनोद को यह नहीं मालूम था कि वह औरत थी। उसका पति घर पर नहीं था। उमेश ने उससे पूछा कि अँधेरे में वह कहाँ गया है। वह चुप रही।

वह वापस पवन के घर आ गए। एक बार फिर से भयानक बेइज़्ज़ती हो

रही थी, रात के अँधेरे में मिलने वाली निजता की पतली-सी चादर को जीप की हेडलाइट हटा दे रही थी। बिनोद को ऐसा महसूस हो रहा था जैसे वह अपराध का हिस्सा है।

पवन वापस आ चुका था। वह एक छोटे क़द का गठीले बदन वाला आदमी था जिसकी मूँछें थीं और रहस्यमयी आँखें भी। कोई कुछ ज़्यादा नहीं भी कहता तब भी वह बहुत हँस रहा था। उसने उस समय की बात बताई जब दुबे रवीना टंडन के साथ यहाँ आया था। *रात* फ़िल्म की शूटिंग हो रही थी। शायद यही एक समय था जब बेतिया में किसी फ़िल्म की शूटिंग हुई थी। पवन ख़ुश था कि दुबे ने उसके साथ बिलकुल वैसा ही व्यवहार किया है जैसे कि इतने सालों में उनकी क़िस्मत के सितारे बदल जाने के बाद भी कुछ नहीं बदला हो।

बिनोद ने अपनी रिपोर्ट उस सवाल के साथ ख़त्म की जो उसने पवन से पूछा था। "चुनाव में आप किसको वोट देंगे?" पवन फिर से हँसा। उसने आपनी बाँहें फैलाईं और कहा, "अँधेरे में सभी उम्मीदवार एक ही जैसे दिखाई देते हैं।"

मोतिहारी में बिनोद ऑरवेल का जन्मस्थान खोज रहा था। स्थानीय कॉलेज के अंग्रेज़ी विभाग के दो प्रोफ़ेसरों ने इस लेखक का नाम नहीं सुना था। उनमें से एक ने चाय की घूँट पी और गले को साफ़ करते हुए बिनोद से पूछा कि कहीं उसका तात्पर्य क्रॉमवेल से तो नहीं है!

ज़िला अधिकारी ज़्यादा मददगार साबित हुआ। उसका नाम एस. आनन्द था। वह मैसूर के एक विख्यात अर्थशास्त्री, जो योजना आयोग के पूर्व सदस्य भी थे, का बेटा था। आनन्द ने बताया कि ऑरवेल के पिता मोतिहारी में सब-डिप्टी अफ़ीम एजेंट थे और वह बिनोद को लेकर मिसकोर्ट वेयरहाउस दिखाने ले गया जहाँ अफ़ीम का भंडारण किया जाता था। यह अब जीर्ण स्थिति में था और शिक्षकों का छात्रावास था। वेयरहाउस के बग़ल में तीन छोटे बँगले थे और सबका रंग नीला था। ऑरवेल का परिवार इसी में से किसी एक मकान में रहता होगा।

उन बँगलों के सामने एक छोटे-से कीचड़-भरे तालाब में केले के पेड़ से लगे कुछ सुअर रह रहे थे। एक बूढ़ा आदमी काली छतरी के नीचे धूप से बचने के लिए बैठा हुआ था लेकिन न ही ज़िला अधिकारी और न ही बिनोद ने उससे किसी तरह का सवाल पूछकर उसे परेशान किया।

आनन्द ने कहा कि दफ़्तर के अभिलेखागार में कुछ फ़ाइलें होंगी जहाँ बिनोद को अंग्रेज़ अफ़ीम एजेंटों के कार्यक्रम के बारे में कुछ जानकारी मिल सकती है। उसने कहा कि उनका मुख्य काम दबाव डालकर नील की खेती करवाना था। मोतिहारी के पास ही गाँवों में रहने वाले बिनोद के अपने पूर्वजों ने भी इन नियमों का पालन किया होगा। वह दस्तावेज़ों वाले दफ़्तर गया। यह आय विभाग से जुड़ा हुआ था। जहाँ दस्तावेज़ रखे हुए थे उस कमरे के दरवाज़े पर ताला लगा हुआ था और हालाँकि दफ़्तर के दराज़ में तीन भारी-भारी चाभियों का गुच्छा था लेकिन उनमें से एक भी काम का नहीं लग रहा था। उसके बाद एक चपरासी ने लालटेन से किरासन का तेल निकालकर ताले पर गिराया और अन्त में एक चाबी से वह ताला खुल गया। काग़ज़ों का पुलिंदा कपड़े में बँधा हुआ रखा था—खुरदरा सफ़ेद कपड़ा जिस पर पतली लाल धारियाँ थीं। काग़ज़ के पुलिंदे फ़र्श से छत तक लगे थे।

बिनोद ने एक गठरी खींची। भूरे रंग के मुड़े-तुड़े उस काग़ज़ पर अप्रैल 1937 की तारीख़ लिखी हुई थी। उस अँधेरे कमरे में हवा नहीं थी और सड़ने की गन्ध आ रही थी। उसने एक काग़ज़ को खोला और उसमें से चाँदी के रंग वाला कीड़ा निकलकर बाहर आ गया। हाथ की लिखावट में लिखी गई वह सूचना कृषि भूमि के टुकड़ों के आकार से सम्बन्धित थी और इससे संलग्न काग़ज़ का टुकड़ा बेतिया राज द्वारा जंगल के क्षेत्र पर उनके अधिकार की सूचना दे रहा था। लेकिन भूतकाल की कुंजी गुम हो चुकी थी। उस सीलन वाले कमरे में अकेले खड़े होकर बिनोद यह नहीं जानता था कि दरअसल वह क्या खोज रहा था। कई वर्षों के भार से दबे, फ़ाइलों के वे पुलिंदे धीरे-धीरे नीचे की तरफ़ सरकते हुए महसूस हो रहे थे, वे इस तरह उसके क़रीब आ रहे थे कि उसे फँसे होने जैसे आतंक का एहसास होने लगा था। उसने दरवाज़े को खोलने के लिए धक्का दिया और ताज़ी हवा के लिए बाहर निकला। बाहर आम के पेड़ के धूल से भरे पत्तों के बीच से कोयल आवाज़ दे रही थी। बिनोद सीमेंट की उन दरार वाली

सीढ़ियों पर बहुत देर तक खड़ा रहा और फिर उसने फ़ैसला किया कि वह अन्दर वापस नहीं जाएगा।

बाद में होटल के रेस्तराँ में शाकाहारी खाना खाने के दौरान उसने पास घूम रहे मालिक से पूछा कि क्या उसने लेखक जॉर्ज ऑरवेल का नाम सुना है। उसने नहीं सुना था। उसने कहा कि वह अपनी इंटरमीडिएट की डिग्री लेने कॉलेज गया था जैसे कि इससे ही सब कुछ स्पष्ट हो जाएगा। बातचीत आने वाले चुनाव की तरफ़ मुड़ गई। उस आदमी ने पता लगा लिया कि बिनोद उच्च जाति का है—इसलिए उसकी सारी बातें निम्न जातियों की अव्यवस्था के बारे में थी जिन्हें सत्ताधारी दल ने खुला छोड़ दिया था। बिनोद ने बुआ के नाम का ज़िक्र नहीं किया।

दीवार में एयर-कंडीशनर की जगह चौकोर आकार वाली नई ईंट और सीमेंट लगी हुई थी। बिनोद ने दीवार पर की उस भूरे रंग की चिप्पी की तरफ़ इशारा किया और पूछा कि मशीन को क्या हो गया है। मालिक ने कहा, "जब तक एयर कंडीशनर वहाँ था, तब तक स्थानीय गुंडे वहाँ रुककर पैसे माँगने लगते थे। इसलिए मैंने उसे हटा दिया। वैसे भी गरमियों में ज़्यादातर समय बिजली नहीं रहती है। इसका बहुत फ़ायदा भी नहीं था।"

——

एक रात बम्बई में हाजी अली के पास के एक दक्षिण भारतीय रेस्तराँ में बिनोद और रबिन्दर खाना खा रहे थे। रबिन्दर बहुत ख़ुश था। पटना के एक विख्यात ज्योतिषी ने उसे आश्वासन दिया था कि अगले साल के मार्च तक उसका बहुत ही शानदार समय आएगा और वह जिस चीज़ को छू देगा वह सोना बन जाएगी।

उन्होंने अपना-अपना डोसा खाया और उसके बाद पिस्ता-बादाम वाली आइसक्रीम मँगवाई। रबिन्दर मद्रासी कॉफ़ी भी पीना चाहता था। बिनोद यह सोच रहा था कि इतने कम महीनों में कितना कुछ हो गया। रबिन्दर उसके माध्यम से धर से मिला। उस समय बिनोद ख़ुद भी पटकथा लिखने की उम्मीद कर रहा था और अब उसका भाई फ़िल्म बना रहा है। ऐसा लग रहा था जैसे क़िस्मत ने रबिन्दर को ही चुना हो। सबसे उल्लेखनीय बात यह थी

कि रबिन्दर इस बात से दबाव महसूस नहीं कर रहा था; उसने किसी भी अमर्यादित शब्द या अपने उत्तेजित व्यवहार से यह जताने की कोशिश नहीं की कि वह जीत गया या फिर यह कि बिनोद को किसी तरह की नाराज़गी है। उसने धीरूभाई के सन्देश को दिल से लगा लिया था। वह अपनी कक्षा में ईमानदार था।

उनके रेस्तराँ से निकलने के पहले, बिनोद ने कहा, "जब मैं बिहार में था, मैंने फ़ैसला किया था कि मैं एक लम्बी कहानी लिखना चाहूँगा हूँ जो हमारे आसपास के जीवन की एक रिपोर्ट भी होगी। मैंने ऑरवेल के जन्मस्थान के बारे में जो आलेख लिखा था—उसमें मैं अपने लिए कुछ करने की कोशिश कर रहा था, मैं यह जानना चाह रहा था कि लेखक संवाददाता के रूप में क्या करते हैं।"

रबिन्दर ने प्रोत्साहन देते हुए अपना सिर हिलाया। उसने कहा, "मुझे तुम्हारा वह लेख पसन्द आया था। तुम्हें याद है कि मोतिहारी में उस आदमी ने अपने होटल में एयर कंडीशनर के बारे में क्या बताया था? यह कि जब तक वह वहाँ रहा, अपराधी उससे पैसे की माँग करते थे। गर्मियों में ऐसे भी बिजली नहीं रहती थी और यह भी कि वे चीज़ें अनुपयोगी थीं...मैं उस दृश्य का प्रयोग अगनी फ़िल्म में करने जा रहा हूँ।"

उस रात रबिन्दर बावा इंटरनेशनल के बार में एक बिहारी राजनेता से मिलने सांताक्रुज जा रहा था। इससे पहले कि वह उसे जाने देता, बिनोद ने कहा, "सहरसा में भारी चुनावी हिंसा हुई थी, और मैं वहाँ एक दिन के लिए गया था। मैंने इसके बारे में नहीं लिखा क्योंकि मुझे नहीं लग रहा था कि मेरे पास कोई कहानी है। लेकिन मैं तुम्हें कुछ बताना चाहता था। वहाँ का कमिश्नर बनर्जी था।"

उसने बिनोद का चेहरा देखा लेकिन वह उदासीन था। उसने कहा, "वह वहाँ है, इसका पता मुझे सहरसा पहुँचकर ही चला। मैं उससे मिलने गया था। मुझे लगता है कि बनर्जी ने मुझे अपने दफ़्तर में इसलिए घुसने दिया क्योंकि उसे लग रहा था कि मैं पत्रकारिता सम्बन्धी किसी काम से आया हूँ। मैंने चुनाव के बारे में बहुत कम बात की। लेकिन जब मैंने रोमा के नाम का ज़िक्र किया, तब वह आपा खो बैठा। उसने अपना चश्मा उतारा और चिल्लाने लगा, मुझे तुरन्त ही अपने दफ़्तर से चले जाने के लिए कहने लगा। मैं नहीं जानता हूँ कि

मैं क्या सोच रहा था लेकिन मैं दरअसल वहाँ उससे यह पूछने गया था कि क्या हत्यारों को लेकर उसे किसी तरह की कोई आशंका है।"

रबिन्दर चुप रहा। उसके बाद उसने एक टैक्सी को हाथ दिखाकर रुकने के लिए कहा। उसने पीछे मुड़कर बिनोद को देखा और कहा, "हमारे परिवार ने उसकी दुनिया बर्बाद कर दी है। मैं हैरान हूँ कि वह हम सबको जान से नहीं मारना चाहता।"

छब्बीस

रबिन्दर ने अँधेरी वेस्ट में वीरा देसाई रोड पर एक फ़्लैट किराए पर लेने के लिए ढूँढ़ लिया था। उसकी खिड़की के बाहर एक बड़ा-सा बादाम का पेड़ था। जब उसने पटना में बुआ को फ़ोन किया था तो वह बहुत ख़ुश थीं क्योंकि उन्होंने पहले कभी भी बादाम का पेड़ नहीं देखा था।

बिनोद रविवार को टीवी पर समाचार देख रहा था कि तभी रबिन्दर वहाँ आया और उसने कहा कि बुआ जल्द ही बम्बई आने वाली हैं। जब रबिन्दर चला गया तो उसने नीलू को फ़ोन किया और उसे इस बात से सहमत किया कि माँ को भी बुआ के साथ आ जाना चाहिए। माँ कभी भी बम्बई नहीं आई थीं। सब लोग शहर में एक साथ इकट्ठा हो जाएँगे।

उस मंगलवार को बिनोद को यह पता लगा कि बुआ रेलगाड़ी के बदले हवाई जहाज़ से आने वाली हैं, और नीलू को पैसे का इन्तज़ाम करने में दो दिन लग गए थे जिससे माँ टिकट ख़रीद पातीं। रबिन्दर ने नीलू से इस बारे में सुना था; उसने बिनोद को फ़ोन किया और कहा कि उन लोगों को किसी भी चीज़ की चिन्ता करने की ज़रूरत नहीं है। उसके पास पैसे थे और किसी भी तरह की कोई समस्या नहीं है। वह हँसा और उसने कहा कि बुआ ने उसके लिए एक नौकर का इन्तज़ाम भी किया है और वह आदमी रेलगाड़ी से आने वाला है। उसने कहा, "आशा करता हूँ कि वह छोटा-सा बदमाश लड़का कहीं खो ना जाए। हमने उससे कहा है कि वह रेलगाड़ी से नीचे ना उतरे। मैं बम्बई सेंट्रल पर उसका नाम पुकारता हुआ खड़ा रहूँगा। उसके बाद ही उसे अपनी जगह से हिलना है!"

माँ और बुआ दोनों ही नीलू के घर पर रह रहे थे और उसके बाद बुआ ने रबिन्दर के फ़्लैट के लिए कुछ फ़र्नीचर ख़रीदा और वहाँ रहने चली गईं। उन्होंने कहा कि उन्हें नए नौकर को खाना बनाना सिखाना है। एक दिन रबिन्दर

ने शत्रुघ्न की कार माँगी और माँ और बुआ को पाली हिल पर फ़िल्मी सितारों का घर दिखाने ले गया। माँ वह घर देखना चाहती थीं जिसमें दिलीप कुमार रहते थे। रबिन्दर ने बिनोद को उसके दफ़्तर में फ़ोन किया और आमिर ख़ान और रानी मुखर्जी के घर का पता ढूँढ़ने के लिए कहा क्योंकि बुआ यह देखना चाहती थीं कि सड़क पर से उन लोगों का घर कैसा दिखाई पड़ता है।

——

एक दिन सुबह श्याम सुन्दर नाम का एक स्थानीय राजनेता बुआ से मिलने आया था। श्याम सुन्दर बिहारी था लेकिन पिछले बीस वर्षों से बम्बई में रह रहा था। वह बुआ को अपने साथ गोवंदी में चाल में अपने समर्थकों से मिलवाने ले गया। ये लोग बिहार और उत्तर प्रदेश के ग़रीब आप्रवासी मज़दूर थे। एक धार्मिक संस्थान ने उन खँडहर हो रही इमारतों के बीच में बास्केट बॉल का एक मैदान बनवाया था जहाँ अभी सभी लोग लोहे की कुछ कुर्सियों के आसपास इकट्ठा हुए थे। बुआ बैठ गईं और बिनोद भी। एक बूढ़ी औरत यह जानना चाहती थी कि क्या बुआ कुछ पानी वाले अखरोट खाना पसन्द करेंगी। बुआ मुस्कुराईं और मना कर दिया। वह औरत बहुत ही दुबली-पतली और ग़रीब थी लेकिन उसने कानों में सोने की बालियाँ पहनी हुई थीं जो आधी उसके बालों के पीछे छुपी हुई थीं। उसने बुआ को बताया कि वह बिहार में सीतामढ़ी के पास के एक गाँव की है। यह स्पष्ट नहीं था कि श्याम सुन्दर बुआ से क्या करवाना चाहता था, लेकिन वह चिन्तित नहीं लग रही थीं; वह मुस्कुराईं और ग़रीब लोगों को उपलब्ध काम के बारे में सवाल किया, साथ ही शिक्षा के बारे में भी पूछा जो उनके बच्चों के लिए सम्भव हो सकती थी।

कुछ महीने पहले, रेलवे की नौकरियों में प्रवेश के लिए सार्वजनिक परीक्षाएँ हुई थीं। कुल दो हज़ार नौकरियाँ थीं लेकिन उस परीक्षा में छह लाख लोगों ने हिस्सा लिया था। उनमें से ज़्यादातर लोग बिहार के थे और स्थानीय बेरोज़गार इन लोगों को ख़तरे के रूप में देख रहे थे। उस रात विक्टोरिया टर्मिनस पर शिव सेना के कार्यकर्ता हथियार लेकर पहुँच गए थे और उन उम्मीदवारों को पीट रहे थे जो रात की उस ट्रेन के इन्तज़ार में थे जो उन्हें

घर ले जाने वाली थी। अगर आप जवान हैं, और देखने से ऐसा लग रहा है कि आप इस शहर के नहीं हैं तो बहुत सम्भव है कि आपके हाथ या आपका पैर तोड़ दिया जाए। लेकिन उस दिन गोवंदी में बुआ से बात कर रहे लोगों के अनुसार वे किसी ख़तरे की स्थिति में नहीं थे। उनमें से एक ने श्याम सुन्दर की तरफ़ इशारा किया और कहा, "हम अपने त्योहार जुहू बीच पर मनाते हैं।"

वह बूढ़ी औरत जिसने बुआ को पानी वाले अखरोट देने की पेशकश की थी, उसने कहा, "मैं अपनी शादी के कुछ दिन बाद ही अपने गाँव से यहाँ आ गई थी। मैं यहाँ उस समय से रह रही हूँ जब मेरा बेटा तीन साल का था। अब उसके बच्चे भी शादी की उम्र में पहुँच गए हैं। अब हम यहाँ बाहरी लोगों की तरह नहीं हैं। लेकिन दंगों के दौरान हमें ही मारना उन लोगों के लिए आसान होता है। मैंने अपने इन्हीं हाथों से कई लाशें उठाई हैं। हमारे नेताओं ने उन मृत शरीरों को बिहार भेजने के लिए मुफ़्त टिकट का इन्तज़ाम किया था।"

कलफ़ वाली नीली क़मीज़ पहने हुए एक थुलथुल आदमी ने कहा कि वह बुआ को पास के ही अपना औद्योगिक कारख़ाना दिखाना चाहता है। यह एक पुरानी इमारत की दूसरी मंज़िल पर बना एक बड़ा-सा कमरा था : आठ लोग ज़मीन पर बैठे हुए थे, अपनी लुंगी पहने हुए और अपने बेहद साधारण औज़ारों की मदद से सूटकेस बना रहे थे। लेकिन वह सूटकेस आधुनिक था। बिनोद इस बात को लेकर आश्वस्त था कि इन सूटकेसों को बम्बई की सड़कों पर आसानी से बेचा जा सकता है। धूसर और लाल कपड़े पर बने उस लेबल पर 'पोलो ग्लोबल' लिखा हुआ था। मालिक ने बुआ को बताया कि उसने यह कपड़ा चीन से मँगवाया है, प्लाइवुड नागपुर से मँगवाया है लेकिन बाक़ी का माल स्थानीय बाज़ार से ही ख़रीदा गया है। सभी मज़दूर बिहार के एक ही गाँव के थे और वे सभी उसी एक कमरे में रहते थे जहाँ काम कर रहे थे। बिनोद ने पूछा कि चीन से आने वाले सामान में कोई दिक़्क़त तो नहीं होती। उस आदमी ने अपना सिर हिलाया। "कुछ दिनों तक ऐसा लग रहा था कि हमें यह सब बन्द करना होगा। हम इसे कर नहीं पा रहे थे। हमारे पास केवल हमारे हाथ हैं। वहाँ सब कुछ मशीन से बनता है। लेकिन अब हम जानते हैं कि ग्राहकों को क्या चाहिए और हम वही बनाते हैं। हम चीन से लड़ रहे हैं।"

मज़दूर अपने काले और पसीने वाले चेहरों के साथ काम पर वापस चले गए। स्पष्ट रूप से वे उनके बारे में हो रही बातों को नहीं सुन रहे थे।

बिनोद की कुहनी के पास ही खड़ा एक बूढ़ा दाढ़ी वाला आदमी खाँसा और बोला कि "जब मैं तुम्हारी उम्र का था, तब अगर मेरी घड़ी टूट जाती थी तो मैं उसे ठीक करवाता था, लेकिन अब लोग फेंक देते हैं। अब नया ख़रीदना सस्ता हो गया है।" कुछ लोगों ने अपना सिर हिलाया और एक-दो जवान लोग हँसने लगे।

बूढ़ा आदमी सीधे बुआ से बात कर रहा था। उसने कहा, "पिछले पाँच सालों में शहर में नब्बे प्रतिशत मरम्मत वाली दुकानें बन्द हो गई हैं। मैं एक घड़ी वाली दुकान में काम करता था। अब सस्ती इलेक्ट्रॉनिक घड़ियाँ बाज़ार में भरी हुई हैं। हर सुबह मैं अपना ठेला बाहर निकालता हूँ और सब्ज़ियाँ बेचता हूँ। कौन जानता है कल क्या हो!"

एक-दो दिन में माँ और बुआ एलिफैंटा गुफाएँ देखने नाव पर जाते हैं। नाव गेटवे ऑफ़ इंडिया से निकली थी। बिनोद को काम पर जाना था लेकिन नीलू ने कहा कि वह उन लोगों के साथ रहेगी। उसके बाद बुआ ने बिनोद को फ़ोन किया और कहा कि शाम को वह ख़ाली रहे; जब वह काम से वापस आएगा तो उसे उनके साथ एक मीटिंग में जाना है।

लेकिन जब वह छह बजे वहाँ पहुँचा तो बुआ किसी तरह की हड़बड़ी में दिखाई नहीं दे रही थीं। वह शत्रुघ्न और रबिन्दर से तब तक आराम से बात करती रहीं जब तक वे दोनों किसी फ़िल्म निर्माता के जन्मदिन की पार्टी के लिए निकल नहीं गए। रात के खाने के एक घंटे बाद उन्होंने श्याम सुन्दर का फ़ोन उठाया और उसके बाद कपड़े बदलने के लिए अन्दर चली गईं। जिस मीटिंग के बारे में उन्होंने बात की थी वह कुछ ज़्यादा ही चुनौतीपूर्ण बन गया था। जब वे श्याम सुन्दर की टाटा इंडिका में बैठकर जा रहे थे, तब बुआ ने मुस्कुराते हुए बिनोद से कहा कि "हम लोग कुछ नाचने वाली लड़कियों से मिलने जा रहे हैं।"

आधे घंटे बाद बच्चू वाड़ी में एक बन्द फ़र्नीचर की दुकान के बाहर वे

अपनी गाड़ी खड़ी करने की कोशिश कर रहे थे। वह सड़क आम लोगों की भीड़ से भरी हुई थी, जिसमें पुरुष और महिलाएँ दोनों ही अपने-अपने काम में लगे हुए थे। वे जहाँ खड़े थे उसके दूसरी तरफ़ सड़क पर एक दूध की दुकान थी और उसके बग़ल में कबाब बेचने वाली छोटी दुकानें क़तार में बनी हुई थीं। एक छोटी-सी लड़की दौड़कर उनके पास आई, उसके हाथ में बिल्ली का एक छोटा-सा बच्चा था। बिनोद इस इलाक़े के बारे में जानता था लेकिन वह इन गलियों में पहले कभी नहीं आया था। श्याम सुन्दर उन लोगों को दूध की दुकान से आगे एक दोस्त के पास लेकर गया, और दुकानों के बाहर खड़े मर्द उन्हें देखने के लिए मुड़ गए। क्या बिनोद यह कल्पना कर रहा था कि वे आँखें उन्हें देख रही थीं? जैसे कि उसने इसका दिमाग़ पढ़ लिया हो, श्याम सुन्दर ने कहा, "अगर तुम यहाँ कभी भी बिना किसी जान-पहचान के आदमी के आओगे तो यहाँ के दलाल तुम्हें एक मिनट में लूट लेंगे।"

——

सभी लड़कियाँ तैयार थीं और बुआ का इन्तज़ार कर रही थीं। उन लोगों ने प्यार से उन्हें मौसी कहकर पुकारा। एक-दो मिनट में वे गाना शुरू करने वाली थीं। अन्तिम वाली लड़की कमरे में आई, बहुत सुन्दर, भेंगी आँखों वाली लड़की, और उसने दीवार पर टँगे हुए आईने में देखते हुए अपने गीले बालों में कंघी करना शुरू कर दिया। यह एक छोटा-सा कमरा था और उसके गीले बालों से कुछ बूँदें तबला बजाने वाले व्यक्ति के ऊपर जा गिरीं। उस आदमी ने शिकायत की तो बहुत ही आश्चर्यजनक रूप से कर्कश आवाज़ में माफ़ी माँग ली गई।

वे सभी लड़कियाँ बिहारी थीं और उन्होंने पहला गीत भोजपुरी में गाया था। *दिन भर चाहे जहाँ रहो, हमार पिया।* बिनोद ने जूट मिल में काम करने वाले एक क्लर्क या फिर शायद दूसरे लोगों की कल्पना की जिनके पास इन गानों को सुनकर फेंकने के लिए कुछ ज़्यादा पैसे होते हैं। "तुम कहीं भी अपना दिन गुज़ारो, मेरे प्रिय, लेकिन रात में हमेशा मेरे पास आ जाना।" भेंगी आँखों वाली लड़की सबसे तेज़ आवाज़ में गा रही थी। उसके गाने की आवाज़ और साथ ही दूसरों की आवाज़ भी कानों में थोड़ी ज़्यादा चुभ रही थी।

गानों के बीच में लड़कियाँ बहुत ज़्यादा हँस रही थीं। उन्होंने दरवाज़े पर खड़े आदमी से चाय लाने के लिए कहा। नीले पर गुलाबी धारियों वाली क़मीज़ पहने एक आदमी कमरे में आया और बिनोद की तरफ़ गुलाबों का एक गुच्छा बढ़ा दिया। एक लड़की ने उसे डाँटा, और उसके बाद उस आदमी ने अपना तरीक़ा बदला और अपने दूसरे हाथ से एक पतली सी माला आगे बढ़ाई। बिनोद ने अपने बटुए से दस रुपये का नोट निकालकर उसे दे दिया।

बुआ ने कहा, "तुम लोग एक साथ बहुत सारे लोग हो। एक साथ रहना अच्छा लगता होगा।"

लड़कियाँ खिलखिलाने लगीं। सभी एक ही साथ बोलने लगीं। उनमें से कुछ ने अपने हाथों में गाने की किताब पकड़ी हुई थी। बातचीत के दौरान यह बात साफ़ हुई कि वे सभी पास की एक चाल में रहती हैं और ग्रैंट रोड पर एक बीयर बार में काम करती हैं। बुआ यह जानना चाहती थीं कि क्यों वे लड़कियाँ उस कमरे में नहीं रहती हैं जहाँ वह अभी बैठी हुई थीं। लड़कियों ने चमकीली रँगी हुई दीवारों की तरफ़ देखा। चमकीले पर्वों को देखा। दाहिनी तरफ़ ऊपर कोने में प्लास्टिक के फूल चिपके हुए थे। अगर वह यहाँ रहतीं और खाना पकातीं तो इस कमरे की दीवारें काली हो जातीं। ग्राहकों को यह पसन्द नहीं आता है। लोग यहाँ इन लोगों को गाते और नाचते हुए देखने आते हैं। यह कमरा ख़ास था।

बुआ हँसीं और उन्होंने कहा वह चाहती हैं कि लड़कियाँ बिनोद के लिए गाएँ और नाचें।

उन लोगों ने उसे देखा। वह इस तरह की स्थिति में पहले कभी नहीं फँसा था और उसने सोचना शुरू कर दिया कि जब गाना ख़त्म हो जाएगा तो उसे कितने पैसे देने चाहिए। उनमें से एक लड़की का नाम बरखा था। उसने अपने गालों पर चमकने वाले बुरादे लगाए थे और गुलाबी सलवार-क़मीज़ पहनी हुई थी। वह नाचने के लिए खड़ी हुई। दो पुरुष संगीतकार अपने वाद्ययंत्रों को वापस लय में लाने की तैयारी करने लगे। बरखा ने अपना दुपट्टा अपनी कमर पर कसकर बाँधा और हँसते हुए अपने कूल्हों को मटकाने लगी। वह गाना *बंटी और बबली* फ़िल्म का *कजरा रे* था जो बीयर बार में बहुत अधिक मशहूर था।

उसके बाद वह बिनोद के नज़दीक आकर उसके सामने झुकने लगी ताकि उसकी छाती अच्छे से दिखाई दे सके।

उसने अपनी आँख उस लड़की के मुस्कुराते चेहरे पर रखी। दरअसल उसके चिपके हुए आगे के दाँतों पर। जैसे ही गाना अपने सुर में आया उसने अपना सिर नीचे की तरफ़ झुका लिया और संगीत की धुन पर अपने पूरे शरीर को मोहित करने के लहजे में घुमाने लगी, उसके कन्धों तक के लम्बे बालों ने उसके ख़ूबसूरत चेहरे को ढक लिया था। बिनोद मुस्कुराया और अन्य लोगों की तरफ़ देखने लगा जिन्होंने बरखा के आसपास एक गोल घेरा बना लिया था। वह सोच रहा था कि अगर उसे मौक़ा दिया गया तो वह इनमें से किसके साथ सोना चाहेगा।

बुआ ने बिनोद के हाथ में नोटों की गड्डी दी और गाने वाली की तरफ़ इशारा किया। जब उसने भेंगी आँखों वाली लड़की को पैसे दिए, तब बुआ ने उसे थोड़े पैसे और दिये और नाचने वाली की तरफ़ सिर हिलाया। लड़की ने नोट ले लिया और अपने माथे पर लगाया, और फिर अपने पीछे रखे हारमोनियम पर रख दिया। जो आदमी उस वाद्ययंत्र को बजा रहा था उसके बाल चमकदार और मोटे थे और उसका चेहरा जेबकतरों जैसा था। जब उसने गाया तो उसके गले की एक हड्डी ऊपर निकल गई। उसने एक पंक्ति को ख़त्म किया और उसी पर सुर लगाता रहा।

बुआ ने एक पुरानी फ़िल्म *तीसरी क़सम* से एक गीत की फ़रमाइश की और लड़कियों ने उस गाने को गाया, हालाँकि उनका सुर सही नहीं था लेकिन भावनाएँ पूरी थीं।

जब वे जाने लगीं तो बुआ ने उनमें से पूछा, "क्या तुम्हें अपनी माँ की याद आती है?"

लड़की बहुत ज़ोर से मुस्कुराई और उसने कहा, "बहुत ज़्यादा। लेकिन मैं वापस जाऊँगी। मैं कोशिश करती हूँ कि हर साल कम-से-कम तीन महीने उनके साथ बिताऊँ।"

बुआ ने कहा, "वे बीयर बार को बन्द करने की बात कर रहे हैं। अगर तुम पटना वापस जाओगी तो मेरे दफ़्तर आकर मुझसे मिलना। हमारे पास कामकाजी महिलाओं के लिए सरकारी योजनाएँ हैं।"

दरवाज़े पर पहुँचने के बाद लड़कियाँ पीछे मुड़ीं और सबने बुआ के पैर छुए।

जीती रहो, ख़ुश रहो।

उसके बाद बुआ ने कहा, "मेरा बेटा एक फ़िल्म बनाने वाला है। मैं उससे फ़िल्म में एक गाना रखने के लिए कहूँगी ताकि तुम लोग देख सको कि वास्तव में तुम सभी कितनी ख़ूबसूरत हो।"

लड़कियाँ बहुत ज़्यादा ख़ुशी के कारण आश्चर्य में पड़ गई थीं।

———

नीरज दुबे से मिलने की बात भी रोज़ ही हो रही थी लेकिन वह बम्बई आने के बाद पहली बार किसी नाटक में काम करने की वजह से व्यस्त था। टेनेस्से विलियम की द *ग्लास मनैजरी* का हिन्दी रूपान्तरण जल्द ही पृथ्वी थिएटर में होने वाला था। इसका निर्देशन मकरंद देशपांडे द्वारा किया जा रहा था और शहर के सभी चर्चित अख़बारों में इसके प्रीव्यू आ चुके थे।

दुबे ने चार पास का इन्तज़ाम किया था और नीलू और शत्रुघ्न ने टिकट ख़रीदे थे। दोपहर में चार बजे, देर होने की आशंका के कारण अपने हाथ में एक घंटा अतिरिक्त समय लेकर वह जुहू के लिए निकल गए।

पृथ्वी में दर्शकों को दो हिस्सों में बाँटा जा सकता है : एक वे जो वहाँ दिखाई देने के लिए आते हैं और एक जो उन्हें देखते हैं। फ़िल्मी-दुनिया के लोग अच्छे कपड़ों में होते हैं और अक्सर एक दूसरे को गले लगाकर एक दूसरे के गाल चूमते हैं। अनुपम खेर अन्दर आए, उसके बाद सोनी राजदान और नीना गुप्ता और फिर रोहिणी हट्टंगड़ी। माँ ने अभिनेता विजय राज को पहचान लिया जिन्होंने *मानसून वेडिंग* में बिहारी की भूमिका निभाई थी और वह बिनोद की तरफ़ झुककर थोड़ी ऊँची फुसफुसाहट वाली आवाज़ में पूछने लगीं, "मुझे बताओ, दाढ़ी वाला वह आदमी कौन है?" दिनेश ठाकुर। "और वह महिला?" वह सुन्दर लम्बी महिला सोनाली बेन्द्रे हो सकती थी लेकिन उतनी ही आसानी से वह कोई अन्य फ़िल्मी स्टार भी हो सकती थी। माँ की आँखों ने देखा लेकिन बिनोद सिमट गया और चुप ही रहा। उसे अभी-अभी यह एहसास हुआ था कि उसकी अगली क़तार में बैठा हुआ आदमी रघुबीर यादव था। उसके बाद श्याम बेनेगल अपनी पत्नी के साथ अन्दर आए और उसके क़रीब आकर बैठ गए। बिनोद ने अपनी माँ और बुआ को उस जोड़े की तरफ़ इशारा करके दिखाया कहा, और बेनेगल की पत्नी उन्हें घूरते हुए

देखकर मुस्कुरा उठीं। जब गुलज़ार अन्दर आए तो वह मुड़े और बिनोद की पिछली क़तार में बैठे किसी आदमी को उन्होंने सलाम कहा—लेकिन माँ ने तुरन्त ही अपने दोनों हाथ उनके अभिनन्दन में ऊपर उठा लिये। गुलज़ार ने यह देखा और अपना सिर झुका दिया और उसके बाद उन्होंने माँ को वापस देखा, और अपनी यादों में इस बुज़ुर्ग महिला का नाम याद रखने की कोशिश करने लगे जिसने उन्हें नमस्कार किया था। बिनोद ने तुरन्त ही दूसरी तरफ़ देखना शुरू कर दिया।

नाटक में केवल चार पात्र थे। कहानी सुनाने वाले का नाम टॉम था। उसकी भूमिका दुबे ने निभाई थी जिसने पूरे मंच को अपने व्यक्तित्व से भर दिया था जिसमें भावुकता और स्वार्थ का एक अजीब-सा मिश्रण था। सोनाली कुलकर्णी ने उसकी बहन लॉरा की भूमिका निभाई थी जो एक जवान, दर्द से भरी हुई संकोची औरत थी जो एक पैर पर झुकती थी। उनकी माँ एक ज़ोर से बोलने वाली, भ्रमित औरत थी जिसका नाम अमांडा था और वह भूमिका बहुत ही भावुक और प्रसन्न किरण खेर निभा रही थीं। तीनों एक साथ मिलकर फँसे हुए मध्यवर्गीय परिवार की छवि, उनकी अधीरता को रचने और कभी-कभी उस जगह की ऑक्सीजन को सोख लेने का काम कर रहे थे जहाँ दर्शक बैठे हुए थे। उस वातावरण में तभी चौथे पात्र का प्रवेश हुआ। वह एक भद्र पुरुष था जो एक शाम रात के खाने पर आया था, संक्षेप में इससे पहले कि पूरी तरह ख़त्म हो जाए वह लॉरा के रोमांस की उम्मीद को जगाने आया था। उसका नाम जिम था, वह एक भूतपूर्व उच्च विद्यालय का सितारा था, लॉरा का सहपाठी भी, हालाँकि उसने जीवन में बहुत ज़्यादा कुछ हासिल नहीं किया था लेकिन स्वयं को बेहतर बनाने के लिए उसके पास बहुत गम्भीर योजनाएँ थीं। पहले लॉरा जब भी अकेली होती तो वह अक्सर उसके बारे में सोचती थी। उसके सामने जिम एक रौशनी से भरे अकेलेपन को प्रदर्शित करता था। उन्होंने एक बार एक-दूसरे को चूम लिया था और उसके बाद उसने बताया कि उसकी सगाई हो चुकी है। उसकी भूमिका निभाने वाले अभिनेता का नाम मुकुल देव था, जिसके बारे में माँ ने कहा कि उन्होंने उसे टीवी धारावाहिक में देखा है।

नाटक के नामों को मूल रूप में रखा गया था लेकिन हिन्दी में इसके रूपान्तरण के साथ इसके माहौल को भी बम्बई की चाल जैसा बनाया गया

था। मंच पर संवाद के दौरान किसी ने भी 'दहेज' शब्द का इस्तेमाल नहीं किया था लेकिन पृथ्वी में इस बार हमेशा की अपेक्षा कम शहरीकृत या कम अमीर दर्शक इस नाटक को देख रहे थे। बिनोद ने अपने परिवार की सभी औरतों के बारे में सोचा। बहनों की लम्बी सूची थी जिनके लिए किशोरावस्था में प्रवेश के बाद बाहर की दुनिया एक लड़ाई का मैदान बन चुकी थी जहाँ उनके पिता और भाई रोज़गार की लड़ाई लड़ रहे थे। पुरुष घर वापस लौटते थे और अपने चोट खाए हथियारों का प्रदर्शन करते थे। उनके घावों पर मलहम और पट्टी बँधी होती थी। वे जो घर में पीछे छूट गए थे उनका घाव हमेशा कम दिखाई देता था।

सुदूर अमरीका के लोगों के बारे में लिखे गए इस नाटक को अगर पटना में प्रदर्शित किया जाता तो दर्शक दीर्घा में बैठे हर आदमी के दिल में एक ही सवाल उठता, एक सवाल जो त्रासदी में कोरस की तरह गाया जा सकता है—कैसे उस दहेज का इन्तज़ाम किया जाएगा जिससे इस लड़की को पति मिलेगा? दुबे को इस बात का बहुत अधिक श्रेय जाता है कि उसने सबका ध्यान अपनी तरफ़ खींचा, एक आदमी ही नहीं बल्कि एक कलाकार के रूप में वह उस औरत, जिसे वह प्रेम करता था, को पीछे छोड़ देने के अपराधबोध से संघर्ष कर रहा था।

बिनोद ने अन्तिम दृश्य में अपनी साँसें रोक ली थीं क्योंकि माँ और बुआ बेशर्मी के साथ लगातार रोए जा रही थीं। और कोई नहीं रो रहा था। उनके रोने की आवाज़ गुम हो गई जब सभी लोग पर्दा गिरने के समय उठकर खड़े हुए और ज़ोर से चिल्लाए 'शानदार'।

——

भीड़ में विकास धर कुछ युवाओं से घिरा हुआ था जिन्होंने अपने बाल नारंगी और सुनहरे रंग में रँगवाए हुए थे। वह वहाँ आया और उसने रबिन्दर से पूछा, "भाई, क्या तुम्हें मेरा सन्देश मिला था?" रबिन्दर ने अपना सिर झुकाया और कहा कि उसे मिला था लेकिन वह अपने परिवार के साथ बहुत अधिक व्यस्त था। वह बुआ और माँ के पास लौटा और उनसे उसका परिचय करवाया। धर ने देख लिया था कि ये औरतें थोड़ी देर पहले ज़रूर रो रही थीं क्योंकि उसने

बहुत ही तेज़ आवाज़ में कहा, "नाटक बहुत ही भावुक करने वाला था, बहुत ज़्यादा भावनात्मक। आप जानते हैं, हमारे समाज में औरत वास्तविकता और कल्पना दोनों है..." उसने अपनी आँखों से कमरे के चारों तरफ़ देखा और अपनी बाँहें इस तरह फैला दीं जैसे कि वह पूरी दुनिया को अपने में समाहित कर लेना चाहता हो। उसने बहुत अधिक जुनून के साथ ज़ोर से कहा, "बेशक यह कुछ नया नहीं है। लेकिन आधुनिक दुनिया में, ख़ासकर भारत में, यह सच्चाई हमारा सबसे अधिक प्रदर्शित होने वाला विरोधाभास है।"

वह रबिन्दर की तरफ़ मुड़ा और बोला, "तुम्हारे बिहारी दोस्त ने बहुत अच्छा काम किया है।"

रबिन्दर ने अपना सिर हिलाया और मुस्कुरा दिया, और जब धर ने बिनोद की तरफ़ देखा तो वह भी अपने को सिर हिलाने से नहीं रोक पाया।

उसके बाद धर का फ़ोन बजना शुरू हो गया और उसने कहा कि बिहार के उनके अनुभवों के बारे में वह बुआ से रात के खाने पर देर तक और लम्बी बातचीत करना चाहता है। "आपने सिस्टम में अपनी जगह बना ली है," उसने कहा, "मैं इस बात को लेकर आश्वस्त हूँ कि हम लोग आपसे सीख सकते हैं।" वह ख़ुश दिखाई दे रही थीं और उन्होंने विनम्रता से अपना सिर झुका दिया। उस छोटी-सी मुलाक़ात में धर ने बुद्धिमत्ता और ख़ुशी लाने का काम किया और अपने इस काम को पूरा करने के बाद वह अपने युवा वर्ग के पास वापस लौट गया। परिवार के बाक़ी लोग ख़ाली मंच पर इन्तज़ार करते रहे और रबिन्दर कुछ मिनटों के लिए मंच के पीछे गया; वह इस ख़बर के साथ लौटा कि दुबे अपनी गर्लफ्रेंड के साथ किसी पार्टी में जा रहा है।

गाड़ी में माँ ने बहुत अधिक औपचारिकता के साथ कहा कि नाटक ने अपना काम कर दिया है क्योंकि इसने सच दिखाया है।

उसके जवाब में बुआ ने कहा, "दीदी, इसने अपना काम कर दिया क्योंकि इसने अपनी सच्चाई दिखाई है। मेरा सच इसके सच से अलग है। मेरे भाई ने मुझे कभी नहीं छोड़ा। मैं उस प्यारी लड़की की तुलना में अपने भाई के सिर का बहुत बड़ा बोझ थी।"

उनके जवाब में किसी ने कुछ नहीं कहा। वह समुन्दर के बहुत नज़दीक थे और बिनोद को अपने चेहरे पर महसूस हो रही हल्की नमकीन हवा अच्छी लग रही थी।

हाईवे टीवी धारावाहिकों और फ़िल्मी सितारों द्वारा पहने गए कपड़ों के बड़े-बड़े विज्ञापनबोर्डों से भरा हुआ था। बिनोद ने महसूस किया कि कुछ देर पहले मंच पर दिखाई जाने वाली त्रासदी ने उनके अपने छोटे-छोटे दुखों को ख़ुशनुमा और संगीतमय बना दिया था।

पिछले सप्ताह बिनोद कफ परेड के एक घर में एक व्यक्ति से मिलने गया था जो असिस्टेंट इनकम टैक्स कमिश्नर था। वह शाहरुख़ की सम्पत्ति पर एक ख़बर कर रहा था। बातचीत के दौरान उन्हें पता लगा कि वे दोनों ही पटना के रहने वाले हैं और उन लोगों का एक दोस्त भी है जो दोनों को जानता है। उस आदमी की पत्नी इन दोनों की बातचीत को सुन रही थी और अचानक ही बीच में बोली, "क्या आपने अर्पणा राय से शादी की थी?"

पाँचवीं मंज़िल की उस बैठक से समुन्दर दिखाई दे रहा था और उसे ऐसा महसूस हुआ कि पानी उस ज़मीन के टुकड़े को बहाकर अपने साथ ले गई जिस पर वह दशकों से खड़ा था। उस औरत ने और कुछ नहीं कहा लेकिन बिनोद समझ गया था कि मुलाक़ात ख़त्म हो चुकी है। वह आमतौर पर उठकर जाने के तरीक़े ढूँढ़ सकता था लेकिन वह ऐसा नहीं कर पा रहा था। उसके बदले उसने उन महिला से पूछा कि वह अर्पणा को कैसे जानती हैं। उसने बताया कि वे दोनों पटना में एक ही स्कूल में थे। वह अब फिर से एक-दूसरे के सम्पर्क में हैं।

बिनोद ने पूछा कि अर्पणा कैसी है।

उसने बड़ी चालाकी से पूछा, "जानकर क्या कीजिएगा? इस सूचना को पाकर आप क्या कीजिएगा?" बिनोद ने नीचे सिर कर अपने हाथों को देखा। उसे एहसास हुआ कि वह ऐसा शर्म के कारण नहीं कर रहा है बल्कि इसलिए कर रहा है कि वह उस औरत को थप्पड़ मारना चाहता था। उसने कहा, "जब मैं कुछ कर सकता था, तब मैंने कुछ नहीं किया, अब मैं क्या कर सकता हूँ?"

नीचे जाते हुए लिफ़्ट में सहायक कमिश्नर ने कहा, "वह यमन में है। हाल में उसके पति को वहाँ विश्वविद्यालय में नौकरी मिली है। वह कई सालों

तक वहाँ बॉटनी पढ़ाएगा..." वह रुका और फिर अंग्रेज़ी में अपनी बात को बढ़ाते हुए बोला, "पिछले महीने उन दोनों की एक बेटी हुई है।"

बिनोद उससे यह कहना चाहता था कि उसने उसे बहुत ख़ुश कर दिया है, लेकिन उस आदमी ने दरबान को देखने का ढोंग किया जो उसके लिए सिगरेट लाने वाला था।

सत्ताईस

माँ कुछ ही सप्ताह में बम्बई में रहकर थक गई थीं। वह बाबा की पहली बरसी पर पटना में पूजा करवाने की योजना बना रही थीं। बिनोद ने उस दिन तक रतौली भेजने के लिए कुछ पैसों के इन्तज़ाम करने का वादा किया था जिस दिन उसका भाई गाँव में ग़रीब ब्राह्मणों को खाना खिलाएगा।

इन महीनों में बुआ कई बार पटना आई हैं। वह बम्बई छोड़ने के लिए तैयार नहीं थीं। उनका नेता लालू यादव रेल मंत्री था और बुआ को सस्ती प्रथम श्रेणी के टिकट का पास मिला हुआ था। उनका दावा था कि वह अब अपना काम अच्छे से कर रही हैं क्योंकि अब वह दिल्ली में रुककर उन सभी नौकरशाहों से बातचीत करती हैं जिनके पास काम करने की असली ताक़त है। उन्होंने लालू और विकास धर के बीच मुलाक़ात करवाने का इन्तज़ाम भी किया था; उन्होंने फ़िल्म पर बातचीत नहीं की थी। दोनों ने पाकिस्तान के साथ दोस्ती की ज़रूरत को लेकर बात की। इराक़ की स्थिति पर भी चिन्ता व्यक्त की। धर ने कहा कि लालू ने बड़ा आश्चर्य जताया था कि सद्दाम ने क्यों अपने बड़े बेटे का नाम उदय रखा था। बिनोद देख पा रहा था कि धर इस मज़ाक़ को साझा करने के लिए मरा जा रहा था और वह इस सोच में डूबा था कि क्या लालू ने यह सब कहा भी है।

———

विकास धर ने रबिन्दर की मुलाक़ात मिस्टर इस्कंदर से करवाई थी। वह एक लम्बा, सजीला, बहुत ही पतला, घुँघराले और लहरदार बालों वाला और चॉकलेटी रंग के कपड़ों के प्रति आसक्त व्यक्ति था। मिस्टर इस्कंदर कवि थे, उन्होंने उर्दू शायरी और फ़िल्म के गीत लिखे थे। धर का विश्वास था

कि एक सफल और लोकप्रिय गीत बहुत ख़राब फ़िल्म को भी पैसे कमाने का अवसर प्रदान कर देता है। मिस्टर इस्कंदर उसकी योजना के मुख्य केन्द्र थे।

वह फ़ोन करते और पंक्तियाँ पढ़कर सुनाते और रबिन्दर तुरन्त उन्हें अपनी फ़ोनबुक के पन्नों पर नोट करता। जब भी बिनोद उसके यहाँ जाता था, उसका भाई एक मोटी सफ़ेद रंग की फ़ोनबुक के पन्नों को पलटकर उसे प्रेम और अकेलेपन के बारे में रूमानी कविताएँ सुनाता था। जब बुआ ने एक बार उन कविताओं की सराहना की थी, तब रबिन्दर ने बताया था कि धर ने पहले ही इस युवा संगीत निर्देशक को अपनी फ़िल्म के लिए नियुक्त कर लिया है जो उन दिनों फ़िल्म जगत में बहुत ज़्यादा लोकप्रिय था।

मिस्टर इस्कंदर के एक गीत में तीन-चार पंक्तियाँ कश्मीर की झीलों और पहाड़ों पर लिखी गई थीं। धर के परिवार का उस धरती से पुरखों का सम्बन्ध था। और मिस्टर इस्कंदर की पंक्तियों से उसे यह विचार मिला था। उसने यह फ़ैसला किया कि आतंकवादी कश्मीरी हो सकते हैं। उनकी फ़िल्म के हीरो और हीरोइन जब अपने हनीमून के लिए कश्मीर जाते हैं तो उनका सामना बहुत बुरे लोगों से होता है। धर ने यह भी महसूस किया कि चूँकि गर्मियाँ लगभग आ चुकी थीं तो कश्मीर में शूटिंग करना आरामदेह होगा। रबिन्दर ने कई दिनों के लिए गुलमर्ग और पहलगाम जैसी जगहों के दौरे की योजना बनाई। सरकार में काम करने वाले बुआ के एक दोस्त ने श्रीनगर में ऑल इंडिया रेडियो ऑफ़िस में काम करने वाले एक व्यक्ति का नाम दिया था, और रबिन्दर और धर ने घाटी में कुछ ख़ुशनुमा गीतों की शूटिंग को लेकर बातचीत करना शुरू कर दिया था। मिस्टर इस्कंदर नए उत्साह के साथ अपने काम पर वापस लौट गए थे।

एक रात ग्यारह बजे, रबिन्दर ने बिनोद को फ़ोन किया क्योंकि विकास धर एक कहानी सुनाने के बाद उसके घर से अभी-अभी गया था। पाकिस्तानी पत्रिका में छपा एक आलेख धर के हाथ लग गया था। सात युवा लोगों, जिनमें छह पाकिस्तानी और एक भारतीय था, को मैसेडोनिया में पुलिस द्वारा मार दिया गया था। मैसेडोनिया के अधिकारियों ने इन लोगों को इस्लामी आतंकवादी घोषित किया था। मृत लोगों के पास से पर्चे बरामद हुए थे। अरबी भाषा के पर्चे, मैसेडोनिया के लोगों ने कहा था कि उन्होंने अन्य आतंकवादियों के नाम

और उनकी पहली मुलाक़ातों की तारीख़ें भी बताई थीं। यह सब अलक़ायदा से उनके सम्बन्ध के प्रमाण थे।

पाकिस्तानी पत्रिका को पर्चों की प्रति मिल गई थी और यह पता चल गया था कि यह पर्चे *मजलिस-ए-अज़ा* के लिए एक आमंत्रण था, जो शिया लोगों की पाकिस्तान के गुजराँवाला में होने वाली एक बैठक थी और आमंत्रण पत्र पर छपे हुए नाम उस बैठक के आयोजकों और वक्ताओं के नाम थे। दूसरे पर्चे पर क़ुरान की आयत और नाद-ए-अली के सिवा और कुछ नहीं लिखा था और धर के अनुसार यह हर शिया के घर में पाया जाता है।

उन लोगों के पास किसी भी तरह का पहचान-पत्र नहीं था। यह उस बैठक से सम्बन्धित पर्चा था जिसने गुजराँवाला में उस संवाददाता को पहुँचाने का काम किया और उसके बाद उसने एक सप्ताह के भीतर ही सभी मृतकों की पहचान कर ली। वे लोग काम की तलाश में अवैध तरीक़े से ग्रीस की सीमा पार कर गए थे। उनमें से कुछ अवैध आप्रवासियों के रूप में पहले ही ईरान और तुर्की से वापस भेजे जा चुके थे। मरे हुए लोगों में से एक के भाई ने बताया था कि उसके भाई ने ग्रीस में घुसने के लिए तस्करों को हज़ारों डॉलर दिये थे। उन्हें कई दिनों तक पहाड़ की कन्दराओं में छुपकर चलना पड़ा था। अगर वह सफल हो जाते तो लगभग छह सौ डॉलर बचा सकते थे।

रबिन्दर ने बिनोद को वह आलेख सुनाकर ख़त्म किया और बताया कि धर का जीजा कश्मीर का एक शिया था। धर एक कश्मीरी हिन्दू था लेकिन उसकी छोटी बहन ने एक मुस्लिम से शादी की थी। यह भी सम्भव था कि धर ने यह पता लगा लिया हो कि पश्चिम देशों में नौकरी ढूँढ़ने वाले भारत के दर्शक इस जवान आदमी से ख़ुद को जोड़ पाएँगे। रबिन्दर ने कहा कि धर ने उसे बिनोद से सम्पर्क करने के लिए कहा था। बेक़सूर प्रवासी मज़दूरों की मृत्यु के साथ आतंक को जोड़ना सम्भव होगा क्या?

अपनी तमाम दुश्वारियों और यहाँ तक कि आक्रोश के बावजूद, पिछले वर्षों के दौरान एक बार फिर से, बिनोद ने पलायन की भावना को बहुत ही तीव्रता से महसूस किया था। कहानी बहुत तेज़ी से उसके हाथों से फिसल रही थी लेकिन वह लिखने के अपने उत्साह को अभी से महसूस कर रहा था। वह अब भी रबिन्दर के साथ फ़ोन पर बात कर रहा था लेकिन वह खिड़की तक चलकर गया और उसने देखा कि चौराहे पर तीन या चार स्कूटर खड़े हैं।

बिनोद ने कहा, "अब देर हो चुकी है लेकिन मैं फिर भी तुम्हारे पास आ रहा हूँ। मेरा इन्तज़ार करो। मैं सुबह वहीं से काम पर जा सकता हूँ।"

———

फ़िल्म की रिलीज़ का जलसा समुद्र के किनारे बने बम्बई के एक आलीशान होटल में किया गया था। बिनोद देर से पहुँचा क्योंकि बुआ रास्ते में महालक्ष्मी मन्दिर में रुकना चाहती थीं। टेलीविज़न चैनलों के कैमरे पहली क़तार में बैठे फ़िल्मी सितारों पर तैनात थे। एक बिना बालों वाला पंडित, जिसने अपने नंगे कन्धों पर एक पीले रेशम का शॉल लपेटा हुआ था, वह ऊँची नकियाती आवाज़ में प्रार्थना कर रहा था। जब उसने भगवान गणेश के एक सौ आठ नाम उच्चारित कर लिये तब उसने स्क्रीन के नीचे एक नारियल ज़ोर से फोड़ा। आरती के दौरान उसने एक बार फिर से दिया जलाया और छोटी-छोटी लौ हवा में जलने लगीं, उसके बाद बिजली की रौशनी को कम किया गया और स्क्रीन लाल रौशनी के साथ चमकना शुरू हुआ।

बालू के टीले पर सात आकृतियाँ चल रही थीं; अचानक एक तेज़ चीख़ के साथ सन्नाटा टूटा, और उसके बाद वे लोग दौड़ने लगे। कैमरा एक युवा चेहरे की तरफ़ बढ़ा जिसका आधा चेहरा कम्बल से ढका हुआ था। उसे शायद ऐसा बताया गया होगा कि रेगिस्तान में रात में ठंड हो जाती है। दूर कहीं से खनखनाहट की आवाज़ सुनाई दे रही थी। वे लोग रुक गए थे। उनकी साँसें फूल रही थीं। सुबह की रौशनी में समुन्दर में छोटी-छोटी लहरों की तरह ही रेगिस्तान में बालू की लहरें दिखाई दे रही थीं। बालू की उस गहराई से एक आदमी निकला और उसके नीचे से एक ऊँट। ऊँट पर सवार उस आदमी द्वारा पकड़ी गई बन्दूक़ की नली इस तरह से ऊपर उठी कि हवा पतली हो गई और उन लोगों के फेफड़ों से साँस बाहर आ गई।

लेकिन वह आदमी मुस्कुरा रहा था। उसने हिन्दी में बात की जिसकी भाषा विदेशी लग रही थी, "तुम लोग दो घंटे देरी से आए हो।" उसकी आँखें सुरमे के कारण काली थीं।

वे सभी यात्री जवान थे। उनके पास बहुत कम सामान था और शायद यही कारण था कि वे सभी अधीर दिखाई दे रहे थे। हवा के साथ बालू उड़

रही थी और परिदृश्य को काट रही थी। यात्रा लम्बे दिन के ख़त्म होने के साथ ही ख़त्म हुई। वे लोग समुन्दर के किनारे रात के समय पहुँचे। ऊँट ने अपना सिर ऊपर उठाया। उसकी बड़ी-बड़ी आँखों में रौशनी चमक रही थी। वे सात युवा नाव के किनारे झुंड बनाकर बैठ गए। उनके आसपास के लोग अरब से आए थे और उन लोगों ने काले या भूरे लबादे पहने हुए थे। उनके सिर सफ़ेद और लाल धारियों वाले कपड़ों से ढके हुए थे, बिलकुल वैसे ही जैसे आप किसी फ़िल्म में देखने की उम्मीद कर सकते हैं।

उन जवान लोगों को चमकदार पासपोर्ट दिये गए। वह किताब दाएँ से बाईं ओर खुलती थी। उनके नाम अरबी और अंग्रेज़ी भाषा में लिखे हुए थे। उस छोटी-सी नाव में अपने घुटनों को अपनी छाती से सटाकर बैठते ही उनमें से एक ने दूसरे से पूछा कि "तुम्हारा क्या नाम है?"

लड़के ने अपनी ऊपर की जेब से पासपोर्ट निकाला। वह मुस्कुराया और बोला, "ख़ालिद अहमद।"

पहले आदमी ने यही सवाल अपने से दूर बैठे जवान से भी पूछा। सिर्फ़ उसकी पीठ ही कैमरे में दिखाई दे रही थी। जब वह मुड़ा तो नाव के बँधे हुए कोने वाले हिस्से का अँधेरा कुछ कम हुआ। यह अजय देवगन थे जो फ़िल्म के हीरो की भूमिका निभा रहे थे।

उन्होंने कहा, "मेरी माँ ने मेरा नाम अपने बड़े भाई के नाम पर रखा था जो 1965 की लड़ाई में मारे गए थे। उनका नाम पृथ्वीराज था, हालाँकि गाँव में सभी लोग उन्हें पृथ्वी कहकर पुकारते थे। आज मैं पृथ्वी से बिलाल सलीम सलेह हो गया हूँ। आप जन्म लेते हैं और रोटी के लिए संघर्ष करने लगते हैं। यही आपका धर्म है।"

फ़िल्म का पर्दा काला हो गया और फ़िल्म का नाम पर्दे पर दिखाई देने लगा।

"*पृथ्वी*, द अर्थ।"

और फिर रबिन्दर का नाम! मात्र अठारह महीने पहले वह जेल में था। और अब निर्माता बन गया था। बम्बई में फ़िल्म की दुनिया में उसने अपनी जगह बना ली थी। उसकी फ़िल्म को उस आदमी ने निर्देशित किया था जिसे पूरे भारत में जाना जाता है। आज की रात दर्शक-दीर्घा में विद्या बालन और राहुल बोस जैसे फ़िल्मी सितारे बैठे हुए थे। नीरज दुबे ने फ़िल्म में जाँच करने

वाले पुलिस अधिकारी की भूमिका निभाई थी। फ़िल्म के अन्त में राष्ट्रीय स्तर पर प्रसारित संवाददाता सम्मेलन में वो ही यह ख़बर सबके सामने लाता है कि मारे गए आतंकवादी मुस्लिम नहीं बल्कि हिन्दू थे। वह कहता है कि "यह ग़लत पहचान वाला मामला था। उसका नाम पृथ्वी था। वह एक पीड़ित था न कि दोषी।"

बिनोद अब भी दरवाज़े के पास खड़ा था और अब वह बाहर की तरफ़ बढ़ रहा था। फ़िल्म के निर्माण के दौरान उसने कम-से-कम दस बार इस फ़िल्म को देखा होगा, फिर भी वह नए दर्शकों के साथ उसे देखने के लिए उत्साहित था। लेकिन अब अचानक ही उसे थकान महसूस हो रही थी।

बाथरूम में, उथले कटोरे में सफ़ेद फूल तैर रहे थे। उसने अपने चेहरे पर ठंडे पानी के छींटे मारे। आईने में दिखाई देने वाला आदमी उसे अपरिचित लग रहा था। बिनोद खड़ा होकर अपने हाथों में अपने ही चेहरे को पकड़कर लगातार घूर रहा था कि तभी सफ़ेद सफ़ारी सूट में एक आदमी अन्दर आया। शर्मिंदा होते हुए बिनोद ने ज़ोर से कहा, "आपको फ़िल्म पसन्द नहीं आई?"

उस आदमी ने त्योरियाँ चढ़ाईं। "कौन सी फ़िल्म?"

बिनोद ने माफ़ी माँगी और बाहर निकल गया। सिल्क की साड़ी में दो जवान महिलाएँ उस हॉल के दरवाज़े को पकड़े हुए थीं जहाँ फ़िल्म का प्रदर्शन हो रहा था। संगीत बाहर तक सुनाई दे रहा था। उसे उस संगीत का अर्थ पता था। ग़ैर-क़ानूनी यात्री अब सुरक्षित जगह पर पहुँच चुके थे और यादों में लिप्त होने के लिए मुक्त थे। वे सभी एक गीत गा रहे थे जिसमें उस पेड़ का ज़िक्र था जिसे अपनी शाखाओं पर आज भी उस लड़के का वज़न याद है। पेड़ के नीचे की ज़मीन उसकी मुलायम परछाईं को याद करती है जो हर दोपहर तेज़ी से आगे बढ़ जाती थी। गाँव की लड़कियाँ, आदि, आदि।

बिनोद ने इन्तज़ार किया और उसके बाद कमरे में चला गया, पर्दे पर पृथ्वी अब तुर्की में एक मछली की दुकान पर काम कर रहा था। कुछ ही सप्ताह में वह अब लीड्स शहर की तरफ़ जाएगा।

कहानी जो अब भी पर्दे पर पूरी तरह नहीं खुली थी, वह बॉलीवुड के मानक के अनुसार काफ़ी सीधी थी। एक जवान हिन्दू आदमी पश्चिम में काम की तलाश में जाता है, उसे मुस्लिम की तरह देखा जाने लगता है क्योंकि उसके नक़ली पासपोर्ट का नाम उसे मुस्लिम बताता है। वह उत्तरी इंग्लैंड पहुँचता

है और 11 सितम्बर के बाद उसे हिरासत में ले लिया जाता है, उसके बाद सम्भवत: उसे प्रताड़ित करके छोड़ दिया जाता है। उसके छूटने के बाद एक जिहादी समुदाय उससे सम्पर्क करता है। उस युवक को यह बताने में बहुत डर लग रहा था कि उसका पासपोर्ट नक़ली है। उसे अन्य दो लोगों के साथ आत्मघाती बम हमला करने के निर्देश के साथ वापस भारत भेज दिया जाता है।

वह इन कट्टरपंथियों से अपने सम्बन्ध तोड़ने की उम्मीद करता है लेकिन यह असम्भव होता है। यहाँ तक कि उस समय भी जब उसने अपने साथियों को धोखा दिया था और उनकी मौत का कारण बना था, उस समय भी वह कैमरे की निगरानी में था। पुलिस की नज़र में वह एक आतंकवादी था। उसका चेहरा अख़बारों, टेलिविज़न चैनलों और सार्वजनिक जगहों पर चिपके पोस्टरों पर था। जिहादी भी उसे गोली मारने की फ़िराक़ में थे। एक बार रेलगाड़ी में बहुत सारे लोगों के साथ वे इसे मारने वाले थे लेकिन वह एक ख़ूबसूरत लड़की के साथ भाग जाने में सफल हुआ जो उसकी जान बचाने के लिए इसकी शुक्रगुज़ार थी। वह लड़की मुसलमान थी। वे दोनों प्यार में पड़ गए और एक साथ मिलकर पुलिस और आतंकियों से लगभग एक घंटे तक लड़ते रहे। बिनोद को अर्पणा के साथ अपने रिश्ते की असफलता का दर्द-भरा एहसास था और उसके बाद गीता के साथ भी; उसने जो पटकथा लिखी थी उसमें उसने रोमांस के उस विचार को आगे बढ़ाया था जो तुरन्त और अत्यावश्यक होता है, जो अधीरता और अस्तित्व की भूख से संचालित होता है। उसके दिमाग़ में प्यार में मिलने वाली सफलता भी लिखने में मिलने वाली सफलता से जुड़ी हुई थी। उसके द्वारा खोजी गई आकस्मिकता ने उसकी कहानी को एक कटाक्ष का भाव दिया था जिसकी वास्तविक जीवन में कमी होती है, और विकास धर ने प्रेम के दृश्यों को बड़े ही शानदार ढंग से फ़िल्माया था, जिसमें वे दृश्य थे जो उसने कश्मीर और उसके बाद पुरानी दिल्ली में फ़िल्माए थे।

अन्त में वह आदमी जिसे आम लोग बिलाल के नाम से जानते थे जिहादियों द्वारा मस्जिद में रखे गए बम को हटाने के बाद जल्द ही मारा गया था। फ़िल्म दुबे के संवाददाता-सम्मेलन के साथ ख़त्म होती है जिसे उसी होटल और उसी कमरे में फ़िल्माया गया था जहाँ रिलीज़ की पार्टी हो रही थी।

जल्द ही रबिन्दर माइक के सामने खड़ा होकर हँस रहा था। उसके बग़ल में नीरज दुबे था जिसे थोड़ी देर पहले सभी ने पर्दे पर पुलिस की वर्दी

में देखा था। विकास धर ने उस नई फ़िल्मी स्टार के कन्धे पर हाथ रखा जो फ़िल्म की हीरोइन थी। वह उस वर्ष का नया चेहरा था (उस नई तारिका का नाम मन्दिरा था जो दादर की ही स्थानीय लड़की थी। उसने उस आदमी, जो उसका साक्षात्कार कर रहा था, से कहा कि "मैं प्रतिस्पर्धाओं में विश्वास नहीं करती हूँ। मेरे लिए, कला के क्षेत्र में इसकी कोई जगह नहीं है। मैं सिर्फ़ अपना काम करना चाहती हूँ।" धर हँसा और उसे कसकर पकड़ लिया। उसने कहा, "तुम बच्चे ऐसे विचार कहाँ से लेकर आते हो? सड़क पर कोई भी आदमी, कोई भी साधारण इनसान इतना पवित्र नहीं होता है। अगर तुम प्रतिस्पर्धी नहीं हो तो तुम दादर स्टेशन पर ट्रेन में अन्दर घुसने में सक्षम नहीं हो पाओगी।" उसके अलावा वहाँ लन्दन से आई पतली-सी लड़की एलिस भी थी जो हिन्दी फ़िल्मों पर किताब लिख रही थी। एलिस का परिचय एक-दो पत्रकारों से करवा दिया गया था। उसने कशीदे वाली राजस्थानी चोली पहनी हुई थी जो उसकी छाती के एक या दो इंच नीचे जाकर ख़त्म हो रही थी; फ़ोटोग्राफ़र ने इस पूरी भीड़ में अपने कैमरे को इस इकलौते श्वेत चेहरे पर टिकाया हुआ था और बिनोद ने पाया कि वह भी उसे ही देख रहा है। क्या उसकी नाभि पर वह एक छोटी-सी चाँदी की बाली थी? फ़िल्मी सितारे एक दूसरे के साथ बातचीत में मगन थे लेकिन रबिन्दर और एलिस, जो उसके बग़ल में शून्यता वाले भाव के साथ मुस्कुराते हुए खड़ी थी, ख़ुशी-ख़ुशी कमरे में एक समूह से दूसरे समूह के पास जा रहे थे।

बिनोद को बताया गया था कि अंडरवर्ल्ड के डॉन, भाई लोग इस फ़िल्म के लिए पैसे देना चाहते थे। उन्होंने सुना था कि इस फ़िल्म में मुसलमानों की अच्छी छवि दिखाई गई थी। लेकिन धर ने रबिन्दर को कुछ भी ऐसा स्वीकार न करने की सलाह दी थी। उसने इसके ख़िलाफ़ आवाज़ उठाई थी कि पैसे देने के बाद भाई लोग फ़िल्म की रूप-रेखा में हस्तक्षेप करेंगे और उसे वैसा बनाने के लिए कहेंगे जैसा वे चाहते हैं, लेकिन रबिन्दर को आशंका यह थी कि धर इस बात से चिन्तित था कि अगर फ़िल्म बहुत अधिक सफल हो गई तो वे गुंडे ऊँची ब्याज दर के साथ अपने पैसे वापस माँगेंगे।

———

जब वह छोटा था तब बिनोद ने अपनी माँ के बारे में एक कहानी सुनी थी। माँ की उम्र अठारह साल थी और वह अभी अविवाहिता थीं। तब वह अपने भाई विजय के साथ एल्फ़िन्स्टन थिएटर में *प्यासा* देखने के लिए गई थीं। मध्यान्तर के थोड़ी ही देर बाद अपने हाथ में छोटा-सा चमकता हुआ टॉर्च लेकर हॉल का प्रबन्धक आया। वह लोगों के चेहरों पर रौशनी डाल रहा था, एक के बाद दूसरी क़तार में घूम रहा था, और आसपास ग़ुस्से-भरी आवाज़ सुनाई देने लगी थी। किसी ने चिल्लाते हुए कहा, "उसे अपने पैंट में वापस डालो, जोकर कहीं के।" एक दूसरा आदमी कह रहा था कि "अगर मेरा इतना छोटा होता तो मैं इसे दूसरे आदमी के चेहरे पर नहीं चमकाता।" उसके बाद माँ ने देखा कि उनका भतीजा मुन्ना उस हॉल के प्रबन्धक के साथ था।

जैसे ही वे बाहर निकले, उस लड़के ने कहा कि सभी लोग एक घंटे पहले आरा से आने वाली रेलगाड़ी से आ गए हैं। माँ के बड़े भाई का तीन महीने का छोटा-सा बच्चा था जिसका नाम माँ ने चुन्नू रखा था। उस बच्चे को पीलिया हो गया था।

वहाँ से अस्पताल एक मील से भी कम की दूरी पर था और उस जवान रिक्शावाले ने उन्हें बहुत जल्दी पहुँचा दिया था। माँ के वहाँ पहुँचने से कुछ मिनट पहले ही बच्चा मर गया था। उनकी भाभी अपनी आँखों में बिना कोई भाव लिये उस बिस्तर के बग़ल में बैठी हुई थी। अस्पताल की नर्सें परीक्षण के लिए मृत शरीर को ले गई थीं लेकिन माँ लगातार कह रही थीं कि "मैं सुन सकती हूँ कि वह रो रहा है। कृपया उसे मेरे पास वापस ला दीजिए।"

वे सभी मौतें, विशेष रूप से बड़े होते बच्चों की मौतें! आजकल फ़िल्मों तक में बहुत कम मौतें होती हैं और यह बहुत अच्छी बात है। यह एक स्पष्ट एहसास था जो उस समय हुआ जब उसने बम्बई में काम करना शुरू किया था। हिन्दी फ़िल्मों में अपराधी और पुलिस वाले अब भी हिंसक मौत मरते हैं; लेकिन पर्दे पर अच्छे कपड़े पहने जिन लोगों को आपने देखा था वे आजकल कुछ देर तक आरामदेह और महँगी कार चलाते थे और उसके बाद छुट्टियाँ मनाने के लिए विदेश चले जाते थे और ख़ुश रहते थे।

वह अब फ़िल्म की निर्माण-प्रक्रिया में हिस्सा लेने लगा था। सिनेमा-नाटक और मौत से जुड़ा हुआ बचपन का वह सब अब फ़िल्म और व्यापार के विचार द्वारा बदल दिया गया था। विकास धर ने उससे कहा था कि हर

फ़िल्म गुरुवार रात तक एक सफल फ़िल्म होती है; आपको यह जानने के लिए कि आपकी फ़िल्म असफल है या नहीं, शुक्रवार का इन्तज़ार करना पड़ता है। म्हाडा में एक फ़िल्म-निर्माता अपनी कम्पनी को फ़ैक्टरी कहता है। कच्चा माल अन्दर, तैयार माल बाहर। बाज़ार में लोकतंत्र था : हर आदमी, अपनी प्रतिभा से परे एक जानवर की तरह था जिसकी नाक में नकेल लगी हुई थी। वह नकेल एक रस्सी से जुड़ी हुई थी और उसे उस व्यक्ति ने पकड़ा हुआ था जिसके पास पैसे थे। किसी भी प्रकार की शिष्टता के ढोंग या स्वरूप या सुन्दरता के उद्देश्य से सम्बन्धित उबाऊ बातों के लिए कोई जगह नहीं थी। किसी भी पल वह आदमी उस रस्सी को झटक सकता था या फिर अपनी लाठी को पटक सकता था।

अट्ठाईस

आधी रात के थोड़ी ही देर बाद बुआ और बिनोद नीलू और शत्रुघ्न के साथ फ़िल्म-रिलीज़ छोड़कर निकल गए। रबिन्दर की बरगंडी रंग की क्वालिस, जिसे उसने एक महीने पहले ही ख़रीदा था, में बैठकर वे नीलू के घर पहुँच गए। बुआ बहुत ज़्यादा ख़ुश थीं। घर वापस लौटते समय उन्होंने कहा : "काश बाबा यह दिन देखने के लिए ज़िन्दा होते।" यह पंक्ति असंख्य हिन्दी फ़िल्मों में इसी लहजे के साथ कई बार बोली जा चुकी है।

फ़्लैट पर, बिनोद बेंत की एक कुर्सी को खींचकर छोटी-सी बालकनी में ले आया। आज़ाद नगर में दूर घरों में जल रही बत्तियाँ उस अँधेरे में चमक रही थीं और ऊपर आसमान में हवाई जहाज़ की छोटी रौशनी गुज़र रही थी। कुछ मिनट के लिए, बिनोद यह सोचने में उलझा रहा कि कोने पर के नाइटिंगेल बार पर जाकर शराब पी ले। लेकिन आलस के भाव ने उसे ऐसा करने से रोक दिया। वह शान्ति के भाव पर केन्द्रित रहना चाहता था और किसी भी विचार या इच्छा से अपना मन नहीं लगाना चाह रहा था।

उसे अपने पीछे की पट्टी के खिसकने की आवाज़ सुनाई दी। वहाँ बुआ थीं।

"तुम क्या सोच रहे हो?"

वह उन्हें देखकर मुस्कुराया लेकिन कुछ कहा नहीं।

बुआ ने कहा : "फ़िल्म को लेकर तुम क्या सोचते हो?"

उसने कहा : "मुझे अच्छा लगा कि उसके सभी पात्र हमारी तरह के लोग थे। लेकिन हमसे अलग उनके जीवन को एक कहानी मिली थी।"

बुआ घरों में लगी उन बत्तियों को देख रही थीं जिन्होंने उतार-चढ़ाव के साथ पहाड़ की आकृति बना ली थी। कुछ देर बाद उन्होंने कहा, "तुम विकास धर से ख़ुश नहीं थे। शत्रुघ्न ने मुझसे ऐसा ही कहा था।"

बिनोद ने दरवाज़े के दूसरी तरफ़ अपने बहनोई के चेहरे की तरफ़ देखा जो टेलिविज़न की स्क्रीन की रौशनी में चमक रहा था। इरादे से अधिक ध्यान के साथ उसने कहा, "वास्तव में धर के लिए कहानी लिखकर उसमें ख़ुशी खोजने का सवाल नहीं है। वह ख़ुशी मुझे सिर्फ़ अपने बारे में लिखकर ही मिल सकती है।"

"क्या तुम पत्रकारिता का काम करके ख़ुश हो?"

"अभी मैं एक लम्बी कहानी पर काम कर रहा हूँ," उसने जवाब दिया और उसके बाद जैसे कि वह उनको कोई सफ़ाई दे रहा हो, उसने कहा, "बुआ, आप रमोला बनर्जी के बारे में जो कुछ भी जानती हैं, कृपया मुझे सब कुछ बताइए।"

बुआ ने गहरी साँस ली और कुछ नहीं कहा। इससे पहले उन्होंने कभी भी रोमा के बारे में बात नहीं की थी। शायद उसे इसी की उम्मीद करनी चाहिए थी। जब उन्होंने अपनी पीठ उसकी तरफ़ कर ली और शहर में जल रही उन रौशनियों की तरफ़ देखने लगीं, बिनोद जल्दी से अपनी नज़र बैठक वाले उस कमरे की तरफ़ ले गया और उसने देखा कि शत्रुघ्न टेलिविज़न के पर्दे पर कुछ देखकर हँस रहा था। वह बुआ के साथ अकेले होने के कारण ख़ुश था।

कुछ देर बाद उन्होंने दूर स्थित पीली खिड़कियों वाले घरों से बात करनी शुरू कर दी जो यहाँ और वहाँ सफ़ेद और हरी दीवारों को प्रदर्शित कर रही थीं।

"रबिन्दर ने उसे अपना दिल दे दिया था। यह कुछ ऐसा नहीं था जो मैं चाहती थी, लेकिन उससे बहस करने का कोई फ़ायदा नहीं था। इसलिए मैंने उसके साथ अच्छे सम्बन्ध बनाने की कोशिश की। उसे पसन्द करना आसान था। वह बहुत जवान थी। मैंने इस बारे में रबिन्दर से कभी नहीं पूछा लेकिन लोगों से मैंने यह सुना था कि उसे पैसों का शौक़ था। उसे अच्छा लगता था जब दिन के अलग-अलग समय में मर्द आते थे और रबिन्दर के नाम पर उसे पैसे देते थे।

"मैंने अक्सर इस बारे में सोचा है। रबिन्दर उसके साथ काफ़ी खुला हुआ था। वह उससे हर बारे में बात करता था। मुझे लगता है कि वह रबिन्दर को पसन्द करती थी क्योंकि उसे ऐसा महसूस होता था कि वह अपने पति के बदले उसे चुन रही है। और यह कि दूसरों द्वारा उसके लिए

किए गए फ़ैसले के बाद यह उसका अपना चुनाव था। इससे उसे रूमानी महसूस होता था।

"मुझे तुमसे इस बात को छुपाने की ज़रूरत नहीं है। मैं जानती हूँ कि रबिन्दर पर नज़र रखना मुश्किल काम है। वह ऐसे बहुत सारे काम करता है जो ग़लत हैं। मैं यह जानती हूँ। रोमा भी जानती थी। उसने जो किया उससे वह उत्तेजित थी लेकिन उसने इस सबको रोकने की कोशिश भी की। मैं जानती हूँ कि यह तथ्य है क्योंकि जब उसके घर पर फ़ोन आने लगे, उसके बाद उसने मुझे उससे बात करने के लिए कहा था। लोग उसे धमकाने लगे थे।

"इसका अर्थ है, मैं आश्वस्त हूँ कि उसकी हत्या में माणिक का हाथ है। अगर वह इसमें शामिल नहीं होता तो यह पूरा मामला निश्चित रूप से अख़बारों में होता। यह बिलकुल साफ़ है। जिन लोगों के साथ वह है, वे हमें नुक़सान पहुँचाना चाहते थे। लेकिन वे मामले की जाँच करवाना या फिर आम जनता की आँखों के सामने बहुत देर तक नहीं रहना चाहते थे। वह बलि का बकरा बन गई।

"माणिक को पुलिस से पकड़वाने के लिए जो कुछ भी किया जा सकता था मैंने वह सब करने की कोशिश की। उन्होंने भी जितना हो सका किया था, लेकिन तुम तो जानते ही हो चीज़ें कैसे काम करती हैं। मैं ही अकेली नहीं हूँ जो पैसे फेंक रही हूँ। पिछले ही महीने मैंने सुना था कि उसने मोतिहारी में सात दिन का जलसा किया था क्योंकि उसके इकलौते बेटे का यज्ञोपवीत संस्कार हो रहा था। ब्राह्मणों के एक समूह ने चौबीस घंटे तक शामियाने के अन्दर बैठकर लगातार मंत्रोच्चारण और प्रार्थना की थी। उस पूजा में चढ़ाए गए लड्डू बिहार-भर में उन सभी लोगों को भिजवाए गए थे जो उनके ख़ास थे। ग़रीबों के लिए भोज हुआ था। अन्तिम रात में बॉलीवुड की कोई नई अभिनेत्री आई थी जिसने गाने और नाच का कार्यक्रम किया था। माणिक ने लगभग अस्सी लाख ख़र्च किए थे। उनका कहना है कि अगली बार चुनाव में उसे टिकट मिलने वाला है।

"पटना में जीवन बहुत सस्ता है। पैसे से आप शान्ति नहीं ख़रीद सकते हैं। मैंने चैन की साँस ली कि रबिन्दर यहाँ आ गया।"

बुआ अब बिनोद की तरफ़ अपना चेहरा करके खड़ी थीं और उनकी पीठ बालकनी की आड़ को दबा रही थी।

उन्होंने कहा, "अब जब तुमने मुझसे इस मामले के बारे में पूछा है तो शायद मुझे तुम्हें यह भी बताना चाहिए। शुरुआत में मैंने बनर्जी की नियुक्ति कहीं और करवाने की कोशिश की थी। रबिन्दर ने उसे पटना में रखने के लिए पैसे दिये थे ताकि रोमा उसके आसपास रह सके। जब रबिन्दर जेल में था, उस समय कई रातें ऐसी होती थीं जब रोमा मेरे घर पर सोती थी। उसका पति यह सब जानता था। वह देर शाम में आती थी और घर नहीं जाती थी। मैं अब सोचती हूँ कि कहीं यह इसलिए तो नहीं था क्योंकि वह डरी हुई थी।

"तुम जानते हो कि रबिन्दर दिन में पाँच बार उससे बात किए बिना नहीं रह सकता था। यहाँ तक कि जेल में भी। उसने अपने पास मोबाइल रखने के लिए बहुत सारे पैसे दिये थे।"

बिनोद ने इस बात को हवा में ही छोड़ दिया।

उसके बाद उसने कहा, "उसे क्या करना सबसे ज़्यादा पसन्द था?"

उन्होंने कहा, "उसे कपड़े पसन्द थे, उसे औरतों वाली बैठक में बंगाली गीत गाना पसन्द था, उसे फ़िल्में देखना पसन्द था। उस दौरान जब मैंने उसे जाना था वह थोड़ा-बहुत बदल गई थी। वह बड़ी हो गई थी। उसके अन्दर का एक हिस्सा दुनियावी हो गया था लेकिन वह कठोरता उसमें नहीं थी जो राजनीति में काम करने वाली औरतों में होती है।"

यह बिलकुल ऐसा था जैसे बुआ ने एक लड़की की पुरानी तस्वीर उसे दे दी हो, जिसमें वह मुस्कुराते हुए दो चोटियाँ बनाए हुए है। एक दिन तुम दराज़ से फ़ोटो निकालते हो और तुम्हें दिखाई पड़ता है कि सब कुछ बदल चुका है। रोमा माला श्रीवास्तव बन चुकी है। और बुआ? वह एक उत्तरजीवी हैं। यहाँ तक कि विकास धर जैसे किसी ने भी उनमें यही देखा था।

"वह दुनियावी बन गई थी इससे आपका क्या मतलब है?"

"मैं नहीं जानती हूँ कि तुम्हें यह एहसास है या नहीं लेकिन वह एक शिक्षित महिला थी। उसने रबिन्दर की तुलना में बहुत ज़्यादा किताबें पढ़ी थीं। उसने जल्दी ही दुनिया के बारे में सीख लिया और उसे यूँ ही स्वीकार कर लिया था। वह जानती थी कि पटना में प्रत्येक नौकरशाह किसी न किसी तरह से बेईमान है। वह हर राजनेता के द्वारा दिये गए आदेश की क़ीमत जानती थी। उसका आदमी बिना रीढ़ की हड्डी वाला व्यक्ति था। एक बार मैंने उससे

पूछा था कि रबिन्दर से उसे किसी तरह की शिकायत तो नहीं है। मैंने इतनी ही स्पष्टता से यह कह दिया था। वह सिर्फ़ इतना ही कहता था कि वह उससे मुक्केबाज़ मुहम्मद अली के ऊपर लिखी एक किताब माँग कर ले गया था और फिर कभी नहीं लौटाई।"

सोफ़े पर बैठे हुए शत्रुघ्न ने ऊपर देखा और दरवाज़े के पास आया। उसने अपना सिर बाहर की तरफ़ निकाला और हवा को सूँघा। उसे पक्के तौर पर यह एहसास हो गया था कि बिनोद और बुआ कुछ गम्भीर बात कर रहे हैं—वह अपने हाथ में रिमोट लेकर खड़ा रहा और उसके बाद बिना उन्हें टोके वापस चला गया। अब बैठक वाले कमरे में रौशनी हो गई थी। बिनोद ने देखा कि नीलू नहा चुकी थी और शत्रुघ्न के बग़ल में बैठकर अपने गीले बालों को तौलिए से रगड़ रही थी।

बुआ की बात अभी तक ख़त्म नहीं हुई थी। उन्होंने कहा, "उसकी मृत्यु के बाद मैं वह सब भूल गई जो मुझे उसमें पसन्द नहीं था। वह बहुत ज़्यादा जवान थी और हमेशा ही रबिन्दर को उसकी पागलपन-भरी योजनाओं के प्रति प्रोत्साहित करती थी। वे साथ मिलकर दिल्ली में एक बुटीक शुरू करने वाले थे। जब मैंने उसके खाने की तारीफ़ की थी तो उसने एक बार से ज़्यादा मुझसे पूछा था कि क्या पटना में रेस्तराँ ख़रीदने में मैं उसकी मदद कर सकती हूँ।

"वह एक बार नीरज दुबे से मिली थी। उसने रबिन्दर को बार-बार यह कहा कि उसे दुबे की परियोजनाओं में मदद करनी चाहिए। मुझे लगता है कि रबिन्दर ने एक फ़िल्म के डिस्ट्रीब्यूशन में कुछ पैसे गँवा दिये थे जिसमें दुबे ने भी निवेश किया था। ख़ैर, मुझे उस बेचारी लड़की के प्रति किसी तरह की शिकायत नहीं करनी चाहिए। सब कुछ के बावजूद हम नहीं जानते हैं कि कल क्या होगा, यहाँ हम लोग बम्बई में हैं और विकास धर ने रबिन्दर के लिए फ़िल्म का निर्माण कर लिया। एक तरह से उसने यह सम्भव कर दिखाया। यही वह चाहती थी।"

जब बुआ ने यह कहा तो बिनोद ने बाबा के बारे में सोचना शुरू कर दिया। कुछ सालों पहले एक अमरीकी जासूसी हवाई जहाज़ से एक जेट लड़ाकू विमान टकरा गया था और उसके चीनी पाइलट की मृत्यु हो गई थी। पाइलट की मृत्यु एक अन्तरराष्ट्रीय विवाद बन गई थी। लेकिन उस पूरी घटना

में बाबा का ध्यान जिस तरफ़ गया था वह एक रिपोर्ट थी जिसमें चीन के समाजवादी दल (कम्युनिस्ट पार्टी ऑफ़ चाइना) ने जल्दी ही यह घोषणा की थी कि मृत आदमी एक जुझारू राष्ट्रवादी, एक बढ़िया रसोइया, एक अच्छा गायक, फूलों को सजाने वाला इनसान, और यहाँ तक कि एक बढ़िया दर्ज़ी भी था जिसने अपनी शादी की वर्षगाँठ पर अपनी पत्नी के लिए एक सुन्दर स्कर्ट भी सिली थी। बाबा ने अख़बार की उस कतरन को सँभालकर रखा था और बिनोद दिल्ली से घर गया तो उन्होंने उसे वह कतरन दी थी। बिनोद अब उस चीनी पाइलट की प्रतिष्ठा और रोमा की मृत्यु से जुड़ी बातों के बारे में सोचने लगा; उसने एक साधारण प्रेम की पीड़ा और बलात्कार के बारे में सोचा; उसने माला श्रीवास्तव और महान भारतीय मध्यवर्ग के बारे में सोचा; उसने यह सोचा कि जो लोग दूसरे दर्जे के हैं और महत्त्वाकांक्षी हैं, क्या उनके लिए सिर्फ़ नरक ही है; उसने रबिन्दर के जेल में होने और बम्बई में विजेता की तरह रहने के बारे में सोचा; उसने सोचा कि कैसे एक कहानी किसी एक जगह से शुरू होती है और किसी दूसरी ही जगह पर ख़त्म होती है जिसके बारे में कोई सोच भी नहीं सकता।

——

उस रात बिनोद अपने फ़्लैट पर वापस नहीं गया। वहीं बैठक में सोफ़े पर सो गया। वह आधे घंटे से ज़्यादा नहीं सोया होगा; उसे याद नहीं है कि क्या वह कोई सपना था जिसकी वजह से वह जागा था! उसने शीशे के दरवाज़े की पट्टी को खींचा। वह थोड़ी सी आवाज़ के साथ खुल गया। बाहर की हवा कमरे की हवा से ज़्यादा ठंडी थी। सड़क पर से एक स्कूटर के गुज़रने की आवाज़ आई और उस आवाज़ के ख़त्म होते ही फिर से शान्ति छा गई।

उसने कल्पना की कि वह एक फ़िल्म-सेट पर है। देखने वालों को ऐसा ही दिखाई देगा। बालकनी में एक परछाईं बन रही थी और इसके चेहरे और क़मीज़ पर सड़क से आती हुई रौशनी पड़ रही थी। अँधेरे सिनेमा हॉल में दर्शक इस पल में इस बात का इन्तज़ार करते हैं कि आगे क्या होगा। अगले या उसके अगले दृश्य में यह पर्दाफ़ाश होता है कि वह व्यक्ति कौन था या

फिर फ़िल्म किस बारे में थी। बिनोद को इस बात से आश्चर्य होता है कि उस छोटे से पल में अतीत भी उतना ही अनजान होता है जितना कि भविष्य। यह आश्चर्यजनक रूप से उत्साहित करने वाला है।

——

वह सोफ़े पर लेटा हुआ था और उसके विचार घूम रहे थे कि तभी उसका मोबाइल एक सन्देश की आवाज़ से बज उठा। रबिन्दर जानना चाहता था कि क्या वह सो रहा है। बिनोद इस बात को लेकर आश्वस्त नहीं था कि उसे वापस उसको फ़ोन करना चाहिए या नहीं और फिर उसने किया, और तुरन्त उसे इस बात का खेद हुआ जब उसे अपने भाई की आवाज़ में गर्जन सुनाई दी।

रबिन्दर विकास धर, अंग्रेज़ लड़की एलिस और सैफ़ अली ख़ान के साथ ऑलिव के अन्दर बैठा था। धर अपनी अगली फ़िल्म के मुख्य पात्र के रूप में सैफ़ को लेना चाहता था। रबिन्दर ने कहा, "मुझे लगता है कि तुम्हें यहाँ होना चाहिए।"

बिनोद ने कहा : "मुझे बताओ, क्या एलिस अब तुम्हारे बारे में अपना लेख लिखने जा रही है?"

रबिन्दर ने हँसना शुरू कर दिया। उसने कहा, "वह एक मज़ेदार औरत है। मैं चाहता हूँ कि तुम उससे बात करो। उसने मेरी बातों पर भरोसा नहीं किया जब मैंने उसे यह बताया कि जॉर्ज ऑरवेल का जन्म मोतिहारी में हुआ था।"

पूरा घर सो रहा था। बिनोद उठकर और दरवाज़ा खोलकर किसी को भी परेशान नहीं करना चाहता था। वह ऑलिव में मेज़ के आसपास की बातचीत की कल्पना कर सकता था और यह भी कि अगर वह वहाँ जाता तो उसे धर और सैफ़ को प्रभावित करने में कितनी मेहनत करनी पड़ती। और बेशक एलिस को भी।

हर आदमी सराहना का प्रस्ताव सामने रखेगा, ज़रूरी नहीं है कि मेज़ के आसपास बैठा हर इनसान ऐसा करे ही लेकिन उनमें से कुछ गिने-चुने लोग ऐसा करेंगे। कुछ अदृश्य एजेंसियों के माध्यम से कुछ पर आधिपत्य स्थापित किया जाएगा, और कुछ की सराहना की जाएगी और बाक़ी दूसरों को नज़रअन्दाज़ किया जाएगा। प्रशंसा के असंगत और यांत्रिक उत्पादन से

उपजा क्लौस्ट्रोफोबिया—हर टिप्पणी पर एक अस्पष्ट सी भंगुरता क्योंकि कोई भी किसी भी गम्भीरता को लेकर आश्वस्त नहीं, उनके प्रति द्वेष के चलते भंग हो जाता है, जो वहाँ मौजूद नहीं। ऐसा नहीं है कि निष्ठाहीनता स्वीकार्य नहीं थी; अगर कोई तुमसे झूठ बोल रहा है तो यह इस बात को दर्शाता है कि वह तुम्हें कितना ज़्यादा ख़ुश करना चाहता है। फ़िल्म जगत के ज़्यादातर संवाद इन साधारण सच्चाइयों पर ही आधारित थे।

रबिन्दर ने कहा कि वह अपनी क्वालिस भेजने जा रहा है; यह पन्द्रह मिनट में नीलू के घर के बाहर होगा। जब बिनोद ने फिर से न कहा तो रबिन्दर ने अपनी आवाज़ में और अधिक तेज़ी लाते हुए कहा कि "लेकिन तुम्हें सैफ़ से ज़रूर मिलना चाहिए।"

कुछ महीने पहले, बम्बई में अपनी लैंड क्रूज़र चलाते हुए सैफ़ ने एक लड़के को धक्का मार दिया था। बिनोद ने इसके ऊपर एक छोटा-सा लेख लिखा था कि कैसे अमीर लोगों को कम-से-कम आधे दर्जन ड्राइवरों को काम पर रखना चाहिए—हर कार के लिए दो, हर आदमी बारह घंटे तक काम करेगा—इससे देश में बेरोज़गारी को कम करने में मदद मिलेगी। उसके बाद, फ़िल्मी सितारे को गाड़ी वाले मामले में और समस्या हुई। उसकी टोयोटा लेक्सस को सरकार ने ज़ब्त कर लिया क्योंकि उस गाड़ी का टैक्स जमा नहीं था। इस बार बिनोद को वास्तव में जो बात अच्छी लगी वह यह कि सैफ़ टीवी पर एक संवाददाता को बता रहे थे कि जब उनकी कार को ज़ब्त कर लिया गया तो उन्होंने क्या किया। "मैंने वही किया जो कोई दूसरा करेगा। मैं बाहर गया और मैंने मर्सेडीज़ ख़रीद ली।"

जब दूसरी बार बिनोद ने ना कहा तब रबिन्दर ने उसे व्यावहारिक होने की बात कही। बिनोद ने किसी तरह की प्रतिक्रिया नहीं दी। रबिन्दर ने धीमी आवाज़ में कहा, "अच्छा होगा अगर नई परियोजना में तुम शुरुआत से ही इसका हिस्सा बनोगे।"

लेकिन ज़िद ने उसके अन्दर जगह बना ली थी और स्पष्टता के भाव ने भी। वह नहीं गया।

वह अँधेरे में सोफ़े पर लेटा हुआ था और उसके बग़ल की खिड़की खुली हुई थी, बिनोद को राहत महसूस हो रही थी। उसने अपनी बहन के बारे में सोचा, जो पास के कमरे में नींद में डूबी थी, जिसने कई साल पहले

अपने बॉयफ्रेंड को न कह दिया था जब उसे लगने लगा था कि वह उससे शादी करने वाले हैं। वे दोनों एक-दूसरे के बहुत क़रीब थे कि तभी अचानक नीलू बहुत अधिक बीमार हो गई; वह कलकत्ता के कॉलेज में थी और उसे अस्पताल में भर्ती होना पड़ा था। एक या दो सप्ताह बाद बाबा और माँ के पहुँचने तक उस युवा आदमी ने उसकी देखभाल की थी। लेकिन जब वह ठीक हो गई तो नीलू ने अपने बॉयफ्रेंड से मुँह मोड़ लिया। उसने बिनोद को बताया था कि वह किसी ऐसे इनसान को चाहती थी जिससे उसने प्यार किया हो, न कि किसी ऐसे को जिसके प्रति वह सम्मान महसूस करती हो। वह उससे एक बार मिला था; एक शान्त, बिना किसी पूर्वग्रह वाला लड़का जिसका नाम दीपक था, जो अक्सर मुस्कुराता था, उसके होंठ घबराहट में खिंचे होते थे और उसके मसूड़ों को दिखाते थे।

उसके बाद उस अँधेरे में उसका दिमाग़ अपनी माँ पर चला गया, जो अपने अलावा सभी के प्रति दयालु थी। बाबा के रतौली वाले रिश्तेदार पटना में किसी डॉक्टर से मिलना चाहते थे या उच्च न्यायालय में अर्ज़ी दायर करना चाहते थे या फिर अपनी बेटी के लिए दूल्हा ढूँढ़ना चाहते थे, वे सभी दिन और रात के अलग-अलग समय में उनके दरवाज़े पर पहुँच जाते। माँ बहुत ही शान्ति से रसोई में और अधिक मात्रा में आटा गूँध लेतीं और ताज़ी रोटियाँ बना लेतीं। अक्सर उनका ब्लाउज़ पसीने से गीला रहता था। उसके पिता के कपड़ों की गन्ध, धूप में सूख रहे कपड़ों की गन्ध धरती और अनाज की गन्ध से मिल जाती थी, यह वही गन्ध होती थी जो उसे रतौली में ख़ाली और कच्चे घर से आती थी, यह गन्ध उसके पास उसके बचपन से है। दिल्ली में सेमल का पेड़ जो उसके होटल की खिड़की के बाहर था; हर बसंत में उसकी शाखाओं पर भारी मोम की तरह पत्तियों वाले लाल फूल खिलते थे। एक उल्लू हर रात बड़ी ही शान्ति से वहाँ आकर बैठा करता था; वह चाँद रात में पक्षियों को वहाँ देखता था और यहाँ तक कि बारिश वाली रातों में भी। उन गर्मियों में जब वह विश्वविद्यालय में छात्र था, और सड़क पर बस संख्या 220 या 240 का इन्तज़ार करता था, उसे अपनी एड़ियों के नीचे अलकतरे का पिघलना महसूस होता था। गहरी काली सड़क पर गहरा चिपचिपा टार। जीवन ने ऐसी कुछ छोटी-छोटी पनाहें दी हैं और थोड़ी-सी छाया भी, और आराम भी।

पाँच साल पहले उसने मोतिहारी में नए हेस्टी और टेस्टी रेस्तराँ में एक

शाम बिताई थी। उसने वहाँ ग्रहों और नक्षत्रों के बारे में बातें सुनी थीं। लुट्टन चाचाजी एक ऐसे इनसान थे जिन्होंने एक गाँव की लड़की को अपनी प्रेमिका के रूप में अपने पास रखा था और जिसके कारण सभी का ध्यान उन पर ही था। वह तब तक एक आध्यात्मिक गुरु और ज्योतिषी बन चुके थे। उन्होंने बिनोद को निर्देश देते हुए कहा कि हर दिन *आदित्य हृदय स्तोत्र* पढ़ो। मंत्र की बहुपद वाली पंक्तियाँ एक चमकीले काग़ज़ पर देवनागरी में लिखी हुई थीं। उस काग़ज़ के सबसे ऊपर चार भुजाओं वाले सूर्य देवता थे, जो एक रथ पर बैठे थे जिसे सात घोड़े खींच रहे थे। उनके सिर के पीछे से नीले बादलों में चमकदार किरणें निकल रही थीं। लुट्टन चाचाजी की सलाह पर कई महीनों तक बिनोद ने शनिवार के दिन काले कपड़े पहने थे। या फिर वह गुरुवार था?

एक जवान बिहारी आदमी हीरो बनने समस्तीपुर से बम्बई आया था। वह अपनी कोशिश में सफल नहीं हुआ था और उसने अपनी एक अभिनय की अकेडमी शुरू कर दी थी। शहर में अपने शुरुआती दिनों में बिनोद उस आदमी से कई बार मिला था; उस अभिनेता का बड़ा भाई कॉलेज में शत्रुघ्न का दोस्त था। इस बात की उम्मीद बहुत कम थी कि उस जवान लड़के को उस तरह का कोई काम मिलता जैसा वह चाह रहा था, और फिर बिनोद के साथ अपनी बातचीत में वह हमेशा ही बहुत अधिक विश्वास से भरा हुआ और शान्त दिखाई देता था। कुछ महीने पहले बिनोद को उसका एक ईमेल मिला था—वैसा ही सन्देश जैसे कई बार दोस्तों की सूची में भेजे जाते हैं; "ज़िन्दगी तीन तरीक़ों से जवाब देती है...यह हाँ कहती है और वह देती है जो आप चाहते हैं, यह ना कहती है और आपको कुछ बेहतर देती है, यह आपको रुकने के लिए कहती है और सर्वश्रेष्ठ देती है!!! आपका दिन शुभ हो।" बिनोद ने बिना यह देखे कि किसने भेजा है उस सन्देश को पढ़ लिया, और एक पल के लिए इस सन्देश ने उसे ख़ुशी दी; उसने इसे भविष्य के एक अनजान सन्देश की तरह स्वीकार कर लिया था। उसके बाद उसने वह पता देखा जिससे यह सन्देश आया था और उसके ऊपर किसी तरह की परछाईं पड़ गई। कितना बड़ा धोखा! फिर भी, वह कभी उस लड़के को लिख नहीं सका कि भविष्य के प्रति उसका विश्वास आधारहीन है; यह बिलकुल वैसा होगा कि किसी आस्था रखने वाले को यह कहा जाए कि भगवान का अस्तित्व नहीं है। वह ऐसा करने वाला कौन था?

उसे वह दिन याद है जब उसे एक लड़के के रूप में हॉस्टल ले जाया गया था जहाँ बुआ कुछ दिन पहले ही आई थीं। उन्होंने अपना मक्खन और जैली पानी एक छोटे से कटोरे में रखा था ताकि उनमें चींटी न लगें। क्या उस समय बुआ यह जानती थीं कि वह अपने लिए एक स्वतंत्र जीवन का निर्माण करेंगी? उसने जैसे ही इसके बारे में सोचा, उसे यह विश्वास करने में देर नहीं लगी कि उसके परिवार में सभी लोगों ने एक अनुरूपता को ढूँढ़ने का बहुत अधिक प्रयास किया था। बाबा, बुआ, माँ, बिनोद स्वयं भी। और रबिन्दर ने भी, हाँ बेशक उसने यह काम अपने विशेष तरीक़े से किया था।

बम्बई में कई महीने पहले, जब रबिन्दर एक शाम अपने दोस्त नीरज दुबे से मिलकर आने के बाद बिनोद के घर आया था, और उसने कहा था, "तुम्हें *आदमी* का वह दृश्य याद है जब नीरज दूसरे समूह के एक आदमी को प्रताड़ित करता है, और यह पता लगाने की कोशिश करता है कि किसने उस व्यक्ति को मारने का आदेश दिया है? जब मैंने उसे देखा था, मुझे तुरन्त उस समय की याद आ गई जब मैंने श्रीकांत को पीटा था। वह एक सिनेमा-हॉल का मालिक था। यह बेतिया में तीन लालटेन चौक की बात है। उस रात नीरज मेरे साथ था। मैंने उस आदमी को अपनी हथेली के कुन्दे से पीटा था।"

रबिन्दर ने अपना दाहिना हाथ पकड़ा था, बिलकुल उसी तरह से जैसे वह फिर से एक शॉट मारने वाला हो।

उसने कहा था, "मैंने उसे इसी तरह मारा था। एक मुक्का। और हड्डियों के ऊपर उसका गाल फट गया था और मांस बाहर निकल गया था...यही काम नीरज ने भी फ़िल्म में किया था। मुझे बेतिया में वह घटना याद थी जब मैंने फ़िल्म देखी थी, और आज जब मैं उसके साथ था, मैंने सोचा कि कहीं न कहीं नीरज के अन्दर उस दृश्य की याद हमेशा से बची रह गई थी। ऐसा ही कुछ उस कलाकार के साथ भी हुआ था..."

बिनोद के जीवन से बहुत थोड़ी जानकारियाँ थीं और वह नहीं जानता था कि उनका अर्थ क्या था, इसके अतिरिक्त ये सभी मिलकर उसके अकेलेपन को सम्पूर्ण बनाते थे। वे सब कुछ उसका हिस्सा थे जो वह बन चुका था—यही वह था।

उसने फिर उन किताबों के नामों के बारे में सोचना शुरू कर दिया जो बीस साल की उम्र में उसे पसन्द थीं, और उन तरीक़ों के बारे में जिनसे वह

उन किताबों के पन्नों को छूता था। वे हमेशा से उसे दोषहीन लगे थे, बिलकुल ऐसे जैसे हर प्रकाशित पंक्ति एक अकेली जीत हो। एक जीवन जिसकी कहानी सुनाई गई थी, वह इस किताब की तरह ही जटिल थी। अँधेरे में सफ़ेद पन्ने एक के बाद एक खुल रहे थे।

बिनोद ने पन्ना पलटा। उसके सपने में, वह अँधेरी रेखा ज़मीन के उस विशाल हृदय को काटने वाली रेलगाड़ी थी। सुनहरी धूप की रौशनी में पूरा परिदृश्य सफ़ेद दिखाई दे रहा था। वह ज़रूर इंजन के नज़दीक बैठा होगा क्योंकि वह बहुत गरम था। वह एक नाव से गुज़रे जो उस मैदान में एक तरफ़ झुकी हुई थी। रेलगाड़ी के डिब्बे में उससे दूर बैठी औरत ने अपने मुँह में संतरे का एक टुकड़ा डाला। लेकिन उसे ऐसा याद है कि उसने ख़ुद ही खाया था : खीर, चावल और दूध का मिश्रण जिसमें इलायची के दाने थे; वह अब भी उसका स्वाद अपनी जीभ पर महसूस कर सकता है। हवा ने उस किताब के पन्ने को फड़फड़ा दिया जो उसने अपने हाथ में पकड़ा हुआ था और उसकी लम्बी उँगलियों से होती हुई उसके बालों से गुज़र गई। आसमान में बादल नहीं थे लेकिन उसने एक पल के लिए सोचा कि वह पानी बरसने की गन्ध को महसूस कर रहा है।

प्रयोग किया है। ऑरवेल के जन्मस्थान की स्थिति की रिपोर्ट के लिए मैंने ल्यूक हार्डिंग के 'शैडो'ज ऑफ़ ऑरवेल' (गार्डियन, 24 जनवरी, 2000) पर अपना भरोसा जताया है। लन्दन से किए गए इंटरव्यू में पात्र द्वारा उद्धृत शब्द नसरीन मुन्नी कबीर की 'बॉलीवुड' (लन्दन, चैनल 4,2001) से लिये गए हैं। ग्रह की पीड़ा के उद्धरणों की सूची हार्पर (दिसम्बर 2003) के आलेख 'फ़ाइंडिंग्स' से लिये गए हैं।

यह एक कल्पना आधारित उपन्यास है और यह तथ्यों की पुष्टि का दावा नहीं करता है। पाठकों को यह महसूस होगा कि हालाँकि यह एक उपन्यास है, लेकिन कहानी को बताने के लिए इसमें कभी-कभी, विशेष रूप से हिन्दी फ़िल्म दुनिया से जुड़ी हुई वास्तविक घटनाओं और वास्तविक लोगों के नामों का उपयोग हुआ है।

आभार

डेविड दाविदार का आभार जिन्होंने मुझे सबसे पहले बताया कि मैं जो लिख रहा था उसे क्यों और कैसे उपन्यास में बदला जाना चाहिए; मनोज बाजपेयी का आभार हर बार हम जब भी अपने मक़सद के बारे में बात करते थे तो वह अतीत में हमारी जाने वाली जगहों पर फिर से जाने के लिए तैयार हो गए; और मेरे एजेंट गिलन एट्केन और आएशा क़रीम का आभार कि मैं जो भी लिखता हूँ वे उसके लिए प्रतिबद्ध होते हैं। मेरे आभार का ज़्यादातर हिस्सा पिकाडोर में मेरे सम्पादक श्रुति देवी को जाता है, जिन्होंने बहुत ही ध्यान और अनुग्रह के साथ मेरे उपन्यास की आवाज़ को ढूँढ़ने में मेरी मदद की है।

बम्बई में : नरेश फ़र्नांडीस, नीरज प्रियदर्शी, जेरी पिंटो, नन्दिनी रामनाथ, शबाना रज़ा, और नीरा और श्याम बेनेगल का आभार। दिल्ली में : उमा और आशीष नन्दी, राज कमल झा, सुजाता बोस, करण महाजन, प्रज्ञा और सिद्धार्थ चौधरी। मैं वासर कॉलेज के डीन ऑफ़ फ़ैकल्टी का आभारी हूँ कि उन्होंने 2005 में बिहार और बम्बई की शोधयात्रा के लिए ख़र्च का वहन किया। मेरे परिवार के सदस्यों, विशेष रूप से उन लोगों का आभार जो स्वयं को इस कहानी में थोड़ा सा पाएँगे, मेरे प्यार और उनके कई सालों के प्रोत्साहन और साथ के लिए पूरी तरह से अपर्याप्त आभार।

डॉक्यूमेंटरी में लड़ाई का सीन दिखाने के लिए अपनी कथा में मैंने लेफ़्टिनेंट जनरल एस.के. सिन्हा के शोध वीर कुँवर सिंह : द ग्रेट वॉरिअर ऑफ़ 1857 (नई दिल्ली, कोणार्क 1997) का